GRöLS Verlage

„Bücher sind wie Fallschirme. Sie nützen uns nichts, wenn wir sie nicht öffnen."

Gröls Verlag

Redaktionelle Hinweise und Impressum

Das vorliegende Werk wurde zugunsten der Authentizität sehr zurückhaltend bearbeitet. So wurden etwa ursprüngliche Rechtschreibfehler *nicht* systematisch behoben, denn kleine Unvollkommenheiten machen das Buch – wie im Übrigen den Menschen – erst authentisch. Mitunter wurden jedoch zum Beispiel Absätze behutsam neu getrennt, um den Lesefluss zu erleichtern.

Um die Texte zu rekonstruieren, werden antiquarische Bücher von Lesegeräten gescannt und dann durch eine Software lesbar gemacht. Der so entstandene Text wird von Menschen gegengelesen und korrigiert – hierbei treten auch Fehler auf. Wenn Sie ebenfalls antiquarische Texte einreichen möchten, finden Sie weitere Informationen auf www.groels.de

Viel Freude bei der Lektüre wünscht Ihnen das Team des Gröls-Verlags.

Adressen

Verleger: Sophia Gröls, Im Borngrund 26, 61440 Oberursel

Externer Dienstleister für Distribution & Herstellung: BoD, In de Tarpen 42, 22848 Norderstedt

Unsere „Edition | Werke der Weltliteratur“ hat den Anspruch, eine der größten und vollständigsten Sammlungen klassischer Literatur in deutscher Sprache zu sein. Nach und nach versammeln wir hier nicht nur die „üblichen Verdächtigen“ von Goethe bis Schiller, sondern auch Kleinode der vergangenen Jahrhunderte, die – zu Unrecht – drohen, in Vergessenheit zu geraten. Wir kultivieren und kuratieren damit einen der wertvollsten Bereiche der abendländischen Kultur. Kleine Auswahl:

Francis Bacon • Neues Organon • **Balzac** • Glanz und Elend der Kurtisanen • **Joachim H. Campe** • Robinson der Jüngere • **Dante Alighieri** • Die Göttliche Komödie • **Daniel Defoe** • Robinson Crusoe • **Charles Dickens** • Oliver Twist • **Denis Diderot** • Jacques der Fatalist • **Fjodor Dostojewski** • Schuld und Sühne • **Arthur Conan Doyle** • Der Hund von Baskerville • **Marie von Ebner-Eschenbach** • Das Gemeindekind • **Elisabeth von Österreich** • Das Poetische Tagebuch • **Friedrich Engels** • Die Lage der arbeitenden Klasse • **Ludwig Feuerbach** • Das Wesen des Christentums • **Johann G. Fichte** • Reden an die deutsche Nation • **Fitzgerald** • Zärtlich ist die Nacht • **Flaubert** • Madame Bovary • **Gorch Fock** • Seefahrt ist not! • **Theodor Fontane** • Effi Briest • **Robert Musil** • Über die Dummheit • **Edgar Wallace** • Der Frosch mit der Maske • **Jakob Wassermann** • Der Fall Maurizius • **Oscar Wilde** • Das Bildnis des Dorian Grey • **Émile Zola** • Germinal • **Stefan Zweig** • Schachnovelle • **Hugo von Hofmannsthal** • Der Tor und der Tod • **Anton Tschechow** • Ein Heiratsantrag • **Arthur Schnitzler** • Reigen • **Friedrich Schiller** • Kabale und Liebe • **Nicolo Machiavelli** • Der Fürst • **Gotthold E. Lessing** • Nathan der Weise • **Augustinus** • Die Bekenntnisse des heiligen Augustinus • **Marcus Aurelius** • Selbstbetrachtungen • **Charles Baudelaire** • Die Blumen des Bösen • **Harriett Stowe** • Onkel Toms Hütte • **Walter Benjamin** • Deutsche Menschen • **Hugo Bettauer** • Die Stadt ohne Juden • **Lewis Caroll** • *und viele mehr….*

Karl May

Durch die Wüste

Inhalt

Abu el Nassr

Ein Todesritt

„Und ist es wirklich wahr, Sihdi, daß Du ein Giaur bleiben willst, ein Ungläubiger, welcher verächtlicher ist als ein Hund, widerlicher als eine Ratte, die nur Verfaultes frißt?“

„Ja.“

„Effendi, ich hasse die Ungläubigen und gönne es ihnen, daß sie nach ihrem Tode in die Dschehenna kommen, wo der Teufel wohnt; aber Dich möchte ich retten vor dem ewigen Verderben, welches Dich ereilen wird, wenn Du Dich nicht zum Ikrar bil Lisan, zum heiligen Zeugnisse, bekennst. Du bist so gut, so ganz anders als andere Sihdis, denen ich gedient habe, und darum werde ich Dich bekehren, Du magst wollen oder nicht.“

So sprach Halef, mein Diener und Wegweiser, mit dem ich in den Schluchten und Klüften des Dschebel Aures herum gekrochen und dann nach dem Dra el Haua heruntergestiegen war, um über den Dschebel Tarfaui nach Seddada, Kris und Dgasche zu kommen, von welchen Orten aus ein Weg über den berüchtigten Schott Dscherid nach Fetnassa und Kbilli führt.

Halef war ein eigentümliches Kerlchen. Er war so klein, daß er mir kaum bis unter die Arme reichte, und dabei so hager und dünn, daß man hätte behaupten mögen, er habe ein volles Jahrzehnt zwischen den Löschpapierblättern eines Herbariums in fortwährender Pressung gelegen. Dabei verschwand sein Gesichtchen vollständig unter einem Turban, der drei volle Fuß im Durchmesser hatte, und sein einst weiß gewesener Burnus, welcher jetzt in allen möglichen Fett- und Schmutznuancen schimmerte, war jedenfalls für einen weit größeren Mann gefertigt worden, so daß er ihn, sobald er vom Pferde gestiegen war und nun gehen wollte, empornehmen mußte, wie das Reitkleid einer Dame. Aber trotz dieser äußeren Unansehnlichkeit mußte man allen Respekt vor ihm haben. Er besaß einen ungemeinen Scharfsinn, viel Muth und Gewandtheit und eine Ausdauer, welche ihn die größten Beschwerden überwinden ließ. Und da er auch außerdem alle Dialekte sprach, welche zwischen dem Wohnsitze der Uëlad Bu Seba und den Nilmündungen erklingen, so kann man sich denken, daß er meine vollste Zufriedenheit besaß, so daß ich ihn mehr als Freund denn als Diener behandelte.

Eine Eigenschaft besaß er nun allerdings, welche mir zuweilen recht unbequem werden konnte: er war ein fanatischer Muselmann und hatte aus Liebe zu mir den Entschluß gefaßt, mich zum Islam zu bekehren. Eben jetzt hatte er wieder einen seiner fruchtlosen Versuche unternommen, und ich hätte lachen können, so komisch sah er dabei aus.

Ich ritt einen kleinen, halb wilden Berberhengst, und meine Füße schleiften dabei fast am Boden; er aber hatte sich, um seine Figur zu unterstützen, eine alte, dürre, aber himmelhohe Hassi-Ferdschahn-Stute ausgewählt und saß also so hoch, daß er zu mir herniederblicken konnte. Während der Unterhaltung war er äußerst lebhaft; er wedelte

mit den bügellosen Beinen, gestikulirte mit den dünnen, braunen Ärmchen und versuchte, seinen Worten durch ein so lebhaftes Mienenspiel Nachdruck zu geben, daß ich alle Mühe hatte, ernst zu bleiben.
Als ich auf seine letzten Worte nicht antwortete, fuhr er fort:
„Weißt Du, Sihdi, wie es den Giaurs nach ihrem Tode ergehen wird?"
„Nun?"
„Nach dem Tode kommen alle Menschen, sie mögen Moslemim, Christen, Juden oder etwas Anderes sein, in den Barzakh."
„Das ist der Zustand zwischen dem Tode und der Auferstehung?"
„Ja, Sihdi. Aus ihm werden sie alle mit dem Schall der Posaunen erweckt, denn el Jaum el akbar, der jüngste Tag, und el Akhiret, das Ende, sind gekommen, wo dann alles zu Grunde geht, außer el Kuhrs, der Sessel Gottes, el Ruhh, der heilige Geist, el Lauhel mafus und el Kalam, die Tafel und die Feder der göttlichen Vorherbestimmung."
„Weiter wird nichts mehr bestehen?"
„Nein."
„Aber das Paradies und die Hölle?"
„Sihdi, Du bist klug und weise; Du merkst gleich, was ich vergessen habe, und daher ist es Jammerschade, daß Du ein verfluchter Giaur bleiben willst. Aber ich schwöre es bei meinem Barte, daß ich Dich bekehren werde, Du magst wollen oder nicht!"
Bei diesen Worten zog er seine Stirn in sechs drohende Falten, zupfte sich an den sieben Fasern seines Kinnes, zerrte an den acht Spinnenfäden rechts und an den neun Partikeln links von seiner Nase, Summa Summarum Bart genannt, schlenkerte die Beine unternehmend in die Höhe und fuhr mit der freien anderen Hand der Stute so kräftig in die Mähne, als sei sie der Teufel, dem ich entrissen werden sollte.
Das so grausam aus seinem Nachdenken gestörte Thier machte einen Versuch, vorn emporzusteigen, besann sich aber sofort auf die Ehrwürdigkeit seines Alters und ließ sich in seinen Gleichmuth stolz zurückfallen. Halef aber setzte seine Rede fort:
„Ja, Dschennet, das Paradies, und Dschehenna, die Hölle, müssen auch mit bleiben, denn wohin sollten die Seligen und die Verdammten sonst kommen? Vorher aber müssen die Auferstandenen über die Brücke Ssirath, welche über den Teich Handh führt und so schmal und scharf ist, wie die Schneide eines gut geschliffenen Schwertes."
„Du hast noch Eins vergessen."
„Was?"
„Das Erscheinen des Deddschel."
„Wahrhaftig! Sihdi, Du kennst den Kuran und alle heiligen Bücher und willst Dich nicht zur wahren Lehre bekehren! Aber trage nur keine Sorge; ich werde einen gläubigen Moslem aus Dir machen! Also vor dem Gerichte wird sich der Deddschel zeigen, den die Giaurs den Antichrist nennen, nicht wahr, Effendi?"
„Ja."

„Dann wird über jeden das Buch Kitab aufgeschlagen, in welchem seine guten und bösen Thaten verzeichnet stehen, und die Hisab gehalten, die Musterung seiner Handlungen, welche über fünfzig tausend Jahre währt, eine Zeit, welche den Guten wie ein Augenblick vergehen, den Bösen aber wie eine Ewigkeit erscheinen wird. Das ist das Hukm, das Abwiegen aller menschlichen Thaten."
„Und nachher?"
„Nachher folgt das Urtheil. Diejenigen mit überwiegenden guten Werken kommen in das Paradies, die ungläubigen Sünder aber in die Hölle, während die sündigen Moslemim nur auf kurze Zeit bestraft werden. Du siehst also, Sihdi, was Deiner wartet, selbst wenn Du mehr gute als böse Thaten verrichtest. Aber Du sollst gerettet werden, Du sollst mit mir in das Dschennet, in das Paradies, kommen, denn ich werde Dich bekehren, Du magst wollen oder nicht!"
Und wieder strampelte er bei dieser Versicherung so energisch mit den Beinen, daß die alte Hassi-Ferdschahn-Stute ganz verwundert die Ohren spitzte und mit den großen Augen nach ihm zu schielen versuchte.
„Und was harrt meiner in Eurer Hölle?" frug ich ihn.
„In der Dschehenna brennt das Nar, das ewige Feuer; dort fließen Bäche, welche so sehr stinken, daß der Verdammte trotz seines glühenden Durstes nicht aus ihnen trinken mag, und dort stehen fürchterliche Bäume, unter ihnen der schreckliche Baum Zakum, auf dessen Zweigen Teufelsköpfe wachsen."
„Brrrrrrr!"
„Ja, Sihdi, es ist schauderhaft! Der Beherrscher der Dschehenna ist der Strafengel Thabek. Sie hat sieben Abtheilungen, zu denen sieben Thore führen. Im Dschehennem, der ersten Abtheilung, müssen die sündhaften Moslemim büßen so lange, bis sie gereinigt sind; Ladha, die zweite Abtheilung, ist für die Christen, Hothama, die dritte Abtheilung, für die Juden, Sair, die vierte, für die Sabier, Sakar, die fünfte, für die Magier und Feueranbeter, und Gehim, die sechste, für Alle, welche Götzen oder Fetische anbeten. Zaoviat aber, die siebente Abtheilung, welche auch Derk Asfal genannt wird, ist die allertiefste und fürchterlichste; sie wird alle Heuchler aufnehmen. In allen diesen Abtheilungen werden die Verdammten von bösen Geistern durch Feuerströme geschleppt, und dabei müssen sie vom Baume Zakum die Teufelsköpfe essen, welche dann ihre Eingeweide zerbeißen und zerfleischen. O, Effendi, bekehre Dich zum Propheten, damit Du nur kurze Zeit in der Dschehenna zu stecken brauchst!"
Ich schüttelte den Kopf und sagte:
„Dann komme ich in unsere Hölle, welche ebenso entsetzlich ist wie die Eurige."
„Glaube dies nicht, Sihdi! Ich verspreche Dir beim Propheten und allen Chalifen, daß Du in das Paradies kommen wirst. Soll ich es Dir beschreiben?"
„Thue es!"
„Das Dschennet liegt über den sieben Himmeln und hat acht Thore. Zuerst kommst Du an den großen Brunnen Hawus Kewser, aus welchem hunderttausende Selige zugleich

trinken können. Sein Wasser ist weißer als Milch, sein Geruch köstlicher als Moschus und Myrrha, und an seinem Rande stehen Millionen goldener Trinkschalen, welche mit Diamanten und Steinen besetzt sind. Dann kommst Du an Orte, wo die Seligen auf golddurchwirkten Kissen ruhen. Sie erhalten von unsterblichen Jünglingen und ewig jungen Houris köstliche Speisen und Getränke. Ihr Ohr wird ohne Aufhören von den Gesängen des Engels Israfil entzückt und von den Harmonien der Bäume, in denen Glocken hängen, welche ein vom Throne Gottes gesendeter Wind bewegt. Jeder Selige ist sechzig Ellen lang und immerfort grad dreißig Jahre alt. Unter allen Bäumen aber ragt hervor der Tubah, der Baum der Glückseligkeit, dessen Stamm im Palaste des großen Propheten steht und dessen Äste in die Wohnungen der Seligen reichen, wo an ihnen alles hängt, was zur Seligkeit erforderlich ist. Aus den Wurzeln des Baumes Tubah entspringen alle Flüsse des Paradieses, in denen Milch, Wein, Kaffee und Honig strömt."

Trotz der Sinnlichkeit dieser Vorstellung mußte ich bemerken, daß Muhammed aus der christlichen Anschauung geschöpft und dieselbe für seine Nomadenhorden umgemodelt hat. Halef blickte mich jetzt mit einem Gesichte an, in welchem sehr deutlich die Erwartung zu lesen war, daß mich seine Beschreibung des Paradieses überwältigt haben werde.

„Nun, was meinst Du jetzt?" frug er, als ich schwieg.

„Ich will Dir aufrichtig sagen, daß ich nicht sechzig Ellen lang werden mag; auch mag ich von den Houris nichts wissen, denn ich bin ein Feind aller Frauen und Mädchen."

„Warum?" frug er ganz erstaunt.

„Weil der Prophet sagt: „Des Weibes Stimme ist wie der Gesang des Bülbül, aber ihre Zunge ist voll Gift wie die Zunge der Natter." Hast Du das noch nicht gelesen?"

„Ich habe es gelesen."

Er senkte den Kopf; ich hatte ihn mit den Worten seines eigenen Propheten geschlagen. Dann frug er mit etwas weniger Zuversichtlichkeit:

„Ist nicht trotzdem unsere Seligkeit schön? Du brauchst ja keine Houri anzusehen!"

„Ich bleibe ein Christ!"

„Aber es ist ja nicht schwer, zu sagen: La Illa illa Allah, we Muhammed Resul Allah!"

„Ist es schwerer, zu beten: Ja abana 'Iledsi, fi 's – semavati, jata – haddeso 'smoka?"

Er blickte mich zornig an.

„Ich weiß es wohl, daß Isa Ben Marryam, den Ihr Jesus nennt, Euch dieses Gebet gelehrt hat; Ihr nennt es das Vaterunser. Du willst mich stets zu Deinem Glauben bekehren, aber denke nur nicht daran, daß Du mich zu einem Abtrünnigen vom Tauhid, dem Glauben an Allah, machen wirst!"

Ich hatte schon mehrmals versucht, seinem Bekehrungsversuche den meinigen entgegen zu stellen. Zwar war ich von der Fruchtlosigkeit desselben vollständig überzeugt, aber es war das einzige Mittel, ihn zum Schweigen zu bringen. Das bewährte sich auch jetzt wieder.

„So laß mir meinen Glauben, wie ich Dir den Deinigen lasse!"

Er knurrte auf diese meine Worte etwas vor sich hin und brummte dann:
„Aber ich werde Dich dennoch bekehren, Du magst wollen oder nicht. Und das muß mir gelingen, denn Du hast ja auch ein Tesbih, einen Rosenkranz, umhängen. Was ich einmal will, das will ich, denn ich bin der Hadschi Halef Omar Ben Hadschi Abul Abbas Ibn Hadschi Dawud al Gossarah!"
„So bist Du also der Sohn Abul Abbas', des Sohnes Dawud al Gossarah?"
„Ja."
„Und beide waren Pilger?"
„Ja."
„Auch Du bist ein Hadschi?"
„Ja."
„So waret Ihr alle Drei in Mekka und habt die heilige Kaaba gesehen?"
„Dawud al Gossarah nicht."
„Ah! Und dennoch nennst Du ihn einen Hadschi?"
„Ja, denn er war einer. Er wohnte am Dschebel Schur-Schum und machte sich als Jüngling auf die Pilgerreise. Er kam glücklich über el Dschuf, das man den Leib der Wüste nennt; dann aber wurde er krank und mußte am Brunnen Trasah zurückbleiben. Dort nahm er ein Weib und starb, nachdem er seinen Sohn Abul Abbas gesehen hatte. Ist er nicht ein Hadschi, ein Pilger, zu nennen?"
„Hm! Aber Abul Abbas war in Mekka?"
„Nein."
„Und auch er ist ein Hadschi?"
„Ja. Er trat die Pilgerfahrt an und kam bis in die Ebene Admar, wo er zurückbleiben mußte."
„Warum?"
„Er erblickte da Amareh, die Perle von Dschuneth, und liebte sie. Amareh wurde sein Weib und gebar ihm Halef Omar, den Du hier neben Dir siehst. Dann starb er. War er nicht ein Hadschi?"
„Hm! Aber Du selbst warst in Mekka?"
„Nein."
„Und nennst Dich dennoch einen Pilger!"
„Ja. Als meine Mutter todt war, begab ich mich auch auf die Pilgerschaft. Ich zog gen Aufgang und Niedergang der Sonne; ich ging nach Mittag und nach Mitternacht; ich lernte alle Oasen der Wüste und alle Orte Egypten's kennen; ich war noch nicht in Mekka, aber ich werde noch dorthin kommen. Bin ich also nicht ein Hadschi?"
„Hm! Ich denke, nur wer in Mekka war, darf sich einen Hadschi nennen?"
„Eigentlich, ja. Aber ich bin ja auf der Reise dorthin!"
„Möglich! Doch Du wirst auch irgendwo eine schöne Jungfrau finden und bei ihr bleiben; Deinem Sohne wird es ebenso gehen, denn dies scheint Euer Kismet zu sein, und dann wird nach hundert Jahren Dein Urenkel sagen: „Ich bin Hadschi Mustafa Ben Hadschi

Ali Assabeth Ibn Hadschi Saïd al Hamza Ben Hadschi Schehab Tofaïl Ibn Hadschi Halef Omar Ben Hadschi Abul Abbas Ibn Hadschi Dawud al Gossarah," und keiner von all diesen sieben Pilgern wird Mekka gesehen haben und ein ächter, wirklicher Hadschi geworden sein. Meinst Du nicht?"

So ernst er sonst war, er mußte dennoch über diese kleine, unschädliche Malice lachen. Es gibt unter den Muhammedanern sehr, sehr Viele, die sich, besonders dem Fremden gegenüber, als Hadschi geberden, ohne die Kaaba gesehen, den Lauf zwischen Ssafa und Merweh vollbracht zu haben, in Arafah gewesen und in Minah geschoren und rasirt worden zu sein. Mein guter Halef fühlte sich geschlagen, aber er nahm es mit guter Miene hin.

„Sihdi," frug er kleinlaut, „wirst Du es ausplaudern, daß ich noch nicht in Mekka war?"

„Ich werde nur dann davon sprechen, wenn Du wieder anfängst, mich zum Islam zu bekehren; sonst aber werde ich schweigen. Doch schau, sind das nicht Spuren im Sande?"

Wir waren schon längst in das Wadi Tarfaui eingebogen und jetzt an eine Stelle desselben gekommen, an welcher der Wüstenwind den Flugsand über die hohen Felsenufer hinabgetrieben hatte. In diesem Sande war eine sehr deutliche Fährte zu erkennen.

„Hier sind Leute geritten," meinte Halef unbekümmert.

„So werden wir absteigen, um die Spur zu untersuchen."

Er blickte mich fragend an.

„Sihdi, das ist überflüssig. Es ist genug, zu wissen, daß Leute hier geritten sind. Weßhalb willst Du die Hufspuren untersuchen?"

„Es ist stets gut, zu wissen, welche Leute man vor sich hat."

„Wenn Du alle Spuren, welche Du findest, untersuchen willst, so wirst Du unter zwei Monden nicht nach Seddala kommen. Was gehen Dich die Männer an, die vor uns sind?"

„Ich bin in fernen Ländern gewesen, in denen es viel Wildniß gibt und wo sehr oft das Leben davon abhängt, daß man alle Darb und Ethar, alle Spuren und Fährten, genau betrachtet, um zu erfahren, ob man einem Freunde oder einem Feinde begegnet."

„Hier wirst Du keinem Feinde begegnen, Effendi."

„Das kann man nicht wissen."

Ich stieg ab. Es waren die Fährten dreier Thiere zu bemerken, eines Kameels und zweier Pferde. Das erstere war jedenfalls ein Reitkameel, wie ich an der Zierlichkeit seiner Hufeindrücke bemerkte. Bei genauer Betrachtung fiel mir eine Eigenthümlichkeit der Spuren auf, welche mich vermuthen ließ, daß das eine der Pferde an dem „Hahnentritte" leide. Dieses mußte meine Verwunderung erregen, da ich mich in einem Lande befand, dessen Pferdereichtum zur Folge hat, daß man niemals Thiere reitet, welche mit diesem Übel behaftet sind. Der Besitzer des Rosses war entweder kein oder ein sehr armer Araber.

Halef lächelte über die Sorgfalt, mit welcher ich den Sand untersuchte, und frug, als ich mich wieder emporrichtete:

„Was hast Du gesehen, Sihdi?“
„Es waren zwei Pferde und ein Kameel.“
„Zwei Pferde und ein Djemmel! Allah segne Deine Augen; ich habe ganz dasselbe gesehen, ohne daß ich von meinem Thiere zu steigen brauchte. Du willst ein Taleb sein, ein Gelehrter, und thust doch Dinge, über welche ein Hamahr, ein Eselstreiber, lachen würde. Was hilft Dir nun der Schatz des Wissens, den Du hier gehoben hast?“
„Ich weiß nun zunächst, daß die drei Reiter vor ungefähr vier Stunden hier vorübergekommen sind.“
„Wer gibt Dir etwas für diese Weisheit? Ihr Männer aus dem Belad el Rumi, aus Europa, seid sonderbare Leute!“
Er schnitt bei diesen Worten ein Gesicht, von welchem ich das tiefste Mitleid lesen konnte, doch zog ich es vor, schweigend unsern Weg fortzusetzen.
Wir folgten der Fährte wohl eine Stunde lang, bis wir da, wo das Wadi eine Krümmung machte und wir nun um eine Ecke bogen, unwillkürlich unsere Pferde anhielten. Wir sahen drei Geier, welche nicht weit vor uns hinter einer Sanddüne hockten und sich bei unserem Anblick mit heiseren Schreien in die Lüfte erhoben.
„El Büdj, der Bartgeier,“ meinte Halef. „Wo er ist, da gibt es ganz sicher ein Aas.“
„Es wird dort irgend ein Thier verendet sein,“ antwortete ich, indem ich ihm folgte.
Er hatte sein Pferd rascher vorwärts getrieben, so daß ich hinter ihm zurück geblieben war. Kaum hatte er die Düne erreicht, so hielt er mit einem Rucke still und stieß einen Ruf des Schreckens aus.
„Masch Allah, Wunder Gottes! Was ist das? Ist das nicht ein Mensch, Sihdi, welcher hier liegt?“
Ich mußte allerdings bejahend antworten. Es war wirklich ein Mann, welcher hier lag, und an dessen Leichnam die Geier ihr schauderhaftes Mahl gehalten hatten. Schnell sprang ich vom Pferde und kniete bei ihm nieder. Seine Kleidung war von den Krallen der Vögel zerfetzt. Aber lange konnte dieser Unglückliche noch nicht todt sein, wie ich bei der Berührung sofort fühlte.
„Allah kerihm, Gott ist gnädig! Sihdi, ist dieser Mann eines natürlichen Todes gestorben?“ frug Halef.
„Nein. Siehst Du nicht die Wunde am Halse und das Loch im Hinterhaupte? Er ist ermordet worden.“
„Allah verderbe den Menschen, der dies gethan hat! Oder sollte der Todte in einem ehrlichen Kampfe gefallen sein?“
„Was nennst Du ehrlichen Kampf? Vielleicht ist er das Opfer einer Blutrache. Wir wollen seine Kleider untersuchen.“
Halef half dabei. Wir fanden nicht das Geringste, bis mein Blick auf die Hand des Todten fiel. Ich bemerkte einen einfachen Goldreif von der gewöhnlichen Form der Trauringe und zog ihn ab. In seine innere Seite war klein, aber deutlich eingegraben: „E. P. 15. Juillet 1830.“

„Was findest Du?“ frug Halef.
„Dieser Mann ist kein Ben Arab.“
„Was sonst?“
„Ein Franzose.“
„Ein Franke, ein Christ? Woran willst Du dies erkennen?“
„Wenn ein Christ sich ein Weib nimmt, so tauschen Beide je einen Ring, in welchem der Name und der Tag eingegraben ist, an dem die Ehe geschlossen wurde.“
„Und dies ist ein solcher Ring?“
„Ja.“
„Aber woran erkennst Du, daß dieser Tote zu dem Volke der Franken gehört? Er könnte doch ebenso gut von den Inglis oder den Nemsi stammen, zu denen auch Du gehörst.“
„Es sind französische Zeichen, welche ich hier lese.“
„Er kann dennoch zu einem anderen Volke gehören. Meinst Du nicht, Effendi, daß man einen Ring finden oder auch stehlen kann?“
„Das ist wahr. Aber sieh das Hemde, welches er unter seiner Kleidung trägt. Es ist dasjenige eines Europäers.“
„Wer hat ihn getödtet?“
„Seine beiden Begleiter. Siehst Du nicht, daß der Boden hier aufgewühlt ist vom Kampfe? Bemerkst Du nicht, daß – – –“
Ich hielt mitten im Satze inne. Ich hatte mich aus meiner knieenden Stellung erhoben, um den Boden zu untersuchen, und fand nicht weit von der Stelle, an welcher der Tote lag, den Anfang einer breiten Blutspur, welche sich seitwärts zwischen die Felsen zog. Ich folgte ihr mit schußbereitem Gewehre, da die Mörder sich leicht noch in der Nähe befinden konnten. Noch war ich nicht weit gegangen, so stieg mit lautem Flügelschlage ein Geier empor und ich bemerkte an dem Orte, von welchem er sich erhoben hatte, ein Kameel liegen.
Es war todt; in seiner Brust klaffte eine tiefe, breite Wunde. Halef schlug die Hände bedauernd in einander.
„Ein graues Hedjihn, ein graues Tuareg-Hedjihn, und diese Mörder, diese Schurken, diese Hunde haben es getödtet!“
Es war klar, er bedauerte das prächtige Reitthier viel mehr als den todten Franzosen. Als ächter Sohn der Wüste, dem der geringste Gegenstand kostbar werden kann, bückte er sich nieder und untersuchte den Sattel des Kameels. Er fand nichts; die Taschen waren leer.
„Die Mörder haben bereits Alles hinweggenommen, Sihdi. Mögen sie in alle Ewigkeit in der Dschehenna braten. Nichts, gar nichts haben sie zurückgelassen, als das Kameel – und die Papiere, welche dort im Sande liegen.“
Durch diese Worte aufmerksam gemacht, bemerkte ich in einer Entfernung von uns allerdings einige mit den Händen zusammengeballte und wohl als unnütz weggeworfene Papierstücke. Sie konnten mir vielleicht einen Anhaltspunkt bieten, und ich ging, um sie

aufzuheben. Es waren mehrere Zeitungsbogen. Ich glättete die zusammengeknitterten Fetzen und paßte sie genau an einander. Ich hatte zwei Seiten der „Vigie algérienne“ und ebenso viel vom „L'Indépendant“ und der „Mahouna“ in den Händen. Das erste Blatt erscheint in Algier, das zweite in Constantine und das dritte in Guelma. Trotz dieser örtlichen Verschiedenheit bemerkte ich bei näherer Prüfung eine mir auffällige Übereinstimmung bezüglich des Inhaltes der drei Zeitungsfetzen: Sie enthielten nämlich alle drei einen Bericht über die Ermordung eines reichen französischen Kaufmannes in Blidah. Des Mordes dringend verdächtig war ein armenischer Händler, welcher die Flucht ergriffen hatte und steckbrieflich verfolgt wurde. Die Beschreibung seiner Person stimmte in allen drei Journalen ganz wörtlich überein.

Aus welchem Grunde hatte der Todte, welchem dieses Kameel gehörte, diese Blätter bei sich geführt? Ging ihn der Fall persönlich etwas an? War er ein Verwandter des Kaufmanns in Blidah, war er der Mörder, oder war er ein Polizist, der die Spur des Verbrechers verfolgt hatte?

Ich nahm die Papiere an mich, wie ich auch den Ring an meinen Finger gesteckt hatte, und kehrte mit Halef zu der Leiche zurück. Über ihr schwebten beharrlich die Geier, welche sich nun nach unserer Entfernung auf das Kameel niederließen.

„Was gedenkest Du nun zu tun, Sihdi?“ frug der Diener.

„Es bleibt uns nichts übrig, als den Mann zu begraben.“

„Willst Du ihn in die Erde scharren?“

„Nein; dazu fehlen uns die Werkzeuge. Wir errichten einen Steinhaufen über ihm; so wird kein Tier zu ihm gelangen können.“

„Und Du denkst wirklich, daß er ein Giaur ist?“

„Er ist ein Christ.“

„Es ist möglich, daß Du Dich dennoch irrst, Sihdi; er kann trotzdem auch ein Rechtgläubiger sein. Darum erlaube mir eine Bitte!“

„Welche?“

„Laß uns ihn so legen, daß er mit dem Gesichte nach Mekka blickt!“

„Ich habe nichts dagegen, denn dann ist es zugleich nach Jerusalem gerichtet, wo der Weltheiland litt und starb. Greife an!“

Es war ein trauriges Werk, welches wir in der tiefen Einsamkeit vollendeten. Als der Steinhaufen, welcher den Unglücklichen bedeckte, so hoch war, daß er der Leiche vollständigen Schutz gegen die Thiere der Wüste gewährte, fügte ich noch so viel hinzu, daß er die Gestalt eines Kreuzes bekam, und faltete dann die Hände, um ein Gebet zu sprechen. Als ich damit geendet hatte, wandte Halef sein Auge gegen Morgen, um mit der hundertundzwölften Sure des Korans zu beginnen:

„Im Namen des allbarmherzigen Gottes! Sprich: Gott ist der einzige und ewige Gott. Er zeugt nicht und ist nicht gezeugt, und kein Wesen ist ihm gleich. Der Mensch liebt das dahineilende Leben und lässet das zukünftige unbeachtet. Deine Abreise aber ist gekommen, und nun wirst Du hingetrieben zu Deinem Herrn, der Dich auferwecken

wird zu neuem Leben. Möge dann die Zahl Deiner Sünden klein sein und die Zahl Deiner guten Thaten so groß wie der Sand, auf dem Du einschliefst in der Wüste!"
Nach diesen Worten bückte er sich nieder, um seine Hände, die er mit der Leiche verunreinigt hatte, mit dem Sande abzuwaschen.
„So, Sihdi, jetzt bin ich wieder tahir, was die Kinder Israel kauscher nennen, und darf wieder berühren, was rein und heilig ist. Was thun wir jetzt?"
„Wir eilen den Mördern nach, um sie einzuholen."
„Willst Du sie tödten?"
„Ich bin ihr Richter nicht. Ich werde mit ihnen sprechen und dann erfahren, warum sie ihn getödtet haben. Dann weiß ich, was ich thun werde."
„Es können keine klugen Männer sein, sonst hätten sie nicht ein Hedjihn getödtet, welches mehr wert ist, als ihre Pferde."
„Das Hedjihn hätte sie vielleicht verrathen. Hier siehst Du ihre Spur. Vorwärts! Sie sind fünf Stunden vor uns; vielleicht treffen wir morgen auf sie, noch ehe sie Seddada erreichen."
Wir jagten trotz der drückenden Hitze und des schwierigen, felsigen Bodens mit einer Eile dahin, als ob es gelte, Gazellen einzuholen, und es war dabei ganz unmöglich, ein Gespräch zu führen. Diese Schweigsamkeit aber konnte mein guter Halef unmöglich lange aushalten.
„Sihdi," rief er hinter mir, „Sihdi, willst Du mich verlassen?"
Ich drehte mich nach ihm um.
„Verlassen?"
„Ja. Meine Stute hat ältere Beine als Dein Berberhengst."
Wirklich triefte die alte Hassi-Ferdschahn-Stute bereits von Schweiß, und der Schaum flog ihr in großen Flocken von dem Maule.
„Aber wir können heute nicht wie gewöhnlich während der größten Hitze Rast machen, sondern wir müssen reiten bis zur Nacht, sonst holen wir die Beiden, welche vor uns sind, nicht ein."
„Wer zu viel eilt, kommt auch nicht früher als der, welcher langsam reitet, Effendi, denn – Allah akbar, blicke da hinunter!"
Wir befanden uns vor einem jähen Sturze des Wadi und sahen in der Entfernung von vielleicht einer Viertelwegsstunde unter uns zwei Reiter oder vielmehr zwei Männer an einer kleinen Sobha sitzen, in welcher sich einiges brackige Wasser erhalten hatte. Ihre Pferde knabberten an den dürren, stacheligen Mimosen herum, welche in der Nähe standen.
„Ah, sie sind es!"
„Ja, Sihdi, sie sind es. Auch ihnen ist es zu heiß gewesen, und sie haben beschlossen, zu warten, bis die größte Gluth vorüber ist."

„Oder sie haben sich verweilt, um die Beute zu theilen. Zurück, Halef, zurück, damit sie Dich nicht bemerken! Wir werden das Wadi verlassen und ein wenig nach West reiten, um zu thun, als ob wir vom Schott Rharsa kämen.“
„Warum, Effendi?“
„Sie sollen nicht ahnen, daß wir die Leiche des Ermordeten gefunden haben.“
Unsere Pferde erklommen das Ufer des Wadi, und wir ritten stracks nach Westen in die Wüste hinein. Dann schlugen wir einen Bogen und hielten auf die Stelle zu, an welcher sich die Beiden befanden. Sie konnten uns nicht kommen sehen, da sie in der Tiefe des Wadi saßen, mußten uns aber hören, als wir demselben nahe gekommen waren.
Wirklich hatten sie sich, als wir den Rand der Vertiefung erreichten, bereits erhoben und nach ihren Gewehren gegriffen. Ich tht natürlich, als sei ich ebenso überrascht wie sie selbst, hier in der Einsamkeit der Wüste so plötzlich auf Menschen zu treffen, hielt es jedoch nicht für nötig, nach meiner Büchse zu langen.
„Salam aaleïkum!“ rief ich, mein Pferd anhaltend, zu ihnen hinab.
„Aaleïkum,“ antwortete der Ältere von ihnen. „Wer seid Ihr?“
„Wir sind friedliche Reiter.“
„Wo kommt Ihr her?“
„Von Westen.“
„Und wo wollt Ihr hin?“
„Nach Seddada.“
„Von welchem Stamme seid Ihr?“
Ich deutete auf Halef und antwortete:
„Dieser hier stammt aus der Ebene Admar, und ich gehöre zu den Beni-Sachsa. Wer seid Ihr?“
„Wir sind von dem berühmten Stamme der Uëlad Hamalek.“
„Die Uëlad Hamalek sind gute Reiter und tapfere Krieger. Wo kommt Ihr her?“
„Von Gafsa.“
„Da habt Ihr eine weite Reise hinter Euch. Wohin wollt Ihr?“
„Nach dem Bir Sauidi, wo wir Freunde haben.“
Beides, daß sie von Gafsa kamen und nach dem Brunnen Sauidi wollten, war eine Lüge, doch that ich, als ob ich ihren Worten glaubte, und frug:
„Erlaubt Ihr uns, bei Euch zu rasten?“
„Wir bleiben hier bis zum frühen Morgen,“ lautete die Antwort, welche also für meine Frage weder ein Ja noch ein Nein enthielt.
„Auch wir gedenken, bis zum Aufgang der nächsten Sonne hier auszuruhen. Ihr habt genug Wasser für uns alle und auch für unsere Pferde. Dürfen wir bei Euch bleiben?“
„Die Wüste gehört allen. Marhaba, Du sollst uns willkommen sein!“
Es war ihnen trotz dieses Bescheides leicht anzusehen, daß ihnen unser Gehen lieber gewesen wäre, als unser Bleiben; wir aber ließen unsere Pferde den Abhang hinunter klettern und stiegen an dem Wasser ab, wo wir sofort ungeniert Platz nahmen.

Die beiden Physiognomien, welche ich nun studiren konnte, waren keineswegs Vertrauen erweckend. Der Ältere, welcher bisher das Wort geführt hatte, war lang und hager gebaut. Der Burnus hing ihm am Leibe wie an einer Vogelscheuche. Unter dem schmutzig blauen Turban blickten zwei kleine, stechende Augen unheimlich hervor; über den schmalen, blutleeren Lippen fristete ein dünner Bart ein kümmerliches Dasein; das spitze Kinn zeigte eine auffallende Neigung, nach oben zu steigen, und die Nase, ja, diese Nase erinnerte mich lebhaft an die Geier, welche ich vor kurzer Zeit von der Leiche des Ermordeten vertrieben hatte. Das war keine Adler- und auch keine Habichtsnase; sie hatte wirklich die Form eines Geierschnabels.

Der andere war ein junger Mann von auffallender Schönheit; aber die Leidenschaften hatten sein Auge umflort, seine Nerven entkräftet und seine Stirn und Wangen zu früh gefurcht. Man konnte unmöglich Vertrauen zu ihm haben.

Der Ältere sprach das Arabische mit jenem Accente, wie man es am Euphrat spricht, und der jüngere ließ mich vermuthen, daß er kein Orientale, sondern ein Europäer sei. Ihre Pferde, welche in der Nähe standen, waren schlecht und sichtlich abgetrieben; ihre Kleidung hatte ein sehr mitgenommenes Aussehen, aber ihre Waffen waren ausgezeichnet. Da, wo sie vorhin gesessen, lagen verschiedene Gegenstände, welche sonst in der Wüste selten sind und wohl nur deßhalb liegen geblieben waren, weil die Beiden keine Zeit gefunden hatten, sie zu verbergen: ein seidenes Taschentuch, eine goldene Uhr nebst Kette, ein Compaß, ein prachtvoller Revolver und ein in Maroquin gebundenes Taschenbuch.

Ich tat, als ob ich diese Gegenstände gar nicht bemerkt hätte, nahm aus der Satteltasche eine Hand voll Datteln und begann, dieselben mit gleichgültiger und zufriedener Miene zu verzehren.

„Was wollt Ihr in Seddada?“ frug mich der Lange.

„Nichts. Wir gehen weiter.“

„Wohin?“

„Über den Schott Dscherid nach Fetnassa und Kbilli.“

Ein unbewachter Blick, den er auf seinen Gefährten warf, sagte mir, daß ihr Weg der nämliche sei. Dann frug er weiter:

„Hast Du Geschäfte in Fetnassa oder Kbilli?“

„Ja.“

„Du willst Deine Heerden dort verkaufen?“

„Nein.“

„Oder Deine Sklaven?“

„Nein.“

„Oder vielleicht die Waaren, die Du aus dem Sudan kommen lässest?“

„Nein.“

„Was sonst?“

„Nichts. Ein Sohn meines Stammes treibt mit Fetnassa keinen Handel.“

„Oder willst Du Dir ein Weib dort holen?"
Ich improvisirte eine sehr zornige Miene.
„Weißt Du nicht, daß es eine Beleidigung ist, zu einem Manne von seinem Weibe zu sprechen! Oder bist Du ein Giaur, daß Du dieses nicht erfahren hast?"
Wahrhaftig, der Mann erschrak förmlich, und ich begann, infolgedessen die Vermuthung zu hegen, daß ich mit meinen Worten das Richtige getroffen hatte. Er hatte ganz und gar nicht die Physiognomie eines Beduinen; Gesichter, wie das seinige, waren mir vielmehr bei Männern von armenischer Herkunft aufgefallen und – – ah, war es nicht ein armenischer Händler, der den Kaufmann in Blidah ermordet hatte und dessen Steckbrief ich in der Tasche trug? Ich hatte mir nicht die Zeit genommen, den Steckbrief, wenigstens das Signalement, aufmerksam durchzulesen. Während mir diese Gedanken blitzschnell durch den Kopf gingen, fiel mein Blick nochmals auf den Revolver. An seinem Griff befand sich eine silberne Platte, in welche ein Name eingravirt war.
„Erlaube mir!"
Zu gleicher Zeit mit dieser Bitte griff ich nach der Waffe und las: „Paul Galingré, Marseille." Das war ganz sicher nicht der Name der Fabrik, sondern des Besitzers. Ich verrieth aber mein Interesse durch keine Miene, sondern frug leichthin:
„Was ist das für eine Waffe?"
„Ein – ein – – ein Drehgewehr."
„Magst Du mir zeigen, wie man mit ihm schießt?"
Er erklärte es mir. Ich hörte ihm sehr aufmerksam zu und meinte dann:
„Du bist kein Uëlad Hamalek, sondern ein Giaur."
„Warum?"
„Siehe, daß ich recht geraten habe! Wärest Du ein Sohn des Propheten, so würdest Du mich niederschießen, weil ich Dich einen Giaur nannte. Nur die Ungläubigen haben Drehgewehre. Wie soll diese Waffe in die Hände eines Uëlad Hamalek gekommen sein! Ist sie ein Geschenk?"
„Nein."
„So hast Du sie gekauft?"
„Nein."
„Dann war sie eine Beute?"
„Ja."
„Von wem?"
„Von einem Franken."
„Mit dem Du kämpftest?"
„Ja."
„Wo?"
„Auf dem Schlachtfelde."
„Auf welchem?"
„Bei El Guerara."

„Du lügst!"
Jetzt riß ihm doch endlich die Geduld. Er erhob sich und griff nach dem Revolver.
„Was sagst Du? Ich lüge? Soll ich Dich niederschießen wie – – –"
Ich fiel ihm in die Rede:
„Wie den Franken da oben im Wadi Tarfaui!"
Die Hand, welche den Revolver hielt, sank wieder nieder, und eine fahle Blässe bedeckte das Gesicht des Mannes. Doch raffte er sich zusammen und frug drohend:
„Was meinst Du mit diesen Worten?"
Ich langte in meine Tasche, zog die Zeitungen heraus und that einen Blick in die Blätter, um den Namen des Mörders zu finden.
„Ich meine, daß Du ganz gewiß kein Uëlad Hamalek bist. Dein Name ist mir sehr bekannt; er lautet Hamd il Amasat."
Jetzt fuhr er zurück und streckte beide Hände wie zur Abwehr gegen mich aus.
„Woher kennst Du mich?"
„Ich kenne Dich; das ist genug."
„Nein, Du kennst mich nicht; ich heiße nicht so, wie Du sagtest; ich bin ein Uëlad Hamalek, und wer das nicht glaubt, den schieße ich nieder!"
„Wem gehören diese Sachen?"
„Mir."
Ich ergriff das Taschentuch. Es war mit „P. G." gezeichnet. Ich öffnete die Uhr und fand auf der Innenseite des Deckels ganz dieselben Buchstaben eingravirt.
„Woher hast Du sie?"
„Was geht es Dich an? Lege sie von Dir!"
Anstatt ihm zu gehorchen, öffnete ich auch das Notizbuch. Auf dem ersten Blatte desselben las ich den Namen Paul Galingré; der Inhalt aber war stenographirt, und ich kann Stenographie nicht lesen.
„Weg mit dem Buche, sage ich Dir!"
Bei diesen Worten schlug er mir dasselbe aus der Hand, so daß es in die Lache flog. Ich erhob mich, um den Versuch zu machen, es zu retten, fand aber jetzt doppelten Widerstand, da sich nun auch der jüngere der beiden Männer zwischen mich und das Wasser stellte.
Halef hatte dem Wortwechsel bisher scheinbar gleichgültig zugehört, aber ich sah, daß sein Finger an dem Drücker seiner langen Flinte lag. Es bedurfte nur eines Winkes von mir, um ihn zum Schusse zu bringen. Ich bückte mich, um auch den Compaß noch aufzunehmen.
„Halt; das ist mein! Gib diese Sachen heraus!"
Er faßte meinen Arm, um seinen Worten Nachdruck zu geben; ich aber sagte so ruhig wie möglich:
„Setze Dich wieder nieder! Ich habe mit Dir zu reden."
„Ich habe mit Dir nichts zu schaffen!"

„Aber ich mit Dir. Setze Dich, wenn ich Dich nicht niederschießen soll!“
Diese Drohung schien doch nicht ganz unwirksam zu sein. Er ließ sich wieder zur Erde nieder, und ich that ganz dasselbe. Dann zog ich meinen Revolver und begann:
„Siehe, daß ich auch ein solches Drehgewehr habe! Lege das Deinige weg, sonst geht das meinige los!“
Er legte die Waffe langsam neben sich hin aus der Hand, hielt sich aber zum augenblicklichen Griffe bereit.
„Du bist kein Uëlad Hamalek?“
„Ich bin einer.“
„Du kommst nicht von Gafsa?“
„Ich komme von dort.“
„Wie lange Zeit reitest Du bereits im Wadi Tarfaui?“
„Was geht es Dich an!“
„Es geht mich sehr viel an. Da oben liegt die Leiche eines Mannes, den Du ermordet hast.“
Ein böser Zug durchzuckte sein Gesicht.
„Und wenn ich es getan hätte, was hättest Du darüber zu sagen?“
„Nicht viel; nur einige Worte.“
„Welche?“
„Wer war der Mann?“
„Ich kenne ihn nicht.“
„Warum hast Du ihn und sein Kameel getödtet?“
„Weil es mir so gefiel.“
„War er ein Rechtgläubiger?“
„Nein. Er war ein Giaur.“
„Du hast genommen, was er bei sich trug?“
„Sollte ich es bei ihm liegen lassen?“
„Nein, denn Du hattest es für mich aufzuheben.“
„Für Dich – –?“
„Ja.“
„Ich verstehe Dich nicht.“
„Du sollst mich verstehen. Der Todte war ein Giaur; ich bin auch ein Giaur und werde sein Rächer sein.“
„Sein Bluträcher?“
„Nein; wenn ich das wäre, so hättest Du bereits aufgehört, zu leben. Wir sind in der Wüste, wo kein Gesetz gilt als nur das des Stärkeren. Ich will nicht erproben, wer von uns der Stärkere ist; ich übergebe Dich der Rache Gottes, des Allwissenden, der alles sieht und keine That unvergolten läßt; aber das Eine sage ich Dir, und das magst Du Dir wohl merken: Du gibst alles heraus, was Du dem Todten abgenommen hast.“
Er lächelte überlegen.

„Meinst Du wirklich, daß ich dieses thue?“
„Ich meine es.“
„So nimm Dir, was Du haben willst!“
Er zuckte mit der Hand, um nach dem Revolver zu greifen; schnell aber hielt ich ihm die Mündung des meinigen entgegen.
„Halt, oder ich schieße!“
Es war jedenfalls eine sehr eigentümliche Situation, in der ich mich befand. Glücklicherweise aber schien mein Gegner mehr Verschlagenheit als Muth zu besitzen. Er zog die Hand wieder zurück und schien unentschlossen zu werden.
„Was willst Du mit den Sachen thun?“
„Ich werde sie den Verwandten des Todten zurückgeben.“
Es war fast eine Art von Mitleid, mit der er mich jetzt fixirte.
„Du lügst. Du willst sie für Dich behalten!“
„Ich lüge nicht.“
„Und was wirst Du gegen mich unternehmen?“
„Jetzt nichts; aber hüte Dich, mir jemals wieder zu begegnen!“
„Du reitest wirklich von hier nach Seddada?“
„Ja.“
„Und wenn ich Dir die Sachen gebe, wirst Du mich und meinen Gefährten ungehindert nach dem Bir Sauidi gehen lassen?“
„Ja.“
„Du versprichst es mir?“
„Ja.“
„Beschwöre es!“
„Ein Giaur schwört nie; sein Wort ist auch ohne Schwur die Wahrheit.“
„Hier, nimm das Drehgewehr, die Uhr, den Compaß und das Tuch.“
„Was hatte er noch bei sich?“
„Nichts.“
„Er hatte Geld.“
„Das werde ich behalten.“
„Ich habe nichts dagegen; aber gib mir den Beutel oder die Börse, in der es sich befand.“
„Du sollst sie haben.“
Er griff in seinen Gürtel und zog eine gestickte Perlenbörse hervor, die er leerte und mir dann entgegen reichte.
„Weiter hatte er nichts bei sich?“
„Nein. Willst Du mich aussuchen?“
„Nein.“
„So können wir gehen?“
„Ja.“

Er schien sich jetzt doch leichter zu fühlen als vorhin; sein Begleiter aber war ganz sicher ein furchtsamer Mensch, der sehr froh war, auf diese Weise davonzukommen. Sie nahmen ihre Habseligkeiten zusammen und bestiegen ihre Pferde.
„Salam aaleïkum, Friede sei mit Euch!"
Ich antwortete nicht, und sie nahmen diese Unhöflichkeit sehr gleichgültig hin. In wenigen Augenblicken waren sie hinter dem Rande des Wadiufers verschwunden.
Halef hatte bis jetzt kein einziges Wort gesprochen; nun brach er sein Schweigen.
„Sihdi!"
„Was?"
„Darf ich Dir etwas sagen?"
„Ja."
„Kennst Du den Strauß?"
„Ja."
„Weißt Du, wie er ist?"
„Nun?"
„Dumm, sehr dumm."
„Weiter!"
„Verzeihe mir, Effendi, aber Du kommst mir noch schlimmer vor, als der Strauß."
„Warum?"
„Weil Du diese Schurken laufen lässest."
„Ich kann sie nicht halten und auch nicht tödten."
„Warum nicht? Hätten sie einen Rechtgläubigen ermordet, so kannst Du Dich darauf verlassen, daß ich sie zum Scheïtan, zum Teufel, geschickt hätte. Da es aber ein Giaur war, so ist es mir sehr gleichgültig, ob sie Strafe finden oder nicht. Du aber bist ein Christ und lässest die Mörder eines Christen entkommen!"
„Wer sagt Dir, daß sie entkommen werden?"
„Sie sind ja bereits fort! Sie werden den Bir Sauidi erreichen und von da nach Debila und El Uëd gehen, um in der Areg zu verschwinden."
„Das werden sie nicht."
„Was sonst? Sie sagten ja, daß sie nach Bir Sauidi gehen werden."
„Sie logen. Sie werden nach Seddada gehen."
„Wer sagte es Dir?"
„Meine Augen."
„Allah segne Deine Augen, mit denen Du die Tapfen im Sande betrachtest. So wie Du kann nur ein Ungläubiger handeln. Aber ich werde Dich schon noch zum rechten Glauben bekehren; darauf kannst Du Dich verlassen, Du magst nun wollen oder nicht!"
„Dann nenne ich mich einen Pilger, ohne in Mekka gewesen zu sein."
„Sihdi – –! Du hast mir ja versprochen, das nicht zu sagen!"
„Ja, so lange Du mich nicht bekehren willst."
„Du bist der Herr, und ich muß es mir gefallen lassen. Aber, was thun wir jetzt?"

„Wir sorgen zunächst für unsere Sicherheit. Hier können wir leicht von einer Kugel getroffen werden. Wir müssen uns überzeugen, ob diese beiden Schurken auch wirklich fort sind.“
Ich erstieg den Rand der Schlucht und sah allerdings die zwei Reiter in bereits sehr großer Entfernung von uns auf Südwest zuhalten. Halef war mir gefolgt.
„Dort reiten sie,“ meinte er. „Das ist die Richtung nach Bir Sauidi.“
„Wenn sie sich weit genug entfernt haben, werden sie sich nach Osten wenden.“
„Sihdi, Dein Gehirn dünkt mir schwach. Wenn sie dies thäten, müßten sie uns ja wieder in die Hände kommen!“
„Sie meinen, daß wir erst morgen aufbrechen, und glauben also, einen guten Vorsprung vor uns zu erlangen.“
„Du räthst und wirst doch das Richtige nicht treffen.“
„Meinst Du? Sagte ich Dir nicht da oben, daß eins ihrer Pferde den Hahnentritt habe?“
„Ja, das sah ich, als sie davonritten.“
„So werde ich auch jetzt Recht haben, wenn ich sage, daß sie nach Seddada gehen.“
„Warum folgen wir ihnen nicht sofort?“
„Wir kämen ihnen sonst zuvor, da wir den geraden Weg haben, dann würden sie auf unsere Spur stoßen und sich hüten, mit uns wieder zusammenzutreffen.“
„Laß uns also wieder zum Wasser gehen und ruhen, bis es Zeit zum Aufbruch ist.“
Wir stiegen wieder hinab. Ich streckte mich auf meine am Boden ausgebreitete Decke aus, zog das Ende meines Turbans als Lischam über das Gesicht und schloß die Augen, nicht um zu schlafen, sondern um über unser letztes Abenteuer nachzudenken. Aber wer vermag es, in der fürchterlichen Gluth der Sahara seine Gedanken längere Zeit mit einer an sich schon unklaren Sache zu beschäftigen? Ich schlummerte wirklich ein und mochte über zwei Stunden geschlafen haben, als ich wieder erwachte. Wir brachen auf.
Das Wadi Tarfaui mündet in den Schott Rharsa; wir mußten es also nun verlassen, wenn wir, nach Osten zu, Seddada erreichen wollten. Nach Verlauf von vielleicht einer Stunde trafen wir auf die Spur zweier Pferde, welche von West nach Ost führte.
„Nun, Halef, kennst Du diese Ethar, diese Fährte?“
„Masch Allah, Du hattest recht, Sihdi! Sie gehen nach Seddada.“
Ich stieg ab und untersuchte die Eindrücke.
„Sie sind erst vor einer halben Stunde hier vorübergekommen. Laß uns langsamer reiten, sonst sehen sie uns hinter sich.“
Die Ausläufer des Dschebel Tarfaui senkten sich allmählig in die Ebene hernieder, und als die Sonne unterging und nach kurzer Zeit der Mond emporstieg, sahen wir Seddada zu unsern Füßen liegen.
„Reiten wir hinab?“
„Nein. Wir schlafen unter den Oliven dort am Abhange des Berges.“
Wir bogen ein wenig von unserer Richtung ab und fanden unter den Ölbäumen einen prächtigen Platz zum Bivouac. Wir waren beide an das heulende Bellen des Schakal, an

das Gekläffe des Fennek und an die tieferen Töne der schleichenden Hyäne gewöhnt und ließen uns von diesen nächtlichen Lauten nicht im Schlafe stören. Als wir erwachten, war es mein Erstes, die gestrige Fährte wieder aufzusuchen. Ich war überzeugt, daß sie mir hier in der Nähe eines bewohnten Ortes nicht mehr von Nutzen sein werde, fand aber zu meiner Überraschung, daß sie nicht nach Seddada führte, sondern nach Süden bog.

„Warum gingen sie nicht hernieder?“ frug Halef.

„Um sich nicht sehen zu lassen. Ein verfolgter Mörder muß vorsichtig sein.“

„Aber wohin gehen sie denn?“

„Jedenfalls nach Kris, um über den Dscherid zu reiten. Dann haben sie Algerien hinter sich und sind in leidlicher Sicherheit.“

„Wir sind doch bereits jetzt in Tunis. Die Grenze geht vom Bir el Khalla zum Bir el Tam über den Schott Rharsa.“

„Das kann solchen Leuten noch nicht genügen. Ich wette, daß sie über Fezzan nach Kufarah gehen, denn erst dort sind sie vollständig sicher.“

„Sie sind auch hier bereits sicher, wenn sie ein Bu-djeruldu des Sultans haben.“

„Das würde ihnen einem Consul oder Polizei-Agenten gegenüber nicht viel nützen.“

„Meinst Du? Ich möchte es Keinem raten, gegen das mächtige “Giölgeda padishanün“ zu sündigen!“

„Du sprichst so, trotzdem Du ein freier Araber sein willst?“

„Ja. Ich habe in Egypten gesehen, was der Großherr vermag; aber in der Wüste fürchte ich ihn nicht. Werden wir jetzt nach Seddada gehen?“

„Ja, um Datteln zu kaufen und einmal gutes Wasser zu trinken. Dann aber setzen wir den Weg fort.“

„Nach Kris?“

„Nach Kris.“

Bereits eine Viertelstunde später hatten wir uns restaurirt und folgten dem Reitwege, welcher von Seddada nach Kris führt. Zu unserer Linken glänzte die Fläche des Schott Dscherid zu uns herauf, ein Anblick, den ich vollständig auszukosten suchte.

Die Sahara ist ein großes, noch immer nicht gelöstes Rätsel.

Schon seit Virlet d'Aoust im Jahre 1845 besteht das Projekt, einen Teil der Wüste in ein Meer und dadurch die anliegenden Gebiete in ein fruchtbares Land zu verwandeln und so auch die Bewohner dieser Strecken dem Fortschritte der Civilisation näher zu bringen. Ob aber dieses Projekt ausführbar und dann auch von den beabsichtigten Erfolgen gekrönt sein wird, darüber läßt sich noch immer streiten.

Am Fuße des Südabhanges des Dschebel Aures und der östlichen Fortsetzung dieser Bergmasse, also des Dra el Haua, Dschebel Tarfaui, Dschebel Situna und Dschebel Hadifa, dehnt sich eine einheitliche, unübersehbare, hier und da leicht gewellte Ebene aus, deren tiefste Stellen mit Salzkrusten und Salzauswitterungen bedeckt sind, welche als Überreste einstiger großer Binnengewässer im algerischen Theile den Namen Schott und im tunesischen Theile den Namen Shoba oder Sebcha führen. Die Grenze dieses eigenthümlichen und hochinteressanten Gebietes bilden im Westen die Ausläufer des Beni-Mzab-Plateau, im Osten die Landenge von Gabes und im Süden die Dünenregion von Ssuf und Nifzaua nebst dem langgestreckten Dschebel Tebaga. Vielleicht ist unter dieser Einsenkung der Golf von Triton zu verstehen, von welchem uns Herodot, der Vater der Geschichtschreibung, berichtet.

Außer einer großen Anzahl kleinerer Sümpfe, welche im Sommer ausgetrocknet sind, besteht dieses Gebiet aus drei größeren Sebcha, nämlich, von West nach Ost verfolgt, aus den Schotts Melrir, Rharsa und Dscherid, welch Letzterer auch El Kebir genannt zu werden pflegt. Diese drei Becken bezeichnen eine Zone, deren westliche Hälfte tiefer liegt, als das Mittelmeer bei Gabes zur Zeit der Ebbe.

Die Einsenkung des Schottgebietes ist heutzutage zum großen Theile mit Sandmassen angefüllt, und nur in der Mitte der einzelnen Bassins hat sich eine ziemlich beträchtliche Wassermasse erhalten, welche durch ihr Aussehen den arabischen Schriftstellern und Reisenden Veranlassung gab, sie bald mit einem Kampherteppich oder einer Kristalldecke, bald mit einer Silberplatte oder der Oberfläche geschmolzenen Metalls zu vergleichen. Dieses Aussehen erhalten die Schotts durch die Salzkruste, mit der sie bedeckt sind und deren Dicke sehr verschieden ist, so daß sie zwischen zehn und höchstens zwanzig Centimeter variirt. Nur an einzelnen Stellen ist es möglich, sich ohne die eminenteste Lebensgefahr auf sie zu wagen. Wehe dem, der auch nur eine Hand breit von dem schmalen Pfade abweicht! Die Kruste gibt nach, und der Abgrund verschlingt augenblicklich sein Opfer. Unmittelbar über dem Kopfe des Versinkenden schließt sich alsbald die Decke wieder. Die schmalen Furten, welche über die Salzdecke der Schotts führen, werden besonders in der Regenzeit höchst gefährlich, indem der Regen die vom Flugsande überdeckte Kruste bloßlegt und auswäscht.

Das Wasser dieser Schotts ist grün und dickflüssig und bei weitem salziger als das des Meeres. Ein Versuch, die Tiefe des Abgrundes unter sich zu messen, würde des Terrain halber zu keinem Resultate führen, doch darf wohl angenommen werden, daß keiner der Salzmoräste tiefer als fünfzig Meter ist. Die eigentliche Gefahr bei dem Einbrechen durch die Salzdecke ist bedingt durch die Massen eines flüssigen, beweglichen Sandes, welcher unter der fünfzig bis achtzig Centimeter tiefen, hellgrünen Wasserschicht schwimmt und ein Produkt der Jahrtausende langen Arbeit des Samums ist, der den Sand aus der Wüste in das Wasser trieb.

Schon die ältesten arabischen Geographen, wie Ebn Dschobeir, Ebn Batuta, Obeidah el Bekri, El Istakhri und Omar Ebn el Wardi, stimmen in der Gefährlichkeit dieser Schotts für die Reisenden überein. Der Dscherid verschlang schon Tausende von Kameelen und Menschen, welche in seiner Tiefe spurlos verschwanden. Im Jahre 1826 mußte eine Karawane, welche aus mehr als tausend Lastkameelen bestand, den Schott überschreiten. Ein unglücklicher Zufall brachte das Leitkameel, welches an der Spitze des Zuges schritt, vom schmalen Wege ab. Es verschwand im Abgrunde des Schott, und ihm folgten alle anderen Thiere, welche rettungslos in der zähen, seifigen Masse verschwanden. Kaum war die Karawane verschwunden, so nahm die Salzdecke wieder ihre frühere Gestalt an, und nicht die kleinste Veränderung, das mindeste Anzeichen verrieth den gräßlichen Unglücksfall. Ein solches Vorkommniß könnte unmöglich erscheinen, aber um es zu glauben, muß man sich nur vergegenwärtigen, daß jedes Kameel gewohnt ist, dem voranschreitenden, mit dem es ja meist auch durch Stricke verbunden ist, blind und unbedingt zu folgen, und daß der Pfad über die Schotts oft so schmal ist, daß es einem Thiere oder gar einer Karawane ganz unmöglich wird, wieder umzukehren.

Der Anblick dieser tückischen Flächen, unter denen der Tod lauert, erinnert an einzelnen Stellen an den bläulich schillernden Spiegel geschmolzenen Bleies. Die Kruste ist zuweilen hart und durchsichtig wie Flaschenglas und klingt bei jedem Schritte wie der Boden der Solfatara in Neapel; meist aber bildet sie eine weiche, breiige Masse, welche vollständig sicher zu sein scheint, aber doch nur so viel Festigkeit besitzt, um einen leichten Anflug von Sand zu tragen, bei jeder anderen Last aber unter derselben zu weichen, um sich über ihr wieder zu schließen.

Den Führern dienen kleine, auseinander liegende Steine als Wegzeichen. Früher gab es auf dem Schott El Kebir auch eingesteckte Palmenäste. Der Ast der Dattelbäume heißt Dscherid, und diesem Umstande hat der Schott seinen zweiten Namen zu verdanken. Diese Steinhäufchen heißen „Gmaïr“, und auch sie fehlen an solchen Punkten, wo auf mehrere Meter Länge der Boden von einer den Pferden bis an die Brust reichenden Wasserfläche bedeckt wird.

Die Kruste der Schotts bildet übrigens nicht etwa eine einheitliche, flache Ebene, sondern sie zeigt im Gegentheile Wellen, welche selbst dreißig Meter Höhe erreichen. Die Kämme dieser Bodenwellen bilden eben die Furten, welche von den Karawanen benützt werden, und zwischen ihnen, in den tiefer liegenden Stellen, lauert das Verderben. Doch geräth schon bei einem mäßigen Winde die Salzdecke in eine schwingende Bewegung und läßt das Wasser aus einzelnen Öffnungen und Löchern mit der Macht einer Quelle hervorbrechen.

Also diese freundlich glitzernde, aber trügerische Fläche lag zu unserer Linken, als wir den Weg nach Kris verfolgten, von wo aus eine Furt über den Schott nach Fetnassa auf der gegenüberliegenden Halbinsel des Nifzaua führt. Halef streckte die Hand aus und deutete hinab.

„Siehst Du den Schott, Sihdi?“

„Ja.“

„Bist Du schon einmal über einen Schott geritten?“

„Nein.“

„So danke Allah, denn vielleicht wärest Du sonst bereits zu Deinen Vätern versammelt! Und wir wollen wirklich hinüber?“

„Allerdings.“

„Bismillah, in Gottes Namen! Mein Freund Sadek wird wohl noch am Leben sein."
„Wer ist das?"
„Mein Bruder Sadek ist der berühmteste Führer über den Schott Dscherid; er hat noch niemals einen falschen Schritt getan. Er gehört zum Stamme der Merasig und ward geboren von seiner Mutter in Muï Hamed, lebt aber mit seinem Sohne, der ein wackerer Krieger ist, in Kris. Er kennt den Schott, wie kein Zweiter, und er ist es ganz allein, dem ich Dich anvertrauen möchte, Sihdi. Reiten wir direkt nach Kris?"
„Wie weit haben wir noch bis hin?"
„Ein Kleines über eine Stunde."
„So biegen wir jetzt ab gegen West. Wir müssen sehen, ob wir eine Spur der Mörder finden."
„Du meinst wirklich, daß sie auch nach Kris gegangen sind?"
„Auch sie haben jedenfalls im Freien ihr Lager gehalten und werden bereits vor uns sein, um über den Schott zu gehen."
Wir verließen den bisherigen Weg und hielten grad nach West. In der Nähe des Pfades fanden wir viele Spuren, welche wir zu durchschneiden hatten; dann aber wurden sie weniger zahlreich und hörten endlich ganz auf. Da schließlich, wo der Reitpfad nach El Hamma führt, erblickte ich die Fährte zweier Pferde im Sande, und nachdem ich sie gehörig geprüft hatte, gelangte ich zu der Überzeugung, daß es die gesuchte sei. Wir folgten ihr bis in die Nähe von Kris, wo sie sich im breiten Wege verlor. Ich hatte also die Gewißheit, daß sich die Mörder hier befanden.
Halef war nachdenklich geworden.
„Sihdi, soll ich Dir etwas sagen?" meinte er.
„Sage es!"
„Es ist doch gut, wenn man im Sande lesen kann."
„Es freut mich, daß Du zur Erkenntniß kommst. Doch da ist Kris. Wo ist die Wohnung Deines Freundes Sadek?"
„Folge mir!"
Er ritt um den Ort, der aus einigen unter Palmen liegenden Zelten und Hütten bestand, herum bis zu einer Gruppe von Mandelbäumen, in deren Schutze eine breite, niedere Hütte lag, aus der bei unserem Anblick ein Araber trat und meinem kleinen Halef freudig entgegeneilte.
„Sadek, mein Bruder, Du Liebling des Khalifen!"
„Halef, mein Freund, Du Gesegneter des Propheten!"
Sie lagen einander in den Armen und herzten sich wie ein Liebespaar.
Dann aber wandte sich der Araber zu mir:
„Verzeihe, daß ich Dich vergaß! Tretet ein in mein Haus; es ist das Eurige!"
Wir folgten seinem Wunsche. Er war allein und präsentirte uns allerhand Erfrischungen, denen wir fleißig zusprachen. Jetzt glaubte Halef die Zeit gekommen, mich seinem Freunde vorzustellen.

„Das ist Kara Ben Nemsi, ein großer Taleb aus dem Abendlande, der mit den Vögeln redet und im Sande lesen kann. Wir haben schon viele große Thaten vollbracht; ich bin sein Freund und Diener und soll ihn zum wahren Glauben bekehren.“

Der brave Mensch hatte mich einmal nach meinem Namen gefragt und wirklich das Wort Karl im Gedächtnisse behalten. Da er es aber nicht auszusprechen vermochte, so machte er rasch entschlossen ein Kara daraus und setzte Ben Nemsi, Nachkomme der Deutschen, hinzu. Wo ich mit den Vögeln geredet hatte, konnte ich mich leider nicht entsinnen, jedenfalls sollte mich diese Behauptung ebenbürtig an die Seite des weisen Salomo stellen, der ja auch die Gabe gehabt haben soll, mit den Thieren zu sprechen. Auch von den großen Thaten, die wir vollbracht haben sollten, wußte ich weiter nichts, als daß ich einmal im Gestrüppe hängen geblieben und dabei gemächlich von meinem kleinen Berbergaule gerutscht war, der diese Gelegenheit dann benutzte, einmal mit mir Haschens zu spielen. Der Glanzpunkt der Halef'schen Diplomatik war nun allerdings die Behauptung, daß ich mich von ihm bekehren lassen wolle. Er verdiente dafür eine Zurechtweisung; daher frug ich Sadek:

„Kennst Du den ganzen Namen Deines Freundes Halef?“

„Ja.“

„Wie lautet er?“

„Er lautet Hadschi Halef Omar.“

„Das ist nicht genug. Er lautet Hadschi Halef Omar Ben Hadschi Abul Abbas Ibn Hadschi Dawud al Gossarah. Du hörst also, daß er zu einer frommen, verdienstvollen Familie gehört, deren Glieder alle Hadschi waren, obgleich – – –“

„Sihdi,“ unterbrach mich Halef mit einer ganz unbeschreiblichen Pantomime des Schreckens, „sprich nicht von den Verdiensten Deines Dieners! Du weißt, daß ich Dir stets gern gehorchen werde.“

„Ich hoffe es, Halef. Du sollst nicht von Dir und mir sprechen; frage lieber Deinen Freund Sadek, wo sich sein Sohn befindet, von dem Du mir gesagt hast!“

„Hat er wirklich von ihm gesprochen, Effendi?“ frug der Araber. „Allah segne Dich, Halef, daß Du derer gedenkst, die Dich lieben! Omar Ibn Sadek, mein Sohn, ist über den Schott nach Seftimi gegangen und wird noch heute wiederkehren.“

„Auch wir wollen über den Schott, und Du sollst uns führen,“ meinte Halef.

„Ihr? Wann?“

„Noch heute.“

„Wohin, Sihdi?“

„Nach Fetnassa. Wie ist der Weg hinüber?“

„Gefährlich, sehr gefährlich. Es gibt nur zwei wirklich sichere Wege hinüber an das jenseitige Ufer, nämlich El Toserija zwischen Toser und Fetnassa und Es Suida zwischen Nefta und Sarsin. Der Weg von hier nach Fetnassa aber ist der allerschlimmste, und nur zwei gibt es, die ihn genau kennen; das bin ich und Arfan Rakedihm hier in Kris.“

„Kennt Dein Sohn den Weg nicht auch?“

„Ja, aber allein ist er ihn noch nicht gegangen. Desto besser aber kennt er die Strecke nach Seftimi."
„Diese fällt wohl einige Zeit lang zusammen mit der nach Fetnassa."
„Über zwei Drittheile, Sihdi."
„Wenn wir am Mittag aufbrechen, bis wann sind wir in Fetnassa?"
„Vor Anbruch des Morgens, wenn Deine Thiere gut sind."
„Du gehst auch während der Nacht über den Schott?"
„Wenn der Mond leuchtet, ja. Ist es aber dunkel, so übernachtet man auf dem Schott, und zwar da, wo das Salz so dick ist, daß es das Lager tragen kann."
„Willst Du uns führen?"
„Ja, Effendi."
„So laß uns zunächst den Schott besehen!"
„Du hast noch keinen Schott überschritten?"
„Nein."
„So komm! Du sollst den Sumpf des Todes sehen, den Ort des Verderbens, das Meer des Schweigens, über welches ich Dich hinwegführen werde mit sicherem Schritte."
Wir verließen die Hütte und wandten uns nach Osten. Nachdem wir einen breiten, sumpfigen Rand überschritten hatten, gelangten wir an das eigentliche Ufer des Schott, dessen Wasser vor der Salzkruste, die es deckte, nicht zu sehen war. Ich stach mit meinem Messer hindurch und fand das Salz vierzehn Centimeter dick. Dabei war es so hart, daß es einen mittelstarken Mann zu tragen vermochte. Es wurde verhüllt von einer dünnen Lage von Flugsand, welcher an vielen Stellen weggeweht war, die dann in bläulich weißem Schimmer erglänzten.
Noch während ich mit dieser Untersuchung beschäftigt war, ertönte hinter uns eine Stimme:
„Sallam aaleïkum, Friede sei mit Euch!"
Ich wandte mich um. Vor uns stand ein schlanker, krummbeiniger Beduine, dem irgend eine Krankheit oder wohl auch ein Schuß die Nase weggenommen hatte.
„Aaleïkum!" antwortete Sadek. „Was tut mein Bruder Arfan Rakedihm hier am Schott? Er trägt die Reisekleider. Will er fremde Wanderer über die Sobha führen?"
„So ist es," antwortete der Gefragte. „Zwei Männer sind es, die gleich kommen werden."
„Wohin wollen sie?"
„Nach Fetnassa."
Nun deutete er auf mich und Halef und fragte:
„Wollen diese zwei Fremdlinge auch über den See?"
„Ja."
„Wohin?"
„Auch nach Fetnassa."
„Und Du sollst sie führen?"
„Du eräthst es."

„Sie können gleich mit mir gehen; dann ersparst Du Dir die Mühe."
„Es sind Freunde, die mir keine Mühe machen werden."
„Ich weiß es: Du bist geizig und gönnst mir nichts. Hast Du mir nicht stets die reichsten Reisenden weggefangen?"
„Ich fange Keinen weg; ich führe nur die Leute, welche freiwillig zu mir kommen."
„Warum ist Omar, Dein Sohn, Führer nach Seftimi geworden? Ihr nehmt mir mit Gewalt das Brod hinweg, damit ich verhungern soll; Allah aber wird Euch strafen und Eure Schritte so lenken, daß Euch der Schott verschlingen wird."
Es mochte sein, daß die Concurrenz hier eine Feindschaft entwickelt hatte, aber dieser Mann besaß überhaupt keine guten Augen, und so viel war sicher, daß ich mich ihm nicht gern anvertraut hätte. Er wandte sich von uns und schritt am Ufer hin, wo in einiger Entfernung zwei Reiter erschienen, welche er führen sollte.
„Sihdi," rief Halef. „Kennst Du sie?"
„Ich kenne sie."
„Wollen wir sie ruhig ziehen lassen?"
Er hob bereits das Gewehr zum Schusse empor. Ich hinderte ihn daran.
„Laß! Sie werden uns nicht entgehen."
„Wer sind die Männer?" frug unser Führer.
„Mörder," antwortete Halef.
„Haben sie Jemand aus Deiner Familie oder aus Deinem Stamme getödtet?"
„Nein."
„Hast Du über Blut mit ihnen zu richten?"
„Nein."
„So laß sie ruhig ziehen! Es taugt nicht, sich in fremde Händel zu mischen."
Der Mann sprach wie ein ächter Beduine. Er hielt es nicht einmal für nöthig, die Männer, welche ihm als Mörder geschildert worden waren, mit einem Blick zu betrachten. Auch sie hatten uns bemerkt und erkannt. Ich sah, wie sie sich beeilten, auf die Salzdecke zu kommen. Als dies geschehen war, hörten wir ein verächtliches Lachen, mit welchem sie uns den Rücken kehrten.
Wir gingen in die Hütte zurück, ruhten noch bis Mittag aus, versahen uns dann mit dem nöthigen Proviante und traten die gefährliche Wanderung an.
Ich habe auf fremden, unbekannten Strömen zur Winterszeit mit Schneeschuhen meilenweite Strecken zurückgelegt und mußte jeden Augenblick gewärtig sein, einzubrechen, habe aber dabei niemals die Empfindung wahrgenommen, welche mich beschlich, als ich jetzt den heimtückischen Schott betrat. Es war nicht etwa Furcht oder Angst, sondern es mochte ungefähr das Gefühl eines Seiltänzers sein, der nicht genau weiß, ob das Tau, welches ihn trägt, auch gehörig befestigt worden ist. Statt des Eises eine Salzdecke – das war mir mehr als neu. Der eigenthümliche Klang, die Farbe, die Krystallisation dieser Kruste – das Alles erschien mir zu fremd, als daß ich mich hätte sicher fühlen können. Ich prüfte bei jedem Schritte und suchte nach sicheren Merkmalen

für die Festigkeit unseres Fußbodens. Stellenweise war derselbe so hart und glatt, daß man hätte Schlittschuhe benutzen können, dann aber hatte er wieder das schmutzige, lockere Gefüge von niedergethautem Schnee und vermochte nicht, die geringste Last zu tragen.

Erst nachdem ich mich über das so Ungewohnte einigermaßen orientirt hatte, stieg ich zu Pferde, um mich nächst dem Führer auch zugleich auf den Instinkt meines Thieres zu verlassen. Der kleine Hengst schien gar nicht zum ersten Male einen solchen Weg zu machen. Er trabte, wo Sicherheit vorhanden war, höchst wohlgemuth darauf los und zeigte dann, wenn sein Vertrauen erschüttert war, eine ganz vorzügliche Liebhaberei für die besten Stellen des oft kaum fußbreiten Pfades. Er legte dann die Ohren vor oder hinter, beschnupperte den Boden, schnaubte zweifelnd oder überlegend und trieb die Vorsicht einigemale so weit, eine zweifelhafte Stelle erst durch einige Schläge mit dem Vorderhufe zu prüfen.

Der Führer schritt voran; ich folgte ihm, und hinter mir ritt Halef. Der Weg nahm unsere Aufmerksamkeit so in Anspruch, daß nur wenig gesprochen wurde. So waren wir bereits über drei Stunden unterwegs, als sich Sadek zu mir wandte:

„Nimm Dich in Acht, Sihdi! Jetzt kommt die schlimmste Stelle des ganzen Weges."

„Warum schlimm?"

„Der Pfad geht oft durch hohes Wasser und ist dabei auf eine lange Strecke so schmal, daß man ihn mit zwei Händen bedecken kann."

„Bleibt der Boden stark genug?"

„Ich weiß es nicht genau; die Stärke unterliegt oft großen Veränderungen."

„So werde ich absteigen, um die Last zu halbieren."

„Sihdi, thue es nicht. Dein Pferd geht sicherer als Du."

Hier war der Führer Herr und Meister; ich gehorchte ihm also und blieb sitzen. Doch noch heute denke ich mit Schaudern an die zehn Minuten, welche nun folgten; zehn Minuten nur, aber unter solchen Verhältnissen sind sie eine Ewigkeit.

Wir hatten ein Terrain erreicht, auf welchem Thal und Hügel wechselte. Die wellenförmigen Erhebungen bestanden zwar aus hartem, haltbarem Salze, die Thalmulden aber aus einer zähen, breiartigen Masse, in welcher sich nur einzelne schmale Punkte befanden, auf denen Mensch und Thier nur unter höchster Aufmerksamkeit und mit der größten Gefahr zu fußen vermochten. Und dabei ging mir, trotzdem ich auf dem Pferde saß, das grüne Wasser oft bis an die Oberschenkel heran, so daß die Stellen, auf denen man fußen konnte, erst unter der Fluth gesucht werden mußten. Dabei war das Allerschlimmste, daß der Führer und dann wieder auch die Thiere diese Stellen erst suchen und dann probiren mußten, ehe sie sich mit dem ganzen Gewichte darauf wagen konnten, und doch war dieser Halt so gering, so trügerisch und verrätherisch, daß man keinen Augenblick zu lange darauf verweilen durfte, wenn man nicht versinken wollte – es war fürchterlich.

Jetzt kamen wir an eine Stelle, welche uns auf wohl zwanzig Meter Länge kaum einen zehn Zoll breiten, halbwegs zuverlässigen Pfad bot.
„Sihdi, aufgepaßt! Wir stehen mitten im Tode," rief der Führer. Er wandte sich während des Forttastens mit dem Gesichte nach Morgen und betete mit lauter Stimme die heilige Fatcha: „Im Namen des allbarmherzigen Gottes. Lob und Preis Gott, dem Weltenherrn, dem Allerbarmer, der da herrscht am Tage des Gerichtes. Dir wollen wir dienen und zu Dir wollen wir flehen, auf daß Du uns führest den rechten Weg, den Weg derer, die Deiner Gnade sich freuen und nicht den Weg derer, über welche – – –"
Halef war hinter mir in das Gebet eingefallen; plötzlich aber verstummten Beide zu gleicher Zeit: – zwischen den zwei nächsten Wellenhügeln hervor fiel ein Schuß. Der Führer warf beide Arme empor, stieß einen unartikulierten Schrei aus, trat fehl und war im nächsten Augenblick unter der Salzdecke verschwunden, die sich sofort wieder über ihm schloß.
In solchen Augenblicken erhält der menschliche Geist eine Spannkraft, welche ihm eine ganze Reihe von Schlüssen, zu denen sonst Viertelstunden oder gar Stunden gehören, mit der Schnelligkeit des Blitzes und tageshellen Deutlichkeit zum Bewußtsein bringt. Noch war der Schuß nicht verhallt und der Führer nicht ganz versunken, so wußte ich bereits Alles. Die beiden Mörder wollten ihre Ankläger verderben; sie hatten ihren Führer um so leichter gewonnen, als derselbe auf den unserigen eifersüchtig war. Sie brauchten uns gar kein Leid zu thun; wenn sie unsern Führer tödteten, waren wir unbedingt verloren. Sie lauerten also hier bei der gefährlichsten Stelle des ganzen Weges und schossen Sadek nieder. Nun brauchten sie nur zuzusehen, wie wir versanken.
Daß Sadek von der Kugel in den Kopf getroffen war, merkte ich trotz der Schnelligkeit, mit der Alles geschah. Hatte die durchfahrende Kugel auch mein Pferd gestreift, oder war es der Schreck über den Schuß? Der kleine Berberhengst zuckte heftig zusammen, verlor hinten den Halt und brach ein.
„Sihdi!" brüllte hinter mir Halef in unbeschreiblicher Angst.
Ich war verloren, wenn mich nicht Eins rettete: noch während das Pferd im Versinken war und sich mit den Vorderhufen vergeblich anzuklammern suchte, stützte ich die beiden Hände auf den Sattelknopf, warf die Beine hinten in die Luft empor und schlug eine Volte über den Kopf des armen Pferdes hinweg, welches durch den hierbei ausgeübten Druck augenblicklich unter den Salzboden gedrückt wurde. In dem Augenblick, während dessen ich durch die Luft flog, hat Gott das inbrünstigste Gebet meines ganzen Lebens gehört. Nicht lange Worte und viele Minuten gehören zum Gebete; wenn man zwischen Leben und Tod hindurchfliegt, gibt es keine Worte und keine Zeit zu messen.
Ich bekam festen Boden; er wich aber augenblicklich unter mir; halb schon im Versinken, fußte ich wieder und raffte mich empor; ich sank und erhob mich, ich strauchelte, ich trat fehl, ich fand dennoch Grund; ich wurde hinabgerissen und kam dennoch vorwärts und ging dennoch nicht unter; ich hörte nichts mehr, ich fühlte nichts mehr, ich sah

nichts mehr als nur die drei Männer dort an der Salzwelle, von denen zwei mit angeschlagenem Gewehre mich erwarteten.
Da, da endlich hatte ich festen Boden unter den Füßen, festen, breiten Boden, zwar auch nur Salz, aber es trug mich sicher. Zwei Schüsse krachten – Gott wollte, daß ich noch leben sollte; ich war gestolpert und niedergestürzt; die Kugeln pfiffen an mir vorüber. Ich trug mein Gewehr noch auf dem Rücken; es war ein Wunder, daß ich es nicht verloren hatte; aber ich dachte jetzt gar nicht an die Büchse, sondern warf mich gleich mit geballten Fäusten auf die Schurken. Sie erwarteten mich nicht einmal. Der Führer floh; der Ältere der Beiden wußte, daß er ohne Führer verloren sei, und folgte ihm augenblicklich; ich faßte nur den Jüngeren. Er riß sich los und sprang davon; ich blieb hart hinter ihm. Ihm blendete die Angst und mir der Zorn die Augen; wir achteten nicht darauf, wohin uns unser Lauf führte – er stieß einen entsetzlichen, heiseren Schrei aus, und ich warf mich sofort zurück. Er verschwand unter dem salzigen Gischte und ich stand kaum dreißig Zoll vor seinem heimtückischen Grabe.
Da ertönte hinter mir ein angstvoller Ruf.
„Sihdi, Hülfe, Hülfe!“
Ich wandte mich um. Grad an der Stelle, wo ich festen Fuß gefaßt hatte, kämpfte Halef um sein Leben. Er war zwar eingebrochen, hielt sich aber an der dort zum Glücke sehr starken Salzkruste noch fest. Ich sprang hinzu, riß die Büchse herab und hielt sie ihm entgegen, indem ich mich platt niederlegte.
„Fasse den Riemen!“
„Ich habe ihn, Sihdi! O, Allah illa Allah!“
„Wirf die Beine empor; ich kann nicht ganz hin zu Dir. Halte aber fest!“
Er wandte seine letzte Kraft an, um seinen Körper in die Höhe zu schnellen; ich zog zu gleicher Zeit scharf an, und es gelang – er lag auf der sichern Decke des Sumpfes. Kaum hatte er Atem geschöpft, so erhob er sich auf die Knie und betete die vierundsechzigste Sure:
„Alles, was im Himmel und auf Erden ist, preiset Gott; sein ist das Reich, und ihm gebührt das Lob, denn er ist aller Dinge mächtig!“
Er, der Muselmann, betete; ich aber, der Christ, ich konnte nicht beten, ich konnte keine Worte finden, wie ich aufrichtig gestehe. Hinter mir lag die fürchterliche Salzfläche so ruhig, so bewegungslos, so gleißend, und doch hatte sie unsere beiden Thiere, und doch hatte sie unseren Führer verschlungen, und vor uns sah ich den Mörder entkommen, der dies Alles verschuldet hatte! Jede Faser zuckte in mir, und es dauerte eine geraume Weile, bis ich ruhig wurde.
„Sihdi, bist Du verwundet?“
„Nein. Aber Mensch, auf welche Weise hast Du Dich gerettet?“
„Ich sprang vom Pferde, grad wie Du, Effendi. Und weiter weiß ich nichts. Ich konnte erst dann wieder denken, als ich dort am Rande hing. Aber wir sind nun dennoch verloren.“

„Warum?“
„Wir haben keinen Führer. O, Sadek, Freund meiner Seele, Dein Geist wird mir verzeihen, daß ich Schuld an Deinem Tode bin. Aber ich werde Dich rächen, das schwöre ich Dir bei dem Barte des Propheten; rächen werde ich Dich, wenn ich nicht hier verderbe.“
„Du wirst nicht verderben, Halef.“
„Wir werden verderben, wir werden verhungern und verdursten.“
„Wir werden einen Führer haben.“
„Wen?“
„Omar, den Sohn Sadek's.“
„Wie soll er uns hier finden?“
„Hast Du nicht gehört, daß er nach Seftimi gegangen ist und heute wieder zurückkehren wird?“
„Er wird uns dennoch nicht finden.“
„Er wird uns finden. Sagte nicht Sadek, daß der Weg nach Seftimi und nach Fetnassa auf zwei Drittheile ganz derselbe sei?“
„Effendi, Du gibst mir neue Hoffnung und neues Leben. Ja, wir werden warten, bis Omar hier vorüberkommt.“
„Für ihn ist es ein Glück, wenn er uns findet. Er würde hier hinter uns untergehen, da der frühere Pfad versunken ist, ohne daß er es weiß.“
Wir lagerten uns neben einander am Boden nieder; die Sonne brannte so heiß, daß unsere Kleider in wenigen Minuten getrocknet und mit einer salzigen Kruste überzogen wurden, so weit sie naß gewesen waren.

Vor Gericht

Obgleich ich die Ueberzeugung hegte, daß der Sohn des ermordeten Führers kommen werde, konnte er doch statt über der See, um denselben herumgegangen sein. Wir warteten also mit großer, ja mit ängstlicher Spannung. Der Nachmittag verging; es waren nur noch zwei Stunden bis zum Abend; da ließ sich eine Gestalt erkennen, welche von Osten her langsam der Stelle nahte, an welcher wir uns befanden. Sie kam näher und näher und erblickte nun auch uns.
„Er ist es,“ meinte Halef und legte die Hände wie ein Sprachrohr an den Mund. „Omar Ben Sadek, eile herbei!“
Der Gerufene verdoppelte seine Schritte und stand bald vor uns. Er erkannte den Freund seines Vaters.
„Sei willkommen, Halef Omar!“ grüßte er.
„Hadschi Halef Omar!“ verbesserte Halef.
„Verzeihe mir! Die Freude, Dich zu sehen, ist Schuld an diesem Fehler. Du kamst nach Kris zum Vater?“
„Ja,“ antwortete Halef.

„Wo ist er? Wenn Du auf dem Schott bist, muß er in der Nähe sein."
„Er ist in der Nähe," antwortete Halef feierlich.
„Wo?"
„Omar Ibn Sadek, dem Gläubigen geziemt es, stark zu sein, wenn ihn das Kismet trifft."
„Rede, Sadek, rede! Es ist ein Unglück geschehen?"
„Ja."
„Welches?"
„Allah hat Deinen Vater zu seinen Vätern versammelt."
Der Jüngling stand vor uns, keines Wortes mächtig. Sein Auge starrte den Sprecher entsetzt an, und sein Angesicht war furchtbar bleich geworden. Endlich gewann er die Sprache wieder, aber er benützte sie auf ganz andere Weise, als ich vermuthet hatte.
„Wer ist dieser Sihdi?" frug er.
„Es ist Kara Ben Nemsi, den ich zu Deinem Vater brachte. Wir verfolgten zwei Mörder, welche über den Schott gingen."
„Mein Vater sollte Euch führen?"
„Ja; er führte uns. Die Mörder bestachen Arfan Rakedihm und stellten uns hier einen Hinterhalt. Sie schossen Deinen Vater nieder; er und die Pferde versanken in dem Sumpfe, uns aber hat Allah gerettet."
„Wo sind die Mörder?"
„Der eine starb im Salze, der andere aber ist mit dem Chabir nach Fetnassa."
„So ist der Pfad hier verdorben?"
„Ja. Du kannst ihn nicht betreten."
„Wo versank mein Vater?"
„Dort, dreißig Schritte von hier."
Omar ging so weit vorwärts, als die Decke trug, starrte eine Weile vor sich nieder und wandte sich dann nach Osten:
„Allah, Du Gott der Allmacht und Gerechtigkeit, höre mich! Muhammed, Du Prophet des Allerhöchsten, höre mich! Ihr Khalifen und Martyrer des Glaubens, hört mich! Ich, Omar Ben Sadek, werde nicht eher lachen, nicht eher meinen Bart beschneiden, nicht eher die Moschee besuchen, als bis die Dschehennah aufgenommen hat den Mörder meines Vaters! Ich schwöre es!"
Ich war tief erschüttert von diesem Schwure, durfte aber nichts dagegen sagen. Nun setzte er sich zu uns und bat mit beinahe unnatürlicher Ruhe: „Erzählt!"
Halef folgte seinem Wunsche. Als er fertig war, erhob sich der Jüngling.
„Kommt!"
Nur das eine Wort sprach er, dann schritt er voran, wieder in die Richtung zurück, aus der er gekommen war.
Wir hatten bereits vorher die schwierigsten Stellen des Weges überwunden; es war keine große Gefahr mehr zu befürchten, trotzdem wir den ganzen Abend und die ganze Nacht

hindurch marschirten. Am Morgen betraten wir das Ufer der Halbinsel Nifzaua und sahen Fetnassa vor uns liegen.
„Was nun?“ frug Halef.
„Folgt mir nur!“
Dies war das erste Wort, welches ich seit gestern von ihm hörte. Er schritt auf die dem Strande zunächst gelegene Hütte zu. Ein alter Mann saß vor derselben.
„Sallam aaleïkum!“
„Aaleïkum.“
„Du bist Abdullah el Hamis, der Salzverwieger?“
„Ja.“
„Hast Du gesehen den Chabir Arfan Rakedihm aus Kris?“
„Er betrat bei Tagesanbruch mit einem fremden Manne das Land.“
„Was thaten sie?“
„Der Chabir ruhte bei mir aus und ging dann nach Bir Rekeb, um von da nach Kris zurückzukehren. Der Fremde aber kaufte sich bei meinem Sohne ein Pferd und frug nach dem Wege nach Kbilli.“
„Ich danke Dir, Abu el Malah!“
Er ging schweigend weiter und führte uns in eine Hütte, wo wir einige Datteln aßen und eine Schale Lagmi tranken. Dann ging es nach Beschni, Negua und Mansurah, wo wir auf unsere Erkundigungen überall in Erfahrung brachten, daß wir dem Gesuchten auf den Fersen seien. Von Mansurah ist es gar nicht weit bis zu der großen Oase Kbilli. Dort gab es damals noch einen türkischen Wekil, welcher unter der Aufsicht des Regenten von Tunis den Nifzaua verwaltete. Hierzu waren ihm zehn Soldaten zur Verfügung gestellt worden.
Wir begaben uns zunächst in ein Kaffeehaus, wo Omar nicht lange Ruhe hatte. Er verließ uns, um Erkundigungen einzuziehen, und kehrte erst nach einer Stunde zurück.
„Ich habe ihn gesehen.“
„Wo?“
„Beim Wekil.“
„Beim Statthalter?“
„Ja. Er ist sein Gast und trägt sehr prächtige Kleidung. Wenn Ihr mit ihm reden wollt, so müßt Ihr kommen, denn es ist jetzt die Zeit der Audienz.“
Mein Interesse war im höchsten Grade erregt. Ein steckbrieflich verfolgter Mörder war der Gast eines großherrlichen Statthalters!
Omar führte uns über einen freien Platz hinweg nach einem steinernen, niedrigen Hause, dessen Umfassungsmauern keine Spur von Fenstern zeigten. Vor der Thür desselben standen neun Nefers, welche vor einem Onbaschi exerzirten, während der Saka zuschauend an der Thür lehnte. Wir wurden ohne Widerstand eingelassen und von einem Neger um unser Begehr befragt. Er führte uns in das Selamlük, einen kahlwändigen Raum, dessen einzige Ausstattung in einem alten Teppiche bestand, der

in einer Ecke des Zimmers ausgebreitet war. Auf demselben saß ein Mann mit verschwommenen Gesichtszügen, welcher aus einer uralten persischen Hukah Tabak rauchte.
„Was wollt Ihr?“ frug er.
Der Ton, in dem diese Frage ausgesprochen wurde, behagte mir nicht. Ich antwortete daher mit einer Gegenfrage:
„Wer bist Du?“
Er sah mich in starrem Erstaunen an.
„Der Wekil!“
„Wir wollen mit dem Gaste reden, welcher heut oder gestern bei Dir angekommen ist.“
„Wer bist Du?“
„Hier ist mein Paß.“
Ich gab ihm das Dokument in die Hand. Er warf einen Blick darauf, faltete es zusammen und steckte es in die Tasche seiner weiten Pumphosen.
„Wer ist dieser Mann?“ frug er dann weiter.
„Mein Diener.“
„Wie heißt er?“
„Er nennt sich Hadschi Halef Omar.“
„Wer ist der andere?“
„Er ist der Führer Omar Ben Sadek.“
„Und wer bist Du selbst?“
„Du hast es ja gelesen!“
„Ich habe es nicht gelesen.“
„Es steht in meinem Passe.“
„Er ist mit den Zeichen der Ungläubigen geschrieben. Von wem hast Du ihn?“
„Von dem französischen Gouvernement in Algier.“
„Das französische Gouvernement in Algier gilt hier nichts. Dein Paß hat den Wert eines leeren Papieres. Also, wer bist Du?“
Ich beschloß, den Namen zu behalten, welchen mir Halef gegeben hatte.
„Ich heiße Kara Ben Nemsi.“
„Du bist ein Sohn der Nemsi? Ich kenne sie nicht. Wo wohnen sie?“
„Vom Westen der Türkei bis an die Länder der Fransezler und Engleterri.“
„Ist die Oase groß, in der sie leben, oder haben sie mehrere kleine Oasen?“
„Sie bewohnen eine einzige Oase, die aber so groß ist, daß fünfzig Millionen Menschen auf ihr wohnen.“
„Allah akbar, Gott ist groß! Es gibt Oasen, in denen es von Geschöpfen wimmelt. Hat diese Oase auch Bäche?“
„Sie hat fünfhundert Flüsse und Millionen Bäche. Viele von diesen Flüssen sind so groß, daß Schiffe auf ihnen fahren, die mehr Menschen fassen, als Basma oder Rahmath Einwohner hat.“

„Allah kerihm, Gott ist gnädig! Welch ein Unglück, wenn alle diese Schiffe in einer Stunde von den Flüssen verschlungen würden! An welchen Gott glauben die Nemsi?“

„Sie glauben an Deinen Gott, aber sie nennen ihn nicht Allah, sondern Vater.“

„So sind sie wohl nicht Sunniten, sondern Schiiten?“

„Sie sind Christen.“

„Allah iharkilik, Gott verbrenne Dich! So bist Du also auch ein Christ?“

„Ja.“

„Ein Giaur? Und Du willst es wagen, mit dem Wekil von Kbilli zu reden! Ich werde Dir die Bastonnade geben lassen, wenn Du nicht sogleich dafür sorgest, daß Du mir aus den Augen kommst!“

„Habe ich etwas gethan, was gegen die Gesetze ist oder was Dich beleidigt?“

„Ja. Ein Giaur darf sich niemals unterstehen, mir unter die Augen zu treten. Also wie heißt hier dieser Dein Führer?“

„Omar Ben Sadek.“

„Gut! Omar Ben Sadek, wie lange dienst Du diesem Nemsi?“

„Seit gestern.“

„Das ist nicht lange. Ich will also gnädig sein und Dir nur zwanzig Hiebe auf die Fußsohle geben lassen.“

Zu mir gewendet, fuhr er fort:

„Und wie heißt dieser Dein Diener hier?“

„Allah akbar, Gott ist groß, aber er hat leider Dein Gedächtniß so klein gemacht, daß Du Dir nicht einmal zwei Namen merken kannst! Mein Diener heißt, wie ich Dir bereits gesagt habe, Hadschi Halef Omar.“

„Du willst mich beschimpfen, Giaur? Ich werde nachher Dein Urtheil fällen! Also, Halef Omar, Du bist ein Hadschi und dienst einem Ungläubigen? Das verdient doppelte Streiche. Wie lange Zeit bist Du bereits bei ihm?“

„Fünf Wochen.“

„So wirst Du sechzig Hiebe auf die Fußsohlen erhalten und darauf fünf Tage hungern und dürsten müssen! Und Du, nun wieder; wie war Dein Name?“

„Kara Ben Nemsi.“

„Gut, Kara Ben Nemsi, Du hast drei große Verbrechen begangen.“

„Welche, Sihdi?“

„Ich bin kein Sihdi; Du hast mich Dschenabin-iz oder Hazretin-iz, also Euer Gnaden oder Euer Hoheit zu nennen! Deine Verbrechen sind folgende: Du hast erstens zwei Rechtgläubige verführt, Dir zu dienen, macht fünfzehn Stockschläge; Du hast zweitens es gewagt, mich in meinem Kef zu stören, macht wieder fünfzehn Stockschläge; Du hast drittens an meinem Gedächtnisse gezweifelt, macht zwanzig Stockschläge; zusammen also fünfzig Hiebe auf die Fußsohle. Und da es mein Recht ist, für jeden Richterspruch das Wergi, die Abgabe, zu verlangen, so wird alles, was Du besitzest und bei Dir trägst, von jetzt an mir gehören; ich confiscire es.“

„O, großer Dschenabin-iz, ich bewundere Dich; Deine Gerechtigkeit ist erhaben, Deine Weisheit ganz erhaben, Deine Gnade noch erhabener und Deine Klugheit und Schlauheit am allererhabensten! Aber ich bitte Dich, edler Bei von Kbilli, laß uns Deinen Gast sehen, ehe wir die Streiche erhalten."
„Was willst Du von ihm?"
„Ich vermuthe, daß er ein Bekannter von mir ist, und möchte mich an seinem Anblick weiden."
„Er ist kein Bekannter von Dir. Denn er ist ein großer Krieger, ein edler Sohn des Sultans und ein strenger Anhänger des Kuran; er ist also nie der Bekannte eines Ungläubigen gewesen. Aber damit er sehe, wie der Wekil von Kbilli Verbrechen bestraft, werde ich ihn kommen lassen. Nicht Du sollst Dich an seinem Anblick weiden, sondern er soll sich an den Hieben ergötzen, welche Ihr erhaltet. Er wußte, daß Ihr kommen würdet."
„Ah! Woher wußte er es?"
„Ihr seid vorhin an ihm vorübergegangen, ohne ihn zu sehen, und er hat Euch sofort bei mir angezeigt. Wäret Ihr nicht von selbst gekommen, so hätte ich Euch holen lassen."
„Er hat uns angezeigt? Weßhalb?"
„Das werdet Ihr noch hören. Ihr sollt dann eine zweite Strafe erhalten, die noch größer ist als diejenige, welche ich Euch vorhin dictirt habe."
Das war nun allerdings ein eigenthümlicher, wunderlicher Verlauf, den unsere Audienz bei diesem Beamten nahm. Ein Wekil mit zehn Stück Soldaten in einer so vorgeschobenen, vergessenen Oase – er war jedenfalls einmal nichts Anderes gewesen, als höchstens Tschausch oder Mülasim, und man weiß ja, was man von einem türkischen Lieutenant zu halten hat. Diese Subalternen sind oder waren nichts anderes, als die Stiefelputzer und Pfeifenstopfer der höheren Chargen. Man hatte den guten Mann nach Kbilli gesetzt, um ihm Gelegenheit zu geben, für sich selbst zu sorgen, und dann jedenfalls nie wieder an ihn gedacht, denn der Bei von Tunis hatte bereits alle türkischen Soldaten aus dem Lande gejagt, und die Beduinenstämme standen nur in der Weise unter dem Schutze des Großherrn, daß er ihren Häuptlingen jährlich die ausbedungenen Ehrenburnus schickte, während sie sich ihm dadurch dankbar erwiesen, daß sie gar nicht mehr an ihn dachten. Der brave Wekil war also in Beziehung auf seinen Unterhalt auf Erpressung angewiesen, und da dies den Eingebornen gegenüber immer eine gefährliche Sache war, so mußte ihm ein Fremder wie ich ganz gelegen kommen. Er wußte nichts von Deutschland, er kannte nicht die Bedeutung der Consulate, er wohnte unter räuberischen Nomaden, glaubte mich schutzlos und nahm also an, ungestraft thun zu können, was ihm beliebte.
Allerdings hatte es seine Richtigkeit, daß ich nur auf mich selbst angewiesen war, aber es fiel mir doch nicht ein, mich vor „Seiner Hoheit" zu fürchten, vielmehr machte es mir Spaß, daß er uns in so genialer Unverfrorenheit mit der Bastonnade beglücken wollte. Zugleich war ich neugierig, ob sein Gastfreund wirklich der von uns Gesuchte sei. Omar konnte sich ja geirrt haben, was mir allerdings nicht wahrscheinlich erschien, wenn ich

in Betracht zog, daß dieser Gastfreund uns angezeigt hatte. Welches Verbrechens er uns bezüchtigt hatte, ahnte ich. Jedenfalls war er ein früherer Bekannter des Wekil und benutzte dies, uns auf irgend eine Weise unschädlich zu machen.
Der Statthalter klatschte in die Hände, und sogleich erschien ein schwarzer Diener, der sich vor ihm wie vor dem Sultan auf die Erde warf. Dieser flüsterte ihm einige Worte zu, worauf er sich entfernte. Nach einiger Zeit öffnete sich die Thür, und die zehn Soldaten mit ihrem Onbaschi traten ein. Sie boten einen kläglichen Anblick in ihren aus allen möglichen Fetzen zusammengesetzten Kleidern, die nicht im mindesten einer militärischen Uniform glichen; die Meisten von ihnen waren barfuß, und Alle trugen Gewehre, mit denen man Alles eher tun konnte, als schießen. Sie warfen sich kunterbunt durch einander vor dem Wekil nieder, der sie zunächst mit einem möglichst martialischen Blick musterte und dann seinen Befehl aussprach:
„Kalkyn – steht auf!“
Sie erhoben sich, und der Onbaschi riß seinen mächtigen Sarras aus der Scheide.
„Kylyn syraji – bildet die Reihe!“ brüllte er mit einer Stentorstimme.
Sie stellten sich neben einander und hielten die Flinten nach Belieben in den braunen Händen.
„Has – dur – das Gewehr über!“ commandierte er nun.
Die Flinten flogen empor, stießen gegeneinander, gegen die Mauer oder gegen die Köpfe der stattlichen Helden, kamen aber doch nach einiger Zeit glücklich auf die Achseln ihrer Besitzer zu liegen.
„Isalam – dur – präsentirt das Gewehr!“
Wieder bildeten die Flinten einen wirren Knäuel, bei dessen Unentwirrbarkeit es kein Wunder war, daß die eine ihren Lauf verlor. Der Soldat bückte sich gemächlich nieder, hob ihn in die Höhe, betrachtete ihn von allen Seiten, hielt ihn dann gegen das Licht, um hindurchzugucken und sich zu überzeugen, daß das Loch, aus dem geschossen wird, noch vorhanden sei, zog dann eine Palmenfaserschnur aus der Tasche und band den desertirten Lauf behutsam auf dem Orte fest, wo er hingehörte, nämlich an den Schaft. Dann endlich brachte er die restaurirte Waffe mit höchst befriedigter Miene in diejenige Lage, welche mit dem letzten Commandoworte vorgeschrieben war.
„Sessiz, söjle-me-niz – steht still und schwatzt nicht!“
Bei diesem Rufe drückten sie die Lippen mit sichtlicher Kraft und Energie zusammen und ließen durch ein sehr ernsthaftes Augenzwinkern erkennen, daß es ihr unumstößlicher Wille sei, keinen Laut von sich zu geben. Sie merkten, daß sie geholt worden seien, drei Verbrecher zu bewachen, und da galt es also, uns zu imponiren.
Ich mußte mir wirklich Mühe geben, bei diesem sonderbaren Exercitium ernsthaft zu bleiben, und wie ich deutlich bemerkte, hatte meine heitere Laune zugleich den Erfolg, den Muth meiner beiden Begleiter zu befestigen.
Und wieder öffnete sich die Thüre. Der Erwartete trat ein. Er war es.

Ohne uns eines Blickes zu würdigen, ging er zum Teppich, ließ sich an der Seite des Wekil nieder und nahm die Pfeife aus der Hand des Schwarzen, der mit ihm eingetreten war und sie ihm anbrannte. Dann erst erhob er das Auge und musterte uns mit einer Verachtung, die gar nicht größer gedacht werden konnte.

Jetzt nahm der Statthalter das Wort:

„Dieser Mann ist es, den Ihr sehen wolltet. Ist er ein Bekannter von Dir?"

„Ja."

„Du hast recht gesprochen; er ist ein Bekannter von Dir, das heißt, Du kennst ihn. Aber Dein Freund ist er nicht."

„Ich würde mich auch für seine Freundschaft sehr bedanken. Wie nennt er sich?"

„Er heißt Abu el Nassr."

„Das ist nicht wahr! Sein Name ist Hamd il Amasat."

„Giaur, wage es nicht, mich der Lüge zu zeihen, sonst erhältst Du zwanzig Hiebe mehr! Allerdings heißt mein Freund Hamd il Amasat; aber wisse, Du Hund von einem Ungläubigen, als ich noch als Miralai in Stambul stand, wurde ich einst des Nachts von griechischen Banditen angefallen; da kam Hamd il Amasat dazu, sprach mit ihnen und rettete mir das Leben. Seit jener Nacht heißt er Abu el Nassr, der Vater des Sieges, denn Niemand kann ihm widerstehen, nicht einmal ein griechischer Bandit."

Ich konnte mich nicht enthalten, lachend den Kopf zu schütteln.

„Du willst in Stambul Miralai, also Oberst gewesen sein? Bei welcher Truppe?"

„Bei der Garde, Du Sohn eines Schakals."

Ich trat einen Schritt näher zu ihm heran und erhob die Rechte.

„Wage es noch einmal, mich zu schimpfen, so gebe ich Dir eine Ssille, das heißt, eine solche Ohrfeige, daß Du morgen Deine Nase für ein Minaret ansehen sollst! Du wärst mir der Kerl, ein Oberst gewesen zu sein! So etwas darfst Du wohl hier Deinen Oasenhelden weis machen, nicht aber mir; verstanden!"

Er erhob sich mit ungewöhnlicher Schnelligkeit. Das war ihm noch nie vorgekommen; das ging ihm über alle seine Begriffe; er starrte mich an, als ob ich ein Gespenst sei, und stotterte dann, ich weiß nicht, ob vor Wut oder vor Verlegenheit:

„Mensch, ich hätte sogar Lawi-Pascha werden können, also General-Major, wenn mir die Stelle hier in Kbilli nicht lieber gewesen wäre!"

„Ja, Du bist ein wahrer Ausbund von Muthund Tapferkeit. Du hast mit Banditen gekämpft, welche Dein Freund mit bloßen Worten besiegte, hörst Du es? Er ist also jedenfalls ein sehr guter Bekannter von ihnen gewesen oder gar ein Mitglied ihrer Sippe. Er hat in Algier einen Raubmord begangen; er hat im Wadi Tarfaui einen Mann getötet; er hat auf dem Schott Dscherid meinen Führer, den Vater dieses Jünglings, erschossen, weil er mich verderben wollte; er ist von mir verfolgt worden bis nach Kbilli, und ich finde diesen Menschen wieder als den Freund eines Mannes, der ein Oberst im Dienste des Großherrn gewesen zu sein behauptet. Ich klage ihn des Mordes bei Dir an und verlange, daß Du ihn gefangen nimmst!"

Jetzt erhob sich auch Abu el Nassr. Er rief:
„Dieser Mensch ist ein Giaur. Er hat Wein getrunken und weiß nicht, was er redet," meinte er mit sehr geringschätzender Miene. „Er mag seinen Rausch verschlafen und sich dann verantworten."
Das war mir denn doch zu viel. Im Nu hatte ich ihn gepackt, hob ihn empor und warf ihn zu Boden. Er sprang auf und zog sein Messer.
„Hund, Du hast Dich an einem Gläubigen vergriffen; Du mußt jetzt sterben!"
Mit diesen Worten warf er sich mit aller Gewalt auf mich. Ich aber gab ihm einen so wohlgezielten Faustschlag, daß er niederstürzte und regungslos liegen blieb.
„Faßt ihn!" gebot der Wekil seinen Soldaten.
Ich erwartete, daß sie mich sofort packen würden, sah aber zu meiner Verwunderung, daß es ganz anders kam. Der Unteroffizier nämlich trat vor die Fronte der Seinigen und kommandirte:
„Komyn silahlari – legt die Gewehre weg!"
Alle bückten sich zugleich, legten ihre Flinten auf den Boden und kehrten dann in ihre vorige Haltung zurück.
„Döndärmek sagha – rechts umgedreht!"
Sie machten halbe Wendung rechts und standen nun in einer Reihe hinter einander.
„Gityn erkek tschewresinde, koschyn-iz – nehmt den Mann in die Mitte, marsch!"
Wie auf dem Exercirplatze erhoben sie den linken Fuß; der Flügelmann markierte „sol – sagha, sol – sagha – links – rechts, links – rechts!" sie marschirten um mich herum und blieben, als der Kreis gebildet war, auf das Kommando des Unteroffiziers stehen.
„Onu tutmyn – ergreift ihn!"
Zwanzig Hände mit gerade hundert braunen, schmutzigen Fingern streckten sich von hinten und vorn, von rechts und links nach mir aus und faßten mich am Burnus. Die Sache war zu komisch, als daß ich eine Bewegung zu meiner Befreiung hätte machen mögen.
„Dschenabin-iz, bizim – war herifu – Hoheit, wir haben den Kerl!" meldete der Oberstkommandirende der tapfern Truppe.
„Brakyn-jok onu tekrar azad – laßt ihn nicht wieder frei!" gebot der Statthalter mit strenger Miene.
Die hundert Finger krallten sich noch fester und tiefer in meinen Burnus als vorher, und gerade die steife, orientalische Würde, mit der das alles geschah, und die etwas urkomisch Marionettenhaftes hatte, war Schuld, daß ich beinahe laut aufgelacht hätte.
Während dieses Vorganges hatte sich Abu el Nassr wieder erhoben. Seine Augen funkelten vor Wuth und Rachgier, als er zum Wekil sagte:
„Du wirst ihn erschießen lassen!"
„Ja, er soll erschossen werden; vorher aber werde ich ihn verhören, denn ich bin ein gerechter Richter und mag Niemand ungehört verurtheilen. Bring Deine Anklage vor!"

„Dieser Giaur," begann der Mörder, „ging mit einem Führer und seinem Diener über den Schott; er traf auf uns und stürzte meinen Gefährten in die Fluthen, so daß dieser elend ertrinken mußte."
„Warum that er dies?"
„Aus Rache."
„Wofür wollte er sich rächen?"
„Er hat im Wadi Tarfaui einen Mann getödtet; wir kamen dazu und wollten ihn festnehmen, er aber entwischte uns."
„Kannst Du Deine Worte beschwören?"
„Beim Barte des Propheten!"
„Das ist genug! – Hast Du diese Worte vernommen?" frug er mich dann.
„Ja."
„Was sagst Du dazu?"
„Daß er ein Schurke ist. Er war der Mörder und hat in seiner Anklage die Personen geradezu verdreht."
„Er hat geschworen, und Du bist ein Giaur. Ich glaube nicht Dir, sondern ihm."
„Frage meinen Diener! Er ist mein Zeuge."
„Er dient einem Ungläubigen; seine Worte gelten nichts. Ich werde den großen Rath der Oase einberufen lassen, der meine Worte hören und über Dich entscheiden wird."
„Du willst mir nicht glauben, weil ich ein Christ bin, und schenkst dennoch einem Giaur Dein Vertrauen. Dieser Mensch ist ein Armenier und also kein Moslem, sondern ein Christ."
„Er hat beim Propheten geschworen."
„Das ist eine Niederträchtigkeit und eine Sünde, für die ihn Gott bestrafen wird. Wenn Du mich nicht hören willst, so werde ich ihn beim Rathe der Oase verklagen."
„Ein Giaur kann keinen Gläubigen verklagen, und der Rath der Oase könnte ihm nicht das Geringste thun, denn mein Freund besitzt ein Bu-Djeruldu und ist also ein Giölgeda padischahnün, Einer, der im Schatten des Großherrn steht."
„Und ich bin ein Giölgeda senin kyralün, Einer, der im Schatten seines Königs wandelt. Auch ich habe ein Bu-Djeruldu; Du hast es in Deiner Tasche."
„Es ist in der Sprache der Giaurs geschrieben; ich würde mich verunreinigen, wenn ich es läse. Deine Sache wird noch heute untersucht werden; zunächst aber erhaltet Ihr die Bastonnade: Du fünfzig, Dein Diener sechzig und Dein Führer zwanzig Hiebe auf die Fußsohle. Führt sie hinab in den Hof; ich werde nachkommen!"
„Alykomün elleri – nehmt die Hände zurück!" gebot sofort der Unteroffizier.
Die hundert Finger ließen augenblicklich von mir ab.
„Alyn-iz tüfenkleri – hebt die Flinten auf!"
Die Helden stürzten auf ihre Gewehre zu und nahmen sie wieder an sich.
„Wirmyn hep – ütsch – umschließt alle drei!"

Im Nu hatten sie mich, Halef und Omar umringt. Wir wurden hinaus in den Hof geführt, in dessen Mitte sich ein bankartiger Block befand. Seine Beschaffenheit deutete darauf hin, daß er zur Aufnahme derjenigen bestimmt sei, welche die Bastonnade erhalten sollten.
Weil ich selbst mich ruhig gefügt hatte, waren auch meine beiden Gefährten ohne allen Widerstand gefolgt, aber ich sah es in ihren Augen, daß sie nur auf mein Beispiel warteten, um der Posse ein Ende zu machen.
Als wir eine Weile vor dem Blocke gehalten hatten, erschien der Wekil mit Abu el Nassr. Der Schwarze trug den Teppich vor ihnen her, breitete ihn auf dem Boden aus und reichte, als sie sich gesetzt hatten, ihnen Feuer für ihre ausgegangenen Pfeifen. Jetzt deutete der Wekil auf mich.
„Wermyn ona elli – gebt ihm Fünfzig!“
Jetzt war es Zeit.
„Hast Du mein Bu-Djeruldu noch in der Tasche?“ frug ich ihn.
„Ja.“
„Gib es mir!“
„Du wirst es niemals zurückerhalten!“
„Warum?“
„Daß sich kein Gläubiger daran verunreinigen kann.“
„Du willst mich wirklich schlagen lassen?“
„Ja.“
„So werde ich Dir zeigen, wie es ein Nemsi macht, wenn er gezwungen ist, sich selbst Gerechtigkeit zu verschaffen!“
Der kleine Hof war an drei Seiten von einer hohen Mauer und an der vierten von dem Gebäude umschlossen; es gab keinen andern Ausgang als denjenigen, durch welchen wir eingetreten waren. Zuschauer gab es nicht; wir waren also Drei gegen Dreizehn. Die Waffen hatte man uns gelassen, so erforderte es der ritterliche Gebrauch der Wüste; der Wekil war völlig unschädlich, ebenso auch seine Soldaten, und nur Abu el Nassr konnte gefährlich werden. Ich mußte ihn vor allen Dingen kampfunfähig machen.
„Hast Du eine Schnur?“ frug ich Omar leise.
„Ja; meine Burnusschnur.“
„Mache sie los!“ Und gegen Halef fügte ich hinzu: „Du springst zum Ausgang und lässest keinen Menschen durch!“
„Verschaffe sie Dir!“ hatte indessen der Wekil geantwortet.
„Sogleich!“
Mit diesen Worten sprang ich ganz plötzlich zwischen den Soldaten hindurch und auf Abu el Nassr zu, riß ihm die Arme auf den Rücken und drückte ihm das Knie so fest auf den Nacken, daß er sich in seiner sitzenden Stellung nicht zu rühren vermochte.
„Binde ihn!“ gebot ich Omar.

Dieser Befehl war eigentlich überflüssig, denn Omar hatte mich sofort begriffen und war bereits dabei, seine Schnur um die Arme des Armeniers zu schlingen. Ehe nur eine Bewegung gegen uns geschehen konnte, war er gefesselt. Mein plötzlicher Angriff hatte den Wekil und seine Leibwache so perplex gemacht, daß sie mich ganz consternirt anstaunten. Ich zog jetzt mit der Rechten mein Messer und faßte ihn mit der Linken am Genick. Er streckte vor Entsetzen Arme und Beine von sich, als ob er bereits vollständig todt sei; desto mehr Leben aber kam in die Soldaten.

„Hatschyn, aramin imdadi – reißt aus, bringt Hilfe!“ brüllte der Onbaschi, der zuerst die Sprache wiedergefunden hatte.

Sein Säbel wäre ihm hinderlich geworden, er warf ihn weg und rannte dem Ausgange zu; die andern folgten ihm. Dort aber stand bereits der wackere Halef mit schußfertigem Gewehre.

„Geri; durar-siz bunda – zurück! Ihr bleibt hier!“ rief er ihnen entgegen.

Sie stutzten, wandten sich um und sprangen nach allen vier Richtungen auseinander, um Schutz in den Mauerecken zu suchen.

Auch Omar hatte sein Messer gezogen und stand mit finsterem Blick bereit, es Abu el Nassr in das Herz zu stoßen.

„Bist Du todt?“ frug ich den Wekil.

„Nein, aber Du wirst mich tödten?“

„Das kommt auf Dich an, Du Inbegriff aller Gerechtigkeit und Tapferkeit. Aber ich sage Dir, daß Dein Leben an einem dünnen Haare hängt.“

„Was verlangst Du von mir, Sihdi?“

Noch ehe ich antwortete, erscholl der angstvolle Ruf einer Weiber-Stimme. Ich blickte auf und bemerkte eine dicke, kleine weibliche Gestalt, welche vom Eingange her mit möglichster Anstrengung auf uns zuge--kugelt kam.

„Tut – halt!“ rief sie mir kreischend zu. „Öldirme onu; dir benim kodscha – tödte ihn nicht; er ist mein Mann!“

Also diese dicke, runde Madame, welche unter ihrer dichten Kleiderhülle mit wahrhaft schwimmähnlichen Bewegungen auf mich zusteuerte, war die gnädige Frau Statthalterin. Jedenfalls hatte sie von dem mit einem Holzgitter versehenen Frauengemache aus der interessanten Exekution zusehen wollen und zu ihrem Entsetzen bemerken müssen, daß dieselbe jetzt an ihrem Ehegatten vollzogen werden solle. Ich frug ihr ruhig entgegen:

„Wer bist Du?“

„Im kary wekilün, ich bin das Weib des Wekil,“ antwortete sie.

„Ewet, dir benim awret, gül Kbillinün – ja, sie ist mein Weib, die Rose von Kbilli,“ bestätigte ächzend der Statthalter.

„Wie heißt sie?“

„Demar-im Mersinah – ich heiße Mersinah,“ berichtete sie.

„He, demar Mersinah – ja, sie heißt Mersinah,“ ertönte das Echo aus dem Munde des Wekil.
Also sie war die „Rose von Kbilli“ und hieß Mersinah, d.i. Myrte. Einem so zarten Wesen gegenüber mußte ich nachgiebig sein.
„Wenn Du mir die Morgenröthe Deines Antlitzes zeigst, o Blume der Oase, so werde ich meine Hand von ihm nehmen,“ sagte ich.
Sofort flog der Jaschmak, der Schleier, von ihrem Angesichte. Sie hatte lange Zeit unter den Arabern gelebt, deren Frauen unverhüllt gehen, und war also weniger zurückhaltend geworden, als unter andern Verhältnissen die Türkinnen sein müssen. Übrigens handelte es sich hier, wie sie dachte, um das kostbare Leben ihres Eheherrn.
Ich blickte in ein farbloses, mattes, verschwommenes Frauenangesicht, welches so fett war, daß man die Augen kaum und das Stumpfnäschen beinahe gar nicht unterscheiden konnte. Madame Wekil war vielleicht vierzig Jahre alt, hatte aber die Folgen dieses Alters durch hochgemalte, schwarze Augenbrauen und rothangestrichene Lippen zu paralysiren gesucht. Zwei schwarze, mittels einer Kohle je auf der Mitte der Wange hervorgebrachte Punkte gaben ihr ein pittoreskes Aussehen, und als sie jetzt die Vorderarme aus der Hülle streckte, bemerkte ich, daß sie nicht bloß die Nägel, sondern auch die ganzen Hände mit Henna roth gefärbt hatte.
„Ich danke Dir, Du Sonne vom Dscherid!“ schmeichelte ich. „Wenn Du mir versprichst, daß der Wekil ruhig sitzen bleibt, soll ihm jetzt kein Leid geschehen.“
„Kaladschak-dir – er wird sitzen bleiben; ich verspreche es Dir!“
„So mag er es Deiner Lieblichkeit danken, daß ich ihn nicht zerdrücke wie eine Indschir, wie eine Feige, die in der Presse liegt, um getrocknet zu werden. Senin seda benzemar sedaja düdükün – Deine Stimme gleicht der Stimme der Flöte; senin göz perdahlamar nasyl göz güneschün – Dein Auge glänzt wie das Auge der Sonne; ile senin schekl schekla Scheheresahdenün benzemar – und Deine Gestalt ist wie die Gestalt von Scheherezahde. Nur Dir allein bringe ich das Opfer, daß ich ihn leben lasse!“
Ich nahm die Hand von ihm; er richtete sich auf, indem er erleichtert stöhnte, blieb aber gehorsam in seiner sitzenden Stellung. Sie betrachtete mich sehr aufmerksam vom Kopfe bis zu den Füßen herab und frug dann mit freundlichem Tone:
„Wer bist Du?“
„Ich bin ein Nemsi, ein Fremdling, dessen Heimat weit drüben über dem Meere liegt.“
„Sind Eure Frauen schön?“
„Sie sind schön, aber sie gleichen doch nicht den Frauen am Schott El Kebihr.“
Sie nickte, befriedigt lächelnd, und ich sah es ihr an, daß ich Gnade vor ihren Augen gefunden hatte.
„Die Nemsi sind sehr kluge, sehr tapfere und sehr höfliche Leute, das habe ich schon oft gehört,“ entschied sie. „Du bist uns willkommen! Doch warum hast Du diesen Mann gebunden; warum fliehen unsere Soldaten vor Dir, und warum wolltest Du den mächtigen Statthalter tödten?“

„Ich habe diesen Mann gebunden, weil er ein Mörder ist; Deine Soldaten flohen vor mir, weil sie merkten, daß ich sie alle Elf besiegen würde, und den Wekil habe ich gebunden, weil er mich schlagen und dann vielleicht sogar zum Tode verurtheilen wollte, ohne mir Gerechtigkeit zu geben.“
„Du sollst Gerechtigkeit haben!“
Da wollte sich mir die Überzeugung aufdrängen, daß der Pantoffel im Oriente dieselbe zauberische Kraft besitzt, wie im Abendlande. Der Wekil sah seine Autorität bedroht und machte einen Versuch, sie wieder herzustellen:
„Ich bin ein gerechter Richter und werde – – –“
„Sus-olmar-sen – Du wirst schweigen!“ gebot sie ihm. „Du weißt, daß ich diesen Menschen kenne, der sich Abu el Nassr, Vater der Sieger, nennt; er sollte sich aber Abu el Jalani, Vater der Lügner, nennen. Er war Schuld, daß man Dich nach Algier schickte, grad als Du Mülasim werden konntest; er war Schuld, daß Du dann nach Tunis kamst und hier in dieser Einsamkeit vergraben wurdest, und so oft er hier bei Dir war, mußtest Du etwas thun, was Dir Schaden brachte. Ich hasse ihn, ich hasse ihn und habe nichts dagegen, daß dieser Fremdling hier ihn tödtet. Er hat es verdient!“
„Er kann nicht getödtet werden; er ist ein Giölgeda padischahnün!“
„Tut aghyzi, halte den Mund! Er ist ein Giölgeda padischahnün, das heißt, er steht im Schatten des Padischah; dieser Fremdling aber ist ein Giölgeda wekilanün, das heißt, er steht im Schatten der Statthalterin, in meinem Schatten, hörst Du? Und wer in meinem Schatten steht, den soll Deine Hitze nicht verderben. Steh auf und folge mir!“
Er erhob sich; sie wandte sich zum Gehen, und er machte Miene, sich ihr anzuschließen. Das war natürlich ganz gegen meine Absicht.
„Halt!“ gebot ich, indem ich ihn nochmals beim Genick faßte. „Du bleibst da!“
Da wandte sie sich um.
„Hast Du nicht gesagt, daß Du ihn freigeben willst?“ frug sie.
„Ja, doch nur unter der Bedingung, daß er an seinem Platze bleibt.“
„Er kann doch nicht in alle Ewigkeit hier sitzen bleiben!“
„Du hast Recht, o Perle von Kbilli; aber er kann jedenfalls so lange hier bleiben, bis meine Angelegenheit erledigt ist.“
„Die ist bereits erledigt.“
„Inwiefern?“
„Habe ich Dir nicht gesagt, daß Du uns willkommen bist?“
„Das ist richtig.“
„Du bist also unser Gast und sollst mit den Deinen so lange bei uns wohnen, bis es Dir gefällig ist, uns wieder zu verlassen.“
„Und Abu el Nassr, den Du Abu el Jalani genannt hast?“
„Er bleibt Dein, und Du kannst mit ihm machen, was Du willst.“
„Ist das wahr, Wekil?“

Er zögerte, eine Antwort zu geben, doch ein strenger Blick aus den Augen seiner Herrin zwang ihn, zu sprechen:
„Ja."
„Du schwörst es mir?"
„Ich schwöre es."
„Bei Allah und seinem Propheten!"
„Muß ich?" frug er Madame, die Rose von Kbilli.
„Du mußt!" antwortete sie sehr entschieden.
„So schwöre ich es bei Allah und dem Propheten."
„Nun darf er mit mir gehen?"
„Er darf."
„Du wirst nachkommen und mit uns einen Hammel mit Kuskussu speisen."
„Hast Du einen Ort, an dem ich Abu el Nassr sicher aufbewahren kann?"
„Nein. Binde ihn an den Stamm der Palme dort an der Mauer. Er wird Dir nicht entfliehen, denn ich werde ihn durch unsere Truppen bewachen lassen."
„Ich werde ihn selbst bewachen," antwortete Omar an meiner Stelle. „Er wird mir nicht entfliehen, sondern mit seinem Tode das Leben meines Vaters bezahlen. Mein Messer wird so scharf sein, wie mein Auge."
Der Mörder hatte von dem Augenblick seiner Fesselung an nicht das kleinste Wort gesprochen; aber sein Auge glühte tückisch und unheimlich auf uns, als er uns nach der Palme folgen mußte, an welcher wir ihn festbanden. Es lag wahrhaftig nicht in meiner Absicht, ihm das Leben zu nehmen; aber er war der Blutrache verfallen, und ich wußte, daß keine Bitte meinerseits Omar vermocht hätte, ihn zu begnadigen. Ed d'em b'ed d'em, oder wie der Türke sagt, kan kanü ödemar, das Blut bezahlt das Blut. Am liebsten wäre es mir trotz Allem gewesen, wenn es ihm gelingen konnte, ohne meine Mitwissenschaft zu entwischen; aber so lange ich mich auf seiner Fährte befunden hatte und so lange er sich in meiner Gewalt befand, mußte ich ihn als Feind und Mörder betrachten und also auch als solchen behandeln. Gewiß war es auf alle Fälle, daß er mich nicht schonen würde, falls ich das Unglück haben sollte, in seine Hand zu fallen.
Ich ließ ihn also in der Obhut Omar's und begab mich mit Halef nach dem Selamlük. Unterwegs frug mich der kleine Diener:
„Du sagtest, dieser Mensch sei kein Moslem. Ist dies wahr?"
„Ja. Er ist ein armenischer Christ und gibt sich da, wo er es für geboten hält, für einen Mohammedaner aus."
„Und Du hältst ihn für einen schlechten Menschen?"
„Für einen sehr schlechten."
„Siehst Du, Effendi, daß die Christen schlechte Menschen sind! Du mußt Dich zum wahren Glauben bekennen, wenn Du nicht in alle Ewigkeit in der Dschehenna braten willst!"
„Und Du wirst selbst so lange darin braten!"

„Weßhalb?“
„Hast Du mir nicht erzählt, daß im Derk Asfal, in der siebenten und tiefsten Hölle, alle Lügner und Heuchler braten und die Teufelsköpfe vom Baume Zakum essen müssen?“
„Ja, aber was habe ich damit zu schaffen?“
„Du bist ein Lügner und Heuchler!“
„Ich, Sihdi? Meine Zunge redet die Wahrheit, und in meinem Herzen ist kein Falsch. Wer mich so nennt, wie Du mich nanntest, den wird meine Kugel treffen!“
„Du lügst, Mekka gesehen zu haben, und heuchelst, ein Hadschi zu sein. Soll ich das dem Wekil erzählen?“
„Aman, aman, verzeihe! Das wirst Du nicht thun an Hadschi Halef Omar, dem treuesten Diener, den Du finden kannst!“
„Nein, ich werde es nicht thun; aber Du kennst auch die Bedingung, unter welcher ich schweige.“
„Ich kenne sie und werde mich in Acht nehmen, doch wirst Du dennoch ein wahrer Gläubiger werden, Du magst nun wollen oder nicht, Sihdi!“
Wir traten ein und wurden bereits von dem Wekil erwartet. Es war keineswegs die freundlichste Miene, mit welcher er mich empfing.
„Setze Dich!“
Ich folgte seiner Aufforderung und nahm hart neben ihm Platz, während Halef sich mit den Pfeifen zu thun machte, welche man mittlerweile in einer Ecke des Raumes bereitgestellt hatte.
„Warum wolltest Du das Angesicht meines Weibes sehen?“ begann die Unterhaltung.
„Weil ich ein Franke bin, der gewohnt ist, stets das Angesicht dessen zu sehen, mit dem er spricht.“
„Ihr habt schlechte Sitten! Unsere Frauen verbergen sich, die Eurigen aber lassen sich sehen. Unsere Frauen tragen Kleider, die oben lang und unten kurz sind; die Eurigen aber haben Gewänder, welche oben kurz und unten lang, oft auch oben und unten zugleich kurz sind. Habt Ihr jemals eine unserer Frauen bei Euch gesehen? Eure Mädchen aber kommen zu uns, und weßhalb? O jazik, o wehe!“
„Wekil, ist das die Gastfreundschaft, welche mir von Euch geboten wurde? Seit wann ist es Sitte geworden, den Gastfreund mit einer Beleidigung zu empfangen? Ich brauche weder Deinen Hammel noch Dein Kuskussu und werde wieder hinuntergehen in den Hof. Folge mir!“
„Effendi, verzeihe mir! Ich wollte Dir nur sagen, was ich dachte, aber ich wollte Dich nicht beleidigen.“
„Wer nicht beleidigen will, darf nicht stets sagen, was er denkt. Ein schwatzhafter Mann gleicht einem zerbrochnen Topfe, den Niemand brauchen kann, weil er nichts bewahrt.“
„Setze Dich wieder nieder und erzähle mir, wo Du Abu el Nassr getroffen hast.“
Ich erstattete ihm ausführlichen Bericht von unserem Abenteuer. Er hörte schweigend zu und schüttelte sodann den Kopf.

„Du glaubst also, daß er den Kaufmann in Blidah ermordet hat?"
„Ja."
„Du warst nicht dabei!"
„Ich schließe es."
„Nur Allah allein darf schließen; er ist allwissend, und des Menschen Gedanke ist wie der Reiter, den ein ungehorsames Pferd dorthin trägt, wohin er nicht kommen wollte."
„Nur Allah darf schließen, weil er allwissend ist? O Wekil, Dein Geist ist müde von den vielen Hammeln mit Kuskussu, die Du gegessen hast! Eben weil Allah allwissend ist, braucht er nicht zu schließen; wer schließt, der sucht ein Ergebniß seiner Folgerungen, ohne es vorher zu kennen."
„Ich höre, daß Du ein Taleb bist, ein Gelehrter, der viele Schulen besucht hat, denn Du sprichst in Worten, die Niemand verstehen kann. Und Du glaubst auch, daß er den Mann im Wadi Tarfaui getötet hat?"
„Ja."
„Warst Du dabei?"
„Nein."
„So hat es Dir der Todte erzählt?"
„Wekil, die Hammel, welche Du verzehrtest, hätten gewußt, daß ein Todter nicht mehr sprechen kann!"
„Effendi, jetzt sprichst Du selbst eine Unhöflichkeit! Also Du warst nicht dabei, und der Todte konnte es Dir nicht sagen; woher also willst Du wissen, daß er ein Mörder ist?"
„Ich schließe es."
„Ich habe Dir bereits gesagt, daß nur Allah schließen darf!"
„Ich habe seine Spur gesehen und verfolgt, und als ich ihn traf, hat er mir den Mord eingestanden."
„Daß Du seine Spur gefunden hast, ist kein Beweis, daß er ein Mörder ist, denn mit einer Spur hat noch Niemand einen Menschen erschlagen. Und daß er Dir den Mord eingestanden hat, das macht mich nicht irre; er ist ein Kusch-schakanün, ein Spaßvogel, dessen Absicht es war, sich einen Scherz zu machen."
„Mit einem Morde spaßt man nicht!"
„Aber mit einem Menschen, und der warst Du. Und Du glaubst auch endlich, daß er den Führer Sadek erschossen hat?"
„Ja."
„Du warst dabei?"
„Allerdings."
„Und hast es gesehen?"
„Sehr deutlich. Auch Hadschi Halef Omar ist Zeuge."
„Nun wohl, so hat er ihn erschossen; aber willst Du wirklich deshalb sagen, daß er ein Mörder sei?"
„Natürlich!"

„Sihdi, Allah stärke Deine Gedanken, denn Du sollst gleich einsehen, daß der Mensch nicht schließen soll!"
„Nun?"
„Weil Du Zeuge bist, daß er den Führer erschossen hat, schließest Du, daß er ein Mörder sei?"
„Das versteht sich doch ganz von selbst."
„Falsch! Wenn es nun eine Blutrache gewesen wäre. Gibt es in Deinem Lande keine Blutrache?"
„Nein."
„So sage ich Dir, daß der Bluträcher niemals ein Mörder ist. Kein Richter verdammt ihn; nur diejenigen, zu denen der Todte gehörte, haben das Recht, ihn zu verfolgen."
„Aber Sadek hat ihn nicht beleidigt!"
„So wird ihn der Stamm beleidigt haben, zu welchem Sadek gehörte."
„Auch das ist nicht der Fall. Wekil, ich will Dir sagen, daß ich meinerseits mit diesem Abu el Nassr, der eigentlich Hamd il Amasat heißt und schon vorher wohl auch noch einen armenischen Namen getragen hat, gar nichts zu schaffen haben mag, sobald er mich in Ruhe läßt. Aber er hat den Führer Sadek erschlagen, dessen Sohn Omar Ben Sadek ist, und dieser Letztere hat also, wie Du vorhin selbst erklärtest, ein Recht auf das Leben des Mörders. Mache es mit ihm ab, doch sorge auch dafür, daß mir dieser Vater der Sieger nicht wieder begegnet, sonst rechne ich mit ihm ab!"
„Sihdi, jetzt trieft Deine Rede von Weisheit. Ich werde mit Omar sprechen, der ihn freigeben soll; Du aber bist mein Gast, so lange es Dir gefällt."
Er erhob sich und schritt nach dem Hofe. Ich wußte voraus, daß alle seine Bemühungen bei Omar vergeblich sein würden. Wirklich kehrte er nach einer Zeit mit finsterer Miene zurück und blieb auch schweigsam, als der am Spieße gebratene Hammel aufgetragen wurde, den die lieblichen Hennafinger der „Rose von Kbilli" zubereitet hatten. Ich und Halef, wir langten wacker zu, und eben hatte mir der Wekil gesagt, daß Omar seine Mahlzeit hinaus in den Hof bekommen solle, da er nicht zu bewegen sei, von seinem Gefangenen fortzugehen, als draußen ein lauter Schrei erscholl. Ich horchte auf, und der Ruf wiederholte sich:
„Breh, Effendina, zu Hilfe!"
Dieser Ruf galt mir. Ich sprang auf und eilte hinaus. Omar lag an der Erde und balgte sich mit den Soldaten herum, der Gefangene aber war nicht zu sehen. Am andern Ausgange aber stand der Schwarze und grinste mir mit schadenfroher Miene entgegen:
„Fort, Sihdi – dort reiten!"
Drei Schritte brachten mich vor das Haus, und ich sah Abu el Nassr eben zwischen den Palmen verschwinden. Er ritt ein Eilkameel, welches einen ganz famosen Schritt zu haben schien. Ich errieth Alles. Wekil war erfolglos im Hofe gewesen, aber er wollte Abu el Nassr retten; er hatte dem Schwarzen den Befehl gegeben, das Kameel bereit zu halten,

und den Soldaten befohlen, Omar zu halten und den Gefangenen loszuschneiden. Die elf muthigen Helden hatten sich an diesen Einen gewagt, und der Streich war gelungen. Freilich hatten sie dieses Gelingen theuer bezahlt. Omar hatte sein Messer gebraucht, und als ich den Knäuel, den die Kämpfenden bildeten, aus einander brachte, sah ich, daß mehrere von ihnen bluteten.

„Er ist fort, Sihdi!“ keuchte der junge Führer vor Wut und Anstrengung.

„Ich sah es.“

„Wohin?“

„Dorthin.“

Ich deutete mit der Hand die Himmelsrichtung an.

„Strafe Du diese hier, Effendi, ich aber werde dem Entflohenen nachjagen.“

„Er saß auf einem Reitkameele.“

„Ich werde ihn dennoch ereilen.“

„Du hast kein Thier!“

„Sihdi, ich habe hier Freunde, welche mir ein edles Thier geben werden, und Datteln und Wasserschläuche. Ehe er am Horizonte verschwindet, werde ich auf seiner Spur sein. Du wirst auch die meinige finden, wenn Du mir nachkommen willst.“

Er eilte von dannen.

Halef hatte Alles gesehen und mir auch geholfen, Omar aus den Händen der Soldaten zu befreien. Er glühte vor Zorn.

„Warum habt Ihr diesen Menschen befreit, Ihr Hunde, Ihr Abkömmlinge von Mäusen und Ratten – – –“

Er hätte sicherlich seine Strafpredigt fortgesetzt, wenn nicht die Wekila auf dem Platze erschienen wäre. Sie war wieder dicht verschleiert.

„Was ist geschehen?“ frug sie mich.

„Deine Truppen sind über meinen Führer hergefallen –“

„Murdarlar, tschapkinler – Ihr Schurken, Ihr Buben!“ rief sie, mit dem Fuße stampfend und die roten Fäuste durch die Hülle zwängend.

„Und haben den Gefangenen befreit – – –“

„Tschodschukler, dolandyryschler – Ihr Spitzbuben, Ihr Betrüger!“ fuhr sie fort, und es hatte allen Anschein, als ob sie sich an ihnen vergreifen werde.

„Auf Befehl des Wekil,“ fügte ich hinzu.

„Des Wekil? – Bu kurd, bu jalangdschy, bu faidasitzlikler, bu imaddschilikler – Der Wurm, der Ungehorsame, der Unnütze, der Trotzkopf! Meine Hand soll über ihn kommen, ile gertschekki hemen schimdi, und zwar sogleich, in diesem Augenblick!“

Sie wandte sich um und ruderte in vollem Zorne nach dem Selamlük.

O Du beglückende Pantoffelherrschaft, Dein Zepter ist ganz dasselbe im Norden wie im Süden, im Osten wie im Westen! Halef machte ein sehr befriedigtes Gesicht und meinte: „Sie ist der Wekil und er die Wekila, und wir stehen uns hier besser im Giölgeda wekilanün, im Schatten der Statthalterin, als wenn wir ein Bu-Djeruldu hätten und der

Giölgeda padischahnün, der Schatten des Großherrn, uns beschützte. Hamdulillah, Preis sei Allah, daß ich nicht so glücklich bin, der Wekil dieser Statthalterin zu sein!" – – – Die Tschikarma.

Im Harem

Auch ich lag auf dem weichen Divan meiner gemietheten Wohnung, schlürfte würzigen Mokka und schwelgte im Dufte des würzigen Djebeli, welcher meiner Pfeife entströmte. Die starken, nach außen fensterlosen Mauern boten dem Sonnenbrande Einhalt, und die aufgestellten porösen Thongefäße, durch deren Wände das Nilwasser verdunstete, machten die Atmosphäre so erträglich, daß ich von der während der Mittagszeit hier so gewöhnlichen Abspannung des Menschen wenig oder gar nichts bemerkte.

Da erhob sich draußen die scheltende Stimme meines Dieners Halef Agha.

Halef Agha? Ja, mein guter, kleiner Halef war ein Agha, ein Herr geworden, und wer hatte ihn dazu gemacht? Spaßhafte Frage! Wer denn sonst als er selbst!

Wir waren über Tripolis und Kufarah nach Egypten gekommen, hatten Kairo besucht, welches der Araber schlechtweg el Masr, die Hauptstadt, oder noch lieber el Kahira, die Siegreiche, nennt, waren den Nil, so weit es mir meine beschränkten Mittel erlaubten, hinaufgefahren und hatten uns dann zum Ausruhen die Wohnung genommen, in welcher ich mich ganz wohl befunden hätte, wenn nicht mein sonst ganz prächtiger Divan und alle Teppiche sehr dicht von jenen springfertigen, stechkundigen Geschöpfen heimgesucht worden wären, von welchen der alte, gute Fischart dichtete:

„Mich bizt neizwaz, waz mag daz seyn?"

und von denen man außer dem großäugigen Pulex canis und dem röthlichen Pulex musculi noch den allbeliebten Pulex irritans und den wütenden Pulex penetrans kennen gelernt hat. Leider muß ich sagen, daß Egypten nicht das Jagdgefilde des „irritans", sondern des „penetrans", also nicht des „reizenden" sondern des „durchdringenden" Pulex ist, und so brauche ich wohl nicht hinzuzufügen, daß mein Kef, meine Mittagsruhe, nicht ganz ohne alle Belästigung geblieben war.

Also draußen erhob sich die scheltende Stimme meines Dieners Halef Agha, die mich aus meinen Träumen weckte:

„Was? Wie? Wen?"

„Den Effendi," antwortete es schüchtern.

„Den Effendi el kebihr, den großen Herrn und Meister willst Du stören?"

„Ich muß ihn sprechen."

„Was? Du mußt? Jetzt, in seinem Kef? Hat Dir der Teufel – Allah beschütze mich vor ihm! – den Kopf mit Nilschlamm gefüllt, so daß Du nicht begreifen kannst, was ein Effendi, ein Hekim, zu bedeuten hat, ein Mann, den der Prophet mit Weisheit speist, so daß er Alles kann, sogar die Todten lebendig machen, wenn sie ihm nur sagen, woran sie gestorben sind!"

Ach, ja wohl, ich muß es eingestehen, daß mein Halef hier in Egypten viel, viel anders geworden war! Er war jetzt außerordentlich stolz, unendlich grob und heillos aufschneiderisch geworden, und das will im Oriente viel sagen.
Im Morgenlande wird jeder Deutsche für einen großen Gärtner und jeder Ausländer für einen guten Schützen oder für einen großen Arzt gehalten. Nun war mir unglücklicherweise in Kairo eine alte, nur noch halb gefüllte homöopathische Apotheke von Willmar Schwabe in die Hand gekommen; ich hatte hier und da bei einem Fremden oder Bekannten fünf Körnchen von der dreißigsten Potenz versucht, dann während der Nilfahrt meinen Schiffern gegen alle möglichen eingebildeten Leiden eine Messerspitze Milchzucker gegeben und war mit ungeheurer Schnelligkeit in den Ruf eines Arztes gekommen, der mit dem Scheidan im Bunde stehe, weil er mit drei Körnchen Durrhahirse Todte lebendig machen könne.
Dieser Ruf hatte in dem Kopfe meines Halef eine gelinde Art von Größenwahn erweckt, der ihn aber glücklicherweise nicht hinderte, mir der treueste und aufmerksamste Diener zu sein. Daß er am meisten beitrug, meinen Ruhm zu verbreiten, das versteht sich ganz von selbst; er war ganz und gar in das schmachvolle Laster des weiland Barons Münchhausen senior verfallen und versuchte nebenbei, durch eine Grobheit zu glänzen, welche klassisch zu werden drohte.
So hatte er sich, unter anderem, von seinem geringen Lohn eine Nilpeitsche gekauft, ohne welche er gar nicht zu sehen war. Er kannte Egypten von früher her und behauptete, daß ohne Peitsche da gar nicht auszukommen sei, weil sie größere Wunder thue als Höflichkeit und Geld, von welchem Letzteren mir allerdings kein großer Überfluß zur Verfügung stand.
„Gott erhalte Deine Rede, Sihdi," hörte ich die bittende Stimme wieder; „aber ich muß Deinen Effendi, den großen Arzt aus Frankhistan, wirklich sehen und sprechen."
„Jetzt nicht."
„Es ist sehr nothwendig, sonst hätte mich mein Herr nicht gesandt."
„Wer ist Dein Herr?"
„Es ist der reiche und mächtige Abrahim-Mamur, dem Allah tausend Jahre schenken möge."
„Abrahim-Mamur? Wer ist denn dieser Abrahim-Mamur, und wie hieß sein Vater? Wer war der Vater seines Vaters und der Vater seines Vatervaters? Von wem wurde er geboren und wo leben die, denen er seinen Namen verdankt?"
„Das weiß ich nicht, Sihdi, aber er ist ein mächtiger Herr, wie ja schon sein Name sagt."
„Sein Name? Was meinst Du?"
„Abrahim-Mamur. Mamur heißt Vorsteher einer Provinz, und ich sage Dir, daß er wirklich ein Mamur gewesen ist."
„Gewesen? Er ist es also nicht mehr?"
„Nein."

„Das dachte ich mir. Niemand kennt ihn, selbst ich, Halef Agha, der tapfere Freund und Beschützer meines Gebieters, habe noch nie von ihm gehört und noch nie die Spitze seines Tarbusch gesehen. Gehe fort, mein Herr hat keine Zeit!“
„So sage mir, Sihdi, was ich thun muß, um zu ihm zu kommen!“
„Kennst Du nicht das Wort von dem silbernen Schlüssel, der die Stätten der Weisheit erschließt?“
„Ich habe diesen Schlüssel bei mir.“
„So schließe auf!“
Ich horchte gespannt und vernahm das leise Klimpern von Geldstücken.
„Ein Para? Mann, ich sage Dir, daß das Loch im Schlosse größer ist, als Dein Schlüssel; er paßt nicht, denn er ist zu klein.“
„So muß ich ihn vergrößern.“
Wieder klang es draußen wie kleine Silberstücke. Ich wußte nicht, sollte ich lachen oder mich ärgern. Dieser Halef Agha war ja ein ganz außerordentlich geriebener Portier geworden!
„Drei Para? Gut, so kann man wenigstens fragen, was Du bei dem Effendi auszurichten hast.“
„Er soll kommen und seine verzaubernde Medizin mitbringen.“
„Mensch, was fällt Dir ein! Für drei Para soll ich ihn verleiten, diese Medizin wegzugeben, welche ihm in der ersten Nacht jedes Neumondes von einer weißen Fee gebracht wird?“
„Ist das wahr?“
„Ich, Hadschi Halef Omar Agha, Ben Hadschi Abul Abbas Ibn Hadschi Dawud al Gossarah, sage es. Ich habe sie selbst gesehen, und wenn Du es nicht glaubst, so wirst Du hier diese Kamtschilama, meine Nilpeitsche, zu kosten bekommen!“
„Ich glaube es, Sihdi!“
„Das ist Dein Glück!“
„Und werde Dir noch zwei Para geben.“
„Gib sie her! Wer ist denn krank im Hause Deines Herrn?“
„Das ist ein Geheimniß, welches nur der Effendi erfahren darf.“
„Nur der Effendi? Schurke, bin ich nicht auch ein Effendi, der die Fee gesehen hat! Geh nach Hause; Halef Agha läßt sich nicht beleidigen!“
„Verzeihe, Sihdi; ich werde es Dir sagen!“
„Ich mag es nun nicht wissen. Packe Dich von dannen!“
„Aber ich bitte Dich – – –“
„Packe Dich!“
„Soll ich Dir noch einen Para geben?“
„Ich nehme nicht einen mehr!“
„Sihdi!“
„Sondern zwei!“
„O, Sihdi, Deine Stirn leuchtet vor Güte. Hier hast Du die zwei Para.“

„Schön! Also wer ist krank?"
„Das Weib meines Herrn."
„Das Weib Deines Herrn?" frug Halef verwundert. „Welche Frau?"
„Er hat nur diese eine."
„Und soll Mamur gewesen sein?"
„Er ist so reich, daß er hundert Frauen haben könnte, aber er liebt nur diese."
„Was fehlt ihr?"
„Niemand weiß es; aber ihr Leib ist krank, und ihre Seele ist noch kränker."
„Allah kerihm, Gott ist gnädig, aber ich nicht. Ich stehe da, mit der Nilpeitsche in der Hand, und möchte sie Dir auf den Rücken geben. Bei dem Barte des Propheten, Dein Mund spricht eine solche Weisheit, als wäre Dir bei der Kahnfahrt der Verstand in das Wasser gefallen! Weißt Du nicht, daß ein Weib gar keine Seele hat und deßhalb auch nicht in den Himmel darf? Wie also kann die Seele eines Weibes krank sein oder gar noch mehr krank als ihr Leib?"
„Ich weiß es nicht, aber so wurde mir gesagt, Sihdi. Laß mich hinein zu dem Effendi!"
„Ich darf es nicht thun."
„Warum nicht?"
„Mein Herr kennt den Kuran und verachtet die Frauen. Die schönste Perle der Weiber ist ihm wie der Scorpion im Sande, und seine Hand hat noch nie das Gewand einer Frau berührt. Er darf kein irdisches Weib lieben, sonst würde die Fee nie wiederkommen."
Ich mußte das Talent Halef Agha's von Minute zu Minute mehr anerkennen, fühlte aber trotzdem große Lust, ihn seine eigene Nilpeitsche schmecken zu lassen. Jetzt ertönte die Antwort:
„Du mußt wissen, Sihdi, daß er ihr Gewand nicht berühren und ihre Gestalt nicht sehen wird. Er darf nur durch das Gitter mit ihr sprechen."
„Ich bewundere die Klugheit Deiner Worte und die Weisheit Deiner Rede, o Mann. Merkst Du denn nicht, daß er grad durch das Gitter nicht mit ihr sprechen darf?"
„Warum?"
„Weil die Gesundheit, welche der Effendi spenden soll, gar nicht zu dem Weibe käme, sondern am Gitter hängen bleiben würde. Geh fort!"
„Ich darf nicht gehen, denn ich werde hundert Schläge auf die Sohlen bekommen, wenn ich den weisen Effendi nicht bringe."
„Danke Deinem gütigen Herrn, Du Sklave eines Egypters, daß er Deine Füße mit Gnade erleuchtet. Ich will Dich nicht um Dein Glück betrügen. Sallam aaleïkum, Allah sei bei Dir und lasse Dir die Hundert gut bekommen!"
„So laß Dir noch Eins sagen, tapferer Agha. Der Herr unseres Hauses hat mehr Beutel in seiner Schatzkammer, als Du jemals zählen kannst. Er hat mir befohlen, daß Du auch mitkommen sollst, und Du wirst ein Bakschisch erhalten, ein Geschenk, wie es selbst der Khedive von Egypten nicht reicher geben würde."

Jetzt endlich wurde der Mann klug und faßte meinen Halef etwas kräftiger bei dem Punkte, an welchem man jeden Orientalen zu packen hat, wenn man ihn günstig stimmen soll. Der kleine Haushofmeister änderte auch sofort seinen Ton und antwortete mit hörbar freundlicherer Stimme:
„Allah segne Deinen Mund, mein Freund! Aber ein Piaster in meiner Hand ist mir lieber als zehn Beutel in einer anderen. Die Deinige aber ist so mager, wie der Schakal in der Schlinge oder wie die Wüste jenseits des Mokattam."
„Laß den Rath Deines Herzens nicht zögern, mein Bruder!"
„Dein Bruder? Mensch bedenke, daß Du ein Sklave bist, während ich als freier Mann meinen Effendi begleite und beschütze! Der Rath meines Herzens bleibt zurück. Wie kann das Feld Früchte bringen, wenn so wenige Tropfen Thau vom Himmel fallen!"
„Hier hast Du noch drei Tropfen!"
„Noch drei? So will ich sehen, ob ich den Effendi stören darf, wenn Dein Herr wirklich ein solches Bakschisch gibt."
„Er gibt es."
„So warte!"
Jetzt endlich also glaubte er, mich „stören zu dürfen", der schlaue Fuchs! Übrigens handelte er nach der allgemeinen Unsitte, so daß er einigermaßen zu entschuldigen war, zumal das Wenige, was er für seine Dienste von mir forderte, kaum der Rede werth zu nennen war.
Was mich aber bei der ganzen Angelegenheit mit Bewunderung erfüllte, war der Umstand, daß ich nicht zu einem männlichen, sondern zu einem weiblichen Patienten verlangt wurde. Da aber, abgesehen von den wandernden Nomadenstämmen, der Muselmann die Bewohnerinen seiner Frauengemächer niemals den Augen eines Fremden freigibt, so handelte es sich hier jedenfalls um ein nicht mehr junges Weib, das sich vielleicht durch die Eigenschaften des Charakters und Gemüthes die Liebe Abrahim-Mamur's erhalten hatte.
Halef Agha trat ein.
„Schläfst Du, Sihdi?"
Der Schlingel! Hier nannte er mich Sihdi, und draußen ließ er sich selbst so nennen.
„Nein. Was willst Du?"
„Draußen steht ein Mann, welcher mit Dir sprechen will. Er hat ein Boot im Nile und sagte, ich müsse auch mit kommen."
Der schlaue Bursche machte diese Schlußbemerkung nur, um sich das versprochene Trinkgeld zu sichern. Ich wollte ihn nicht in Verlegenheit bringen und that, als ob ich nichts gehört hätte.
„Was will er?"
„Es ist Jemand krank."
„Ist es nothwendig?"

„Sehr, Effendi. Die Seele der Kranken steht schon im Begriff, die Erde zu verlassen. Darum mußt Du eilen, wenn Du sie festhalten willst.“
Hm, er war kein übler Diplomat!
„Laß den Mann eintreten!“
Er ging hinaus und schob den Boten hinein. Dieser verbeugte sich bis zur Erde nieder, zog die Schuhe aus und wartete dann demüthig, bis ich ihn anreden würde.
„Tritt näher!“
„Sallam aaleïkum! Allah sei mit Dir, o Herr, und lasse Dein Ohr offen sein für die demüthige Bitte des geringsten Deiner Knechte.“
„Wer bist Du?“
„Ich bin ein Diener des großen Abrahim-Mamur, der aufwärts droben am Flusse wohnt.“
„Was sollst Du mir sagen?“
„Es ist großes Herzeleid gekommen über das Haus meines Gebieters, denn Güzela, die Krone seines Herzens, schwindet hin in die Schatten des Todes. Kein Arzt, kein Fakhir und kein Zauberer vermochte den Schritt ihrer Krankheit aufzuhalten. Da hörte mein Herr – den Allah erfreuen möge – von Dir und Deinem Ruhme und daß der Tod vor Deiner Stimme flieht. Er sandte mich zu Dir und läßt Dir sagen: Komm und nimm den Thau des Verderbens von meiner Blume, so soll mein Dank süß sein und hell wie der Glanz des Goldes.“
Diese Beschreibung einer bejahrten Frau schien mir ein wenig überschwänglich zu sein.
„Ich kenne den Ort nicht, an welchem Dein Herr wohnt. Ist er weit von hier?“
„Er wohnt am Strande und sendet Dir ein Boot. In einer Stunde wirst Du bei ihm sein.“
„Wer wird mich zurückfahren?“
„Ich.“
„Ich komme. Warte draußen!“
Er nahm seine Schuhe und zog sich zurück. Ich erhob mich, warf ein anderes Gewand über und griff nach meinem Kästchen mit Aconit, Sulphur, Pulsatilla und all' den Mitteln, welche in einer Apotheke von hundert Nummern zu haben sind. Bereits nach fünf Minuten saßen wir in dem von vier Ruderern bewegten Kahne, ich in Gedanken versunken, Halef Agha aber stolz wie ein Pascha von drei Roßschweifen. Im Gürtel trug er die silberbeschlagenen Pistolen, die ich in Kairo geschenkt erhalten hatte, und den scharfen, glänzenden Dolch, in der Hand aber die unvermeidliche Nilpeitsche, als das beste Mittel, sich unter der dortigen Bevölkerung Achtung, Ehrerbietung und Berücksichtigung zu verschaffen.
Zwar war die Hitze nicht angenehm, aber die stromaufwärts gehende Bewegung unseres Fahrzeuges brachte uns mit einem kühlenden Luftzuge in Berührung.
Es ging eine Strecke weit an Durrha-, Tabak-, Sesam- und Sennespflanzungen vorüber, aus deren Hintergrunde schlanke Palmen emporragten; dann folgten unbebaute Flächen, über welche sich ein niederes Gestrüpp von Mimosen und Sykomoren hinstreckte; endlich kam nacktes, jeder Vegetation bares Gestein, und mitten aus den

wohl bereits vor Jahrtausenden herumgestreuten Felsblöcken erhob sich die quadratische Mauer, durch welche wir uns den Eingang suchen mußten.
Als wir anlangten, bemerkte ich, daß ein schmaler Kanal aus dem Flusse unter der Mauer fortführte, jedenfalls um die Bewohner mit dem nöthigen Wasser zu versehen, ohne daß dieselben sich außerhalb ihrer Wohnung zu bemühen brauchten. Unser Führer schritt uns voran, führte uns um zwei Ecken zu der dem Wasser abgekehrten Seite und gab an dem dort befindlichen Thore ein Zeichen, auf welches uns bald geöffnet wurde.
Das Gesicht eines Schwarzen grinste uns entgegen, doch beachteten wir seine tief bis zur Erde herabgehende Reverenz gar nicht und schritten vorwärts, an ihm vorüber. Architektonische Schönheit durfte ich bei einem orientalischen Prachtgebäude nicht erwarten, und so fühlte ich mich auch nicht überrascht von der kahlen, nackten, fensterlosen Fronte, welche das Haus mir zukehrte. Aber das Klima das Landes hatte denn doch einen etwas zu zerstörenden Einfluß auf das alte Gemäuer ausgeübt, als daß ich es zur Wohnung eines zarten, kranken Weibes hätte empfehlen mögen.
Früher hatten Zierpflanzen den schmalen Raum zwischen der Mauer und dem Gebäude geschmückt und den Bewohnerinen eine angenehme Erholung geboten; jetzt waren sie längst verwelkt und verdorrt. Wohin das Auge nur blickte, fand es nichts als starre kahle Öde, und nur Schaaren von Schwalben, welche in den zahlreichen Rissen und Sprüngen des betreffenden Gebäudes nisteten, brachten einigermaßen Leben und Bewegung in die traurige todte Szene.
Der voranschreitende Bote führte uns durch einen dunkeln, niedrigen Thorgang in einen kleinen Hof, dessen Mitte ein Bassin einnahm. Also bis hieher führte der Kanal, welchen ich vorhin bemerkt hatte, und der Erbauer des einsamen Hauses war kluger Weise vor allen Dingen darauf bedacht gewesen, sich und die Seinigen reichlich mit dem zu versorgen, was in dem heißen Klima jener Länderstriche das Nothwendigste und Unentbehrlichste ist. Zugleich bemerkte ich nun auch, daß der ganze Bau darauf gerichtet war, die jährlich wiederkehrenden Überschwemmungen des Nils schadlos aushalten zu können.
In diesen Hof hinab gingen mehrere hölzerne Gitterwerke, hinter denen jedenfalls die zum Aufenthalt dienenden Räume lagen. Ich konnte ihnen jetzt keine große, zeitraubende Betrachtung schenken, sondern gab meinem Diener einen Wink, mit der Apotheke, welche er umhängen hatte, hier des Weiteren zu harren, und folgte dem Wegweiser in das Selamlük des Hauses.
Es war ein geräumiges, halbdunkles und hohes Zimmer, durch dessen vergitterte Fensteröffnungen ein wohlthuend gedämpftes Licht fiel. Durch die aufgeklebten Tapeten und Arabesken und Ornamente hatte es einen wohnlichen Anstrich erhalten, und die in einer Nische stehenden Wasserkühlgefäße erzeugten eine recht angenehme Temperatur. Ein Geländer trennte den Raum in zwei Hälften, deren vordere für die Dienerschaft, die hintere aber für den Herrn und die besuchenden Gäste bestimmt war.

Den erhöhten Hintergrund zierte ein breiter Divan, welcher von einer Ecke in die andere reichte, und auf dem Abrahim-Mamur, der „Besitzer von vielen Beuteln", saß.
Er erhob sich beim Eintritte, blieb aber der Sitte gemäß vor seinem Sitze stehen. Da ich nicht die dort gewöhnliche Fußbekleidung trug, so konnte ich mich ihrer auch nicht entledigen, sondern schritt, unbekümmert um meine Lederstiefel, über die kostbaren Teppiche und ließ mich an seiner Seite nieder. Die Diener brachten den unvermeidlichen Kaffee und die noch nothwendigeren Pfeifen, und nun konnte das Weitere folgen.
Mein erster Blick war natürlich nach seiner Pfeife gerichtet gewesen, denn jeder Kenner des Orients weiß, daß man an derselben sehr genau die Verhältnisse ihres Besitzers zu erkennen vermag. Das lange, wohlriechende und mit stark vergoldetem Silberdraht umsponnene Rohr hatte gewiß seine tausend Piaster gekostet. Theurer aber war das Bernsteinmundstück, welches aus zwei Theilen bestand, zwischen denen ein mit Edelsteinen besetzter Ring hervorschimmerte. Der Mann schien wirklich „viele Beutel" zu besitzen, nur war dies kein Grund, mich befangen zu machen, da mancher Inhaber einer Pfeife im Werthe von zehntausend Piastern seinen Reichtum doch nur den geknechteten Unterthanen entwendet oder geraubt hat. Lieber also einen prüfenden Blick in das Gesicht!
Wo hatte ich diese Züge doch nur bereits einmal gesehen, diese schönen, feinen und in ihrer Mißharmonie doch so diabolischen Züge? Forschend, scharf, stechend, nein, förmlich durchbohrend senkt sich der Blick des kleinen, unbewimperten Auges in den meinen und kehrt dann kalt und wie beruhigt wieder zurück. Glühende und entnervende Leidenschaften haben diesem Gesichte immer tiefer eindringende Spuren eingravirt; die Liebe, der Haß, die Rache, der Ehrgeiz sind einander behülflich gewesen, eine großartig angelegte Natur in den Schmutz des Lasters herniederzureißen und dem Äußeren des Mannes jenes undefinirbare Etwas zu verleihen, welches dem Guten und Reinen ein sicheres Warnungszeichen ist.
Wo bin ich diesem Manne begegnet? Gesehen habe ich ihn; ich muß mich nur besinnen; aber das fühle ich, unter freundlichen Umständen ist es nicht gewesen.
„Salam aaleïkum!" ertönte es langsam zwischen dem vollen, prächtigen, aber schwarzgefärbten Barte hervor.
Diese Stimme war kalt, klanglos, ohne Leben und Gemüth; es konnte Einem dabei ein Schauer ankommen.
„Aaleïkum!" antwortete ich.
„Möge Allah Balsam wachsen lassen auf den Spuren Deiner Füße und Honig träufeln von den Spitzen Deiner Finger, damit mein Herz nicht mehr höre die Stimme seines Kummers!"
„Gott gebe Dir Frieden und lasse mich finden das Gift, welches an dem Leben Deines Glückes nagt," erwiderte ich seinen Gruß, da nicht einmal der Arzt nach dem Weibe des Muselmannes fragen darf, ohne den größten Verstoß gegen die Höflichkeit und Sitte zu begehen.

„Ich habe gehört, daß Du ein weiser Hekim seiest. Welche Medresse hast Du besucht?"
„Keine."
„Keine?"
„Ich bin kein Moslem."
„Nicht? Was sonst?"
„Ein Nemsi!"
„Ein Nemsi! O, ich weiß, die Nemsi sind kluge Leute; sie kennen den Stein der Weisen und das Abracadabra, welches den Tod vertreibt."
„Es gibt weder einen Stein der Weisen, noch ein Abracadabra."
Er blickte mir kalt in die Augen.
„Vor mir brauchst Du Dich nicht zu verbergen. Ich weiß, daß die Zauberer von ihrer Kunst nicht sprechen dürfen, und will sie Dir auch gar nicht entlocken, nur helfen sollst Du mir. Wodurch vertreibst Du die Krankheit eines Menschen, durch Worte oder durch einen Talisman?"
„Weder durch Worte noch durch einen Talisman, sondern durch die Medizin."
„Du sollst Dich nicht vor mir verstecken. Ich glaube an Dich, denn trotzdem Du kein Moslem bist, ist doch Deine Hand mit Erfolg begabt, als hätte sie der Prophet gesegnet. Du wirst die Krankheit finden und besiegen."
„Der Herr ist allmächtig; er kann retten und verderben, und nur ihm allein gebührt die Ehre. Doch wenn ich helfen soll, so sprich!"
Diese direkte Aufforderung, ein wenn auch noch so unbedeutendes Geheimniß seines Haushaltes preiszugeben, schien ihn unangenehm zu berühren, trotzdem er darauf vorbereitet sein mußte; doch versuchte er sofort die Schwäche zu verbergen und befolgte meine Aufforderung:
„Du bist aus dem Lande der Ungläubigen, wo es keine Schande ist, von der zu reden, welche die Tochter einer Mutter ist?"
Ich fühlte mich innerlich amüsirt von der Art und Weise, mit welcher er es zu umgehen suchte, von „seinem Weibe" zu sprechen, doch blieb ich ernst und antwortete ziemlich kalt:
„Du willst, daß ich Dir helfen soll und beschimpfest mich?"
„In wiefern?"
„Du nennst meine Heimat das Land der Ungläubigen."
„Ihr seid doch ungläubig!"
„Wir glauben an einen Gott, welcher derselbe Gott ist, den Ihr Allah nennt. Du heißest mich von Deinem Standpunkte aus einen Ungläubigen; mit demselben Rechte könnte ich Dich von meinem Standpunkte aus ebenso nennen; aber ich thue es nicht, weil wir Nemsi nie die Pflicht der Höflichkeit verletzen."
„Schweigen wir über den Glauben! Der Moslem darf nicht von seinem Weibe sprechen; aber Du erlaubst, daß ich von den Frauen in Frankhistan rede?"
„Ich erlaube es."

„Wenn das Weib eines Franken krank ist – – –"
Er sah mich an, als ob er eine Bemerkung von mir erwarte; ich winkte ihm nur, in seiner Rede fortzufahren.
„Also wenn sie krank ist und keine Speise zu sich nimmt –"
„Keine?"
„Nicht die geringste!"
„Weiter!"
„Den Glanz ihrer Augen und die Fülle ihrer Wangen verliert – wenn sie müde ist und doch den Genuß des Schlafes nicht mehr kennt – – –"
„Weiter!"
„Wenn sie nur lehnend steht und langsam, schleichend geht – vor Kälte schauert und vor Hitze brennt – – –"
„Ich höre. Fahre fort!"
„Bei jedem Geräusch erschrickt und zusammenzuckt – wenn sie nichts wünscht, nichts liebt, nichts haßt und unter dem Schlage ihres Herzens zittert – – –"
„Immer weiter!"
„Wenn ihr Athem zu sehen ist wie der des kleinen Vogels – wenn sie nicht lacht, nicht weint, nicht spricht – wenn sie kein Wort der Freude und kein Wort der Klage hören läßt und ihre Seufzer selbst nicht mehr vernimmt – wenn sie das Licht der Sonne nicht mehr sehen will und in der Nacht wach in den Ecken kauert – – –"
Wieder blickte er mich an, und in seinen flackernden Augen war eine Angst zu erkennen, welche sich durch jedes der aufgezählten Krankheitssymptome zu nähren und zu vergrößern schien. Er mußte die Kranke mit der letzten, trüben und also schwersten Gluth seines fast ausgebrannten Herzens lieb haben und hatte mir, ohne es zu wissen und zu wollen, mit seinen Worten sein ganzes Verhältniß zu ihr verrathen.
„Du bist noch nicht zu Ende!" sagte ich.
„Wenn sie zuweilen plötzlich einen Schrei ausstößt, als ob ein Dolch ihr in die Brust gestoßen würde – wenn sie ohne Aufhören ein fremdes Wort flüstert –"
„Welches Wort?"
„Einen Namen."
„Weiter!"
„Wenn sie hustet und dann Blut über ihre bleichen Lippen fließt – – –"
Er blickte mich jetzt so starr und angstvoll an, daß ich merken mußte, meine Entscheidung sei ein Urtheil für ihn, ein befreiendes oder ein vernichtendes. Ich zögerte nicht, ihm das letztere zu geben:
„So wird sie sterben."
Er saß erst einige Augenblicke so bewegungslos, als habe ihn der Schlag getroffen, dann aber sprang er auf und stand hochaufgerichtet vor mir. Der rothe Fez war ihm von dem kahl geschorenen Haupte geglitten, die Pfeife seiner Hand entfallen; in dem Gesicht zuckte es von den widerstreitendsten Gefühlen. Es war ein eigenthümliches, ein

furchtbares Gesicht; es glich ganz jenen Abbildungen des Teufels, wie sie der geniale Stift Doré's zu zeichnen versteht, nicht mit Schweif, Pferdefuß und Hörnern, sondern mit höchster Harmonie des Gliederbaues, jeder einzelne Zug des Gesichts eine Schönheit, und doch in der Gesamtwirkung dieser Züge so abstoßend, so häßlich, so – diabolisch. Sein Auge ruhte mit dem Ausdrucke des Entsetzens auf mir, der sich nach und nach in einen zornigen und dann zuletzt in einen drohenden verwandelte.

„Giaur!“ donnerte er mich an.

„Wie sagtest Du?“ frug ich kalt.

„Giaur! sagte ich. Wagst Du, mir das zu sagen, Hund? Die Peitsche soll Dir lehren, wer ich bin, und daß Du zu thun hast, nur was ich Dir befehle. Stirbt sie, so stirbst auch Du; doch machst Du sie gesund, so darfst Du gehen und kannst verlangen, was Dein Herz begehrt!“

Langsam und in tiefster Seelenruhe erhob auch ich mich, stellte mich in meiner ganzen Länge vor ihn hin und fragte:

„Weißt Du, was die größte Schande für einen Moslem ist?“

„Was?“

„Sieh nieder auf Deinen Fez! Abrahim-Mamur, was sagt der Prophet und was sagt der Kuran dazu, daß Du die Scham Deines Scheitels vor einem Christen entblößest?“

Im nächsten Augenblick hatte er sein Haupt bedeckt und, vor Grimm dunkelroth im Gesichte, den Dolch aus der Schärpe gerissen.

„Du mußt sterben, Giaur!“

„Wann?“

„Jetzt, sofort!“

„Ich werde sterben, wann es Gott gefällt, nicht aber wann es Dir beliebt.“

„Du wirst sterben. Bete Dein Gebet!“

„Abrahim-Mamur,“ antwortete ich so ruhig wie zuvor, „ich habe den Bären gejagt und bin dem Nilpferde nachgeschwommen; der Elephant hat meinen Schuß gehört, und meine Kugel hat den Löwen, den „Herdenwürgenden“, getroffen. Danke Allah, daß Du noch lebst, und bitte Gott, daß er Dein Herz bezwinge. Du kannst es nicht, denn Du bist zu schwach dazu und wirst doch sterben, wenn es nicht sofort geschieht!“

Das war eine neue Beleidigung, eine schwerere als die andere, und mit einem zuckenden Sprunge wollte er mich fassen, fuhr aber sofort zurück, denn jetzt blitzte auch in meiner Hand die Waffe, die man in jenen Ländern niemals weglegen darf. Wir standen einander allein gegenüber, denn er hatte sofort nach der Darreichung des Kaffees und der Pfeifen die Dienerschaft hinausgewinkt, damit sie nichts von unserer zarten Unterhaltung vernehmen solle.

Mit meinem wackeren Halef zusammen hatte ich nicht den mindesten Grund, mich vor den Bewohnern des alten Hauses zu fürchten; nöthigenfalls hätten wir Beide die wenigen hier wohnenden Männer zusammengeschossen; aber ich ahnte zu viel von dem

Schicksale der Kranken, für die ich mich ungemein zu interessiren begann; ich mußte sie sehen und wo möglich einige Worte mit ihr sprechen.
„Du willst schießen?“ frug er wüthend, auf meinen Revolver deutend.
„Ja.“
„Hier, in meinem Hause, in meinem Divan?“
„Allerdings, wenn ich gezwungen werde, mich zu vertheidigen.“
„Hund, es ist wahr, was ich gleich vorhin dachte, als Du eintratest!“
„Was ist wahr, Abrahim-Mamur?“
„Daß ich Dich bereits einmal gesehen habe.“
„Wo?“
„Ich weiß es nicht.“
„Wann?“
„Auch das weiß ich nicht; aber das ist sicher, daß es nicht im Guten war.“
„Grade wie heute, denn es sollte mich wundern, wenn diese Zusammenkunft gut enden würde. Du hast mich „Hund“ genannt, und ich sage Dir, daß Dir im nächsten Augenblick, nachdem Du dieses Wort noch einmal gesagt hast, meine Kugel im Gehirn sitzen wird. Beachte dies wohl, Abrahim-Mamur!“
„Ich werde meine Diener rufen!“
„Rufe sie, wenn Du ihre Leichen sehen willst, um Dich dann todt neben sie zu legen.“
„Oho, Du bist kein Gott!“
„Aber ein Nemsi. Hast Du schon einmal die Hand eines Nemsi gefühlt?“
Er lächelte verächtlich.
„Nimm Dich in Acht, daß Du sie nicht einmal zu fühlen bekommst! Sie ist nicht in Rosenöl gebadet, wie die Deinige. Aber ich will Dir den Frieden Deines Hauses lassen. Lebe wohl. Du willst es nicht, daß ich den Tod bezwinge; Dein Wunsch mag sich erfüllen; rabbena chaliëk, der Herr erhalte Dich!“
Ich steckte den Revolver ein und schritt der Thüre zu.
„Bleib!“ rief er.
Ich schritt dennoch weiter.
„Bleib!“ rief er gebieterischer.
Ich hatte beinahe die Thüre erreicht und kehrte nicht um.
„So stirb, Giaur!“
Im Nu drehte ich mich um und hatte grad noch Zeit, zur Seite auszuweichen. Sein Dolch flog an mir vorüber und tief in das Getäfel der Wand.
„Jetzt bist Du mein, Bube!“
Mit diesen Worten sprang ich auf ihn zu, faßte ihn, grad wie ich ihn erwischte, riß ihn empor und schleuderte ihn an die Wand.
Er blieb einige Sekunden liegen und raffte sich dann wieder empor. Seine Augen waren weit geöffnet, die Adern seiner Stirne zum Bersten geschwollen und seine Lippen blau

vor Wuth; aber ich hielt ihm den Revolver entgegen, und er blieb eingeschüchtert vor mir halten.

„Jetzt hast Du die Hand eines Nemsi kennen gelernt. Wage es nicht wieder, sie zu reizen!“

„Mensch!“

„Feigling! Wie nennt man das, wenn einer einen Arzt um Hilfe bittet, ihn mit Worten beschimpft und dann gar hinterrücks ermorden will? Der Glaube, welcher solche Bekenner hat, kann nicht viel taugen!“

„Zauberer!“

„Warum?“

„Wenn Du keiner wärest, hätte Dich ganz sicher mein Dolch getroffen, und Du hättest nicht die Kraft gehabt, mich emporzuwerfen!“

„Nun wohl! Bin ich ein Zauberer, so hätte ich Dir auch Güzela, Dein Weib, erhalten können.“

Ich sprach den Namen mit Vorbedacht aus. Es hatte Wirkung.

„Wer hat Dir diesen Namen genannt?“

„Dein Bote.“

„Ein Ungläubiger darf nicht den Namen einer Gläubigen aussprechen!“

„Ich spreche nur den Namen eines Weibes aus, welches bereits morgen todt sein kann.“

Wieder blickte er mich mit seiner eisigen Starrheit an, dann aber schlug er die Hände vor das Gesicht.

„Ist es wahr, Hekim, daß sie bereits morgen todt sein kann?“

„Es ist wahr.“

„Kann sie nicht gerettet werden?“

„Vielleicht.“

„Sage nicht vielleicht, sondern sage gewiß. Bist Du bereit, mir zu helfen? Wenn sie gesund wird, so fordere, was Du willst.“

„Ich bin bereit.“

„So gib mir Deinen Talisman oder Deine Medizin.“

„Ich habe keinen Talisman, und Medizin kann ich Dir jetzt nicht geben.“

„Warum nicht?“

„Der Arzt kann nur dann einen Kranken heilen, wenn er ihn sehen kann. Komm, laß uns zu ihr gehen oder laß sie zu uns kommen!“

Er fuhr zurück, wie von einem Stoße getroffen.

„Masch Allah, bist Du toll? Der Geist der Wüste hat Dein Hirn verbrannt, daß Du nicht weißt, was Du forderst. Das Weib muß ja sterben, auf welchem das Auge eines fremden Mannes ruht!“

„Sie wird noch sicherer sterben, wenn ich nicht zu ihr darf. Ich muß den Schlag ihres Pulses messen und Antwort von ihr hören über Vieles, was ihre Krankheit betrifft. Nur Gott ist allwissend und braucht Niemand zu fragen.“

„Du heilst wirklich nicht durch Talisman?“
„Nein.“
„Auch nicht durch Worte?“
„Nein.“
„Oder durch das Gebet?“
„Ich bete auch für die Leidenden; aber Gott hat uns die Mittel, sie gesund zu machen, bereits in die Hand gelegt.“
„Welche Mittel sind es?“
„Es sind Blumen, Metalle und Erden, deren Säfte und Kräfte wir ausziehen.“
„Es sind keine Gifte?“
„Ich vergifte keinen Kranken.“
„Kannst Du das beschwören?“
„Vor jedem Richter.“
„Und Du mußt mit ihr sprechen?“
„Ja.“
„Was?“
„Ich muß sie fragen nach ihrer Krankheit und Allem, was damit zusammenhängt.“
„Nach andern Dingen nicht?“
„Nein.“
„Du wirst mir jede Frage vorher sagen, damit ich sie Dir erlaube?“
„Ich bin es zufrieden.“
„Und Du mußt auch ihre Hand betasten?“
„Ja.“
„Ich erlaube es Dir auf eine ganze Minute. Mußt Du ihr Angesicht sehen?“
„Nein; sie kann ganz verschleiert bleiben. Aber sie muß einige Male in dem Zimmer auf- und abgehen.“
„Warum?“
„Weil an dem Gange und der Haltung Vieles zu erkennen ist, was die Krankheit betrifft.“
„Ich erlaube es Dir und werde die Kranke jetzt herbeiholen.“
„Das darf nicht sein.“
„Warum nicht?“
„Ich muß sie da sehen, wo sie wohnt; ich muß alle ihre Zimmer betrachten.“
„Aus welchem Grunde?“
„Weil es viele Krankheiten gibt, die nur in unpassenden Wohnungen entstehen, und das kann nur das Auge des Arztes bemerken.“
„So willst Du wirklich mein HaremDas arabische Wort Harem bedeutet eigentlich „das Heilige, Unverletzliche“ und bezeichnet bei den Muhammedanern die Frauenwohnung, welche von den übrigen Räumen des Hauses abgesondert ist.betreten?“
„Ja.“
„Ein Ungläubiger?“

„Ein Christ."
„Ich erlaube es nicht!"
„So mag sie sterben. Sallam aaleïkum, Friede sei mit Dir und ihr!"
Ich wandte mich zum Gehen. Obgleich ich bereits aus der Aufzählung der Symptome gemerkt hatte, daß Güzela an einer hochgradigen Gemüthskrankheit leide, that ich doch, als ob ich an eine bloß körperliche Erkrankung glaube; denn grad weil ich vermuthete, daß ihr Leiden die Folge eines Zwanges sei, der sie in die Gewalt dieses Mannes gebracht hatte, wollte ich mich so viel wie möglich über Alles aufklären. Er ließ mich wieder bis zur Thür gehen, dann aber rief er:
„Halt, Hekim, bleibe da. Du sollst die Gemächer betreten!"
Ich wandte mich um und schritt, ohne ihm meine Genugthuung merken zu lassen, wieder auf ihn zu. Ich hatte gesiegt und war außerordentlich zufrieden mit den Zuständnissen, die er mir gemacht hatte, denn sie gewährten mir mehr, als wohl jemals einem Europäer zugestanden worden ist. Die Liebe des Egypters und in Folge dessen also auch seine Sorge mußte eine sehr ungewöhnliche sein, daß er sich zu solchen Zugeständnissen verstand. Freilich konnte ich die ingrimmigste Erbitterung gegen mich aus jeder seiner Mienen lesen, denn ihm war ich ein unabweisbarer Eindringling in die Mysterien seiner inneren Häuslichkeit, und ich hegte die Überzeugung, daß ich ihn auch selbst in dem Falle einer glücklichen Heilung der kranken Frau als einen unversöhnlichen Feind zurücklassen werde, zumal er ganz so wie ich die Überzeugung hatte, daß wir uns bereits einmal unter unfreundlichen Umständen begegnet seien.
Jetzt entfernte er sich, um alles Nöthige in eigener Person anzuordnen, denn keiner seiner Diener durfte ahnen, daß er einem fremden Mann Zutritt in das Heiligthum seines Hauses gestatte.
Er kehrte erst nach einer langen Weile zurück. Es lag ein Ausdruck fester, trotziger Entschlossenheit um seinen zusammengekniffenen Mund, und mit einem Blicke voll versteckt bleiben sollenden, aber doch hervorbrechenden Hasses instruirte er mich:
„Du sollst zu ihr gehen – –"
„Du versprachst es bereits."
„Und ihre Zimmer sehen – –"
„Natürlich."
„Auch sie selbst – – –"
„Verschleiert und eingehüllt."
„Und mit ihr sprechen?"
„Das ist notwendig."
„Ich erlaube Dir viel, unendlich viel, Effendi. Aber bei der Seligkeit aller Himmel und bei den Qualen aller Höllen, sobald Du ein Wort sprichst, welches ich nicht wünsche, oder das Geringste thust, was Dir nicht von mir erlaubt wurde, stoße ich sie nieder. Du bist stark und wohl bewaffnet, darum wird mein Dolch nicht gegen Dich, sondern gegen sie

gerichtet sein. Ich schwöre es Dir bei allen Surat des Kuran und bei allen Khalifen, deren Andenken Allah segnen möge!“
Er hatte mich also doch kennen gelernt und dachte sich, daß ihm diese Versicherung mehr nützen werde, als die prahlerischsten Drohungen, wenn sie gegen mich selbst gerichtet gewesen wären. Übrigens war es mir ja gar nicht in den Sinn gekommen, ihn in seinen Rechten zu kränken; nur konnte ich mich bei seinem Verhalten je länger desto weniger einer Ahnung entschlagen, daß in seinem Verhältnisse zu der Kranken irgend ein dunkler Punkt zu finden sei.
„Ist es Zeit?“ frug ich.
„Komm!“
Wir gingen. Er schritt voran, und ich folgte ihm.
Zunächst kamen wir durch einige fast in Trümmern liegende Räume, in denen allerlei nächtliches Gethier sein Wesen treiben mochte; dann betraten wir ein Gemach, welches als Vorzimmer zu dienen schien, und nun folgte der Raum, der allem Anscheine nach als eigentliches Frauengemach benutzt wurde. Alle die umherliegenden Kleinigkeiten waren solche, wie sie von Frauen gesucht und gern benutzt werden.
„Das sind die Zimmer, welche Du sehen wolltest. Siehe, ob Du den Dämon der Krankheit in ihnen zu finden vermagst!“ meinte Abrahim-Mamur mit einem halb spöttischen Lächeln.
„Und das Gemach nebenan – –?“
„Die Kranke befindet sich darin. Du sollst es auch sehen, aber ich muß mich vorher überzeugen, ob die Sonne ihr Angesicht verhüllt hat vor dem Auge des Fremden. Wage ja nicht, mir nachzufolgen, sondern warte ruhig, bis ich wiederkomme!“
Er trat hinaus, und ich war allein.
Also da draußen befand sich Güzela. Dieser Name bedeutet wörtlich „die Schöne“. Dieser Umstand und das ganze Verhalten des Egypters brachte meine frühere Vermuthung, daß es sich um eine ältere Person handle, ins Wanken.
Ich ließ mein Auge durch den Raum schweifen. Es war hier ganz dieselbe Einrichtung getroffen, wie in dem Zimmer des Hausherrn: das Geländer, der Divan, die Nische mit den Kühlgefäßen.
Nach kurzer Zeit erschien Abrahim wieder.
„Hast Du die Räume geprüft?“ frug er mich.
„Ja.“
„Nun?“
„Es läßt sich nichts sagen, bis ich bei der Kranken gewesen bin.“
„So komm, Effendi. Aber laß Dich noch einmal warnen!“
„Schon gut! Ich weiß ganz genau, was ich zu thun habe.“
Wir traten in das andere Gemach. In weite Gewänder gehüllt, stand eine Frauengestalt tief verschleiert an der hintern Wand des Zimmers. Nichts war von ihr zu sehen, als die kleinen, in Sammtpantoffeln steckenden Füße.

Ich begann meine Fragen, deren Enthaltsamkeit den Egypter vollständig befriedigte, ließ sie eine kleine Bewegung machen und bat sie endlich, mir die Hand zu reichen. Fast wäre ich trotz der ernsten Situation in eine laute Heiterkeit ausgebrochen. Die Hand war nämlich so vollständig in ein dickes Tuch gebunden, daß es ganz und gar unmöglich war, auch nur die Lage oder Form eines Fingers durch dasselbe zu erkennen. Sogar der Arm war in derselben Weise verhüllt.

Ich wandte mich zu Abrahim:

„Mamur, diese Bandagen müssen entfernt werden.“

„Warum?“

„Ich kann den Puls nicht fühlen.“

„Entferne die Tücher!“ gebot er ihr.

Sie zog den Arm hinter die Hüllen zurück und ließ dann ein zartes Händchen erscheinen, an dessen Goldfinger ich einen sehr schmalen Reifen erblickte, welcher eine Perle trug. Abrahim beobachtete meine Bewegungen mit gespannter Aufmerksamkeit. Während ich meine drei Finger an ihr Handgelenk legte, neigte ich mein Ohr tiefer, wie um den Puls nicht bloß zu fühlen, sondern auch zu hören, und – täuschte ich mich nicht – da wehte es leise, leise, fast unhörbar durch den Schleier:

„Kurtar Senitzaji – rette Senitza!“

„Bist Du fertig?“ frug jetzt Abrahim, indem er rasch näher trat.

„Ja.“

„Was fehlt ihr?“

„Sie hat ein großes, ein tiefes Leiden, das größte, welches es gibt, aber – – – ich werde sie retten.“

Diese letzten vier Worte richtete ich mit langsamer Betonung mehr an sie als an ihn.

„Wie heißt das Übel?“

„Es hat einen fremden Namen, den nur die Ärzte verstehen.“

„Wie lange dauert es, bis sie gesund wird?“

„Das kann bald, aber auch sehr spät geschehen, je nachdem Ihr mir gehorsam seid.“

„Worin soll ich Dir gehorchen?“

„Du mußt ihr meine Medizin regelmäßig verabreichen.“

„Das werde ich thun.“

„Sie muß einsam bleiben und vor allem Ärger behütet werden.“

„Das soll geschehen.“

„Ich muß täglich mit ihr sprechen dürfen.“

„Du? Weßhalb?“

„Um meine Mittel nach dem Befinden der Kranken einrichten zu können.“

„Ich werde Dir selbst sagen, wie sie sich befindet.“

„Das kannst Du nicht, weil Du das Befinden eines Kranken nicht zu beurtheilen vermagst.“

„Was hast Du denn mit ihr zu sprechen?“

„Nur das, was Du mir erlaubst."
„Und wo soll es geschehen?"
„Hier in diesem Raume, grad wie heute."
„Sage es genau, wie lange Du kommen mußt!"
„Wenn Ihr mir gehorcht, so ist sie von heute an in fünf Tagen von ihrer Krankheit – – frei."
„So gib ihr die Medizin!"
„Ich habe sie nicht hier; sie befindet sich unten im Hofe bei meinem Diener."
„So komm!"
Ich wandte mich gegen sie, um mit dieser Bewegung einen stummen Abschied von ihr zu nehmen. Sie hob unter der Hülle die Hände wie bittend empor und wagte die drei Sylben:
„Eww' Allah, mit Gott!"
Sofort aber fuhr er herum:
„Schweig! Du hast nur zu sprechen, wenn Du gefragt wirst!"
„Abrahim-Mamur," antwortete ich sehr ernst, „habe ich Dir nicht gesagt, daß sie vor jedem Ärger, vor jedem Kummer bewahrt werden muß? So spricht man nicht zu einer Kranken, in deren Nähe der Tod schon steht!"
„So mag sie zunächst selbst dafür sorgen, daß sie sich nicht zu kränken braucht. Sie weiß, daß sie nicht sprechen soll. Komm!"
Wir kehrten in das Selamlük zurück, wo ich nach Halef schickte, der alsbald mit der Apotheke erschien. Ich gab Ignatia nebst den nöthigen Vorschriften und machte mich dann zum Gehen bereit.
„Wann wirst Du morgen kommen?"
„Um dieselbe Stunde."
„Ich werde Dir wieder einen Kahn senden. Wie viel verlangst Du für heute?"
„Nichts. Wenn die Kranke gesund ist, magst Du mir geben, was Dir beliebt."
Er griff dennoch in die Tasche, zog eine reich gestickte Börse hervor, nahm einige Stücke und reichte sie Halef hin.
„Hier, nimm Du!"
Der wackere Halef-Agha griff mit einer Miene zu, als ob es sich um eine große Gnadenbezeugung gegen den Egypter handle, und meinte, das Bakschisch ungesehen in seine Tasche senkend:
„Abrahim-Mamur, Deine Hand ist offen und die meine auch. Ich schließe sie gegen Dich nicht zu, weil der Prophet sagt, daß eine offene Hand die erste Stufe zum Aufenthalte der Seligen sei. Allah sei bei Dir und auch bei mir!"
Wir gingen, von dem Egypter bis in den Garten begleitet, wo uns ein Diener die in der Mauer befindliche Thür öffnete. Als wir uns allein befanden, griff Halef in die Tasche, um zu sehen, was er erhalten hatte.

„Drei Goldzechinen, Effendi! Der Prophet segne Abrahim-Mamur und lasse sein Weib so lange als möglich krank bleiben!“
„Hadschi Halef Omar!“
„Sihdi! Willst Du mir nicht einige Zechinen gönnen?“
„Doch; noch mehr ist einem Kranken die Gesundheit zu gönnen.“
„Wie oft gehest Du noch, ehe sie gesund wird?“
„Noch fünf mal vielleicht.“
„Fünf mal drei macht fünfzehn Zechinen; wenn sie gesund wird, vielleicht noch fünfzehn Zechinen, macht dreißig Zechinen. Ich werde forschen, ob es hier am Nil noch mehr kranke Frauen gibt.“
Wir legten bei dem Kahn an, wo uns die Ruderer bereits erwarteten. Unser voriger Führer saß am Steuer, und als wir eingestiegen waren, ging es flott den Strom hinab, schneller natürlich als aufwärts, so daß wir nach einer halben Stunde unser Ziel erreichten.
Wir legten ganz in der Nähe einer Dahabïe an, welche während unserer Abwesenheit am Ufer vor Anker gegangen war. Ihre Taue waren befestigt, ihre Segel eingezogen und nach dem frommen muhammedanischen Gebrauche lud der Reïs, der Schiffskapitän, seine Leute zum Gebet ein:
„Haï al el salah, auf, rüstet Euch zum Gebete!“
Ich war schon im Fortgehen begriffen gewesen, wandte mich aber schnell wieder um. Diese Stimme kam mir außerordentlich bekannt vor. Hatte ich recht gehört? War dies wirklich der alte Hassan, den sie Abu el Reïsahn, Vater der Schiffsführer, nannten? Er war in Kufarah, wo er einen Sohn besucht hatte, mit mir und Halef zusammengetroffen und mit uns nach Egypten zurückgekehrt. Wir hatten einander außerordentlich lieb gewonnen, und ich war überzeugt, daß er sehr erfreut sein werde, mich hier wiederzufinden. Ich wartete daher, bis das Gebet beendet war, und rief dann zum Deck empor.
„Hassan el Reïsahn, ohio!“
Sofort reckte er sein altes, gutes, bärtiges Gesicht herab und frug:
„Wer ist – – o, Allah akbar, Gott ist groß! Ist das nicht mein Sohn, der Nemsi Kara Effendi?“
„Er ist es, Abu Hassan.“
„Komm herauf, mein Sohn; ich muß Dich umarmen!“
Ich stieg empor und wurde von ihm auf das Herzlichste bewillkommnet.
„Was thust Du hier?“ frug er mich.
„Ich ruhe aus von der Reise. Und Du?“
„Ich komme mit meinem Schiffe von Dongola, wo ich eine Ladung Sennesblätter eingenommen habe. Ich bekam ein Leck und mußte also hier anlegen.“
„Wie lange bleibst Du hier?“
„Nur morgen noch. Wo wohnest Du?“
„Dort rechts in dem alleinstehenden Hause.“

„Hast Du einen guten Wirth?"
„Es ist der Scheik el Belet des Ortes, ein Mann, mit dem ich sehr zufrieden bin. Du wirst diesen Abend bei mir sein, Abu Hassan?"
„Ich werde kommen, wenn Deine Pfeifen nicht zerbrochen sind."
„Ich habe nur die eine; Du mußt also die Deinige mitbringen, aber Du wirst den köstlichsten Djebeli rauchen, den es je gegeben hat."
„Ich komme gewiß. Bleibst Du noch lange hier?"
„Nein. Ich will nach Kairo zurück."
„So fahre mit mir. Ich lege in Bulakh an."
Bei diesem Anerbieten kam mir ein Gedanke.
„Hassan, Du nanntest mich Deinen Freund!"
„Du bist es. Fordere von mir, was Du willst, so soll es Dir werden, wenn ich es habe oder kann!"
„Ich möchte Dich um etwas sehr Großes bitten."
„Kann ich es erfüllen?"
„Ja."
„So ist es Dir schon voraus gewährt. Was ist es?"
„Das sollst Du am Abend erfahren, wenn Du mit mir Kaffee trinkst."
„Ich komme und – – doch, mein Sohn, ich vergaß, daß ich bereits geladen bin."
„Wo?"
„In demselben Hause, in welchem Du wohnst."
„Bei dem Scheik el Belet?"
„Nein, sondern bei einem Manne aus Istambul, der zwei Tage mit mir gefahren und hier ausgestiegen ist. Er hat dort eine Stube für sich und einen Platz für seinen Diener gemiethet."
„Was ist er?"
„Ich weiß es nicht; er hatte es mir nicht gesagt."
„Aber sein Diener konnte es sagen."
Der Kapitän lachte, was sonst seine Angewohnheit nicht war.
„Dieser Mensch ist ein Schelm, der alle Sprachen gehört hat und doch von keiner sehr viel lernte. Er raucht, pfeift und singt den ganzen Tag und gibt, wenn man ihn fragt, Antworten, welche heute wahr und morgen unwahr sind. Ehegestern war er ein Türke, gestern ein Montenegriner, heute ist er ein Druse, und Allah weiß es, was er morgen und übermorgen sein wird."
„So wirst Du also nicht zu mir kommen?"
„Ich komme, nachdem ich eine Pfeife mit dem andern geraucht habe. Allah behüte Dich; ich habe noch zu arbeiten."
Halef war bereits vorausgegangen; ich folgte jetzt nach und streckte mich, in meiner Wohnung angekommen, auf den Divan, um mir das heutige Erlebniß zu recht zu legen.

Dies sollte mir aber nicht gelingen, denn bereits nach kurzer Zeit trat mein Wirth zu mir herein.
„Sallam aaleïkum."
„Aaleïkum."
„Effendi, ich komme, um Deine Erlaubniß zu holen."
„Wozu?"
„Es ist ein fremder Sihdi zu mir gekommen und hat mich um eine Wohnung gebeten, die ich ihm auch gegeben habe."
„Wo liegt diese Wohnung?"
„Droben."
„So stört mich der Mann ja gar nicht. Thue, was Dir beliebt, Scheik."
„Aber Dein Kopf hat viel zu denken, und er hat einen Diener, der sehr viel zu pfeifen und zu singen scheint."
„Wenn es mir nicht gefällt, so werde ich es ihm verbieten."
Der besorgte Wirth entfernte sich, und ich war wieder allein, sollte aber doch zu keinem ruhigen Nachdenken kommen, denn ich vernahm die Schritte zweier Menschen, welche, der Eine vom Hofe her und der Andere von außen her kommend, gerade an meiner Thür zusammentrafen.
„Was willst Du hier? Wer bist Du?" frug der Eine. Ich erkannte an der Stimme Halef, meinen kleinen Diener.
„Wer bist denn Du zunächst, und was willst Du in diesem Hause?" frug der Andere.
„Ich? Ich gehöre in dieses Haus!" meinte Halef sehr entrüstet.
„Ich auch!"
„Wer bist Du?"
„Ich bin Hamsad al Dscherbaja."
„Und ich bin Hadschi Halef Omar Agha."
„Ein Agha?"
„Ja; der Begleiter und Beschützer meines Herrn."
„Wer ist Dein Herr?"
„Der große Arzt, der hier in dieser Stube wohnt."
„Ein großer Arzt? Was kuriert er denn?"
„Alles."
„Alles? Mache mir nichts weis! Es gibt nur einen Einzigen, der alles kurieren kann."
„Wer ist das?"
„Ich."
„So bist Du auch ein Arzt?"
„Nein. Ich bin auch ein Beschützer meines Herrn."
„Wer ist Dein Herr?"
„Das weiß man nicht. Wir sind erst vorhin in dieses Haus gezogen."
„Ihr konntet draußen bleiben."

„Warum?“
„Weil Ihr unhöfliche Männer seid und keine Antwort gebt, wenn man fragt. Willst Du mir sagen, wer Dein Herr ist?“
„Ja.“
„Nun?“
„Er ist, er ist – – mein Herr, aber nicht Dein Herr.“
„Schlingel!“
Nach diesem letzten Worte hörte ich, daß mein Halef sich höchst indignirt entfernte. Der Andere blieb unter dem Eingange stehen und pfiff; dann begann er leise vor sich hin zu brummen und zu summen; nachher kam eine Pause, und darauf fiel er mit halblauter Stimme in ein Lied.
Ich wäre vor freudiger Überraschung beinahe aufgesprungen, denn der Text der beiden Strophen, welche er sang, lautete in dem Arabisch, dessen er sich bediente und welches in Algerien gesprochen wird:
„Fid-dagle ma tera jekun?
Chammin hu Nabuliun
Ma balu-hu jedubb hena?
Kussu-hu, ja fitjanena!
Gema'a homr el-elbise
Wast el-chala muntasibe.
Ma bal hadolik wakifin?
Hallu-na nenzor musri' in!“
Und diese arabischen Verse, welche sich sogar ganz prächtig reimten, klingen in unserm guten Deutsch nicht anders als:
„Was kraucht nur dort im Busch herum?
Ich glaub', es ist Napolium.
Was hat er nur zu krauchen dort?
Frisch auf, Kam'raden, jagt ihn fort!
Wer hat nur dort im off'nen Feld
Die roten Hosen hingestellt?
Was haben sie zu stehen dort?
Frisch auf, Kam'raden, jagt sie fort!“

Fid-dagle ma tera jekun?
Was ist den nur in dem Busche?
Chammin hu Nabuliun
Ich glaube, es ist Nabulium.
Ma balu-hu jedubb hena?
Wozu kriecht er hier herum?

Kussu-hu, ja fitjanena!
Scheucht ihn for, brave Burschen
Gema'a homr el-elbise
Eine Menge Rothhosen
Wast el-chala muntasibe.
Hält da mitten auf dem Felde.
Ma bal hadolik wakifin?
Wozu stehen die dort?
Hallu-na nenzor musri' in!“
Laßt uns schnell hinsehen!

Auch die Melodie war ganz und gar dieselbe, Note für Note und Ton für Ton. Ich sprang, als er die zweite Strophe beendet hatte, zur Thür, öffnete dieselbe und sah mir den Menschen an. Er trug weite, blaue Pumphosen, eine eben solche Jacke, Lederstiefeletten und einen Fez auf dem Kopfe, war also eine ganz gewöhnliche Erscheinung. Nur das schien mir ungewöhnlich, daß er bemerkte, wie ich ihn vom Kopf bis zu Fuß fixirte, und dennoch ungenirt weiter sang:

„Hum jebroku we-jer'adu
We-bi'l-medafe' jadribu
Ma bal hadik el-karka'a?
Ogsu-hum mitl ez-zoba'a!
Nabuliun, Nabuliun,
Ara gunud-ak judbirun!
Bi-aun Allahi naksod-ak,
Min es-serir nukebkib-ak
Ja ejuha 'l-Fransawiun,
Ruweda-kum teftahirun!
Barizu-kum lana tekun,
Gada geza-kum tahodun!“

Als er geendet hatte, stemmte er die Fäuste in die Hüften, stellte sich, als ob er sich aus mir nicht das Mindeste mache, vor mich hin und frug:

„Gefällt es Dir, Effendi?“

„Sehr! Woher hast Du das Lied?“

„Selbst gemacht.“

„Sage das einem Andern, aber nicht mir! Und die Melodien?“

„Selbst gemacht, erst recht!“

„Lügner!“

„Effendi, ich bin Hamsad al Dscherbaja und lasse mich nicht schimpfen!“

„Du bist Hamsad al Dscherbaja und dennoch ein großer Schlingel! Diese Melodie kenne ich.“

„So hat sie einer gesungen oder gepfiffen, der sie von mir gehört hat.“

„Und von wem hast Du sie gehört?“
„Von Niemand.“
„Du bist unverbesserlich, wie es scheint. Diese Melodie gehört zu einem deutschen Liede.“
„Oh, Effendi, was weißt Du von Deutschland!“
„Das Lied heißt:
Was kraucht nur dort im Busch herum?
Ich glaub', es ist – – –“
„Hurrjes, wat is mich denn dat!“ unterbrach er mich mit jubelndem Tone. „Sind Sie man vielleicht een Deutscher?“
„Versteht sich!“
„Wirklich? Ein deutscher Effendi? Woher denn, wenn ich fragen darf, Herr Hekim-Baschi?“
„Aus Sachsen.“
„Een Sachse! Da sollte man doch gleich vor Freede 'n Ofen einreißen! Und Sie sind man wohl een Türke jeworden?“
„Nein. Sie sind ein Preuße?“
„Dat versteht sich! Een Preuße aus'n Jüterbock.“
„Wie kommen Sie hierher?“
„Auf der Bahn, per Schiff, per Pferd und Kameel und auch mit die Beene.“
„Was sind Sie ursprünglich?“
„Balbier unjefähr. Es jefiel mir nicht mehr derheeme, und da jing ich in die weite Welt, bald hierhin, bald dorthin, bis endlich hierher.“
„Sie werden mir das Alles erzählen müssen. Wem aber dienen Sie jetzt?“
„Es ist een konstantinopolitanischer Kaufmannssohn und heeßt Isla Ben Maflei, hat schauderhaftes Jeld, dat Kerlchen.“
„Was thut er hier?“
„Weeß ich's? Er sucht wat.“
„Was denn?“
„Wird wohl vielleicht 'n Frauenzimmer sein.“
„Ein Frauenzimmer? Das wär' doch sonderbar!“
„Wird aber doch wohl zutreffen.“
„Was sollte es für ein Frauenzimmer sein?“
„Ne Montenegrinerin, 'ne Senitscha oder Senitza, oder wie dat ausjesprochen wird.“
„Wa-a-as? – Senitza heißt sie?“
„Ja.“
„Wissen Sie das gewiß?“
„Versteht sich! Erstens hat er een Bild von ihr; zweetens thut er stets – – halt, er klatscht droben, Herr Effendi; ich muß 'nauf!“

Ich setzte mich nicht wieder nieder, sondern es trieb mich in dem Zimmer auf und ab. Zwar mußte mir dieser Barbier aus Jüterbogk, der sich so poetisch Hamsad al Dscherbaja nannte, höchst interessant sein, noch weit mehr aber war meine Theilnahme für seinen Herrn erwacht, der hier am Nile eine Montenegrinerin suchte, welche den Namen Senitza führte. Unglücklicher Weise aber kamen einige Fellahs, welche Kopfschmerz oder Leibweh hatten, und denen meine Zauberkörner helfen sollten. Sie saßen nach orientalischer Sitte eine ganze Stunde bei mir, ehe ich nur erfahren konnte, was ihnen fehlte, und als ich sie abgefertigt hatte, blieben sie am Platze, bis es ihnen selbst beliebte, die Audienz abzubrechen.
So wurde es Abend. Der Kapitän kam und stieg nach oben, ließ aber seinen schlürfenden Schritt nach einer halben Stunde wieder vernehmen und trat bei mir ein. Halef servirte den Tabak und den Kaffee und zog sich dann zurück. Kurze Zeit später hörte ich ihn mit dem Jüterbogker Türken zanken.
„Ist Dein Leck ausgebessert?“ frug ich Hassan.
„Noch nicht. Ich konnte für heute nur das Loch verstopfen und das Wasser auspumpen. Allah gibt morgen wieder einen Tag.“
„Und wann fährst Du ab?“
„Übermorgen früh.“
„Du würdest mich mitnehmen?“
„Meine Seele würde sich freuen, Dich bei mir zu haben.“
„Wenn ich nun noch Jemand mitbrächte?“
„Meine Dahabië hat noch viel Platz. Wer ist es?“
„Kein Mann, sondern ein Weib.“
„Ein Weib? Hast Du Dir eine Sklavin gekauft, Effendi?“
„Nein. Sie ist das Weib eines Anderen.“
„Der auch mitfahren wird?“
„Nein.“
„So hast Du sie ihm abgekauft?“
„Nein.“
„Er hat sie Dir geschenkt?“
„Nein. Ich werde sie ihm nehmen.“
„Allah kerihm, Gott ist gnädig! Du willst sie ihm nehmen, ohne daß er es weiß?“
„Vielleicht.“
„Mann, weißt Du, was das ist?“
„Nun?“
„Eine Tschikarma, eine Entführung!“
„Allerdings.“
„Eine Tschikarma, welche mit dem Tode bestraft wird. Ist Dein Geist dunkel und Deine Seele finster geworden, daß Du in das Verderben gehen willst?“

„Nein. Die ganze Angelegenheit ist noch sehr fraglich. Ich weiß, Du bist mein Freund und kannst schweigen. Ich werde Dir Alles erzählen."
„Öffne die Pforte Deines Herzens, mein Sohn. Ich höre!"
Ich erstattete ihm Bericht über mein heutiges Abenteuer, und er hörte mir mit Aufmerksamkeit zu. Als ich fertig war, erhob er sich.
„Stehe auf, mein Sohn, nimm Deine Pfeife und folge mir!"
„Wohin?"
„Das sollst Du sogleich sehen."
Ich ahnte, was er beabsichtigte, und folgte ihm. Er führte mich hinauf in die Wohnung des Kaufmannes. Der Diener desselben war nicht anwesend, daher traten wir ein, nachdem wir uns zuvor durch ein leichtes Hüsteln angemeldet hatten.
Der Mann, welcher sich erhob, war noch jung; er mochte vielleicht sechsundzwanzig Jahre zählen. Der kostbare Tschibuk, aus welchem er rauchte, sagte mir, daß der Jüterbogker mit seinem „schauderhaftes Jeld" wohl Recht haben könne. Er war eine interessante, sympathische Erscheinung, und ich sagte mir gleich in der ersten Minute, daß ich ihm mein Wohlwollen schenken könnte. Der alte Abu el Reïsahn nahm das Wort:
„Das ist der Großhändler Isla Ben Maflei aus Stambul, und das hier ist Effendi Kara Ben Nemsi, mein Freund, den ich liebe."
„Seid mir beide willkommen, und setzt Euch!" erwiderte der junge Mann.
Er machte ein sehr erwartungsvolles Gesicht, denn er mußte sich sagen, daß der Kapitän jedenfalls einen guten Grund haben müsse, mich so ohne Weiteres bei ihm einzuführen.
„Willst Du mir eine Liebe erzeigen, Isla Ben Maflei?" frug der Alte.
„Gern. Sage mir, was ich thun soll."
„Erzähle diesem Manne die Geschichte, welche Du mir vorhin erzählt hast!"
In den Zügen des Kaufmannes drückte sich Staunen und Mißmuth aus.
„Hassan el Reïsahn," meinte er, „Du gelobtest mir Schweigen und hast doch bereits geplaudert!"
„Frage meinen Freund, ob ich ein Wort erzählt habe!"
„Warum bringst Du ihn denn herauf und begehrst, daß ich auch zu ihm reden soll?"
„Du sagtest zu mir, ich solle während meiner Fahrt, da, wo ich des Abends anlegen muß, die Augen offen halten, um mich nach dem zu erkundigen, was Dir verloren ging. Ich habe meine Augen und meine Ohren bereits schon geöffnet und bringe Dir hier diesen Mann, der Dir vielleicht Auskunft geben kann."
Isla sprang, die Pfeife fortwerfend, mit einem einzigen Rucke empor.
„Ist's wahr? Du könntest mir Auskunft ertheilen?"
„Mein Freund Hassan hat kein Wort zu mir gesprochen, und ich weiß daher auch gar nicht, worüber ich Dir Auskunft geben könnte. Sprich Du zuerst!"
„Effendi, wenn Du mir sagen kannst, was ich zu hören wünsche, so werde ich Dich besser belohnen, als ein Pascha es könnte!"

„Ich begehre keinen Lohn. Rede!“
„Ich suche eine Jungfrau, welche Senitza heißt.“
„Und ich kenne eine Frau, welche sich denselben Namen gegeben hat.“
„Wo, wo, Effendi? Rede schnell.“
„Magst Du mir nicht vorher die Jungfrau beschreiben?“
„O, sie ist schön wie die Rose und herrlich wie die Morgenröthe; sie duftet wie die Blüthe der Reseda, und ihre Stimme klingt, wie der Gesang der Houris. Ihr Haar ist wie der Schweif des Pferdes Gilja, und ihr Fuß ist wie der Fuß von Delila, welche Samson verrieth. Ihr Mund träufelt von Worten der Güte, und ihre Augen – – –“
Ich unterbrach ihn durch eine Bewegung meines Armes.
„Isla Ben Maflei, das ist keine Beschreibung, wie ich sie verlange. Sprich nicht mit der Zunge eines Bräutigams, sondern mit den Worten des Verstandes! Seit wann ist sie Dir verloren gegangen?“
„Seit zwei Monden.“
„Hatte sie nicht etwas bei sich, woran man sie erkennen kann?“
„O, Effendi, was sollte dies sein?“
„Ein Schmuck vielleicht, ein Ring, eine Kette – – –“
„Ein Ring, ein Ring, ja! Ich gab ihr einen Ring, dessen Gold so dünn war wie Papier, aber er trug eine schöne Perle.“
„Ich habe ihn gesehen.“
„Wo, Effendi? O, sage es schnell! Und wann?“
„Heute, vor wenigen Stunden.“
„Wo?“
„In der Nähe dieses Ortes, nicht weiter als eine Stunde von hier.“
Der junge Mann kniete bei mir nieder und legte mir seine beiden Hände auf die Schultern.
„Ist es wahr? Sagst Du keine Unwahrheit? Täuschest Du Dich nicht?“
„Es ist wahr; ich täusche mich nicht.“
„So komm, erhebe Dich; wir müssen hin zu ihr.“
„Das geht nicht.“
„Es geht, es muß gehen! Ich gebe Dir tausend Piaster, zwei-, dreitausend Piaster, wenn Du mich zu ihr führst!“
„Und wenn Du mir hunderttausend Piaster gibst, so kann ich Dich heute nicht zu ihr bringen.“
„Wann sonst? Morgen, morgen ganz früh?“
„Nimm Deine Pfeife auf, brenne sie an und setze Dich! Wer zu schnell handelt, handelt langsam. Wir wollen uns besprechen.“
„Effendi, ich kann nicht. Meine Seele zittert.“
„Brenne Deine Pfeife an!“
„Ich habe keine Zeit dazu; ich muß – – –“

„Wohl! Wenn Du keine Zeit zu geordneten Worten hast, so muß ich gehen."
„Bleibe! Ich werde Alles thun, was Du willst."
Er setzte sich wieder an seinen Platz und nahm aus dem Becken eine glimmende Kohle, um den Tabak seiner Pfeife in Brand zu stecken.
„Ich bin bereit. Nun sprich!" forderte er mich dann auf.
„Heute schickte ein reicher Egypter zu mir, zu ihm zu kommen, weil sein Weib krank sei – – –"
„Sein Weib – – –!"
„So ließ er mir sagen."
„Du gingst?"
„Ich ging."
„Wer ist dieser Mann?"
„Er nennt sich Abrahim-Mamur und wohnt aufwärts von hier in einem einsamen, halb verfallenen Hause, welches am Ufer des Niles steht."
„Es wird von einer Mauer umgeben?"
„Ja."
„Wer konnte dies ahnen! Ich habe alle Städte, Dörfer und Lager am Nile abgeforscht, aber ich dachte nicht, daß dieses Haus bewohnt werde. Ist sie wirklich sein Weib?"
„Ich weiß es nicht, aber ich glaube es nicht."
„Und krank ist sie?"
„Sehr."
„Wallahi, bei Gott, er soll es bezahlen, wenn ihr etwas Böses widerfährt. An welcher Krankheit leidet sie?"
„Ihre Krankheit liegt im Herzen. Sie haßt ihn; sie verzehrt sich in Sehnsucht, von ihm fortzukommen, und wird sterben, wenn es nicht bald geschieht."
„Nicht er, aber sie hat Dir das gesagt?"
„Nein, ich habe es beobachtet."
„Du hast sie gesehen?"
„Ja."
„Belauscht?"
„Nein. Er führte mich in seine Frauenwohnung, damit ich mit der Kranken sprechen könne."
„Er selbst? Unmöglich!"
„Er liebt sie – –"
„Allah strafe ihn!"
„Und fürchtete, daß sie sterben werde, wenn er mich wieder fortschickte."
„So sprachst Du auch mit ihr?"
„Ja, aber nur die Worte, welche er mir erlaubte. Aber sie fand Zeit, mir leise zuzuflüstern: „Rette Senitza!" Sie trägt also diesen Namen, obgleich er sie Güzela nennt."
„Was hast Du ihr geantwortet?"

„Daß ich sie retten werde."
„Effendi, ich liebe Dich; Dir gehört mein Leben! Er hat sie geraubt und entführt. Er hat sie durch Betrug an sich gerissen. Komm, Effendi, wir wollen gehen. Ich muß wenigstens das Haus sehen, in welchem sie gefangen gehalten wird!"
„Du wirst hier bleiben! Ich gehe morgen wieder hin zu ihr und – – –"
„Ich gehe mit, Sihdi!"
„Du bleibst hier! Kennt sie den Ring, welchen Du am Finger trägst?"
„Sie kennt ihn sehr gut."
„Willst Du mir ihn anvertrauen?"
„Gern. Aber wozu?"
„Ich spreche morgen wieder mit ihr und werde es so einzurichten wissen, daß sie den Ring zu sehen bekommt."
„Sihdi, das ist vortrefflich! Sie wird sogleich ahnen, daß ich in der Nähe bin. Aber dann?"
„Erzähle Du zunächst das, was ich wissen muß."
„Du sollst Alles erfahren, Herr. Unser Geschäft ist eines der größten in Istambul; ich bin der einzige Sohn meines Vaters, und während er den Bazar verwaltet und die Diener beaufsichtigt, habe ich die nothwendigen Reisen zu unternehmen. Ich war sehr oft auch in Scutari und sah Senitza, als sie mit einer Freundin auf dem See spazieren fuhr. Ich sah sie später wieder."
„Ihr Vater wohnt nicht in Scutari, sondern auf den schwarzen Bergen; sie kam aber zuweilen herunter, um die Freundin zu besuchen. Als ich vor zwei Monaten wieder an jenen See reiste, war die Freundin mit ihrem Manne verschwunden, und Senitza dazu!"
„Wohin?"
„Niemand wußte es."
„Auch ihre Eltern nicht?"
„Nein. Ihr Vater, der tapfere Osco, hat die Czernagora verlassen, um nach seinem Kinde zu suchen, so weit die Erde reicht; ich aber mußte nach Egypten, um Einkäufe zu machen. Auf dem Nile begegnete ich einem Dampfboote, welches aufwärts fuhr. Als der Sandal, auf welchem ich war, an ihm vorüberlenkte, hörte ich drüben meinen Namen nennen. Ich blickte hinüber und erkannte Senitza, welche den Schleier vom Gesicht genommen hatte, damit ich sie erkennen sollte. Neben ihr stand ein schöner, finsterer Mann, der ihr den Jaschmak sofort wieder überwarf – weiter sah ich nichts. Seit dieser Stunde habe ich ihre Spur verfolgt."
„Du weißt also nicht genau, ob sie ihre Heimat freiwillig oder gezwungen verlassen hat?"
„Freiwillig nicht."
„Kanntest Du den Mann, der neben ihr stand?"
„Nein."
„Das ist wunderbar! Oder hast Du Dich in der Person geirrt? Vielleicht ist es eine Andere gewesen, die ihr ähnlich sieht."
„Hätte sie dann gerufen und die Hände nach mir ausgestreckt, Effendi?"

„Das ist wahr."
„Sihdi, Du hast ihr versprochen, sie zu retten?"
„Ja."
„Wirst Du Dein Wort halten?"
„Ich halte es, wenn sie es wirklich ist."
„Du willst mich nicht mitnehmen. Wie kannst Du da erkennen, ob sie es ist?"
„Dein Ring wird mir die Überzeugung geben."
„Und wie wirst Du sie dann aus dem Hause bringen?"
„Indem ich Dir sage, auf welche Weise Du sie holen kannst."
„Ich werde sie holen, darauf kannst Du Dich verlassen."
„Und dann? Hassan el Reisahn, wärest Du bereit, sie in Deiner Dahabië aufzunehmen?"
„Ich bin bereit, obgleich ich den Mann nicht kenne, bei dem sie sich befindet."
„Er nennt sich Mamur, wie ich Dir gesagt habe."
„Wenn er wirklich ein Mamur, der Beherrscher einer Provinz, gewesen ist, so ist er mächtig genug, uns zu verderben, wenn er uns ergreift," meinte der Kapitän mit ernster Miene. „Eine Tschikarma wird mit dem Tode bestraft. Mein Freund Kara Ben Nemsi, Du wirst morgen sehr klug und vorsichtig handeln müssen."
Was mich selbst betraf, so dachte ich weniger an die Gefahr als vielmehr an das Abenteuer selbst. Natürlich stand es fest, daß ich keine Hand rühren würde, wenn Abrahim-Mamur ein wirkliches Recht auf die Kranke geltend machen könnte.
Wir besprachen uns noch lange über das bevorstehende Ereigniß.

Eine Entführung

Ich ließ den Sänger hereinkommen, um mich ein Weilchen mit ihm zu unterhalten, und fand in ihm einen recht gutmüthigen, aber leichtsinnigen Burschen, den ich trotz aller Landsmannschaft sicherlich nicht mit meinem braven Halef vertauscht hätte. Ich ahnte damals nicht, unter was für bösen Verhältnissen ich später mit ihm zusammentreffen würde.
Am Vormittage besuchte ich den Abu el Reïsahn auf seinem Schiffe, und als ich kaum das Mittagsmahl verzehrt hatte, erschien das Boot, welches mich abholen sollte. Halef hatte schon längst fleißigen Ausguck nach demselben gehalten.
„Effendi, fahre ich mit?" frug er.
Ich schüttelte mit dem Kopfe und antwortete scherzend:
„Heute brauche ich Dich nicht."
„Wie? Du brauchst mich nicht?"
„Nein."
„Wenn Dir nun etwas begegnet!"
„Was soll mir begegnen?"
„Du kannst in das Wasser fallen."

„So schwimme ich."
„Oder Abrahim-Mamur kann Dich tödten. Ich habe es ihm angesehen, daß er Dein Freund nicht ist."
„So könntest Du mir auch nicht helfen."
„Nicht? Sihdi, Halef Agha ist der Mann, auf den Du Dich allzeit verlassen kannst!"
„So komm!"
Es war ihm natürlich sehr um sein Backschisch zu thun.
Der Weg wurde ganz in derselben Weise zurückgelegt, doch war ich heute natürlich aufmerksamer auf Alles, was mir von Nutzen sein konnte. Im Garten, den wir durchschreiten mußten, lagen mehrere starke und ziemlich lange Stangen. Sowohl das Außen- wie auch das Innenthor wurden immer mit breiten, hölzernen Riegeln verschlossen, deren Construction ich mir genau merkte. Einen Hund sah ich nirgends, und von dem Bootssteurer erfuhr ich, daß außer dem Herrn, der Kranken und einer alten Wärterin elf Fellahs zu dem Hause gehörten und Nachts auch in demselben schliefen. Der Herr selbst schlief stets auf dem Divan seines Selamlük.
Als ich dort eintrat, kam er mir mit einer sichtlich freundlicheren Miene entgegen, als diejenige war, mit welcher er mich gestern entlassen hatte.
„Sei mir willkommen, Effendi! Du bist ein großer Arzt."
„So!"
„Sie hat bereits gestern schon gegessen."
„Ah!"
„Sie hat mit der Wärterin gesprochen."
„Freundlich?"
„Freundlich und viel."
„Das ist gut. Vielleicht ist sie bereits in weniger als fünf Tagen vollständig gesund."
„Und heute früh hat sie sogar ein wenig gesungen."
„Das ist noch besser. Ist sie schon lange Dein Weib?"
Sogleich verfinsterte sich sein Gesicht.
„Die Ärzte der Ungläubigen sind sehr neugierig!"
„Wißbegierig nur: aber diese Wißbegierde rettet Vielen das Leben oder die Gesundheit, denen Eure Ärzte nicht helfen könnten."
„War Deine Frage wirklich nothwendig?"
„Sehr!"
„Sie ist noch ein Mädchen, obgleich sie mir gehört."
„So ist die Hülfe sicher."
Er führte mich wieder nur bis in das Zimmer, in welchem ich gestern warten mußte und in welchem ich auch heute zurückblieb. Ich sah mich genauer um. Fenster gab es nicht; die Lichtöffnungen waren vergittert. Das hölzerne Gitterwerk war so angebracht worden, daß man es öffnen konnte, indem man ein langes, dünnes Riegelstäbchen herauszog. Schnell entschlossen zog ich es heraus und steckte es so hinter das Gitter, daß es nicht

bemerkt werden konnte. Kaum war ich damit fertig, so erschien Abrahim wieder. Hinter ihm trat Senitza ein.
Ich ging auf sie zu und legte ihr meine Fragen vor. Unterdessen spielte ich wie im Eifer für die Sache mit dem Ringe, den mir Isla mitgegeben hatte, und ließ ihn dabei aus den Fingern gleiten. Er rollte hin bis an ihre Füße; sie bückte sich schnell und hob ihn auf. Sofort aber trat Abrahim auf sie zu und nahm ihr ihn aus der Hand. So schnell das ging, sie hatte doch Zeit gehabt, einen Blick auf den Ring zu werfen – sie hatte ihn erkannt, das sah ich an ihrem Zusammenzucken und an der unwillkürlichen Bewegung ihrer Hand nach ihrem Herzen. Nun hatte ich für jetzt weiter nichts mehr hier zu thun.
Abrahim frug, wie ich sie gefunden habe.
„Gott ist gut und allmächtig," antwortete ich; „er sendet den Seinen Hülfe, oft ehe sie es denken. Wenn er es will, so ist sie morgen bereits gesund. Sie mag die Medizin nehmen, die ich ihr senden werde, und mit Vertrauen warten, bis ich wiederkomme."
Heute entließ sie mich, ohne ein Wort zu wagen. Im Selamlük harrte Halef bereits mit der Apotheke. Ich gab nichts als ein Zuckerpulver, wofür der kleine Agha ein noch größeres Backschisch als gestern erhielt. Dann ging es wieder stromabwärts zurück.
Der Kapitän erwartete mich bereits bei dem Kaufherrn.
„Hast Du sie gesehen?" rief mir dieser entgegen.
„Ja."
„Erkannte sie den Ring?"
„Sie erkannte ihn."
„So weiß sie, daß ich in der Nähe bin!"
„Sie ahnte es. Und wenn sie meine Worte richtig deutet, so weiß sie, daß sie heute Nacht errettet wird."
„Aber wie?"
„Hassan el Reïsahn, bist Du mit Deinem Lecke fertig?"
„Ich werde fertig bis zum Abend."
„Bist Du bereit, uns aufzunehmen und nach Kairo zu bringen?"
„Ja."
„So hört mich! In das Haus führen zwei Thüren, welche aber von innen verriegelt sind; durch sie können wir nicht eindringen. Aber es gibt noch einen zweiten Weg, wenn er auch schwierig ist. Isla Ben Maflei, kannst Du schwimmen?"
„Ja."
„Gut. Es führt ein Kanal aus dem Nil unter den Mauern hinweg nach einem Bassin, welches in der Mitte des Hofes sich befindet. Kurz nach Mitternacht, wenn Alles schläft, treffen wir dort ein, und Du dringst durch den Kanal und das Bassin in den Hof. Die Thüre, welche Du sofort finden wirst, ist durch einen Riegel verschlossen, der sehr leicht zurückzuschieben ist. Indem Du öffnest, kommst Du in den Garten, dessen Thüre auf gleiche Weise sich öffnen läßt. Sobald die Thüren offen sind, trete ich ein. Wir holen eine Stange aus dem Garten und lehnen sie an die Mauer, um zu dem Gitter

emporzusteigen, hinter welchem die Frauengemächer liegen. Ich habe es bereits von innen geöffnet."
„Und dann?"
„Was dann geschehen soll, muß sich nach den Umständen richten. Wir fahren mit einem Boote bis an Ort und Stelle, wo unsere erste Arbeit sein muß, das Boot Abrahim-Mamur's zu versenken, so daß er uns nicht verfolgen kann. Unterdessen macht der Reïs seine Dahabië segelfertig."
Ich nahm einen Stift zur Hand und zeichnete den Riß des Hauses auf ein Blatt Papier, so daß Isla Ben Maflei vollständig orientirt war, wenn er heute Abend aus dem Bassin stieg.
Der Tag verging vollends unter den nothwendigen Vorbereitungen; der Abend kam, und als es Zeit wurde, rief ich Halef herein und gab ihm die nöthigen Weisungen für das bevorstehende Abenteuer.
Halef packte rasch unsere Habseligkeiten zusammen. Die Wohnungsmiethe war schon voraus bezahlt.
Ich begab mich zu Hassan, und Halef kam sehr bald mit den Sachen nach. Das Schiff war bereit zur Fahrt und brauchte nur noch vom Ufer gelöst zu werden. Nach einiger Zeit stellte sich auch Isla mit seinem Diener ein, der von ihm unterrichtet worden war, und nun stiegen wir in das lange, schmale Boot, welches zur Dahabië gehörte. Die beiden Diener mußten rudern, und ich lenkte das Steuer.
Es war eine jener Nächte, in denen die Natur in so tiefem Vertrauen ruht, als gäbe es auf dem ganzen weiten Erdenrunde kein einziges drohendes Element.
Die leisen Lüfte, welche mit dem Schatten der Dämmerung gespielt hatten, waren zur Ruhe gegangen; die Sterne des Südens lächelten freundlich aus dem tiefblauen Dunkel des Himmels herab, und die Wasser des ehrwürdigen Stromes flutheten ruhig und lautlos dahin in ihrer breiten Bahn. Diese Ruhe herrschte auch in meinem Innern, obgleich es schwer scheint, dies zu glauben.
Es war nichts Leichtes, was wir zu vollbringen gedachten, aber man bebt ja nur vor einem Ereignisse; ist dasselbe jedoch einmal angebahnt, oder gar bereits eingetreten, so hat man mit den Chancen abgeschlossen und kann ohne innere Kämpfe handeln. Eine nächtliche Entführung wäre vielleicht gar nicht nothwendig gewesen; wir hätten vielmehr Abrahim-Mamur vor Gericht angreifen können. Aber wir wußten ja nicht, wie die Verhältnisse lagen und welche rechtlichen und unrechtlichen Mittel ihm zu Gebote standen, sein Anrecht auf Senitza geltend zu machen. Nur von ihr erst konnten wir erfahren, was wir wissen mußten, um gegen ihn aufzutreten, und das konnten wir nur dann erfahren, wenn es uns gelang, sie hinter seinem Rücken in unsere Hände zu bekommen.
Nach einer kleinen Stunde hoben sich die dunklen Umrisse des Gebäudes aus ihrer grauen, steinigen Umgebung hervor. Wir legten eine kurze Strecke unterhalb der Mauer an, und ich stieg zunächst ganz allein aus, um zu recognosciren. Ich fand in der ganzen Umgebung des Hauses nicht die geringste Spur von Leben, und auch innerhalb der

Mauern schien Alles in tiefster Ruhe zu liegen. Am Kanale lag das Boot Abrahim's mit den Rudern. Ich stieg ein und brachte es neben unsern Kahn.
„Hier ist das Boot," sagte ich zu den beiden Dienern. „Fahrt es ein wenig abwärts, füllt es mit Steinen und laßt es sinken. Die Ruder aber können wir gebrauchen. Wir nehmen sie in unser Boot herein, welches ihr nachher nicht anhängen laßt, sondern so bereit haltet, daß wir abstoßen können, sobald wir einsteigen. Isla Ben Maflei, folge mir!"
Ich verließ das Boot, und wir schlichen zum Kanale. Dessen Wasser blickten uns nicht sehr einladend entgegen. Ich warf einen Stein hinein und erkannte dadurch, daß der Kanal nicht tief sei. Isla zog seine Kleider aus und stieg hinein. Das Wasser reichte ihm bis an das Kinn.
„Wird es gehen?" frug ich ihn.
„Mit dem Schwimmen besser als mit dem Gehen. Der Kanal hat so viel Schlamm, daß er mir fast bis an die Kniee reicht."
„Bist Du noch entschlossen?"
„Ja. Bringe meine Kleider mit zum Thore. Haidi, wohlan!"
Er hob die Beine empor, stieß die Arme aus und verschwand unter der Maueröffnung, durch welche das Wasser führte.
Ich verließ die Stelle nicht sofort, sondern ich wartete noch eine Weile, da es ja sehr leicht möglich war, daß etwas Unvorhergesehenes geschehen konnte, was meine Gegenwart wünschenswerth erscheinen ließ. Ich hatte das Richtige getroffen, denn eben wollte ich mich wenden, als der Kopf des Schwimmers in der Öffnung wieder erschien.
„Du kehrst zurück?"
„Ja. Ich konnte nicht weiter."
„Warum?"
„Effendi, wir können Senitza nicht befreien!"
„Weßhalb nicht?"
„Die Mauer ist zu hoch – – –"
„Es würde auch nichts helfen, wenn sie niedriger wäre, denn das Haus ist fest verschlossen."
„Und der Kanal auch."
„Verschlossen?"
„Ja."
„Womit?"
„Mit einem starken Holzgitter."
„Konntest Du es nicht entfernen?"
„Es widersteht aller meiner Kraft."
„Wie weit ist der Ort von hier?"
„Das Gitter muß sich grad bei der Grundmauer des Hauses befinden."
„Ich werde einmal nachsehen. Ziehe Dich an; halte meine Kleider und erwarte mich hier."

Ich warf nur das Obergewand ab und stieg in das Wasser. Mich auf den Rücken legend, schwamm ich vorwärts. Der Kanal war auch im Garten nicht offen, sondern mit steinernen Platten bedeckt. Als ich nach meiner Berechnung das Haus erreicht haben mußte, stieß ich an das Gitter. Es war so breit und hoch wie der Kanal selbst, bestand aus starken, gut eingefügten Holzstangen und war mit eisernen Klammern an die Mauer befestigt. Die Vorrichtung hatte jedenfalls den Zweck, Thiere wie etwa Ratten, Wassermäuse usw. vom Bassin fernzuhalten. Ich rüttelte daran; es gab nicht nach, und ich mußte einsehen, daß es im ganzen nicht zu entfernen sei. Ich faßte einen einzelnen Stab mit beiden Händen, stemmte die hoch emporgezogenen Kniee hüben und drüben gegen die Mauer – ein Ruck aus allen Kräften, und die Stange zerbrach. Jetzt war eine Bresche da, und in Zeit von zwei Minuten hatte ich noch vier Stäbe herausgerissen, so daß eine Öffnung entstanden war, durch welche ich mich zwängen konnte.
Sollte ich zurückkehren, um Isla das Weitere zu überlassen? Nein, denn das wäre Zeitverschwendung gewesen. Ich befand mich nun einmal im Wasser und kannte ja auch die Örtlichkeit genauer als er. Ich passirte also die Öffnung, welche ich mir gemacht hatte, und schwamm weiter fort in dem Wasser, welches durch den aufgewühlten Schlamm ganz dick war. Als ich mich nach meiner ungefähren Berechnung unter dem inneren Hofe befinden mußte, senkte sich plötzlich die Wölbung bis auf die Oberfläche des Wassers herunter, und ich wußte nun, daß ich mich in der Nähe des Bassins befand. Der Kanal glich von hier aus nur noch einer Röhre, welche so vollständig mit Wasser gefüllt war, daß die zum Athmen nöthige Luft fehlte. Die noch übrige Strecke mußte ich also unter Wasser durchkriechen oder tauchend durchschwimmen, was nicht nur höchst unbequem und anstrengend, sondern auch mit größter Gefahr verbunden war. Wie nun, wenn sich ein zweites, unvorhergesehenes Hinderniß in den Weg stellte und ich auch nicht so weit zurückkehren konnte, um den nöthigen Athem zu holen? – – Oder wenn ich beim Emportauchen bemerkt wurde? Es war doch immerhin möglich, daß sich Jemand in dem Hofe befand.
Diese Bedenken durften mich nicht irre machen. Ich sog die Lunge voll Athem, bog mich unter das Wasser und schob mich, halb schwimmend und halb gehend, mit möglichster Schnelligkeit vorwärts.
Eine ziemliche Strecke legte ich so zurück, und schon verspürte ich den eintretenden Luftmangel, als ich mit der Hand wirklich an ein neues Hinderniß stieß. Es war, wie ich fühlte, ein aus einem durchlöcherten Blech bestehendes Siebgitter, welches die ganze Lichte der Kanalröhre einnahm und jedenfalls so zu sagen als Seiher oder Filter des schlammigen, trüben Wassers dienen sollte.
Bei dieser Entdeckung bemächtigte sich eine wirkliche Ängstlichkeit meiner.
Zurück konnte ich nicht mehr, denn ehe ich die Stelle zu erreichen vermochte, wo die höhere Wölbung des Kanals mir gestattet hätte, emporzutauchen und Athem zu schöpfen, war ich jedenfalls schon erstickt, und doch schien das ziemlich starke Siebwerk sehr haltbar befestigt zu sein. Hier gab es freilich nur zwei Fälle: entweder es gelang mir,

hindurchzukommen, oder ich mußte elend ertrinken. Es war kein Augenblick zu verlieren.
Ich stemmte mich gegen das Blech – vergebens; ich drückte und preßte mit aller Gewalt dagegen, doch ohne Erfolg. Und wenn ich hindurchkam und hinter ihm nicht sofort das Bassin sich befand, so war ich dennoch verloren. Ich hatte nur noch Luft und Kraft für eine Sekunde; es war mir, als wolle eine fürchterliche Gewalt mir die Lunge zerbersten und den Körper zersprengen – noch eine letzte, die allerletzte Anstrengung; Herr Gott im Himmel, hilf, daß es mir gelingt! Ich fühle den Tod mit nasser, eisiger Hand nach meinem Herzen greifen; er packt es mit grausamer, unerbittlicher Faust und drückt es vernichtend zusammen; die Pulse stocken; die Besinnung schwindet; die Seele sträubt sich mit aller Macht gegen das Entsetzliche; eine krampfhafte, tödtliche Expansion dehnt die erstarrenden Sehnen und Muskeln aus – ich höre keinen Krach, kein Geräusch, aber der Kampf des Todes hat vermocht, was dem Leben nicht gelingen wollte – das Sieb weicht, es geht aus den Fugen, ich fuhr empor. Ein langer, langer, tiefer Athemzug, der mir augenblicklich das Leben wiederbrachte, dann tauchte ich wieder unter. Es konnte ja Jemand im Hofe sein und meinen Kopf bemerken, der grad in der Mitte der kleinen Wasserfläche sichtbar geworden war. Am Rande derselben kam ich vorsichtig wieder auf und blickte mich um.
Es schien kein Mond, aber die Sterne des Südens verbreiteten ein genügendes Licht, um alle Gegenstände unterscheiden zu können. Ich stieg aus dem Bassin und wollte mich leise an die Mauer schleichen, als ich ein leises Knacken vernahm. Ich blickte empor zu den Gittern, hinter denen die Frauengemächer lagen. Hier, rechts über mir war die Stelle, an welcher ich den Riegelstab entfernt hatte, und links davon bemerkte ich eine Spalte in der Vergitterung desjenigen Zimmers, in welches ich nicht hatte treten dürfen. Es war jedenfalls das Schlafzimmer Senitza's. War sie wach geblieben, um mich zu erwarten? Kam das Knacken von dem Gitter, welches sie auch in ihrer Stube geöffnet hatte? War dies der Fall, so hatte sie mich aus dem Wasser steigen sehen und sich jetzt wieder zurückgezogen, da sie mich unmöglich erkennen konnte.
Ich schlich näher und legte die Hände rund um den Mund.
„Senitza!“ flüsterte ich leise.
Da wurde die Spalte größer, und ein dunkles Köpfchen erschien.
„Wer bist Du?“ hauchte es herab.
„Der Hekim, welcher bei Dir war.“
„Du kommst, mich zu retten?“
„Ja. Du hast es geahnt und meine Worte verstanden?“
„Ja. Bist Du allein?“
„Isla Ben Maflei ist draußen.“
„Ach! Er wird getödtet werden!“
„Von wem?“

„Von Abrahim. Er schläft nicht des Nachts; er wacht. Und die Wärterin liegt in dem Raume neben mir. Halt – horch! Oh, fliehe schnell!"
Dort hinter der Tür, welche zum Selamlük führte, ließ sich ein Geräusch vernehmen. Die Spalte oben schloß sich, und ich eilte augenblicklich zum Bassin zurück. Dort war der einzige Ort, wo ich Zuflucht finden konnte. Vorsichtig, damit das Wasser keine Wellen werfen sollte, die mich verrathen hätten, glitt ich hinein.
Kaum war dies geschehen, so öffnete sich die Thür, und es erschien die Gestalt Abrahim's, der langsam und spähend den Hof umschritt. Ich stand bis zum Munde im Wasser, und mein Kopf war hinter der Einfassung des Bassin verborgen, so daß mich der Egypter nicht gewahr werden konnte. Dieser überzeugte sich, daß das Thor noch verschlossen sei, und verschwand, nachdem er die Runde vollendet hatte, wieder in dem Selamlük.
Jetzt stieg ich wieder aus dem Wasser, glitt zum Thore, schob den Riegel zurück und öffnete. Ich stand im Garten. Rasch eilte ich quer über denselben hinweg, um nun auch das Mauerthor zu öffnen, und dann wollte ich um die Ecke biegen, Isla Ben Maflei zu holen, als dieser eben erschien.
„Hamdulillah, Preis sei Gott, Effendi! Es ist Dir gelungen."
„Ja, Aber ich kämpfte mit dem Tode. Gib mir mein Gewand!"
Hose und Weste trieften mir von Wasser; ich warf nur die Jacke darüber, um nicht in meinen Bewegungen gehindert zu sein.
„Ich sprach bereits mit Senitza."
„Ist es wahr, Effendi?"
„Sie hatte mich verstanden und erwartete uns."
„O komm! Schnell, schnell!"
„Warte noch!"
Ich ging in den Garten, um eine der Stangen zu holen, welche ich gleich bei meiner ersten Anwesenheit bemerkt hatte. Dann traten wir in den Hof. Die Spalte oben im Gitterwerke hatte sich bereits wieder geöffnet.
„Senitza, mein Stern, mein – –" rief Isla mit unterdrückter Stimme, als ich emporgezeigt hatte. Ich unterbrach ihn:
„Um Alles in der Welt, still! Hier ist keine Zeit zu Herzensergüssen. Du schweigst, und nur ich rede!"
Dann wandte ich mich empor zu ihr:
„Bist Du bereit, mit uns zu gehen?"
„Oh, ja!"
„Durch die Zimmer geht es nicht?"
„Nein. Aber drüben hinter den hölzernen Säulen liegt eine Leiter."
„Ich hole sie!"

Wir brauchten also weder die Stange noch den mitgebrachten Strick. Ich ging und fand die Leiter. Sie war fest. Als ich sie angelehnt hatte, stieg Isla empor. Ich schlich unterdessen nach der Thür zum Selamlük, um zu horchen.
Es dauerte einige Zeit, ehe ich die Gestalt des Mädchens erscheinen sah. Sie stieg herab, und Isla unterstützte Sie dabei. In dem Augenblicke, in welchem sie den Boden erreichten, erhielt die Leiter einen Stoß; sie schwankte und stürzte mit einem lauten Krach zu Boden.
„Flieht! Schnell nach dem Boote!“ warnte ich.
Sie eilten nach dem Thore, und zu gleicher Zeit hörte ich Schritte hinter der Thür. Abrahim hatte das Geräusch vernommen und kam herbei. Ich mußte den Fliehenden den Rückzug decken und folgte ihnen also mit nicht zu großer Schnelligkeit. Der Egypter bemerkte mich, sah auch die umgestürzte Leiter und das geöffnete Gitter.
Er stieß einen Schrei aus, der von allen Bewohnern des Hauses gehört werden mußte.
„Chirsytz, hajdut, Dieb, Räuber, halt! Herbei, herbei, Ihr Männer, Ihr Leute, Ihr Sklaven! Hülfe!“
Mit diesen laut gebrüllten Worten sprang er hinter mir her. Da der Orient keine Betten nach Art der unseren kennt und man meist in den Kleidern auf dem Divan schläft, so waren die Bewohner des Hauses alsbald auf den Beinen.
Der Egypter war hart hinter mir. Am Außenthore blickte ich mich um. Er war nur zehn Schritte von mir entfernt, und dort an dem inneren Thore erschien bereits ein zweiter Verfolger.
Draußen bemerkte ich nach rechts Isla Ben Maflei mit Senitza fliehen; ich wandte mich also nach links. Abrahim ließ sich täuschen. Er sah nicht sie, sondern nur mich und folgte mir. Ich sprang um die eine Ecke, in der Richtung nach dem Flusse zu, oberhalb des Hauses, während unser Boot unterhalb desselben lag. Dann rannte ich um die zweite Ecke, das Ufer entlang.
„Halt, Bube! Ich schieße!“ erscholl es hinter mir.
Er hatte also die Waffen bei sich gehabt. Ich eilte weiter. Traf mich seine Kugel, so war ich todt oder gefangen, denn hinter ihm folgten seine Diener, wie ich aus ihrem Geschrei vernahm. Der Schuß krachte. Er hatte im Laufen gezielt, statt dabei stehen zu bleiben; das Geschoß flog an mir vorüber. Ich that, als sei ich getroffen, und warf mich zur Erde nieder.
Er stürzte an mir vorbei, denn er hatte nun das Boot bemerkt, in welches Isla eben mit Senitza einstieg. Gleich hinter ihm sprang ich wieder auf. Mit einigen weiten Sprüngen hatte ich ihn erreicht, packte ihn im Nacken und warf ihn nieder.
Das Geschrei der Fellatah erscholl aber jetzt hinter mir. Sie waren mir sehr nahe, da ich mit dem Niederwerfen Zeit und Raum verloren hatte; aber ich erreichte den Kahn und sprang hinein. Sofort stieß Halef vom Ufer, von welchem wir bereits mehrere Bootslängen entfernt waren, als die Verfolger dort ankamen.
Abrahim hatte sich wieder emporgerafft. Er überblickte die ganze Situation.

„Geri,“ brüllte er: „geri erkekler – zurück, zurück, Ihr Männer! Geri doghru kajika – zurück, nach dem Boote!“
Alle wandten sich um in der Richtung nach dem Kanale, wo ihr Kahn gelegen hatte. Abrahim kam zuerst an und stieß einen Schrei der Wuth aus. Er sah, daß das Boot verschwunden war.
Wir hatten unterdessen die ruhigeren Gewässer des Ufers verlassen und das schneller strömende Wasser erreicht; Halef und der Barbier aus Jüterbogk ruderten; auch ich nahm eines der aus dem Boote Abrahim's genommenen Ruder; Isla that dasselbe, und so schoß unser Kahn sehr schnell stromabwärts.
Es wurde kein Wort gesprochen; unsere Stimmung war nicht danach, in Worte gefaßt zu werden.
Während des ganzen Abenteuers war doch eine längere Zeit vergangen, so daß jetzt bereits sich der Horizont röthete und man die nebellosen Wasser des Niles weithin zu überblicken vermochte. Noch immer sahen wir Abrahim mit den Seinigen am Ufer stehen, und weiter oben erschien ein Segel, welches in dem Morgenroth erglühte.
„Ein Sandal!“ meinte Halef.
Ja, es war ein Sandal, eine jener lang gebauten, stark bemannten Barken, welche so schnell segeln, daß sie fast mit einem Dampfer um die Wette gehen.
„Er wird den Sandal anrufen und uns auf demselben verfolgen,“ sagte Isla.
„Hoffentlich ist der Sandal ein Kauffahrer, der nicht auf ihn hört!“
„Wenn Abrahim dem Reïs eine genügende Summe bietet, wird dieser sich nicht weigern.“
„Auch in diesem Falle würden wir einen guten Vorsprung gewinnen. Ehe der Sandal anlegt und der Reïs mit Abrahim verhandelt hat, vergeht einige Zeit. Auch muß sich Abrahim, ehe er an Bord gehen kann, mit allem versehen, was zu einer längeren Reise nothwendig ist, da er nicht wissen kann, welche Ausdehnung die Verfolgung haben wird.“
Das Segel entschwand jetzt unseren Blicken, und wir machten eine so schnelle Fahrt, daß wir nach kaum einer halben Stunde die Dahabië zu Gesicht bekamen, welche uns weiter tragen sollte.
Der alte Abu el Reïsahn lehnte an der Brüstung des Sternes. Er sah, daß eine weibliche Person im Boote saß, und wußte also, daß unser Unternehmen gelungen sei, wenigstens gelungen bis zu diesem Augenblick.
„Legt an,“ rief er. „Die Treppe ist niedergelassen!“
Wir stiegen an Bord, und das Boot wurde am Steuer befestigt. Dann ließ man die Seile gehen und zog die Segel auf. Das Fahrzeug drehte den Schnabel vom Land ab; der Wind legte sich in das Leinen, und wir strebten der Mitte des Stromes zu, welcher uns nun abwärts trug.
Ich war zum Reïs getreten.
„Wie ging es?“ frug er mich.

„Sehr gut. Ich werde es Dir erzählen; doch sage mir vorher, ob ein guter Sandal Dein Fahrzeug einholen könnte."
„Werden wir verfolgt?"
„Ich glaube es nicht, doch ist es möglich."
„Meine Dahabië ist sehr gut, aber ein guter Sandal holt jede Dahabië ein."
„So wollen wir wünschen, daß wir unverfolgt bleiben!"
Ich erzählte nun den Hergang unseres Abenteuers und ging dann nach der Kajüte, um meine noch immer feuchten Kleider zu wechseln. Sie war in zwei Theile getheilt, einen kleinen und einen größeren. Der erstere war für Senitza und der letztere für den Kapitän, Isla Ben Maflei und mich bestimmt.
Es waren vielleicht zwei Stunden seit unserer Abfahrt vergangen, als ich oberhalb unseres Schiffes die Spitze eines Segels bemerkte, welches sich immer mehr vergrößerte. Als der Rumpf sichtbar wurde, erkannte ich den Sandal, welchen wir in der Frühe gesehen hatten.
„Siehst Du das Schiff?" frug ich den Reïs.
„Allah akbar, Gott ist groß, und Deine Frage ist auch groß," antwortete er mir. „Ich bin ein Reïs und sollte ein Segel nicht sehen, welches so nahe hinter dem meinigen steuert!"
„Ob es ein Fahrzeug des Khedive ist?"
„Nein."
„Woraus erkennst Du dies?"
„Ich kenne diesen Sandal sehr genau."
„Ah!"
„Er gehört dem Reïs Chalid Ben Mustapha."
„Kennst Du diesen Chalid?"
„Sehr; aber wir sind keine Freunde."
„Warum?"
„Ein ehrlicher Mann kann nicht der Freund eines Unehrlichen sein."
„Hm, so ahnt mir etwas."
„Was?"
„Daß sich Abrahim-Mamur an seinem Bord befindet."
„Werden es sehen!"
„Was wirst Du thun, wenn der Sandal sich an die Dahabië legen will?"
„Ich muß es zugeben. Das Gesetz sagt es so."
„Und wenn ich es nicht zugebe?"
„Wie wolltest Du dies anfangen? Ich bin der Reïs meiner Dahabië und habe nach den Vorschriften des Gesetzes zu handeln."
„Und ich bin der Reïs meines Willens."
Jetzt trat Isla zu uns. Ich wollte ihm keine zudringliche Frage vorlegen, aber er begann selbst:

„Kara Ben Nemsi, Du bist mein Freund, der beste Freund, den ich gefunden habe. Soll ich Dir erzählen, wie Senitza in die Hände des Egypters gekommen ist?“
„Ich möchte es sehr gern hören, doch zu einer solchen Erzählung gehört die Ruhe und Sammlung, welche wir jetzt nicht haben können.“
„Du bist unruhig? Weßhalb?“
Er hatte das hinter uns segelnde Fahrzeug noch nicht bemerkt.
„Drehe Dich um, und siehe diesen Sandal.“
Er wandte sich um.
„Ist Abrahim an Bord?“
„Ich weiß es nicht, aber es ist sehr leicht möglich, weil der Kapitän ein Schurke ist, der sich von Abrahim erkaufen lassen wird.“
„Woher weißt Du, daß er ein Schurke ist?“
„Abu el Reïsahn sagt es.“
„Ja,“ bestätigte dieser; „ich kenne diesen Kapitän und kenne auch sein Schiff. Selbst wenn es weiter entfernt wäre, würde ich es an seinem Segel erkennen, welches dreifach ausgebessert und zusammengeflickt ist.“
„Was werden wir thun?“ frug Isla.
„Zunächst abwarten, ob Abrahim sich an Bord befindet.“
„Und wenn er da ist?“
„So kommt er nicht zu uns herüber.“
Unser Schiffsführer prüfte den Fortgang des Sandal und denjenigen, den wir selbst machten, und meinte dann:
„Er kommt uns immer näher. Ich werde eine Triketha beisetzen lassen.“
Dies geschah, aber ich merkte bereits nach einigen Minuten, daß die Entscheidung dadurch höchstens verzögert, nicht aber aufgehoben werde. Der Sandal kam uns immer näher; endlich war er nur noch eine Schiffslänge von uns entfernt und ließ das eine Segel fallen, um seine Schnelligkeit zu vermindern. Wir sahen Abrahim-Mamur auf dem Deck stehen.
„Er ist da!“ sagte Isla.
„Wo steht er?“ frug der Reïs.
„Ganz vorn am Buge.“
„Dieser? Kara Ben Nemsi, was thun wir? Sie werden uns ansprechen, und wir müssen ihnen antworten.“
„Wer hat nach Deinen Gesetzen zu antworten?“
„Ich, der Inhaber meiner Dahabië.“
„Merke auf, was ich Dir sage, Abu el Reïsahn. Bist Du bereit, mir Dein Schiff von hier bis Kahira zu vermiethen?“
Der Kapitän sah mich erstaunt an, begriff dann aber gleich, was ich für einen Zweck verfolgte.
„Ja,“ antwortete er.

„Dann bin also ich der Inhaber?“
„Ja.“
„Und Du als Reïs mußt thun, was ich will?“
„Ja.“
„Und bist für nichts verantwortlich?“
„Nein.“
„Gut. Rufe Deine Leute zusammen!“
Auf seinen Ruf kamen Alle herbei.
„Ihr Männer, ich sage Euch, daß dieser Effendi, welcher Kara Ben Nemsi heißt, unsere Dahabië von hier bis nach Kahira gemiethet hat,“ erklärte ihnen der Kapitän. „Ist es nicht so?“
„Ja, es ist so,“ bestätigte ich.
„Ihr könnt mir also bezeugen, daß ich nicht mehr Herr des Schiffes bin?“ frug er die Leute.
„Wir bezeugen es.“
„So geht an Eure Plätze. Das aber müßt Ihr wissen, daß ich die Leitung des Schiffes behalte, denn Kara Ben Nemsi hat es mir befohlen.“
Sie entfernten sich, sichtlich befremdet über die sonderbare Mittheilung, welche ihnen geworden war.
Mittlerweile war der Sandal in gleiche Linie mit uns gekommen. Der Kapitän desselben, ein alter langer, sehr hagerer Mann, mit einer Reiherfeder auf dem Tarbusch, trat an die Bordung und frug herüber:
„Ho, Dahabië, welcher Reïs?“
Ich neigte mich vor und antwortete:
„Reïs Hassan.“
„Hassan Abu el Reïsahn?“
„Ja.“
„Schön, kenne ihn,“ antwortete er mit schadenfroher Miene. „Ihr habt ein Weib an Bord?“
„Ja.“
„Gebt es heraus!“
„Chalid Ben Mustapha, Du bist verrückt!“
„Wird sich finden. Wir werden bei Euch anlegen.“
„Das werden wir verhindern.“
„Wie willst Du dies anfangen?“
„Das will ich Dir sofort zeigen. Merke auf die Feder an Deinem Tarbusch!“
Ich erhob sehr schnell die Büchse, welche ich, ohne daß er sie gesehen hatte, bereit gehalten hatte, zielte und drückte los. Die Feder flog herab. Selbst das entsetzlichste Unglück hätte den würdigen Ben Mustapha nicht so in Aufregung versetzen können, wie dieser Warnungsschuß. Er fuhr so hoch in die Luft, als beständen seine hageren

Gliedmaßen aus elastischem Gummi, hielt sich den Kopf mit beiden Händen und floh hinter den Mast.
„Jetzt weißt Du, wie ich schieße, Ben Mustapha," rief ich hinüber. „Wenn Dein Sandal noch eine einzige Minute bei uns backseits fährt, so schieße ich Dir nicht die Feder vom Tarbusch, sondern die Seele aus dem Leibe; darauf kannst Du Dich verlassen!"
Diese Drohung hatte eine augenblickliche Wirkung. Er eilte an das Steuer, riß es aus den Händen dessen, der es bisher regiert hatte, und drehte ab. In zwei Minuten befand sich der Sandal in einer solchen Entfernung von uns, daß ihn meine Kugel nicht erreichen konnte.
„Jetzt sind wir für den Augenblick sicher," meinte ich.
„Er wird nicht wieder so nahe kommen," stimmte Hassan bei; „aber er wird uns auch nicht aus dem Auge lassen, bis wir irgendwo an das Ufer legen, wo er die Hilfe des Gesetzes in Anspruch nehmen wird."
„Die fürchte ich nicht."
„Ich auch nicht, seit das Schiff Dir gehört. Ich fürchte etwas Anderes."
„Was?"
„Das da!"
Er deutete mit der Hand hinaus auf das Wasser, und wir verstanden sogleich, was er sagen wollte.
Schon seit einiger Zeit hatten wir bemerkt, daß die Wogen mit größerer Gewalt und Schnelligkeit vorwärts strebten als vorher, und die jetzt felsig gewordenen Ufer einander immer näher traten. Wir näherten uns nämlich einer jener Stromschnellen, welche, mehr oder weniger gefahrdrohend für den Schiffer, dem Verkehr auf dem Nile fast unüberwindliche Hindernisse entgegenstellen. Jetzt mußte die Feindschaft der Menschen schweigen, damit sich die ungetheilte Aufmerksamkeit Aller auf das drohende Element richten konnte. Die Stimme des Reïs tönte laut schallend über das Deck:
„Blickt auf, Ihr Männer, der Schellahl kommt, der Katarakt! Tretet zusammen und betet die heilige Fatcha!"
Die Leute folgten seinem Gebote und begannen:
„Behüte uns, o Herr, vor dem von Dir gesteinigten Teufel!"
„Im Namen des Allbarmherzigen!" intonierte der Reïs.
Darauf fielen die andern ein und beteten die Fatcha, die erste Sure des Koran.
Ich muß gestehen, daß dieses Gebet auch mich ergriff, aber nicht aus Furcht vor der Gefahr, sondern aus Ehrfurcht vor der tief im Herzen wurzelnden Religiosität dieser halbwilden Menschen, welche nichts thun und beginnen, ohne sich Dessen zu erinnern, der in dem Schwachen mächtig ist.
„Wohlan, Ihr jungen Männer, Ihr muthigen Helden, geht an Euere Plätze," gebot nun der Führer; „der Strom hat uns ergriffen."
Das Commando eines Nilschiffes läuft nicht so ruhig und exact ab, wie die Führung eines europäischen Fahrzeuges. Das heiße Blut des Südens rollt durch die Adern und treibt in

der Gefahr den Menschen von dem Extreme der ausschweifendsten Hoffnung herab auf dasjenige der tiefsten Niedergeschlagenheit und Verzweiflung. Alles schreit, ruft, brüllt, heult, betet oder flucht im Augenblicke der Gefahr, um im nächsten Momente, wenn diese Gefahr vorübergegangen ist, noch lauter zu jubeln, zu pfeifen, zu singen und zu jauchzen. Dabei arbeitet ein Jeder mit Anspannung aller seiner Kräfte, und der Schiffsführer springt von Einem zum Andern, um Jeden anzufeuern, tadelt die Säumigen in Ausdrücken, wie sie nur ein Araber sich auszusinnen vermag, und belohnt die andern mit den süßesten, zärtlichsten Namen, unter denen sich das Wort „Held" am meisten wiederholt. Hassan hatte sich auf das Passiren der Stromschnelle vorbereitet und Reservemannschaft eingenommen. Jedes Ruder war doppelt besetzt, und am Steuer standen drei Barkenführer, welche jeden Fußbreit des Stromes hier an dieser gefährlichen Stelle kannten.

Mit furchtbarer Gewalt rauschten die Wogen jetzt über die von dem Wasser kaum bedeckten Felsblöcke; die Wellen stürzten schäumend über das Deck, und der Donner des Kataraktes übertäubte jedes, auch das lauteste Kommandowort. Das Schiff stöhnte und krachte in allen Fugen; die Ruder versagten ihre Dienste, und, dem Steuer vollständig ungehorsam, tobte die Dahabië durch die kochenden Gewässer.

Da treten die schwarzen, glänzenden Felsen vor uns eng zusammen und lassen nur noch ein Thor offen, welches kaum die Breite unseres Schiffes besitzt. Die Wogen werden förmlich durch dasselbe hindurchgepreßt und stürzen sich in einem dicken, mächtigen Strahle nach unten in ein Becken, welches übersäet ist von haarscharfen und nadelspitzen Steinblöcken.

Mit sausender Hast schießen wir dem Thore zu. Die Ruder werden eingezogen. Jetzt, jetzt sind wir im furchtbaren Loche, dessen Wände uns zu beiden Seiten so nahe sind, daß wir sie mit den Händen erreichen können. Als wolle es uns hinaustreiben in die Luft, so schleudert uns die rasende Gewalt der Strömung über die sprühenden, gischtspritzenden Kämme des Falles hinaus, und wir stürzen hinab in den Schlund des Kessels. Es brodelt, spritzt, rauscht, tobt, donnert und brüllt um uns her; da packt es uns wieder mit unwiderstehlicher Macht und reißt uns eine schief abfallende Ebene hinab, deren Wasserfläche glatt und freundlich vor uns liegt, aber grad unter dieser Glätte die gefährlichste Tücke birgt, denn wir schwimmen nicht, nein, wir fallen, wir stürzen mit rapider Vehemenz die abschüssige Bahn hinab und – – –

„Allah kerihm, Gott ist gnädig!" ertönt jetzt so schrill Hassan's Stimme, daß sie gehört werden kann. „Allah il Allah, an die Ruder, an die Ruder, Ihr Jünglinge, Ihr Männer, Ihr Helden, Ihr Tiger, Panther und Löwen! Der Tod liegt vor Euch, seht Ihr es denn nicht? Amahl, amahl, ïa Allah amahl – macht, macht, bei Gott, macht, Ihr Hunde, Ihr Feiglinge, Ihr Schurken und Katzen, arbeitet, arbeitet, Ihr Wackern, Ihr Guten, Ihr Helden, Ihr Unvergleichlichen, Erprobten und Auserwählten!"

Wir schießen einer Scheere zu, welche sich grad vor uns öffnet und uns im nächsten Augenblicke vernichten wird. Die Felsen sind so scharf, und der Fall des Stromes ist so

reißend, daß von dem Schiffe kein Handgroß von Holz beisammen bleiben kann, wie es scheint.
„Allah ïa Sahtir, o Du Bewahrer, hilf! Links, links, Ihr Hunde, Ihr Geier, Ihr Rattenfresser, Ihr Aasverdauer, links, links mit dem Steuer, Ihr Braven, Ihr Herrlichen, Ihr Väter aller Helden! Allah, Allah, Maschallah – Gott thut Wunder, ihm sei Dank!"
Das Schiff hat den fast übermenschlichen Anstrengungen gehorcht und ist vorübergeflogen. Für einige Augenblicke befinden wir uns im ruhigen Fahrwasser, und alles stürzt sich auf die Kniee, um dem Allmächtigen zu danken.
„Esch'hetu inu la il laha il Allah!" tönt es jubelnd über das Deck hin – „bezeuge, daß es nur einen Gott gibt! Sellem aaleïna baraktak, begnadige uns mit Deinem Segen!"
Da kommt es hinter uns hergeschossen, wie von der Sehne eines Bogens geschnellt. Es ist der Sandal, welcher dieselben Gefahren hinter sich hat, wie wir. Seine Schnelligkeit ist jetzt wieder größer als die unserige, und er muß daher an uns vorüber. Aber das offene Fahrwasser ist so schmal, daß wir nur mit Mühe auszuweichen vermögen, und fast Bord an Bord rauscht er vorüber. Am Maste lehnt Abrahim-Mamur, die Rechte hinter sich versteckend. Mir grade gegenüber reißt er die verborgen gehaltene, lange arabische Flinte an die Wange – ich werfe mich nieder – die Kugel pfeift über mir weg, und im nächsten Augenblick ist der Sandal uns weit voran.
Alle haben den Mordversuch gesehen, aber Niemand hat Zeit zur Verwunderung oder zum Zorne, denn die Strömung packt uns wieder und treibt uns in ein Labyrinth von Klippen.
Da erschallt vor uns ein lauter Schrei. Der Sandal wurde von der Macht des Schellahl an einen Felsen geworfen; die Schiffer schlagen die Ruder in die Flut, und das nur leicht beschädigte Fahrzeug schießt, von den Wogen wieder gefaßt, befreit davon. Aber bei dem Stoße ist ein Mensch über Bord gefallen; er hängt im Wasser, sich verzweiflungsvoll an die Klippe klammernd. Ich ergreife einen der vorhandenen Dattelbaststricke, eile an das Seitenbord und werfe ihn dem Bedrohten zu. Er faßt darnach – ergreift ihn – wird emporgezogen – es ist – Abrahim-Mamur.
Sobald er das Verdeck glücklich erreicht hatte, schüttelte er das Wasser aus seinen Kleidern und stürzte dann mit geballten Fäusten auf mich zu.
„Hund, Du bist ein Räuber und Betrüger!"
Ich erwartete ihn stehenden Fußes, und meine Haltung bewirkte, daß er vor mir stehen blieb, ohne seine Fäuste in Anwendung zu bringen.
„Abrahim-Mamur, sei höflich, denn Du befindest Dich nicht in Deinem Hause. Sagst Du nur noch ein Wort, welches mir nicht gefällt, so lasse ich Dich an den Mast binden und durchpeitschen!"
Die größte Beleidigung für einen Araber ist ein Schlag, und die zweitgrößte ist die Drohung, ihn zu schlagen. Abrahim machte eine Bewegung, bezwang sich aber augenblicklich.
„Du hast mein Weib an Bord!" rief er.

„Nein."
„Du sagst mir nicht die Wahrheit!"
„Ich sage sie, denn die ich an Bord habe, ist nicht Dein Weib, sondern die Verlobte dieses jungen Mannes, welcher neben Dir steht."
Er stürzte auf die Kajüte zu, dort aber trat ihm Halef entgegen.
„Abrahim-Mamur, ich bin Hadschi Halef Omar Ben Hadschi Abul Abbas; dieses hier sind meine zwei Pistolen, und ich werde Dich niederschießen, sobald Du irgend wohin gehen willst, wohin zu gehen mein Herr Dir verbietet!"
Mein kleiner Halef machte ein Gesicht, dem der Egypter es ansehen konnte, daß es ihm mit dem Schießen Ernst sei. Er wandte sich daher ab und schnaubte:
„So werde ich Euch verklagen, sobald Ihr an das Land geht, um Eure Hilfsmatrosen abzusetzen."
„Thue es. Bis dahin aber bist Du nicht mein Feind, sondern mein Gast, so lange Du Dich friedlich benimmst."
Die Stromschnelle war in ihren gefährlichen Stellen glücklich durchschifft, und wir konnten uns nun mit der nöthigen Muße unserer Angelegenheit zuwenden.
„Willst Du uns jetzt erzählen, auf welche Weise Senitza in die Hand dieses Menschen geraten ist?" frug ich Isla.
„Ich will sie holen," antwortete er; „sie mag es Euch selbst erzählen."
„Nein; sie mag in der Kajüte bleiben, denn ihr Anblick würde den Egypter erbittern und zum Äußersten reizen. Sage uns vor allen Dingen, ob sie Mohammedanerin oder Christin ist."
„Sie ist eine Christin."
„Von welcher Konfession?"
„Von der, welche Ihr griechisch nennt."
„Sie ist nicht seine Frau geworden?"
„Er hat sie gekauft."
„Ah! Ist es möglich?"
„Ja. Die Montenegrinerinen gehen nicht verschleiert. Er hat sie in Scutari gesehen und ihr gesagt, er liebe sie, und sie solle sein Weib werden; sie aber hat ihn ausgelacht. Dann ist er in die Czernagora zu ihrem Vater gekommen und hat eine große Summe geboten, um sie von ihm zu kaufen; dieser jedoch hat ihn zur Thüre hinausgeworfen. Dann hat er den Vater der Freundin bestochen, bei welcher Senitza oft zu Besuch war, und dieser ist auf den Handel eingegangen."
„Wie?"
„Dieser Mensch hat sie für seine Sklavin ausgegeben, hat sie an Abrahim-Mamur verkauft und ihm eine Schrift darüber ausgehändigt, in welcher sie für eine cirkassische Sklavin gilt."
„Ah, darum also ist diese Freundin mit ihrem Vater so plötzlich verschwunden!"

„Nur darum. Er hat sie dann auf ein Schiff gebracht und ist mit ihr erst nach Cypern, dann nach Egypten gefahren. Das übrige ist Euch bekannt."

„Wie hieß der Mann, der sie verkaufte?" frug ich unwillkürlich.

„Barud el Amasat."

„El Amasat – el Amasat – dieser Name kommt mir sehr bekannt vor. Wo habe ich ihn gehört? War dieser Mensch ein Türke?"

„Nein, sondern ein Armenier."

Ein Armenier – – ah, jetzt wußte ich es! Hamd el Amasat, jener Armenier, welcher uns auf dem Schott Dscherid verderben wollte und dann aus Kbilli entfloh – war es derselbe? – Nein, denn die Zeit stimmte nicht.

„Weißt Du nicht," frug ich Isla, „ob dieser Barud el Amasat einen Bruder hat?"

„Nein; Senitza weiß es auch nicht; ich habe sie nach dieser Familie sehr genau befragt."

Da kam der Diener Hamsad el Dscherbaja herbei und wandte sich an mich:

„Herr Effendim, ich habe Sie wat zu sagen."

„Sprich!"

„Wie heißt dieser eyptische Thnichtjut?"

„Abrahim-Mamur."

„So! Dat will also een Mamur jewesen sein?"

„Allerdings."

„Dat lassen Sie sich man nur nicht weis machen, denn ich kenne diesen Menschen besser als er mir!"

„Ah! Wer ist er?"

„Ich habe ihn jesehen als Eenen, der die Bastonnade kriegte, und weil es die erste Bastonnade war, so habe ich mir sehr einjehend nach ihm erkundigt."

„Nun, wer und was ist er?"

„Er war bei die persische Jesandtschaft Attascheh oder so etwas und hat een Jeheimniß verraten oder so unjefähr. Er hat todt jemacht werden sollen, aber weil er Gönner jehabt hat, so ist es bei der Absetzung mit Bastonnade jeblieben. Sein Name ist Dawuhd Arafim."

Daß der Barbier aus Jüterbogk diesen Mann kannte, war ein ganz staunenswerter Zufall, und nun fiel es mir wie Schuppen von den Augen. Ich hatte ihn gesehen, und zwar in Ispahan auf dem Almeidan-Shah, wo er auf ein Kameel gebunden wurde, um als Gefangener nach Constantinopel geschafft zu werden. Mein Weg führte mich damals eine kurze Strecke mit derselben Karawane, und so kam es, daß er auch mich gesehen und sich jetzt wieder meiner erinnert hatte.

„Ich danke Dir, Hamsad, für diese Mitteilung, behalte sie aber jetzt noch für Dich."

Nun war mir nicht im Mindesten mehr bange bei dem Gedanken, daß Abrahim mich verklagen werde. Ich weiß nicht, wie es kam, aber ich konnte die Vermuthung nicht zurückweisen, daß er mit Barud el Amasat, welcher Senitza an ihn verkauft hatte, nicht erst durch das Mädchen bekannt geworden war. Abrahim war ein degradierter Beamter,

ein Gefangener gewesen und hatte sogar die Bastonnade erhalten – jetzt trat er als Mamur auf und besaß ein Vermögen – dies waren Umstände, welche mir sehr zu denken gaben.
Ich zog es vor, die Mittheilung des Barbiers jetzt noch Niemand zu sagen, damit Abrahim nicht merke, daß er durchschaut worden sei.
Am nächsten Landeplatze mußten die oberhalb der Stromschnelle auf die Dahabië genommenen Schiffer wieder an das Land gesetzt werden. Unser Fahrzeug wandte sich daher dem Ufer zu.
„Werden wir Anker werfen oder nicht?“ frug ich den Reïs.
„Nein, ich lenke sofort um, wenn die Männer das Schiff verlassen haben.“
„Warum?“
„Um die Polizei zu vermeiden.“
„Und Abrahim?“
„Wird mit den Schiffern an das Ufer gebracht.“
„Ich fürchte die Polizei nicht.“
„Du bist ein Fremdling im Lande und stehst unter Deinem Consul. Man kann Dir also nichts thun. Ah!“
Dieser letzte Ausruf galt einem Boote, welches mit bewaffneten, finster blickenden Männern besetzt war. Es waren Khawassen – Polizisten.
„Du wirst wohl nicht sofort umlenken,“ meinte ich zu Hassan.
„Und doch, wenn Du es befiehlst. Ich habe nur Dir zu gehorchen.“
„Ich befehle es nicht; ich möchte im Gegentheile die hiesige Polizei einmal kennen lernen.“
Das Boot legte bei uns an, und alle seine Insassen stiegen an Bord, noch ehe wir das Ufer erreicht hatten. Die Bemannung des Sandal war hier auch gelandet, hatte erzählt, daß Abrahim im Schellahl ertrunken sei, und auch von dem Frauenraube berichtet. Sodann war, wie wir später erfuhren, der alte Reïs Chalid Ben Mustapha eilenden Fußes zum Richter gelaufen und hatte eine so wohlgesetzte Rede gehalten über mich, den ungläubigen Mörder, Aufrührer, Räuber und Empörer, daß ich eigentlich sehr zufrieden sein mußte, nur mit dem Hängen oder Säcken davonzukommen.
Da die Gerechtigkeit jener Länder von der wichtigen Erfindung der Actenstöße noch keine Notiz genommen hat, so wird in Rechtsfällen überaus schnell und summarisch verfahren.
„Wer ist der Reïs dieses Schiffes?“ frug der Anführer der Khawassen.
„Ich.“
„Wie heißest Du?“
„Hassan Abu el Reïsahn.“
„Hast Du auf Deinem Schiffe einen Effendi, einen Hekim, der ein Ungläubiger ist?“
„Da steht er und heißt Kara Ben Nemsi.“
„Und ist hier auf Deinem Schiffe auch ein Weib, Namens Güzela?“

„Sie ist in der Kajüte."
„Wohlan, Ihr seid meine Gefangenen allesamt und folgt mir zum Richter, während ich das Schiff von meinen Leuten bewachen lasse!"
Die Dahabië legte an, und ihre ganze Bemannung nebst sämmtlichen Passagieren wurde „sofort anhero transportirt". Senitza, tief verschleiert, ward in eine bereit stehende Sänfte gehoben und mußte unserm Zuge folgen, der bei jedem weiteren Schritte größer wurde, weil Jung und Alt, Groß und Klein sich ihm anschloß. Hamsad al Dscherbaja, der Ex-Barbier, schritt hinter mir her und pfiff nach dem Takte seiner Beine munter sein „Muß i denn, muß i denn zum Städtele hinaus!"
Der Sahbeth-Bei oder Polizeidirektor saß mit seinem Sekretär bereits unserer Ankunft gewärtig.
Er trug die Abzeichen eines Bimbaschi, eines Majors oder Befehlshabers von tausend Mann, hatte aber trotzdem weder ein kriegerisches noch ein übermäßig intelligentes Aussehen. Wie die ganze Bemannung des Sandal, so hatte auch er Abrahim-Mamur für ertrunken gehalten und empfing den vom Tode Auferstandenen mit einem Respekte, der ganz das Gegentheil von dem Blick war, den er uns zuwarf.
Wir wurden in zwei Lager getheilt: hüben die Bemannung des Sandal mit Abrahim und einigen seiner Diener, die er mitgenommen hatte, und drüben die Leute von der Dahabië mit Senitza, Isla und mir nebst Halef und dem Barbier.
„Befiehlst Du eine Pfeife, Herr?" frug der Sahbeth-Bei den vermeintlichen Mamur.
„Lasse sie bringen!"
Er erhielt sie nebst einem Teppich, um sich darauf niederzusetzen. Dann begann die Verhandlung:
„Hoheit, sage mir Deinen von Allah gesegneten Namen!"
„Er lautet Abrahim-Mamur."
„So bist Du ein Mamur. In welcher Provinz?"
„In En-Nasar."
„Du bist der Ankläger. Sprich; ich höre zu und werde richten."
„Ich klage an diesen Giaur, der ein Hekim ist, der Tschikarma; ich klage an den Mann, der neben ihm steht, der Tschikarma, und ich klage an den Führer der Dahabië der Mithülfe beim Frauenraube. Wie weit die Diener dieser beiden Männer und die Matrosen der Dahabië betheiligt sind, das magst Du bestimmen, o Bimbaschi."
„Erzähle, wie der Raub vollendet wurde."
Abrahim erzählte. Als er geendet hatte, wurden seine Zeugen verhört, was die Folge hatte, daß ich von dem Reïs des Sandals, Herrn Chalid Ben Mustapha, auch noch des Mordversuches bezüchtigt wurde.
In den Augen des Sahbeth-Bei leuchtete der Blitz, als er sich nun zu mir wandte.
„Giaur, wie ist Dein Name?"
„Kara Ben Nemsi."
„Wie heißt Deine Heimat?"

„Dschermanistan."
„Wo liegt diese Handvoll Erde?"
„Handvoll? Hm, Bimbaschi, Du beweisest, daß Du sehr unwissend bist!"
„Hund!" fuhr er auf. „Was willst Du sagen?"
„Dschermanistan ist ein großes Land und hat zehnmal mehr Einwohner als ganz Egypten. Du aber kennst es nicht. Du bist überhaupt ein schlechter Geograph und darum lässest Du Dich von Abrahim-Mamur belügen."
„Wage es, noch so ein Wort zu sagen, und ich lasse Dich mit dem Ohre an die Wand nageln."
„Ich wage es! Dieser Abrahim sagt, er sei der Mamur der Provinz En-Nasar. Mamurs gibt es nur in Egypten – –"
„Liegt En-Nasar nicht in Egypten, Giaur? Ich bin selbst dort gewesen und kenne den Mamur wie meinen Bruder, ja, wie mich selbst."
„Du lügst!"
„Nagelt ihn fest!" gebot der Richter.
Ich zog den Revolver, und Halef, der dies sah, seine Pistolen.
„Bimbaschi, ich sage Dir, daß ich erst den niederschießen werde, der mich anrührt, und dann Dich! Du lügst, ich sage es noch einmal. En-Nasar ist eine ganz kleine, geringe Oase zwischen Homrh und Tighert im Lande Tripolis; dort gibt es keinen Mamur, sondern einen armen Scheikh; er heißt Mamra Ibn Alef Abuzin, und ich kenne ihn sehr genau. Ich könnte mit Dir Komödie spielen und Dir erlauben, noch weiter zu fragen; aber ich will es kurz machen. Wie kommt es, daß Du die Kläger stehen lässest, während der Angeklagte, der Verbrecher, sitzen darf und sogar die Pfeife von Dir bekommt?"
Der gute Mann sah mich ganz verdutzt an.
„Wie meinst Du das, Giaur?"
„Ich warne Dich, mich mit diesem Worte zu beschimpfen! Ich habe einen Paß bei mir und auch einen Izin-gitisch des Vizekönigs von Egypten; dieser aber, mein Gefährte, ist aus Istambul; er hat ein Bu-djeruldu des Großherrn und ist also ein Giölgeda padischahnün."
„Zeigt die Scheine her!"
Ich gab ihm den meinigen, und Isla legte ihm den seinigen vor. Er las sie und gab sie uns dann mit verlegener Miene zurück.
„Sprich weiter."
Diese Aufforderung bewies mir, daß er nicht wußte, was er thun sollte. Ich nahm also wieder das Wort:
„Du bist ein Sahbeth-Bei und ein Bimbaschi und weißt doch nicht, was Deines Amtes ist. Wenn Du ein Handschreiben des Großherrn liesest, so mußt Du es vorher an Stirn, Auge und Mund drücken und alle Anwesenden auffordern, sich zu verbeugen, als ob Seine Herrlichkeit selbst zugegen wäre. Ich werde dem Khedive und dem Großwesir in Istambul erzählen, welche Achtung Du ihnen erweisest!"

Das hatte er nicht erwartet. Er war so erschrocken, daß er die Augen aufriß und den Mund öffnete, ohne ein Wort zu sagen. Ich aber fuhr fort:
„Du wolltest wissen, was ich vorhin mit meinen Worten meinte. Ich bin der Ankläger und muß stehen, und dieser ist der Angeklagte und darf sitzen!“
„Wer klagt ihn an?“
„Ich, dieser, dieser und wir Alle.“
Abrahim staunte, aber er sagte noch nichts.
„Wessen klagst Du ihn an?“ frug der Sahbeth-Bei.
„Der Tschikarma, desselben Verbrechens, dessen er uns anklagte.“
Ich sah es, daß Abrahim unruhig wurde. Der Richter gebot mir:
„Sprich!“
„Du dauerst mich, Bimbaschi, daß Du eine solche Trauer erleben mußt.“
„Welche Trauer?“
„Daß Du einen Mann verurtheilen mußt, den Du so gut kennst wie Deinen Bruder, ja, wie Dich selbst. Du bist sogar bei ihm in En-Nasar gewesen und weißt genau, daß er ein Mamur ist. Ich aber sage Dir, daß auch ich ihn kenne. Er heißt Dawuhd Arafim, war Beamter des Großherrn in Persien, wurde aber abgesetzt und bekam sogar die Bastonnade.“
Jetzt erhob sich Abrahim vom Boden.
„Hund! – Sahbeth-Bei, dieser Mann hat den Verstand verloren!“
„Sahbeth-Bei, höre mich weiter, dann wird es sich zeigen, wessen Kopf besser ist und fester sitzt, der meine oder der seine!“
„Rede!“
„Dieses Weib hier ist eine Christin, eine freie Christin aus Karadagh; er hat sie geraubt und mit Gewalt nach Egypten entführt. Hier mein Freund ist ihr rechtmäßiger Verlobter, und darum ist er nach Egypten gekommen und hat sie sich wiedergeholt. Du kennst uns, denn Du hast unsere Legitimationen gelesen, ihn aber kennst Du nicht. Er ist ein Frauenräuber und Betrüger. Laß Dir seine Legitimation zeigen, oder ich gehe zum Khedive und sage, wie Du Gerechtigkeit übst in dem Amte, welches er Dir gegeben hat. Ich bin von dem Kapitän des Sandal des Mordversuches angeklagt. Frage diese Männer! Sie Alle haben es gehört, daß ich ihm die Feder vom Tarbusch schießen wollte, und ich habe sie getroffen. Der, welcher sich einen Mamur nennt, aber hat im Ernste und in der Absicht, mich zu tödten, auf mich geschossen. Ich klage ihn an. Nun entscheide!“
Der brave Mann befand sich natürlich in einer großen Verlegenheit. Er konnte doch seine Worte und Thaten nicht dementiren, fühlte aber sehr wohl, daß ich im Rechte sei, und so entschloß er sich, zu thun, was eben nur ein Egypter zu thun vermag.
„Das Volk soll hinaus und in seine Häuser gehen!“ gebot er. „Ich werde mir die Sache überlegen und am Nachmittage das Gericht halten. Ihr Alle aber seid meine Gefangenen!“

Die Khawassen trieben die Zuschauer mit Stockschlägen hinaus; sodann wurde Abrahim-Mamur mit der Mannschaft des Sandal gefangen abgeführt, und schließlich schaffte man auch uns fort, nämlich in den Hof des Gebäudes, in welchem wir uns ungestört bewegen durften, während einige Khawassen, am Ausgange postirt, uns zu bewachen schienen. Nach einer Viertelstunde aber waren sie verschwunden.
Ich ahnte, was der Sahbeth-Bei beabsichtigte, und trat zu Isla Ben Maflei, welcher neben Senitza am Brunnen saß.
„Denkst Du, daß wir heute unsern Prozeß gewinnen werden?"
„Ich denke gar nichts; ich überlasse Alles Dir," antwortete er.
„Und wenn wir ihn gewinnen, was wird mit Abrahim geschehen?"
„Nichts. Ich kenne diese Leute. Abrahim wird dem Bimbaschi Geld geben oder einen der kostbaren Ringe, die er an den Fingern trägt, und der Baschi wird ihn laufen lassen."
„Wünschest Du seinen Tod?"
„Nein. Ich habe Senitza gefunden, das ist mir genug."
„Und wie denkt Deine Freundin darüber?"
Senitza antwortete selbst:
„Effendi, ich war sehr unglücklich, jetzt aber bin ich frei. Ich werde nicht mehr an ihn denken."
Das befriedigte mich. Jetzt galt es nur noch, den Abu el Reïsahn zu befragen. Er erklärte mir rundweg, daß er sehr froh sei, mit heiler Haut davon zu kommen, und so machte ich mich beruhigt an das Recognosciren.
Ich schritt durch den Ausgang hinaus auf die Straße. Die heiße Tageszeit war eingetreten, und ich sah keinen Menschen auf der Straße. Es war klar, daß der Sahbeth-Bei wünschte, daß wir uns selbst ranzioniren und nicht auf seine Entscheidung warten möchten; ich kehrte daher in den Hof zurück, theilte den Leuten meine Ansicht mit und forderte sie auf, mir zu folgen. Sie thaten es, und kein Mensch trat unserm Thun entgegen.
Als wir die Dahabië erreichten, ergab es sich, daß sie von den Khawassen verlassen worden war. Ein Freund und Bewunderer der Ladung, welche aus Sennesblättern bestand, hätte ganz ungestört eine Annexion vornehmen können.
Der Sandal lag nicht mehr am Ufer; er war verschwunden. Jedenfalls hatte der würdige Chalid Ben Mustapha noch eher als wir die Absicht des Richters begriffen und sich mit Schiff und Bemannung davon gemacht.
Wo aber befand sich Abrahim-Mamur?
Dies zu erfahren, wäre uns nicht gleichgültig gewesen; denn es war nicht nur möglich, sondern sehr wahrscheinlich, daß er uns im Auge behalten werde. Ich wenigstens hatte die Ahnung, ihn früher oder später wieder einmal zu treffen.
Die Dahabië lichtete den Anker, und wir setzten unsere unterbrochene Fahrt fort mit dem wohlthuenden Bewußtsein, einer sehr schlimmen Lage glücklich entronnen zu sein.

Als nun Moses seine Hand ausstreckte über das Meer, nahm es der Herr durch einen starken Ostwind hinweg während der Nacht und machte das Meer trocken, und die Wasser theilten sich von einander.

Und die Kinder Israel's gingen hinein mitten in das Meer auf dem Trockenen, und das Wasser stand wie Mauern ihnen zur Rechten und zur Linken.

Und die Egypter folgten und gingen hinein, ihnen nach, alle Rosse des Pharao und Wagen und Reiter, mitten in das Meer.

Als nun die Morgenwache kam, blickte der Herr auf das Heer der Egypter aus der Feuersäule und aus der Wolke, und machte einen Schrecken in ihrem Heere.

Und stieß die Räder von ihren Streitwagen und stürzte sie um mit Ungestüm. Da sprachen die Egypter: Lasset uns fliehen vor Israel; der Herr streitet für sie wider die Egypter!

Aber der Herr sprach zu Moses: Strecke deine Hand aus über das Meer, damit das Wasser wieder herfalle über die Egypter, über ihre Wagen und über ihre Reiter.

Da streckte Moses seine Hand aus über das Meer, und das Meer kam wieder vor Morgens in seinen Strom, und die Egypter flohen ihm entgegen. Also stürzte sie der Herr mitten in das Meer.

Daß das Wasser wiederkam und bedeckte Wagen und Reiter und alle Macht des Pharao, die ihnen nachgezogen war in das Meer, so daß kein Einziger von ihnen übrig blieb.

Die Kinder Israel's aber gingen trocken durch das Meer, und das Wasser stand ihnen gleich Mauern zur Rechten und zur Linken.

Also half der Herr Israel an diesem Tage von der Hand der Egypter, und sie erblickten die Egypter todt an dem Ufer des Meeres.

Und die Hand des Herrn war mächtig, die er den Egyptern gezeiget hatte, und das Volk Israel fürchtete den Herrn und glaubte an ihn und an seinen Knecht Moses. – – –

An diese Stelle im zweiten Buch Mosis (Cap. 14, V. 19-31) mußte ich denken, als ich im „Thale Hiroth, gegen Baal Zephon“, mein Kameel anhielt, um das Auge über die glitzernden Fluthen des rothen Meeres schweifen zu lassen. Es kam auch über mich etwas von jener Furcht, welche sein Anblick in den Herzen der Kinder Israel's erweckt hatte. Ich fühlte nicht ein Grauen vor jenem Elemente, welches leider noch immer „keine Balken“ hat, sondern es überlief mich jene heilige, andächtige Scheu, welche jeder Gläubige fühlt, sobald er einen Ort betritt, von dem ihm die biblische Geschichte erzählt, daß hier der Fuß des Ewigen gerastet und hier die Hand des Unendlichen gewaltet habe. Es war mir, als höre ich jene Stimme, welche einst dem Sohne des Amram und der Jochebeth zugerufen hatte: „Mose, Mose, tritt nicht herzu, sondern ziehe deine Schuhe aus, denn der Ort, darauf du stehest, ist ein heiliges Land!“

Hinter mir also lag das Land des Osiris und der Isis, das Land der Pyramiden und der Sphinxe, das Land, in welchem das Volk Gottes das Joch der Knechtschaft getragen und die Felsen des Mokattam zum Bau jener Wunderwerke zusammengeschleppt hatte,

welche noch heute das Staunen des Nilreisenden erregen. Im Schilfe des altehrwürdigen Stromes dort hatte die Königstochter das Knäblein gefunden, welches berufen war, ein Volk von Sklaven zu befreien und ihm in den zehn göttlichen Geboten ein Gesetz zu geben, welches noch nach Jahrtausenden die Grundlage aller Gesetze und Gebote bildet. Vor mir, da zu meinen Füßen, funkelten die Fluthen des arabischen Golfs im glühenden Strahle der Sonne. Diese Fluthen hatten einst, der Stimme Jehova Sabaoth's gehorchend, zwei Mauern gebildet, zwischen denen die Geknechteten des Landes Gosen den Weg zur Freiheit gefunden hatten, während das reisige Volk ihrer Unterdrücker und Verfolger einen schauervollen Untergang fand. Das waren dieselben Fluthen, in denen später auch der „Sultan Kebihr", Napoleon Bonaparte, beinahe umgekommen wäre.
Und gegenüber dem Birket Faraun, dem See des Pharao, wie die Araber den Ort nennen, an welchem die beiden Wassermauern über die Egypter zusammenschlugen, erhebt sich der Felsenstock des Sinai, des berühmtesten Berges der Erde, gewaltig und den Zeiten trotzend, gleich dem unter Donner und Blitz über ihm erschollenen: „Ich bin der Herr, dein Gott; du sollst keine fremden Götter neben mir haben!"
Es war nicht die Örtlichkeit allein, es war noch viel mehr die Geschichte derselben, deren Eindruck ich nicht von mir zu weisen vermochte, wenn ich es auch gewollt hätte. Wie oft hatte ich lauschend und mit stockendem Athem auf dem Schooße meiner alten, guten, frommen Großmutter gesessen, wenn sie mir erzählte von der Erschaffung der Welt, dem Sündenfalle, dem Brudermorde, der Sündfluth, von Sodom und Gomorrha, von der Gesetzgebung auf dem Sinai – – – sie hatte mir die kleinen Hände gefaltet, damit ich ihr mit der nöthigen Andacht das zehnfache „Du sollst" nachsprechen möge. Jetzt lag die irdische Hülle der Guten schon längst unter der Erde, und ich hielt gegenüber dem Orte, welcher mir von ihr in so lebendigen Farben gezeichnet worden war, obgleich nur ihr geistiges Auge ihn gesehen hatte, und es drängte sich mir die Wahrheit des Dichterwortes auf:

„Ganz anders jene heiligen Geschichten,
Die nur das Buch der Bücher kann berichten,
In dem vom Geiste sie verzeichnet steh'n.
Nur ihnen darfst du festen Glauben schenken
Und tief in ihren Zauber dich versenken,
Denn Gottes Odem fühlst du daraus weh'n"

Der Glaube trägt eine festere Überzeugung in sich, als das stolzeste Gebäude menschlicher Logik sie zu geben vermag. Das war es, was ich in jener Stunde so recht lebhaft fühlte und erkannte, und ich hätte wohl noch lange, in ernstes Sinnen versunken, hier auf meinem Kameele halten und hinüberblicken können, wenn mich nicht die Stimme meines wackeren Halef gestört hätte:
„Hamdulillah, Preis sei Gott, daß die Wüste vorüber ist! Sihdi, hier ist Wasser. Steige herab von dem Thiere und labe Dich im Bade, so wie ich es jetzt thun werde."

Da trat einer der beiden Beduinen, welche uns geführt hatten, zu mir heran und erhob warnend die Hand.
„Thue es nicht, Effendi!“
„Warum?“
„Weil hier Melek el newth, der Engel des Todes, wohnt. Wer hier in das Wasser geht, der wird entweder ertrinken oder den Keim des Sterbens mit sich fortnehmen. Jeder Tropfen dieser See ist eine Thräne der hunderttausend Seelen, die hier umgekommen sind, weil sie Sidna Musa und die Seinigen tödten wollten. Hier eilt jedes Boot und jedes Schiff vorüber, ohne anzuhalten; denn Allah, den die Hebräer Dschehuwa nannten, hat diesen Ort verflucht.“
„Ist es wirklich so, daß hier kein Schiff anhält?“
„Ja.“
„Ich wollte hier ein Fahrzeug erwarten, welches mich aufnehmen sollte.“
„Es soll Dich nach Suez bringen? Wir werden Dich führen, und Du sollst auf unsern Kameelen schneller hinkommen, als auf einem Schiff.“
„Ich will nicht nach Suez, sondern nach Tor.“
„Dann mußt Du allerdings fahren; aber hier wird Dich kein Fahrzeug aufnehmen. Erlaube, daß wir Dich noch eine Strecke nach Süden begleiten, bis wir einen Ort erreichen, an welchem keine Geister wohnen und wo ein jedes Schiff gern anhalten wird, um Dich aufzunehmen.“
„Wie lange haben wir da noch zu reiten?“
„Nicht ganz dreimal die Zeit, welche von den Franken eine Stunde genannt wird.“
„Dann vorwärts!“ –
Um an das rothe Meer zu gelangen, hatte ich nicht den gewöhnlichen Weg von Kairo nach Suez eingeschlagen. Die zwischen den beiden Städten liegende Wüste verdient den Namen Wüste schon längst nicht mehr. Früher war sie gefürchtet sowohl wegen ihres vollständigen Wassermangels als auch wegen der räuberischen Beduinen, die auf der öden Strecke ihr Wesen trieben. Jetzt ist das anders geworden, und dies war der Grund, daß ich mich weiter südwärts gehalten hatte. Ein Ritt durch die Einöde hatte für mich mehr Interesse als eine Reise auf gebahnten Wegen. Deßhalb wollte ich jetzt auch Suez vermeiden, welches mir doch nur das bieten konnte, was ich bereits gesehen und kennen gelernt hatte.
Während unseres Rittes tauchten die beiden kahlen Höhen des Dschekehm und des Daad vor uns auf, und als rechts von uns der hohe Gipfel des Dschebel Gharib sichtbar wurde, hatten wir das Grab Pharao's hinter uns. Das rothe Meer bildete zu unserer Linken eine Bucht, in welcher ein Fahrzeug vor Anker lag.
Es war eine jener Barken, welche man auf dem rothen Meere mit dem Namen Sambuk bezeichnet. Sie war ungefähr sechzig Fuß lang und fünfzehn Fuß breit und hatte eines jener kleinen Hinterdecke, unter denen gewöhnlich ein Verschlag angebracht ist, welcher den Kapitän oder die vornehmen Passagiere beherbergt. So ein Sambuk hat

außer den Riemen – denn er wird auch gerudert – zwei dreieckige Segel, von denen das eine so weit vor dem andern steht, daß es – vom Winde angeschwellt – ganz über das Vordertheil des Schiffes ragt und dort eine Art halbkreisförmigen Ballon bildet, wie man sie auf antiken Münzen und auf alten Fresken zu sehen pflegt. Man kann getrost annehmen, daß die Fahrzeuge dieses Seestriches in Beziehung auf Bauart, Führung und Takelung noch ganz dieselben sind, wie sie im grauen Alterthume hier gesehen wurden, und daß die heutigen Seeleute noch dieselben Buchten und Ankerplätze besuchen, welche bereits belebt waren zur Zeit, als Dionysos seinen berühmten Zug nach Indien unternahm. Die Küstenschiffe des rothen Meeres sind gewöhnlich aus jenem indischen Holze gebaut, welches die Araber Sadsch nennen, und das sich mit der Zeit im Wasser dermaßen verhärtet, daß es unmöglich ist, einen Nagel einzuschlagen. Von einer Fäulniß dieses Holzes ist niemals die Rede, und so kommt es, daß man Sambuks zu sehen bekommt, welche ein Alter von beinahe zweihundert Jahren erreichen.
Die Schiffahrt des arabischen Busens ist eine sehr gefährliche; deßhalb wird während der Nacht niemals gesegelt, sondern ein jedes Fahrzeug sucht sich beim Nahen des Abends eine sichere Ankerstelle.
Der vor uns liegende Sambuk hatte dasselbe gethan. Er war mittels des Ankers und eines Taues befestigt und lag ohne Bemannung an der Küste. Die Schiffer hatten den Bord verlassen und saßen oder lagen an einem kleinen Wasser, welches sich in das Meer ergoß. Derjenige, welcher etwas abseits von ihnen in gravitätischer Haltung auf einer Matte saß, mußte der Kapitän oder der Eigner des Fahrzeuges sein. Ich sah es ihm sofort an, daß er kein Araber, sondern ein Türke war; der Sambuk zeigte die Farben des Großherrn, und die Bemannung trug türkische Uniformen.
Keiner der Männer rührte sich von seinem Platze, als wir uns nahten. Ich ritt bis hart an den Anführer heran, hob die Rechte zur Brust empor und grüßte ihn absichtlich nicht in türkischer, sondern in arabischer Sprache.
„Gott schütze Dich! Bist Du der Kapitän dieses Schiffes?“
Er richtete die Augen mit stolzem Aufschlage zu mir empor, musterte mich sehr eingehend und sehr lange und antwortete endlich:
„Ich bin es.“
„Wohin geht Dein Sambuk?“
„Überall hin.“
„Was hast Du geladen?“
„Verschiedenes.“
„Nimmst Du auch Passagiere auf?“
„Das weiß ich nicht.“
Das war mehr als einsilbig, das war grob. Daher schüttelte ich den Kopf und meinte in mitleidigem Tone:
„Du bist ein Kelleh, ein Unglücklicher, den der Kuran dem Mitleide der Gläubigen empfiehlt. Ich bedaure Dich!“

Er sah mich mit einem halb zornigen, halb überraschten Blick an.
„Du bedauerst mich? Du nennst mich einen Unglücklichen? Warum?"
„Allah hat Deinem Munde die Gabe der Sprache verliehen, aber Deine Seele ist stumm. Wende Dich nach der Kiblah und bitte Gott, daß er ihr die Sprache wiedergebe, sonst wird sie einst unfähig sein, in das Paradies zu kommen!"
Er lächelte verächtlich und legte die Hand an den Gürtel, in welchem zwei riesige Pistolen steckten.
„Schweigen ist besser als schwatzen. Du bist ein Schwätzer; der Wergi-Baschi Muhrad Ibrahim aber zieht es vor, zu schweigen."
„Wergi-Baschi? Oberzolleinnehmer? Du bist ein großer und jedenfalls auch ein berühmter Mann, aber Du wirst mir trotzdem Antwort geben, wenn ich Dich frage."
„Du willst mir drohen? Ich sehe, daß ich recht gedacht habe: Du bist ein Arab Dscheheïne."
Die Araber vom Stamme Dscheheïne sind am rothen Meere als Schmuggler und Räuber bekannt. Der Zolleinnehmer hielt mich für einen solchen; das war der Grund seines abstoßenden Benehmens gegen mich.
„Fürchtest Du Dich vor den Beni Dscheheïne?" frug ich ihn.
„Fürchten? Muhrad Ibrahim hat sich noch niemals gefürchtet!"
So stolz sein Auge bei diesen Worten leuchtete, lag doch in seinem Gesichte etwas, was mich an seinem Muthe zweifeln ließ.
„Und wenn ich nun ein Dscheheïne wäre?"
„Ich würde Dich nicht fürchten."
„Natürlich. Du hast zwölf Gemi-taïfasyler bei Dir und acht Diener, während bei mir nur drei Männer sind. Aber ich bin kein Dscheheïne; ich gehöre gar nicht zu den Beni Arab, sondern ich komme aus dem Abendlande."
„Aus dem Abendlande? Du trägst doch die Kleidung eines Beduinen und redest die Sprache der Araber!"
„Ist dies verboten?"
„Nein. Bist Du ein Fransez oder ein Ingli?"
„Ich gehöre zu den Nemsi."
„Ein Nemtsche," meinte er mit geringschätziger Miene. „So bist Du ein Bostandschi oder ein Bazirgian?"
„Keines von beiden. Ich bin ein Jazmakdschi."
„Ein Schreiber? O jazik, o wehe, und ich habe Dich für einen tapfern Beduinen gehalten! Was ist ein Schreiber? Ein Schreiber ist kein Mann; ein Schreiber ist ein Mensch, welcher Federn ißt und Tinte trinkt; ein Schreiber hat kein Blut, kein Herz, keinen Muth, kein – – –"
„Halt!" unterbrach ihn da mein Diener. „Muhrad Ibrahim, siehst Du, was ich hier in meiner Hand halte?"

Er war abgestiegen und stellte sich mit der Nilpeitsche vor den Türken. Dieser zog die Brauen finster zusammen, antwortete aber doch:
„Die Peitsche.“
„Schön. Ich bin Hadschi Halef Omar Ben Hadschi Abul Abbas Ibn Hadschi Dawud al Gossarah. Dieser Sihdi ist Kara Ben Nemsi, der sich vor keinem Menschen fürchtet. Wir haben die Sahara und ganz Egypten durchwandert und haben große Heldenthaten verrichtet; man wird von uns erzählen in allen Kaffeehäusern und auf allen Kirchhöfen der Welt, und wenn Du es wagst, noch ein einziges Wort zu sagen, welches meinem Effendi nicht gefällt, so wirst Du diese Peitsche kosten, obgleich Du ein Wergi-Baschi bist und viele Männer hier bei Dir hast!“
Diese Drohung hatte eine außerordentlich rasche Wirkung. Die beiden Beduinen, welche bis hierher meine Begleiter gewesen waren, wurden vom Schreck über die Kühnheit Halef's um einige Schritte zurückgeworfen; die Matrosen und übrigen Begleiter des Türken sprangen auf und griffen zu den Waffen, und der Baschi hatte sich mit derselben Schnelligkeit erhoben. Er griff nach seinem Pistol, aber Halef hielt ihm schon die Mündung seiner eigenen Waffe auf die Brust.
„Ergreift ihn!“ gebot der Baschi, indem er selbst jedoch sein Pistol vorsichtig sinken ließ. Die guten Leute behielten zwar ihre drohenden Gesichter bei, aber keiner wagte es, Hand an Halef zu legen.
„Weißt Du, was es heißt, einem Wergi-Baschi mit der Peitsche zu drohen?“ frug der Türke.
„Ich weiß es,“ antwortete Halef. „Einem Wergi-Baschi mit der Peitsche drohen, heißt, sie ihn auch wirklich kosten lassen, wenn er es wagt, in der Weise weiter zu sprechen, wie er gesprochen hat. Du bist ein Türke, ein Sklave des Großherrn; Ich aber bin ein freier Araber!“
Ich ließ mein Kameel niederknieen, stieg ab und zog meinen Paß hervor.
„Muhrad Ibrahim, Du siehst, daß wir uns noch weniger vor Euch fürchten, als Ihr vor uns; Du hast einen sehr großen Fehler begangen, denn Du hast einen Effendi beleidigt, der im Giölgeda padischahnün steht!“
„Im Schutze des Großherrn, den Allah segnen möge? Wen meinst Du?“
„Mich.“
„Dich? Du bist ein Nemtsche, also ein Giaur – – –“
„Du schimpfest!“ unterbrach ich ihn.
„Du bist ein Ungläubiger, und von den Giaurs steht im Kuran: „O, Ihr Gläubigen, schließt keine Freundschaft mit solchen, die nicht zu Eurer Religion gehören. Sie lassen nicht ab, euch zu verführen, und wünschen nur euer Verderben!“ Wie kann also ein Ungläubiger im Schutze des Großherrn stehen, welcher der Schirm der Gläubigen ist?“
„Ich kenne die Worte, welche Du sagst; sie stehen in der dritten Sure des Kuran, im Surat Amran; aber öffne Deine Augen, und beuge Dich in Demuth nieder vor dem Bjuruldu des Padischah. Hier ist er.“

Er nahm das Pergament, drückte es an Stirn, Augen und Brust, verbeugte sich bis zur Erde und las es. Dann gab er es mir zurück.

„Warum hast Du es mir nicht gleich gesagt, daß Du ein Arkadar des Sultans bist? Ich hätte Dich nicht Giaur genannt, obgleich Du ein Ungläubiger bist. Sei mir willkommen, Effendi!"

„Du heißest mich willkommen und schändest mit demselben Athemzuge meinen Glauben! Wir Christen kennen die Gesetze der Höflichkeit und der Gastfreundschaft besser als Ihr; wir nennen Euch nicht Giaurs, denn unser Gott ist es, den Ihr Allah nennt."

„Das ist nicht wahr. Wir haben nur Allah; Ihr aber habt drei Götter, einen Vater, einen Sohn und einen Geist."

„Wir haben doch nur einen Gott, denn Vater, Sohn und Geist sind Eins. Ihr sagt: „Allah il Allah, Gott ist Gott!" Und unser Gott sagt: „Ich bin ein starker, einiger Gott." Euer Kuran sagt im zweiten Surat: „Er ist der Lebendige, der Ewige; ihn ergreift nicht Schlaf, nicht Schlummer; sein ist, was im Himmel und auf Erden ist." Unsere heilige Bibel sagt: „Gott ist von Ewigkeit zu Ewigkeit; es ist Alles offen und entdeckt vor seinen Augen; er hat die Erde gegründet, und die Himmel sind seiner Hände Werk." Ist das nicht ganz dasselbe?"

„Ja, Euer Kitab ist gut, aber Euer Glaube ist falsch."

„Du irrst. Euer Kuran sagt: „Die Gerechtigkeit besteht nicht darin, daß Ihr Euer Gesicht nach Osten oder Westen richtet (beim Gebet), sondern der ist gerecht, der an Gott glaubt, an den jüngsten Tag, an die Engel, an die Schrift und die Propheten und mit Liebe von seinem Vermögen gibt den Anverwandten, den Waisen, Armen und Pilgern, ja jedem, der ihn darum bittet, der Gefangene erlöset, sein Gebet verrichtet, an seinen Verträgen festhält, geduldig Noth und Unglück erträgt. Der ist gerecht, der ist wahrhaft gottesfürchtig." Unser heiliges Buch gebietet uns: „Du sollst Gott lieben über Alles und Deinen Nächsten wie Dich selbst." Gebietet uns unser Glaube nicht ganz dasselbe, was Euch der Eurige befiehlt?"

„Ihr habt dies erst aus dem Kuran in Euer Kitab abgeschrieben."

„Wie ist dies möglich, da unser Kitab über zweitausend Jahre älter ist, als Euer Kuran?"

„Du bist ein Effendi, und ein Effendi muß immer Gründe und Beweise finden, selbst wenn er Unrecht hat. – Woher kommst Du?"

„Aus dem Lande Gipt, dort im Westen."

„Und wo willst Du hin?"

„Nach Tor hinüber."

„Und dann?"

„Nach dem Manastyr auf dem Dschebel Sinahi."

„So mußt Du über das Wasser."

„Ja. Wohin fährst Du?"

„Auch nach Tor."

„Willst Du mich mitnehmen?"

„Wenn Du gut bezahlst und dafür sorgest, daß wir uns mit Dir nicht verunreinigen."
„Habe keine Sorge! Wie viel verlangst Du?"
„Für alle vier und die Kameele?"
„Nur für mich und meinen Diener Hadschi Halef. Diese beiden Männer werden mit ihren Kameelen wieder umkehren."
„Womit willst Du bezahlen? Mit Geld oder mit etwas anderem?"
„Mit Geld."
„Willst Du Speise von uns nehmen?"
„Nein; Ihr gebt uns nur das Wasser."
„So bezahlst Du für Dich zehn und für diesen Hadschi Halef acht Misri."
Ich lachte dem braven Manne gerade in's Gesicht. Es war echt türkisch, für die kurze Fahrt und einige Schlücke Wasser achtzehn Misri, also beinahe vierunddreißig Thaler zu verlangen.
„Du fährst einen Tag bis ungefähr zur Bucht von Nayazat, wo Dein Schiff zur Nacht vor Anker geht?" frug ich.
„Ja."
„Dann sind wir des Mittags in Tor?"
„Ja. Warum fragst Du?"
„Weil ich Dir für diese kurze Fahrt nicht achtzehn Misri geben werde."
„So wirst Du hier zurückbleiben und mit einem Andern fahren müssen, der noch mehr verlangen wird."
„Ich werde weder zurückbleiben, noch mit einem Andern fahren. Ich fahre mit Dir."
„So gibst Du die Summe, welche ich verlangt habe."
„Höre, was ich Dir sage! Diese beiden Männer haben mir ihre Thiere geliehen und mich zu Fuße begleitet von El Kahira für vier Mariatheresienthaler; bei der Hadsch wird jeder Pilger für einen Mariatheresienthaler über das Meer gesetzt; ich werde Dir für mich und meinen Diener drei Thaler geben; das ist genug."
„So bleibst Du hier. Mein Sambuk ist kein Frachtschiff; er gehört dem Großherrn. Ich habe die Zehka einzusammeln und darf keinen Passagier an Bord nehmen."
„Aber wenn er achtzehn Misri bezahlt, dann darfst Du! Grade weil Dein Sambuk dem Großherrn gehört, wirst Du mich aufnehmen müssen. Blicke noch einmal hier in das Bjuruldu! Hier stehen die Worte „heb imdad wermek, sahihlik itschin meschghul, ejertsche akdschesiz – alle Hülfe leisten, für Sicherheit bedacht sein, selbst ohne Bezahlung". Hast Du das verstanden? Einen Privatmann müßte ich bezahlen; einen Beamten brauche ich nicht zu bezahlen. Ich gebe Dir freiwillig diese drei Thaler; bist Du nicht einverstanden, so wirst Du mich umsonst mitnehmen müssen."
Er sah sich in die Enge getrieben und begann, seine Forderung zu mäßigen. Endlich nach langer Debatte hielt er mir die Hand entgegen:
„So mag es sein. Du bist im Giölgeda padischahnün, und ich will Dich für drei Thaler mitnehmen. Gib sie her!"

„Ich werde Dich bezahlen, wenn ich in Tor das Schiff verlasse."
„Effendi, sind die Neßarah alle so geizig wie Du?"
„Sie sind nicht geizig, aber vorsichtig. Erlaube, daß ich mich an Bord begebe; ich werde nicht am Lande sondern auf dem Schiffe schlafen."
Ich bezahlte meine Führer, welche, sobald sie außerdem noch ein Bakschisch erhalten hatten, ihre Kameele bestiegen und trotz der vorgerückten Tageszeit ihren Rückweg antraten. Dann stieg ich mit Halef an Bord. Ich befand mich nicht im Besitze eines Zeltes. Während des Rittes durch die Wüste hat man ebenso wie von der Hitze des Tages auch von der unverhältnismäßigen Kälte der Nächte zu leiden. Wer arm ist und kein Zelt hat, schmiegt sich bei der Nacht an sein Kameel oder an sein Pferd, um sich während der Ruhe an demselben zu wärmen. Ich hatte jetzt kein Thier mehr, und da die Nachtkühle hier am Wasser jedenfalls strenger war, als im Innern des Landes, so zog ich es vor, hinter dem Verschlage auf dem Hintertheile des Sambuk Schutz zu suchen.
„Sihdi," frug mich Halef, „habe ich es recht gemacht, daß ich diesem Wergi-Baschi die Peitsche zeigte?"
„Ich will Dich nicht tadeln."
„Aber warum sagst Du Jedem, daß Du ein Ungläubiger bist?"
„Darf man sich fürchten, die Wahrheit zu sagen?"
„Nein; aber Du bist ja bereits auf dem Wege, ein Gläubiger zu werden. Wir sind auf dem Wasser, welches die Franken Bar-el-Hamra, das rothe Meer, nennen: dort liegt Medina und weiter nach rechts Mekka, die Städte des Propheten. Ich werde alle beide besuchen, und Du, was wirst Du thun?"
Er sprach die Frage offen aus, welche ich mir während der letzten Tage bereits heimlich vorgelegt hatte. Dem Christen, welcher sich nach Mekka oder Medina wagt, droht der Tod; so steht es in den Büchern zu lesen. Ist es wirklich so schlimm? Muß man hingehen und sagen, daß man ein Christ sei? Ist nicht vielleicht ein Unterschied zu machen zwischen einer ruhigeren Zeit und jenen Tagen, an welchen die großen Pilgerkarawanen eintreffen und der Fanatismus seinen Siedepunkt erreicht? Ich hatte oft gelesen, daß ein Ungläubiger keine Moschee betreten dürfe, und war dann später in verschiedenen Moscheen selbst gewesen; konnte es mit dem Betreten der heiligen Städte nicht ähnlich sein? Ich hatte überhaupt den Orient in vielen, vielen Beziehungen ganz anders, und zwar nüchterner gefunden, als man sich ihn gewöhnlich vorzustellen pflegt, und konnte gar nicht recht glauben, daß ein kurzer, vielleicht nur stundenlanger Besuch in Mekka wirklich so furchtbar gefährlich sei. Der Türke hatte mich für einen Beduinen gehalten; es stand sehr zu vermuthen, daß auch Andere dieselbe Meinung von mir hegen würden. Und dennoch konnte ich zu keinem Entschluß kommen.
„Das weiß ich jetzt nicht," antwortete ich dem kleinen Halef.
„Du wirst mit mir nach Mekka gehen, Sihdi, und vorher in Dschidda den rechten Glauben annehmen."
„Nein, das werde ich nicht."

Ein Ruf am Lande unterbrach die Unterhaltung. Der Türke hatte seinen Leuten das Abendgebet befohlen.
„Effendi," meinte Halef, „die Sonne steigt hinter die Erde hinab; erlaube, daß ich bete!"
Er ließ sich auf die Kniee nieder und betete. Seine Stimme mischte sich mit dem Unisono der betenden Türken. Noch war dasselbe kaum verklungen, so ließ sich eine andere Stimme vernehmen. Sie scholl hinter dem Felsenriffe hervor, welches die Aussicht nach der Nordseite des Meeres verschloß.
„An Allah haben wir volle Genüge, und herrlich ist er, der Beschützer. Es gibt keine Macht und keine Gewalt, außer bei Gott, dem Hohen, dem Großen. O unser Herr, ïa Allah, o gern Verzeihender, o Allgütiger, ïa Allah, Allah hu!"
Diese Worte wurden mit einer tiefen Baßstimme intonirt, jedoch dem Namen Allah gab der Betende allemal einen Ton, welcher eine Quinte höher lag. Ich kannte diese Worte und diese Töne; so pflegen die heulenden Derwische zu beten. Die Türken hatten sich erhoben und sahen nach der Richtung, aus welcher die Stimme erscholl. Jetzt kam ein kleines, kaum sechs Fuß langes und vier Fuß breites Floß zum Vorschein, auf welchem ein Mann kniete, welcher ein Paddelruder führte und dazu im Takte sein Gebet abrief. Er trug um den rothen Tarbusch einen weißen Turban, und weiß war auch seine ganze übrige Kleidung. Dies war ein Zeichen, daß er zur Fakirsekte der Kaderijeh gehöre, welche meist aus Fischern und Schiffern besteht und von Abdelkader el Gilani gestiftet wurde. Als er den Sambuk erblickte, stutzte er einen Augenblick, dann aber rief er:
„La ilaha illa lah!"
„Illa lah!" antworteten die Andern im Chore.
Er hielt auf das Fahrzeug zu, legte sein Floß an und stieg an Bord. Wir, nämlich Halef und ich, befanden uns nicht allein an Bord; der Kürekdschi war uns gefolgt, und an diesen wandte sich der Derwisch:
„Gott schütze Dich!"
„Mich und Dich!" lautete die Antwort.
„Wie befindest Du Dich?"
„So wohl wie Du."
„Wem gehört dieser Sambuk?"
„Seiner Herrlichkeit, dem Großherrn, welcher der Liebling Allah's ist."
„Und wer führt ihn?"
„Unser Effendi, der Wergi-Baschi Muhrad Ibrahim."
„Und was habt Ihr geladen?"
„Wir haben keine Fracht; wir fahren von Ort zu Ort, um den Zoll einzunehmen, welchen der Großscherif von Mekka anbefohlen hat."
„Haben die Gläubigen reichlich gegeben?"
„Es ist Keiner zurückgeblieben, denn wer Almosen gibt, dem vergilt es Allah doppelt."
„Wohin fahrt Ihr von hier?"
„Nach Tor."

„Das werdet Ihr morgen nicht erreichen."
„Wir werden am Ras Nayazat anlegen. Wo willst Du hin?"
„Nach Dschidda."
„Auf diesem Floß?"
„Ja. Ich habe ein Gelübde gethan, nur auf meinen Knieen nach Mekka zu fahren."
„Aber bedenke die Bänke, die Riffe, die Untiefen, die bösen Winde, die es hier gibt, und die Haifische, welche dein Floß umschwärmen werden!"
„Allah ist der allein Starke; er wird mich schützen. Wer sind diese beiden Männer?"
„Ein Gi – – ein Nemsi mit seinem Diener."
„Ein Ungläubiger? Wo will er hin?"
„Nach Tor."
„Erlaube, daß ich meine Datteln hier verzehre; dann werde ich weiter fahren."
„Gefällt es Dir nicht, die Nacht bei uns zu bleiben?"
„Ich muß weiter."
„Das ist sehr gefährlich."
„Der Gläubige hat nichts zu fürchten; sein Leben und sein Ende ist im Buche verzeichnet."
Er setzte sich nieder und zog eine Handvoll Datteln hervor.
Ich hatte den Eingang zu dem Verschlage verriegelt gefunden und mich über das Geländer gelehnt. Da die beiden Sprechenden eine ziemliche Strecke von mir entfernt waren, und ich sehr angelegentlich in das Wasser zu blicken schien, so mochten sie denken, daß ich ihre Unterhaltung nicht verstünde. Der Derwisch frug:
„Ein Nemtsche ist dieser? Ist er reich?"
„Nein."
„Woher weißt Du dies?"
„Er gibt nur den sechsten Theil dessen, was wir für die Fahrt verlangten. Aber er besitzt einen Bjuruldu des Großherrn."
„So ist er sicher ein sehr vornehmer Mann. Hat er viel Gepäck bei sich?"
„Gar keines, aber viele Waffen."
„Ich habe noch keinen Nemtsche gesehen, aber ich habe gehört, daß die Nemsi sehr friedliche Leute sind. Er wird die Waffen nur tragen, um damit zu prunken. Doch jetzt bin ich fertig mit meinem Mahle; ich werde weiter fahren. Sage Deinem Herrn Dank, daß er einem armen Fakir erlaubt hat, sein Schiff zu betreten!"
Einige Augenblicke später kniete er wieder auf seinem Floß. Er ergriff das Ruder, führte es im Takte und sang dazu sein „ïa Allah, Allah hu!"
Dieser Mensch hatte einen eigenthümlichen Eindruck auf mich gemacht. Warum hatte er das Schiff bestiegen und nicht am Ufer angelegt? Warum hatte er gefragt, ob ich reich sei, und während der ganzen Unterhaltung das Deck mit einem Blick gemustert, dessen Schärfe er nicht vollständig verbergen konnte? Ich hatte äußerlich nicht den mindesten

Grund zu irgend einer Befürchtung, und dennoch kam mir in der Seele dieser Mann verdächtig vor. Ich hätte schwören mögen, daß er gar kein Derwisch sei.
Als er für das bloße Auge unverfolgbar war, richtete ich mein Fernrohr nach ihm. Obgleich in jenen Gegenden die Dämmerung sehr kurz ist, war es doch noch hell genug, ihn durch die Gläser zu erkennen. Er kniete nicht mehr, wie sein angebliches Gelübde ihm doch vorgeschrieben hätte, sondern er hatte sich bequem niedergesetzt und das Floß halb gewendet – – er ruderte der jenseitigen Küste zu. Hier war jedenfalls etwas „nicht richtig im Staate Dänemark“.
Halef stand neben mir und beobachtete mich. Er schien sich damit zu beschäftigen, meine Gedanken zu errathen.
„Siehst Du ihn noch, Sihdi?“ frug er mich.
„Ja.“
„Er denkt, daß wir ihn nicht mehr sehen können, und rudert dem Lande zu?“
„So ist es. Woraus vermutest Du dies?“
„Nur Allah ist allwissend, aber auch Halef hat scharfe Augen.“
„Und was haben diese Augen gesehen?“
„Daß dieser Mann weder ein Derwisch noch ein Fakir war.“
„Ah?“
„Ja, Sihdi. Oder hast Du jemals gesehen und gehört, daß ein Derwisch von dem Orden Kaderijeh die Litanei der Hawlajüp redet und singt?“
„Das ist richtig. Aber weßhalb sollte er sich für einen Fakir ausgeben, wenn er keiner ist?“
„Das muß man zu errathen suchen, Effendi. Er sagte, daß er auch während der Nacht fahren werde. Warum thut er es nicht?“
Da unterbrach der Steuermann unser Gespräch. Er trat herzu und frug:
„Wo wirst Du schlafen, Effendi?“
„Ich werde mich in den Tachta-perde legen.“
„Das geht nicht.“
„Warum?“
„Weil dort das Geld aufbewahrt wird.“
„So wirst Du uns Teppiche besorgen, um uns hinein zu hüllen, und wir schlafen hier auf dem Verdeck.“
„Du sollst sie haben, Sihdi. Was würdest Du thun, wenn Feinde zu dem Schiffe heran kämen?“
„Welche Feinde meinst Du?“
„Räuber.“
„Gibt es hier Räuber?“
„Die Dscheheïne wohnen hier in der Nähe. Sie sind berüchtigt als die größten Chirsizler weit und breit, und kein Schiff, kein Mensch ist vor ihnen sicher.“

„Ich denke, Euer Herr, der Wergi-Baschi Muhrad Ibrahim ist ein Held, ein tapferer Mann, der sich vor keinem Menschen fürchtet, auch vor keinem Räuber, vor keinem Dscheheïne?“

„Das ist er; aber was vermag er, und was vermögen wir alle gegen Abu-Seïf, den „Vater des Säbels“, der gefährlicher und schrecklicher ist, als der Löwe in den Bergen oder der Haifisch im Meere?“

„Abu-Seïf? Ich kenne ihn nicht; ich habe noch niemals von ihm gehört.“

„Weil Du ein Fremdling bist. Zur Weidezeit bringen die Dscheheïne ihre Heerden nach den beiden Inseln Libnah und Dschebel Hassan und lassen nur wenig Männer bei ihnen. Die andern aber gehen auf Raub und Diebstahl aus. Sie überfallen die Barken und nehmen entweder Alles, was sie darauf finden, oder erpressen sich ein schweres Lösegeld.“

„Und was thut die Regierung dagegen?“

„Welche?“

„Steht Ihr denn nicht im Giölgeda padischahnün?“

„Der reicht nicht bis zu den Dscheheïne. Dies sind freie Araber, welche der Großscherif von Mekka beschützt.“

„So helft Euch selbst! Fangt die Räuber!“

„Effendi, Du sprichst, wie ein Franke redet, der dies nicht versteht. Wer kann Abu-Seïf fangen und tödten?“

„Er ist doch nur ein Mensch.“

„Aber er besitzt die Hülfe des Scheidan. Er kann sich unsichtbar machen; er kann die Luft und das Meer durchfliegen; er wird weder durch einen Säbel, noch durch ein Messer, noch durch eine Kugel verwundet, aber sein Säbel ist faldschymisch; er dringt durch Thüren und Mauern und schneidet mit einem Hiebe gleich hundert und noch mehr Feinden Leib und Seele auseinander.“

„Den möchte ich sehen!“

„O wehe, wünsche das nicht, Effendi! Der Teufel sagt es ihm, daß Du ihn sehen willst, und dann kannst Du Dich darauf verlassen, daß er kommen wird. Ich gehe, um Dir die Teppiche zu holen; dann lege Dich schlafen und bete vorher zu Deinem Gott, daß er Dich bewahre vor allen Gefahren, die Dir drohen.“

„Ich danke für Deinen Rath, aber ich bete gewöhnlich vor dem Schlafengehen.“

Er brachte uns die Decken, in welche wir uns hüllten, und wir schliefen sehr bald ein, da wir von unserem Ritt ermüdet waren.

Während der Nacht hatten einige Matrosen sowohl am Lande die Schlafenden als auch an Bord das Geld bewacht. Am Morgen versammelten sich Alle auf dem Schiffe. Der Anker wurde gehoben, das Seil gelöst; man stellte die Segel, und der Sambuk steuerte südwärts.

Wir waren ungefähr drei Viertelstunden lang unter Segel gewesen, als wir ein Boot erblickten, welches in der gleichen Richtung vor uns ruderte. Als wir näher an dasselbe herankamen, sahen wir zwei Männer und zwei völlig verschleierte Frauen darin.
Das Boot hielt bald an, und die Männer gaben ein Zeichen, daß sie den Sambuk anzureden gedächten. Der Steuermann ließ das Segel abfallen und hemmte so den Lauf unsers Fahrzeuges. Einer der beiden Ruderer erhob sich und rief:
„Sambuk, wohin?"
„Nach Tor."
„Wir auch. Wollt Ihr uns mitnehmen?"
„Bezahlt Ihr?"
„Gern."
„So kommt an Bord."
Das Schiff legte bei, und die vier Personen stiegen an Bord, während das Boot in's Schlepptau genommen wurde. Dann setzte der Sambuk seine Fahrt fort.
Der Wergi-Baschi begab sich in die Kajüte, jedenfalls um für die Frauen Platz zu machen; dann wurden dieselben den Blicken der Männer entzogen. Sie mußten an mir vorüber. Als Europäer brauchte ich mich nicht abzuwenden, und so bemerkte ich zu meiner Verwunderung, daß keine Atmosphäre von Parfüm sie umgab; denn die Frauen des Morgenlandes pflegen sich so zu parfümiren, daß man den Geruch bereits aus einer beträchtlichen Entfernung verspürt. Ein Odeur allerdings fiel mir auf, ein Odeur, der sich wie ein unsichtbarer Schweif hinter ihnen her zog, nämlich jener jedem Orientalen bekannte Geruch, welcher halb vom Kameele und halb von dem unfermentirten Rasr-Tabak stammt, den viele Beduinen zu rauchen pflegen, und welcher auf die Geruchs- und Geschmacksnerven ganz dieselbe Wirkung hat, wie weiland der Inhalt der französischen Seegrasmatrazen, den aus Mangel an Besserem während des letzten Krieges so mancher deutsche Held in seine Pfeife stopfte. Ich empfand ganz den Eindruck, als seien zwei Kameeltreiber an mir vorüber gegangen; wenigstens war es gewiß, daß der berühmte persische Dichter Hafis Schems-ed-Din Mohammed auf diese beiden Grazien nicht seine Verse:
„Wenn deiner Locken Wohlgerüche
Um's Grab mir weh'n,
Dann sprießen tausend Blumen
Aus meinem Hügel auf –"
gesungen hätte. Ich sah ihnen auch sehr aufmerksam nach, bis sie hinter der Thüre des Verschlages verschwunden waren, konnte aber weiter nichts Besonderes bemerken. Vielleicht hatten sie eine lange Kameelreise hinter sich, so daß die Ausdünstungen des „Wüstenschiffes" nicht leicht aus ihren Kleidern zu bringen waren.
Ihre beiden Begleiter sprachen erst längere Zeit mit dem Steuermanne und dem Baschi; dann suchte der Eine, mich zu entern.
„Ich höre, daß Du ein Franke bist, Effendi?" frug er mich.

„Ja."
„So bist Du hier unbekannt?"
„Ja."
„Du bist ein Nemtsche?"
„Ja."
„Haben die Nemsi auch einen Padischah?"
„Ja."
„Und Paschas?"
„Ja."
„Du bist wohl kein Pascha?"
„Nein."
„Aber ein berühmter Mann?"
„Pek, billahi – bei Gott, sehr!"
„Du kannst schreiben?"
„Peh ne güzel – und wie schön!"
„Auch schießen?"
„Daha ei – noch besser!"
„Du wirst wohl mit diesem Sambuk nach Tor fahren?"
„Ja."
„Du gehst noch weiter nach dem Süden?"
„Ja."
„Bist Du mit den Ingli bekannt?"
„Ja."
„Hast Du Freunde unter ihnen?"
„Ja."
„Das ist sehr gut. Bist Du stark?"
„Korkulu – fürchterlich, arslandscha – wie ein Löwe! Soll ich es Dir beweisen?"
„Nein, Effendi."
„Und doch, denn Deine Neugierde ist größer, als die Geduld eines Menschen sein kann. Packe Dich und komme nicht wieder!"
Ich faßte ihn, drehte ihn in die passende Richtung und gab ihm einen Stoß, daß er weit über das Deck hin schoß und dann dasselbe mit seinem Bauche begrüßte. Aber im Nu war er wieder auf.
„Wai sana – wehe Dir, Du hast einen Gläubigen beleidigt; Du mußt sterben!"
Er riß seinen Handschar heraus und stürzte auf mich zu. Sein Begleiter folgte ihm mit gezückter Waffe. Schnell zog ich Halef die harte Nilpeitsche aus dem Gürtel, um mit derselben die Angreifer zu salutiren; aber es sollte gar nicht so weit kommen, denn in diesem Augenblick öffnete sich die Thür des Verschlages, und es erschien eine der Frauen. Sie erhob stumm die Hand und zog sich dann zurück. Die beiden Araber

hemmten ihre Schritte und gingen lautlos bei Seite; aber ihre Blicke sagten mir, daß ich von Ihnen nichts Gutes zu erwarten habe.
Die Türken hatten dem Vorgang mit großem Gleichmuthe zugesehen. Wäre auf dem Schiffe Jemand getötet worden, so hätte es ja sein Kismet nicht anders mit sich gebracht. Was mich betrifft, so hatten mich die unnützen Fragen dieses Menschen sehr in Harnisch gebracht. Aber, waren sie wirklich so unnütz? Hatten sie nicht vielleicht einen verborgenen Zweck? Der Orientale ist kein Schwätzer, am allerwenigsten aber verliert er seine Worte an einen Unbekannten, von dem er sogar nur das weiß, daß er ein Giaur ist. Ich hatte mich im Humor des Ärgers für einen berühmten Mann und für einen großen Schützen ausgegeben. Warum wollte er wissen, ob ich ein „Pascha", ein berühmter Mann, ein Schreiber, ein guter Schütze sei? Was konnte es ihm nützen, zu wissen, ob ich weiter nach Süden wolle und unter den Engländern Freunde habe? Warum hatte er bei der Bejahung dieser letzten Frage gesagt: „Das ist sehr gut", und zu was konnte es ihm dienen, zu erfahren, ob ich stark und kräftig sei? Und überdies hatte er seine Fragen in der Weise an mich gerichtet, wie sie ein Oberer an seinen Untergebenen, ein Untersuchungsbeamter an einen Angeschuldigten richtet. Am auffälligsten dabei war aber der augenblickliche Gehorsam, den sowohl er als sein Begleiter dem Winke des Weibes leisteten. Das war hier, wo die Frau tief unter dem Manne steht und für das öffentliche Leben nicht die mindeste Selbstbestimmung besitzt, gewiß sehr ungewöhnlich, vielleicht sogar verdächtig.
„Sihdi," meinte Halef, welcher nicht von meiner Seite gewichen war, „hast Du ihn gesehen?"
„Wen oder was?"
„Den Bart?"
„Den Bart! Welchen Bart?"
„Den das Weib hatte – –"
„Das Weib? Hatte das Weib einen Bart?"
„Sie hatte den Jaschmak nicht doppelt, wie vorher, sondern einfach über dem Gesichte, und so habe ich den Bart gesehen."
„Schnurrbart?"
„Vollbart. Sie ist kein Weib, sondern ein Mann. Soll ich es dem Baschi sagen?"
„Ja, aber so, daß es Niemand hört."
Er ging. Jedenfalls hatte er sich nicht geirrt; denn ich wußte, daß ich seinen scharfen Augen trauen könne, und unwillkürlich brachte ich diesen neuen Umstand mit dem Derwisch in Verbindung. Ich sah Halef mit dem Baschi reden; dieser schüttelte den Kopf und lachte; er glaubte es nicht. Der Erstere wandte sich mit einer höchst aufgebrachten Mine von ihm ab und kehrte zu mir zurück.
„Sihdi, dieser Baschi ist so dumm, daß er sogar mich für dumm hält."
„Wie so?"
„Und Dich für noch dümmer als mich."

„Ah!“
„Er sagt, daß ein Weib niemals einen Bart habe, und daß ein Mann niemals die Kleidung eines Weibes anlegen werde. Sihdi, was hältst Du von diesen Frauen, welche Vollbärte tragen? Vielleicht sind es Dscheheïne?“
„Ich vermute es.“
„So müssen wir die Augen offen halten, Sihdi!“
„Das ist das Einzige, was wir tun werden, und dazu gehört vor allen Dingen, daß wir unser Mißtrauen und unsere Aufmerksamkeit zu verbergen suchen. Halte Dich abseits von mir, aber so, daß wir einander stets beispringen können!“
Er entfernte sich eine ziemliche Strecke, und ich ließ mich auf den Teppich nieder. Dann beschäftigte ich mich mit Einträgen in mein Tagebuch, behielt aber dabei sowohl den Verschlag, als auch die beiden Araber immer im Auge. Es war mir, als hätte ich alle Augenblicke ein unangenehmes Ereigniß zu erwarten; dennoch aber verging der Tag, ohne daß irgend etwas Bedenkliches eingetreten wäre.
Der Abend dämmerte bereits, als wir in einer kleinen Bucht vor Anker gingen, welche gebildet wird durch eine hufeisenförmige Krümmung des Dschebel Nayazet, der zur großen Granitkette des Sinai gehört.
Die Küste war sehr schmal, denn nur wenige Schritte vom Ufer entfernt stiegen die tief zerklüfteten Felsen steil zum Himmel empor. Der Ankerplatz bot aus diesem Grunde vollständige Sicherheit gegen die Winde, ob aber heute auch gegen andere Störungen – – ? Ich hätte gern einige der nächsten Klüfte und Felsenspalten untersucht, leider aber war der Abend bereits da, ehe die Türken das Land betreten hatten, um, wie gewöhnlich, Feuer anzuzünden.
El Mogreb und eine Stunde später el Aschia, die beiden Abendgebete, hallten feierlich die steilen Bergwände empor. Wer hier vielleicht verborgen war, mußte unsere Anwesenheit hören, selbst wenn er unser Feuer nicht gesehen hätte. Wie gestern, hatte ich es vorgezogen, die Nacht auf dem Fahrzeuge zuzubringen, und mit Halef ausgemacht, daß wir abwechselnd wachen wollten. Später kamen einige der Matrosen wieder an Bord, um die Wache zu übernehmen, und da traten auch die beiden Frauen aus dem Verschlage, um an Deck die frische Abendluft zu genießen. Sie hatten sich auch jetzt doppelt verschleiert; dies konnte ich bemerken, weil die Sterne des Südens einen solchen Glanz verbreiteten, daß es nicht schwer war, das ganze Verdeck zu überblicken. Sie kehrten aber bald wieder zu ihrem Verschlage zurück, dessen Thüre ich mit meinen Augen beobachten konnte, obgleich ich diesmal im Vordertheile des Fahrzeuges lag.
Halef schlief ungefähr fünf Schritte von mir entfernt. Als Mitternacht herankam, weckte ich ihn heimlich und flüsterte:
„Hast Du geschlafen?“
„Ja, Sihdi. Jetzt schlafe Du!“
„Ich kann mich auf Dich verlassen?“
„Wie auf Dich selbst!“

„Wecke mich bei der geringsten Ursache zum Verdachte!“
„Das werde ich thun, Sihdi!“
Ich hüllte mich fester in den Teppich und schloß die Augen. Ich wollte schlafen, aber es gelang mir nicht. Ich sagte in Gedanken das Einmaleins auf – es half nicht. Da griff ich zu dem Mittel, welches sicher stets den Schlaf bringt. Ich verdrehte die geschlossenen Augen so, daß die Pupillen ganz nach oben zu stehen kamen, und bemühte mich, an gar nichts zu denken. Der Schlummer kam und – – halt, was war das?
Ich wickelte den Kopf aus der Decke und spähte zu Halef hinüber. Auch er mußte aufmerksam geworden sein, denn er hatte sich, wie horchend, halb emporgerichtet. Ich hörte jetzt nichts mehr, aber als ich das Ohr wieder auf das Deck legte, welches einen besseren Schallleiter als die Luft bildete, vernahm ich das seltsame Geräusch wieder, welches mich aufgeweckt hatte, trotzdem es überaus leise war.
„Hörst Du etwas, Halef?“ flüsterte ich.
„Ja, Sihdi. Was ist es?“
„Ich weiß es nicht.“
„Ich auch nicht. Horch!“
Ein leises, ganz leises Plätschern ertönte jetzt vom Hintertheile her. Draußen am Lande war das Feuer erloschen.
„Halef, ich gehe auf einige Minuten nach dem Hinterdeck; bewache meine Waffen und Kleider!“
Von den drei Türken, welche wieder an Bord gekommen waren, lagen zwei schlafend am Boden; der dritte hatte sich niedergekauert und – schlief jedenfalls auch. Es war denkbar, daß ich von der Kajüte aus beobachtet wurde; daher mußte ich die möglichste Vorsicht anwenden. Ich ließ die Büchse und den Stutzen liegen und legte sowohl den Turban als auch den Haïk ab, welche mich durch ihre weiße Farbe verrathen hätten. Dann schmiegte ich mich hart an den Boden, gewann den Rand des Deckes und kroch langsam an demselben hin, bis ich die Stelle erreichte, wo am äußersten Backbord eine Art Hühnersteige auf die Decke des Verschlages und zum Steuerruder führte. Ich stieg hinauf, katzenartig leise, darauf kam's ja an.
Es gelang, und nun kroch ich bis hinter an den Ruderwinkel. Ah – – das sonderbare Geräusch war erklärt. Das Boot, welches die beiden Frauen gebracht, und welches der Sambuk in Schlepptau genommen hatte, war von dem Innern des Verschlages aus so scharf angeholt worden, daß es grad unter dem einen Fenster lag, welches sich am breiten Hintertheile des Fahrzeuges befand. Durch diese Fensterlucke wurde soeben, als ich vorsichtig von oben herablugte, ein kleiner, aber nicht leichter Gegenstand an einem Seile herabgelassen, dessen Reibung an dem Luckenrande jenen Ton hervorbrachte, den man allerdings nur dann wahrnehmen konnte, wenn man das Ohr hart auf die Bretter des Verdeckes legte. Unten in dem Boote befanden sich drei Männer, welche den Gegenstand in Empfang nahmen und dann warteten, bis das Seil wieder emporgezogen und ein zweites Packet herabgelassen wurde.

Die Sache war mir natürlich sofort klar. Was in dem Boote aufgestaut wurde, war das Geld des Wergi-Baschi, d. h. der Ertrag der Steuer, welche er eingesammelt hatte, und – – – ich hatte keine Zeit, weiter zu vermuthen.
„Alargha, iz chijanisch – aufgeschaut, wir sind verrathen!“ rief eine tiefe Stimme vom hohen Ufer her, wo man das Verdeck überblicken konnte; zu gleicher Zeit krachte ein Schuß, und eine Kugel bohrte sich hart neben mir in die Planke. Ein zweiter Schuß blitzte drüben auf, ein dritter; die Kugeln flogen glücklicher Weise an mir vorüber, und ich durfte mich ihnen nicht länger aussetzen. Ich sah nur noch, daß das Tau unten gekappt und das Boot fortgerudert wurde; dann sprang ich vom Verschlage gleich auf das Deck hinab.
In demselben Augenblick öffnete sich die Thüre der Kajüte, und ich bemerkte Zweierlei, nämlich daß an der hinteren Seite derselben zwei Bretter entfernt und daß durch diese Lücke eine Anzahl Männer unbemerkt vom Wasser aus eingestiegen waren. Die Frauen sah ich nicht, aber neun Männer stürzten sofort auf mich los.
„Halef, herbei!“ rief ich laut.
Ich hatte gar keine Zeit gehabt, eine Waffe zu ziehen. Drei hatten mich um den Leib gefaßt und sorgten dafür, daß ich nicht in den Gürtel langen konnte. Drei sprangen Halef entgegen, und die Andern gaben sich Mühe, die Fäuste zu erhaschen, mit denen ich mich vertheidigte. Draußen am Lande krachten Schüsse, und ertönten Flüche und Hülferufe, und dazwischen hörte man die Kommandos jener tiefen Baßstimme, welche ich vorhin wieder erkannt hatte: – es war die Stimme des Derwischs.
„Es ist der Nemtsche. Tödtet ihn nicht, sondern fangt ihn!“ gebot Einer von denen, welche mich umfaßt hielten.
Ich suchte mich loszureißen: es ging nicht. Sechs gegen Einen! Da krachte ein Pistolenschuß nicht weit von mir.
„Zu Hilfe, Sihdi; ich bin verwundet!“ rief Halef.
Ich machte einen gewaltigen Ruck und riß meine Dränger einige Schritte mit mir fort.
„Betäubt ihn!“ erscholl eine keuchende Stimme.
Ich wurde wieder fester gepackt und erhielt trotz meiner verzweifelten Gegenwehr einige Schläge über den Kopf, die mich niederstreckten. Es toste mir in den Ohren, wie eine wilde Brandung. Mitten durch den Donner derselben hörte ich Gewehre knallen und Stimmen schallen; dann war es mir, als würde ich an Händen und Füßen zusammengeschnürt und fortgeschleift, und endlich empfand ich gar nichts mehr.
Als ich erwachte, fühlte ich einen wüsten, pochenden Schmerz in meinem Hinterkopfe, und es dauerte eine geraume Zeit, bis es mir gelang, mich auf das Vorgefallene zu besinnen. Um mich her war es völlig dunkel, aber ein laut vernehmliches Sog ließ mich vermuthen, daß ich mich in dem Kielraume eines Fahrzeuges befände, welches in schneller Fahrt begriffen wäre. Die Hände und die Beine waren mir so fest gebunden, daß ich kein Glied rühren konnte. Zwar schnitten mir die Fesseln nicht in das Fleisch, denn sie bestanden nicht aus Stricken oder Riemen, sondern aus Tüchern; aber sie

verhinderten mich, die Schiffsratten von mir abzuwehren, welche meine Person einer sehr genauen Untersuchung unterwarfen.
Es verging eine lange, lange Zeit, ohne daß sich in meiner Lage etwas änderte. Endlich hörte ich das Geräusch von Schritten, konnte aber nichts sehen. Meine Fesseln wurden gelöst, und eine Stimme gebot mir:
„Stehe auf, und geh' mit uns!"
Ich erhob mich. Sie führten mich aus dem Kielraum durch ein halbdunkles Zwischendeck nach oben. Unterwegs untersuchte ich meine Kleider und fand ebenso zu meiner Überraschung wie Beruhigung, daß man mir außer den Waffen nicht das Mindeste abgenommen hatte.
Als ich das Verdeck betrat, bemerkte ich, daß ich mich auf einer kleinen, sehr scharf auf den Kiel gebauten Barke befand, welche zwei dreieckige und ein trapezisches Segel hatte. Die Takelung erforderte auf diesem an Stürmen, Böen, Riffen und Untiefen reichen Meere einen Kapitän, der seine Sache aus dem Grund verstand und ebensoviel Muth wie Kaltblütigkeit besitzen mußte. Das Fahrzeug war um das Dreifache bemannt, als nothwendig gewesen wäre, und hatte auf dem Vorderdecke eine Kanone, welche aber so von Kisten, Ballen und Fässern maskirt war, daß sie von einem anderen Schiffe aus gar nicht bemerkt werden konnte. Die Mannschaft bestand aus lauter wettergebräunten Männern, von denen jeder seinen Gürtel mit Schuß-, Hieb- und Stichwaffen gespickt hatte. Auf dem Hinterdecke saß ein Mann in rothen Hosen, grünem Turban und blauem Kaftan. Seine lange Weste war reich mit Gold gestickt, und in dem Bassora-Shawl, der ihm als Gürtel diente, funkelten kostbare Waffen. Ich erkannte in ihm sofort den Derwisch. Neben ihm stand der Araber, welchen ich auf dem Sambuk zu Boden geschleudert hatte. Ich wurde vor die Beiden geführt. Der Araber musterte mich mit rachgierigem, der Derwisch mit verächtlichem Blick.
„Weißt Du, wer ich bin?" frug mich der Derwisch.
„Nein, aber ich vermuthe es."
„Nun, wer bin ich?"
„Du bist Abu Seïf."
„Ich bin es. Knie nieder vor mir, Giaur!"
„Was fällt Dir ein! Steht nicht im Kuran geschrieben, daß man nur Allah allein anbeten soll?"
„Das gilt nicht für Dich, denn Du bist ein Ungläubiger. Ich befehle Dir, nieder zu knien, um Deine Demuth zu bezeugen."
„Noch weiß ich nicht, ob Du Ehrfurcht verdienst, und selbst wenn ich es erfahren hätte, würde ich Dir meine Achtung auf eine andere Weise bezeigen."
„Giaur, Du kniest, oder ich schlage Dir den Kopf ab!"
Er hatte sich erhoben und faßte seinen krummen Säbel. Ich trat noch einen Schritt näher an ihn heran.
„Meinen Kopf? Bist Du wirklich Abu Seïf, oder bist Du ein Henker?"

„Ich bin Abu Seïf und halte mein Wort. Nieder mit Dir, oder ich lege Dir den Kopf vor die Füße!“
„Wahre Deinen eigenen Kopf!“
„Giaur!“
„Korkakdschi!“
„Was!“ zischte er. „Einen Korkakdschi, einen Feigling nennst Du mich!“
„Warum griffst Du den Sambuk des Nachts an? Warum hülltest Du Deine Dschasusler in Weiberkleider? Warum zeigst Du hier Muth, wo Du von den Deinen umgeben und beschützt wirst? Ständest Du allein mir gegenüber, so würdest Du anders mit mir reden!“
„Ich bin Abu Seïf, der Vater des Säbels, und zehn Männer Deiner Sorte vermöchten nichts gegen meine Klinge!“
„Aferihn – brav so! So muß man reden, wenn man sich zu handeln fürchtet.“
„Zu handeln? Sind diese Zehn zur Stelle? Wäre dies der Fall, so wollte ich Dir im Augenblick beweisen, daß ich die Wahrheit gesagt habe!“
„Die Zehn sind nicht nötig; es genügt Einer.“
„Wolltest Du vielleicht dieser Eine sein?“
„Pah, Du würdest es nicht erlauben!“
„Warum nicht?“
„Weil Du Dich fürchtest. Du tötest mit dem Munde, nicht aber mit dem Säbel.“
Ich hatte einen verstärkten Ausfall seines Zornes auf diese Worte erwartet, sah mich aber getäuscht. Er verbarg diesen Grimm hinter einer kalten, tödtlichen Ruhe, nahm seinem Nachbar den Säbel vom Gürtel und reichte ihn mir.
„Hier nimm und vertheidige Dich! Aber ich sage Dir, selbst wenn Du die Fertigkeit Afram's und die Stärke Kelad's hättest, so würdest Du beim dritten Hiebe eine Leiche sein.“
Ich nahm den Säbel.
Es war eine eigenthümliche Situation, in der ich mich befand. Der „Vater des Säbels“ mußte nach orientalischen Begriffen ein ausgezeichneter Fechter sein, aber ich wußte, daß der Orientale durchschnittlich ein ebenso schlechter Fechter als schlechter Schütze ist. Mit der Fertigkeit Afram's und der Stärke Kelad's war es wohl nicht gar so weit her. Ich hatte noch mit keinem Orientalen nach den Regeln der Fechtkunst die Klinge gekreuzt, und wenn mir auch der dargereichte, an der „halben und ganzen Schwere“, also an der „Parirung“ dünne, und an der „halben und ganzen Schwäche“ so starke und schwere Säbel ziemlich ungewohnt war, so hatte ich dennoch große Lust, dem „Vater des Säbels“ die Überlegenheit der europäischen Waffenführung zu beweisen.
Die ganze Bemannung des Schiffes war uns nahe getreten, und in allen Mienen spiegelte sich die Überzeugung, daß ich wirklich bei dem dritten Hiebe des Abu Seïf ein todter Mann sein werde.
Er drang so schnell, wild und regellos auf mich ein, daß ich keinen Moment Zeit hatte, Position zu nehmen. Ich parirte seine unreine Winkelquart und versuchte, mir sofort

eine Blöße zu verschaffen; zu meinem Erstaunen aber ging er bei meinem Zirkelhiebe ganz prachtvoll unter meiner Klinge durch. Er traversirte und gab eine Finte; sie gelang ihm nicht. Nun traversirte ich ebenso und schlug Espadon; mein Hieb kam zum Sitzen, obgleich es meine Absicht nicht war, ihn sehr zu verletzen. Voll Wuth darüber, vergaß er sich, trat zurück und gab im Sprunge abermals Winkelquart; ich trat einen halben Schritt vor, setzte mit harter Festigkeit in die Linie ein, und – die Waffe flog ihm aus der Hand und über Bord in das Wasser.
Ein Schrei erscholl ringsumher. Ich aber trat zurück und senkte die Waffe.
Er stand vor mir und starrte mich an.
„Abu Seïf, Du bist ein sehr geschickter Fechter!“
Diese meine Worte brachten ihn wieder zu sich; aber ich sah gegen meine Erwartung nicht das Zeichen des Grimmes, sondern nur der Überraschung in seinem Angesicht.
„Mensch, Du bist ein Ungläubiger und hast doch Abu Seïf besiegt!“
„Du hast es mir leicht gemacht, denn Dein Fechten ist kein edles und überlegtes. Mein zweiter Hieb kostete Dich Blut, und mein dritter nahm Dir die Waffe; ja, ich bin gar nicht zum dritten Hieb gekommen, während Dein dritter mich tödten sollte. Hier hast Du den Säbel; ich bin in Deiner Hand.“
Diese – freilich gewagte – Appellation an seinen Edelmuth hatte einen guten Erfolg.
„Ja, Du bist in meiner Gewalt, Du bist mein Gefangener; aber Du hast Dein Schicksal in Deiner eigenen Hand.“
„In wiefern?“
„Wenn Du thust, was ich von Dir verlange, so wirst Du bald wieder frei sein.“
„Was soll ich thun?“
„Du wirst mit mir fechten?“
„Ja.“
„Und es mich so lehren, wie es bei den Nemsi gelehrt wird?“
„Ja.“
„Du wirst Dich, so lange Du auf meinem Schiffe bist, von keinem fremden Auge sehen lassen?“
„Gut!“
„Und das Deck auf meinen Befehl sofort verlassen, wenn ein anderes Fahrzeug in Sicht kommt?“
„Ja.“
„Du wirst mit Deinem Diener kein Wort sprechen.“
„Wo ist er?“
„Hier auf dem Schiffe.“
„Gebunden?“
„Nein, er ist krank.“
„Er hat eine Wunde?“
„Er ist am Arm verwundet und hat ein Bein gebrochen, daß er sich nicht erheben kann.“

„So kann ich Dir das verlangte Versprechen nicht geben. Mein Diener ist mein Freund, den ich pflegen muß; Du wirst mir dies erlauben!“
„Ich erlaube es nicht; aber ich verspreche Dir, daß er gut verpflegt wird.“
„Das genügt mir nicht. Wenn er das Bein gebrochen hat, so muß ich es ihm einrichten. Es ist wohl hier Keiner, welcher das versteht.“
„Ich selbst verstehe es. Ich bin so gut wie ein Dscherrah; ich habe ihm seine Wunde verbunden und auch sein Bein geschient. Er hat keine Schmerzen mehr und ist mit mir zufrieden.“
„Ich muß dies aus seinem Munde erfahren.“
„Ich betheure es Dir bei Allah und dem Propheten! Willst Du mir nicht versprechen, nicht mit ihm zu reden, so werde ich dafür sorgen, daß Du ihn nicht zu sehen bekommst. Aber ich habe noch mehr von Dir zu verlangen.“
„Fordere!“
„Du bist ein Christ und wirst Dich hüten, einen der Meinen zu verunreinigen?“
„Gut.“
„Du hast Freunde unter den Inglis?“
„Ja.“
„Sind es große Leute?“
„Es sind Paschas unter ihnen.“
„So werden sie Dich auslösen?“
Das war ja etwas ganz Neues! Also er wollte mich nicht tödten, sondern sich meine Freiheit bezahlen lassen.
„Wie viel verlangst Du?“
„Du hast nur wenig Gold und Silber bei Dir; Du kannst Dich nicht selbst loskaufen.“
Also er hatte meine Taschen doch untersucht. Was ich in den Ärmeln meiner türkischen Jacke eingenäht hatte, war von ihm nicht gefunden worden. Es wäre allerdings zum Lösegeld auch zu wenig gewesen. Daher antwortete ich:
„Ich habe nichts; ich bin nicht reich.“
„Ich glaube es, obgleich Deine Waffen ausgezeichnet sind und Du Instrumente bei Dir führst, welche ich gar nicht kenne. Aber Du bist vornehm.“
„Ah!“
„Und berühmt.“
„Ah!“
„Du hast es diesem hier auf dem Sambuk gesagt.“
„Ich habe Spaß gemacht.“
„Nein, Du hast im Ernst gesprochen. Wer so stark ist und den Säbel so zu führen weiß, wie Du, der kann nichts Anderes sein, als ein großer Zabit, für den sein Padischah gern ein gutes Lösegeld geben wird.“
„Mein König wird meine Freiheit nicht mit Geld bezahlen; er wird sie umsonst von Dir fordern.“

„Ich kenne keinen König der Nemsi; wie also will er mit mir reden und mich zwingen, Dich frei zu lassen?“
„Er wird es durch seinen Eltschi thun.“
„Auch diesen kenne ich nicht. Es gibt keinen Eltschi der Nemsi hier am Ma-el-Hamrech.“
„Der Gesandte ist in Stambul beim Großherrn. Ich habe einen Bu-Dscheruldi, das Ihr hier Bjuruldu nennt, und bin also Einer, der in dem Schatten des Sultans steht.“
Er lachte.
„Hier gilt der Padischah nichts; hier hat nur der Großscherif von Mekka zu gebieten, und ich bin mächtiger als diese Beiden. Ich werde weder mit Deinem König noch mit seinem Gesandten über Dich verhandeln.“
„Mit wem sonst?“
„Mit den Inglis.“
„Warum mit diesen?“
„Weil sie Dich auswechseln sollen.“
„Gegen wen?“
„Gegen meinen Bruder, der sich in ihrer Hand befindet. Er hat mit seiner Barke eines ihrer Schiffe angegriffen und ist von ihnen gefangen genommen worden. Sie haben ihn nach Eden geschafft und wollen ihn tödten; nun aber werden sie ihn für Dich frei lassen müssen.“
„Vielleicht irrst Du Dich. Ich gehöre nicht zu den Inglis. Sie werden mich wohl in Deinen Händen lassen und Deinen Bruder tödten.“
„So stirbst Du auch. Du kannst schreiben und wirst einen Brief an sie anfertigen, den ich ihnen übergeben lasse. Machst Du den Brief gut, so werden sie Dich auswechseln; machst Du ihn aber schlecht, so hast Du Dich selbst getödtet. Also überlege Dir den Brief recht sehr; Du hast noch viele Tage Zeit.“
„Wie viele?“
„Wir haben ein böses Meer vor uns; aber ich werde, so viel es angeht, auch des Nachts fahren. Wenn uns der Wind günstig bleibt, sind wir in vier Tagen in Dschidda. Von da bis in die Gegend von Sanah, wo ich mein Schiff verbergen werde, haben wir beinahe ebenso weit. Du hast also eine volle Woche Zeit, über Dein Schreiben nachzudenken, denn erst von Sanah aus werde ich den Boten abgehen lassen.“
„Ich werde den Brief schreiben.“
„Und Du versprichst mir, keinen Fluchtversuch zu unternehmen?“
„Das kann ich Dir nicht versprechen.“
Er sah mir einige Zeit lang ernst in das Gesicht.
„Allah akbar, Gott ist groß, und ich habe es nicht geglaubt, daß unter den Christen auch ehrliche Leute sind. Also Du willst mir entfliehen?“
„Ich werde jede Gelegenheit dazu benutzen.“
„So werden wir auch nicht fechten; Du könntest mich erschlagen und in das Wasser springen, um Dich durch Schwimmen zu retten. Kannst Du schwimmen?“

„Ja."
„Bedenke, daß hier im Wasser viele Fische sind, die Dich fressen würden!"
„Ich weiß es."
„Ich werde Dich streng bewachen lassen. Der Mann hier neben mir wird stets an Deiner Seite sein. Du hast ihn beleidigt; er wird Dich nicht aus den Augen lassen, bis Du entweder frei oder gestorben bist."
„Was wird in diesen beiden Fällen mit meinem Diener werden?"
„Ihm wird nichts geschehen. Zwar hat er eine große Sünde begangen, da er der Diener eines Ungläubigen ist; aber er ist weder ein Türke noch ein Giaur, er wird seine Freiheit mit Dir oder nach Deinem Tode erhalten. Jetzt kannst Du auf dem Deck bleiben; sobald es Dir Dein Wächter aber gebietet, gehst Du hinab, wo Du in Deine Kammer eingeschlossen wirst."
Er wandte sich ab, und ich war also entlassen.
Ich schritt zunächst nach dem Vorderdeck und ging dann längs des Regelings spazieren; als ich ermüdet war, legte ich mich auf eine Decke nieder. Stets blieb der Araber in meiner Nähe, so daß er sich immer in einer Entfernung von fünf bis sechs Schritten von mir befand.
Das war ebenso überflüssig wie für mich unangenehm. Kein Mensch weiter schien sich um mich zu bekümmern, kein Mensch sprach ein Wort zu mir. Man reichte mir schweigend mein Wasser, mein Kuskussu und einige Datteln. Sobald ein Fahrzeug uns ansegelte, mußte ich hinunter in meine Kammer, an deren Thür sich mein Wächter so lange postirte, bis ich wieder oben erscheinen durfte, und am Abend wurde die Thüre verriegelt und mit allerlei Gerümpel verbarrikadirt.

Wieder frei

Wir waren ungefähr, da wir eine sehr schnelle und glückliche Fahrt gemacht hatten, in der Gegend zwischen Dschebel Eyub und Dschebel Kelaya angekommen, von wo an die Küste bis Dschidda immer niedriger und flacher wird. Es war zur Zeit der Dämmerung. Im Norden stand, eine Seltenheit, ein kleines, schleierartiges Wölkchen am Himmel, welches Abu Seïf sehr besorgt betrachtete. Die Nacht brach herein, und ich mußte unter Deck gehen. Da war es jetzt schwüler noch als gewöhnlich, und diese Schwüle steigerte sich von Viertelstunde zu Viertelstunde. Ich war um Mitternacht noch nicht eingeschlafen. Da hörte ich von fern her ein dumpfes Brausen, Donnern und Rollen, welches mit Sturmeseile näher kam und unser Schiff erfaßte. Ich fühlte, daß es mit dem Vordertheile tief in die Fluthen tauchte, sich aber wieder erhob und dann mit verdoppelter Geschwindigkeit dahinschoß. Es ächzte und stöhnte in allen Fugen. Die Mastenfüße krachten in ihrer Verkeilung, und auf dem Decke rannte die Bemannung unter ängstlichen Rufen, Jammern und Beten hin und her.
Dazwischen hinein tönten die lauten, besonnenen Kommandorufe des Führers. Es war auch nothwendig, daß dieser seine Kaltblütigkeit nicht aufgab. Nach meiner ungefähren

Berechnung nahten wir uns der Höhe von Rabbegh, welches von den Arabern Rabr genannt wird, und von da an südwärts gibt es eine Anzahl von Klippen und Korallenbänken, welche der Schiffahrt selbst bei Tage sehr gefährlich sind. Dort liegt auch die Insel Ghauat, und zwischen ihr und Ras Hatiba ragen zwei Korallenklippen empor, zwischen denen die Durchfahrt bei Sonnenlicht und ruhigem Wetter mit den größten Gefahren verbunden ist, und deßhalb bereiten sich die Schiffer, ehe sie dieser Stelle nahen, immer durch Gebet vor. Der Ort wird Om-el-Hableïn genannt, „Ort der beiden Seile", ein Name, welcher auf die Art und Weise hindeutet, in welcher man früher sich vor der Gefahr zu sichern suchte.
Auf diese Durchfahrt trieb uns der Orkan mit rasender Schnelligkeit zu. Eine Landung vorher war unmöglich.
Ich hatte mich von meinem Lager erhoben. Aber wenn das Schiff auf eine Klippe rannte, war ich doch verloren, da meine Kammer verschlossen war.
Da war es mir, als hörte ich mitten im Brausen der Elemente ein Geräusch vor meiner Thür. Ich trat näher und horchte. Ich hatte mich nicht getäuscht. Man entfernte die Verrammelung, und die Thür wurde geöffnet.
„Sihdi!"
„Wer ist da?"
„Hamdullillah, Preis sei Gott, der mich den richtigen Ort gleich finden ließ! Kennst Du nicht die Stimme Deines treuen Halef?"
„Halef? Unmöglich! Der kann es nicht sein; der kann nicht gehen."
„Warum nicht?"
„Weil er verwundet ist und ein Bein gebrochen hat."
„Ja, verwundet bin ich, Sihdi, von einer Kugel am Arme; aber nur sehr leicht. Das Bein habe ich nicht gebrochen."
„So hat Abu Seïf mich belogen."
„Nein, sondern ich habe ihn getäuscht. Ich mußte mich verstellen, um meinem guten Sihdi helfen zu können. Nun habe ich drei Tage mit den Schienen am Beine unten im Raume gelegen, und des Nachts habe ich sie entfernt und bin auf Kundschaft ausgekrochen."
„Wackerer Halef, das werde ich Dir nicht vergessen!"
„Ich habe auch Verschiedenes erfahren."
„Was?"
„Abu Seïf wird eine Strecke vor Dschidda anlegen, um nach Mekka zu pilgern. Er will dort beten, daß sein Bruder wieder frei werde. Mehrere von seinen Mannen gehen mit."
„Vielleicht ist es uns da möglich, zu entkommen."
„Ich werde sehen. Das wird also morgen sein. Deine Waffen sind in seiner Kammer."
„Kommst Du morgen abend wieder, wenn wir in dieser Nacht nicht umkommen?"
„Ich komme, Sihdi."
„Aber die Gefahr, Halef!"

„Heute ist es so finster, daß mich Niemand sehen konnte, und nach uns zu schauen, haben sie keine Zeit, Sihdi. Morgen aber wird Allah helfen."
„Hast Du Schmerzen in Deiner Wunde?"
„Nein."
„Was ist mit dem Sambuk geschehen? Ich lag in Ohnmacht und kann es also nicht wissen."
„Sie haben das ganze Geld genommen, welches nun in der Oda des Kapitäns liegt, und die Bemannung angebunden. Nur uns zwei hat man mitgenommen, damit Du den Bruder Abu Seïf's befreien sollst."
„Das weißt Du?"
„Ich habe Gespräche belauscht."
„Und die Barke in jener Nacht?"
„Sie lag nicht weit von uns hinter den Klippen vor Anker und hatte auf uns gewartet. Chajir ola, gute Nacht, Sihdi!"
„Gute Nacht!"
Er ging hinaus, schob den Riegel vor und brachte auch die Verbarrikadirung wieder an Ort und Stelle.
Ich hatte während dieses Besuches den Orkan ganz und gar vergessen, der ganz unerwartet ebenso schnell sich legte, als er gekommen war; und wenn die See auch noch lange hoch ging, wie ich aus den Bewegungen des Schiffes merkte, so vermuthete ich doch, daß nun heller Himmel geworden sei, der die Gefahr eines Schiffbruches bedeutend verminderte. Ich schlief ruhig ein.
Als ich erwachte, lag das Schiff still; meine Thür war geöffnet, draußen aber stand mein Wächter.
„Willst Du hinauf?" frug er mich.
„Ja."
„Du kannst nur bis zum Deghri oben bleiben."
Ich kam an Deck und fand bereits alle Spuren des Sturmes verwischt. Das Schiff lag in einer sehr schmalen, tief in das Land einschneidenden Bucht vor Anker. Die Segel waren abgenommen und die beweglichen Masten umgelegt worden, so daß das Fahrzeug weder vom Meere, noch vom Lande aus, welches wüst und unbewohnt erschien, leicht gesehen werden konnte.
Bis gegen Mittag blieb ich an Deck, ohne etwas Ungewöhnliches bemerken zu können. Dann aber ließ mich Abu Seïf zu sich kommen. Er befand sich nicht an Deck, sondern in seiner Kajüte, in welcher ich alle meine Waffen an der Wand hängen sah. Auch die Patronenkapsel war da, und außerdem sah ich mehrere große Ketschikise am Boden liegen, welche jedenfalls Pulver enthielten. Ein Sandyk stand offen, den Abu Seïf bei meinem Eintritt sofort verschloß; dennoch hatte ich Zeit genug gehabt, zu bemerken, daß er lauter Kettschuwal enthielt, in denen sich wahrscheinlich die von dem Sambuk geraubten Gelder befanden.

„Nemtsche, ich habe ein Kurzes mit Dir zu reden."
„Sprich."
„Verweigerst Du mir noch immer das Versprechen, keinen Fluchtversuch zu unternehmen?"
„Ich bin kein Lügner und sage Dir daher aufrichtig, daß ich fliehen werde, sobald sich mir eine Gelegenheit dazu bietet."
„Du wirst keine solche Gelegenheit finden; aber Du zwingst mich, strenger mit Dir zu verfahren, als ich möchte. Ich werde zwei Tage lang nicht an Bord sein; Du darfst während dieser Zeit Deine Kammer nicht verlassen und wirst mit gebundenen Händen unten liegen."
„Das ist hart."
„Ja; aber Du trägst selbst die Schuld."
„Ich muß mich fügen."
„So kannst Du gehen. Merke Dir jedoch, daß ich Befehl geben werde, Dich sofort zu tödten, wenn Du den Versuch machst, Deine Fesseln wegzunehmen. Wärest Du ein Rechtgläubiger, so würde ich Dich bitten, mein Freund zu sein. Du bist ein Giaur, aber ich hasse und verachte Dich nicht. Ich hätte Deinem Versprechen Glauben geschenkt; Du willst es aber nicht geben, und so mußt Du nun die Folgen tragen. Gehe jetzt nach unten!"
Ich wurde unter Deck geführt und dort eingeschlossen. Es war eine Pein, bei der da unten herrschenden Gluth gefesselt liegen zu müssen; aber ich fügte mich darein, trotzdem mein Wächter seiner Rachsucht dadurch Genüge geschehen ließ, daß er mir weder Speise noch Trank brachte. Ich hoffte auf Halef, und zwar mit einer Spannung, wie ich sie so groß noch selten empfunden hatte. Meine Lage wurde dadurch, daß ich mich im Dunkeln befand, natürlich nicht verbessert. Ich hatte El Asr, El Mogreb und El Aschia beten hören; dann war eine lange, lange Zeit vergangen, und es mußte weit über Mitternacht sein, als ich endlich draußen vor meiner Thür ein leises Geräusch vernahm. Ich horchte angestrengt, vermochte aber nichts mehr zu hören. Sprechen durfte ich auf keinen Fall. Vielleicht war es auch bloß eine Ratte gewesen.
Es blieb eine Weile ruhig; dann hörte ich Schritte nahen, denen jenes leise Rauschen folgte, welches entsteht, wenn ein Teppich oder eine Matte auf den Boden gebreitet wird. Was war das? Jedenfalls hatte mein Wächter sich vorgenommen, vor meiner Thür die übrige Nacht zuzubringen. Nun war es aus mit meiner Hoffnung, denn wenn Halef ja noch kam, so – – – aber horch! Was war das? Es gehörte die ganze Schärfe meines Gehörs dazu, um zu bemerken, daß der Holzriegel an meiner Thür langsam, langsam zurückgeschoben wurde. Einige Sekunden nachher hörte ich einen harten Schlag – ein Geräusch, als wenn Jemand vom Boden empor wolle und doch nicht könne – ein kurzes, ersticktes Stöhnen – und dann erklang es draußen halblaut:
„Sihdi, komm; ich habe ihn!"
Es war Halef.

„Wen?“ frug ich.
„Deinen Wächter.“
„Ich kann Dir nicht helfen, die Hände sind mir gebunden.“
„Bist Du an die Wand gebunden?“
„Nein; hinaus zu Dir kann ich.“
„So komm, die Thür ist offen.“
Als ich hinaustrat, fühlte ich, daß der Araber unter krampfhaften Zuckungen am Boden lag. Halef kniete auf ihm und hatte ihm mit den Händen den Hals zugeschnürt.
„Fühle in seinen Gürtel, ob er ein Messer hat, Sihdi!“
„Hier ist eins; warte!“
Ich zog mit meinen hart am Gelenk gebundenen Händen das Messer hervor, nahm den Griff fest zwischen die Zähne und sägte mir die Fesseln entzwei.
„Geht es, Sihdi?“
„Ja, jetzt habe ich die Hände frei. Gott sei Dank, daß er noch nicht todt ist!“
„Sihdi, er hätte es verdient.“
„Und dennoch soll er leben! Wir binden ihn, geben ihm einen Knebel und legen ihn in meine Kammer.“
„So wird er durch die Nase stöhnen und uns verrathen.“
„Ich nehme sein Turbantuch auseinander und wickele es ihm um das Gesicht. Laß jetzt ein wenig locker, so daß er Athem bekommt! – So – hier ist der Knebel – – hier sein Gürtel, um Hände und Füße zu binden – – laß den Hals los und halte seine Beine – – – so, fertig. Nun hinein mit ihm!“
Ich athmete tief auf, als ich die Thür hinter dem Gefangenen verriegelt hatte und nun mit Halef an der Treppe stand.
„Was nun, Sihdi?“ frug er mich.
„Wie kam das Alles, jetzt?“
„O, sehr einfach. Ich kroch aus dem Raum empor und horchte.“
„Wenn sie Dich entdeckt hätten!“
„Sie bewachten mich nicht, weil sie denken, daß ich mich nicht regen kann. Da hörte ich, daß der Vater des Säbels mit zwölf Männern zunächst nach Dschidda gegangen ist. Er hat viel Geld mitgenommen, um es dem Großscherif in Mekka zu bringen. Dann vernahm ich, daß der Araber, welcher Dich bewacht, an Deiner Thüre schlafen werde. Er haßt Dich, und er hätte Dich längst getödtet, wenn er sich nicht vor Abu Seïf fürchten müßte. Wenn ich zu Dir wollte, so mußte ich ihm zuvorkommen, und so bin ich über das Deck gekrochen, ohne daß ich bemerkt wurde. Du hast mich das in der Wüste gelehrt. Und kaum war ich da, so kam er auch.“
„Ah, das also warst Du! Ich hatte es gehört.“
„Als er sich gelegt hatte, habe ich ihn beim Halse genommen. Das übrige weißt Du, Sihdi.“
„Ich danke Dir, Halef! Wie sieht es oben aus?“

„Sehr gut. Als ich über das Deck schlich, waren sie im Begriff, ihren Afijon anzubrennen. Ihr Gebieter ist fort, da dürfen sie es wagen."
„So nimm die Waffen dieses Mannes zu Dir; sie sind besser als diejenigen, welche Du vorher hattest. Jetzt komm; ich gehe voran."
Während wir nach oben schlichen, konnte ich mich nicht enthalten, darüber zu lächeln, daß Abu Seïf dem Großscherif ein Geschenk bringen wollte, welches doch ein Bruchtheil dessen war, was er ihm erst geraubt hatte. Als ich den Kopf aus der Lucke steckte, verspürte ich jenen Duft, der in der Nähe jeder Opiumkneipe zu bemerken ist. Die Männer lagen regungslos auf dem Verdeck umher; es war nicht zu erkennen, ob sie schliefen oder nur in regungsloser Lage den Rausch des betäubenden Giftes erwarten wollten. Glücklicherweise war der Weg nach der Kajüte frei. Wir krochen, ganz auf den Boden niedergeduckt, in dieser Richtung weiter und gelangten glücklich an die Thür. Dank der orientalischen Sorglosigkeit hatte dieselbe kein Schloß; die Angeln konnten auch nicht knarren, weil sie einfach aus einem Stücke Leder bestanden, welches oben und unten an Thür und Pfoste aufgenagelt war.
Ich öffnete nur so weit, als nöthig war, um hinein zu kriechen, und als wir uns im Innern befanden, zog ich die Thür wieder zu. Nun fühlte ich mich so sicher und frei, als ob ich mich daheim in meiner Stube befunden hätte. Hier hingen meine Waffen, und fünf Schritte davon war der Bord des Schiffes, von welchem ein Sprung genügte, um an das Land zu kommen. Die Uhr, den Kompaß, das Geld hatte ich bei mir.
„Was soll ich mitnehmen?" fragte Halef.
„Eine von den Decken, welche ich dort in der Ecke liegen sah. Wir brauchen sie nothwendig; ich nehme auch eine."
„Weiter nichts?"
„Nein."
„Aber ich habe erlauscht, daß sich hier viel Geld befindet."
„Das liegt dort im Sandyk; wir lassen es liegen, denn es gehört uns nicht."
„Was, Sihdi? Du willst kein Geld mitnehmen? Du willst diesen Räubern das Geld lassen, welches wir so nothwendig brauchen?"
„Willst Du ein Dieb werden? Nein!"
„Ich? Hadschi Halef Omar Ben Hadschi Abul Abbas Ibn Hadschi Dawud al Gossarah ein Dieb? Sihdi, das sollte mir ein Anderer sagen! Hast Du mir nicht selbst befohlen, dem Manne, der unten in der Kammer liegt, die Waffen wegzunehmen? Hast Du mir nicht befohlen, in diese Decken zu greifen?"
„Das ist kein Diebstahl. Wir sind durch die Räuber um unsere Decken und um Deine Waffen gekommen und haben also das Recht, uns zu entschädigen. Unser Geld aber haben wir noch."
„Nein, Sihdi; das meinige haben sie genommen."
„Hattest Du viel?"

„Hattest Du mir nicht alle zwei Wochen drei Mariatheresien-Thaler gegeben? Ich hatte sie alle noch; nun sind sie weg, und ich werde mir nehmen, was mir gehört.“
Er trat an den Kasten. Sollte ich ihn hindern? In gewisser Beziehung hatte er Recht. Wir befanden uns in Umständen, unter denen wir uns unser Recht selbst zu wahren hatten. Wo konnten wir Abu Seïf auf Rückgabe des geraubten Geldes verklagen? Ich mußte zu sehr sparen, als daß ich meinem Diener das Geraubte aus meiner Tasche hätte ersetzen können, und überdies hätte ein weiterer Streit mit Halef uns nur aufgehalten oder gar in Gefahr gebracht; ich begnügte mich also mit dem Einwande: „Der Sandyk wird verschlossen sein.“
Er trat hinzu, visitirte und sagte dann:
„Ja, es ist ein Schloß daran, und der Schlüssel fehlt, aber ich werde dennoch öffnen.“
„Nein, das wirst Du nicht! Wenn Du das Schloß aufsprengst, so gibt es einen Krach, der uns verräth!“
„Sihdi, Du hast recht. Ich werde mir meine Thaler doch nicht holen können. Komm, wir wollen gehen!“
Bei dem Tone, in welchem er diese Worte sprach, bedauerte ich fast, daß er auf Ersatz verzichten mußte. Ein anderer Araber hätte es nicht gethan, davon war ich überzeugt, und das brachte mich zu dem Versprechen:
„Halef, Du sollst die Theresienthaler noch einmal von mir bekommen!“
„Ist es wahr, Sihdi?“
„Ja.“
„So laß uns gehen!“
Wir verließen die Kajüte und erreichten glücklich den Rand des Fahrzeuges. Der Abstand zwischen ihm und dem Lande war doch ein bedeutender, wie man bei dem nächtlichen Sternenlichte bemerken konnte.
„Kommst Du hinüber, Halef?“ frug ich besorgt.
Ich wußte, daß er ein guter Springer war; hier aber konnte man keinen Anlauf nehmen.
„Paß auf, Sihdi!“
Er erhob sich, setzte den Fuß auf den Regeling und stand im nächsten Augenblick drüben am Ufer. Ich folgte ihm sofort.
„Hamdullillah, Gott sei Dank! Jetzt sind wir frei. Aber was nun?“
„Wir gehen nach Dschidda.“
„Weißt Du den Weg?“
„Nein.“
„Oder hast Du eine Harjta, welche Dir den Weg zeigt?“
„Auch nicht; aber wir brauchen uns nur nach Süden zu halten. Abu Seïf hat zu Fuß hinwandern müssen; das ist ein sicheres Zeichen, daß die Stadt nicht sehr weit von hier liegt. Laß uns vor allen Dingen erst nach den Waffen sehen.“
Wir zogen uns hinter ein nahes Euphorbiengesträuch zurück, welches uns genügend verbarg, denn es war nicht die kleine arabische, sondern die hohe ostindische Art. Meine

Gewehre waren geladen; man hatte jedenfalls mit dem Revolver und dem Henrystutzen nicht umzugehen verstanden und sich über den schweren Bärentödter höchlichst wundern müssen. Der Araber ist ein langes, leichtes Gewehr gewohnt, und es gibt ganze Stämme, welche noch mit Flinten der ältesten, seltsamsten Constructionen bewaffnet sind.

Nachdem wir uns überzeugt hatten, daß unsere Flucht nicht bemerkt worden war, machten wir uns auf den unbekannten Weg. Wir mußten, so viel wie möglich, der Küste folgen, und diese hatte zahlreiche größere oder kleinere Einbuchtungen, welche zu umgehen waren, so daß wir nur langsam vorwärts kamen. Dazu war der Boden trotz der Nähe des Meeres sehr dicht mit Koloquinten und Aloën bewachsen, welche das Gehen außerordentlich beschwerlich machten. Endlich graute der Tag, und der Marsch ging leichter und schneller vor sich. Man konnte in die Ferne blicken und unterscheiden, welche Richtung man einzuschlagen hatte, um eine Krümmung der Küste abzuschneiden, und es war vielleicht Vormittags 8 Uhr, als wir die Minareh einer Stadt vor uns erblickten, welche mit einer hohen, ziemlich gut erhaltenen Mauer umgeben war.

„Wollen wir fragen, ob dies Dschidda ist, Sihdi?“ frug Halef.

Wir waren bereits seit einer Stunde Arabern begegnet, ohne sie anzureden.

„Nein; das ist ganz sicher Dschidda.“

„Und was beginnen wir dort?“

„Ich werde mir zunächst den Ort ansehen.“

„Und ich auch. Weißt Du, daß dort Eva, die Mutter aller Lebendigen, begraben liegt?“

„Ja.“

„Als Adam sie begraben hatte, beweinte er sie vierzig Tage und vierzig Nächte; dann ging er nach Selan-Dib, wo er starb und nun auch begraben liegt. Das ist eine Insel, von der nur die Gläubigen etwas wissen.“

„Du irrst, Halef. Diese Insel hieß bei ihren Bewohnern Sinhala Dvipa, woraus Ihr in Euerer Sprache Selan-Dib gemacht habt. Sinhala Dvipa heißt Löweninsel; sie gehört den Christen, den Inglis, und ich selbst bin bereits zweimal dort gewesen.“

Er blickte mich erstaunt an.

„Aber unsere Talebs sagen doch, daß jeder Ungläubige stirbt, der die Insel Adam's betreten will!“

„Bin ich gestorben?“

„Nein. Aber Du bist ein Liebling Allah's, obgleich Du den wahren Glauben nicht hast.“

„Ich will Dir noch ein Beispiel sagen. Nicht wahr, jeder Ungläubige muß sterben, der die heiligen Stätten von Mekka und Medina betritt?“

„Ja.“

„Aber es gibt dennoch Christen, welche dort gewesen sind.“

„Ist das wahr?“

„Ja. Sie haben gethan, als ob sie Moslemin seien.“

„Dann mußten sie unsere Sprache und unsere Gebräuche verstehen."
„Sie verstanden sie."
Er blickte mir ängstlich forschend in das Angesicht.
„Sihdi, Du verstehst das auch. Willst Du nach Mekka?"
„Würdest Du mich mitnehmen?"
„Nein, Sihdi; denn ich würde in der tiefsten Dschehenna gebraten werden."
„Würdest Du mich verrathen, wenn Du mich dort sähest?"
„Effendi, mache mich nicht traurig! Ich müßte Dich verrathen und könnte es doch vielleicht nicht. Ich würde nicht mehr leben können!"
Ich sah ihm an, daß dies seine volle Überzeugung war; es wäre grausam gewesen, ihn länger zu versuchen und in Angst zu halten.
„Halef, Du hast mich lieb?"
„Lieber als mich selbst, Sihdi; glaube mir das!"
„Ich glaube es. Wie lange willst Du noch mit mir reisen?"
„So lange Du willst. Ich gehe mit Dir, soweit die Erde reicht, obgleich Du ein Christ bist. Aber ich weiß, daß Du noch zum rechten Glauben kommen wirst, denn ich werde Dich bekehren, Du magst wollen oder nicht."
„Das kann bloß ein Hadschi sagen."
„O, Sihdi, ich werde nun wirklich einer sein. Da ist Dschidda, wo ich das Grab Eva's besuchen werde; dann gehe ich nach Mekka, werde in Arafah verweilen, mich in Minah rasiren lassen und alle heiligen Gebräuche mitmachen. Wirst Du mich bis dahin in Dschidda erwarten?"
„Wie lange wirst Du in Mekka sein?"
„Sieben Tage."
„Du wirst mich in Dschidda wiederfinden. Aber ist Deine Hadsch auch gültig, da sie doch nicht in den Wallfahrtsmonat fällt?"
„Sie ist gültig. Sieh, hier ist das Thor. Wie mag es heißen?"
„Es ist wohl das nördliche Thor, das Bab el Medina. Wirst Du mir eine Bitte erfüllen?"
„Ja, denn ich weiß, daß Du mir nichts befiehlst, was ich nicht thun darf."
„Du sollst hier keinem Menschen sagen, daß ich ein Christ bin."
„Ich gehorche."
„Du sollst ganz so thun, als ob ich ein Moslem sei."
„Ja. Aber wirst Du mir nun auch eine Bitte erfüllen?"
„Welche?"
„Ich muß mir in Mekka das Aziz-kumahsch kaufen und viele Geschenke und Almosen geben – – –"
„Sei unbesorgt; Du sollst Deine Theresienthaler noch heute erhalten."
„Die kann ich vielleicht nicht brauchen, denn sie werden im Lande der Ungläubigen geprägt."
„So werde ich Dir dieselbe Summe in Piastern geben."

„Hast Du Piaster?“
„Noch nicht; aber ich werde sie von einem Sarraf holen.“
„Ich danke Dir, Sihdi! Werde ich genug haben, um auch nach Medina gehen zu können?“
„Ich denke es, wenn Du sparsam bist. Die Reise dorthin wird Dich nichts kosten.“
„Warum?“
„Ich reite mit.“
„Nach Medina, Sihdi?“ frug er in bedenklichem Tone.
„Ja. Ist dies verboten?“
„Der Weg dorthin steht Dir frei; aber nach Medina hinein darfst Du nicht.“
„Wenn ich nun in Dschambo auf Dich warte?“
„Das ist schön, Sihdi; das geht!“
„So sind wir also einig!“
„Und wohin gehst Du dann?“
„Zunächst nach Medaïhn Saliha.“
„Herr, dann bist Du des Todes! Weißt Du nicht, daß dies die Stadt der Geister ist, die keinen Sterblichen bei sich dulden?“
„Sie werden mich dulden müssen. Es ist ein sehr geheimnißvoller Ort; man erzählt sich wunderbare Sachen von ihm, und darum muß ich ihn sehen.“
„Du wirst ihn nicht sehen, denn die Geister werden uns den Weg versperren; aber ich werde Dich nicht verlassen, und wenn ich mit Dir sterben sollte. Ich bin dann ein wirklicher Hadschi, dem der Himmel immer offen steht. Und wohin willst Du dann?“
„Entweder nach Sinai, Jerusalem und Istambul oder nach Bassra und Bagdad.“
„Und wirst mich mitnehmen?“
„Ja.“
Wir waren beim Thore angelangt. Dort gab es außerhalb der Mauern eine Menge zerstreut stehender Hütten aus Stroh oder Palmenblättern, in denen arme Hadhesi oder noch ärmere Holz- und Gemüsehändler wohnten. Ein zerlumpter Kerl rief mich an:
„Taïbihn, Effendi, seiak, keif chelak – bist Du gesund, Effendi, wie geht es Dir, und wie ist Dein Befinden?“
Ich blieb stehen. Im Orient muß man immer Zeit haben, einen Gruß zu erwidern.
„Ich danke Dir! Ich bin gesund; es geht mir gut, und mein Befinden ist vortrefflich; aber wie geht es Dir, Du Sohn eines tapfern Vaters, und wie laufen Deine Geschäfte, Du Erbe vom frömmsten Stamme der Moslemim?“
Ich gebrauchte diese Worte, weil ich sah, daß er das M'eschaleeh trug. Dschidda gilt, trotzdem es seit neuerer Zeit von den Christen besucht werden darf, für eine heilige Stadt, und die heiligen Städte haben das Vorrecht, dieses Zeichen zu tragen. Vier Tage nach der Geburt eines Kindes werden ihm auf jedem Backen drei und an jeder Schläfe zwei Schnitte beigebracht, deren Narben für das ganze Leben bleiben. Das ist das M'eschaleeh.

„Deine Worte sind Zahari; sie duften wie die Benaht el Dschennet“, antwortete der Mann. „Auch mir geht es gut, und ich bin zufrieden mit dem Geschäfte, welches ich treibe. Es wird auch Dir nützlich sein.“
„Welches Geschäft hast Du?“
„Ich habe drei Thiere stehen. Meine Söhne sind Hamahri, und ich helfe ihnen.“
„Hast Du sie zu Hause?“
„Ja, Sihdi. Soll ich Dir zwei Esel holen?“
„Was soll ich Dir bezahlen?“
„Wohin willst Du reiten?“
„Ich bin hier fremd und will mir eine Wohnung suchen.“
Er musterte mich mit einem eigenthümlichen Blick. Ein Fremder, und zu Fuße, das mußte ihm auffällig sein.
„Sihdi,“ frug er, „willst Du dahin, wohin ich Deine Brüder geleitet habe?“
„Welche Brüder?“
„Es kamen gestern um die Zeit des Mogreb dreizehn Männer zu Fuße, so wie Du; die habe ich in den großen Khan geführt.“
Das war jedenfalls Abu Seïf mit den Seinen gewesen.
„Das waren keine Brüder von mir. Ich will meine Wohnung in keinem Khane und in keinem Funduk, sondern in einem Privathause nehmen.“
„Ama di bacht – welch ein Glück! Ich weiß ein Haus, wo Du eine Wohnung finden kannst, die beinahe für einen Prinzen zu schön ist.“
„Was forderst Du, wenn wir auf Deinen Eseln hinreiten?“
„Zwei Piaster.“
Das waren ungefähr zwanzig Pfennige pro Mann.
„Hole die Thiere.“
Er stieg nun mit gravitätischem Schritte von dannen und brachte hinter einer Umfriedigung zwei Esel hervor, die so klein waren, daß sie mir beinahe zwischen den Beinen durchlaufen konnten.
„Werden sie uns tragen können?“
„Sihdi, einer von ihnen würde uns alle Drei tragen können!“
Das war übertrieben, jedoch mein Thier that nicht im Mindesten, als ob ich ihm zu schwer sei; vielmehr schlug es sofort, nachdem ich es bestiegen hatte, einen sehr muntern Trab an, welcher allerdings gleich im Innern der Stadtmauer unterbrochen wurde.
„Tut,“ rief nämlich eine schnarrende Stimme von der Seite her; „tut, wermya-iz aktsche – halt, gebt Geld!“
In einem halb verfallenen Gemäuer zu meiner Rechten befand sich ein viereckiges Loch; in diesem Loche befand sich ein Kopf; auf dem Gesichte dieses Kopfes befand sich eine fürchterliche Brille, und in dieser Brille befand sich nur ein Glas. Unter diesem Glase

erblickte ich eine riesige Nase und seitwärts nach unten, von der Nase aus gerechnet, eine große Öffnung, aus welcher die Worte wahrscheinlich gekommen waren.
„Wer ist das?“ frug ich unsern Führer.
„Der Radschal el Bab. Er nimmt die Steuern für den Großherrn ein.“
Ich drängte mein Eselein bis vor das Loch und nahm, um mir einen Spaß zu machen, den Paß heraus.
„Was willst Du?“
„Geld!“
„Hier!“
Ich hielt ihm das großherrliche Möhür vor das Auge, welches nicht durch ein Glas geschützt war.
„Lutf, dschenabin – Verzeihung, Euer Gnaden!“
Die Öffnung unter der Nase klappte zu, das Gesicht verschwand und gleich darauf sah ich eine hagere Gestalt seitwärts über einige Mauersteine springen. Sie trug eine alte abgeschabte Janitscharenuniform, weite, blaue Beinkleider, rothe Strümpfe, eine grüne Jacke und auf dem Kopfe eine weiße Mütze mit einem herabhängenden Sacke. Es war der wackere Radschal el Bab.
„Warum reißt er aus?“ frug ich den Führer.
„Du hast einen Bu-djeruldi und brauchst nichts zu geben. Er hat Dich also beleidigt und fürchtet Deine Rache.“
Wir ritten weiter und gelangten nach fünf Minuten vor das Thor eines Hauses, welches, eine Seltenheit in muhammedanischen Ländern, vier große vergitterte Fenster nach der Straße zu hatte.
„Hier ist es!“
„Wem gehört das Haus?“
„Dem Dschewahirdschi Tamaru. Er hat mir Auftrag gegeben.“
„Wird er zu Hause sein?“
„Ja.“
„So kannst Du zurückkehren. Hier hast Du noch ein Bakschisch!“
Unter vielen Dankesworten setzte sich der Mann auf einen seiner Esel und ritt von dannen. Ich trat mit Halef in das Haus und wurde von einem Schwarzen nach dem Garten gebracht, in welchem sich sein Herr befand. Diesem trug ich mein Anliegen vor, und sofort führte er mich in das Haus zurück und zeigte mir eine Reihe von Gemächern, welche leer standen. Ich miethete zwei auf eine Woche und hatte dafür zwei Talaris, was als eine sehr anständige Bezahlung angesehen werden mußte, zu entrichten. Dafür wurde ich aber auch nicht ausgefragt. Ich nannte nur den Namen, welchen mir Halef gegeben hatte.
Im Laufe des Nachmittags ging ich, um mir die Stadt anzusehen.
Dschidda ist eine ganz hübsche Stadt, und es scheint mir, als ob sie ihren Namen – Dschidda heißt „die Reiche“ – nicht ganz mit Unrecht führe. Sie ist nach drei Seiten von

einer hohen, dicken Mauer umgeben, welche Thürme trägt und von einem tiefen Graben beschützt wird. Nach dem Meere zu wird sie durch ein Fort und mehrere Batterien verteidigt. Die Mauer hat drei Thore: das Bab el Medina, das Bab el Yemen und das Bab el Mekka, welches das schönste ist und zwei Thürme hat, deren Zinnen von zierlich durchbrochener Arbeit sind. Die Stadt zerfällt in zwei Hälften, in die Nysf von Syrien und von Yemen; sie hat ziemlich breite, nicht sehr schmutzige Straßen und viele hübsche freie Plätze. Auffallend ist es, daß es hier sehr viele Häuser gibt, welche nach außen hin Fenster haben. Sie sind meist mehrere Stockwerke hoch, von guter Bauart und haben hübsche Bogenthüren, Balkons und Söller. Der Bazar läuft in der ganzen Länge der Stadt mit dem Meere parallel und mündet in viele Seitenstraßen. Auf ihm sieht man Araber und Beduinen, Fellatah, Händler aus Basra, Bagdad, Maskat und Makalla, Egypter, Nubier, Abessynier, Türken, Syrer, Griechen, Tunesier, Tripolitaner, Juden, Indier, Malayen: – Alle in ihrer Nationaltracht; sogar einem Christen kann man zuweilen begegnen. Hinter der Mauer beginnt, wie bei den meisten Ortschaften Arabien's, sofort die Wüste und dort stehen die Hütten jener Leute, welche in der Stadt selbst keinen Platz finden.

Nicht weit von der Kaserne, welche in der Nähe des Bab el Medina liegt, befindet sich der Kirchhof, auf welchem das Grab unserer Stammmutter gezeigt wird. Dieses ist sechzig Meter oder beinahe neunzig preußische Ellen lang und trägt auf seiner Mitte eine kleine Moschee.

Daß es in Dschidda von Bettlern wimmelt, ist nicht zu verwundern. Den größten Beitrag dazu liefert Indien. Während die armen Pilger aus andern Ländern sich Arbeit suchen, um sich das Reisegeld zur Rückkehr zu verdienen, ist der Indier zu träge dazu. Wer einem jeden geben wollte, würde bald selbst ein Bettler sein.

Vom Kirchhofe weg ging ich nach dem Hafen und schritt langsam am Wasser hin. Ich dachte über die Möglichkeit nach, Mekka sehen zu können, und merkte kaum, daß es immer einsamer um mich wurde. Da plötzlich – ist's möglich oder nicht? – erklang es vom Wasser her:

„Jetzt geh' i zum Soala
Und kaf ma an Strick,
Bind 's Diandl am Buckl
Trog's überall mit.“

Ein „G'sangl“ aus der Heimat! Hier in Dschidda! Ich blickte mich um und sah einen Kahn, in welchem zwei Männer saßen. Der eine war ein Eingeborener. Seine Hautfarbe und seine Kleidung bezeichneten ihn als einen Hadharemieh – gewiß gehörte ihm der Kahn. Der Andere stand aufrecht in dem kleinen Fahrzeuge und bildete eine ganz wunderbare Figur. Er hatte einen blauen Turban auf, trug rothe, türkische Pumphosen und über diesen einen europäischen Rock von etwas veraltetem Schnitt; ein gelbseidenes Tuch war um den Hals geschlungen, und aus diesem Tuche stachen rechts und links zwei Dschebel-pambuk-bezi von der Sorte hervor, welche in der lieben Heimat den Namen

„Vatermörder“ zu tragen pflegt. Um die sehr umfangreiche Taille hatte der Mann einen Sarras geschlungen, dessen Scheide so dick war, daß man drei Klingen in ihr vermuthen konnte.
Dies war der Sänger. Er hatte bemerkt, daß ich vor Überraschung stehen geblieben war, und mochte denken, einen sangesfrohen Beduinen vor sich zu haben; denn er hielt die linke Hand an den Mund, drehte sich noch besser nach rechts herum und sang:
„Und der Türk und der Ruß,
Die zwoa gehn mi nix o',
Wann i no mit der Gret'l
Koan Kriegshandl ho'!“
Das war eine Freude für mich, viel größer noch wie damals, als der Jüterbogker Hamsad al Dscherbaja mich im Hause am Nil mit seinem Liede überrascht hatte! Auch ich legte die Hand an den Mund.
„Türkü tschaghyr-durmak – sing weiter!“ rief ich hinüber.
Ob er mich verstanden hatte, wußte ich nicht, aber er ließ sich sofort nochmals hören:
„Zwischen deiner und meiner
Is a weite Gass'n;
Bua, wennst mi nöt magst,
Kannst es bleiben lass'n!“
Jetzt mußte ich den Jodler auch probiren:
„Zwischen Deiner und meiner
Is a enge Gass'n;
Bua, wennst mi gern magst,
Kannst herrudern lass'n!“
Da stieß er einen lauten Juchzer aus, riß den Turban vom Haupte, den Sarras aus der Scheide, und schwenkte Turban und Säbel hoch in der Luft; dann brachte er diese beiden Gegenstände wieder an Ort und Stelle, griff in das Steuer und lenkte dem Ufer zu.
Ich war ihm entgegengegangen. Er sprang an's Land, blieb aber doch ein wenig verblüfft stehen, als er mich näher betrachtete.
„Ein Türke, der deutsch reden kann?“ frug er zweifelhaft.
„Nein, sondern ein Deutscher, der ein Bißchen Türkisch probirt.“
„Also wirklich! Ich wollte meinen Ohren nicht trauen. Aber Sie sehen wahrhaftig wie ein Araber aus. Darf ich fragen, was Sie sind?“
„Ein Schriftsteller. Und Sie?“
„Ein – ein – – – ein – – hm, Violinist, Komiker, Schiffskoch, Privatsekretär, bookkeeper, Ehemann, merchant, Witwer, Rentier und jetzt Tourist nach Hause zu.“
Er brachte das mit einer so überwältigenden Grandezza vor, daß ich lachen mußte.
„Da haben Sie allerdings viel erfahren! Also nach Hause wollen Sie?“
„Ja, nämlich nach Triest, wenn ich nicht etwa unterwegs mich anders besinne. Und Sie?“

„Ich sehe die Heimat wohl erst nach einigen Monaten wieder. Was thun Sie hier in Dschidda?“
„Nichts. Und Sie?“
„Nichts. Wollen wir einander helfen?“
„Natürlich, wenn es Ihnen nämlich recht ist!“
„Das versteht sich! Haben Sie eine Wohnung?“
„Ja, schon seit vier Tagen.“
„Und ich seit ungefähr so vielen Stunden.“
„So sind Sie noch nicht eingerichtet. Darf ich Sie zu mir einladen?“
„Freilich! Für wann?“
„Für jetzt gleich. Kommen Sie! Es ist gar nicht weit.“
Er griff in die Tasche und lohnte seinen Bootsmann ab; dann schritten wir nach dem Hafen zurück. Unterwegs wurden nur allgemeine Bemerkungen ausgetauscht, bis wir an ein einstöckiges Häuschen kamen, in welches er trat. Es wurde durch den Eingang in zwei Hälften getheilt. Er öffnete die Thür zur rechten Seite, und wir traten in ein kleines Gemach, dessen einziges Möbel aus einem niederen, hölzernen Gerüste bestand, über welches eine lange Matte ausgebreitet war.
„Das ist meine Wohnung. Willkommen! Nehmen Sie Platz!“
Wir schüttelten einander nochmals die Hände, und ich setzte mich auf das Serir, während er in einen nebenan liegenden Raum trat und einen großen Koffer öffnete, der in demselben stand.
„Bei einem solchen Gaste darf ich meine Herrlichkeiten doch nicht schonen,“ rief er mir zu. „Passen Sie auf, was ich Ihnen bringe!“
Es waren allerdings lauter Herrlichkeiten, die er mir vorsetzte:
„Hier ein Topf mit Apfelschnitten, gestern Abend in der Kaffeemaschine gekocht; es ist das Beste, was man in dieser Hitze genießen kann. Hier zwei Pfannkuchen, dort in der Tabaksbüchse gebacken – Jeder einen. Da noch ein Rest englisches Weizenbrot – ein Bißchen altbacken, geht aber noch. Sie haben gute Zähne, wie ich sehe. Dazu diese halbe Bombaywurst – riecht vielleicht ein wenig, thut aber nichts. In dieser Flasche ist echter, alter Cognac; wenn auch kein Wein, aber immer besser als Wasser; ein Glas habe ich nicht mehr, ist aber auch nicht nothwendig. Nachher in dieser Büchse – – schnupfen Sie?“
„Leider nein.“
„Schade! Er ist ausgezeichnet. Aber Sie rauchen?“
„Gern.“
„Hier! Es sind nur noch elf Stück; die theilen wir – Sie zehne und ich eine.“
„Oder umgekehrt!“
„Geht nicht.“
„Wollen es abwarten. Und dort in dieser Blechkapsel, was haben Sie da?“
„Rathen Sie!“

„Zeigen Sie einmal her!“

Er gab mir die Kapsel, und ich roch daran.

„Käse!“

„Errathen! Leider fehlt die Butter. Nun langen Sie zu! Ein Messer haben Sie jedenfalls; hier ist auch eine Gabel.“

Wir aßen mit Lust.

„Ich bin ein Sachse,“ sagte ich und nannte ihm meinen Namen. „Sie sind in Triest geboren?“

„Ja. Ich heiße Martin Albani. Mein Vater war seines Zeichens ein Schuster. Ich sollte etwas Besseres werden, nämlich ein Kaufmann, hielt es aber lieber mit meiner Geige als mit den Ziffern und so weiter. Ich bekam eine Stiefmutter; na – Sie wissen, wie es dann herzugehen pflegt. Ich hatte den Vater sehr lieb, wurde aber mit einer Preßnitzer Harfenistengesellschaft bekannt und schloß mich ihr an. Wir gingen nach Venedig, Mailand und tiefer in's Italien hinunter, endlich gar nach Konstantinopel. Kennen Sie diese Art Leute?“

„Gewiß. Sie gehen oft weit über See.“

„Erst spielte ich Violine, dann avancirte ich zum Komiker; leider aber hatten wir Unglück, und ich war froh, daß ich auf einem Bremer Kauffahrer eine Stelle fand. Mit diesem kam ich später nach London, von wo aus ich mit einem Engländer nach Indien segelte. In Bombay wurde ich krank in das Hospital geschafft. Der Verwalter desselben war ein tüchtiger Mann, aber kein Held im Schreiben und Rechnen; er engagirte mich, als ich wieder gesund geworden war. Später kam ich zu einem Händler als Buchführer; er starb am Fieber, und ich heirathete seine Witwe. Wir lebten kinderlos und glücklich bis zu ihrem Tode. Jetzt sehnte ich mich nach der Heimat zurück – – –“

„Zu Ihrem Vater?“

„Auch er lebt nicht mehr, hat aber – Gott sei Dank! – keine Noth gelitten. Seit ich mich wohl stand, haben wir einander oft geschrieben. Nun habe ich mein Geschäft verkauft und fahre langsam der Heimat zu.“

Der Mann gefiel mir. Er gab sich so, wie er war. Reich konnte er wohl nicht genannt werden; er machte auf mich den Eindruck eines Mannes, der grad so viel hat, als er braucht, und der damit auch herzlich zufrieden ist.

„Warum fahren Sie nicht direkt nach Triest?“

„Ich mußte in Maskat und Aden einige Ziffern in Ordnung bringen.“

„So haben Sie sich also doch noch an die Ziffern gewöhnt?“

„Freilich,“ lachte er. „Und nun – pressant sind meine Angelegenheiten nicht; ich bin mein eigener Herr – was thut es, wenn ich mir das rothe Meer besehe? Sie thun es ja auch!“

„Allerdings. Wie lange werden Sie hier bleiben?“

„Bis ein mir passendes Fahrzeug hier anlegt. Haben Sie nicht geglaubt, einen Bayern oder Tyroler in mir zu finden, als Sie mich singen hörten?“

„Ja; aber doch fühle ich mich nicht etwa enttäuscht – wir sind ja trotzdem Landsleute und freuen uns, einander getroffen zu haben."
„Wie lange werden Sie hier bleiben?"
„Hm! Mein Diener pilgert nach Mekka; ich werde wohl eine Woche auf ihn warten müssen."
„Das freut mich; so können wir einander länger haben."
„Ich stimme bei; aber zwei Tage werden wir uns vielleicht doch entbehren müssen."
„Wie so?"
„Ich hätte fast Lust, auch einmal nach Mekka zu gehen."
„Sie? Ich denke, für Christen ist das verboten!"
„Allerdings. Aber, kennt man mich?"
„Das ist richtig. Sie sprechen das Arabische?"
„Ja, so viel ich für meine Küche brauche."
„Und Sie wissen auch, wie sich die Pilger zu benehmen haben?"
„Auch das; doch ist gewiß, daß mein Benehmen nicht genau das der Pilger sein würde. Wollte ich ihren Gebräuchen folgen, mich den vorgeschriebenen Zeremonien unterwerfen und gar zu Allah beten und seinen Propheten anrufen, so würde dies gewiß eine Versündigung gegen unseren heiligen Glauben sein."
„Sie würden innerlich doch anders denken!"
„Das macht die Schuld nicht geringer."
„Darf man der Wissenschaft nicht ein Opfer bringen?"
„Doch, aber kein solches. Übrigens bin ich gar kein Mann der Wissenschaft. Sollte ich Mekka je erreichen, so hat es nur den Werth, daß ich es gesehen habe und unter Bekannten einmal davon erzählen kann. Ich möchte behaupten, daß man die Stadt des Propheten zu besuchen vermag, auch ohne seinen Christenglauben dadurch zu verleugnen, daß man den Pilger spielt."
„Wohl nicht."
„Glauben Sie, daß Mekka nur von Pilgern besucht wird?"
„Man sollte allerdings meinen, daß auch Kaufleute hinkommen. Diese aber werden doch auch die heiligen Orte besuchen und dort beten."
„Man wird sie aber nicht darüber kontrolliren. Ich rechne sechzehn Wegstunden von hier bis Mekka; man reitet sie sehr gut in acht Stunden. Hätte ich ein Bischarihnhedjihn, so würde ich bloß vier Stunden brauchen. Ich komme dort an, steige in irgend einem Khan ab, durchwandere ernsten, langsamen Schrittes die Stadt und besehe mir das Heiligthum; dazu brauche ich nur wenige Stunden. Ein jeder wird mich für einen Moslem halten, und ich kann ruhig wieder zurückkehren."
„Das klingt ganz ungefährlich, aber gewagt ist es dennoch. Ich habe gelesen, daß ein Christ höchstens bis auf neun Meilen an die Stadt heran darf."
„Dann dürften wir ja auch nicht in Dschidda sein, wenn nicht etwa nur englische Meilen gemeint sind. Auf dem Wege von hier nach Mekka liegen elf Kaffeehäuser; ich will

getrost wagen, in allen bis zum neunten einzukehren, und dabei auch sagen, daß ich ein Christ bin. Die Zeiten haben sehr Vieles geändert; jetzt genügt es, die Christen die Stadt nicht betreten zu lassen. Ich werde den Versuch wagen."

Ich hatte mich in die Sache selbst so hineingesprochen, daß jetzt wirklich mein Entschluß fest stand, nach Mekka zu reisen. Ich brachte diesen Gedanken heim in meine Wohnung, schlief mit demselben ein und erwachte auch mit ihm. Halef brachte mir den Kaffee. Ich hatte Wort gehalten und ihm sein Geld bereits gestern gegeben.

„Sihdi, wann erlaubst Du mir, nach Mekka zu gehen?" frug er mich.

„Hast Du Dschidda bereits ganz gesehen?"

„Noch nicht; aber ich werde bald fertig sein."

„Wie wirst Du reisen? Mit einem Delyl?"

„Nein, denn der kostet zu viel. Ich werde warten, bis mehrere Pilger beisammen sind und dann auf einem Miethkameele reiten."

„Du kannst abreisen, sobald Du willst."

Delyls sind nämlich diejenigen Beamten, welche die fremden Pilger zu führen und darauf zu sehen haben, daß diese keine Vorschrift versäumen. Unter den Pilgern befinden sich sehr viele Frauen und Mädchen. Da aber den unverheiratheten Frauenzimmern das Betreten der Heiligthümer verboten ist, so machen die Delyls ein Geschäft daraus, sich gegen Bezahlung mit ledigen Pilgerinnen, die sie von Dschidda abholen, zu verheirathen, sie in Mekka zu begleiten und ihnen dann nach vollbrachter Wallfahrt den Scheidebrief zu geben.

Halef hatte kaum meinen Raum verlassen, so hörte ich draußen eine Stimme sagen:

„Ist Dein Herr zu Hause?"

„Dehm arably - sprich arabisch!" antwortete Halef auf die deutsch gesprochene Frage.

„Arably? Das kann ich nicht, mein Junge; höchstens könnte ich Dich mit einem Bißchen Türkisch traktiren. Aber warte, ich werde mich gleich selbst anmelden; denn jedenfalls steckt er da hinter der Thür."

Es war Albani, dessen Stimme jetzt erklang:

„Juchheirassasa!
Und wenn d'willst, will i a,
Und wenn d'willst, so mach auf,
Denn deßweg'n bin i da!"

Er schien den Text seiner Schnadahüpfeln den Verhältnissen anzupassen. Gewiß stand Halef vor Erstaunen ganz starr da draußen, und wenn ich nicht antwortete, so geschah es seinetwegen; er sollte noch etwas hören. Es dauerte auch gar nicht lange, so fuhr der Triester fort:

„Soldat bin i gern
Und da kenn' i mi aus,
Doch steh i nit gern Schildwach
In fremder Leut Haus."

Und als auch diese zarte Erinnerung keine Folge hatte, drohte er:
„Und a frischa Bua bin i,
Drum laß dir 'mal sag'n:
Wenn d'nit glei itzt aufmachst,
Thua i's Thürerl zerschlag'n!“
Soweit durfte ich es denn doch nicht kommen lassen; ich erhob mich also und öffnete ihm die Thür.
„Aha,“ lachte er, „es hat also geholfen! Ich dachte beinahe, Sie wären schon nach Mekka abgegangen.“
„Pst! Mein Diener darf nichts davon wissen.“
„Entschuldigung! Rathen Sie einmal, mit welcher Bitte ich komme!“
„Mit dem Verlangen nach Revanche für Ihre gestrige Gastfreundschaft? Thut mir leid! Ich kann nöthigenfalls mit etwas Munition, aber nicht mit Proviant dienen, wenigstens nicht mit einem so seltenen, wie Ihre Speisekarte zeigte.“
„Pah! Aber ich habe wirklich eine Bitte oder vielmehr eine Frage.“
„Sprechen Sie!“
„Wir sprachen gestern wenig über Ihre Erlebnisse; aber ich vermuthe, daß Sie Reiter sind.“
„Ich reite allerdings ein wenig.“
„Nur Pferd oder auch Kameel?“
„Beides; sogar auch Esel, wozu ich erst gestern gezwungen war.“
„Ich habe noch nie auf dem Rücken eines Kameeles gesessen. Nun hörte ich heute früh, daß es ganz in der Nähe einen Dewedschi gibt, bei dem man für ein Billiges die Möglichkeit erhält, einmal den Beduinen spielen zu können – – –“
„Ah, Sie wollen einen Spazierritt riskiren?“
„Das ist es!“
„Sie werden aber eine Art von Seekrankheit bekommen –“
„Thut nichts.“
„Gegen welche nicht einmal eine Dosis Kreosot Hülfe leistet.“
„Ich bin darauf gefaßt. Die Küste des rothen Meeres bereist und nicht auf einem Kameele gesessen zu haben! Darf ich Sie einladen, mich zu begleiten?“
„Ich habe Zeit. Wo wollen Sie hin?“
„Mir gleich. Vielleicht eine Streiferei um Dschidda herum?“
„Ich bin dabei. Wer besorgt die Kameele? Sie oder ich?“
„Natürlich ich. Wollen Sie Ihren Diener mitnehmen?“
„Wie Sie es bestimmen. Man weiß hierzulande niemals, was Einem begegnen kann, und ein Diener ist hier im Orient eigentlich niemals überflüssig.“
„So geht er mit.“
„Wann soll ich kommen?“
„In einer Stunde.“

„Gut. Aber erlauben Sie mir eine Bemerkung. Untersuchen Sie, ehe Sie das Kameel besteigen, den Sattel und die Decke genau; eine solche Vorsicht ist stets am Platze, da man sonst sehr leicht Bekanntschaft mit jenen sechsfüßigen Baschi-Bozuks macht, die der Orientale mit dem lieblich klingenden Namen „Bit" bezeichnet."

„Bit? Ich bin kein Licht in den orientalischen Sprachen."

„Aber ein wenig Latein haben Sie getrieben?"

„Allerdings."

„So meine ich das Thierchen, dessen deutscher Name, mit lateinischen Lettern geschrieben, mit dem deutschen Worte „Lob" übersetzt weerden muß."

„Ah! Ist es gar so arg?"

„Zuweilen sehr. Ich habe in Ungarn gehört, daß man diese Schmarotzer mit dem Worte „Bergleute" bezeichnet, jedenfalls, weil sie von oben nach unten arbeiten. Bei einem Kameelritte nun haben Sie es mit den Bergleuten der Araber und mit den Bergleuten der Kameele zu thun. Ein Glück ist es nur, daß die Ersteren eine so rührende Treue für ihre Herren und Meister besitzen und folglich es verschmähen, einen Giaur wenigstens förmlich zu überfluthen. Also legen Sie noch eine eigene Decke unter, welche Sie nach dem Ritt dem nächsten Pastetenbäcker geben, der sie für wenige Borbi in seinem Ofen ausbrennen wird."

„Nicht übel! Nehmen wir Waffen mit?"

„Das versteht sich! Ich zum Beispiel bin zu dieser Vorsicht gezwungen, da ich jeden Augenblick hier oder in der Umgebung Feinde treffen kann."

„Sie?"

„Ja, ich! Ich befand mich in der Gefangenschaft eines Seeräubers, dem ich erst gestern früh entflohen bin. Er ist auf dem Wege nach Mekka und kann sich sehr leicht noch hier in Dschidda befinden."

„Das ist ja ganz erstaunlich! Er war ein Araber?"

„Ja. Ich kann ihm nicht einmal mit einer Anzeige beikommen, obgleich mein Leben keinen Pfennig werth ist, sobald wir uns begegnen sollten."

„Und davon haben Sie mir gestern nichts gesagt!"

„Warum sollte ich davon sprechen? Man hört und liest jetzt sehr oft, daß das Leben immer nüchterner werde und es gar keine Abenteuer mehr gebe. Vor nur wenigen Wochen sprach ich mit einem viel gereisten Gelehrten, welcher geradezu die Behauptung aufstellte, man könne die alte Welt von Hammerfest bis zur Capstadt und von England bis nach Japan durchreisen, ohne nur eine Spur von dem zu erleben, was man Abenteuer nennt. Ich widersprach ihm nicht, aber ich bin überzeugt, daß es nur auf die Persönlichkeit des Reisenden und auf die Art und Weise der Reise ankommt. Eine Reise per Entreprise oder mit Rundreisebillett wird sehr zahm sein, selbst wenn sie nach Celebes oder zu den Feuerländern gehen sollte. Ich ziehe das Pferd und das Kameel den Posten und Bahnen, das Kanoe dem Steamer und die Büchse dem wohl visirten Passe vor; auch reise ich lieber nach Timbuktu oder Tobolsk als nach Nizza oder Helgoland;

ich verlasse mich auf keinen Dolmetscher und auf keinen Bädeker; zu einer Reise nach Murzuk steht mir weniger Geld zur Verfügung, als Mancher braucht, um von Prag aus die Kaiserstadt Wien eine Woche lang zu besuchen, und – habe mich über den Mangel an Abenteuern niemals zu beklagen gehabt. Wer mit großen Mitteln die Atlasländer oder die Weststaaten Nordamerika's besucht, dem stehen eben diese Mittel im Wege; wer aber mit leichter Tasche kommt, der wird bei den Beduinen Gastfreundschaft suchen und sich nützlich machen, drüben im wilden Westen aber sich sein Brot schießen und mit hundert Gefahren kämpfen müssen; ihm wird es nie an Abenteuern fehlen. Wollen wir wetten, daß uns nachher bei unserem Ritt ein Abenteuer passiren wird, mag es auch ein nur kleines sein? Die Recken früherer Zeiten zogen aus, um Abenteuer zu suchen; die jetzigen Helden reisen als Commis-voyageurs, Touristen, Sommerfrischler, Bäderbummler, oder Kirmeßgäste; sie erleben ihre Abenteuer unter dem Regenschirme, an der Table d'hote, bei einer imitirten Sennerin, am Spieltische und auf dem Scating-Ring. Wollen wir wetten?“

„Sie machen mich wirklich neugierig!“

„Ja, verstehen Sie mich wohl! Sie nennen es vielleicht ein Abenteuer, wenn Sie in der Dschungel zwei Tigern begegnen, welche sich auf Leben und Tod bekämpfen; ich nenne es ein ebenso großes Abenteuer, wenn ich am Waldesrande auf zwei Ameisenvölker stoße, deren Kampf nicht bloß in Beziehung auf Muth und Körperanstrengung eine Hunnen- oder Gothenschlacht zu nennen ist, sondern uns auch solche Beispiele von Aufopferung, Gehorsam und strategischer oder taktischer Berechnung und List zeigt, daß wir darüber baß erstaunen müssen. Gottes Allmacht zeigt sich herrlicher in diesen winzigen Thieren als in jenen beiden Tigern, die Ihnen bloß deshalb größer erscheinen, weil Sie sich vor ihnen fürchten. Doch, gehen Sie jetzt und bestellen Sie die Kameele, damit wir zur Zeit der größten Hitze eine Quelle finden.“

„Ich gehe; aber halten Sie auch Wort in Beziehung auf das Abenteuer!“

„Ich halte es.“

Er ging. Ich hatte ihm diese Rede mit Vorbedacht gehalten; denn zu einem Erstlingsritt auf dem Kameele gehört unbedingt eine in das Romantische hinüberklingende Seelenstimmung.

Als ich nach drei Viertelstunden mit Halef in Albani's Wohnung trat, starrte derselbe in Waffen.

„Kommen Sie; der Dewedschi lauert bereits. Oder wollen wir erst etwas genießen?“ frug er mich.

„Nein.“

„So nehmen wir uns Proviant mit. Ich habe hier diese ganze Tasche voll.“

„Sie wollen ein Abenteuer haben und nehmen Proviant mit? Weg damit! Wenn uns hungert, so suchen wir uns ein Duar. Dort finden wir Datteln, Mehl, Wasser und vielleicht auch ein wenig Tschekir.“

„Tschekir? Was ist das?“

„Kuchen, aus gemahlenen Heuschrecken gebacken.“
„Fi!“
„Pah, schmeckt ganz vortrefflich! Wer Austern, Weinbergsschnecken, Vogelnester, Froschschenkel und verfaulte Milch mit Käsemaden ißt, für den müssen Heuschrecken eine Delikatesse sein. Wissen Sie, wer lange Zeit Heuschrecken mit wildem Honig gegessen hat?“
„Ich glaube, das ist ein Mann in der Bibel gewesen.“
„Allerdings, und zwar ein sehr hoher und heiliger Mann. Haben Sie eine Decke?“
„Hier.“
„Gut. Wie lange haben Sie die Kameele zur Verfügung?“
„Für den ganzen Tag.“
„Mit Begleitung des Dewedschi oder eines seiner Leute?“
„Ohne Begleitung.“
„Das ist gut. Zwar haben Sie in diesem Fall Caution legen müssen, dafür aber befinden wir uns um so wohler und ungestörter. Kommen Sie!“
Der Kameelverleiher wohnte im zweiten Hause von ihm. Ich sah es dem Manne sofort an, daß er kein Araber, sondern ein Türke war. In seinem Hofe standen drei Kameele, über welche man hatte weinen mögen.
„Wo ist Dein Stall?“ frug ich ihn.
„Dort!“
Er deutete nach einer Mauer, welche den Hof in zwei Theile schied.
„Öffne die Thür!“
„Warum?“
„Weil ich sehen will, ob sich noch Dschemahli darin befinden.“
„Es sind solche darin.“
„Zeige sie mir!“
Er mochte mir doch nicht recht trauen; daher öffnete er und ließ mich einen Blick in die andere Abtheilung werfen. Dort lagen acht der schönsten Reitkameele. Ich trat näher und betrachtete sie.
„Dewedschi, wie viel zahlt Dir dieser Hazretin für die drei Kameele, welche Du uns gesattelt hast?“
„Fünf Mahbubzechinen für alle Drei.“
„Und für einen solchen Preis bekommen wir diese Lastthiere mit wunden Beinen und Füßen! Schau her, Du kannst durch ihre Seiten blicken; ihre Lefzen hängen auf die Seite, wie hier Dein zerrissener Jackenärmel, und ihre Höcker – ah, Dewedschi, sie haben keinen Höcker! Sie haben eine weite Reise hinter sich; sie sind ganz abgezehrt und kraftlos, so daß sie kaum den Sattel tragen können. Und wie sehen diese Sättel aus! Schau her, Mann! Was marschirt auf dieser Decke? Spute Dich und gib uns andere Kameele und andere Decken und andere Sättel!“
Er sah mich halb mißtrauisch und halb zornig an.

„Wer bist Du, daß Du mir einen solchen Befehl geben magst?"
„Blicke her! Siehst Du diesen Bu-djuruldi des Großherrn? Soll ich ihm erzählen, daß Du ein Betrüger bist und Deine armen Thiere zu Tode schindest? Schnell, sattle dort die drei Hedschihn, die braunen rechts und das graue in der Ecke, sonst wird Dir meine Peitsche Hände machen!"
Ein Beduine hätte sofort zur Pistole oder zum Messer gegriffen; dieser Mann aber war ein Türke. Er beeilte sich, meinem Befehle Folge zu leisten, und bald lagen seine drei besten Kameele mit sehr reinlichem Sattelzeug vor uns auf den Knien. Ich wandte mich an Halef:
„Jetzt zeige diesem Sihdi, wie er aufzusteigen hat!"
Er that es, und ich trat dann dem Kameel, welches Albani tragen sollte, auf die zusammengezogenen Vorderbeine.
„Passen Sie auf! Sobald Sie den Sattel berühren, geht das Hedjihn in die Höhe, und zwar vorn zuerst, so daß Sie nach hinten geworfen werden. Dann erhebt es sich hinten, und Sie stoßen nach vorn. Diese beiden Stöße müssen Sie durch die entgegengesetzte Bewegung Ihres Körpers unschädlich zu machen suchen."
„Ich will es versuchen."
Er faßte an und schwang sich auf. Sofort erhob sich das Thier, trotzdem ich meinen Fuß nicht von seinen Beinen genommen hatte. Der gute Schnadahüpfelsänger flog nach hinten, fiel aber nicht, weil er sich vorn fest anklammerte; doch jetzt schnellte das Kameel sich hinten in die Höhe, und da er die Hände noch immer vorn hatte, so flog er ganz regelrecht aus dem Sattel und über den Kopf des Kameels hinweg herunter in den Sand.
„Potztausend, das Ding ist gar nicht so leicht!" meinte er, indem er sich erhob und die Achsel rieb, mit welcher er aufgestoßen war. „Aber hinauf muß ich doch. Bringen Sie das Thier wieder zum Knien!"
„Rrree!"
Auf diesen Zuruf legte es sich wieder. Der zweite Versuch gelang, obgleich der Reiter zwei derbe Stöße auszuhalten hatte. Ich mußte dem Verleiher noch einen Verweis geben:
„Dewedschi, kannst Du ein Dschemmel reiten?"
„Ja, Herr."
„Und auch lenken?"
„Ja."
„Nein, Du kannst es nicht, denn Du weißt ja nicht einmal, daß ein Metrek dazu gehört!"
„Verzeihe, Herr!"
Er gab einen Wink, und die Stäbchen wurden herbeigebracht. Jetzt stieg auch ich auf.
Wir machten nun allerdings ganz andere Figuren, als es der Fall gewesen wäre, wenn wir uns mit den abgetriebenen Lastkameelen begnügt hätten. Unsere jetzigen Sättel waren

sehr hübsch mit Troddeln und bunter Stickerei verziert und die Decken so groß, daß sie die Thiere ganz bedeckten. Wir ritten hinaus auf die Straße.
„Wohin?“ frug ich Albani.
„Das überlasse ich Ihnen.“
„Gut; also zum Bab el Medina hinaus!“
Mein neuer Bekannter zog die Blicke der uns Begegnenden auf sich; seine Kleidung war zu auffällig. Ich lenkte daher durch mehrere Seitenstraßen und brachte uns nach einigen Umwegen glücklich zum Thore hinaus. Dort ritten wir im Schritte durch die Ansiedelungen der Nubier und Habeschaner und gelangten dann sofort in die Wüste, welche sich ohne einen Pflanzen-Übergangsgürtel bis direkt an das Weichbild aller Städte des Hedschas erstreckt.
Bis hierher hatte sich Albani sehr leidlich im Sattel gehalten. Nun aber fielen unsere Kameele ganz freiwillig in jenen Bärentrott, der ihre gewöhnliche Gangart ist und durch welchen jeder Neuling in die eigenthümliche Lage versetzt wird, die Seekrankheit kennen zu lernen, auch ohne einen Tropfen Salzwasser gesehen zu haben. Während der ersten Schritte lachte er über sich selbst. Er besaß nicht das Geschick, durch eigene Bewegungen die Stöße zu mildern, welche ihm sein Thier ertheilte; er schwankte herüber, hinüber, nach hinten und nach vorn; seine lange arabische Flinte war ihm im Wege, und sein riesiger Sarras schlug klirrend an die Seite des Kameeles. Er nahm ihn also zwischen die Beine, schnalzte mit den Fingern und sang:
„Mei Sabel klippert, mei Sabel klappert,
Mei Sabel macht mir halt Müh,
Und das Kameel wickelt, das Kameel wackelt,
Das Kameel ist ein sakrisch Vieh“
Da gab ich meinem Thiere einen leichten Schlag auf die Nase; es stieg empor und schoß dann vorwärts, daß der Sand mehrere Ellen hoch hinter mir aufwirbelte. Die beiden anderen Kameele folgten natürlich, und nun war es mit dem Singen aus. Albani hatte den Lenkstab in der linken und die Flinte in der rechten Faust und gebrauchte diese beiden Gegenstände als Balancestangen, indem er die Arme in der Luft herumwirbelte, um das Gleichgewicht zu erhalten. Er bot einen komischen Anblick dar.
„Hängen Sie das Schießeisen über und halten Sie sich mit den Händen am Sattel fest!“ rief ich ihm zu.
„Hat sich sein – – hopp! – – hat sich sein – – öh, brrr, ah! – – hat sich sein Überhängen! Ich habe ja gar kei – – – hopp, au! – – gar keine Zeit dazu! Halten Sie doch Ihr ver – – hoppsa, öh, brr! – Ihr verwünschtes Viehzeug an!“
„Ich verkomme ja mit ihm!“
„Ja, aber das mei – – oh, brr, öh! – das meinige rennt ihm ja wie bes – – hüh, hoppah! – wie besessen nach!“
„Halten Sie es an!“
„Mit was denn?“

„Mit dem Fuß und dem Zügel!“
„Den Fuß, den bringe ich ja gar nicht in – – hoppsa! – nicht in die Höhe, und den Zügel, den habe – – halt – öh, halt, öh! – den habe ich nicht mehr!“
„So müssen Sie warten, bis das Thier von selber steht.“
„Aber ich habe gar kei – – – brrr, oh! – gar keinen Athem mehr!“
„So machen Sie den Mund auf; es ist Luft genug da!“
Ich wandte mich wieder vorwärts und horchte nicht mehr auf seine Interjektionen. Er befand sich in guten Händen, da Halef an seiner Seite ritt.
Wir hatten nach kurzer Zeit eine kleine Bodenanschwellung hinter uns, und nun breitete sich die offene Ebene vor uns aus. Albani schien sich nach und nach im Sattel zurecht zu finden; er klagte nicht mehr. So hatten wir in der Zeit von einer Stunde vielleicht zwei deutsche Meilen zurückgelegt, als vor uns die Gestalt eines einzelnen Reiters auftauchte. Er war wohl eine halbe Meile von uns entfernt und ritt dem Anschein nach ein ausgezeichnetes Kameel, denn der Raum verschwand förmlich zwischen ihm und uns, und nach kaum zehn Minuten hielten wir einander gegenüber.
Er trug die Kleidung eines wohlhabenden Beduinen und hatte die Kapuze seines Burnus weit über das Gesicht gezogen. Sein Kameel war mehr werth als unsere drei zusammen.
„Sallam aaleïkum, Friede sei mit Dir!“ grüßte er mich, während er die Hand entblößte, um die Verhüllung zu entfernen.
„Aaleïkum!“ antwortete ich. „Welches ist Dein Weg hier in der Wüste?“
Seine Stimme hatte weich geklungen, fast wie die Stimme eines Weibes; seine Hand war zwar braun, aber klein und zart, und als er jetzt die Kapuze entfernte, erblickte ich ein vollständig bartloses Angesicht, aus welchem mich zwei große, braune Augen lebhaft musterten – es war kein Mann, sondern eine Frau.
„Mein Weg ist überall,“ antwortete sie. „Wohin führt Dich der Deinige?“
„Ich komme von Dschidda, will mein Thier ausreiten und dann wieder nach der Stadt zurückkehren.“
Ihr Angesicht verfinsterte sich, und ihr Blick schien mißtrauisch zu werden.
„So wohnest Du in der Stadt?“
„Nein; ich bin fremd in derselben.“
„Du bist ein Pilger?“
Was sollte ich antworten? Ich hatte die Absicht gehabt, hier für einen Mohammedaner zu gelten; aber da ich direkt befragt wurde, so fiel es mir nicht ein, mit einer Lüge zu antworten.
„Nein; ich bin kein Hadschi.“
„Du bist fremd in Dschidda und kommst doch nicht her, um nach Mekka zu gehen? Entweder warst Du früher in der heiligen Stadt, oder Du bist kein Rechtgläubiger.“
„Ich war noch nicht in Mekka, denn mein Glaube ist nicht der Eurige.“
„Bist Du ein Jude?“
„Nein; ich bin ein Christ.“

„Und diese Beiden?“
„Dieser ist ein Christ wie ich, und dieser ist ein Moslem, der nach Mekka gehen will.“
Da hellte sich ihr Gesicht plötzlich auf, und sie wandte sich an Halef.
„Wo ist Deine Heimat, Fremdling?“
„Im Westen, weit von hier, hinter der großen Wüste.“
„Hast Du ein Weib?“
Er erstaunte gerade so wie ich über diese Frage, welche auszusprechen ganz gegen die Sitte des Orients war. Er antwortete: „Nein.“
„Bist Du der Freund oder der Diener dieses Effendi?“
„Ich bin sein Diener und sein Freund.“
Da wandte sie sich wieder zu mir:
„Sihdi, komm und folge mir!“
„Wohin?“
„Bist Du ein Schwätzer, oder fürchtest Du Dich vor einem Weibe?“
„Pah! Vorwärts!“
Sie wandte ihr Kameel und ritt auf derselben Spur zurück, welche die Füße des Thieres vorher im Sande zurückgelassen hatten. Ich hielt mich an ihrer Seite, und die andern Beiden blieben hinter uns.
„Nun,“ frug ich zu Albani zurück, „hatte ich nicht Recht mit dem Abenteuer, welches ich Ihnen vorhersagte?“
Albani sang statt der Antwort:
„Dös Dirndel ist sauba
Vom Fuaß bis zum Kopf,
Nur am Hals hat's a Binkerl,
Dös hoaßt ma an Kropf.“
Das Weib war allerdings nicht mehr jugendlich, und die Strahlen der Wüstensonne, sowie die Strapatzen und Entbehrungen hatten ihr Angesicht gebräunt und demselben bereits Furchen eingegraben; aber einst war sie gewiß nicht häßlich gewesen, das sah man ihr heute noch sehr deutlich an. Was führte sie so ganz allein in die Wüste? Warum hatte sie den Weg nach Dschidda eingeschlagen und kehrte nun mit uns zurück? Warum war sie sichtlich erfreut gewesen, als sie hörte, daß Halef nach Mekka gehen wolle, und warum sagte sie nicht, wohin sie uns führen werde? – Sie war mir ein Räthsel. Sie trug eine Flinte und an ihrem Gürtel einen Yatagan; ja, in den Sattelriemen des Kameeles hatte sie sogar einen jener Wurfspieße stecken, welche in der Hand eines gewandten Arabers so gefährlich sind. Sie machte ganz den Eindruck einer selbstständigen, furchtlosen Amazone, und dieses letztere Wort war ganz am Platze, da solche kriegerische Frauen in manchen Gegenden des Orients öfter zu sehen sind, als im Abendlande, wo dem Weibe doch eine freiere Stellung gewährt ist.
„Was ist das für eine Sprache?“ frug sie, als sie die Antwort Albani's hörte.
„Die Sprache der Deutschen.“

„So bist Du ein Nemtsche?“
„Ja.“
„Die Nemtsche müssen tapfere Leute sein.“
„Warum?“
„Der tapferste Mann war der „Sultan el Kebihr“, und dennoch haben ihn die Nemtsche-schimakler, die Nemtsche-memleketler und die Moskowler besiegt. Warum werde ich von Deinem Auge so scharf betrachtet?“
Sie hatte also von Napoleon und von dem Ausgang der Freiheitskriege gehört; sie hatte sicher eine nicht gewöhnliche Vergangenheit hinter sich.
„Verzeihe mir, wenn mein Auge Dich beleidigt hat,“ antwortete ich. „Ich bin nicht gewohnt, in Deinem Lande ein Weib so kennen zu lernen, wie Dich.“
„Ein Weib, welches Waffen trägt? Welches Männer tödtet? Welches sogar seinen Stamm regiert? Hast Du nicht von Ghalië gehört?“
„Ghalië?“ frug ich, mich besinnend; „war sie nicht vom Stamme Begum?“
„Ich sehe, daß Du sie kennst.“
„Sie war der eigentliche Scheik ihres Stammes und schlug in der Schlacht bei Taraba die Truppen des Mehemed Ali, welche Tunsun-Bei kommandirte?“
„So ist es. Siehst Du nun, daß auch ein Weib sein darf wie ein Mann?“
„Was sagt der Kuran dazu?“
„Der Kuran?“ frug sie mit einer Gebärde der Geringschätzung. „Der Kuran ist ein Buch; hier habe ich meinen Yatagan, mein Tüfenk und meinen Dscherid. Woran glaubst Du? An das Buch oder an die Waffen?“
„An die Waffen. Du siehst also, daß ich kein Giaur bin, denn ich denke ganz dasselbe, was Du denkst.“
„Glaubst Du auch an Deine Waffen?“
„Ja; noch viel, viel mehr aber an das Kitab-aziz der Christen.“
„Ich kenne es nicht, aber Deine Waffen sehe ich.“
Das war nun allerdings ein Compliment für mich, da der Araber gewohnt ist, den Mann nach den Waffen zu beurtheilen, welche er trägt. Sie fuhr fort:
„Wer hat mehr Feinde getödtet, Du oder Dein Freund?“
Kam es auf die Waffen an, so mußte Albani allerdings bedeutend tapferer sein als ich; dennoch war ich überzeugt, daß der gute Triester mit seinem Sarras gewiß noch keinem Menschen gefährlich geworden sei. Ich antwortete aber ausweichend:
„Ich habe mit ihm noch nicht darüber gesprochen.“
„Wie viele Male hast Du eine Intikam gehabt?“
„Noch nie. Mein Glaube verbietet mir, selbst meinen Feind zu tödten; er wird getödtet durch das Gesetz.“
„Aber wenn jetzt Abu-Seïf käme und Dich tödten wollte?“
„So würde ich mich wehren und ihn im Nothfalle tödten, denn die Nothwehr ist hier erlaubt. Aber Du sprichst vom „Vater des Säbels“; kennst Du ihn?“

„Ich kenne ihn. Auch Du nennst seinen Namen; hast Du von ihm gehört?“
„Ich habe nicht bloß von Abu-Seïf gehört, sondern ihn gesehen.“
Sie wandte sich mit einer raschen Bewegung zu mir herum.
„Gesehen? Wann?“
„Vor noch nicht vielen Stunden.“
„Und wo?“
„Zuletzt auf seinem Schiffe. Ich war sein Gefangener und bin ihm gestern entflohen.“
„Wo ist sein Schiff?“
Ich deutete die Richtung an, in der ich es noch vermuthen mußte.
„Dort liegt es in einer Bucht versteckt.“
„Und er ist darauf?“
„Nein. Er ist in Mekka, um dem Großscherif ein Geschenk zu bringen.“
„Der Großscherif ist nicht in Mekka, sondern in Taïf. Ich habe Dir eine große Botschaft zu verdanken. Komm!“
Sie trieb ihr Dschemmel zu größerer Eile an und lenkte nach einiger Zeit nach rechts ein, wo eine Reihe von Bodenerhebungen am Horizonte sichtbar wurde. Als wir näher kamen, bemerkte ich, daß dieser Höhenzug aus demselben schönen grauen Granit bestand, wie ich ihn später bei Mekka wieder fand. In einer Talmulde standen einige Zelte. Sie deutete mit der Hand auf dieselben und meinte:
„Dort wohnen sie.“
„Wer?“
„Die Beni-küfr vom Stamme der Ateïbeh.“
„Ich denke, die Ateïbeh wohnen in El Zallaleh, Taleh und dem Wadi el Nobejat?“
„Du bist recht berichtet; aber komm. Du sollst alles erfahren!“
Vor den Zelten lagen wohl an die dreißig Kameele nebst einigen Pferden am Boden, und eine Anzahl dürrer, struppiger Wüstenhunde erhob bei unserem Nahen ein wüthendes Geheul, infolgedessen die Insassen der Zelte hervortraten. Sie hatten ihre Waffen ergriffen und zeigten ein sehr kriegerisches Aussehen.
„Wartet hier!“ befahl die Gebieterin.
Sie ließ ihr Kameel niederknieen, stieg ab und trat zu den Männern. Mein Gespräch mit ihr war weder von Albani noch von Halef vernommen worden.
„Sihdi,“ frug Halef, „zu welchem Stamme gehören diese Leute?“
„Zum Stamme Ateïbeh.“
„Ich habe von ihm gehört. Zu ihm zählen die tapfersten Männer dieser Wüste, und keine Pilgerkarawane ist vor ihren Kugeln sicher. Sie sind die größten Feinde der Dscheheïne, zu denen Abu Seïf gehört. Was will das Weib von uns?“
„Ich weiß es noch nicht.“
„So werden wir es erfahren. Aber halte Deine Waffen bereit, Sihdi; ich traue ihnen nicht, denn es sind Ausgestoßene und Verfluchte.“
„Woran erkennst Du dies?“

„Weißt Du nicht, daß alle Bedawis, welche in der Gegend von Mekka wohnen, die Tropfen von den Wachslichtern, die Asche von dem Räucherholze und den Staub von der Thürschwelle der Kaaba sammeln und sich damit die Stirn einreiben? Diese Männer hier aber haben nichts an ihren Stirnen; sie dürfen nicht nach Mekka und nicht zur Kaaba; sie sind verflucht."

„Aus welchem Grunde kann man sie ausgestoßen haben?"

„Das werden wir vielleicht von ihnen erfahren."

Unterdessen hatte die Frau einige Worte zu den Männern gesprochen, worauf einer von ihnen sich uns näherte. Er war ein Greis von ehrwürdigem Aussehen.

„Allah segne Eure Ankunft! Steigt ab und tretet in unsere Zelte. Ihr sollt unsere Gäste sein."

Diese letztere Versicherung gab mir die Überzeugung, daß wir keinerlei Gefahr bei ihnen zu fürchten hätten. Hat der Araber einmal das Wort Misafir ausgesprochen, so darf man ihm vollständiges Vertrauen schenken. Wir stiegen von unseren Thieren und wurden in eines der Zelte geführt, wo wir uns auf dem Serir niederließen und mit einem frugalen Mahle bewirthet wurden.

Während wir aßen, ward kein Wort gesprochen. Dann aber wurde uns je ein Bery gereicht, und während wir den scharfen Tombaktabak rauchten, der wohl aus Bagdad oder Basra stammte, begann die Unterhaltung.

Daß wir nur einen Bery erhielten, war ein sicherer Beweis, daß diese Leute keine Reichthümer besaßen. In der Gegend der heiligen Stadt raucht man nämlich aus dreierlei Pfeifensorten. Die erste und kostbarste Sorte ist der Khedra. Er ruht gewöhnlich auf einem Dreifuß, besteht aus gediegenem, schön ciselirtem Silber und ist mit einem langen Schlauch versehen, welcher Leiëh genannt wird und je nach dem Reichthume des Besitzers mit Edelsteinen oder anderem Schmucke geziert ist. Aus dem Khedra raucht man meist nur den köstlichen Tabak von Schiras. Die zweite Art der Pfeifen ist der Schischeh. Er ist dem Khedra ziemlich ähnlich, nur etwas kleiner und weniger kostbar. Die dritte und gewöhnlichste Sorte ist der Bery. Er besteht aus einer mit Wasser gefüllten Kokosschale, in welcher der Kopf und – statt des Schlauches – ein Rohr befestigt wird.

Es waren über zwanzig Männer in dem Zelte. Der Alte, welcher uns begrüßt hatte, führte das Wort:

„Ich bin der Scheik el Urdi und habe mit Dir zu reden, Sihdi. Die Sitte verbietet, den Gast mit Fragen zu quälen; aber ich werde Dich dennoch nach Einigem fragen müssen. Erlaubst Du mir es?"

„Ich erlaube es."

„Du gehörst zu den Neßarah?"

„Ja, ich bin ein Christ."

„Was thust Du hier im Lande der Gläubigen?"

„Ich will dieses Land und seine Bewohner kennen lernen."

Er machte ein sehr zweifelvolles Gesicht.

„Und wenn Du es kennen gelernt hast, was thust Du dann?“
„Ich kehre in meine Heimat zurück.“
„Allah akbar, Gott ist groß, und die Gedanken der Neßarah sind unerforschlich! Du bist mein Gast, und ich werde glauben, was Du sagest. Ist dieser Mann Dein Diener?“
Er deutete dabei auf Halef.
„Er ist mein Diener und mein Freund.“
„Mein Name ist Malek. Du hast mit Bint-Scheik-Malek gesprochen; sie sagte mir, daß Dein Diener nach Mekka gehen wolle, um ein Hadschi zu werden.“
„Sie hat Dir das Rechte gesagt.“
„Du wirst auf ihn warten, bis er zurückkehrt?“
„Ja.“
„Wo?“
„Ich weiß es noch nicht.“
„Du bist ein Fremdling, aber Du kennst die Sprache der Gläubigen. Weißt Du, was ein Delyl ist?“
„Ein Delyl ist ein Führer, welcher das Gewerbe treibt, den Pilgern die heiligen Orte und die Merkwürdigkeiten von Mekka zu zeigen.“
„Du weißt es. Aber ein Delyl betreibt auch noch ein anderes Geschäft. Es ist den ledigen Frauen verboten, die heilige Stadt zu betreten. Wenn nun eine Jungfrau nach Mekka will, so geht sie nach Dschidda und vermählt sich der Form nach mit einem Delyl. Er bringt sie als sein Weib nach Mekka, wo sie die Faradh und Wadschib erfüllt; wenn dies geschehen ist, gibt er sie wieder los; sie bleibt eine Jungfrau, und er wird für seine Mühe bezahlt.“
„Auch dies weiß ich.“
Die Einleitung des alten Scheik machte mich neugierig. Welche Absichten leiteten ihn, die Pilgerfahrt Halef's mit dem Amte eines Delyl in Verbindung zu bringen? Ich sollte es sofort erfahren, denn ohne jeden Übergang bat er:
„Erlaube Deinem Diener, für die Zeit seiner Hadsch ein Delyl zu sein!“
Das war überraschend.
„Wozu?“ frug ich ihn.
„Das werde ich Dir sagen, nachdem Du die Erlaubniß ausgesprochen hast.“
„Ich weiß nicht, ob er darf. Die Delyls sind Beamte, welche jedenfalls von der Behörde eingesetzt werden.“
„Wer will ihm verbieten, eine Jungfrau zu heirathen und sie nach der Pilgerfahrt wieder frei zu geben?“
„Das ist richtig. Was mich betrifft, so gebe ich meine Erlaubniß gern, wenn Du denkst, daß sie erforderlich ist. Er ist ein freier Mann; Du mußt Dich an ihn selbst wenden.“
Es war ein förmlicher Genuß, das Gesicht meines guten Halef zu beobachten. Er war ganz verdutzt.
„Willst Du es thun?“ frug ihn der Alte.

„Darf ich das Mädchen vorher sehen?“
Der Scheik lächelte ein wenig und antwortete dann:
„Warum willst Du sie vorher sehen? Ob sie alt ist oder jung, ob schön oder häßlich, das ist ganz gleichgültig; denn Du wirst sie nach der Hadsch doch wieder freigeben.“
„Sind die Benaht el Arab wie die Töchter der Türken, welche sich nicht sehen lassen dürfen?“
„Die Töchter der Araber brauchen ihr Gesicht nicht zu verbergen. Du sollst das Mädchen sehen.“
Auf seinen Wink erhob sich einer der Anwesenden vom Boden und verließ das Zelt. Nach kurzer Zeit trat er mit einem Mädchen ein, dessen Ähnlichkeit mit der Amazone mich errathen ließ, daß diese die Mutter desselben sei.
„Das ist sie; blicke sie an!“ sagte der Scheik.
Halef machte von dieser Erlaubniß einen sehr ausgiebigen Gebrauch. Die vielleicht fünfzehnjährige, aber bereits vollständig erwachsene dunkeläugige Schöne schien ihm zu gefallen.
„Wie heißest Du?“ frug er sie.
„Hanneh,“ antwortete sie.
„Dein Auge glänzt wie Nur el Kamar; Deine Wangen leuchten wie Zahari; Deine Lippen glühen wie Römmahm, und Deine Wimpern sind schattig wie die Blätter von el Szemt. Mein Name lautet Halef Omar Ben Hadschi Abul Abbas Ibn Hadschi Dawud al Gossarah, und wenn ich kann, so werde ich Deinen Wunsch erfüllen.“
Die Augen meines Halef leuchteten auch, aber nicht bloß wie Nur el Kamar, sondern wie Nur esch Schemms; seine Sprache trieb poetische Blüten; vielleicht stand er am Rande desselben Abgrundes, welcher die Hadschi-Hoffnungen seines Vaters und Großvaters, weiland Abul Abbas und Dawud al Gossarah, verschlungen hatte: der Abgrund der Liebe und der Ehe.
Das Mädchen entfernte sich wieder, und der Scheik frug ihn:
„Wie lautet Dein Entschluß?“
„Frage meinen Herrn. Wenn er nicht abräth, werde ich Deinen Wunsch erfüllen.“
„Dein Herr hat bereits gesagt, daß er Dir die Erlaubniß gibt.“
„So ist es!“ stimmte ich bei. „Aber sage uns nun auch, warum dieses Mädchen nach Mekka soll und warum sie sich nicht in Dschidda einen Delyl sucht?“
„Kennst Du Achmed-Izzet-Pascha?“
„Den Gouverneur von Mekka?“
„Ja, Du mußt ihn kennen, denn jeder Fremdling, der Dschidda betritt, stellt sich ihm vor, um seinen Schutz zu erhalten.“
„Er wohnt also in Dschidda? Ich bin nicht bei ihm gewesen; ich brauche nicht den Schutz eines Türken.“
„Du bist zwar ein Christ, aber Du bist ein Mann. Der Schutz des Pascha ist nur gegen hohen Preis zu erhalten. Ja, er wohnt nicht in Mekka, wohin er eigentlich gehört, sondern

in Dschidda, weil dort der Hafen ist. Sein Gehalt beträgt über eine Million Piaster, aber er weiß sein Einkommen bis auf das Fünffache zu bringen. Ihm muß Jeder zahlen, sogar der Schmuggler und der Seeräuber, und darum eben wohnt er in Dschidda. Man sagte mir, daß Du Abu-Seïf gesehen hast?“

„Ich habe ihn gesehen.“

„Nun, dieser Räuber ist ein guter Bekannter des Pascha.“

„Nicht möglich!“

„Warum nicht? Was ist vortheilhafter: einen Dieb zu tödten oder ihn leben zu lassen, um eine Rente von ihm zu beziehen? Abu-Seïf ist ein Dscheheïne; ich bin ein Ateïbeh. Diese beiden Stämme leben in Todfeindschaft; dennoch wagte er es, sich an unser Duar zu schleichen und mir meine Tochter zu rauben. Er zwang sie, sein Weib zu sein; aber sie entkam ihm einst und brachte mir ihre Tochter mit zurück. Du hast Beide gesehen; mit meiner Tochter bist Du angekommen, und die ihrige war soeben hier im Zelte. Seit jener Zeit suche ich ihn, um mit ihm abzurechnen. Einmal habe ich ihn gefunden; das war im Seraj des Statthalters. Dieser schützte den Räuber und ließ ihn entkommen, während ich vor dem Thore auf ihn lauerte. Später einmal sandte mich der Scheik meines Stammes mit diesen Männern hier nach Mekka, um eine Opfergabe nach der Kaaba zu bringen. Wir lagerten nicht weit von der Pforte el Ramah; da sah ich Abu-Seïf mit einigen seiner Leute kommen; er wollte das Heiligthum besuchen. Der Zorn übermannte mich; ich ergriff ihn, trotzdem bei der Kaaba jeder Streit verboten ist. Ich wollte ihn nicht tödten, sondern ihn nur zwingen, mir zu folgen, um draußen vor der Stadt mit ihm zu kämpfen. Er wehrte sich, und seine Männer halfen ihm. Es entspann sich ein Kampf, der damit endete, daß die Eunuchen herbeieilten und uns gefangen nahmen, ihm aber und den Seinigen die Freiheit ließen. Zur Strafe wurden uns die heiligen Orte verboten. Unser ganzer Stamm wurde verflucht und mußte uns ausstoßen, um des Fluches wieder ledig zu werden. Nun sind wir geächtet. Aber wir werden uns rächen und diese Gegend verlassen. Du bist ein Gefangener von Abu-Seïf gewesen?“

„Ja.“

„Erzähle es!“

Ich gab ihm einen kurzen Bericht über das Abenteuer.

„Weißt Du den Ort genau, an welchem sein Schiff verborgen liegt?“

„Ich würde ihn selbst bei Nacht wieder finden.“

„Willst Du uns hinführen?“

„Ihr werdet die Dscheheïne tödten?“

„Ja.“

„So verbietet mir mein Glaube, Euer Führer zu sein.“

„Du darfst Dich nicht rächen?“

„Nein, denn unsere Religion gebietet uns, selbst unsere Feinde zu lieben. Nur die Behörde hat das Recht, den Bösen zu bestrafen, und Ihr seid keine Richter.“

„Deine Religion ist lieblich; wir aber sind keine Christen und werden den Feind bestrafen, weil er beim Richter Schutz finden würde. Du hast mir den Ort beschrieben, und ich werde das Schiff auch ohne Deine Hülfe entdecken. Nur versprich mir, daß Du die Dscheheïne nicht warnen willst."
„Ich werde sie nicht warnen, denn ich habe keine Lust, ihr Gefangener noch einmal zu sein."
„So sind wir einig. Wann wird Halef nach Mekka gehen?"
„Morgen, wenn Du es mir erlaubst, Sihdi," antwortete der Diener an meiner Stelle.
„Du kannst morgen gehen."
„So laß ihn gleich bei uns bleiben," bat der Scheik. „Wir werden ihn so weit an die Stadt begleiten, als wir ihr nahen dürfen, und ihn Dir dann zurückbringen."
Da kam mir ein Gedanke, dem ich sofort Ausdruck gab:
„Darf ich mit Euch ziehen und bei Euch auf ihn warten?"
Ich bemerkte sofort, daß dieser Wunsch allgemeine Freude erregte.
„Effendi, ich sehe, daß Du die Ausgestoßenen nicht verachtest," antwortete der Scheik. „Du sollst uns willkommen sein! Du bleibst gleich hier bei uns und hilfst uns am Abend die Ewlenma schließen."
„Das geht nicht. Ich muß zuvor nach Dschidda zurück, um meine Geschäfte abzuschließen. Mein Wirth muß wissen, wo ich mich befinde."
„So werde ich Dich bis vor die Thore der Stadt begleiten. Auch sie darf ich nicht betreten, denn sie ist eine heilige Stadt. Wann willst Du reiten?"
„Sogleich, wenn es Dir beliebt. Ich brauche nur wenig Zeit, um wieder mit Dir zurückzukehren. Soll ich Dir einen Kadi oder Mullah mitbringen für den Abschluß der Verheirathung?"
„Wir brauchen weder einen Kadi noch einen Mullah. Ich bin der Scheik meines Lagers, und was vor mir geschieht, hat Kraft und Gültigkeit. Aber ein Pergament oder ein Papier magst Du mir bringen, auf welches wir den Vertrag niederschreiben. Das Mohür und Gemedsch habe ich."
In kurzer Zeit standen die Kameele bereit; wir stiegen auf. Die kleine Truppe bestand außer uns dreien aus dem Scheik, seiner Tochter und fünf Ateïbeh. Ich folgte dem Alten ohne Einrede, obgleich ich bemerkte, daß er nicht den geraden Weg einschlug, sondern sich mehr rechts nach dem Meere zu hielt. Albani hatte jetzt nicht mehr so viel Noth wie vorher, sich auf seinem Kameele zu halten, und die langen Beine der Thiere warfen den Weg förmlich hinter sich.
Da hielt der Scheik an und deutete mit der Hand seitwärts.
„Weißt Du, was da drüben liegt, Effendi?"
„Was?"
„Die Bucht, in welcher das Schiff des Räubers liegt. Habe ich es errathen?"
„Du kannst denken, aber Du sollst mich nicht fragen."

Er hatte ganz richtig gerathen und schwieg. Wir ritten weiter. Nach einiger Zeit zeigten sich zwei kleine Punkte am Horizonte, gerade in der Richtung auf Dschidda zu. Wie es schien, kamen sie uns nicht entgegen, sondern verfolgten eine Richtung, welche sie nach der soeben erwähnten Bucht bringen mußte. Es waren Fußgänger, wie ich durch das Fernrohr erkannte. Das mußte hier in der Wüste auffallen, und es lag der Gedanke nahe, daß sie zu den Leuten von Abu-Seïf gehörten. Es war sehr zu vermuthen, daß mein Wächter dem Kapitän unsere Flucht hatte melden lassen, und in diesem Falle konnten diese beiden Männer die jetzt zurückkehrenden Boten sein.
Auch Malek hatte sie erkannt und beobachtete sie scharf. Dann wandte er sich zu seinen Leuten und flüsterte ihnen eine Weisung zu. Sofort wandten sich drei von ihnen in der Richtung zurück, aus welcher wir gekommen waren. Ich durchschaute die Absicht. Malek vermuthete ganz dasselbe wie ich, und wollte die Männer in seine Gewalt bekommen. Um dies zu bewirken, mußte er ihnen den Weg nach der Bucht abschneiden, aber so, daß sie es nicht merkten. Daher schob er seine drei Männer nicht schräg vor, sondern er ließ sie scheinbar zurückkehren und dann, sobald sie aus dem Gesichtskreis der Betreffenden verschwunden waren, einen Bogen schlagen. Während wir Andern unsern Weg fortsetzten, frug er:
„Effendi, willst Du ein wenig auf uns warten, oder reitest Du nach der Stadt, wo Du uns am Thore finden wirst?“
„Du willst diese Männer sprechen, und ich werde bei Dir bleiben, bis Du mit ihnen geredet hast.“
„Es sind vielleicht Dscheheïne!“
„Ich denke es auch. Deine drei Männer schneiden sie vom Schiffe ab; reite Du hier schief hinüber, und ich will mit Halef unsere bisherige Richtung fortsetzen, damit es ihnen nicht einfällt, nach Dschidda zurückzufliehen.“
„Dein Rath ist gut; ich folge ihm.“
Er bog ab, und ich gab Albani einen Wink, sich ihm anzuschließen. Dieser hatte es so leichter, da ich mit Halef den schärfsten Galopp einschlagen mußte. Wir zwei flogen wie im Sturme dahin und lenkten, als wir in gleicher Linie mit den Verfolgten waren, hinter ihren Rücken ein. Sie merkten erst jetzt unsere Absicht und zögerten. Hinter sich hatten sie mich mit Halef, seitwärts von ihnen kam Malek auf sie zu, und nur der Weg vor ihnen schien noch frei zu sein. Sie setzten ihn mit verdoppelter Eile fort, waren aber doch noch nicht weit gekommen, als die drei Ateïbeh vor ihnen auftauchten. Trotzdem es ihnen in dieser Entfernung nicht möglich gewesen war, Einen von uns zu erkennen, mußten sie doch Feinde in uns vermuthen und versuchten, uns im schnellsten Laufe zu entkommen. Es gab eine Möglichkeit dazu. Sie waren bewaffnet. Wenn sie sich theilten, so mußten wir dies auch thun, und dann war es einem sicher zielenden, kaltblütigen Fußgänger nicht ganz unmöglich, es mit zwei und auch drei Kameelreitern aufzunehmen. Sie aber kamen auf diesen Gedanken entweder nicht, oder es fehlte ihnen an Muth, denselben

auszuführen. Sie blieben beisammen und wurden von uns zu ganz gleicher Zeit umringt. Ich erkannte sie auf der Stelle; es waren wirklich zwei von den Schiffsleuten.
„Woher kommt Ihr?“ frug sie der Scheik.
„Von Dschidda,“ antwortete der Eine.
„Wohin wollt Ihr?“
„In die Wüste, um Trüffel zu suchen.“
„Trüffel suchen? Ihr habt weder Thiere noch Körbe bei Euch!“
„Wir wollen nur erst sehen, ob diese Schwämme hier wachsen; dann holen wir die Körbe.“
„Von welchem Stamme seid Ihr?“
„Wir wohnen in der Stadt.“
Das war nun allerdings sehr frech gelogen, denn diese Männer mußten ja wissen, daß ich sie kannte. Auch Halef ärgerte sich über ihre Dreistigkeit. Er lockerte seine Peitsche und meinte:
„Glaubt Ihr etwa, daß dieser Effendi und ich blind geworden sind? Ihr seid Schurken und Lügner! Ihr seid Dscheheïne und gehört zu Abu-Seïf. Wenn Ihr es nicht gesteht, wird Euch meine Peitsche sprechen lehren!“
„Was geht es Euch an, wer wir sind?“
Ich sprang vom Kameele, ohne es niederknieen zu lassen, und nahm die Peitsche aus Halef's Hand.
„Laßt Euch nicht verlachen, Ihr Männer! Hört, was ich Euch sage! Was diese Krieger vom Stamme der Ateïbeh mit Euch haben und von Euch wollen, das geht mich nichts an; mir aber sollt Ihr Antwort geben auf einige Fragen. Thut Ihr es, so habt Ihr von mir nichts weiter zu befürchten; thut Ihr es aber nicht, so werde ich Euch mit dieser Peitsche in der Art zeichnen, daß Ihr Euch nie wieder vor einem freien, tapferen Ibn Arab sehen lassen könnt!“
Mit Schlägen drohen, ist eine der größten Beleidigungen für einen Beduinen. Die Beiden griffen auch sofort nach ihren Messern.
„Wir würden Dich tödten, ehe Du zu schlagen vermagst,“ drohte der Eine.
„Ihr habt wohl noch nicht erfahren, wie mächtig eine Peitsche aus der Haut des Nilpferdes ist, sobald sie sich in der Hand eines Franken befindet. Sie schneidet so scharf wie ein Yatagan; sie fällt schwerer nieder als eine Keule, und sie ist schneller als eine Kugel aus Euren Tabandschab. Seht Ihr denn nicht, daß die Waffen aller dieser Männer auf Euch gerichtet sind? Laßt also Eure Messer im Gürtel und antwortet! Ihr seid zu Abu-Seïf gesandt worden?“
„Ja,“ klang es zögernd, da sie bemerkten, daß kein Entrinnen war.
„Um ihm zu sagen, daß ich Euch entkommen bin?“
„Ja.“
„Wo habt Ihr ihn getroffen?“
„In Mekka.“

„Wie seid Ihr so schnell nach Mekka und wieder zurückgekommen?“
„Wir haben uns in Dschidda Kameele gemiethet.“
„Wie lange bleibt Abu-Seïf in der heiligen Stadt?“
„Nur kurze Zeit. Er will nach Taïf, wo sich der Scherif-Emir befindet.“
„So bin ich jetzt mit Euch fertig.“
„Sihdi, Du willst diese Räuber entkommen lassen?“ rief Halef. „Ich werde sie erschießen, damit sie Keinem mehr schaden können.“
„Ich habe ihnen mein Wort gegeben, und das wirst Du mit mir halten. Folge mir!“
Ich stieg wieder auf und ritt davon. Halef folgte mir; Albani aber blieb noch zurück. Er hatte seinen langen Sarras gezogen; doch hatte ich zu ihm das gute Vertrauen, daß diese energische Pantomime sehr unschädlicher Natur sein werde. Er blieb auch wirklich sehr gelassen auf seinem Kameele sitzen, als die Ateïbeh absprangen, um die Dscheheïne zu bewältigen. Es gelang dies, nachdem einige unschädliche Messerstöße gewechselt worden waren. Die Gefangenen wurden je an ein Kameel gebunden, und die Reiter derselben wandten sich zurück, um die Gefangenen in das Lager zu schaffen. Die Anderen folgten uns.
„Du hast sie begnadigt, Sihdi; aber sie werden dennoch sterben,“ meinte Halef.
„Ihr Schicksal ist nicht meine und auch nicht Deine Sache! Bedenke, was Du heute werden sollst. Ein Bräutigam muß versöhnlich sein!“
„Sihdi, würdest Du den Delyl bei dieser Hanneh machen?“
„Ja, wenn ich ein Moslem wäre.“
„Herr, Du bist ein Christ, ein Franke, mit dem man von diesen Dingen reden kann. Weißt Du, was die Liebe ist?“
„Ja. Die Liebe ist eine Koloquynthe. Wer sie ißt, bekommt Bauchgrimmen.“
„O, Sihdi, wer wird die Liebe mit einer Koloquynthe vergleichen! Allah möge Deinen Verstand erleuchten und Dein Herz erwärmen! Ein gutes Weib ist wie eine Pfeife von Jasmin und wie ein Beutel, dem nimmer Tabak mangelt. Und die Liebe zu einer Jungfrau, die ist – – die ist – – wie – der Turban auf einem kahlen Haupte und wie die Sonne am Himmel der Wüste.“
„Ja. Und wen ihre Strahlen treffen, der bekommt den Sonnenstich. Ich glaube, Du hast ihn schon, Halef. Allah helfe Dir!“
„Sihdi, ich weiß, daß Du niemals ein Bräutigam sein willst; ich aber bin einer, und daher ist mein Herz geöffnet wie eine Nase, die den Duft der Blumen trinkt.“
Unser kurzes Gespräch war zu Ende, denn die Anderen hatten uns nun eingeholt. Es wurde über das Vorgefallene kein Wort verloren, und als die Stadt in Sicht kam, ließ der Scheik seine Thiere halten. Er hatte zwei ledige Kameele mitgenommen, welche uns bei unserer Rückkehr tragen sollten.
„Hier werde ich warten, Sihdi,“ sagte er. „Welche Zeit wird vergehen, bis Du wieder kommst?“

„Ich werde zurück sein, ehe die Sonne einen Weg zurückgelegt hat, der so lang ist, wie Deine Lanze.“
„Und das Tirscheh oder Kiahat wirst Du nicht vergessen?“
„Nein. Ich werde auch Mürek und ein Kalem mitbringen.“
„Thue es. Allah schütze Dich, bis wir Dich wiedersehen!“
Die Ateïbeh hockten sich neben ihre Kameele nieder, und wir Drei ritten in die Stadt.
„Nun, war das kein Abenteuer?“ frug ich Albani.
„Allerdings. Und was für eines! Es hätte ja beinahe Mord und Todtschlag gegeben. Ich hielt mich wirklich zum Kampf bereit.“
„Ja, Sie hatten ganz das Aussehen eines rasenden Roland, mit dem nicht gut Kirschen essen ist. Wie ist Ihnen der Ritt bekommen?“
„Hm! Anfangs haben Sie mich bedeutend in Trab gebracht; dann aber ging es leidlich. Ich lobe mir ein gutes deutsches Kanapee! – Sie wollen mit diesen Arabern gehen? – So werden wir uns wohl nicht wiedersehen.“
„Wahrscheinlich, da Sie ja die nächste Gelegenheit zur Abreise benutzen wollen. Doch habe ich so viele Beispiele eines ganz unerwarteten Zusammentreffens erlebt, daß ich ein Wiedersehen zwischen uns nicht für unmöglich halte.“
Diese Worte sollten sich später wirklich erfüllen. Für jetzt aber nahmen wir, nachdem wir dem Kameelverleiher seine Thiere zurückgebracht hatten, einen so herzlichen Abschied, wie es Landsleuten ziemt, die sich in der weiten Ferne getroffen haben. Dann begab ich mich mit Halef nach meiner Wohnung, um meine Habseligkeiten zusammenzupacken und mich von Tamaru, dem Wirth, zu verabschieden. Ich hatte nicht geglaubt, daß ich seine Wohnung so bald aufgeben würde. Auf zwei gemietheten Eseln ritten wir wieder zur Stadt hinaus. Dort wurden die harrenden Kameele bestiegen.

In Mekka

Als wir in der Nähe des Lagers anlangten, ritt Halef zu mir heran.
„Sihdi,“ frug er, „wie sind die Gebräuche Deines Landes? Hat dort Einer, der sich ein Weib nimmt, die Braut zu beschenken?“
„Das thut wohl ein Jeder bei uns und auch bei Euch.“
„Ja, auch im Dschesirat el Arab und in dem ganzen Scharki ist das Sitte. Aber da Hanneh nur zum Schein für einige Tage meine Frau werden soll, so weiß ich nicht, ob ein Geschenk erforderlich ist.“
„Ein Geschenk ist eine Höflichkeit, welche wohl immer angenehme Gefühle erregt. Ich an Deiner Stelle würde höflich sein.“
„Aber was soll ich ihr geben? Ich bin arm und auch gar nicht auf eine Hochzeit vorbereitet. Meinst Du, daß ich ihr vielleicht mein Adeschlik verehre?“
Er hatte sich nämlich in Kairo ein kleines Döschen aus Papiermaché gekauft und verwahrte darin die Zündhölzer. Das Ding hatte für ihn einen großen Werth, weil er dem Händler das Zwanzigfache für die Dose bezahlt hatte, die kaum dreißig Pfennige werth

war. Die Liebe brachte ihn zu dem heroischen Entschluß, seinem kostbaren Besitzthume zu entsagen.
„Gib es ihr," antwortete ich ernsthaft.
„Gut, sie soll es haben! Aber wird sie mir es auch wiedergeben, wenn sie meine Frau nicht mehr ist?"
„Sie wird es behalten."
„Allah kerihm, Gott ist gnädig; er wird mich nicht um das Meinige kommen lassen! Was soll ich thun, Sihdi?"
„Wenn Dir das Adeschlik so lieb ist, so gib ihr etwas Anderes!"
„Was denn? Ich habe weiter nichts. Ich kann ihr doch weder meinen Turban, noch meine Flinte, noch die Nilpeitsche geben!"
„So gib ihr nichts."
Er schüttelte sehr besorgt den Kopf.
„Auch dies geht nicht an, Sihdi. Sie ist meine Braut und muß irgend Etwas erhalten. Was sollen die Ateïbeh von Dir denken, wenn Dein Diener ein Weib nimmt, ohne es zu beschenken?"
Ah! Der Schlaukopf fand sich also bewogen, an meinen Ehrgeiz und infolgedessen natürlich auch an meinen Beutel zu appelliren.
„Preis sei Allah, der Dein Gehirn erleuchtet, Halef! Mir geht es aber ebenso wie Dir. Ich kann Deiner Braut weder meinen Haïk, noch meine Jacke, noch meine Büchse schenken!"
„Allah ist gerecht und barmherzig, Effendi; er bezahlt für jede Gabe tausendfältige Zinsen. Trägt Dein Kameel nicht auch ein Ledersäckchen, in welchem Du Dinge verborgen hast, die eine Braut in Entzücken versetzen würden?"
„Und wenn ich Dir etwas davon geben wollte, würde ich es wiederbekommen, wenn Hanneh nicht mehr Dein Weib ist?"
„Du mußt es wieder fordern!"
„Das ist nicht Sitte bei uns Franken. Aber weil Du mir tausendfältige Zinsen in Aussicht stellst, so werde ich nachher das Säckchen öffnen und sehen, ob ich etwas für Dich finde."
Da richtete er sich erfreut im Sattel empor.
„Sihdi, Du bist der weiseste und beste Effendi, den Allah erschaffen hat. Deine Güte ist breiter als die Sahara, und Deine Wohlthätigkeit länger als der Nil. Dein Vater war der berühmteste, und der Vater Deines Vaters der erhabenste Mann unter allen Leuten im Königreiche Nemsistan. Deine Mutter war die schönste der Rosen, und die Mutter Deiner Mutter die lieblichste Blume des Abendlandes. Deine Söhne mögen zahlreich sein, wie die Sterne am Himmel, Deine Töchter wie der Sand in der Wüste, und die Kinder Deiner Kinder zahllos wie die Tropfen des Meeres!"
Es war ein Glück, daß wir jetzt das Lager erreichten, sonst hätte seine Dankbarkeit mich noch mit allen Töchtern der Samojeden, Tungusen, Eskimos und Papuas verheirathet. Was das Ledersäckchen betrifft, welches er erwähnt hatte, so enthielt es allerdings

Verschiedenes, was sich ganz vortrefflich zu einem Geschenk für ein Beduinenmädchen eignete. Der Kaufmannssohn Isla Ben Maflei nämlich hatte, als unsere Nilfahrt beendet war und wir von einander in Kairo schieden, es sich nicht nehmen lassen, mich mit einer Sammlung von Dingen auszurüsten, die auf meinen weiteren Wanderungen als Geschenke dienen konnten, um mir dadurch Gefälligkeiten zu erwerben. Es waren lauter Gegenstände, welche nicht viel Platz wegnahmen und dabei an sich zwar keinen allzu großen Werth besaßen, bei den Bewohnern der Wüstenländer aber zu den größten Seltenheiten gehörten.

Während unserer Abwesenheit war eines der Zelte geräumt und für mich hergerichtet worden. Als ich von demselben Besitz genommen hatte, öffnete ich den Ledersack und nahm ein Medaillon hervor, unter dessen Glasdeckel ein kleines Teufelchen sich künstlich bewegte. Es war ganz auf dieselbe Weise gearbeitet, wie zum Beispiel die Manchettenknöpfe mit künstlichen Schildkröten, und hing an einer Kette von Glasfacetten, die bei Licht oder Feuerschein in allen Regenbogenfarben funkelten. Der Schmuck hätte in Paris gewiß nicht mehr als zwei Francs gekostet. Ich zeigte ihn Halef. Er warf einen Blick darauf und fuhr erschrocken zurück.

„Maschallah, Wunder Gottes! Das ist ja der Scheitan, den Gott verfluchen möge! Sihdi, wie bekommst Du den Teufel in Deine Gewalt? La illa illa Allah, we Muhammed resul Allah! Behüte uns, Herr, vor dem dreimal gesteinigten Teufel; denn nicht ihm, sondern Dir allein wollen wir dienen!“

„Er kann Dir nichts thun, denn er ist fest eingeschlossen.“

„Er kann nicht heraus, wirklich nicht?“

„Nein.“

„Kannst Du mir das bei Deinem Barte versichern?“

„Bei meinem Barte!“

„So zeige einmal her, Sihdi! Aber wenn es ihm gelingt, heraus zu kommen, so bin ich verloren, und meine Seele komme über Dich und Deine Väter!“

Er faßte die Kette sehr vorsichtig mit den äußersten Fingerspitzen, legte das Medaillon auf den Erdboden und kniete nieder, um es genau zu betrachten.

„Wallahi – billahi – tallahi – bei Allah, es ist der Scheitan! Siehst Du, wie er das Maul aufreißt und die Zunge hervorstreckt? Er verdreht die Augen und wackelt mit den Hörnern; er ringelt den Schwanz, droht mit den Krallen und stampft mit den Füßen! O jazik – wehe, wenn er das Kästchen zertritt!“

„Das kann er nicht. Es ist ja nur eine künstlich verfertigte Figur!“

„Eine künstliche Figur, von Menschenhänden gemacht? Effendi, Du täuschest mich, damit ich Muth bekommen soll. Wer kann den Teufel machen? Kein Mensch, kein Gläubiger, kein Christ, und auch kein Jude! Du bist der größte Taleb und der kühnste Held, welchen die Erde trägt, denn Du hast den Scheitan bezwungen und in dieses enge Zindan gesperrt! Hamdullillah, denn nun ist die Erde sicher vor ihm und seinen

Geistern, und alle Nachkommen des Propheten können jauchzen und sich freuen über die Qualen, die er hier auszustehen hat! Warum zeigst Du mir diese Kette, Sihdi?"
„Du sollst sie Deiner Braut zum Geschenk machen."
„Ich – –?! Diese Kette, welche kostbarer ist, als alle Diamanten im Throne des großen Mogul? Wer diese Kette besitzt, der wird berühmt unter allen Söhnen und Töchtern der Gläubigen. Willst Du sie wirklich verschenken?"
„Ja."
„So sei gütig, Sihdi, und erlaube, daß ich sie für mich behalte! Ich werde dem Mädchen doch lieber mein Feuerzeug geben."
„Nein, Du gibst ihr diese Kette. Ich befehle es Dir!"
„Dann muß ich gehorchen. Aber wo hast Du sie und die andern Sachen gehabt, ehe Du sie gestern in das Säckchen thatest?"
„Von Kahira bis hierher ist eine gefährliche Gegend, und darum habe ich diese Kostbarkeiten in den Beinen meiner Schalwars bei mir getragen."
„Sihdi, Deine Klugheit und Vorsicht geht noch über die List des Teufels, den Du gezwungen hast, in Deinen Schalwars zu wohnen. Wann soll ich Hanneh die Kette geben?"
„Sobald sie Dein Weib geworden ist."
„Sie wird die berühmteste sein unter allen Benat el Arab, denn alle Stämme werden erzählen und rühmen, daß sie den Scheitan gefangen hält. Darf ich auch die andern Schätze sehen?"
Es kam nicht dazu, denn der Scheik schickte jetzt und ließ mich und Halef zu sich bitten. Wir fanden in seinem Zelte alle Ateïbeh versammelt.
„Sihdi, hast Du ein Pergament mitgebracht?" frug Malek.
„Ich habe Papier, welches so gut ist wie Pergament."
„Willst Du den Vertrag schreiben?"
„Wenn Du es wünschest, ja."
„So können wir beginnen?"
Halef, an den diese Frage gerichtet war, nickte, und sogleich erhob sich einer der anwesenden Männer, um ihn zu fragen:
„Wie lautet Dein voller, ganzer Name?"
„Ich heiße Halef Omar Ben Hadschi Abul Abbas Ibn Hadschi Dawud al Gossarah."
„Aus welchem Lande stammest Du?"
„Ich stamme aus dem Garbi, wo die Sonne hinter der großen Wüste untergeht."
„Zu welchem Stamme gehörst Du?"
„Der Vater meines Vaters, welche Beide Allah segnen möge, bewohnte mit dem berühmten Stamme der Uëlad Selim und Uëlad Bu Seba den großen Dschebel Schur-Schum."
Der Frager, welcher jedenfalls ein Verwandter der Braut war, wandte sich nun an den Scheik.

„Wir Alle kennen Dich, o Tapferer, o Wackerer, o Weiser und Gerechter. Du bist Hadschi Malek Iffandi Ibn Achmed Chadid el Eini Ben Abul Ali el Besami Abu Schehab Abdolatif el Hanifi, ein Scheik des tapferen Stammes der Beni Ateïbeh. Hier dieser Mann ist ein Held vom Stamme Uëlad Selim und Uëlad Bu Seba, welcher auf den Bergen wohnt, die bis zum Himmel reichen und Dschebel Schur-Schum heißen. Er führt den Namen Halef Omar Ben Hadschi Abul Abbas Ibn Hadschi Dawud al Gossarah und ist der Freund eines großen Effendi aus Frankistan, den wir als Gast in unserem Zelte aufgenommen haben. Du hast eine Tochter. Ihr Name ist Hanneh; ihr Haar ist wie Seide, ihre Haut ist wie Öl, und ihre Tugenden sind rein und glänzend wie die Flocken des Schnees, die auf dem Gebirge wehen. Halef Omar begehrt sie zum Weibe. Sage, o Scheik, was Du dazu zu sagen hast!“

Der Angeredete imitirte ein würdevolles Nachdenken und antwortete dann:

„Du hast gesprochen, mein Sohn. Setze Dich nun und höre auch meine Rede. Dieser Halef Omar Ben Hadschi Abul Abbas Ibn Hadschi Dawud al Gossarah ist ein Held, dessen Ruhm schon vor Jahren bis zu uns gedrungen ist. Sein Arm ist unüberwindlich; sein Lauf gleicht dem der Gazelle; sein Auge hat den Blick des Adlers; er wirft den Dscherid mehrere hundert Schritte weit; seine Kugel trifft stets sicher, und sein Handschar hat das Blut schon vieler Feinde gesehen. Dazu hat er den Kuran gelernt und ist im Rathe einer der Klügsten und Erfahrensten. Dazu hat ihn dieser gewaltige Bei der Franken seiner Freundschaft für werth gehalten – – warum sollte ich ihm meine Tochter verweigern, wenn er bereit ist, meine Bedingungen zu erfüllen?“

„Welche Bedingungen stellst Du ihm?“ frug der vorige Sprecher.

„Das Mädchen ist die Tochter eines mächtigen Scheik, daher kann er sie um keinen gewöhnlichen Preis haben. Ich fordere eine Stute, fünf Reitkameele, zehn Lastkameele und fünfzig Schafe.“

Bei diesen Worten machte Halef ein Gesicht, als ob er diese fünfzig Schafe, zehn Last- und fünf Reitkameele sammt der Stute soeben mit Haut und Haar verschlungen habe. Woher sollte er diese Thiere nehmen? Glücklicherweise fuhr der Scheik fort:

„Dafür gebe ich ihr eine Morgengabe von einer Stute, fünf Reitkameelen, zehn Lastkameelen und fünfzig Schafen. Eure Weisheit wird da einsehen, daß es ganz unnöthig ist, bei so trefflichen Verhältnissen den Preis und die Morgengabe gegenseitig auszuwechseln. Nun aber verlange ich, daß er morgen früh beim Fagr eine Wallfahrt nach Mekka antrete, bei welcher er sein Weib mitzunehmen hat. Sie verrichten dort die heiligen Gebräuche und kehren dann sofort zu uns zurück. Er hat sein Weib als Jungfrau zu behandeln und sie nach seiner Rückkehr wieder abzutreten. Für diesen Dienst erhält er ein Kameel und einen Sack voll Datteln. Hat er aber sein Weib nicht als eine Fremde betrachtet, so erhält er nichts und wird getödtet. Ihr seid Zeugen, daß ich dieses bestimme.“

Der Redeführer drehte sich zu Halef um.

„Du hast es gehört. Wie lautet Deine Antwort?“

Es war dem Gefragten anzusehen, daß ihm ein gewisser Punkt nicht recht paßte, nämlich das Verlangen, sein Weib wieder herzugeben. Er war jedoch klug, sich in die gegenwärtigen Umstände zu schicken, und antwortete:
„Ich nehme diese Bedingungen an."
„So mache die Schrift, Effendi," bat der Scheik. „Mache sie zweimal, nämlich einmal für mich und das zweite Mal für ihn!"
Ich folgte dem Verlangen und las dann das Geschriebene vor. Es erhielt die Zustimmung des Scheiks, welcher auf jedes Exemplar Wachs tropfen ließ und den Knauf seines Dolches als Petschaft gebrauchte, nachdem er und Halef unterzeichnet hatten.
Damit waren die Formalitäten erfüllt, und die unerläßlichen Hochzeitsfestlichkeiten konnten beginnen. Sie waren, da es sich nur um eine Scheinverheirathung handelte, sehr bescheidener Art. Es wurde ein Hammel geschlachtet und ganz gebraten. Während er an einem Spieße über dem Feuer briet, hielt man ein Scheingefecht, bei welchem aber nicht geschossen wurde; ein Umstand, dessen Grund nicht schwer zu errathen war.
Als die Nacht hereinbrach, begann das Mahl. Nur die Männer aßen, und erst als wir satt waren, bekamen die Frauen die Überreste. Bei dieser Gelegenheit mußte auch Hanneh erscheinen. Dies benutzte Halef und erhob sich von seinem Platze. Die Scene aber, welche nun folgte, läßt sich nicht beschreiben. Der in dem Medaillon eingesperrte Teufel war ein Wunder, welches über alle ihre Begriffe ging. All mein Bemühen, ihnen die Mechanik zu erklären, half nichts. Sie glaubten mir nicht, und zwar ganz besonders deßhalb, weil der Scheitan doch lebendig war. Ich ward als der größte Held und Zauberer gepriesen; aber das Ende war, daß Hanneh das Geschenk nicht bekam. Der gefangene Scheitan war ein Wunder von so unendlicher Wichtigkeit, daß nur der Scheik selbst für würdig gehalten wurde, die unvergleichliche Kostbarkeit aufzubewahren; natürlich erst, nachdem ich ihm mit aller Feierlichkeit versichert hatte, daß es dem Teufel niemals gelingen werde, zu entkommen und Unheil anzurichten.
Mitternacht war nahe, als ich mich in das Zelt zurückzog, um zu schlafen. Halef leistete mir Gesellschaft.
„Sihdi, muß ich Alles halten und erfüllen, was Du heute niedergeschrieben hast?" ließ er sich hören.
„Ja. Du hast es ja versprochen!"
Es verging eine Weile, dann klang es sehr kleinlaut:
„Würdest Du Dein Weib auch wieder hergeben?"
„Nein."
„Und dennoch sagst Du, daß ich mein Versprechen zu halten habe!"
„Allerdings. Wenn ich mir ein Weib nehme, so verspreche ich nicht, es wieder herzugeben."
„O, Sihdi, warum hast Du mir nicht gesagt, daß ich es ebenso machen soll!"
„Bist Du ein Knabe, daß Du eines Vormundes bedarfst? Und wie kann ein Christ einen Moslem im Heirathen unterweisen? Ich glaube, daß Du Hanneh behalten möchtest!"

„Du hast es errathen.“
„So willst Du mich also verlassen?“
„Dich, Sihdi – – –? Oh – – –!“
Er räusperte sich verlegen, kam aber zu keiner Antwort.
Ein unverständliches Brummen und später einige Seufzer waren Alles, was ich zu hören bekam. Er warf sich von einer Seite auf die andere; es war klar, daß sein Wohlgefallen an dem Mädchen mit seiner Anhänglichkeit zu mir in lebhaften Zwiespalt gekommen war. Ich mußte ihn sich selbst überlassen und schlief bald ein.
Mein Schlaf war so fest, daß mich erst ein lautes Kameelgetrappel erweckte. Ich erhob mich und trat vor das Zelt. Im Osten erhellte sich bereits der Horizont, und da drüben, wo die Bucht lag, war er hellroth gefärbt. Es gab dort einen Brand, und die Vermuthung, welche bei diesem Anblick in mir aufstieg, wurde bestätigt durch das im Lager herrschende rege Leben. Die Männer waren fort gewesen und kehrten jetzt zurück, sie und ihre Kameele reich mit Beute beladen. Auch die Tochter des Scheiks hatte sich ihnen angeschlossen, und als sie vom Kameele stieg, bemerkte ich, daß ihr Gewand mit Blut bespritzt war. Malek bot mir den Morgengruß und meinte, nach der Feuerwolke deutend:
„Siehst Du, daß wir das Schiff gefunden haben? Sie schliefen, als wir kamen, und sind nun zu den Hunden, ihren Vätern, versammelt.“
„Du hast sie getödtet und das Schiff beraubt?“
„Beraubt? Was meinst Du mit diesem Worte? Gehört nicht dem Sieger das Eigenthum des Besiegten? Wer will uns streitig machen, was wir gewonnen haben?“
„Die Zehka, welche Abu-Seïf geraubt hat, gehört dem Scherif Emir.“
„Dem Scherif Emir, der uns ausgestoßen hat? Selbst wenn das Geld ihm gehörte, würde er es nicht wieder erhalten. Aber glaubst Du wirklich, daß es die Zehka war? Du bist belogen worden. Nur der Scherif hat das Recht, diese Steuer einzusammeln, und dies wird er niemals durch einen Türken thun lassen. Der Türke, welchen Du für einen Zolleinnehmer gehalten hast, war entweder ein Schmuggler oder ein Zöllner des Pascha von Egypten, den Allah erschlagen wolle!“
„Du hassest ihn?“
„Dies thut jeder freie Araber. Hast Du nicht von den Gräuelthaten gehört, welche zur Zeit der Wachabiten hier geschahen? Mag das Geld dem Pascha gehören oder dem Scherif, es bleibt mein. Doch die Zeit des Fagr naht. Mache Dich bereit, uns zu folgen. Wir können hier nicht länger bleiben.“
„Wo wirst Du Dein Lager aufschlagen?“
„Ich werde es an einem Orte errichten, von welchem aus ich die Straße zwischen Mekka und Dschidda beobachten kann. Abu-Seïf darf mir nicht entgehen.“
„Hast Du auch die Gefahren berechnet, welche Dir drohen?“
„Meinst Du, daß ein Ateïbeh sich vor Gefahren fürchtet?“

„Nein, aber selbst der muthigste Mann muß zugleich auch vorsichtig sein. Wenn Dir Abu-Seïf in die Hände fällt und Du ihn tödtest, so mußt Du dann augenblicklich diese Gegend verlassen. Du wirst dann vielleicht das Kind Deiner Tochter verlieren, welches sich zu dieser Zeit mit Halef in Mekka befindet."
„Ich werde Halef sagen, wo er uns in diesem Falle zu suchen hat. Hanneh muß nach Mekka, ehe wir fortgehen. Sie ist unter uns die einzige Person, welche noch nicht in der heiligen Stadt war, und später ist es ihr vielleicht unmöglich, dahin zu kommen. Deßhalb habe ich mich schon lange nach einem Delyl für sie umgesehen."
„Hast Du Dich entschieden, wohin Du ziehen wirst?"
„Wir ziehen in die Wüste Er Nahman, nach Maskat zu, und dann senden wir vielleicht einen Boten nach El Frat zu den Beni Schammar oder zu den Beni Obeïde, um uns in ihren Stamm aufnehmen zu lassen."
Der kurzen Dämmerung folgte der Tag. Die Sonne berührte den Horizont, und die Araber, welche noch nach dem vergossenen Blute rochen, knieten nieder zum Gebet. Bald darauf waren die Zelte abgebrochen, und der Zug setzte sich in Bewegung. Jetzt, da es vollständig hell war, sah ich erst, welche Menge von Gegenständen sich die Ateïbeh vom Schiffe angeeignet hatten. Sie waren durch diesen Überfall mit einem Male zu wohlhabenden Leuten geworden. Aus diesem Grunde herrschte eine ungewöhnliche Munterkeit unter ihnen. Ich hielt mich etwas zurück. Ich war verstimmt, weil ich mich die unschuldige Ursache von dem Untergange der Dscheheïne nennen mußte. Ich konnte mir allerdings keinen Vorwurf machen, aber es galt doch immer, das Gewissen zu befragen, ob ich mich nicht vielleicht hätte anders verhalten können. Auch machte mir die Nähe Mekka's viel zu schaffen. Da lag sie, die „Heilige", die Verbotene! Sollte ich sie meiden, oder sollte ich es wagen, sie zu besuchen? Ich zuckte in allen Gliedern nach ihr hin, und dennoch mußte ich die Bedenklichkeiten, welche dagegen aufstiegen, ernstlich berücksichtigen. Was hatte ich davon, wenn der Besuch gelang? Ich konnte sagen, daß ich in Mekka gewesen sei – weiter nichts. Und wurde ich entdeckt, so war mein Tod unvermeidlich, und was für ein Tod! Aber hier konnte ein Überlegen und Abwägen der Gründe zu nichts führen, und ich beschloß, mich nach den eintretenden Verhältnissen zu richten. Ich hatte dies so oft gethan und war immer glücklich dabei gewesen.
Um so wenig wie möglich Begegnungen zu haben, machte der Scheik einen Umweg. Er erlaubte keine Ruhepause, bis der Abend hereinbrach. Wir befanden uns in einer engen Schlucht, welche von steilen Granitwänden eingefaßt war, zwischen denen wir eine Strecke weit fortschritten, bis wir in eine Art Thalkessel gelangten, aus dem es keinen zweiten Ausweg zu geben schien. Hier stiegen wir ab. Die Zelte wurden errichtet, und die Frauen zündeten ein Feuer an. Heute gab es eine sehr reichliche und mannigfaltige Mahlzeit, die natürlich aus der Schiffsküche stammte. Dann kam der von allen ersehnte Augenblick der Beutevertheilung.

Da ich damit nichts zu schaffen hatte, so verließ ich die Anderen und machte die Runde um den Thalkessel. An einer Stelle dünkte es mich, als ob man hier doch emporsteigen könne, und ich versuchte es. Die Sterne leuchteten hell; es gelang. Nach vielleicht einer Viertelstunde stand ich oben auf der Höhe des Berges und hatte einen freien Blick nach allen Seiten. Dort unten im Süden sah es aus wie eine Reihe kahler Berge, über welche sich jener weißliche Schimmer erhob, welchen am Abend die Lichter größerer Städte emporzustrahlen pflegen. Dort lag Mekka! – – –

Unter mir vernahm ich die lauten Stimmen der Ateïbeh, welche sich um ihren Antheil an der Beute stritten. Es dauerte eine geraume Zeit, bis ich zu ihnen zurückkehrte. Der Scheik empfing mich mit den Worten:

„Effendi, warum bist Du nicht bei uns geblieben? Du mußt von Allem, was wir auf dem Schiffe fanden, Deinen Theil erhalten!“

„Ich? Du irrst. Ich bin nicht dabei gewesen und habe also auch nichts zu bekommen.“

„Hätten wir die Dscheheïne gefunden, wenn Du uns nicht begegnet wärest? Du bist unser Führer gewesen, ohne es zu wollen, und darum sollst Du erhalten, was Dir gebührt.“

„Ich nehme nichts an!“

„Sihdi, ich kenne Deinen Glauben zu wenig und darf ihn aus dem Grunde nicht beschimpfen, weil Du mein Gast bist; aber er ist falsch, wenn er Dir verbietet, Beute zu nehmen. Die Feinde sind todt, und ihr Fahrzeug ist zerstört. Sollen wir diese Sachen, die uns so nothwendig sind, verbrennen und zerstören?“

„Wir wollen uns nicht streiten; aber behaltet, was Ihr habt!“

„Wir behalten es nicht. Erlaube, daß wir es Halef, Deinem Begleiter, geben, obgleich auch er schon das Seinige bekommen hat.“

„Gebt es ihm!“

Der kleine Halef Omar floß von Dank über. Er hatte einige Waffen und Kleidungsstücke erhalten und außerdem einen Beutel mit Silbermünzen. Er ließ nicht ab – ich mußte ihm dieselben vorzählen, um Zeuge zu sein, daß er heute ein außerordentlich reicher Mann geworden sei. Die Summe bestand allerdings in ungefähr achthundert Piastern und reichte hin, einen armen Araber glücklich zu machen.

„Mit diesem Geld kannst Du mehr als fünfzigmal die Kosten bestreiten, welche Du in Mekka haben wirst,“ bemerkte der Scheik.

„Wann soll ich zur heiligen Stadt gehen?“ frug ihn Halef.

„Morgen zwischen früh und Mittag.“

„Ich war noch niemals dort. Wie habe ich mich zu verhalten?“

„Das will ich Dir sagen. Es ist die Pflicht eines jeden Pilgers, nach seiner Ankunft unverzüglich nach El Hamram zu gehen. Du reitest also nach dem Beith-Allah, lässest vor demselben die Kameele halten und trittst ein. Dort findest Du ganz sicher einen Metowef, der Dich führen und in Allem unterrichten wird; nur mußt Du ihn vorher und nicht später um den Preis befragen, weil Du sonst betrogen wirst. Sobald Du die

Kaaba erblickst, verrichtest Du zwei Rikat mit den dabei vorgeschriebenen Gebeten, zum Dank dafür, daß Du die heilige Stätte glücklich erreicht hast. Dann gehst Du zu dem Mambar und ziehst die Schuhe aus. Diese bleiben dort stehen und werden bewacht; denn es ist im Beith-Allah nicht wie in anderen Moscheen erlaubt, die Schuhe in der Hand zu behalten. Dann beginnt das Towaf, der Gang um die Kaaba, welcher siebenmal wiederholt werden muß."

„Nach welcher Seite?"

„Nach rechts, so daß die Kaaba Dir stets zur Linken bleibt. Die ersten drei Gänge werden mit schnellen Schritten gethan."

„Warum?"

„Zum Andenken an den Propheten. Es hatte sich das Gerücht verbreitet, daß er sehr gefährlich erkrankt sei, und um dieses Gerücht zu widerlegen, rannte er dreimal schnell um die Kaaba herum. Die folgenden Gänge geschehen langsam. Die Gebete kennst Du, welche dabei gesprochen werden müssen. Nach einem jeden Umlaufe wird der heilige Stein geküßt. Zuletzt, wenn das Towaf beendet ist, drückst Du die Brust an die Thür der Kaaba, breitest die Arme aus und bittest Allah laut um Vergebung aller Deiner Sünden."

„Dann bin ich fertig?"

„Nein. Du hast nun seitwärts zu El Madschem zu gehen und vor dem Mekam-Ibrahim zwei Rikat zu verrichten. Dann begibst Du Dich zum heiligen Brunnen Zem-Zem und trinkst nach einem kurzen Gebete so viel Wasser daraus, als Dir beliebt. Ich werde Dir einige Flaschen mitgeben, welche Du mir füllen und mitbringen magst; denn das heilige Wasser ist ein Mittel gegen alle Krankheiten des Leibes und der Seele."

„Das ist die Ceremonie an der Kaaba. Was folgt dann?"

„Nun kommt der Say, der Gang von Szafa nach Merua. Auf dem Hügel Szafa stehen drei offene Bogen. Dort stellst Du Dich hin, wendest das Angesicht nach der Moschee, erhebst die Hände gen Himmel und bittest Allah um Beistand auf dem heiligen Wege. Dann gehest Du sechshundert Schritt weit nach dem Altan von Merua. Unterwegs siehst Du vier steinerne Pfeiler, an denen Du springend vorüberlaufen mußt. Auf Merua verrichtest Du wieder ein Gebet und legst den Weg dann noch sechsmal zurück."

„Dann ist Alles gethan?"

„Nein, denn nun mußt Du Dir Dein Haupt scheren lassen und Omrah besuchen, welches so weit außerhalb der Stadt liegt, wie wir uns jetzt von Mekka befinden. Dann hast Du die heiligen Handlungen erfüllt und kannst zurückkehren. Im Monat der großen Wallfahrt muß der Gläubige mehr thun und braucht lange Zeit dazu, weil viele Tausende von Pilgern anwesend sind; Du aber brauchst nur zwei Tage und kannst am dritten wieder bei uns sein."

Diesem Unterrichte folgten noch verschiedene Fingerzeige, welche aber für mich von keinem Interesse waren, da sie sich meist nur auf Hanneh bezogen. Ich legte mich zur Ruhe. Als Halef endlich erschien, lauschte er, ob ich bereits eingeschlafen sei. Er merkte, daß ich noch munter war, und frug:

„Sihdi, wer wird Dich bedienen während meiner Abwesenheit?"
„Ich selbst. Willst Du mir einen Gefallen thun, Halef?"
„Ja. Du weißt, daß ich für Dich alles thue, was ich kann und darf."
„Du sollst dem Scheik Wasser vom heiligen Brunnen Zem-Zem mitbringen. Bringe auch mir eine Flasche mit!"
„Sihdi, verlange Alles von mir, nur dieses nicht; denn das kann ich unmöglich thun. Von diesem Brunnen dürfen nur die Gläubigen trinken. Wenn ich Dir Wasser brächte, so würde mich nichts vor der ewigen Hölle retten!"
Dieser Bescheid wurde mit so fester Überzeugung ausgesprochen, daß ich nicht weiter in den Diener zu dringen versuchte. Nach einer Pause frug er:
„Willst Du Dir nicht selbst das heilige Wasser holen?"
„Das darf ich ja nicht!"
„Du darfst es, wenn Du Dich vorher zum rechten Glauben bekehrst."
„Das werde ich nicht thun; jetzt aber wollen wir schlafen."
Am andern Morgen ritt er als würdiger Ehemann mit seinem Weibe von dannen. Er nahm die Weisung mit, zu sagen, daß er aus fernen Landen komme, und ja nicht zu verrathen, daß seine Begleiterin, die sich übrigens jetzt verschleiert hatte, eine Ateïbeh sei. Mit ihm ritt eine Strecke weit ein Krieger, welcher die Straße zwischen Mekka und Dschidda bewachen sollte. Auch am Eingange unserer Schlucht wurde ein Wachtposten aufgestellt.
Der erste Tag verging ohne besonderen Vorfall; am zweiten Morgen ersuchte ich den Scheik um die Erlaubniß zu einem kleinen Streifzug. Er gab mir ein Kameel und bat mich, vorsichtig zu sein, damit unser Aufenthalt nicht entdeckt werde. Ich hatte gehofft, meinen Ritt allein machen zu können; aber die Tochter des Scheik trat zu mir, als ich das Kameel besteigen wollte, und frug:
„Effendi, darf ich mit Dir reiten?"
„Du darfst."
Als wir die Schlucht verlassen hatten, schlug ich unwillkürlich die Richtung nach Mekka ein. Ich hatte geglaubt, meine Begleiterin würde mich warnen; allein sie hielt sich an meiner Seite, ohne ein Wort zu verlieren. Nur als wir ungefähr den vierten Theil einer Wegstunde zurückgelegt hatten, lenkte sie mehr nach rechts um und bat mich:
„Folge mir, Effendi!"
„Wohin?"
„Ich will sehen, ob unser Wächter an seinem Platze ist."
Nach kaum fünf Minuten erblickten wir ihn. Er saß auf einer Anhöhe und schaute unverwandt nach Süden.
„Er braucht uns nicht zu sehen," sagte sie. „Komm, Sihdi; ich werde Dich führen, wohin Du willst!"

Was meinte sie mit diesen Worten? Sie lenkte nach links hinüber und sah mich dabei lächelnd an. Dann ließ sie die Thiere weit ausgreifen und hielt endlich in einem engen Thale still, wo sie abstieg und sich auf den Boden niedersetzte.
„Setze Dich zu mir, und laß uns plaudern," sagte sie.
Sie wurde mir immer räthselhafter, doch kam ich ihrer Aufforderung nach.
„Hältst Du Deinen Glauben für den allein richtigen, Effendi?" begann sie die eigenthümliche Unterhaltung.
„Gewiß!" antwortete ich.
„Ich auch," bemerkte sie ruhig.
„Du auch?" frug ich verwundert; denn es war das erste Mal, daß ein muselmännischer Mund mir gegenüber ein solches Bekenntniß aussprach.
„Ja, Effendi, ich weiß, daß nur Deine Religion die richtige ist."
„Woher weißt Du es?"
„Von mir selbst. Der erste Ort, an dem es Menschen gab, war das Paradies; dort lebten alle Geschöpfe bei einander, ohne sich ein Leides zu thun. So hat es Allah gewollt, und daher ist auch diejenige Religion die richtige, welche das Gleiche gebietet. Das ist die Religion der Christen."
„Kennst Du sie?"
„Nein; aber ein alter Türke hat uns einst von ihr erzählt. Er sagte, daß Ihr betet zu Gott: „ Ile unut bizim günahler, böjle unutar-izgünahler!" – Ist dies richtig?"
„Ja."
„Und daß in Eurem Kuran steht: „Allah muhabbet dir, ile muhabedda kim durar, bu durar Allahda ile Allah durar onada." – Sage mir, ob das auch richtig ist!"
„Auch das ist richtig."
„So habt Ihr den richtigen Glauben. Darf ein Christ eine Jungfrau rauben?"
„Nein. Wenn er es thäte, so würde er eine schwere Strafe erhalten."
„Siehst Du, daß Eure Religion besser ist, als unsere? Bei Euch hätte Abu-Seïf mich nicht rauben und zwingen dürfen, sein Weib zu sein. Kennst Du die Geschichte dieses Landes?"
„Ja."
„So weißt Du auch, wie die Türken und Egypter gegen uns gewütet haben, trotzdem wir eines Glaubens sind. Sie haben unsere Mütter geschändet und unsere Väter zu Tausenden auf die Pfähle gespießt, geviertheilt, verbrannt, ihnen Arme und Beine, Nasen und Ohren abgeschnitten, die Augen ausgestochen, ihre Kinder zerschmettert oder zerrissen. Ich hasse diesen Glauben, aber ich muß ihn behalten."
„Warum mußt Du ihn behalten? Es steht Dir zu jeder Zeit – –"
„Schweige," unterbrach sie mich barsch. „Ich sage Dir meine Gedanken, aber Du sollst nicht mein Lehrer sein! Ich weiß selbst, was ich thue: ich werde mich rächen – rächen an Allen, die mich beleidigt haben."
„Und dennoch meinst Du, daß die Religion der Liebe die richtige sei?"

„Ja; aber soll ich allein lieben und verzeihen? Sogar dafür, daß wir die heilige Stadt nicht betreten dürfen, werde ich mich rächen. Rathe, wie?“
„Sage es!“
„Es ist Dein heimlicher Wunsch, Mekka zu betreten?“
„Wer sagt Dir das?“
„Ich selbst. Antworte mir!“
„Ich wünsche allerdings, die Stadt sehen zu können.“
„Das ist sehr gefährlich; aber ich will mich rächen und habe Dich deßhalb an diesen Ort geführt. Würdest Du die Gebräuche mitmachen, wenn Du in Mekka wärest?“
„Es wäre mir lieb, dies vermeiden zu können.“
„Du willst Deinen Glauben nicht beleidigen und thust recht daran. Gehe nach Mekka; ich werde hier auf Dich warten!“
War dies nicht sonderbar? Sie wollte sich am Islam dadurch rächen, daß sie seine heiligste Stätte durch den Fuß eines Ungläubigen entweihen ließ. Als Missionär hätte ich hier eine Aufgabe lösen können – freilich nur mit großem Aufwande an Zeit und Mühe; als „Weltbummler“ war mir dies unmöglich.
„Wo liegt Mekka?“ frug ich.
„Wenn Du diesen Berg überschreitest, siehst Du es im Thale liegen.“
„Warum soll ich gehen und nicht reiten?“
„Wenn Du geritten kommst, wird man einen Pilger in Dir vermuthen und Dich nicht unbeachtet lassen. Betrittst Du aber zu Fuße die Stadt, so wird ein jeder meinen, daß Du bereits dort gewesen seiest und nur einen Spaziergang gemacht habest.“
„Und Du willst wirklich auf mich warten?“
„Ja.“
„Wie lange?“
„Eine Zeit, welche Ihr Franken vier Stunden nennt.“
„Das ist sehr kurz.“
„Bedenke, daß Du sehr leicht entdeckt werden kannst, wenn Du lange verweilst. Du darfst nur einmal durch die Straßen gehen und die Kaaba sehen; das ist genug.“
Sie hatte recht. Es war doch gut gewesen, daß ich beschlossen hatte, mich von dem Augenblick leiten zu lassen. Ich erhob mich. Sie deutete auf meine Waffen und schüttelte den Kopf.
„Du gleichest ganz und gar einem Eingeborenen; aber trägt ein Araber solche Waffen? Laß Deine Flinte hier, und nimm die meinige dafür.“
Da überflog mich im ersten Moment eine Art von Mißtrauen; aber ich hatte wirklich nicht den mindesten Grund, dasselbe festzuhalten. Daher vertauschte ich meine Büchse und stieg dann den Berg hinan. Als ich den Gipfel desselben erreichte, sah ich Mekka in der Entfernung von einer halben Stunde vor mir liegen, zwischen kahlen, unbelebten Höhen das Thal hinab. Ich unterschied die Citadelle Schebel Schad und die Minarehs einiger Moscheen. El Hamram, die Hauptmoschee, lag im südlichen Theile der Stadt.

Dorthin lenkte ich zunächst meine Schritte. Es war mir auf dem Wege zu Muthe, wie einem Soldaten, der zwar schon bei einigen kleinen Treffen mitgefochten hat, plötzlich aber den Donner einer großen Schlacht dröhnen hört.

Ich gelangte glücklich in die Stadt. Da ich mir die Lage der Moschee gemerkt hatte, brauchte ich nicht zu fragen. Die Häuser, zwischen denen ich hinschritt, waren von Stein erbaut, und die Straße hatte man mit dem Sande der Wüste bestreut. Bereits nach kurzer Zeit stand ich vor dem großen Rechteck, welches das Beith-Allah bildet, und langsam ging ich um dasselbe herum. Die vier Seiten bestanden aus Säulenreihen und Colonnaden, über denen sich sechs Minarehs erhoben. Ich zählte zweihundertvierzig Schritt in die Länge und zweihundertfünf in die Breite. Da ich mir das Äußere erst nachher betrachten wollte, trat ich durch eines der Thore ein. In demselben saß ein Mekkaui, welcher mit kupfernen Flaschen handelte.

„Sallam aaleïkum!" grüßte ich ihn würdevoll. „Was kostet eine solche Kuleh?"

„Zwei Piaster."

„Allah segne Deine Söhne und die Söhne Deiner Söhne, denn Deine Preise sind billig. Hier hast Du zwei Piaster, und hier nehme ich die Kuleh."

Ich steckte die Flasche zu mir und trat zwischen den Säulen hindurch. Ich befand mich in der Nähe der Kanzel und zog meine Schuhe aus. Nun betrachtete ich mir das Innere des heiligen Hauses. Ziemlich in der Mitte stand die Kaaba. Da sie mit dem Kisua vollständig bekleidet war, bot sie einen fremdartigen Anblick dar. Zu ihr führen sieben gepflasterte Wege, zwischen denen ebenso viele Grasplätze liegen. Neben der Kaaba bemerkte ich den heiligen Brunnen Zem-Zem, vor welchem mehrere Beamte an Pilger Wasser vertheilten. Das ganze Heiligthum machte auf mich durchaus keinen heiligen Eindruck. Koffer- und Sänftenträger rannten mit ihren Lasten hin und her; öffentliche Schreiber saßen unter den Colonnaden; ja sogar Obst- und Backwaarenhändler waren zu sehen. Bei einem zufälligen Blick durch die Säulenreihen bemerkte ich ein Reitkameel, welches eben draußen niederkniete, um seinen Herrn absteigen zu lassen. Es war ein Thier von wundervoller Schönheit. Sein Besitzer kehrte mir den Rücken zu und winkte einen Diener der Moschee herbei, um bei dem Dschemmel zu bleiben. Dies bemerkte ich nur so im Vorübergehen, als ich zum Brunnen schritt. Ich wollte mir zunächst meine Flasche füllen lassen, mußte aber einige Zeit warten, bis die Reihe an mich kam. Ich gab dann ein kleines Geschenk, verschloß das Gefäß und steckte es zu mir. Jetzt drehte ich mich um und – stand keine zehn Schritt von Abu-Seïf.

Ein gewaltiger Schreck fuhr mir in die Glieder, doch lähmte er mir dieselben glücklicherweise nicht. In solchen Augenblicken denkt und beschließt der Mensch zehnfach schnell. Ohne auffällig zu fliehen, strebte ich mit meinen längsten Schritten den Säulen zu, außerhalb deren das Kameel des Abu-Seïf lag. Dieses Thier allein konnte mich retten. Es war eines jener fahlen Hedjihn, wie man sie am Dschammargebirge findet.

Meine Schuhe waren verloren; ich hatte keine Zeit, sie zu holen, denn schon hörte ich hinter mir den Ruf:
„Ein Giaur, ein Giaur! Onu tutyn, bekdschiler dschamenün – fangt ihn, Ihr Hüter des Heiligthumes!“
Die Wirkung, welche dieser Ruf hervorbrachte, war eine großartige. Ich hatte keine Zeit, mich umzusehen, aber ich hörte hinter mir das Getöse eines Wasserfalles, das Geheul eines Orkanes, das Stampfen und Trampeln einer nach Tausenden zählenden Büffelheerde. Jetzt war es aus mit meinen gleichmäßigen Schritten. Ich schnellte vollends über den Platz hinüber, sprang zwischen den Säulen hindurch, die drei Stufen empor und stand vor dem Kameele, dessen Beine nicht gefesselt waren. Ein Fausthieb warf den Diener weit zur Seite, und im nächsten Augenblick saß ich im Sattel, den Revolver in der Hand. Aber – wird das Thier gehorchen?
„E – o – ah! – E – o – ah!“
Gott sei Dank! Bei dem bekannten Ruf erhob sich das Hedjihn in zwei Rucken, und windschnell ging's nun dahin. Schüsse krachten hinter mir – nur vorwärts, vorwärts!
Wäre das Kameel eines jener halsstarrigen Thiere gewesen, welche man so oft findet, so war ich unbedingt verloren.
In weniger als drei Minuten befand ich mich außerhalb der Stadt, und erst dann wagte ich es, mich umzusehen, als ich beinahe die halbe Höhe des Berges hinter mir hatte. Da unten wimmelte es von Reitern, welche mich verfolgten. Die Muselmänner waren nämlich sofort in die nächsten Serais und Khans geeilt und hatten die dort vorhandenen Thiere bestiegen.
Wohin sollte ich mich wenden? Zur Tochter des Scheik, die dadurch verrathen wurde? Und doch mußte ich sie warnen! Ich feuerte mein Thier durch unaufhörliche Zurufe an: seine Schnelligkeit war unvergleichlich. Oben auf der Höhe blickte ich noch einmal zurück und bemerkte, daß ich mich in Sicherheit befand. Ein einziger Reiter war mir verhältnismäßig nahe gekommen. Es war Abu-Seïf. Zufällig hatte er ein Pferd ergriffen, welches eine außerordentliche Schnelligkeit entwickelte.
Ich flog drüben den Abhang hinab. Die Tochter Maleks erspähte mich. Daß ich auf einem Kameele saß und in solcher Eile herbeigestürmt kam, dies ließ sie die Sachlage errathen. Sie schwang sich sofort auf ihr Kameel und nahm dasjenige, auf welchem ich vorher gesessen hatte, beim Halfter.
„Wer hat Dich entdeckt?“ rief sie mich in Hörweite an.
„Abu-Seïf.“
„Allah akbar! Verfolgt Dich der Schurke?“
„Er ist mir ziemlich nahe.“
„Und viele Andere?“
„Sie kommen zu spät.“
„So bleibe mir fern und fliehe immer gerade aus über Berg und Thal.“
„Warum?“

„Du sollst es sehen."
„Ich muß erst zu Dir. Gib mir meine Waffen!"
Im Vorüberreiten wechselten wir die Gewehre; dann versteckte sich die Wüstentochter hinter einem Felsenvorsprung, ohne mir zu folgen. Jetzt errieth ich ihr Vorhaben: sie wollte Abu-Seïf zwischen sich und mich bringen. Er erschien nach einigen Augenblicken oben auf der Höhe. Ich ließ mein Thier mit Absicht etwas langsamer gehen und bemerkte, daß er nun seinen Eifer verdoppelte. Während ich die nächste Bergeslehne erklimmte, galoppirte er drüben herab und quer über die Senkung herüber, ohne aus den Spuren zu bemerken, daß ich nicht allein da gewesen war. Als ich den Gipfel erreichte, sah ich auf der Höhe hinter mir bereits noch einige Verfolger, und tief unten hatte sich meine Gefährtin nun auch in Bewegung gesetzt. Ihr Vorhaben war ihr gelungen: Abu-Seïf befand sich zwischen uns; und da sie das zweite Kameel nicht mehr am Halfter führte, sondern frei nachlaufen ließ, so mußte er sie, wenn er sich umsah, für einen meiner Verfolger halten.
Für meine Person hatte ich nichts mehr zu befürchten, und da die andern Verfolger immer weiter zurückblieben, so war nur noch darauf zu achten, daß Abu-Seïf uns nicht entwischte. Ich suchte daher, aus dem hügeligen Terrain heraus und in die Ebene zu kommen, doch in der Richtung, welche dem Lager der Ateïbeh entgegengesetzt war. Und zu gleicher Zeit zügelte ich mein Dschemmel immer mehr.
So dauerte der Ritt wohl gegen drei Viertelstunden, bis ich endlich die offene Wüste erreichte. Ich strebte in dieselbe hinein und richtete es so ein, daß sich Abu-Seïf immer außer Schußweite hinter mir befand. Jetzt erreichte auch die Tochter des Scheik den Fuß der Hügelkette, aber zu gleicher Zeit sah ich auf dem Kamme der letzten Höhe noch einen Verfolger erscheinen, der ein ausgezeichnetes Kameel reiten mußte; denn er kam uns Anderen immer näher. Sein Thier war dem Pferde des Abu-Seïf weit überlegen.
Ich begann bereits Befürchtungen zu hegen, zwar nicht für mich, sondern in Beziehung auf meine Gefährtin; da sah ich zu meinem Erstaunen, daß dieser Reiter seitwärts abbog, als wolle er uns in einem Bogen überholen. Ich hielt mein Thier an und blickte schärfer zurück. War es möglich? Dort der kleine Kerl auf dem fliegenden Hedjihn sah genau so aus, wie mein Halef. Wie kam er zu einem solchen Thiere, und wie kam er hinter uns? Ich hielt mein Kameel an, um ihn noch einmal, und zwar genau in's Auge zu fassen. Ja, es war Halef und kein Anderer. Er wollte sich mir zu erkennen geben und schlug mit den Armen in der Luft herum, als ob er Schwalben fangen wolle.
Nun blieb ich ruhig sitzen und nahm die Büchse zur Hand. Der Verfolger war im Bereich meiner Stimme.
„Rrrrreee, Du Vater des Säbels! Bleib fern, sonst sende ich Dir eine Kugel!"
„Fern bleiben, Du Hund?" schrie er. „Ich werde Dich lebendig fangen und nach Mekka bringen, Du Schänder des Heiligthumes!"
Ich konnte nichts anderes thun: ich zielte und feuerte. Um ihn zu schonen, hatte ich auf die Brust seines Pferdes gehalten. Es überschlug sich und begrub ihn unter sich; es wälzte

sich einigemal über ihm, und dann war es todt. Ich erwartete, daß er sich schleunigst hervorarbeiten werde; es geschah nicht. Entweder hatte er sich verletzt, oder er that nur so, um mich in seine Nähe zu locken. Ich ritt sehr vorsichtig auf ihn zu und kam zu gleicher Zeit mit der Ateïbeh bei ihm an. Er lag mit geschlossenen Augen im Sande und rührte sich nicht.
„Effendi, Deine Kugel ist der meinigen zuvorgekommen!“ klagte das Weib.
„Ich habe nur auf sein Pferd und nicht auf ihn geschossen. Doch kann er das Genick oder etwas anderes gebrochen haben. Ich werde nachsehen.“
Ich stieg ab und untersuchte ihn. Wenn er sich nicht innerlich verletzt hatte, so war er wohl erhalten und nur betäubt. Die Ateïbeh zog ihren Handschar.
„Was willst Du thun?“
„Mir seinen Kopf nehmen.“
„Das thust Du nicht, denn auch ich habe ein Recht auf ihn.“
„Mein Recht ist älter!“
„Aber das meinige ist größer: ich habe ihn gefällt.“
„Das ist nach den Sitten dieses Landes richtig. Tödtest Du ihn?“
„Was thust Du, wenn ich ihn nicht tödte, sondern frei gebe oder einfach hier liegen lasse?“
„So gibst Du Dein Recht auf, und ich mache das meinige geltend.“
„Ich gebe es nicht auf.“
„So nehmen wir ihn mit, und es wird sich entscheiden, was mit ihm geschieht.“
Jetzt kam auch Halef herbei.
„Maschallah, Wunder Gottes! Sihdi, was hast Du gethan?“
„Wie kommst Du an diesen Ort?“
„Ich bin Dir nachgeeilt!“
„Das sehe ich allerdings. Erkläre Dich ausführlicher!“
„Sihdi, Du weißt, daß ich sehr viel Geld habe. Was soll ich es in meiner Tasche tragen? Ich wollte mir ein Dschemmel dafür kaufen, und ging zu einem Händler, der am südlichen Ende der Stadt wohnt. Hanneh war bei mir. Während ich mir seine Thiere besah, unter denen dieses hier das beste und so theuer war, daß es nur ein Pascha oder Emir bezahlen konnte, erhob sich draußen ein großer Lärm. Ich eilte mit dem Händler hinaus und hörte, daß ein Giaur das Heiligthum geschändet habe und geflohen sei. Ich dachte sogleich an Dich, Sihdi, und sah Dich auch einen Augenblick später nach der Höhe eilen. Alles drängte nach dem Hof, um Thiere zu Deiner Verfolgung zu holen. Ich that dasselbe und ergriff dieses Hedjihn. Nachdem ich zuvor Hanneh befohlen hatte, in das Lager zu eilen und dem Scheik den Vorfall zu erzählen, gab ich dem Händler, der mir das Thier nicht borgen wollte, einen Klapps und ritt Dir nach, um Dich zu fangen. Die Andern blieben alle zurück; nun habe ich Dich und auch das Dschemmel.“
„Es ist nicht Dein.“

„Darüber reden wir später, Sihdi. Die Verfolger sind noch immer hinter uns; wir können nicht hier bleiben. Was thun wir mit diesem Vater des Säbels und des Betruges?"
„Wir binden ihn auf dieses ledige Kameel und nehmen ihn mit. Er wird wohl wieder zu sich kommen."
„Und wohin fliehen wir?"
„Ich weiß den Ort," antwortete die Ateïbeh. „Auch Du kennst ihn, Halef; denn mein Vater, der Scheik, hat ihn Dir gesagt für den Fall, daß Du uns nicht mehr im Lager angetroffen hättest."
„Du meinst die Höhle Atafrah?"
„Ja. Hanneh hätte Dich hingeführt. Diese Höhle ist nur den Anführern der Ateïbeh bekannt, und diese sind jetzt nicht dort zugegen. Kommt, helft mir den Gefangenen binden."
Sechs Händen war es nicht schwer, ihn auf das Kameel zu befestigen, welches mich vom Lager aus bis in die Nähe der Stadt getragen hatte. Alles, was Abu-Seïf bei sich trug, nahm die Tochter Maleks zu sich; dann stiegen wir wieder auf und eilten dem Südosten zu.
So war ich denn glücklich entkommen. Ich dachte jetzt nicht, daß ich Mekka noch einmal sehen würde, und verspare daher die Beschreibung der Stadt und ihrer Sehenswürdigkeiten bis später.
Unterwegs hatte ich von den Vorwürfen Halef's zu leiden.
„Sihdi," meinte er, „habe ich Dir nicht gesagt, daß kein Ungläubiger die heilige Stadt besuchen darf? Du hättest beinahe das Leben verloren!"
„Warum schlugst Du mir meine Bitte ab, als ich Wasser verlangte?"
„Weil ich sie nicht erfüllen durfte."
„Nun habe ich mir das Wasser selbst geholt!"
„Du warst beim heiligen Brunnen?"
„Sieh her! Das ist das echte Wasser vom Zem-Zem!"
„Allah kerihm, Gott ist gnädig, Sihdi! Er hat Dich zu einem wahren Gläubigen und sogar zu einem Hadschi gemacht. Ein Giaur darf nicht in die Stadt; aber wer vom Wasser des Zem-Zem hat, der ist ein Hadschi und folglich auch ein echter Moslem. Habe ich Dir nicht stets gesagt, daß Du Dich noch bekehren würdest, Du magst wollen oder nicht?"
Das war eine ebenso drollige wie auch kühne Auffassung der Sachlage; aber sie hatte die Absicht und auch den Erfolg, das muselmännische Gewissen meines guten Halef zu beschwichtigen, und so fiel es mir nicht ein, seine Anschauung zu widerlegen.
Die Landschaft um Mekka ist außerordentlich wasserarm, und wo sich ein Brunnen befindet, ist er sicherlich der Mittelpunkt eines Dorfes oder wenigstens eines zeitweiligen Lagers. Diese Orte mußten wir meiden, und so kam es, daß wir trotz der Hitze des Tages keinen Halt machten, bis wir eine Gegend erreichten, welche sehr reich an zerklüfteten Felsen war. Wir folgten der Ateïbeh über Schutt und Geröll und zwischen mächtigen Steinblöcken hindurch, bis wir an einen Felsenspalt gelangten, der unten die ungefähre Breite eines Kameeles hatte.

„Dies ist die Höhle," sagte unsere Führerin. „Auch die Thiere können hinein, wenn wir ihnen die Sattelkissen abnehmen."
„Wir bleiben hier?" frug ich.
„Ja, bis der Scheik kommt."
„Wird er kommen?"
„Er wird sicher kommen, weil Hanneh ihn benachrichtigt hat. Wenn Jemand von den Ateïbeh nicht zum Lager kommt, so ist er hier in dieser Höhle zu suchen. Steigt ab, und folget mir!"
Abu-Seïf war wieder zu sich gekommen, aber er hatte während des ganzen Rittes keinen Laut von sich gegeben und stets die Augen geschlossen gehalten. Er wurde zuerst in die Höhle gebracht. Wenn man dem Spalte folgte, so wurde er immer breiter und bildete schließlich einen Raum, der groß genug für vierzig bis fünfzig Männer und Thiere war. Sein größter Vorzug bestand in dem Wasser, welches sich ganz im Hintergrunde angesammelt hatte. Nachdem wir den Gefangenen und die Kameele in Sicherheit gebracht hatten, suchten wir draußen nach dem großbüscheligen Rattamgras, welches die sehr willkommene Eigenschaft besitzt, daß es im grünen Zustande ebensogut brennt wie im getrockneten. Das war für die Nacht; denn am Tage konnte es uns nicht einfallen, ein Feuer anzuzünden, dessen Rauch unsern Zufluchtsort sehr leicht hätte verrathen können.
Übrigens brauchten wir keine Sorge zu haben, entdeckt zu werden. Unser Weg hatte uns meist über einen so steinigen Boden geführt, daß unsere Spuren sicher nicht verfolgt werden konnten.
Eine eigenthümliche Entdeckung machte ich, als ich die Satteltasche meines Kameeles untersuchte: sie enthielt Geld, und zwar eine nicht unbedeutende Summe.
Unsere Thiere waren ermüdet, und wir ebenso; die Fesseln des Gefangenen waren fest, und so konnten wir schlafen. Natürlich aber theilte ich mich mit Halef in die Wache. So vergingen die letzten Tagesstunden, und die Nacht brach herein. Beim Morgengrauen hatte ich die Wache. Durch ein sich nahendes Geräusch aufmerksam gemacht, lugte ich zum Spalt hinaus und sah einen Mann, der sich vorsichtig herbeischlich. Ich erkannte in ihm einen der Ateïbeh und trat hinaus.
„Allah sei Dank, daß ich Dich sehe, Effendi!" begrüßte er mich. „Der Scheik hat mich vorausgesandt, um zu erforschen, ob Ihr hier zu finden seid. Nun brauche ich nicht zurückzukehren, denn dies ist das Zeichen, daß ich Euch hier angetroffen habe."
„Wen vermuthest Du außer mir noch hier?"
„Deinen Diener Halef, die Bint el Ateïbeh und vielleicht gar noch Abu-Seïf, den Gefangenen."
„Wie kannst Du diese alle hier erwarten?"
„Effendi, das ist nicht schwer zu errathen. Hanneh kam mit den beiden Kameelen allein in's Lager und erzählte, daß Du in Mekka gewesen und geflohen bist. Die Bint el Malek war mit Dir geritten und hat Dich sicher nicht verlassen, obgleich Du eine große Sünde

begangen hast. Halef kam Dir nach, und hinter den Bergen fanden die Verfolger das erschossene Pferd des Dscheheïne, ihn selbst aber nicht. Ihr hattet ihn also bei Euch. Freilich konnten nur wir dies errathen, die Andern aber nicht."
„Wann kommt der Scheik?"
„Vielleicht noch vor einer Stunde."
„So komm herein."
Er würdigte den Gefangenen keines Blickes und legte sich sofort zum Schlafen nieder. In der angegebenen Zeit langte die kleine Karawane vor der Höhle an. Man lud ab, und alles wurde hereingeschafft. Ich hatte erwartet, von dem Scheik Vorwürfe zu erhalten. Aber seine erste Frage war:
„Hast Du den Dscheheïne gefangen?"
„Ja."
„Er ist hier?"
„Unverletzt und gesund."
„So werden wir über ihn richten!"
Bis man Alles geordnet hatte, war es Mittag geworden. Nun sollte das Gericht beginnen. Vorher hatte ich aber mit Halef eine interessante Unterredung.
„Sihdi, erlaube mir eine Frage," bat er.
„Sprich!"
„Nicht wahr, Du weißt noch Alles, was Du über mich und Hanneh niedergeschrieben hast?"
„Alles."
„Wann muß ich Hanneh wieder hergeben?"
„Sobald Du die Wallfahrt beendet hast."
„Aber ich habe sie noch nicht beendet!"
„Was fehlt noch?"
„Nichts, denn ich bin in Mekka mit Allem fertig, da es sehr schnell gegangen ist. Aber ich möchte mein Weib behalten, und da ist es mir eingefallen, daß zu einer richtigen Hadsch auch ein Besuch in Medina gehört."
„Das ist sehr richtig. Was sagt Hanneh dazu?"
„Sihdi, sie liebt mich. Glaube es – sie hat es mir selbst gesagt!"
„Und Du liebst sie wieder?"
„Sehr! Steht nicht geschrieben, daß Allah dem Adam eine Rippe genommen und daraus die Eva geschaffen habe? Unter der Rippe liegt das Herz, und also wird das Herz des Mannes stets beim Weibe sein."
„Aber was wird der Scheik sagen?"
„Das ist es ja, was mir Sorge macht, Sihdi!"
„Weitere Sorgen hast Du nicht?"
„Nein."
„Und ich? Was werde ich dazu sagen?"

„Du? O, Du wirst mir Deine Einwilligung geben, denn ich werde Dich dennoch nicht verlassen, so lange Du mich bei Dir haben willst.“
„Dein Weib könnte aber doch nicht mit umherziehen; bedenke das!“
„Das soll sie auch nicht. Ich werde sie bei ihrem Stamme lassen, bis ich zurückkehren kann.“
„Halef, das ist eine Aufopferung, welche ich nicht verlange. Aber da Ihr einander so lieb habt, so mußt Du eben Dein Möglichstes thun, sie behalten zu dürfen. Vielleicht läßt sich der Scheik erbitten, daß Du sie nicht wieder abzutreten brauchst.“
„Sihdi, ich gebe sie nicht wieder her, und wenn ich fliehen müßte. O sie weiß, daß ich Hadschi Halef Omar Ben Hadschi Abul Abbas Ibn Hadschi Dawud al Gossarah bin, und sie würde mit mir bis an das Ende der Welt gehen!“
Mit dieser selbstbewußten Versicherung schritt er stolz von dannen. Unterdessen hatte sich ein Kreis gebildet, in dessen Mitte Abu-Seïf getragen worden war. Ich ward aufgefordert, an der Verhandlung Theil zu nehmen, und setzte mich neben dem Scheik Malek nieder.
„Effendi,“ begann dieser, „ich habe gehört, daß Du behauptest, Rechte an diesen Mann zu haben, und weiß, daß dies die Wahrheit ist. Willst Du ihn uns abtreten oder willst Du mit uns über sein Schicksal abstimmen?“
„Ich werde mit abstimmen, ich und Halef, denn auch er hat Rache an Abu-Seïf zu nehmen.“
„So nehmt dem Gefangenen die Fesseln ab!“
Er wurde losgebunden, blieb aber bewegungslos liegen, als ob er todt sei.
„Abu-Seïf, erhebe Dich vor diesen Männern, um Dich zu verantworten!“
Er blieb liegen, ohne nur die Augenlider aufzuschlagen.
„Er hat die Sprache verloren, Ihr seht es, Ihr Männer; warum sollen wir da mit ihm reden? Er weiß, was er gethan hat, und wir wissen es auch; was könnten uns da die Worte und die Fragen nützen? Ich sage, daß er sterben muß, um den Schakalen, Hyänen und Geiern zur Speise zu dienen. Wer meiner Rede beistimmt, der mag es erklären.“
Alle gaben ihre Zustimmung. Ich allein wollte mein Veto einlegen, wurde aber durch ein unvorhergesehenes Ereigniß daran verhindert. Bei den letzten Worten des Scheik nämlich erhob sich plötzlich der Gefangene, schnellte zwischen zwei der Ateïbeh hindurch und sprang dem Ausgang zu. Ein lauter Schrei der Bestürzung erscholl, dann erhoben sich Alle, um ihm nachzuspringen. Ich war der Einzige, welcher zurückblieb. Er hatte große Schuld auf sich geladen und nach den Gesetzen der Wüste mehr als den Tod verdient; dennoch war es mir unmöglich gewesen, für diese Strafe zu stimmen. Vielleicht gelang es ihm, zu entkommen. War dies der Fall, so durften wir keine Stunde länger in der Höhle verweilen.
Ich blieb lange Zeit allein. Der erste, welcher zurückkehrte, war der alte Scheik. Er war hinter den jungen Männern zurückgeblieben.
„Warum bist Du ihm nicht nach, Effendi?“ frug er mich.

„Weil Deine tapfern Männer ihn fangen werden, ohne meiner Hilfe zu bedürfen. Werden sie ihn wieder bekommen?“
„Ich weiß es nicht. Er ist ein berühmter Läufer, und als wir vor die Höhle kamen, war er bereits verschwunden. Wenn wir ihn nicht wieder ereilen, so müssen wir fliehen, da er nun die Höhle kennt.“
Nach und nach kehrten mehrere Männer zurück. Sie hatten ihn nicht laufen sehen und auch seine Spur nicht bemerkt. Später kam Halef, zuletzt aber kehrte die Tochter des Scheik zurück, deren Nasenflügel vor Wuth zitterten. Ein kurzer Meinungsaustausch ergab, daß ihn Niemand gesehen hatte. Die Bestürzung und der Umstand, daß ihm durch den engen Gang nur stets Einer folgen konnte, hatte ihm einen Vorsprung gewährt, und der Boden draußen war ja ganz geeignet, die Flucht zu erleichtern.
„Hört, Ihr Männer,“ sagte der Scheik, „er wird unsern Versteck verrathen. Wollen wir sofort aufbrechen oder auf unsern Thieren noch einen Versuch machen, ihn zu erwischen? Wenn wir diese Gegend im Kreise umreiten, so ist es leicht möglich, daß wir ihn bemerken.“
„Wir fliehen nicht, sondern wir suchen ihn,“ sagte seine Tochter.
Die anderen stimmten bei.
„Wohlan, so nehmt Eure Kameele und folgt mir. Wer den Entflohenen bringt – todt oder lebendig – der wird eine große Belohnung bekommen.“
Da trat Halef vor und sprach: „Den Preis habe ich bereits verdient. Draußen liegt todt der Vater des Säbels.“
„Wo hast Du ihn ereilt?“ frug der Scheik.
„Herr, Du mußt wissen, daß mein Sihdi ein Meister ist im Kampfe und im Auffinden aller Arten des Makam; er hat mich gelehrt, die Spuren im Sande, im Grase, auf der Erde und auf dem Felsen zu finden; er hat mir gezeigt, wie man nachdenken muß bei der Verfolgung eines Flüchtigen. Ich war der Erste, der hinter Abu-Seïf die Höhle verließ; aber ich sah ihn bereits nicht mehr. Ich rannte erst nach links hinauf, dann nach rechts hinab, und da ich nichts von ihm bemerkte, so dachte ich, daß er so klug gewesen sei, sich gleich nach seinem Austritt aus der Höhle zu verstecken. Ich spähte hinter den Steinen und fand ihn auch. Es gab einen kurzen Kampf, dann drang ihm still mein Messer in's ruchlose Herz. Seinen Körper werde ich Euch zeigen.“
Ich blieb wieder in der Höhle, die anderen aber folgten Halef, um den todten Abu-Seïf zu sehen.
Bald kehrten sie jubelnd zurück.
„Was verlangst Du als Belohnung?“ frug nun der Scheik den tapfern kleinen Halef.
„Herr, ich komme aus einem fernen Lande, zu welchem ich wohl nicht wieder zurückkehren werde. Hältst Du mich für würdig, so nimm mich unter die Deinen auf.“
„Ein Ateïbeh willst Du werden? Was sagt Dein Herr dazu?“
„Er ist damit einverstanden. Nicht wahr, Sihdi?“
„Ja,“ nahm ich das Wort. „Ich vereinige meinen Wunsch mit dem seinigen.“

„Was mich betrifft, so würde ich auf der Stelle zustimmen," erklärte der Scheik. „Aber ich muß erst diese Leute befragen, und die Adoption eines Fremden ist eine wichtige Sache, welche sehr viel Zeit erfordert. Hast Du Verwandte hier in der Nähe?"
„Nein."
„Hast Du eine Blutrache auf Dich geladen?"
„Nein."
„Bist Du ein Sunnit oder ein Schiit?"
„Ein Anhänger der Sunna."
„Du hast wirklich noch kein Weib und keine Kinder gehabt?"
„Nein."
„Wenn dieses ist, so können wir ja gleich zur Berathung schreiten."
„So berathe auch über ein Anderes noch mit!"
„Worüber?"
„Sihdi, willst Du nicht an meiner Stelle reden?"
Ich erhob mich vom Boden und nahm eine möglichst würdevolle Haltung an. Dann begann ich meine Rede:
„Vernimm meine Worte, o Scheik, und Allah öffne Dir das Herz, damit sie Eingang in die Gnade Deines Willens finden. Ich bin Kara Ben Nemsi, ein Emir unter den Talebs und Helden in Frankistan. Ich kam nach Afrika und auch in dieses Land, um seine Bewohner zu sehen und große Thaten zu verrichten. Dazu brauchte ich einen Diener, der alle Mundarten des Westens und Ostens versteht, der klug und weise ist und sich vor keinem Löwen, vor keinem Panther und vor keinem Menschen fürchtet. Ich fand diesen Hadschi Halef Omar Ben Hadschi Abul Abbas Ibn Hadschi Dawud al Gossarah und bin mit ihm bis heute über alle Maßen zufrieden gewesen. Er ist stark wie ein Eber, treu wie ein Windspiel, klug wie ein Fennek und schnell wie eine Antilope. Wir haben über den Abgründen der Schotts gekämpft, wir sind eingebrochen und haben uns doch gerettet. Wir haben die Thiere des Feldes und der Wüste bezwungen; wir haben dem bösen Smum getrotzt; ja, wir sind sogar bis an die Grenze Nubien's gedrungen und haben eine Gefangene, die Blume aller Blumen, aus der Gewalt ihres Peinigers befreit. Wir sind dann nach dem Belad el Arab gekommen, und was wir da erlebten, das habt Ihr bereits erfahren und seid auch Zeuge davon gewesen. Er ist dann mit Hanneh, Deiner Enkelin, nach Mekka geritten. Sie ist zum Schein sein Weib geworden, und er hat sich unterschrieben, daß er sie wieder hergeben werde. Nun aber hat Allah ihre Herzen geleitet, daß sie einander lieb gewannen und nie wieder von einander scheiden möchten. Du bist Hadschi Malek Iffandi Ibn Achmed Chadid el Eini Ben Abul Ali el Besami Abu Schehab Abdolatif el Hanifi, der weise und tapfere Scheik dieser Söhne der Ateïbeh. Deine Einsicht wird Dir sagen, daß ich einen solchen Begleiter, wie Halef ist, nicht gern von mir lasse; aber ich wünsche, daß er glücklich sei, und daher richte ich die Bitte an Dich, ihn in den Stamm der Ateïbeh aufzunehmen und den Vertrag zu zerreißen, in welchem er Dir versprochen hat, sein Weib zurückzugeben. Ich weiß, daß Du mir diese

Bitte erfüllen wirst, und ich werde, wenn ich einst in meine Heimat zurückgekehrt bin, Deinen Ruhm und den Ruhm der Deinen verbreiten im ganzen Abendlande. Sallam!"
Alle hatten mir aufmerksam zugehört. Malek antwortete:
„Effendi, ich weiß, daß Du ein berühmter Emir der Nemsi bist, obgleich Eure Namen so kurz sind, wie die Klinge eines Frauenmessers. Du bist ausgegangen wie ein Sultan, welcher unerkannt große Thaten verrichtet, und noch die Kinder unserer Kinder werden von Deinem Heldenthum erzählen. Hadschi Halef Omar ist bei Dir wie ein Wessir, dessen Leben seinem Sultan gehört, und Ihr seid in unsere Zelte gekommen, um uns große Ehre zu bereiten. Wir lieben Dich und ihn – und wir werden unsere Stimmen vereinigen, um ihn zum Sohne unseres Stammes zu machen. Auch werde ich mit seinem Weibe sprechen, und wenn sie bei ihm bleiben will, so werde ich den Vertrag zerreißen, wie Du es erbeten hast; denn er ist ein tapferer Krieger, welcher Abu-Seïf, den Dieb und Räuber, getödtet hat. Jetzt aber erlaube uns, ein Mahl zu bereiten, um den Tod des Feindes zu feiern und dann die Berathung in würdiger Weise vorzunehmen. Du bist unser Freund und Bruder, obgleich Du einen anderen Glauben hast, als wir. Sallam, Effendi!"

Eine Wüstenschlacht

Am Tigris

An diese Worte des Propheten Zephanja mußte ich denken, als wir unser Boot beim letzten Schimmer des Tages an das rechte Ufer des Tigris legten. Die ganze Gegend rechts und links vom Strome ist ein Grab, eine große, ungeheuere, öde Begräbnißstätte. Die Ruinen des alten Rom und Athen werden vom Strahle der Sonne erleuchtet, und die Denkmäler des einstigen Egypten's ragen als gigantische Gestalten zum Himmel empor. Sie reden verständlich genug von der Macht, dem Reichthume und dem Kunstsinne jener Völker, welche sie errichtet haben. Hier aber, an den beiden Strömen, Euphrat und Tigris, liegen nur wüste Trümmerhaufen, über welche der Beduine achtlos dahinreitet, oft ohne nur zu ahnen, daß unter den Hufen seines Pferdes die Jubel und die Seufzer von Jahrtausenden begraben liegen. Wo ist der Thurm, welchen die Menschen im Lande Sinear bauten, als sie zu einander sprachen: „Kommt, lasset uns eine Stadt und einen Thurm bauen, dessen Spitze bis an den Himmel reicht, damit wir uns einen Namen machen!" –? Sie haben Stadt und Thurm gebaut, aber die Stätte ist verwüstet. Sie wollten sich einen Namen machen, aber die Namen der Völker, welche diese Stadt nach einander bewohnten und in dem Thurme ihren sündigen Götzendienst verübten, und die Namen der Dynasten und Statthalter, welche hier im Golde und im Blute von Millionen wühlten, sie sind verschollen und können mit größter Mühe und von unseren besten Forschern kaum noch errathen werden.

Wie aber kam ich an den Tigris, und wie in das Dampfboot, welches uns bis unter die Stromschnellen von Chelab getragen hatte?
Ich war mit den Ateïbeh bis in die Wüste El Nahman gezogen, da ich es nicht wagen konnte, mich im Westen des Landes sehen zu lassen. Die Nähe von Maskat verlockte mich, diese Stadt zu besuchen. Ich that es allein und ohne alle Begleitung, besah mir seine bethürmten Mauern, seine befestigten Straßen, seine Moscheen und portugiesischen Kirchen, bewunderte auch die beludschistanische Leibgarde des Imam und setzte mich endlich in eines der offenen Kaffeehäuser, um mir eine Tasse Keschreh munden zu lassen. Dieser Trank wird aus den Schaalen der Kaffeebohne gebraut und mit Zimmt und Nelken gewürzt. Meine Beschaulichkeit wurde durch eine Gestalt gestört, welche den Eingang verdunkelte. Ich blickte auf und sah eine Figur, welche einer längeren Betrachtung vollständig würdig war:
Ein hoher, grauer Cylinderhut saß auf einem dünnen, langen Kopfe, der in Bezug auf Haarwuchs eine völlige Wüste war. Ein unendlich breiter, dünnlippiger Mund legte sich einer Nase in den Weg, die zwar scharf und lang genug war, aber dennoch die Absicht verrieth, sich bis hinab zum Kinne zu verlängern. Der bloße, dürre Hals ragte aus einem sehr breiten, umgelegten, tadellos geplätteten Hemdkragen; dann folgte ein graukarrirter Shlips, eine graukarrirte Weste, ein graukarrirter Rock und graukarrirte Beinkleider, eben solche Gamaschen und staubgraue Stiefel. In der Rechten trug der graukarrirte Mann ein Instrument, welches einer Verwalterhacke sehr ähnlich war, und in der Linken eine doppelläufige Pistole. Aus der äußeren Brusttasche guckte ein zusammengefaltetes Zeitungsblatt neugierig hervor.
„Wermyn kahwe!“ schnarrte er mit einer Stimme, welche dem Tone einer Sperlingsklapper glich.
Er setzte sich auf ein Senïeh, welches eigentlich als Tisch dienen sollte, von ihm aber als Sessel gebraucht wurde. Er erhielt den Kaffee, senkte die Nase auf den Trank, schnüffelte den Duft ein, schüttete den Inhalt auf die Straße hinaus und stellte die Tasse auf den Boden.
„Wermyn tütün, gebt Tabak!“ befahl er jetzt.
Er erhielt eine bereits angebrannte Pfeife, that einen Zug, blies den Rauch durch die Nase, spuckte aus und warf die Pfeife neben die Tasse.
„Wermyn“ – – er sann nach, aber das türkische Wort wollte nicht kommen, und Arabisch verstand er vielleicht gar nicht. Daher schnarrte er kurzweg: „Wermyn Roastbeef!“
Der Kawehdschi verstand ihn nicht.
„Roastbeef!“ wiederholte er, indem er mit dem Munde und allen zehn Fingern die Pantomime des Essens machte.
„Kebab!“ bedeutete ich dem Wirth, welcher sogleich hinter der Thür verschwand, um diese Speise zu bereiten. Sie besteht aus kleinen, viereckigen Fleischstücken, welche an einem Spieße über dem Feuer gebraten werden.
Jetzt schenkte der Engländer auch mir seine Aufmerksamkeit.

„Araber?“ frug er.
„No.“
„Türke?“
„No.“
Jetzt zog er die dünnen Augenbrauen erwartungsvoll in die Höhe.
„Englishman?“
„Nein. Ich bin ein Deutscher.“
„Ein Deutscher? Was hier machen?“
„Kaffee trinken!“
„Very well! Was sein?“
„Ich bin writer!“
„Ah! Was hier wollen in Maskat?“
„Ansehen.“
„Und dann weiter?“
„Weiß noch nicht.“
„Haben Geld?“
„Ja.“
„Wie heißen?“
Ich nannte meinen Namen. Sein Mund öffnete sich auf die Weise, daß die dünnen Lippen ganz genau ein gleichseitiges Viereck bildeten, welches die breiten, langen Zähne des Mannes sehen ließ; die Brauen stiegen noch höher empor als vorher, und die Nase wedelte mit der Spitze, als ob sie Kundschaft einziehen wolle, was das Loch unter ihr jetzt sagen werde. Dann griff er in den Rockschoß, zog ein Notizbuch hervor, blätterte darin und fuhr sodann in die Höhe, um den Hut abzunehmen und mir eine Verbeugung zu machen.
„Welcome, Sir; kenne Sie!“
„Ah, mich?“
„Yes, sehr!“
„Darf ich fragen, woher?“
„Bin Freund von Sir John Raffley, Mitglied vom Traveller-Klub, London, Near-Street 47.“
„Wirklich? Sie kennen Sir Raffley? Wo befindet er sich jetzt?“
„Auf Reisen – hier oder dort – weiß nicht. Sie waren mit ihm auf Ceylon?“
„Allerdings.“
„Elefanten gejagt?“
„Ja.“
„Dann in See auf Girl-Robber?“
„So ist es.“
„Haben Zeit?“
„Hm! Warum stellen Sie diese Frage?“

„Habe gelesen von Babylon – Niniveh – Ausgrabung – Teufelsanbeter. Will hin – auch ausgraben- Fowling-bull holen – britisches Museum schenken. Kann nicht Arabisch – will gern Jäger haben. Machen Sie mit – bezahle gut, sehr gut!“
„Darf ich um Ihren Namen bitten?“
„Lindsay, David Lindsay – Titel nicht, brauche nicht – Sir Lindsay sagen.“
„Sie beabsichtigen wirklich, nach dem Euphrat und Tigris zu gehen?“
„Yes. Habe Dampfboot – fahre hinauf – steige aus – Dampfboot wartet, oder zurück nach Bagdad – kaufe Pferd und Kameel – reisen, jagen, ausgraben, britisches Museum schenken, Traveller-Klub erzählen. Sie mitgehen?“
„Ich bin am liebsten selbständig.“
„Natürlich! Können mich verlassen, wann wollen – werde gut bezahlen, sehr fein bezahlen – nur mitgehen.“
„Wer ist noch dabei?“
„So viel, wie Sie wollen – aber lieber ich, Sie, zwei Diener.“
„Wann fahren Sie ab?“
„Übermorgen – morgen – heute – gleich!“
Das war ein Anerbieten, wie es mir nicht gelegener kommen konnte. Ich bedachte mich nicht lange und schlug ein. Natürlich aber stellte ich die Bedingung, daß es mir zu jeder Zeit frei stände, meine eigenen Wege zu gehen. Er führte mich an den Hafen, wo ein allerliebster kleiner Puffer lag, und ich merkte bereits nach Verlauf von einer halben Stunde, daß ich mir keinen besseren Gefährten wünschen konnte. Er wollte Löwen und alle möglichen Bestien schießen, die Teufelsanbeter besuchen und mit aller Gewalt einen Fowling-bull, wie er es nannte, einen geflügelten Stier, ausgraben, um ihn dem britischen Museum zum Geschenk zu machen. Diese Pläne waren abenteuerlich, hatten aber eben deßhalb meine volle Zustimmung. Ich war auf meinen Wanderungen noch viel seltsameren Käuzen begegnet, als er war.
Leider ließ er mich gar nicht wieder zu den Ateïbeh zurück. Ein Bote mußte meine Sachen holen und Halef benachrichtigen, wohin ich reisen werde. Als er zurückkehrte, erzählte er mir, daß Halef mit noch einem Ateïbeh zu Lande zu den Abu Salman – und Schammar-Arabern reisen werde, um mit ihnen über die Einverleibung der Ateïbeh zu verhandeln. Er werde mein Hedjihn mitbringen und mich schon zu finden wissen.
Diese Nachricht war mir lieb. Daß Halef zu dieser Botschaft ausersehen war, bewies mir abermals, daß er der Liebling seines Schwiegervaters geworden sei. Wir fuhren im persischen Busen hinauf, sahen uns Basra und Bagdad an und gelangten nachher, auf dem Tigris aufwärts dampfend, an die Stelle, an welcher wir heute anlegten. – –
Oberhalb unserer Landestelle mündete der Zab-asfal in den Tigris, und die Ufer hüben und drüben waren mit einem dichten Bambusdschungel bestanden. Wie schon vorhin gesagt, brach die Nacht herein; trotzdem aber bestand Lindsay darauf, an das Land zu gehen und die Zelte aufzuschlagen. Ich hatte keine rechte Lust dazu, konnte ihn aber nicht gut allein lassen und folgte ihm also. Die Bemannung des Dampfbootes bestand

aus vier Leuten; es sollte mit Tagesanbruch bereits nach Bagdad zurückkehren, und so faßte der Engländer gegen meinen Rath den Entschluß, Alles, auch die vier Pferde, welche er in Bagdad gekauft hatte, noch auszuladen.
„Es wäre besser, wenn wir dies unterließen, Sir," warnte ich ihn.
„Warum?"
„Weil wir es morgen bei Tageslicht thun könnten."
„Geht auch am Abend – bezahle gut!"
„Wir und die Pferde sind auf dem Fahrzeuge sicherer als auf dem Lande."
„Gibt es hier Diebe – Räuber – Mörder?"
„Den Arabern ist niemals zu trauen. Wir sind noch nicht eingerichtet!"
„Werden ihnen nicht trauen, uns aber doch einrichten – haben Büchsen; jeder Spitzbube wird niedergeschossen!"
Er ging nicht von seinem Vorsatze ab. Erst nach zwei Stunden waren wir mit der Arbeit fertig; die zwei Zelte waren aufgerichtet, und zwischen ihnen und dem Ufer wurden die Pferde angehängt. Nach dem Abendbrode gingen wir schlafen. Ich hatte die erste, die beiden Diener die zweite und dritte und Lindsay selbst die vierte Wache. Die Nacht war wunderschön, vor uns rauschten die Fluthen des breiten Stromes hinab, und hinter uns erhoben sich die Höhen des Dschebel Dschehennem. Die Helle des Firmaments erleuchtete Alles zur Genüge, aber das Land selbst, auf dem ich stand, war noch ein Räthsel. Seine Vergangenheit glich den Fluthen des Tigris, die dort unten verschwanden im Schatten der Dschungel. An Assyrien, Babylonien und Chaldäa knüpften sich die Erinnerungen an große Nationen und riesige Städte, aber diese Erinnerungen gleichen dem Rückblick auf einen Traum, dessen Einzelheiten man vergessen hat.
Als meine Wachtzeit vorüber war, weckte ich den Diener und instruirte ihn gehörig. Er hieß Bill, war ein Irländer und machte den Eindruck, als sei die Kraft seiner Muskeln dreißigmal stärker als diejenige seines Geistes. Er grinste sehr verschmitzt zu meinen Anweisungen und begann dann auf und ab zu patrouilliren. Ich schlief ein.
Als ich erwachte, geschah es nicht freiwillig, sondern ich wurde am Arme gerüttelt. Lindsay stand vor mir in seinem graukarrirten Anzuge, den er selbst in der Wüste nicht abzulegen beschlossen hatte.
„Sir, wacht auf!"
Ich sprang auf die Füße und frug:
„Ist etwas geschehen?"
„Hm – ja!"
„Was?"
„Unangenehm!"
„Was?"
„Pferde fort!"
„Die Pferde? Haben sie sich losgerissen?"
„Weiß nicht."

„Waren sie noch da, als Sie die Wache übernahmen?“
„Yes!“
„Aber Sie haben doch gewacht?“
„Yes!“
„Wo denn?“
„Dort.“
Er deutete auf einen isolirten Hügel, welcher ziemlich entfernt von unsern Zelten lag.
„Dort; warum dort?“
„Ist wohl ein Ruinenhügel – hingegangen wegen Fowling-bull.“
„Und als Sie jetzt zurückkehrten, waren die Pferde fort?“
„Yes!“
Ich trat hinaus und untersuchte die Pfähle. Die Enden der Leinen hingen noch daran; die Thiere waren losgeschnitten worden.
„Sie haben sich nicht losgerissen, sondern sind geraubt worden!“
Er formirte das bekannte Lippenparallelogramm und lachte vergnügt.
„Yes! Von wem?“
„Von Dieben!“
Er machte ein noch vergnügteres Gesicht.
„Very well, von Dieben – wo sind sie – wie heißen sie?“
„Weiß ich es?“
„No – ich auch no – schön, sehr schön! – Abenteuer da!“
„Es ist keine Stunde vergangen, seit der Diebstahl geschah. Warten wir nur noch fünf Minuten, so ist es hell genug, um die Spuren zu erkennen.“
„Schön – ausgezeichnet! Sind Prairiejäger gewesen – Spuren finden – nachlaufen – todt schießen – kapitales Vergnügen – bezahle gut, sehr gut!“
Er trat in sein Zelt, um die Vorbereitungen zu treffen, welche er für nothwendig hielt. Ich erkannte nach kurzer Zeit im Scheine der Dämmerung die Spuren von sechs Männern und theilte ihm diese Entdeckung mit.
„Sechs? – Wie viel wir?“
„Nur zwei. Zwei müssen bei den Zelten zurückbleiben, und das Boot bleibt auch liegen, bis wir zurückkehren.“
„Yes! Das befehlen und dann fort!“
„Sind Sie ein guter Läufer, oder soll ich Bill mitnehmen?“
„Bill? Pah! Weßhalb gehe an Tigris! Abenteuer! Laufe gut – laufe wie Hirsch!“
Nachdem die nöthigen Verhaltungsmaßregeln ertheilt worden waren, warf er die räthselhafte Hacke nebst der Büchse über die Achsel und folgte mir. Es galt, die Diebe einzuholen, ehe sie zu einer größeren Truppe stießen, und daher schritt ich so schnell aus, als mir möglich war. Die langen karrirten Beine meines Gefährten hielten sich ganz wacker; es war eine Lust, so mit ihm zu laufen.

Wir befanden uns in der Zeit des Frühjahrs; der Boden glich daher nicht einer Wüste, sondern einer Wiese, nur daß die Blumen förmlich büschel- oder vielmehr buschweise aus der Erde schossen. Wir waren noch nicht weit gekommen, so hatten unsere Hosen sich vom Blüthenstaube gefärbt. Wegen dieser Höhe der Vegetation war die Spur sehr deutlich zu erkennen. Sie führte uns schließlich an ein Nebenflüßchen, welches von dem Dschebel Dschehennem herfloß und eine sehr aufgeregte Wassermasse zeigte. An seinem Ufer stieß die Spur an eine Stelle, die von Pferdehufen zertreten war, und eine neue Untersuchung ergab von hier aus zehn statt vier Hufspuren. Zwei von den sechs Dieben waren bis hierher gelaufen, statt geritten, und hier hatten sie alle ihre Pferde versteckt gehabt.

Lindsay machte eine sehr mißvergnügte Miene.

„Miserabel – todt ärgern!“

„Worüber?“

„Werden entkommen!“

„Weßhalb?“

„Haben nun alle Pferde – wir laufen.“

„Pah! Ich holte sie dennoch ein, wenn Sie aushielten; aber dies ist gar nicht einmal nöthig. Man darf nicht nur sehen, sondern man muß auch schließen.“

„Schließen Sie!“

„Sind diese Leute zufällig an unseren Lagerplatz gekommen?“

„Hm!“

„Vielleicht, vielleicht auch nicht. Es scheint mir, als ob sie zu Lande dem Schiffe gefolgt seien, welches alle Abende angelegt hat. Ist dies der Fall, so führt zwar ihre Spur nach Westen, aber nur deßhalb, weil sie über diesen Fluß müssen und sich aber doch bei Hochwasser mit den fremden Pferden nicht hineingetrauen.“

„Also Umweg machen müssen?“

„Ja. Sie werden sich eine Furt oder irgend eine bessere Übergangsstelle suchen und dann wieder in die alte Richtung lenken.“

„Schön, gut – sehr gut!“

Er warf die Kleidung ab und trat an das Ufer.

„Ja, Sir, sind Sie denn ein guter Schwimmer?“

„Yes!“

„Es ist hier nicht so ganz gefahrlos, wenn man die Waffen und die Kleider trocken halten will. Machen Sie mit den Kleidern einen Turban über Ihren Hut!“

„Gut – sehr gut – werde machen!“

Auch ich wand mir aus meinen Kleidern einen hohlen Ballen, den ich mir auf den Kopf setzte; dann gingen wir in das Wasser. Dieser Engländer war wirklich ein ebenso gewandter Schwimmer, wie er ein ausdauernder Läufer war. Wir kamen ganz gut hinüber und zogen die Kleider wieder an.

Lindsay überließ sich ganz meiner Führung. Wir eilten noch ungefähr zwei englische Meilen nach Süd und schlugen dann nach West um, wo uns die Höhen eine weite Aussicht gewährten. Wir stiegen einen Berg empor und sahen uns um. So weit das Auge reichte, zeigte sich kein lebendes Wesen.

„Nothing! – Nichts – keine Seele – – miserabel!"

„Hm, auch ich sehe nichts!"

„Wenn Sie geirrt – oho, was dann?"

„Dann haben wir noch immer Zeit, sie dort am Flüßchen zu verfolgen. Mir hat noch keiner ungestraft ein Pferd gestohlen; ich werde auch hier nicht eher zurückkehren, bis ich die vier Thiere wieder habe."

„Ich auch."

„Nein. Sie müssen bei Ihrem Eigenthume sein."

„Eigenthum? Pah! Wenn fort, dann neues kaufen – Abenteuer gern bezahlen – sehr gut."

„Halt! Bewegt sich da draußen nicht etwas?"

„Wo?"

„Dort!"

Ich deutete mit der Hand die Richtung an. Er riß die Augen und den Mund weit auf und spreizte die Beine aus einander. Seine Nasenflügel öffneten sich – es sah aus, als ob sein Riechorgan auch mit der Eigenschaft, zu sehen, oder wenigstens mit einem optischen Witterungs- und Ahnungsvermögen begabt sei.

„Richtig – sehe auch!"

„Es kommt auf uns zu."

„Yes! Wenn sind, dann schieß' Alle todt!"

„Sir, es sind Menschen!"

„Diebe! Müssen todt – unbedingt todt!"

„Dann thut es mir leid, Sie verlassen zu müssen."

„Verlassen? Warum?"

„Ich wehre mich meiner Haut, wenn ich angegriffen werde, aber ich morde keinen Menschen ohne Noth. Ich denke, Sie sind ein Engländer!"

„Well! Englishman – Nobelman – Gentleman – werde nicht tödten – nur Pferde nehmen!"

„Es scheint wahrhaftig, daß sie es sind!"

„Yes! Zehn Punkte – stimmt!"

„Vier sind ledig und Sechs beritten."

„Hm! Guter Prairiejäger Sie – Recht gehabt – Sir John Raffley viel erzählt – bei mir bleiben – gut bezahlen, sehr gut!"

„Schießen Sie sicher?"

„Hm, ziemlich!"

„So kommen Sie. Wir müssen uns zurückziehen, damit sie uns nicht bemerken. Unser Operationsfeld liegt unten zwischen dem Berge und dem Flusse. Gehen wir noch zehn

Minuten weiter nach Süd, so tritt die Höhe so eng an das Wasser heran, daß ein Entkommen gar nicht möglich ist."

Wir eilten jetzt im vollen Laufe wieder hinab und erreichten bald die Stelle, welche ich angedeutet hatte. Der Fluß war von Schilf und Bambus eingesäumt, und am Fuße des Berges fanden sich Mimosen und ein hohes Wermuthgebüsch. Wir hatten Raum genug zum Versteck.

„Was nun?" frug der Engländer.

„Sie verbergen sich hier im Schilfe und lassen die Leute vorüber. Am Ausgange dieser Enge trete ich hinter die Mimosen, und wenn wir die Diebe zwischen uns haben, treten wir beide vor. Ich schieße ganz allein, da ich mich vielleicht besser nach den Umständen zu richten verstehe, und Sie gebrauchen Ihr Gewehr nur auf mein ganz besonderes Geheiß, oder wenn Ihr Leben ernstlich in Gefahr kommt."

„Well – gut, sehr gut – excellent Abenteuer!"

Er verschwand in dem Schilfe, und auch ich suchte mir meinen Platz. Bereits nach kurzer Zeit hörten wir Hufschlag. Sie kamen herbei – an Lindsay vorüber, ohne böse Ahnung, ohne sich umzusehen. Ich sah den Engländer jetzt aus dem Schilfe tauchen und trat vor. Sie hielten im Augenblicke ihre Pferde an. Die Büchse hing mir über die Schulter, und nur den Henrystutzen hielt ich in der Hand.

„Sallam aaleïkum!" sagte ich.

Der freundliche Gruß verblüffte sie.

„Aaleïk –" antwortete Einer von ihnen. „Was thust Du hier?"

„Ich warte auf meine Brüder, welche mir helfen sollen."

„Welcher Hilfe bedarfst Du?"

„Du siehst, daß ich ohne Pferd bin. Wie soll ich durch die Wüste kommen? Du hast vier Thiere übrig; willst Du mir nicht eines davon verkaufen?"

„Wir verkaufen keines dieser Pferde!"

„Ich höre, daß Du ein Liebling Allah's bist. Du willst nur deßhalb das Pferd nicht verkaufen, weil Dein gutes Herz Dir gebietet, es mir zu schenken."

„Allah heile Dir Deinen Verstand! Ich werde auch kein Pferd verschenken."

„O, Du Muster von Barmherzigkeit, Du wirst einst die Wonnen des Paradieses vierfach kosten; denn Du willst mir nicht bloß ein Pferd, sondern vier verehren, weil ich so viel brauche!"

„Allah kerihm – Gott sei uns gnädig! Dieser Mensch ist deli, ist gewiß und wahrhaftig verrückt."

„Bedenke, mein Bruder, daß die Verrückten nehmen, was man ihnen nicht freiwillig gibt! Blicke Dich um! Vielleicht gibst Du jenem dort das, was Du mir verweigerst."

Erst jetzt, beim Anblick des Engländers, wurde ihnen die Situation vollständig klar. Sie legten rasch die Lanzen zum Stoße ein.

„Was wollt Ihr?"

„Unsere Pferde, welche Ihr uns beim Anbruch des Tages gestohlen habt."

„Mensch, Du bist wahrhaftig toll! Wenn wir Dir Pferde genommen hätten, so hättest Du uns mit den Füßen nicht erreichen können!"
„Meinst Du? Ihr wißt, daß diese vier Pferde den Franken gehören, welche dort mit dem Schiffe angekommen sind. Wie könnt Ihr denken, daß Franken sich ungestraft bestehlen lassen, und daß sie nicht klüger sind, als Ihr! Ich habe gewußt, daß Ihr am Fluß einen Umweg machen würdet, bin herübergeschwommen und Euch zuvorgekommen. Ihr aber habt Euch allerdings täuschen lassen. Ich will nicht Menschenblut vergießen; darum bitte ich Euch, mir die Pferde freiwillig zurückzugeben. Dann könnt Ihr gehen, wohin Ihr wollt!"
Er lachte.
„Ihr seid zwei Männer, und wir sind sechs."
„Wohl! So thue ein Jeder, was ihm beliebt!"
„Weiche vom Wege!"
Er legte die mit Straußenfedern verzierte Lanze ein und trieb sein Pferd auf mich zu. Ich erhob den Stutzen: der Schuß krachte und Roß und Reiter stürzten nieder. Ich bedurfte keiner Minute, um noch fünfmal zu zielen und fünfmal abzudrücken. Alle Pferde stürzten, und nur die unserigen, welche man zusammengekoppelt hatte, waren unversehrt. Der, welcher sie vorher an der Leine hielt, hatte sie losgelassen. Wir benützten den Augenblick der Verwirrung, sprangen auf und eilten davon.
Hinter uns ertönte das Zorngeschrei der Araber. Wir machten uns nichts daraus, sondern brachten die Riemen unserer Thiere in Ordnung und ritten lachend davon.
„Magnificent – prächtig – schönes Abenteuer – hundert Pfund werth! Wir Zwei, sie Sechs – sie uns vier Pferde genommen, wir ihnen sechs genommen – ausgezeichnet – herrlich!"
„Ein Glück, daß es so ausgezeichnet, so herrlich abgelaufen ist, Sir. Wären unsere Thiere scheu geworden, so kamen wir nicht so schnell weg und hätten sehr leicht einige Kugeln erhalten können."
„Machen wir auch Umweg oder gehen grad aus?"
„Grad aus. Wir kennen unsere Pferde; der Übergang wird gelingen."
Wir kamen in guter Zeit wieder bei unseren Zelten an, und bald nach unserer Ankunft stieß das Boot vom Lande ab und wir blieben allein in der Wüste zurück.
Lindsay wollte Anfangs sehr viel Gepäck und auch Proviant mitnehmen, ich aber hatte ihn zu einer andern Ansicht gebracht. Wer ein Land kennen lernen will, der muß auch lernen, sich auf die Gaben desselben zu beschränken, und ein Reiter darf nie mehr bei sich haben, als sein Thier zu tragen vermag. Übrigens waren wir reichlich mit Munition versehen, was die Hauptsache ist, und außerdem verfügte der „Nobelman" über so bedeutenden Geldvorrath, daß wir davon den Reiseaufwand für Jahre hinaus hätten bestreiten können.
„Nun allein am Tigris," meinte er. „Nun gleich graben nach Fowling-bulls und andern Alterthümern!"

Der gute Mann hatte sicher sehr viel gelesen und gehört von den Ausgrabungen bei Khorsabad, Kufjundschik, Hammum Ali, Nimrud, Keschaf und El Hather und war dadurch auf den Gedanken gekommen, nun seinerseits auch das britische Museum zu bereichern und dadurch ein berühmter Mann zu werden.

„Jetzt gleich?“ frug ich ihn. „Das wird nicht gehen!“

„Warum? Habe Hacke mit.“

„O, mit diesem Mattok werden Sie nicht viel machen können. Wer hier graben will, muß sich erst mit der Regierung verständigen – – –“

„Regierung? Welche?“

„Die türkische.“

„Pah! Hat Niniveh den Türken gehört?“

„Allerdings nicht, denn damals war von den Türken keine Rede. Aber die Ruinen gehören jetzt zum türkischen Grund und Boden, obgleich hier der Arm des Sultans nicht sehr mächtig ist. Die arabischen Nomaden sind da die eigentlichen Herren, und wer hier graben will, der hat sich zunächst auch mit ihnen in freundschaftliche Beziehung zu setzen, da er sonst weder seines Eigenthumes, noch seines Lebens sicher ist. Darum habe ich Ihnen ja gerathen, Geschenke für die Häuptlinge mitzunehmen.“

„Die seidenen Gewänder?“

„Ja; sie sind hier am meisten gesucht und nehmen beim Transport sehr wenig Raum ein.“

„Well, so wollen setzen in freundschaftliche Beziehung – aber sogleich und sofort – nicht?“

Ich wußte, daß es bei seinen Ausgrabungen nur bei dem Gedanken bleiben werde, hatte mir aber vorgenommen, ihn nicht abwendig zu machen.

„Ich bin dabei. Nun fragt es sich, welchem Häuptling man zunächst seine Aufwartung zu machen hat.“

„Rathen!“

„Der mächtigste Stamm heißt El Schammar. Er hat aber seine Weidegründe weit oben am südlichen Abhang der Sindscharberge und an dem rechten Ufer des Thathar.“

„Wie weit ist Sindschar von hier?“

„Einen ganzen Breitengrad.“

„Sehr breit! Was sind noch für Araber hier?“

„Die Obeïden, Abu-Salman, Abu-Ferhan und Andere; doch läßt sich nie genau bestimmen, wo man diese Horden zu suchen hat, da sie sich stets auf der Wanderschaft befinden. Wenn ihre Heerden einen Platz abgeweidet haben, so bricht man die Zelte ab und zieht weiter. Dabei leben die einzelnen Stämme in ewiger, blutiger Feindseligkeit mit einander; sie haben sich gegenseitig zu meiden, und das trägt auch nicht wenig zu der Unstätigkeit ihres Lebens bei.“

„Schönes Leben – viel Abenteuer – viel Ruinen finden – viel ausgraben – ausgezeichnet – excellent!“

„Am besten ist es, wir reiten in die Wüste hinein und befragen uns bei dem ersten Beduinen, welcher uns begegnet, nach dem Wohnorte des nächsten Stammes."
„Gut – well – sehr schön! Gleich jetzt reiten und befragen!"
„Wir könnten heute noch hier bleiben!"
„Bleiben und nicht graben? Nein – geht nicht! Zelte ab und fort!"
Ich mußte ihm seinen Willen lassen, zumal bei näherem Überlegen ich mir sagte, daß es wegen der heutigen feindseligen Begegnung besser sei, den Ort zu verlassen. Wir brachen also die leichten Zelte ab, welche von den Pferden der Diener getragen werden mußten, setzten uns auf und schlugen den Weg nach dem Sabakah-See ein.
Es war ein wundervoller Ritt durch die blumenreiche Steppe. Jeder Schritt der Pferde wirbelte neue Wohlgerüche auf. Ich konnte selbst die weichste und saftigste Savanne Nordamerika's mit dieser Gegend nicht vergleichen. Die Richtung, welche wir eingeschlagen hatten, stellte sich als eine glücklich gewählte heraus; denn bereits nach kaum mehr als einer Stunde kamen drei Reiter auf uns zugesprengt. Sie machten eine sehr hübsche Figur mit den fliegenden Mänteln und wehenden Straußenfedern. Unter lautem Kriegsgeschrei ritten sie auf uns los.
„Sie brüllen. Werden sie stechen?" frug der Engländer.
„Nein. Das ist die Begrüßungsart dieser Leute. Wer sich dabei zaghaft zeigt, der wird für keinen Mann gehalten."
„Werden Männer sein!"
Er hielt Wort und zuckte nicht mit der Wimper, als der eine mit seiner scharfen Lanzenspitze grad auf seine Brust zuhielt und erst abbog und sein Pferd in die Hacken riß, als die Lanzenspitze beinahe die Brust berührte.
„Sallam aaleïkum! Wo wollt Ihr hin?" grüßte Einer.
„Von welchem Stamme bist Du?"
„Vom Stamme der Haddedihn, welcher zu der großen Nation der Schammar gehört."
„Wie heißt Dein Scheik?"
„Er führt den Namen Mohammed Emin."
„Ist er weit von hier?"
„Wenn Du zu ihm willst, so werden wir Euch begleiten."
Sie wandten um und schlossen sich uns an. Während wir – die Diener hinter uns – in würdevoller Haltung in den Sätteln saßen, sprengten sie um uns in weiten Kreisen herum, um ihre Reiterkünste sehen zu lassen. Ihr Hauptkunststück besteht im Innehalten mitten im rasendsten Laufe, wodurch aber ihre Pferde sehr angegriffen und leicht zu Schanden werden. Ich glaube, behaupten zu können, daß ein Indianer auf seinem Mustang sie in jeder Beziehung übertrifft. Dem Engländer gefiel das Schaureiten dieser Leute.
„Prächtig! Hm, so kann ich es nicht – würde den Hals brechen!"
„Ich habe noch andere Reiter gesehen."
„Ah! Wo?"

„Ein Ritt auf Leben und Tod in einem amerikanischen Urwalde, auf einem gefrorenen Flusse, wenn das Pferd kein Eisen hat, oder in einem steinigen Cannon ist doch noch etwas ganz Anderes."

„Hm! Werde auch nach Amerika gehen – reiten in Urwald – auf Flußeis – in Cannon – schönes Abenteuer – prachtvoll! Was sagten diese Leute?"

„Sie grüßten uns und fragten nach dem Ziel unseres Rittes; sie werden uns zu ihrem Scheik bringen. Er heißt Mohammed Emin und ist der Anführer der Haddedihn."

„Tapfere Leute?"

„Diese Männer nennen sich alle tapfer und sind es auch bis zu einem gewissen Grade. Ein Wunder ist dies nicht. Die Frau muß Alles machen, und der Mann thut nichts als reiten, rauchen, rauben, kämpfen, klatschen und faulenzen."

„Schönes Leben – prächtig – möchte Scheik sein – viel ausgraben – manchen Fowlingbull finden und nach London schicken – hm!"

Nach und nach wurde die Steppe belebter und wir gewahrten, daß wir uns den Haddedihn näherten. Sie befanden sich zum großen Theile noch in Bewegung, als wir sie erreichten. Es ist nicht leicht, den Anblick zu beschreiben, den ein Araberstamm auf dem Zuge nach seinem neuen Weideplatze gewährt. Ich hatte vorher die Sahara und einen Theil von Arabien durchzogen und dabei viele Stämme der westlichen Araber kennen gelernt; hier aber bot sich mir ein ganz neuer Anblick dar. Dieselbe Verschiedenheit, welche zwischen den Oasen der Sahara und dem „Lande Sinear" der heiligen Schrift herrscht: – man beobachtet sie auch in dem Leben und allen Verhältnissen ihrer Bewohner. Hier ritten wir auf einer beinahe unbegrenzten Merdsch, welche nicht die mindeste Ähnlichkeit mit einer Uah des Westens hatte. Sie glich vielmehr einem riesigen Savannenteppich, der aus lauter Blumen bestand. Hier schien nie der fürchterliche Samum gewüthet zu haben; hier war keine Spur einer wandernden Düne zu erblicken. Hier gab es kein zerklüftetes und verschmachtetes Wadi, und man meinte, daß hier keine Fata Morgana die Macht besäße, den müden, einsamen Wanderer zu äffen. Die weite Ebene hatte sich mit duftendem Leben geschmückt, und auch die Menschen zeigten keine Spur jener „Wüstenstimmung", welcher westwärts vom Nil kein Mensch entgehen kann. Es lag über diesem bunten Gefilde ein Farbenton, der nicht im Mindesten an das versengende, dabei oft blutig trübe und tödtliche Licht der großen Wüste erinnerte.

Wir befanden uns jetzt inmitten einer nach Tausenden zählenden Heerde von Schafen und Kameelen. So weit das Auge reichte – rechts und links von uns, vor und hinter uns – wogte ein Meer von grasenden und wandernden Thieren. Wir sahen lange Reihen von Ochsen und Eseln, welche beladen waren mit schwarzen Zelten, bunten Teppichen, ungeheuren Kesseln und allerlei anderen Sachen. Auf diese Berge von Geräthschaften hatte man alte Männer und Weiber gebunden, welche nicht mehr im Stande waren, zu gehen oder sich ohne Stütze im Sattel aufrecht zu halten. Zuweilen trug eines der Thiere kleine Kinder, welche in den Sattelsäcken so befestigt waren, daß nur ihre Köpfe durch die kleine Öffnung schauten. Zur Erhaltung des Gleichgewichtes trug das Lastthier dann auf der andern Seite junge Lämmer und Zickelchen, welche blökend und meckernd ebenso aus den Öffnungen der Säcke hervorblickten. Dann kamen Mädchen, nur mit dem eng anliegenden, arabischen Hemd bekleidet; Mütter mit Kindern auf den Schultern, Knaben, welche Lämmer vor sich hertrieben; Dromedartreiber, die, auf ihren Thieren sitzend, ihre edlen Pferde nebenbei am Zügel führten, und endlich zahlreiche Reiter, welche, mit bebuschten Lanzen bewaffnet, auf der Ebene nach denjenigen ihrer Thiere herumjagten, welche sich nicht in die Ordnung des Zuges fügen wollten.

Eigenthümliche Figuren bildeten diejenigen Reitkameele, welche zum Tragen vornehmer Frauen bestimmt waren. Ich hatte in der Sahara sehr oft Dschemmels gesehen, welche Frauen in dem wiegenähnlichen Korbe trugen; aber eine Vorrichtung, wie die hiesige, war mir noch nicht vorgekommen. Zwei zehnellige oder auch noch längere Stangen nämlich werden vor und hinter dem Höcker des Kameeles quer über den Rücken desselben gelegt und an ihren Enden zusammengezogen und mit Pergament oder Stricken verbunden. Dieses Gestell ist mit Fransen und Quasten von Wolle in allen Farben, mit Muschel- und Perlenschnüren verziert, ganz so wie der Sattel und das Riemenzeug, und ragt also neun und noch mehr Ellen rechts und links über die Seiten des Kameeles hinaus. Zwischen ihm auf dem Höcker ragt eine aus Grundleisten und Stoffüberzug bestehende Vorrichtung empor, welche fast genau einem Schilderhause gleicht und mit allerlei Quasten und Troddelwerk behangen ist. In diesem Belle-vue sitzt die Dame. Die ganze Figur erreicht eine außerordentliche Höhe, und wenn sie am Horizont erscheint, so könnte man sie infolge des schwankenden Ganges der Kameele für einen riesigen Schmetterling oder für eine gigantische Libelle halten, welche die Flügel auf und nieder schlägt.

Unser Erscheinen machte in jeder Gruppe, bei welcher wir ankamen, großes Aufsehen. Ich selbst trug daran wohl weniger Schuld als Sir Lindsay, dem ja ebenso wie seinen Dienern auf den ersten Blick der Europäer anzusehen war. Er mußte in seinem graukarrirten Anzuge hier noch mehr auffallen, als ein Araber, der in seiner malerischen Tracht vielleicht auf einem öffentlichen Platze München's oder Leipzig's erschienen wäre. Unsere Führer ritten uns voran, bis wir endlich ein außerordentlich großes Zelt erblickten, vor welchem viele Lanzen in der Erde steckten. Dies war das Zeichen, daß es das Zelt des Häuptlings sei. Man war soeben beschäftigt, rund um dasselbe einen Kreis anderer Zelte zu errichten.

Die beiden Araber sprangen ab und traten ein. Nur wenige Augenblicke später erschienen sie in Begleitung eines Dritten wieder. Dieser hatte die Gestalt und das Äußere eines echten Patriarchen. Just so mußte Abraham ausgesehen haben, wenn er aus seinem Hause im Haine Mamre trat, um seine Gäste zu begrüßen. Der schneeweiße Bart hing ihm bis über die Brust herab, dennoch aber machte der Greis den Eindruck eines rüstigen Mannes, der im Stande ist, eine jede Beschwerde zu ertragen. Sein dunkles

Auge musterte uns nicht eben einladend und freundlich. Er hob die Hand zum Herzen und grüßte:
„Salama!"
Dies ist der Gruß eines eingefleischten Mohammedaners, wenn ein Ungläubiger zu ihm kommt; dagegen empfängt er jeden Gläubigen mit dem Sallam aaleïkum.
„Aaleïkum!" antwortete ich und sprang vom Pferde.
Er sah mich ob dieses Wortes forschend an; dann frug er:
„Bist Du ein Moslem oder ein Giaur?"
„Seit wann empfängt der Sohn des edlen Stammes der Schammar seine Gäste mit einer solchen Frage? Sagt nicht der Kuran: „Speise den Fremdling und tränke ihn; laß ihn bei Dir ruhen, ohne seinen Ausgang und seinen Eingang zu kennen!" – Allah mag es Dir verzeihen, daß Du Deine Gäste wie ein türkischer Khawasse empfängst!"
Er erhob wie abwehrend die Hand.
„Dem Schammar und dem Haddedihn ist Jeder willkommen, nur der Lügner und der Verräther nicht."
Er warf dabei einen bezeichnenden Blick auf den Engländer.
„Wen meinest Du mit diesen Worten?" frug ich ihn.
„Die Männer, welche aus dem Abendlande kommen, um den Pascha gegen die Söhne der Wüste zu hetzen. Wozu braucht die Königin der Inseln einen Consul in Mossul?"
„Diese drei Männer gehören nicht zu dem Consulat. Wir sind müde Wanderer und begehren von Dir weiter nichts, als einen Schluck Wasser für uns und eine Dattel für unsere Pferde!"
„Wenn Ihr nicht zum Consulat gehört, so sollt Ihr haben, was Ihr begehrt. Tretet ein und seid mir willkommen!"
Wir banden unsere Pferde an die Lanzen und gingen in das Zelt. Dort erhielten wir Kameelmilch zu trinken; die Speise bestand nur aus dünnem, hartem und halb verbranntem Gerstenkuchen – ein Zeichen, daß der Scheik uns nicht als Gäste betrachtete. Während des kurzen Mahles fixirte er uns mit finsterem Auge, ohne ein Wort zu sprechen. Er mußte triftige Gründe haben, Fremden zu mißtrauen, und ich sah ihm an, daß er neugierig war, etwas Näheres über uns zu erfahren.
Lindsay schaute sich in dem Zelte um und frug mich:
„Böser Kerl, nicht?"
„Scheint so."
„Sieht ganz so aus, als ob er uns fressen wollte. Was sagte er?"
„Er begrüßte uns als Ungläubige. Wir sind seine Gäste noch nicht und haben uns sehr vorzusehen."
„Nicht seine Gäste? Wir essen und trinken doch bei ihm!"
„Er hat uns das Brot nicht mit seiner eigenen Hand gegeben, und Salz gar nicht. Er sieht, daß Ihr ein Engländer seid, und die Englishmen scheint er zu hassen."
„Weßhalb?"

„Weiß es nicht.“
„Einmal fragen!“
„Geht nicht, denn es wäre unhöflich. Ich denke aber, daß wir es noch erfahren werden.“
Wir waren fertig mit dem kleinen Imbiß, und ich erhob mich.
„Du hast uns Speise und Trank gegeben, Mohammed Emin; wir danken Dir und werden Deine Gastfreundschaft rühmen überall, wohin wir kommen. Lebe wohl! Allah segne Dich und die Deinigen!“
Diesen schnellen Abschied hatte er nicht erwartet.
„Warum wollt Ihr mich schon verlassen? Bleibt hier, und ruht Euch aus!“
„Wir werden gehen, denn die Sonne Deiner Gnade leuchtet nicht über uns.“
„Ihr seid dennoch sicher hier in meinem Zelte.“
„Meinest Du? Ich glaube nicht an die Sicherheit im Beyt eines Arab el Schammar.“
Er fuhr mit der Hand nach dem Dolche.
„Willst Du mich beleidigen?“
„Nein; ich will Dir nur meine Gedanken sagen. Das Zelt eines Schammar bietet dem Gastfreunde keine Sicherheit; wie viel weniger also demjenigen, der nicht einmal Gastfreundschaft genießt!“
„Soll ich Dich niederstechen? Wann hat jemals ein Schammar die Gastfreundschaft gebrochen?“
„Sie ist gebrochen worden nicht nur gegen Fremde, sondern sogar gegen Angehörige des eigenen Stammes.“
Das war allerdings eine fürchterliche Beschuldigung, welche ich hier aussprach; aber ich sah nicht ein, aus welchem Grunde ich höflich sein sollte mit einem Manne, der uns wie Bettler aufgenommen hatte.
„Du wirst mich nicht niederstechen, Scheik; denn erstens habe ich die Wahrheit gesprochen, und zweitens würde mein Dolch Dich eher treffen, als der Deinige mich.“
„Beweise die Wahrheit!“
„Ich werde Dir eine Geschichte erzählen. Es gab einen großen, mächtigen Stamm, der wieder in kleinere Ferkah zerfiel. Dieser Stamm war regiert worden von einem großen, tapfern Häuptling, in dessen Herzen aber die List neben der Falschheit wohnte. Die Seinen wurden mit ihm unzufrieden und fielen nach und nach von ihm ab. Sie wandten sich dem Häuptling eines Ferkah zu. Da schickte der Scheik zu dem Häuptling und ließ ihn zu einer Besprechung zu sich laden. Er kam aber nicht. Da sandte der Scheik seinen eigenen Sohn. Dieser war mutig, tapfer und liebte die Wahrheit. Er sprach zu dem Häuptling: „Folge mir. Ich schwöre Dir bei Allah, daß Du sicher bist im Zelte meines Vaters. Ich werde mit meinem Leben für das Deinige stehen!“ – Da antwortete der Häuptling: „Ich würde nicht zu Deinem Vater gehen, selbst wenn er tausend Eide ablegte, mich zu schonen; Dir aber glaube ich. Und um Dir zu zeigen, daß ich Dir vertraue, werde ich ohne Begleitung mit Dir gehen.“ – Sie setzten sich zu Pferde und ritten davon. Als sie in das Zelt des Scheik traten, war es von Kriegern angefüllt. Der

Häuptling wurde eingeladen, sich an der Seite des Scheik niederzulassen. Er erhielt das Mahl und die Rede der Gastfreundschaft, aber nach dem Mahle wurde er überfallen. Der Sohn des Scheik wollte ihn retten, wurde aber festgehalten. Der Oheim des Scheik riß den Häuptling zu sich nieder, klemmte den Kopf desselben zwischen seine Kniee, und so wurde dem Verrathenen mit Messern der Kopf abgewürgt, wie man es bei einem Schafe thut. Der Sohn zerriß seine Kleider und machte seinem Vater Vorwürfe, mußte aber fliehen, sonst wäre er wohl ermordet worden. Kennst Du diese Geschichte, Scheik Mohammed Emin?"

„Ich kenne sie nicht. So eine Geschichte kann nicht geschehen."

„Sie ist geschehen und zwar in Deinem eigenen Stamme. Der Verrathene hieß Nedschris, der Sohn Ferhan, der Oheim Hadschar, und der Scheik war der berühmte Scheik Sofuk vom Stamme der Schammar."

Er wurde verlegen.

„Woher kennst Du diese Namen? Du bist kein Schammar, kein Obeïde, kein Abu-Salman. Du redest die Sprache der westlichen Araber, und Deine Waffen sind nicht diejenigen der Araber von El Dschesireh. Von wem hast Du diese Geschichte erfahren?"

„Die Schande eines Stammes wird ebenso ruchbar wie der Ruhm eines Volkes. Du weißt, daß ich die Wahrheit gesprochen habe. Wie kann ich Dir vertrauen? Du bist ein Haddedihn; die Haddedihn gehören zu den Schammar, und Du hast uns die Gastfreundschaft verweigert. Wir werden gehen."

Er erhob durch eine Bewegung seines Armes Widerspruch.

„Du bist ein Hadschi und befindest Dich in der Gesellschaft von Giaurs!"

„Woher siehst Du, daß ich ein Hadschi bin?"

„An Deinem Hamail. Du sollst frei sein. Diese Ungläubigen aber sollen die Dschisijet bezahlen, ehe sie fortgehen."

„Sie werden sie nicht bezahlen, denn sie stehen unter meinem Schutz."

„Sie brauchen Deinen Schutz nicht, denn sie stehen unter demjenigen ihres Consuls, den Allah verderben möge!"

„Ist er Dein Feind?"

„Er ist mein Feind. Er hat den Gouverneur von Mossul beredet, meinen Sohn gefangen zu nehmen; er hat die Obeïde, die Abu-Hammed und die Dschowari gegen mich aufgehetzt, daß sie meine Heerden raubten und sich jetzt vereinigen wollen, mich und meinen ganzen Stamm zu verderben."

„So rufe die andern Stämme der Schammar zu Hilfe!"

„Sie können nicht kommen, denn der Gouverneur hat ein Heer gesammelt, um ihre Weideplätze am Sindschar mit Krieg zu überziehen. Ich bin auf mich selbst angewiesen. Allah möge mich beschützen!"

„Mohammed Emin, ich habe gehört, daß die Obeïde, die Abu-Hammed und die Dschowari Räuber sind. Ich liebe sie nicht: ich bin ein Freund der Schammar. Die

Schammar sind die edelsten und tapfersten Araber, die ich kenne; ich wünsche, daß Du alle Deine Feinde besiegen mögest!"

Ich beabsichtigte nicht etwa, mit diesen Worten ein Compliment auszusprechen; sie enthielten vielmehr meine volle Überzeugung. Dies mußte wohl auch aus meinem Tone herausgeklungen haben, denn ich sah, daß sie einen freundlichen Eindruck hervorbrachten.

„Du bist in Wirklichkeit ein Freund der Schammar?" frug er mich.

„Ja, und ich beklage es sehr, daß Zwietracht unter sie gesät wurde, so daß ihre Macht nun fast gebrochen ist."

„Gebrochen? Allah ist groß, und noch sind die Schammar tapfer genug, um mit ihren Gegnern zu kämpfen. Wer hat Dir von uns erzählt?"

„Ich habe schon vor langer Zeit von Euch gelesen und gehört; die letzte Kunde aber erhielt ich drüben im Belad Arab bei den Söhnen der Ateïbeh."

„Wie?" frug er überrascht, „Du warst bei den Ateïbeh?"

„Ja."

„Sie sind zahlreich und mächtig, aber es ruht ein Fluch auf ihnen."

„Du meinst Scheik Malek, welcher ausgestoßen wurde?"

Er sprang empor.

„Maschallah, Du kennst Malek, meinen Freund und Bruder?"

„Ich kenne ihn und seine Leute."

„Wo trafest Du sie?"

„Ich stieß auf sie in der Nähe von Dschidda und bin mit ihnen quer durch das Belad Arab nach El Nahman, der Wüste von Maskat, gezogen."

„So kennst Du sie Alle?"

„Alle."

„Auch – verzeihe, daß ich von einem Weibe spreche, aber sie ist kein Weib, sondern ein Mann – auch Amscha, die Tochter Malek's, kennst Du?"

„Ich kenne sie. Sie war das Weib von Abu-Seïf und hat Rache an ihm genommen."

„Hat sie ihre Rache erreicht?"

„Ja; er ist todt. Hadschi Halef Omar, mein Diener, hat ihn gefällt und dafür Hanneh, Amscha's Tochter, zum Weibe erhalten."

„Dein Diener? So bist Du kein gewöhnlicher Krieger?"

„Ich bin ein Sohn der Uëlad German und reise durch die Länder, um Abenteuer zu suchen."

„O, jetzt weiß ich es. Du thust, wie Harun al Raschid gethan hat; Du bist ein Scheik, ein Emir und ziehst auf Kämpfe und auf Abenteuer aus. Dein Diener hat den mächtigen Vater des Säbels getödtet, Du als sein Herr mußt noch ein größerer Held sein, als Dein Begleiter. Wo befindet sich dieser wackere Hadschi Halef Omar?"

Es fiel mir natürlich gar nicht ein, dieser mir sehr vortheilhaften Ansicht über mich zu widersprechen. Ich antwortete:

„Du wirst ihn vielleicht bald zu sehen bekommen. Er wird von dem Scheik Malek abgesandt, um die Schammar zu fragen, ob er mit den Seinen unter ihrem Schutze wohnen könne."

„Sie werden mir willkommen sein, sehr willkommen. Erzähle mir, o Emir, erzähle mir von ihnen!"

Er setzte sich wieder nieder. Ich folgte seinem Beispiele und berichtete ihm über mein Zusammentreffen mit den Ateïbeh, so weit ich es für nöthig hielt. Als ich zu Ende war, reichte er mir die Hand.

„Verzeihe, Emir, daß ich dies nicht wußte. Du hast diese Engländer bei Dir, und sie sind meine Feinde. Nun aber sollt Ihr meine Gäste sein. Erlaube mir, daß ich gehe und das Mahl bestelle."

Jetzt hatte er mir die Hand gegeben, und nun erst war ich sicher bei ihm. Ich griff unter mein Gewand und zog die Flasche hervor, in welcher sich das „heilige" Wasser befand.

„Du wirst das Mahl bei Bent Amm bestellen?"

„Ja."

„So grüße sie von mir und weihe sie mit einigen Tropfen aus diesem Gefäße. Es ist das Wasser vom Brunnen Zem-Zem. Allah sei mit ihr!"

„Sihdi, Du bist ein tapferer Held und ein großer Heiliger. Komm und besprenge sie selbst. Die Frauen der Schammar fürchten sich nicht, ihr Gesicht sehen zu lassen vor den Männern."

Ich hatte allerdings bereits gehört, daß die Weiber und Mädchen der Schammar keine Freundinnen des Schleiers seien, und war ja auch während meines heutigen Rittes vielen von ihnen begegnet, deren Gesicht ich unverhüllt gesehen hatte. Er erhob sich wieder und winkte mir, ihm zu folgen. Unser Weg ging nicht weit. In der Nähe seines Zeltes stand ein zweites. Als wir dort eingetreten waren, bemerkte ich drei Araberinnen und zwei schwarze Mädchen. Die Schwarzen waren jedenfalls Sklavinnen, die Anderen aber jedenfalls seine Frauen. Zwei von ihnen rieben zwischen zwei Steinen Gerste zu Mehl, die Dritte aber leitete von einem erhöhten Standpunkte aus diese Arbeit. Sie war offenbar die Gebieterin.

In einer Ecke des Zeltes standen mehrere mit Reis, Datteln, Kaffee, Gerste und Bohnen gefüllte Säcke, über welche ein kostbarer Teppich gebreitet war; dies bildete den Thron der Gebieterin. Sie war noch jung, schlank und von hellerer Gesichtsfarbe als die anderen Frauen; ihre Züge waren regelmäßig, ihre Augen dunkel und glänzend. Sie hatte die Lippen dunkelroth und die Augenbrauen schwarz und zwar in der Weise gefärbt, daß sie über der Nase zusammentrafen. Stirn und Wangen waren mit Schönheitspflästerchen belegt, und an den bloßen Armen und Füßen konnte man eine tiefrothe Tättowirung bemerken. Von einem jeden Ohre hing ein großer goldener Ring bis zur Taille herab, und auch die Nase war mit einem sehr großen Ring versehen, an dem mehrere große edle Steine funkelten: – er mußte ihr beim Essen sehr im Wege sein. Um ihren Nacken hingen ganze, dicke Reihen von Perlen, Korallenstücken, assyrischen Zylindern und

bunten Steinen, und lose silberne Ringe umgaben ihre Knöchel, Arm- und Handgelenke. Die andern Frauen waren weniger geschmückt.
„Sallam!“ grüßte der Scheik. „Hier bringe ich Euch einen Helden vom Stamme der German, der ein großer Heiliger ist und Euch mit dem Segen des Zem-Zem begnadigen will.“
Sofort warfen sich sämmtliche Frauen auf die Erde. Auch die Vornehmste glitt von ihrem Throne und kniete nieder. Ich ließ einige Tropfen Wasser in die Hand laufen und spritzte sie über die Gruppe aus.
„Nehmt hin, Ihr Blumen der Wüste! Der Gott aller Völker erhalte Euch lieblich und froh, daß Euer Duft erquicke das Herz Eures Gebieters!“
Als sie bemerkten, daß ich das Gefäß wieder zu mir steckte, erhoben sie sich und beeilten sich, mir zu danken. Dies geschah einfach durch einen Druck der Hand, ganz so wie im Abendlande. Dann gebot der Scheik:
„Nun tummelt Euch, ein Mahl zu bereiten, welches dieses Mannes würdig ist. Ich werde Gäste laden, daß mein Zelt voll werde und Alle sich freuen über die Ehre, welche uns heute widerfahren ist.“
Wir kehrten in sein Zelt zurück. Während ich eintrat, verweilte er noch vor demselben, um einigen Beduinen seine Befehle zu ertheilen.
„Wo waret Ihr?“ frug Sir Lindsay.
„Im Zelte der Frauen.“
„Ah! Nicht möglich!“
„Und doch!“
„Diese Weiber lassen sich sehen?“
„Warum nicht?“
„Hm! Wundervoll! Hier bleiben! Auch Weiber ansehen!“
„Je nach Umständen. Man hält mich für einen frommen Mann, da ich Wasser aus dem Brunnen des Zem-Zem habe, von dem nach dem Glauben dieser Leute ein Tropfen Wunder thut.“
„Ah! Miserabel! Habe kein Zem-Zem!“
„Würde Euch auch nichts helfen, da Ihr nicht Arabisch versteht!“
„Sind hier Ruinen?“
„Nein. Aber ich glaube, daß wir nicht weit zu gehen hätten, um solche zu finden.“
„Dann einmal fragen! Ruinen finden; Fowling-bull ausgraben! War übrigens ein schauderhaftes Essen hier!“
„Wird besser. Wir werden sogleich einen echt arabischen Schmaus bekommen!“
„Ah! Schien mir nicht danach auszusehen, der Scheik.“
„Seine Ansicht über uns hat sich geändert. Ich kenne einige Freunde von ihm, und das hat uns das Gastrecht hier erworben. Aber laßt die Diener abtreten. Es könnte die Araber beleidigen, wenn sie mit ihnen in einem Raume sein müssen.“

Als der Scheik wieder erschienen war, dauerte es nicht lange, so versammelten sich die Geladenen. Es waren ihrer so Viele, daß das Zelt wirklich voll wurde. Sie lagerten sich je nach ihrem Range im Kreise herum, während der Scheik zwischen mir und dem Engländer in der Mitte saß. Bald ward auch das Mahl von den Sklavinnen in das Zelt gebracht und von einigen Beduinen aufgetragen.

Zunächst wurde ein Sufrah vor uns hingelegt. Dies ist eine Art Tischtuch von gegerbtem Leder, das an seinem Rande mit farbigen Streifen, Fransen und Verzierungen versehen ist. Es enthält zugleich eine Anzahl von Taschen und kann, wenn es zusammengelegt worden ist, als Vorrathstasche für Speisewaaren benützt werden. Dann wurde der Kaffee gebracht. Für jetzt erhielt jeder Geladene nur ein kleines Täßchen voll dieses Getränkes. Dann kam eine Schüssel mit Salatah. Dies ist ein sehr erfrischendes Gericht und besteht aus geronnener Milch mit Gurkenschnittchen, die etwas gesalzen und gepfeffert sind. Zugleich wurde ein Topf vor den Scheik gesetzt. Er enthielt frisches Wasser, aus welchem die Hälse von drei Flaschen ragten. Zwei von ihnen enthielten, wie ich bald merkte, Araki, und die dritte war mit einer wohlriechenden Flüssigkeit gefüllt, mit welcher uns der Herr nach jedem Gange bespritzte.

Nun kam ein ungeheurer Napf voll flüssiger Butter. Sie wird hier Samn genannt und von den Arabern sowohl als Einleitung und Nachtisch, als auch zu jeder anderen Zeit mit Vorliebe gegessen und getrunken. Dann wurden kleine Körbchen mit Datteln vorgesetzt. Ich erkannte die köstliche, flach gedrückte El Schelebi, welche etwa so verpackt wird, wie bei uns die Feige oder die Prunelle. Sie ist ungefähr zwei Zoll lang, kleinkernig und von ebenso herrlichem Geruch wie Geschmack. Dann sah ich die seltene Adschwa, welche niemals in den Handel kommt; denn der Prophet hat von ihr gesagt: Wer das Fasten durch den täglichen Genuß von sechs oder sieben Adschwa bricht, der braucht weder Gift noch Zauber zu fürchten. – Auch die Hilwah, die süßeste, die Dschuseirijeh, die grünste, und El Birni und El Seihani waren vertreten. Für die minder vornehmen Gäste waren Balah, am Baume getrocknete Datteln, nebst Dschebeli und Hylajeh vorhanden. Auch Kelladat el Scham, syrische Halsbänder, lagen da. Dies sind Datteln, welche man in noch unreifem Zustande in siedendes Wasser taucht, damit sie ihre gelbe Farbe behalten sollen; dann reiht man sie auf eine Schnur und läßt sie in der Sonne trocknen.

Nach den Datteln trug man ein Gefäß mit Kunafah, d. i. mit Zucker bestreute Nudeln, auf. Nun hob der Wirt die Hände empor.

„Bismillah!" rief er und gab damit das Zeichen zum Beginn des Mahles.

Er langte mit den Fingern in die einzelnen Näpfe, Schüsseln und Körbe und steckte erst mir, dann dem Engländer dasjenige, was er für das Beste hielt, in den Mund. Ich hätte allerdings lieber meine eigenen Finger gebraucht, aber ich mußte ihn gewähren lassen, da ich ihn sonst unverzeihlich beleidigt hätte. Master Lindsay aber zog, als er die erste Nudel in den Mund gestopft erhielt, diesen seinen Mund nach seiner bekannten Weise

in ein Trapezoid und machte ihn nicht eher wieder zu, als bis ich ihn aufmerksam machte:
„Eßt, Sir, wenn Ihr diese Leute nicht tödtlich beleidigen wollt!“
Er klappte den Mund zu, schluckte den Bissen hinunter und meinte dann, natürlich in englischer Sprache:
„Brr! Ich habe doch Messer und Gabel in meinem Besteck bei mir!“
„Laßt sie stecken! Wir müssen uns nach der Sitte des Landes richten.“
„Schauderhaft!“
„Was sagt dieser Mann?“ frug der Scheik.
„Er ist ganz entzückt über Dein Wohlwollen.“
„O, ich liebe Euch!“
Bei diesen Worten fuhr er mit der Hand in die saure Milch und klebte dem ehrenwerthen Master Englishman eine Portion unter die lange Nase. Der so Beglückte schnaubte einige Male, um sich Luft und Muth zu machen, und versuchte dann, die Gabe des Wohlwollens mittelst seiner Zunge von dem unteren Theile seines Angesichtes hinweg in das Innere derjenigen Öffnung zu bringen, welche der Vorhof des Verdauungsapparates genannt werden muß.
„Schrecklich!“ lamentirte er dann. „Muß ich das wirklich leiden?“
„Ja.“
„Ohne Gegenwehr?“
„Ohne! Aber rächen könnt Ihr Euch.“
„Wie so?“
„Paßt auf, wie ich es mache, und thut dann ebenso!“
Ich langte in die Nudeln und steckte dem Scheik eine Portion davon in den Mund. Er hatte sie noch nicht verschluckt, so griff David Lindsay in die flüssige Butter und langte ihm eine Handvoll zu. Was ich von dem Scheik als einem Moslem nicht erwartet hatte, das geschah; er nahm die Gabe eines Ungläubigen ohne Sträuben an. Jedenfalls behielt er sich vor, sich später zu waschen und durch ein längeres oder kürzeres Fasten sich von dem Vergehen wieder zu reinigen.
Während wir Beide auf diese Weise von dem Scheik gespeist wurden, theilte ich meine Gaben reichlich unter die Andern aus. Sie hielten das für eine große Bevorzugung durch mich und boten mir den Mund mit sichtbarem Vergnügen dar. Bald war von dem Vorhandenen nichts mehr zu sehen.
Nun klatschte der Scheik laut in die Hände. Man brachte eine Sini. Das ist eine sehr große, mit Zeichnungen und Inschriften versehene Schüssel von fast sechs Fuß im Umfange. Sie war gefüllt mit Birgani, einem Gemenge von Reis und Hammelfleisch, welches in zerlassener Butter schwamm. Dann kam ein Warah Maschi, ein stark gewürztes Ragout aus Hammelschnitten, nachher Kahab, kleine, auf spitze Holzstäbchen gespießte Bratenstückchen, dann Kima, gekochtes Fleisch, eingelegte

Granaten, Äpfel und Quitten und endlich Raha, ein Zuckerwerk von der Art, wie auch wir es in verschiedenen Sorten beim Nachtisch zu naschen pflegen.
Endlich? O nein! Denn als ich das Mahl beendet glaubte, wurde noch das Hauptstück desselben gebracht: ein Hammel, ganz am Spieße gebraten. Ich konnte nicht mehr essen.
„El Hamd ul illah!“ rief ich daher, steckte meine Hände in den Wassertopf und trocknete sie mir an meinem Gewande ab.
Das war das Zeichen, daß ich nicht mehr essen würde. Der Morgenländer kennt bei Tafel das sogenannte lästige „Nötigen“ nicht. Wer sein „El Hamd“ gesagt hat, wird nicht weiter beachtet. Das bemerkte der Engländer.
„El Hamdillah!“ rief auch er, fuhr mit der Hand in das Wasser und – betrachtete sie dann sehr verlegen.
Der Scheik bemerkte das und hielt ihm sein Haïk entgegen.
„Sage Deinem Freunde,“ meinte er zu mir, „daß er seine Hände an meinem Kleide trocknen möge. Die Engländer verstehen wohl nicht viel von Reinlichkeit, denn sie haben nicht einmal ein Gewand, an welchem sie sich abtrocknen können.“
Ich gab Lindsay das Anerbieten des Scheik zu verstehen, und er machte hierauf den ausgiebigsten Gebrauch davon.
Nun wurde von dem Araki gekostet, und dann ward einem Jeden der Kaffee und eine Pfeife gereicht. Nun erst begann der Scheik, mich den Seinen vorzustellen:
„Ihr Männer vom Stamme der Haddedihn el Schammar, dieser Mann ist ein großer Emir und Hadschi aus dem Lande der Uëlad German; sein Name lautet – –“
„Hadschi Kara Ben Nemsi,“ fiel ich ihm in die Rede.
„Ja, sein Name lautet Emir Hadschi Kara Ben Nemsi; er ist der größte Krieger seines Landes und der weiseste Taleb seines Volkes. Er hat den Brunnen Zem-Zem bei sich und geht in alle Länder, um Abenteuer zu suchen. Wißt Ihr nun, was er ist? Ein Dschihad ist er. Laßt uns sehen, ob es ihm gefällt, mit uns gegen unsere Feinde zu ziehen!“
Das brachte mich in eine ganz eigenthümliche, unerwartete Lage. Was sollte ich antworten? Denn eine Antwort erwarteten Alle von mir, das war ihren auf mich gerichteten Blicken anzusehen. Ich entschloß mich kurz:
„Ich kämpfe für alles Rechte und Gute gegen Alles, was unrecht und falsch ist. Mein Arm gehört Euch; vorher aber muß ich diesen Mann, meinen Freund, dahin bringen, wohin ihn zu geleiten ich versprochen habe.“
„Wohin ist das?“
„Das muß ich Euch erklären. Vor mehreren tausend Jahren lebte in diesem Lande ein Volk, welches große Städte und herrliche Paläste besaß. Das Volk ist untergegangen, und seine Städte und Paläste liegen verschüttet unter der Erde. Wer in die Tiefe gräbt, der kann sehen und lernen, wie es vor Jahrtausenden gewesen ist, und dies will mein Freund thun. Er will in der Erde suchen nach alten Zeichen und Schriften, um sie zu enträthseln und zu lesen – – –“
„Und nach Gold, um es mitzunehmen,“ fiel der Scheik ein.

„Nein," antwortete ich. „Er ist reich; er hat Gold und Silber, so viel er braucht. Er sucht nur Schriften und Bilder; alles Andere will er den Bewohnern dieses Landes lassen."
„Und was sollst Du dabei thun?"
„Ich soll ihn an eine Stelle führen, an der er findet, was er sucht."
„Dazu braucht er Dich nicht, und Du kannst immerhin mit uns in den Kampf ziehen. Wir selbst werden ihm genug solche Stellen zeigen. Das ganze Land ist voller Ruinen und Trümmer."
„Aber es kann Niemand mit ihm sprechen, wenn ich nicht bei ihm bin. Ihr versteht nicht seine Sprache, und er kennt nicht die Eurige."
„So mag er zuvor mit uns in den Kampf ziehen, und dann werden wir Euch viele Orte zeigen, wo Ihr Schriften und Bilder finden könnt."
Lindsay merkte, daß von ihm die Rede war.
„Was sagen sie?" frug er mich.
„Sie fragen mich, was Ihr in diesem Lande wollt."
„Habt Ihr es ihnen gesagt, Sir?"
„Ja."
„Daß ich Fowling-bulls ausgraben will?"
„Ja."
„Nun?"
„Sie wollen, ich soll nicht bei Euch bleiben."
„Was sonst machen?"
„Mit ihnen in den Kampf ziehen. Sie halten mich für einen großen Helden."
„Hm! Wo finde ich Fowling-bulls?"
„Sie wollen Euch solche zeigen."
„Ah! Aber ich verstehe diese Leute nicht!"
„Das habe ich Ihnen gesagt."
„Was geantwortet?"
„Ihr sollt mit in den Kampf ziehen, und dann wollen sie uns zeigen, wo Inschriften und dergleichen zu finden sind."
„Well! Wir ziehen mit ihnen!"
„Das geht ja nicht!"
„Warum nicht?"
„Wir gefährden uns dabei. Was gehen uns die Feindseligkeiten Anderer an?"
„Nichts. Aber eben darum können wir gehen, mit wem wir wollen."
„Das ist sehr zu überlegen."
„Fürchtet Ihr Euch, Sir?"
„Nein."
„Ich dachte! Also mitziehen! Sagt es ihnen!"
„Ihr werdet Euch noch anders besinnen."
„Nein!"

Er drehte sich auf die Seite, und das war ein untrügliches Zeichen, daß er sein letztes Wort gesagt habe. Ich wandte mich also wieder an den Scheik:
„Ich habe Dir vorhin gesagt, daß ich für alles Rechte und Gute kämpfe. Ist Eure Sache recht und gut?"
„Soll ich sie Dir erzählen?"
„Ja."
„Hast Du von dem Stamme der Dschehesch gehört?"
„Ja. Es ist ein treuloser Stamm. Er verbindet sich sehr oft mit den Abu Salman und den Tai-Arabern, um die Nachbarstämme zu berauben."
„Du weißt es. Er fiel über den meinigen her und raubte uns mehrere Heerden; wir aber eilten ihm nach und nahmen ihm Alles wieder. Nun hat uns der Scheik der Dschehesch beim Gouverneur verklagt und ihn bestochen. Dieser schickte zu mir und entbot mich mit den vornehmsten Kriegern meines Stammes zu einer Besprechung nach Mossul. Ich hatte eine Wunde erhalten und konnte weder reiten noch gehen. Darum sandte ich meinen Sohn mit fünfzehn Kriegern zu ihm. Er war treulos, nahm sie gefangen und schickte sie an einen Ort, den ich noch nicht erfahren habe."
„Hast Du Dich nach ihnen erkundigt?"
„Ja, aber ohne Erfolg, da kein Mann meines Stammes sich nach Mossul wagen kann. Die Stämme der Schammar waren entrüstet über diesen Verrath und tödteten einige Soldaten des Gouverneurs. Nun rüstet er gegen sie und hat zugleich die Obeïde, die Abu Hammed und die Dschowari gegen mich gehetzt, obgleich sie nicht unter seine Hoheit, sondern nach Bagdad gehören."
„Wo lagern Deine Feinde?"
„Sie rüsten erst."
„Willst Du Dich nicht mit den andern Schammarstämmen vereinigen?"
„Wo sollten da unsere Heerden Weide finden?"
„Du hast recht. Ihr wollt Euch theilen und den Gouverneur in die Wüste locken, um ihn zu verderben?"
„So ist es. Er mit seinem Heere kann den Schammar nichts thun. Anders aber ist es mit meinen Feinden; sie sind Araber; ich darf sie nicht bis zu meinen Weideplätzen kommen lassen."
„Wie viel Krieger zählt Dein Stamm?"
„Elf hundert."
„Und Deine Gegner?"
„Mehr als dreimal so viel."
„Wie lange dauert es, die Krieger Deines Stammes zu versammeln?"
„Einen Tag."
„Wo haben die Obeïde ihr Lager?"
„Am untern Laufe des Zab-asfal."
„Und die Abu Hammed?"

„In der Nähe von El Fattha, an der Stelle, wo der Tigris durch die Hamrinberge bricht."
„Auf welcher Seite?"
„Auf beiden."
„Und die Dschowari?"
„Zwischen dem Dschebel Kernina und dem rechten Ufer des Tigris."
„Hast Du Kundschafter ausgesandt?"
„Nein."
„Das hättest Du thun sollen."
„Es geht nicht. Jeder Schammar ist sofort zu erkennen, und wäre verloren, wenn man ihm begegnete. Aber – – –"
Er hielt inne und blickte mich forschend an. Dann fuhr er fort:
„Emir, Du bist wirklich der Freund von Malek, dem Ateïbeh?"
„Ja."
„Und auch unser Freund?"
„Ja."
„Komm mit mir; ich werde Dir etwas zeigen!"
Er verließ das Zelt. Ich folgte ihm mit dem Engländer und allen anwesenden Arabern. Neben dem großen Zelte hatte man während unseres Mahles ein kleineres für die beiden Diener aufgeschlagen, und im Vorübergehen bemerkte ich, daß man auch sie mit Speise und Trank bedacht hatte. Außerhalb des Zeltkreises standen die Pferde des Scheik angebunden; zu ihnen führte er mich. Sie waren alle ausgezeichnet, zwei aber entzückten mich förmlich. Eines war eine junge Schimmelstute, das schönste Geschöpf, welches ich jemals gesehen hatte. Seine Ohren waren lang, dünn und durchscheinend, die Nasenlöcher hoch, aufgeblasen und tief roth, Mähne und Schweif wie Seide.
„Herrlich!" rief ich unwillkürlich.
„Sage: Masch Allah!" bat mich der Scheik.
Der Araber ist nämlich in Beziehung auf das sogenannte „Beschreien" sehr abergläubig. Wem irgend etwas sehr gefällt, der hat „Masch Allah" zu sagen, wenn er nicht sehr anstoßen will.
„Masch Allah!" antwortete ich.
„Glaubst Du, daß ich auf dieser Stute den wilden Esel des Sindschar müde gejagt habe, bis er zusammenbrach?"
„Unmöglich!"
„Bei Allah, es ist wahr! Ihr könnt es bezeugen!"
„Wir bezeugen es!" riefen die Araber wie aus einem Munde.
„Diese Stute geht nur mit meinem Leben von mir," erklärte der Scheik. „Welches Pferd gefällt Dir noch?"
„Dieser Hengst. Siehe diese Gliederung, diese Symmetrie, diesen Adel und diese wunderseltene Färbung, ein Schwarz, welches in das Blau übergeht!"

„Das ist noch nicht alles. Der Hengst hat die drei höchsten Tugenden eines guten Pferdes."
„Welche?"
„Schnellfüßigkeit, Muth und einen langen Athem."
„An welchen Zeichen erkennst Du dies?"
„Die Haare wirbeln sich an der Croupe: das zeigt, daß er schnellfüßig ist; sie wirbeln sich am Beginn der Mähne: das zeigt, daß er einen langen Athem hat, und sie wirbeln sich ihm in der Mitte der Stirne: das zeigt, daß er einen feurigen, stolzen Muth besitzt. Er läßt seinen Reiter nie im Stich und trägt ihn durch tausend Feinde. Hast Du einmal ein solches Pferd besessen?"
„Ja."
„Ah! So bist Du ein sehr reicher Mann."
„Es kostete mich nichts – es war ein Mustang."
„Was ist ein Mustang?"
„Ein wildes Pferd, welches man sich erst einfangen und zähmen muß."
„Würdest Du diesen Rapphengst kaufen, wenn ich wollte und wenn Du könntest?"
„Ich würde ihn auf der Stelle kaufen."
„Du kannst ihn Dir verdienen!"
„Ah! Unmöglich!"
„Ja. Du kannst ihn zum Geschenk erhalten."
„Unter welcher Bedingung?"
„Wenn Du uns sichere Kundschaft bringst, wo die Obeïde, Abu Hammed und Dschowari sich vereinigen werden."
Beinahe hätte ich ein „Juchhei!" hinausgejubelt. Der Preis war hoch, aber das Roß war noch mehr werth. Ich besann mich nicht lange.
„Bis wann verlangst Du diese Nachricht?"
„Bis Du sie bringen kannst."
„Und wann erhalte ich das Pferd?"
„Wenn Du zurückgekehrt bist."
„Du hast recht; ich kann es nicht eher verlangen; aber dann kann ich Deinen Auftrag auch nicht ausführen."
„Warum?"
„Weil vielleicht Alles darauf ankommt, daß ich ein Pferd reite, auf welches ich mich in jeder Beziehung verlassen kann."
Er blickte zu Boden.
„Weißt Du, daß bei einem solchen Vorhaben der Hengst sehr leicht verloren gehen kann?"
„Ich weiß es; es kommt auch auf den Reiter an. Aber wenn ich ein solches Pferd unter mir habe, so wüßte ich keinen Menschen, der mich oder das Thier fangen könnte."
„Reitest Du so gut?"

„Ich reite nicht so wie Ihr; ich müßte das Pferd eines Schammar erst an mich gewöhnen."
„So sind wir Dir überlegen!"
„Überlegen? Seid Ihr gute Schützen?"
„Wir schießen im Galopp die Taube vom Zelte."
„Gut. Leihe mir den Hengst und schicke zehn Krieger hinter mir her. Ich werde mich nicht auf tausend Lanzenlängen von Deinem Lager entfernen und gebe ihnen die Erlaubniß, auf mich zu schießen, so oft es ihnen beliebt. Sie werden mich nicht fangen und auch nicht treffen."
„Du sprichst im Scherze, Emir!"
„Ich rede im Ernste."
„Und wenn ich Dich beim Wort nehme?"
„Gut!"
Die Augen der Araber leuchteten vor Vergnügen. Gewiß war ein jeder von ihnen ein vortrefflicher Reiter; sie brannten vor Verlangen, daß der Scheik auf mein Anerbieten eingehen werde.
Dieser aber blickte sehr unschlüssig vor sich nieder.
„Ich weiß, welcher Gedanke Dein Herz bewegt, o Scheik," sagte ich ihm. „Sieh mich an! Trennt ein Mann sich von solchen Waffen, wie ich sie trage?"
„Nie!"
Ich entledigte mich derselben und legte sie vor ihm nieder.
„Sieh, hier lege ich sie Dir zu Füßen, als Pfand, daß ich nicht gekommen bin, Dir den Hengst zu rauben; und wenn dies noch nicht genug ist, so sei mein Wort und auch hier mein Freund Dir Pfand."
Jetzt lächelte er beruhigt.
„Es sei, also zehn Mann?"
„Ja, auch Zwölf oder Fünfzehn."
„Die auf Dich schießen dürfen?"
„Ja. Wenn ich erschossen werde, wird sie kein Vorwurf treffen. Wähle Deine besten Reiter und Schützen aus!"
„Du bist tollkühn, Emir!"
„Das glaubst Du nur."
„Sie haben sich nur hinter Dir zu halten?"
„Sie können reiten, wie und wohin sie wollen, um mich zu fangen oder mit ihrer Kugel zu treffen."
„Allah kerihm, so bist Du bereits jetzt schon ein todter Mann!"
„Aber sobald ich hier an diesem Orte halten bleibe, ist das Spiel zu Ende!"
„Wohl, Du willst es nicht anders. Ich werde meine Stute reiten, um Alles sehen zu können."
„Erlaube mir zuvor, den Hengst zu probieren!"
„Thue es!"

Ich saß auf, und während der Scheik diejenigen bestimmte, welche mich fangen sollten, merkte ich, daß ich mich auf den Hengst ganz und gar verlassen konnte. Dann sprang ich wieder ab und entfernte den Sattel. Das stolze Thier merkte, daß etwas Ungewöhnliches im Gange sei; seine Augen funkelten, seine Mähne hob sich, und seine Füßchen gingen wie die Füße einer Tänzerin, welche versuchen will, ob das Parkett des Saales „wichsig" genug zum Contre sei. Ich schlang ihm einen Riemen um den Hals und knüpfte eine Schlinge an die eine Seite des fest angezogenen Bauchgurtes.
„Du entfernst den Sattel?" frug der Scheik. „Wozu diese Riemen?"
„Das wirst Du sehr bald sehen. Hast Du die Wahl unter Deinen Kriegern getroffen?"
„Ja; hier sind Zehn!"
Sie saßen bereits auf ihren Pferden; ebenso stiegen alle Araber auf, welche sich in der Nähe befanden.
„So mag es beginnen. Seht Ihr das einzelne Zelt, sechshundert Schritte von hier?"
„Wir sehen es."
„Sobald ich es erreicht habe, könnt Ihr auf mich schießen; auch sollt Ihr mir gar keinen Vorsprung lassen. Vorwärts!"
Ich sprang auf – der Hengst schoß wie ein Pfeil davon. Die Araber folgten ihm hart auf den Hufen. Es war ein Prachtpferd. Noch hatte ich die Hälfte der angegebenen Entfernung nicht zurückgelegt, als der vorderste Verfolger bereits um fünfzig Schritte zurückgeblieben war.
Jetzt bog ich mich nieder, um den Arm in den Halsriemen und das Bein in die Schlinge zu stecken. Kurz vor dem angegebenen Zelte blickte ich mich um; alle Zehn hielten ihre langen Flinten oder ihre Pistolen schußfertig. Jetzt warf ich das Pferd in einem rechten Winkel herum. Einer der Verfolger parirte sein Pferd mit jener Sicherheit, wie es nur ein Araber zu Stande bringt; es stand, als sei es aus Erz gegossen. Er hob die Flinte empor; der Schuß krachte.
„Allah il Allah, ïa Allah, Wallah, Tallah!" rief es.
Sie glaubten, ich sei getroffen, denn ich war nicht mehr zu sehen. Ich hatte mich nach Art der Indianer vom Pferde geworfen und hing nun mittels des Riemens und der Schlinge an derjenigen Seite desselben, welche den Verfolgern abgewendet war. Ein Blick unter dem Halse des Rappen hindurch überzeugte mich, daß Niemand mehr ziele, und sofort richtete ich mich wieder im Sattel empor, drückte das Pferd wieder nach rechts hinüber und jagte weiter.
„Allah akbar, Maschallah, Allah il Allah!" brauste es hinter mir. Die guten Leute konnten sich die Sache noch nicht erklären.
Sie vermehrten ihre Schnelligkeit und hoben ihre Flinten wieder empor. Ich zog den Rappen nach links, warf mich wieder ab und ritt in einem spitzen Winkel an ihrer Flanke vorüber. Sie konnten nicht schießen, wenn sie nicht das Pferd treffen wollten. Trotzdem die Jagd gefährlich aussah, war sie bei der Vortrefflichkeit meines Pferdes doch nur wie das Kinderhaschen, welches ich Indianern gegenüber allerdings nicht hätte wagen

dürfen. Wir jagten einigemal um das außerordentlich ausgedehnte Lager herum; dann galoppierte ich, immer an der Seite des Pferdes hangend, mitten zwischen den Verfolgern hindurch, nach dem Orte, an welchem der Ritt begonnen hatte.
Als ich abstieg, zeigte der Rappe nicht eine Spur von Schweiß oder Schaum. Er war wirklich kaum mit Geld zu bezahlen. Nach und nach kamen auch die Verfolger an. Es waren im ganzen fünf Schüsse auf mich gefallen, natürlich aber hatte keiner getroffen. Der alte Scheik faßte mich bei der Hand.
„Hamdullillah! Preis sei Allah, daß Du nicht verwundet bist! Ich habe Angst um Dich gehabt. Es gibt im ganzen Stamm El Schammar keinen solchen Reiter, wie Du bist!“
„Du irrst. Es gibt in Deinem Stamme sehr viele, welche besser reiten als ich, viel besser; aber sie haben es nicht gewußt, daß sich der Reiter hinter seinem Pferde verbergen kann. Wenn ich von keiner Kugel und von keinem Manne erreicht wurde, so habe ich es nicht mir, sondern diesem Pferde zu danken. Aber, erlaubst Du vielleicht, daß wir das Spiel einmal verändern?“
„Wie?“
„Es soll so bleiben, wie vorhin, nur mit dem Unterschiede, daß ich auch ein Gewehr zu mir nehmen und auf diese zehn Männer schießen kann.“
„Allah kerihm, Allah ist gnädig; er verhüte ein solches Unglück, denn Du würdest sie Alle vom Pferde schießen!“
„So glaubst Du nun wohl, daß ich mich weder vor den Obeïde noch vor den Abu Hammed und den Dschowari fürchte, wenn ich diesen Hengst unter mir habe?“
„Emir, ich glaube es.“ – Er rang sichtlich mit einem Entschlusse, dann aber setzte er hinzu: „Du bist Hadschi Kara Ben Nemsi, der Freund meines Freundes Malek, und ich vertraue Dir. Nimm den Hengst und reite gegen Morgen. Bringst Du mir keine Botschaft, so bleibt er mein; bringst Du mir aber genügende Kunde, so ist er Dein. Dann werde ich Dir auch sein Geheimniß sagen.“
„Jedes arabische Pferd nämlich hat, wenn es besser als mittelmäßig ist, sein Geheimniß: das heißt: es ist auf ein gewisses Zeichen eingeübt, auf welches es den höchsten Grad seiner Schnelligkeit entwickelt und dieselbe nicht eher mindert, als bis es entweder zusammenbricht oder von seinem Reiter angehalten wird. Dieser Reiter verräth das geheime Zeichen selbst seinem Freunde, seinem Vater oder Bruder, seinem Sohne und seinem Weibe nicht und wendet es erst dann an, wenn er sich in der allergrößten Todesgefahr befindet.“
„Erst dann?“ antwortete ich. „Kann nicht der Fall eintreten, daß nur das Geheimniß mich und das Pferd zu retten vermag?“
„Du hast recht; aber Du bist noch nicht der Besitzer des Rappen.“
„Ich werde es!“ rief ich zuversichtlich. „Und sollte ich es nicht werden, so wird das Geheimniß in mir vergraben sein, daß keine Seele es erfahren kann.“
„So komm!“
Er führte mich auf die Seite und flüsterte mir zu:

„Wenn der Rappe fliegen soll, wie der Falke in den Lüften, so lege ihm die Hand leicht zwischen die Ohren und rufe laut das Wort „Rih"!"
„Rih, das heißt Wind."
„Ja, Rih, das ist der Name des Pferdes, denn es ist noch schneller als der Wind; es ist so schnell wie der Sturm."
„Ich danke Dir, Scheik. Ich werde Deine Botschaft so gut ausführen, als ob ich ein Sohn der Haddedihn oder als ob ich Du selbst wäre. Wann soll ich reiten?"
„Morgen mit Anbruch des Tages, wenn es Dir beliebt."
„Welche Datteln nehme ich mit für den Rappen?"
„Er frißt nur Balahat. Ich brauche Dir nicht zu sagen, wie ein so kostbares Pferd zu behandeln ist?"
„Nein."
„Schlafe heute auf seinem Leibe und sage ihm die hundertste Sure, welche von den schnelleilenden Rossen handelt, in die Nüstern, so wird es Dich lieben und Dir gehorchen bis zum letzten Athemzuge. Kennst Du diese Sure?"
„Ja."
„Sage sie her!"
Er war wirklich sehr besorgt um mich und sein Pferd. Ich gehorchte seinem Willen:
„Im Namen Allah's, des Allbarmherzigen! Bei den schnelleilenden Rossen mit lärmendem Schnauben, und bei denen, welche stampfend Feuerfunken sprühen, und bei denen, die wetteifernd des Morgens früh auf den Feind einstürmen, die den Staub aufjagen und die feindlichen Schaaren durchbrechen, wahrlich, der Mensch ist undankbar gegen seinen Herrn, und er selbst muß solches bezeugen. Zu unmäßig hängt er der Liebe zu irdischen Gütern an. Weiß er denn nicht, daß dann, wenn Alles herausgenommen ist, was in den Gräbern liegt, und an das Licht gebracht wird, was in des Menschen Brust verborgen war, daß dann an diesem Tage der Herr sie vollkommen kennt?"
„Ja, Du kannst diese Sure. Ich habe sie dem Rappen tausendmal des Nachts vorgesagt; thue dasselbe, und er wird merken, daß Du sein Herr geworden bist. Jetzt aber komm in das Zelt zurück!"
Der Engländer war bisher ein stiller Zuschauer gewesen; nun trat er an meine Seite.
„Warum auf Euch geschossen?"
„Ich wollte ihnen etwas zeigen, was sie noch nicht kennen."
„Ah, schön, Prachtpferd!"
„Wißt Ihr, Sir, wem es gehört?"
„Dem Scheik!"
„Nein."
„Wem sonst?"
„Mir."
„Pah!"

„Mir; wirklich!“
„Sir, mein Name ist David Lindsay, und ich lasse mir nichts weis machen; merkt Euch das!“
„Gut, so behalte ich alles Andere für mich!“
„Was?“
„Daß ich Euch morgen früh verlasse.“
„Warum?“
„Um auf Kundschaft auszureiten. Von der Feindseligkeit wißt Ihr bereits. Ich soll zu erkunden suchen, wann und wo die feindlichen Stämme zusammentreffen, und dafür bekomme ich, wenn es mir gelingt, eben diesen Rappen geschenkt.“
„Glückskind! Werde mitreiten, mithorchen, mitkundschaftern!“
„Das geht nicht.“
„Warum nicht?“
„Ihr könnt mir nichts nützen, sondern nur schaden. Eure Kleidung – – –“
„Pah, ziehe mich als Araber an!“
„Ohne ein Wort Arabisch zu verstehen!“
„Richtig! Wie lange ausbleiben?“
„Weiß noch nicht. Einige Tage. Ich muß weit über den kleinen Zab hinunter, und der ist ziemlich weit von hier.“
„Böser Weg! Schlechtes Volk von Arabern!“
„Werde mich in Acht nehmen.“
„Werde dableiben, wenn mir einen Gefallen thun.“
„Welchen?“
„Nicht bloß nach Beduinen forschen.“
„Nach wem sonst noch?“
„Nach schönen Ruinen. Muß nachgraben, Fowling-bull finden, nach London in's Museum schicken!“
„Werde es thun, verlaßt Euch darauf!“
„Well! Fertig; eintreten!“
Wir nahmen unsere früheren Plätze im Zelte ein und verbrachten den Rest des Tages mit allerlei Erzählungen, wie sie der Araber liebt. Am Abend wurde Musik gemacht und gesungen, wobei es nur zwei Instrumente gab: die Rubabah, eine Art Cither mit nur einer Saite, und die Tabl, eine kleine Pauke, welche aber doch im Verhältniß zu den leisen, einförmigen Tönen der Rubabah einen ganz entsetzlichen Lärm machte. Dann wurde das Nachtgebet gesprochen, und wir gingen zur Ruhe.
Der Engländer schlief in dem Zelte des Scheik, ich aber ging zu dem Hengste, welcher auf der Erde lag, und nahm Platz zwischen seinen Füßen. Habe ich ihm die hundertste Sure wirklich in die Nüstern gesagt? Versteht sich! Dabei hat mich nicht etwa der Aberglaube geleitet, bewahre! Das Pferd war an diesen Vorgang gewöhnt; wir wurden also durch denselben schnell vertraut mit einander, und indem ich beim Recitiren der

Worte hart an seinen Nüstern athmete, lernte es, wie man sich auszudrücken pflegt, die Witterung seines neuen Gebieters kennen. Ich lag zwischen seinen Füßen, wie ein Kind zwischen den Beinen eines treuen, verständigen Neufundländers. Als der Tag eben graute, öffnete sich das Zelt des Scheik, und der Engländer trat heraus.

„Geschlafen, Sir?“ frug er.

„Ja.“

„Ich nicht.“

„Warum?“

„Sehr lebendig im Zelte.“

„Die Schläfer?“

„Nein.“

„Wer sonst?“

„Die Fleas, Lice und Gnats!“

Wer englisch versteht, weiß, wen oder was er meinte; ich mußte lachen.

„An solche Dinge werdet Ihr Euch bald gewöhnen, Sir Lindsay!“

„Nie. Konnte auch nicht schlafen, weil ich an Euch dachte.“

„Warum?“

„Konntet fortreiten, ohne mich noch zu sprechen.“

„Ich hätte auf jeden Fall Abschied von Euch genommen.“

„Wäre vielleicht zu spät gewesen.“

„Warum?“

„Habe Euch viel zu fragen.“

„So fragt einmal zu!“

Ich hatte ihm schon im Laufe des verflossenen Abends allerlei Auskunft ertheilen müssen; jetzt zog er sein Notizbuch hervor.

„Werde mich führen lassen an Ruinen. Muß Arabisch reden. Mir sagen Verschiedenes. Was heißt Freund?“

„Aschab.“

„Feind?“

„Kiman.“

„Muß bezahlen. Was heißt Dollar?“

„Rijahl fransch.“

„Was heißt Geldbeutel?“

„Surrah.“

„Werde Steine graben. Was heißt Stein?“

„Hadschar und auch Hadschr oder Chadschr.“

So frug er mich nach einigen hundert Wörtern, die er sich alle notierte. Dann wurde es im Lager rege, und ich mußte in das Zelt des Scheik kommen, um das Sahur, das Frühmahl, einzunehmen.

Dabei wurde noch vieles berathen; dann nahm ich Abschied, stieg zu Pferde und verließ den Ort, an den ich vielleicht nimmer zurückkehren sollte.

Auf Kundschaft

Mit Proviant war ich reichlich versehen; Wasser brauchte ich für mein Pferd nicht, da der Pflanzenwuchs im vollen Safte stand. Und so hatte ich weiter keine Sorge, als die Richtung beizubehalten und jede feindliche Begegnung zu vermeiden. Für das Erstere hatte ich den Ortssinn, die Sonne und den Compaß, und für das Letztere das Fernrohr, mit dessen Hilfe ich Alles erkennen konnte, bevor ich selbst gesehen wurde.

Der Tag verging ohne irgend ein Abenteuer, und am Abend legte ich mich hinter einem einsamen Felsen zur Ruhe. Bevor ich einschlief, kam mir der Gedanke, ob es nicht vielleicht besser sei, ganz bis Tekrit zu reiten, da ich dort ja ohne Aufsehen Vieles erfahren konnte, was mir zu wissen nothwendig war. Es war dies ein sehr überflüssiges Überlegen, wie ich am andern Morgen sehen sollte. Ich hatte nämlich sehr fest geschlafen und erwachte durch das warnende Schnauben meines Pferdes. Als ich aufblickte, sah ich fünf Reiter von Norden her grade auf die Stelle zukommen, an welcher ich mich befand. Sie waren so nahe, daß sie mich bereits gesehen hatten. Flucht lag nicht in meinem Sinne, obgleich mich der Rappe wohl schnell davongetragen hätte. Ich erhob mich also, saß auf, um für Alles gerüstet zu sein, und nahm den Stutzen nachlässig zur Hand.

Sie kamen im Galopp herbei und parirten ihre Pferde einige Schritte vor mir. Da in ihren Mienen nicht die geringste Feindseligkeit zu finden war, konnte ich mich einstweilen beruhigen.

„Sallam aaleïkum!“ grüßte mich der Eine.

„Aaleïkum!“ antwortete ich.

„Du hast hier diese Nacht geschlafen?“

„So ist es.“

„Hast Du kein Zelt, unter welchem Du Dein Haupt zur Ruhe legen könntest?“

„Nein. Allah hat seine Gaben verschieden ausgetheilt. Dem Einen gibt er ein Dach von Filz und dem Andern den Himmel zur Decke.“

„Du aber könntest ein Zelt besitzen; hast Du doch ein Pferd, welches mehr werth ist, als hundert Zelte.“

„Es ist mein einziges Besitzthum.“

„Verkaufst Du es?“

„Nein.“

„Du mußt zu einem Stamme gehören, der nicht weit von hier sein Lager hat.“

„Warum?“

„Dein Hengst ist frisch.“

„Und dennoch wohnt mein Stamm viele, viele Tagreisen von hier, weit, weit noch hinter den heiligen Städten im Westen.“

„Wie heißt Dein Stamm?“
„Uëlad German.“
„Ja, da drüben im Moghreb sagt man meist Uëlad statt Beni oder Abu. Warum entfernst Du Dich so weit von Deinem Lande?“
„Ich habe Mekka gesehen und will nun auch noch die Duars und Städte sehen, welche gegen Persien liegen, damit ich den Meinen viel erzählen kann, wenn ich heimkehre.“
„Wohin geht zunächst Dein Weg?“
„Immer nach Aufgang der Sonne, wohin mich Allah führt.“
„So kannst Du mit uns reiten.“
„Wo ist Euer Ziel?“
„Oberhalb der Kernina-Klippen, wo unsere Heerden am Ufer und auf den Inseln des Tigris weiden.“
Hm! Sollten diese Leute etwa gar Dschowari sein? Sie hatten mich gefragt: es war also nicht unhöflich, wenn auch ich mich erkundigte.
„Welchem Stamme gehören diese Heerden?“
„Dem Stamme Abu Mohammed.“
„Sind noch andere Stämme in der Nähe?“
„Ja. Abwärts die Alabeïden, welche dem Scheik von Kernina Tribut bezahlen, und aufwärts die Dschowari.“
„Wem bezahlen diese den Tribut?“
„Man hört es, daß Du aus fernen Landen kommst. Die Dschowari zahlen nicht, sondern sie nehmen sich Tribut. Es sind Diebe und Räuber, vor denen unsere Heerden keinen Augenblick sicher sind. Komm mit uns, wenn Du gegen sie kämpfen willst!“
„Ihr kämpft mit ihnen?“
„Ja. Wir haben uns mit den Alabeïden verbunden. Willst Du Thaten thun, so kannst Du es bei uns lernen. Aber warum schläfst Du hier am Hügel des Löwen?“
„Ich kenne diesen Ort nicht. Ich war müde und habe mich zur Ruhe gelegt.“
„Allah kerihm, Gott ist gnädig; Du bist ein Liebling Allah's, sonst hätte Dich der Würger der Heerden zerrissen. Kein Araber möchte hier eine Stunde ruhen, denn an diesem Felsen halten die Löwen ihre Zusammenkünfte.“
„Es gibt hier am Tigris Löwen?“
„Ja, am unteren Laufe des Stromes; weiter oben aber findest Du nur den Leopard. Willst Du mit uns reiten?“
„Wenn ich Euer Gast sein soll.“
„Du bist es. Nimm unsere Hand und laß uns Datteln tauschen!“
Wir legten die flachen Hände in einander, und dann bekam ich von Jedem eine Dattel, die ich aß, während ich fünf andere dafür gab, welche auch aus freier Hand verzehrt wurden. Dann schlugen wir die Richtung nach Südosten ein. Einige Zeit später passirten wir den Thathar, und die ebene Gegend wurde nach und nach bergiger.

Ich lernte in meinen Begleitern fünf ehrliche Nomaden kennen, in deren Herzen kein Falsch zu finden war. Sie hatten zur Feier einer Hochzeit einen befreundeten Stamm besucht und kehrten nun zurück voll Freude über die Festlichkeiten und Gelage, denen sie beigewohnt hatten.
Das Terrain hob sich mehr und mehr, bis es sich plötzlich wieder senkte. Zur Rechten wurden in weiter Ferne die Ruinen von Alt-Tekrit sichtbar, zur Linken, auch weit entfernt, der Dschebel Kernina, und vor uns breitete sich das Tal des Tigris aus. In einer halben Stunde war der Strom erreicht. Er hatte hier die Breite von wohl einer englischen Meile, und seine Wasser wurden von einer großen, langgestreckten, grün bewachsenen Insel getheilt, auf welcher ich mehrere Zelte erblickte.
„Du gehst mit hinüber? Du wirst unserem Scheik willkommen sein!“
„Wie kommen wir hinüber?“
„Das wirst Du gleich sehen, denn wir sind bereits bemerkt worden. Komm weiter aufwärts, wo das Kellek landet.“
Ein Kellek ist ein Floß, welches gewöhnlich zweimal so lang als breit ist. Es besteht aus aufgeblasenen Ziegenfellen, welche durch Querhölzer befestigt sind, über welche Balken oder Bretter gelegt werden, auf denen sich die Last befindet. Das einzige Bindemittel besteht aus Weiden. Regiert wird so ein Floß durch zwei Ruder, deren Riemen aus gespaltenen und wieder zusammengebundenen Bambusstücken gefertigt sind. Ein solches Floß stieß drüben von der Insel ab. Es war so groß, daß es mehr als sechs Reiter tragen konnte, und brachte uns wohlbehalten hinüber.
Wir wurden von einer Menge von Kindern, einigen Hunden und einem alten, ehrwürdig aussehenden Araber bewillkommt, welcher der Vater eines meiner Gefährten war.
„Erlaube, daß ich Dich zum Scheik führe,“ sagte der bisherige Wortführer.
Auf unserem Wege gesellten sich mehrere Männer zu uns, die sich aber bescheiden hinter uns hielten und mich durch keine Frage belästigten. Ihre Blicke hingen voll Bewunderung an meinem Pferde. Der Weg ging nicht weit. Er endete vor einer ziemlich geräumigen Hütte, welche aus Weidenstämmen gefertigt, mit Bambus gedeckt und von innen mit Matten bekleidet war. Als wir eintraten, erhob sich ein stark und kräftig gebauter Mann von dem Teppiche, auf dem er gesessen hatte. Er war beschäftigt gewesen, sein Scharay auf einem Steine zu schärfen.
„Sallam aaleïkum!“ grüßte ich.
„Aaleïk!“ antwortete er, indem er mich scharf musterte.
„Erlaube mir, o Scheik, Dir diesen Mann zu bringen,“ bat mein Begleiter. „Er ist ein vornehmer Krieger, so daß ich ihm mein Zelt nicht anzubieten wage.“
„Wen Du bringst, der ist mir willkommen,“ lautete die Antwort.
Der Andere entfernte sich, und der Scheik reichte mir die Hand.
„Setze Dich, o Fremdling. Du bist müde und hungrig, Du sollst ruhen und essen; erlaube aber zuvor, daß ich nach Deinem Pferde sehe!“

Das war ganz das Verhalten eines Arabers: erst das Pferd und dann der Mann. Als er wieder eintrat, sah ich es ihm sofort an, daß ihm der Anblick des Rappen Achtung für mich eingeflößt hatte.
„Du hast ein edles Thier, Masch Allah; möge es Dir erhalten bleiben! Ich kenne es."
Ah, das war allerdings schlimm! Vielleicht aber auch nicht!
„Woher kennst Du es?"
„Es ist das beste Roß der Haddedihn."
„Auch die Haddedihn kennst Du?"
„Ich kenne alle Stämme. Aber Dich kenne ich nicht."
„Kennst Du den Scheik der Heddadihn?"
„Mohammed Emin?"
„Ja. Von ihm komme ich."
„Wohin willst Du?"
„Zu Dir."
„Er hat Dich zu mir gesandt?"
„Nein, und dennoch komme ich als sein Bote zu Dir."
„Ruhe Dich erst aus, bevor Du erzählst."
„Ich bin nicht müde, und was ich Dir zu sagen habe, ist so wichtig, daß ich es gleich sagen möchte."
„So sprich!"
„Ich höre, daß die Dschowari Deine Feinde sind."
„Sie sind es," antwortete er mit finsterer Miene.
„Sie sind auch die meinigen; sie sind auch die Feinde der Heddadihn."
„Ich weiß es."
„Weißt Du auch, daß sie sich mit den Abu Hammed und Obeïde verbunden haben, die Heddadihn in ihren Weidegründen anzugreifen?"
„Ich weiß es."
„Ich höre, daß Du Dich mit den Alabeïden vereinigt hast, sie zu strafen?"
„Ja."
„So komme ich zu Dir, um das Nähere mit Dir zu besprechen."
„So sage ich nochmals: sei mir willkommen! Du wirst Dich erquicken und uns nicht eher verlassen, als bis ich meine Ältesten zusammengerufen habe."
Nach kaum einer Stunde saßen acht Männer um mich herum und rissen große Fetzen Fleisches von dem Hammel, welcher aufgetragen worden war. Diese acht Männer waren die Ältesten der Abu Mohammed. Ich erzählte ihnen offen, wie ich zu den Haddedihn gekommen und der Bote ihres Scheik geworden war.
„Was willst Du uns für Vorschläge machen?" frug der Scheik.
„Keine. Über Eure Häupter sind mehr Jahre gezogen, als über mein Haupt. Es ziemt dem Jüngeren nicht, dem Alten die Wege vorzuschreiben."

„Du sprichst die Sprache der Weisen. Dein Haupt ist noch jung, aber Dein Verstand ist alt, sonst hätte Mohammed Emin Dich nicht zu seinem Gesandten gemacht. Rede! Wir werden hören und dann entscheiden."
„Wie viel Krieger zählt Dein Stamm?"
„Neunhundert."
„Und die Alabeïde?"
„Achthundert."
„Das sind siebzehnhundert. Genau halb so viel, als die Feinde zusammen zählen."
„Wie viele Krieger haben die Haddedihn?"
„Elf hundert. Doch auf die Zahl kommt es oftmals weniger an. Wißt Ihr vielleicht, wann die Dschowari sich mit den Abu Hammed vereinigen wollen?"
„Am Tage nach dem nächsten Jaum el Dschema."
„Weißt Du das genau?"
„Wir haben einen treuen Verbündeten unter den Dschowari."
„Und wo soll diese Vereinigung geschehen?"
„Bei den Ruinen von Khan Kernina."
„Und dann?"
„Dann werden sich diese beiden Stämme mit den Obeïde vereinigen."
„Wo?"
„Zwischen dem Wirbel Kelab und dem Ende der Kanuzaberge."
„Wann?"
„Am dritten Tage nach dem Versammlungstag."
„Du bist außerordentlich gut unterrichtet. Wohin werden sie sich nachher wenden?"
„Grad nach den Weideplätzen der Haddedihn."
„Was wolltet Ihr thun?"
„Wir wollten die Zelte überfallen, in denen sie ihre Frauen und Kinder zurücklassen, und dann ihre Heerden wegführen."
„Würde dies klug sein?"
„Wir nehmen uns das wieder, was uns geraubt wurde."
„Ganz richtig. Aber die Haddedihn sind elfhundert, die Feinde aber dreitausend Krieger. Sie hätten gesiegt, wären als Sieger zurückgekehrt und Euch nachgejagt, um Euch mit dem Raube auch Eure jetzige Habe wegzunehmen. Wenn ich Unrecht habe, so sagt es."
„Du hast Recht. Wir dachten, die Haddedihn würden durch andere Stämme der Schammar verstärkt werden."
„Diese Stämme werden vom Gouverneur von Mossul angegriffen."
„Was räthst Du uns? Würde es nicht am besten sein, die Feinde einzeln zu vernichten?"
„Ihr würdet einen Stamm besiegen, und die andern beiden aufmerksam machen. Sie müssen kurz nach ihrer Vereinigung, also bei dem Wirbel El Kelab angegriffen werden. Wenn es Euch recht ist, wird Mohammed Emin am dritten Tage nach dem Jaum el Dschema mit seinen Kriegern von den Kanuzabergen herabsteigen und sich auf die

Feinde werfen, während Ihr sie von Süden angreift und sie somit in den Strudel Kelab getrieben werden."

Dieser Plan wurde nach längerer Berathung angenommen und dann noch auf das Eingehendste besprochen. Darüber war ein großer Theil des Nachmittags vergangen, und der Abend rückte heran, so daß ich mich veranlaßt sah, für die Nacht noch zu bleiben. Am andern Morgen aber wurde ich bei Zeiten wieder an das Ufer gesetzt und ritt denselben Weg zurück, den ich gekommen war.

Meine Aufgabe, die ein so schwieriges Aussehen gehabt hatte, war auf eine so leichte und einfache Weise gelöst worden, daß ich mich fast schämen mußte, es zu erzählen. Der Rappe durfte nicht so billig verdient werden. Was konnte ich aber noch thun? Ja, war es nicht vielleicht besser, den Kampfplatz vorher ein wenig zu studiren? Diesen Gedanken wurde ich nicht wieder los. Ich setzte also gar nicht über den Thathar zurück, sondern ritt an seinem linken Ufer nach Norden hinauf, um die Kanuzaberge zu erreichen. Erst als der Nachmittag beinahe zur Hälfte verflossen war, kam mir der Gedanke, ob nicht das Wadi Dschehennem, wo ich mit dem Engländer die Pferdediebe getroffen hatte, ein Theil dieser Kanuzaberge sei. Ich wußte diese Frage nicht zu beantworten, setzte meinen Weg fort und hielt mich später mehr nach rechts, um in die Nähe des Dschebel Hamrin zu kommen.

Die Sonne war beinahe bis zum Horizont niedergesunken, als ich zwei Reiter bemerkte, welche am westlichen Gesichtskreise erschienen und mit großer Schnelligkeit näher kamen. Als sie mich sahen, hielten sie einen Augenblick an, kamen aber dann auf mich zu. Sollte ich fliehen? Vor Zweien? Nein! Ich parirte also mein Pferd und erwartete sie.

Es waren zwei Männer, welche in dem rüstigsten Alter standen. Sie hielten vor mir an.

„Wer bist Du?" frug der Eine mit einem lüsternen Blick auf den Rappen.

So eine Anrede war mir unter Arabern noch nicht vorgekommen.

„Ein Fremdling," antwortete ich kurz.

„Woher kommst Du?"

„Von Westen, wie Ihr seht."

„Wohin willst Du?"

„Wohin das Kismet mich führt."

„Komm mit uns. Du sollst unser Gast sein."

„Ich danke Dir. Ich habe bereits einen Gastfreund, der für ein Lager sorgt."

„Wen?"

„Allah. Lebt wohl!"

Ich war zu sorglos gewesen, denn noch hatte ich mich nicht abgewandt, so langte der Eine in den Gürtel, und im nächsten Augenblick flog mir seine Wurfkeule so an den Kopf, daß ich sofort vom Pferde glitt. Zwar dauerte die Betäubung nicht lange, aber die Räuber hatten mich doch unterdessen binden können.

„Sallam aaleïkum," grüßte jetzt der eine. „Wir waren vorhin nicht höflich genug, und daher war Dir unsere Gastfreundschaft nicht angenehm. Wer bist Du?"

Ich antwortete natürlich nicht.
„Wer Du bist?“
Ich schwieg, trotzdem er seine Frage mit einem Fußtritt begleitete.
„Laß ihn,“ meinte der Andere. „Allah wird Wunder thun und ihm den Mund öffnen. Soll er reiten oder gehen?“
„Gehen!“
Sie lockerten mir die Riemen um die Beine und banden mich an den Steigbügel des einen Pferdes. Dann nahmen sie meinen Rappen beim Zügel und – fort ging es, scharf nach Osten. Ich war trotz meines guten Pferdes ein Gefangener. Der Mensch ist oft ein sehr übermütiges Geschöpf!
Das Terrain erhob sich nach und nach. Wir kamen zwischen Bergen hindurch, und endlich sah ich aus einem Thale mehrere Feuer uns entgegenleuchten. Es war nämlich mittlerweile Nacht geworden. Wir lenkten in dies Thal ein, kamen an mehreren Zelten vorüber und hielten endlich vor einem derselben, aus welchem in diesem Augenblick ein junger Mann trat. Er sah mich und ich ihn – wir erkannten einander.
„Allah il Allah! Wer ist dieser Gefangene?“ frug er.
„Wir fingen ihn draußen in der Ebene. Er ist ein Fremder, der uns keine Thar bringen wird. Sieh dieses Thier an, welches er ritt!“
Der Angeredete trat zu dem Rappen und rief erstaunt:
„Allah akbar, das ist ja der Rappe von Mohammed Emin, dem Haddedihn! Führt diesen Menschen hinein zu meinem Vater, dem Scheik, daß er verhört werde. Ich rufe die Andern zusammen.“
„Was thun wir mit dem Pferde?“
„Es bleibt vor dem Zelte des Scheik.“
„Und seine Waffen?“
„Werden in das Zelt gebracht.“
Eine halbe Stunde später stand ich abermals vor einer Versammlung von – Richtern. Hier konnte mein Schweigen nichts nützen, und ich beschloß daher, zu sprechen.
„Kennst Du mich?“ frug der Älteste der Anwesenden.
„Nein.“
„Weißt Du, wo Du Dich befindest?“
„Nein.“
„Kennst Du diesen jungen, tapferen Araber?“
„Ja.“
„Wo hast Du ihn gesehen?“
„Am Dschebel Dschehennem. Er hatte mir vier Pferde gestohlen, welche ich mir wieder holte.“
„Lüge nicht!“
„Wer bist Du, daß Du so zu mir sprichst?“
„Ich bin Zedar Ben Huli, der Scheik der Abu Hammed.“

„Zedar Ben Huli, der Scheik der Pferderäuber!"
„Mensch, schweig! Dieser junge Krieger ist mein Sohn."
„Du kannst stolz auf ihn sein, o Scheik!"
„Schweig, sage ich Dir abermals, sonst wirst Du es bereuen! Wer ist ein Pferderäuber? Du bist es! Wem gehört das Pferd, welches Du geritten hast?"
„Mir."
„Lüge nicht!"
„Zedar Ben Huli, danke Allah, daß mir die Hände gebunden sind. Wenn das nicht wäre, so würdest Du mich niemals wieder einen Lügner heißen!"
„Bindet ihn fester!" gebot er.
„Wer will sich an mir vergreifen, an dem Hadschi, in dessen Tasche sich das Wasser des Zem-Zem befindet!"
„Ja, ich sehe, Du bist ein Hadschi, denn Du hast das Hamaïl umhangen. Aber hast Du wirklich das Wasser des heiligen Zem-Zem bei Dir?"
„Ja."
„Gib uns davon."
„Nein."
„Warum nicht?"
„Ich trage das Wasser nur für Freunde bei mir."
„Sind wir Deine Feinde?"
„Ja."
„Nein. Wir haben Dir noch kein Leid gethan. Wir wollen nur das Pferd, welches Du geraubt hast, seinem Eigner wieder bringen."
„Der Eigner bin ich."
„Du bist ein Hadschi mit dem heiligen Zem-Zem, und dennoch sagst Du die Unwahrheit. Ich kenne diesen Hengst ganz genau; er gehört Mohammed Emin, dem Scheik der Haddedihn. Wie kommst Du zu diesem Pferde?"
„Er hat es mir geschenkt."
„Du lügst! Kein Araber verschenkt ein solches Pferd."
„Ich sagte Dir bereits, daß Du Allah danken sollst dafür, daß ich gefesselt bin!"
„Warum hat er Dir es geschenkt?"
„Das ist seine Sache und die meinige; Euch aber geht das nichts an!"
„Du bist ein sehr höflicher Hadschi! Du mußt dem Scheik der Haddedihn einen großen Dienst erwiesen haben, da er Dir ein solches Geschenk gibt. Wir wollen Dich nicht weiter darüber fragen. Wann hast Du die Haddedihn verlassen?"
„Vorgestern früh."
„Wo weiden ihre Heerden?"
„Ich weiß es nicht. Die Heerden des Arabers sind bald hier, bald dort."
„Könntest Du uns zu ihnen führen?"
„Nein."

„Auch nicht,wenn wir Dir Deine Waffen und Dein Pferd wieder geben?“
„Nein.“
„Wo warst Du seit vorgestern?“
„Überall.“
„Gut; Du willst nicht antworten, so magst Du sehen, was mit Dir geschieht. Führet ihn fort!“
Ich wurde in ein kleines, niedriges Zelt geschafft und dort angebunden. Zu meiner Rechten und zu meiner Linken kauerte sich je ein Beduine nieder, welche dann später abwechselnd schliefen. Ich hatte geglaubt, die Entscheidung über mein Schicksal noch heute zu vernehmen, sah mich aber getäuscht; denn die Versammlung ging später, wie ich hörte, aus einander, ohne daß mir etwas über ihren Beschluß gesagt worden wäre. Ich schlief ein. Ein unruhiger Traum bemächtigte sich meiner. Ich lag nicht hier in dem Zelte am Tigris, sondern in einer Oase der Sahara. Das Wachtfeuer loderte, der Lagmi kreiste von Hand zu Hand, und die Märchen gingen von Mund zu Mund. Da plötzlich ließ sich jener grollende Donner vernehmen, den Keiner vergessen kann, der ihn einmal gehört hat, der Donner der Löwenstimme. Assad-Bei, der Heerdenwürger, nahte sich, um sein Nachtmahl zu holen. Wieder und näher ertönte seine Stimme – – ich erwachte.
War das ein Traum gewesen? Neben mir lagen die beiden Abu-Hammed-Araber, und ich hörte, wie der Eine die heilige Fatcha betete. Da grollte der Donner zum dritten Male. Es war Wirklichkeit – ein Löwe umschlich das Lager.
„Schlaft Ihr?“ frug ich.
„Nein.“
„Hört Ihr den Löwen?“
„Ja. Heute ist es das dritte Mal, daß er sich Speise holt.“
„Tödtet ihn!“
„Wer soll ihn tödten, den Mächtigen, den Erhabenen, den Herrn des Todes?“
„Feiglinge! Kommt er auch in das Innere des Lagers?“
„Nein. Sonst ständen die Männer nicht vor ihren Zelten, um seine Stimme vollständig zu hören.“
„Ist der Scheik bei ihnen?“
„Ja.“
„Gehe hinaus zu ihm, und sage ihm, daß ich den Löwen tödten werde, wenn er mir mein Gewehr gibt.“
„Du bist wahnsinnig!“
„Ich bin vollständig bei Sinnen. Geh hinaus!“
„Ist es Dein Ernst?“
„Ja; packe Dich!“
Es hatte sich eine ganz bedeutende Aufregung meiner bemächtigt; ich hätte meine Fessel zersprengen mögen. Nach einigen Minuten kehrte der Mann zurück. Er band mich los.

„Folge mir!“ gebot er.
Draußen standen viele Männer, mit den Waffen in der Hand; aber Keiner wagte es, aus dem Schutze der Zelte zu treten.
„Du hast mit mir sprechen wollen. Was willst Du?“ frug der Scheik.
„Erlaube mir, diesen Löwen zu erlegen.“
„Du kannst keinen Löwen tödten! Zwanzig von uns reichen nicht aus, ihn zu jagen, und mehrere würden sterben daran.“
„Ich tödte ihn allein; es ist der erste nicht.“
„Sagst Du die Wahrheit?“
„Ich sage sie.“
„Wenn Du ihn erlegen willst, so habe ich nichts dagegen. Allah gibt das Leben und Allah nimmt es wieder; es steht Alles im Buche verzeichnet.“
„So gib mir mein Gewehr!“
„Welches?“
„Das schwere, und mein Messer.“
„Bringt ihm beides,“ gebot der Scheik.
Der gute Mann sagte sich jedenfalls, daß ich ein Kind des Todes und er dann unbestrittener Erbe meines Pferdes sei. Mir aber war es um den Löwen, um die Freiheit und um das Pferd zugleich zu thun, und diese Drei konnte ich haben, wenn ich in den Besitz meiner Büchse gelangte.
Sie wurde mir nebst dem Messer gebracht.
„Willst Du mir nicht die Hände frei machen lassen, o Scheik?“
„Du willst wirklich nur den Löwen erschießen?“
„Ja.“
„Beschwöre es. Du bist ein Hadschi; schwöre es bei dem heiligen Zem-Zem, welchen Du in der Tasche hast.“
„Ich schwöre es!“
„Löst ihm die Hände!“
Jetzt war ich frei. Die anderen Waffen lagen im Zelte des Scheik, und vor demselben war der Rappe. Ich hatte keine Besorgniß mehr.
Es war die Stunde, in welcher der Löwe am liebsten um die Heerden schleicht, die Zeit kurz vor dem Morgengrauen. Ich fühlte an meinen Gürtel, ob der Patronenbeutel noch vorhanden sei, dann schritt ich bis zum ersten Zelte vor. Hier blieb ich eine Weile stehen, um mein Auge an die Dunkelheit zu gewöhnen. Vor mir und zu beiden Seiten gewahrte ich einige Kameele und zahlreiche Schafe, die sich zusammengedrängt hatten. Die Hunde, welche sonst des Nachts die Wächter dieser Thiere sind, waren entflohen und hatten sich hinter oder in die Zelte verkrochen.
Ich legte mich auf den Boden nieder und kroch leise und langsam vorwärts. Ich wußte, daß ich den Löwen noch eher riechen würde, als ich ihn bei dieser Dunkelheit zu Gesichte bekommen konnte. Da – – es war als ob der Boden unter mir erbebte – erscholl

der Donner dieser Stimme seitwärts von mir, und einige Augenblicke darauf vernahm ich einen dumpfen Schall, wie wenn ein schwerer Körper gegen einen andern prallt – ein leises Stöhnen, ein Knacken und Krachen wie von zermalmt werdenden Knochen – und da, höchstens zwanzig Schritte vor mir funkelten die beiden Feuerkugeln: – ich kannte dieses grünliche rollende Licht. Ich hob das Gewehr trotz der Dunkelheit, zielte, so gut es gehen wollte, und drückte ab.

Ein gräßlicher Laut durchzitterte die Luft. Der Blitz meines Schusses hatte dem Löwen seinen Feind gezeigt; auch ich hatte ihn gesehen, der auf dem Rücken eines Kameeles lag und den Halswirbel desselben mit seinen Zähnen zermalmte. Hatte ich ihn getroffen? Ein großer, dunkler Gegenstand schnellte durch die Luft und kam höchstens drei Schritte vor mir auf den Boden nieder. Die Lichter funkelten abermals. Entweder war der Sprung schlecht berechnet gewesen, oder das Thier war doch verwundet. Ich kniete noch fast im Anschlage und drückte den zweiten und letzten Schuß los, nicht mitten zwischen die Augen, sondern gerade mitten in das eine Auge hinein. Dann ließ ich die Büchse blitzschnell fallen und nahm das Messer zur Hand – der Feind kam nicht über mich; er war von dem tödtlichen Schusse förmlich zurückgeworfen worden. Trotzdem aber zog ich mich einige Schritte zurück, um wieder zu laden. Ringsum herrschte Stille; auch im Lager war kein Hauch zu hören. Man hielt mich wohl für todt.

Sobald aber der schwächste Schimmer des Tages den Körper des Löwen einigermaßen erkennen ließ, trat ich hinzu. Er war todt, und nun machte ich mich daran, ihn aus der Haut zu schälen. Ich hatte meine Gründe, nicht lange damit zu warten. Es fiel mir gar nicht ein, diese Trophäe zurückzulassen. Die Arbeit ging mehr nach dem Gefühle als nach dem Gesichte vor sich, war aber doch beendet, als der Morgenschimmer etwas kräftiger wurde.

Jetzt nahm ich das Fell, schlug es mir über die Schulter und kehrte in das Lager zurück. Es war jedenfalls nur ein kleines Zweiglager der räuberischen Abu Hammed. Die Männer, Frauen und Kinder saßen erwartungsvoll vor ihren Zelten. Als sie mich erblickten, erhob sich ein ungeheurer Lärm. Allah wurde in allen Tönen angerufen, und hundert Hände streckten sich nach meiner Beute aus.

„Du hast ihn getödtet?“ rief der Scheik. „Wirklich? Allein?“

„Allein!“

„So hat Dir der Scheïtan beigestanden!“

„Steht der Scheïtan einem Hadschi bei?“

„Nein; aber Du hast einen Zauber, ein Amulett, einen Talisman, mit Hilfe dessen Du diese That vollbringst?“

„Ja.“

„Wo ist er?“

„Hier!“

Ich hielt ihm die Büchse vor die Nase.

„Das ist es nicht. Du willst es uns nicht sagen. Wo liegt der Körper des Löwen?“

„Draußen rechts vor den Zelten. Holt ihn Euch!“
Die meisten der Anwesenden eilten fort. Das hatte ich gewünscht.
„Wem gehört die Haut des Löwen?“ frug der Scheik mit lüsternem Blick.
„Darüber wollen wir in Deinem Zelte berathen. Tretet ein!“
Alle folgten mir; es waren wohl nur zehn oder zwölf Männer da. Gleich beim Eintritt erblickte ich meine anderen Waffen; sie hingen an einem Pflock. Mit zwei Schritten stand ich dort, riß sie herab, warf die Büchse über die Schulter und nahm den Stutzen in die Hand. Die Löwenhaut war mir infolge ihrer Größe und Schwere sehr hinderlich; aber es mußte doch versucht werden. Rasch stand ich wieder unter dem Eingang des Zeltes.
„Zedar Ben Huli, ich habe Dir versprochen, mit dieser Büchse nur auf den Löwen zu schießen – – –“
„Ja.“
„Aber auf wen ich mit diesem anderen Gewehre schießen werde, das habe ich nicht gesagt.“
„Es gehört hierher. Gib es zurück.“
„Es gehört in meine Hand, und die wird es behalten.“
„Er wird fliehen – haltet ihn!“
Da erhob ich den Stutzen zum Schuß.
„Halt! Wer es wagt, mich zu hindern, der ist eine Leiche! Zedar Ben Huli, ich danke Dir für die Gastfreundschaft, welche ich bei Dir genossen habe. Wir sehen uns wieder!“
Ich trat hinaus. Eine Minute lang wagte es Keiner, mir zu folgen. Diese kurze Zeit genügte, den Rappen zu besteigen und die Haut vor mich hinzunehmen. Als sich das Zelt wieder öffnete, galoppirte ich bereits am letzten Zelte vorbei.
Hinter mir und zur Seite, wo der Körper des Löwen lag, erscholl ein wüthendes Geschrei, und ich bemerkte, daß alle zu den Waffen und zu den Pferden rannten. Als ich das Lager hinter mir hatte, ritt ich nur im Schritte. Der Rappe scheute vor dem Felle; er konnte den Geruch des Löwen nicht vertragen und schnaubte ängstlich zur Seite. Jetzt blickte ich rückwärts und sah die Verfolger zwischen den Zelten förmlich hervorquellen. Nun ließ ich den Hengst traben, und erst als der vorderste Verfolger in Schußweite gekommen war, wollte ich den Rappen weiter ausgreifen lassen; ich besann mich aber anders. Ich hielt, drehte mich um und zielte. Der Schuß krachte, und das Pferd brach unter seinem Reiter todt zusammen. Diesen Pferdedieben konnte eine solche Lehre nichts schaden. Nun erst ritt ich Galopp, wobei ich den abgeschossenen Lauf wieder lud.
Als ich mich abermals umwandte, waren mir Zwei wieder nahe genug gekommen; ihre Flinten freilich hätten mich nicht zu erreichen vermocht. Ich hielt wieder, drehte um und zielte – zwei Schüsse knallten nach einander und zwei Pferde stürzten nieder. Das war den Andern doch zu viel; sie stutzten und blieben zurück. Als ich mich nach längerer Zeit wieder umschaute, erblickte ich sie in weiter Ferne, wo sie bloß noch meinen Spuren zu folgen schienen.

Jetzt jagte ich, um sie irre zu leiten, beinahe eine Stunde lang stracks nach West fort; dann bog ich auf einem steinigen Boden, wo die Hufspuren nicht zu sehen waren, nach Norden um und hatte bereits gegen Mittag den Tigris beim Strudel Kelab erreicht. Er liegt kurz unter dem Einflusse des Zab-asfal, und nur wenige Minuten unterhalb ist die Stelle, an welcher die Kanuzaberge in das Gebirge von Hamrin übergehen. Dieser Übergang geschieht durch einzelne isolierte Erhöhungen, welche durch tiefe und nicht sehr breite Thäler getrennt werden. Das breiteste Thal von ihnen wurde jedenfalls von den Feinden zum Durchzuge gewählt, und so prägte ich mir das Terrain und die Zugänge zu demselben mit der möglichsten Genauigkeit ein; dann eilte ich dem Thathar wieder entgegen, den ich am Nachmittage erreichte und überschritt. Das Verlangen trieb mich zu den Freunden; aber ich mußte das Pferd schonen, und hielt daher noch eine Nachtruhe.

Am andern Mittag kam mir die erste Schafheerde der Haddedihn wieder vor Augen, und ich ritt im Galopp auf das Zeltlager los, ohne auf die Zurufe zu achten, welche von allen Seiten erschollen. Der Scheik hatte aus ihnen geschlossen, daß etwas Ungewöhnliches vorgehe, und trat eben aus dem Zelte, als ich vor demselben anlangte.

„Hamdullillah, Preis sei Gott, daß Du wieder da bist!“ begrüßte er mich. „Wie ist es gegangen?“

„Gut.“

„Hast Du etwas erfahren?“

„Alles!“

„Alles? Was?“

„Rufe die Ältesten zusammen; ich werde Euch Bericht erstatten.“

Jetzt erst bemerkte er die Haut, welche ich auf der andern Seite des Pferdes herabgeworfen hatte.

„Maschallah, Wunder Gottes, ein Löwe! Wie kommst Du zu diesem Felle?“

„Ich habe es ihm abgezogen.“

„Ihm? Dem Herrn selbst?“

„Ja.“

„So hast Du mit ihm gesprochen?“

„Kurze Zeit.“

„Wie viele Jäger waren dabei?“

„Keiner.“

„Allah sei mit Dir, daß Dich Dein Gedächtniß nicht verlasse!“

„Ich war allein!“

„Wo?“

„Im Lager der Abu Hammed.“

„Die hätten Dich erschlagen!“

„Sie haben es nicht gethan, wie Du siehst. Sogar Zedar Ben Huli hat mir das Leben gelassen.“

„Auch ihn hast Du gesehen?"
„Auch ihn. Ich habe ihm drei Pferde erschossen."
„Erzähle!"
„Nicht jetzt, nicht Dir allein, denn sonst muß ich Alles öfters erzählen. Rufe die Leute, und dann sollst Du Alles ausführlich hören!"
Er ging. Ich wollte eben in sein Zelt treten, als ich den Engländer im vollsten Galopp daherstürmen sah.
„Habe soeben gehört, daß Ihr da seid, Sir," rief er schon von weitem. „Habt Ihr gefunden?"
„Ja; die Feinde, das Schlachtfeld und Alles."
„Pah! Auch Ruinen mit Fowling-bull?"
„Auch!"
„Schön, sehr gut! Werde graben, finden und nach London schicken. Erst aber wohl kämpfen?"
„Ja."
„Gut, werde fechten wie Bayard. Ich auch gefunden."
„Was?"
„Seltenheit, Schrift."
„Wo?"
„Loch, hier in der Nähe. Ziegelstein."
„Eine Schrift auf einem Ziegelstein?"
„Yes! Keilschrift. Könnt Ihr lesen?"
„Ein wenig."
„Ich nicht. Wollen sehen!"
„Ja. Wo ist der Stein?"
„In Zelt. Gleich holen!"
Er ging hinein und brachte seinen kostbaren Fund zum Vorschein.
„Hier, ansehen, lesen!"
Der Stein war beinahe vollständig zerbröckelt, und die wenigen Keile, welche die verwitterte Inschrift noch zeigte, waren kaum mehr zu unterscheiden.
„Nun?" frug Master Lindsay neugierig.
„Wartet nur. Das ist nicht so leicht, als Ihr denkt. Ich finde nur drei Worte, die vielleicht zu entziffern wären. Sie heißen, wenn ich nicht irre: Tetuda Babrut ésis."
„Was heißt das?"
„Zum Ruhme Babylon's aufgeführt."
Der gute Master David Lindsay zog seinen parallelogrammen Mund bis hinter an die Ohren.
„Lest Ihr richtig, Sir?"
„Ich denke es."
„Was daraus nehmen?"

„Alles und nichts!"
„Hm! Hier doch gar nicht Babylon!"
„Was sonst?"
„Niniveh!"
„Meinetwegen Rio de Janeiro! Reimt Euch das Zeugs da selbst zusammen oder aus einander; ich habe jetzt keine Zeit dazu."
„Aber warum ich Euch mitgenommen?"
„Gut! Hebt den Ziegelkloß auf, bis ich Zeit habe!"
„Well! Was habt Ihr zu thun?"
„Es wird gleich Sitzung sein, in der ich meine Erlebnisse zu erzählen habe."
„Werde auch mitthun!"
„Und übrigens muß ich vorher essen. Ich habe Hunger wie ein Bär."
„Auch da werde mitthun!"
Er trat mit mir in das Zelt.
„Wie seid Ihr denn mit Eurem Arabisch fortgekommen?"
„Miserabel! Verlange Brot – Araber bringt Stiefel; verlange Hut – Araber bringt Salz; verlange Flinte – Araber bringt Kopftuch. Schauderhaft, schrecklich! Lasse Euch nicht wieder fort!"
Nach der Rückkehr des Scheik brauchte ich nicht lange auf das Mahl zu warten. Während desselben stellten sich die Geladenen ein. Die Pfeifen wurden angezündet; der Kaffee ging herum, und dann drängte Lindsay:
„Anfangen, Sir! Bin neugierig."
Die Araber hatten wortlos und geduldig gewartet, bis mein Hunger gestillt war; dann aber begann ich:
„Ihr habt mir eine sehr schwere Aufgabe gestellt, aber es ist mir wider alles Erwarten sehr leicht geworden, sie zu lösen. Und dabei bringe ich Euch eine so ausführliche Nachricht, wie Ihr sie sicherlich nicht erwartet habt."
„Rede!" bat der Scheik.
„Die Feinde haben ihre Rüstungen bereits vollendet. Es sind die Orte bestimmt, wo die drei Stämme sich vereinigen, und ebenso ist die Zeit angegeben, in der dies geschehen wird."
„Aber Du hast es nicht erfahren können!"
„Doch! Die Dschowari werden sich mit den Abu Hammed am Tage nach dem nächsten Jaum el Dschema bei den Ruinen von Khan Khernina vereinigen. Diese beiden Stämme stoßen dann am dritten Tage nach dem Jaum el Dschema zwischen dem Wirbel El Kelab und dem Ende der Kanuzaberge mit den Obeïde zusammen."
„Weißt Du das gewiß?"
„Ja."
„Von wem?"
„Von dem Scheik der Abu Mohammed."

„Hast Du mit ihm gesprochen?“
„Ich war sogar in seinem Zelte.“
„Die Abu Mohammed leben mit den Dschowari und Abu Hammed nicht in Frieden.“
„Er sagte es. Er kannte Deinen Rappen und ist Dein Freund. Er wird Dir mit dem Stamme der Alabeïden zu Hilfe kommen.“
„Sagst Du die Wahrheit?“
„Ich sage sie.“
Da sprangen alle Anwesenden auf und reichten sich jubelnd die Hände. Ich wurde von ihnen beinahe erdrückt. Dann mußte ich Alles so ausführlich wie möglich erzählen. Ich that es. Sie glaubten Alles, nur daß ich den Löwen so ganz allein und dazu noch bei stockfinsterer Nacht erlegt haben wollte, das schienen sie sehr zu bezweifeln. Der Araber ist gewohnt, dieses Thier nur am Tage und zwar in möglichst zahlreicher Gesellschaft anzugreifen. Ich legte ihnen endlich das Fell vor.
„Hat diese Haut ein Loch?“
Sie besahen es höchst aufmerksam.
„Nein,“ lautete dann der Bescheid.
„Wenn Araber einen Löwen tödten, so hat die Haut sehr viele Löcher. Ich habe ihm zwei Kugeln gegeben. Seht her! Die erste Kugel war zu hoch gezielt, weil er zu entfernt von mir war und ich in der Finsterniß nicht ganz genau zu zielen vermochte. Sie hat die Kopfhaut gestreift und das Ohr verletzt. Hier seht Ihr es. Die zweite Kugel gab ich ihm, als er zwei oder drei Schritte von mir war; sie ist ihm in das linke Auge gedrungen. Ihr seht dies hier, wo das Fell versengt ist.“
„Allah akbar, es ist wahr! Du hast dieses furchtbare Thier so nahe an Dich herankommen lassen, daß Dein Pulver seine Haare verbrannte. Wenn es Dich nun gefressen hätte?“
„So hätte es so im Buche gestanden. Ich habe diese Haut mitgebracht für Dich, o Scheik. Nimm sie von mir an und gebrauche sie als Schmuck Deines Zeltes!“
„Ist dies Dein Ernst?“ frug er erfreut.
„Mein Ernst.“
„Ich danke Dir, Emir Hadschi Kara Ben Nemsi! Auf diesem Felle werde ich schlafen, und der Muth des Löwen wird in mein Herz einziehen.“
„Es bedarf dieser Haut nicht, um Deine Brust mit Muth zu erfüllen, den Du übrigens auch bald brauchen wirst.“
„Wirst Du mitkämpfen gegen unsere Feinde?“
„Ja. Sie sind Diebe und Räuber und haben auch mir nach dem Leben getrachtet; ich stelle mich unter Deinen Befehl, und hier mein Freund wird dasselbe thun.“
„Nein. Du sollst nicht gehorchen, sondern befehlen. Du sollst der Anführer einer Abtheilung sein.“
„Davon laß uns später sprechen; für jetzt aber erlaube mir, an Eurer Berathung Theil zu nehmen.“
„Du hast Recht; wir müssen uns berathen, denn wir haben nur noch fünf Tage Zeit.“

„Hast Du mir nicht gesagt, daß es eines Tages bedürfe, um die Krieger der Haddedihn um Dich zu versammeln?“
„So ist es.“
„So würde ich an Deiner Stelle heute die Boten aussenden.“
„Warum noch heute?“
„Weil es nicht genug ist, die Krieger beisammen zu haben. Sie müssen auf diesen Kampf eingeübt werden.“
Er lächelte stolz.
„Die Söhne der Haddedihn sind seit ihren Knabenjahren bereits den Kampf gewöhnt. Wir werden unsere Feinde überwinden. Wie viel streitbare Männer hat der Stamm der Abu Muhammed?“
„Neunhundert.“
„Und die Alabeïde?“
„Achthundert.“
„So zählen wir achtundzwanzighundert Mann; dazu kommt die Überraschung, da uns der Feind nicht erwartet; wir müssen siegen!“
„Oder wir werden besiegt!“
„Maschallah, Du tödtest den Löwen und fürchtest den Araber?“
„Du irrst. Du bist tapfer und muthig; aber der Muth zählt doppelt, wenn er vorsichtig ist. Hältst Du es nicht für möglich, daß die Alabeïde und Abu Muhammed zu spät eintreffen?“
„Es ist möglich.“
„Dann stehen wir mit elfhundert gegen dreitausend Mann. Der Feind wird erst uns und dann unsere Freunde vernichten. Wie leicht kann er erfahren, daß wir ihm entgegen ziehen wollen! Dann fällt auch die Überraschung weg. Und was nützt es Dir, wenn Du kämpfest und den Feind nur zurückschlägst? Wäre ich der Scheik der Haddedihn, ich schlüge ihn so darnieder, daß er auf lange Zeit sich nicht wieder erheben könnte und mir jährlich einen Tribut bezahlen müßte.“
„Wie wolltest Du dies beginnen?“
„Ich würde nicht wie die Araber, sondern wie die Franken kämpfen.“
„Wie kämpfen diese?“
Jetzt erhob ich mich, um eine Rede zu halten, eine Rede über europäische Kriegskunst, ich, der Laie im Kriegswesen. Aber ich mußte mich ja für diesen braven Stamm der Haddedihn interessiren. Ich hielt es keineswegs für eine Versündigung an dem Leben meiner Mitmenschen, wenn ich mich hier betheiligte; es lag vielmehr wohl in meiner Hand, die Grausamkeiten zu mildern, welche bei diesen halbwilden Leuten ein Sieg stets mit sich bringt. Ich beschrieb also zunächst ihre eigene Fechtart und schilderte die Nachtheile derselben; dann begann ich die eigentliche Auseinandersetzung. Sie hörten mir aufmerksam zu, und als ich geendet hatte, bemerkte ich den Eindruck meiner Worte an dem langen Schweigen, welches nun folgte. Der Scheik ergriff zuerst wieder das Wort:

„Deine Rede ist gut und wahr; sie könnte uns den Sieg bringen und vielen der Unserigen das Leben erhalten, wenn wir Zeit hätten, uns einzuüben."
„Wir haben Zeit."
„Sagtest Du nicht, daß es lange Jahre erfordere, ein solches Heer fertig zu machen?"
„Das sagte ich. Aber wir wollen ja nicht ein Heer bilden, sondern wir wollen bloß die Obeïde in die Flucht schlagen, und dazu bedürfte es einer Vorbereitung von nur zwei Tagen. Wenn Du heute noch Deine Boten aussendest, so sind die Krieger morgen beisammen; ich lehre sie den geschlossenen Angriff zu Pferde, welcher die Feinde über den Haufen werfen wird, und den Kampf zu Fuße mit dem Feuergewehr."
Ich nahm ein Kameelstöckchen von der Wand und zeichnete auf den Boden.
„Schau hierher! Hier fließt der Tigris; hier ist der Wirbel; hier liegen die Hamrin- und hier die Kanuzaberge. Der Feind trifft hier zusammen. Die beiden ersten Stämme kommen am rechten Ufer des Flusses heraufgezogen, hinter ihnen im Stillen unsere Verbündeten, und die Obeïde setzen von dem linken Ufer herüber. Um zu uns zu gelangen, müssen sie zwischen diesen einzelnen Bergen hindurch; diese Wege alle aber führen in das große Thal Deradsch, welches das Thal der Stufen heißt, weil seine steilen Wände wie Stufen emporsteigen. Es hat nur einen Eingang und einen Ausgang. Hier müssen wir sie erwarten. Wir besetzen die Höhen mit Schützen, welche den Feind niederschießen, ohne daß ihnen selbst ein Leid geschehen kann. Den Ausgang verschließen wir mit einer Brustwehr, welche auch von Schützen vertheidigt wird, und hier in diesen zwei Seitenschluchten hüben und drüben verbergen sich die Reiter, welche in demselben Augenblick hervorbrechen, wenn der Feind sich vollständig im Thale befindet. Am Eingange wird er dann von unseren Verbündeten im Rücken angegriffen, und sollten diese ja nicht zur rechten Zeit eintreffen, so wird er ihnen auf der Flucht entgegen getrieben."
„Maschallah, Deine Rede ist wie die Rede des Propheten, der die Welt erobert hat! Ich werde Deinen Rath befolgen, wenn die Anderen hier damit einverstanden sind. Wer dagegen ist, der mag sprechen!"
Es widersprach Keiner; darum fuhr der Scheik fort:
„So werde ich gleich jetzt die Boten aussenden."
„Sei vorsichtig, o Scheik, und laß Deinen Kriegern nicht sagen, um was es sich handelt; es wäre sonst sehr leicht möglich, daß der Feind von unserem Vorhaben Nachricht erhält."
Er nickte zustimmend und entfernte sich. Sir David Lindsay hatte dieser langen Unterredung mit sichtbarer Ungeduld zugehört; jetzt ergriff er die Gelegenheit zum Sprechen:
„Sir, ich bin auch hier!"
„Ich sehe Euch!"
„Wollte auch 'was hören!"
„Meine Erlebnisse?"

„Yes!“
„Konntet denken, daß ich meinen Vortrag nicht in englischer Sprache halten würde. Sollt aber jetzt das Nöthige erfahren.“
Ich theilte ihm in aller Kürze meine Erzählung und dann den Inhalt der darauf folgenden Besprechung mit. Er war wie elektrisirt.
„Ah! Kein wilder Angriff, sondern militärische Körper! Evolution! Choc! Taktik! Strategie! Feind umzingeln! Barrikade! Prächtig! Herrlich! Ich auch mit! Ihr seid General, ich bin Adjutant!“
„Würden uns Beide wundervoll ausnehmen in diesen Stellungen! Ein General, der von der Kriegführung soviel versteht, wie das Flußpferd vom Filetstricken, und ein Adjutant, der nicht reden kann! Übrigens wird es für Euch gerathener sein, wenn Ihr Euch von der Sache fern haltet.“
„Warum?“
„Wegen des Viceconsuls in Mossul.“
„Ah! Wie?“
„Man vermuthet, daß er hierbei seine Hand im Spiele habe.“
„Mag die Hand wegnehmen! Was geht mich Consul an? Pah!“
Jetzt kam der Scheik wieder. Er hatte die Boten ausgesandt und brachte allerlei neue Gedanken mit:
„Hat der Scheik der Abu Muhammed gesagt, welchen Theil der Beute er erwartet?“
„Nein.“
„Was fordern die Alabeïden?“
„Ich weiß es nicht.“
„Du hättest fragen sollen!“
„Ich habe nicht gefragt, weil ich als Scheik der Haddedihn nicht nach Beute fragen würde.“
„Maschallah! Wornach sonst! Wer ersetzt mir meinen Schaden?“
„Der besiegte Feind.“
„Also muß ich doch in seine Weideplätze einbrechen und seine Weiber und Kinder nebst seinem Vieh fortführen!“
„Das ist nicht nothwendig. Willst Du gegen Frauen Krieg führen? Du gibst die Gefangenen, welche wir machen werden, wenn wir glücklich sind, nicht eher frei, als bis Du erhalten hast, was Du forderst. Ist unser Sieg vollständig, so verlangst Du einen jährlichen Tribut und behältst den Scheik oder einige Anverwandte von ihm als Geiseln zurück.“
Es wurde nun über diesen Punkt berathen. Man nahm ihn an.
„Und nun noch das Letzte,“ bemerkte ich dann. „Es ist nothwendig, daß wir von allen Bewegungen unserer Feinde und unserer Verbündeten Kenntniß erhalten. Wir müssen daher von hier bis nach El Deradsch eine Postenlinie ziehen.“
„Wie meinst Du das?“

„In El Deradsch verstecken sich zwei unserer Krieger, von denen Du überzeugt bist, daß sie treu sind. Sie lassen sich nicht sehen und beobachten Alles. Von El Deradsch bis hierher stellst Du in gewissen Entfernungen Andere auf; es genügen vier Mann, welche darauf zu achten haben, daß sie mit keinem Fremden zusammenkommen, und uns Alles berichten, was die ersten Zwei erkunden. Einer trägt die Kunde zum Andern und kehrt dann auf seinen Posten zurück."
„Dieser Plan ist gut; ich werde ihn befolgen."
„Eine eben solche Linie, nur etwas weitläufiger, stellst Du auf zwischen hier und den Weideplätzen der Abu Mohammed. Ich habe das mit ihrem Scheik bereits besprochen. Er wird die Hälfte dieser Linie mit seinen Leuten bilden. Kennst Du die Ruine El Farr?"
„Ja."
„Dort wird sein äußerster Posten zu treffen sein."
„Wie viele Männer werde ich dazu brauchen?"
„Nur sechs. Die Abu Mohammed stellen ebenso viele. Wie viele Krieger hast Du hier im Lager?"
„Es können vierhundert sein."
„Ich bitte Dich, sie zu versammeln. Du muß noch heute Musterung über sie halten, und wir können unsere Übungen heute noch beginnen."
Das brachte reges Leben in die Versammlung. Binnen einer halben Stunde waren die vierhundert Mann beisammen. Der Scheik hielt ihnen eine lange, blühende Rede und ließ sie am Ende derselben auf den Bart des Propheten schwören, die Rüstung gegen keinen Unberufenen zu erwähnen; dann befahl er ihnen, sich in Reihe und Glied aufzustellen.
Wir ritten die lange Reihe hinab. Alle waren zu Pferde; ein jeder hatte Messer, Säbel und die lange, befiederte Lanze, welche bei besserer Schulung eine fürchterliche Waffe sein könnte. Viele trugen auch den gefährlichen Nibat oder die kurze Wurflanze nebenbei. Die Schießwaffen ließen Vieles zu wünschen übrig. Einige Krieger hatten noch den alten Lederschild nebst Köcher, Pfeil und Bogen. Andere besaßen Luntenflinten, die ihren Eigenthümern gefährlicher waren, als dem Feinde, und die Übrigen hatten Perkussionsgewehre mit überlangen Läufen.
Letztere ließ ich vortreten, die Andern aber schickte ich fort, mit der Bemerkung, morgen in aller Frühe wieder zu kommen. Die Zurückgebliebenen hieß ich absitzen und Proben ihrer Fertigkeit im Schießen ablegen. Im Allgemeinen konnte ich mit ihnen zufrieden sein. Es waren gegen zweihundert Mann. Ich bildete zwei Compagnien aus ihnen und begann meinen Instruktionsunterricht. Dieser war allerdings nicht weit her. Die Leute sollten im Takte marschiren und laufen können und ein Schnellfeuer unterhalten lernen. Sie waren gewohnt, nur zu Pferde anzugreifen und den Feind zu necken, ohne ihm ernstlich Stand zu halten; jetzt kam Alles darauf an, sie soweit zu bringen, daß sie zu Fuße einen Angriff aushalten lernten, ohne die Fassung zu verlieren.

Am andern Morgen nahm ich die Andern vor. Bei ihnen galt es, sie zu einem geschlossenen Angriff mit der Lanze zu befähigen, nachdem sie ihre Gewehre abgeschossen hatten. Ich kann sagen, daß die Leute sehr schnell begriffen und überaus begeistert waren.

Gegen Abend hörten wir, daß die Verbindung mit den Abu Mohammed hergestellt sei, und bekamen zu gleicher Zeit die Nachricht, daß ihr Scheik von meinem Abenteuer bei den Abu Hammed bereits gehört habe. Es ging Antwort zurück, und von diesem Augenblick an wurde ein durch die Posten vermittelter unausgesetzter Verkehr unterhalten.

Schon war es beinahe dunkel, als ich nochmals den Rapphengst bestieg, um einen Schnellritt hinein in die Savanne zu machen. Ich war noch gar nicht weit gelangt, so kamen mir zwei Reiter entgegen. Der Eine hatte eine gewöhnliche, mittelmäßige Gestalt, der Andere aber war sehr klein von Statur und schien von der Unterhaltung mit seinem Begleiter ganz außerordentlich in Anspruch genommen zu sein, denn er focht mit Armen und Beinen in der Luft, als wolle er Mücken morden.

Ich mußte unwillkürlich an meinen kleinen Halef denken.

Ich galoppirte auf sie zu und parirte vor ihnen mein Pferd.

„Maschallah, Sihdi! Bist Du es wirklich?“

Er war es allerdings, der kleine Hadschi Halef Omar!

„Ich bin es. Ich habe Dich bereits von Weitem erkannt.“

Er sprang vom Pferde herab und faßte mein Gewand, um es vor Freude zu küssen.

„Hamdullillah, Preis sei Gott, daß ich Dich wiedersehe, Sihdi! Ich habe mich nach Dir gesehnt, wie der Tag nach der Sonne.“

„Wie geht es dem würdigen Scheik Malek?“

„Er ist wohlauf.“

„Amscha?“

„Ebenso.“

„Hanneh, Deine Freundin?“

„O, Sihdi, sie ist wie eine Houri des Paradieses.“

„Und die Andern?“

„Sie sagten mir, daß ich Dich grüßen solle, wenn ich Dich fände.“

„Wo sind sie?“

„Sie sind am Abhange des Schammargebirges zurückgeblieben und haben mich an den Scheik der Schammar vorausgesandt, damit ich bei ihm um Aufnahme bitten solle.“

„Bei welchem Scheik?“

„Es ist ganz gleich; bei dem, auf welchen ich zuerst treffe.“

„Ich habe bereits für Euch gesorgt. Da drüben ist das Lager der Haddedihn.“

„Das sind Schammar. Wie heißt ihr Scheik?“

„Mohammed Emin.“

„Wird er uns aufnehmen? Kennst Du ihn?“

„Ich kenne ihn und habe bereits mit ihm von Euch gesprochen. Sieh diesen Hengst! Wie gefällt er Dir?"
„Herr, ich habe ihn bereits bewundert; er ist sicher der Abkömmling einer Stute von Koheli."
„Er gehört mir; er ist ein Geschenk des Scheik. Nun kannst Du sehen, daß er mein Freund ist!"
„Allah gebe ihm dafür ein langes Leben! Wird er auch uns aufnehmen?"
„Ihr werdet ihm willkommen sein. Kommt, und folgt mir jetzt."
Wir setzten uns in Marsch.
„Sihdi," meinte Halef, „die Wege Allah's sind unerforschlich. Ich glaubte, lange nach Dir fragen zu müssen, ehe ich eine Kunde bekäme, und nun bist Du der Erste, dem ich begegne. Wie bist Du zu den Haddedihn gekommen?"
Ich erzählte ihm das Nöthige in Kürze und fuhr dann fort:
„Weißt Du, was ich jetzt bei ihm bin?"
„Nun?"
„General."
„General?"
„Ja."
„Hat er Truppen?"
„Nein. Er hat aber Krieg."
„Gegen wen?"
„Gegen die Obeïde, Abu Hammed und Dschowari."
„Das sind Räuber, die am Zab und Tigris wohnen; ich habe sehr Vieles von ihnen gehört, was nicht gut ist."
„Sie rüsten gegen ihn. Sie wollen ihn unversehens überfallen; wir aber haben davon gehört, und nun bin ich sein General, der seine Krieger unterrichtet."
„Ja, Sihdi, ich weiß, daß Du Alles verstehst und Alles kannst, und es ist ein wahres Glück, daß Du kein Giaur mehr bist!"
„Nicht?"
„Nein. Du hast Dich ja zum wahren Glauben bekehrt."
„Wer sagt Dir das?"
„Du warst in Mekka und hast den heiligen Brunnen Zem-Zem bei Dir; folglich bist Du ein guter Moslem geworden. Habe ich Dir nicht stets gesagt, daß ich Dich bekehren würde, Du magst wollen oder nicht?" –
Wir erreichten das Lager und stiegen vor dem Zelte des Scheik ab. Als wir eintraten, hatte er seine Räthe bei sich.
„Sallam aaleïkum!" grüßte Halef.
Sein Begleiter that dasselbe. Ich übernahm es, sie vorzustellen.
„Erlaube mir, o Scheik, Dir diese beiden Männer zu bringen, welche mit Dir sprechen wollen. Dieser hier heißt Nasar Ibn Mothalleh, und dieser ist Hadschi Halef Omar Ben

Hadschi Abul Abbas Ibn Hadschi Dawud al Gossarah, von dem ich Dir bereits erzählt habe.“
„Von ihm?“
„Ja. Ich habe ihn nicht bei seinem vollen Namen, sondern kurz nur Hadschi Halef Omar genannt.“
„Dein Diener und Begleiter?“
„Ja.“
„Der Abu-Seïf, den Vater des Säbels, erschlagen hat?“
„Ja. Er gehört jetzt zu dem Stamme der Ateïbeh, dessen Scheik Dein Freund Malek ist.“
„Seid mir willkommen, Ihr Männer von Ateïbeh! Sei mir willkommen, Hadschi Halef Omar! Deine Gestalt ist klein, aber Dein Muth ist groß, und Deine Tapferkeit ist erhaben. Möchten alle Männer so sein, wie Du! Bringst Du mir Kunde von Malek, meinem Freunde?“
„Ich bringe sie. Er läßt Dich grüßen und fragen, ob Du ihn und die Seinigen in den Stamm der Haddedihn aufnehmen magst.“
„Ich kenne sein Schicksal, aber er soll mir willkommen sein. Wo befindet er sich jetzt?“
„Am Abhange des Schammargebirges, eine und eine halbe Tagreise von hier. Ich höre, daß Du Krieger brauchst?“
„So ist es. Es ist Feindschaft ausgebrochen zwischen mir und denen, die neben uns wohnen.“
„Ich werde Dir sechzig tapfere Leute bringen.“
„Sechzig? Hier mein Freund Hadschi Kara Ben Nemsi hat mir doch gesagt, daß Ihr weniger seid!“
„Wir haben auf unserer Reise die Reste des Stammes Al Hariel bei uns aufgenommen.“
„Was tragt Ihr für Waffen?“
„Säbel, Dolch, Messer und lauter gute Flinten. Mehrere haben sogar auch Pistolen. Wie ich mit den Waffen umzugehen verstehe, wird Dir mein Sihdi sagen.“
„Ich weiß es bereits. Aber dieser Mann ist kein Sihdi, sondern ein Emir; merke es Dir!“
„Ich weiß es, Herr; aber er hat mir erlaubt, ihn Sihdi zu nennen. Soll Einer von uns sofort aufbrechen und Scheik Malek mit den Seinen herholen, da ihr Krieger braucht?“
„Ihr seid müde.“
„Wir sind nicht ermüdet. Ich reite sofort zurück.“
Sein Begleiter fiel ihm in die Rede:
„Du hast Deinen Sihdi hier gefunden und mußt bleiben; ich werde zurückkehren.“
„Nimm zuvor Speise und Trank zu Dir,“ meinte der Scheik.
„Herr, ich habe einen Schlauch und auch Datteln auf meinem Pferde.“
Der Scheik wandte sich ihm zu:
„Aber Dein Pferd wird müde sein. Nimm das meinige; es hat mehrere Tage ausgeruht und wird Dich schnell zu Malek bringen, den Du von mir grüßen mögest!“

Dies nahm er an und bereits nach wenigen Minuten befand er sich auf dem Rückwege nach den Bergen von Schammar.

„Emir," sagte der Scheik zu mir, „weißt Du, was meine Krieger von Dir sagen?"

„Nun?"

„Daß sie Dich lieben."

„Ich danke Dir!"

„Und daß sie den Sieg gewinnen müssen, wenn Du bei ihnen bist."

„Ich bin jetzt mit ihnen zufrieden. Wir werden morgen ein Manöver veranstalten."

„Wie? Was?"

„Ich habe bis heute achthundert Mann beisammen. Die Letzten werden morgen früh nachkommen. Sie sind schnell eingeübt, und dann stellen wir den Kampf vor, den wir mit den drei Stämmen haben werden. Die Hälfte sind die Haddedihn, die andere Hälfte sind die Feinde. Drüben die alten Ruinen gelten als die Berge von Hamrin und Kanuza, und so werde ich es Deinen Kriegern zeigen, wie sie dann gegen die wirklichen Feinde zu kämpfen haben."

Diese Ankündigung steigerte die bereits vorhandene Begeisterung um das Doppelte, und als sich die Kunde davon hinaus vor das Zelt verbreitete, erhob sich ein lauter Jubel über das ganze Lager, welches sich während des heutigen Tages infolge der unausgesetzten Zuzüge bedeutend vergrößert hatte.

Was ich vorausgesagt hatte, das geschah:

Am andern Mittag waren wir vollzählig. Ich hatte Offiziere und Unteroffiziere ernannt, welche jeden Neuangekommenen, nachdem ich ihm seinen Platz angewiesen hatte, sofort einübten. Am Spätnachmittag begann das Manöver und fiel zur allgemeinen Zufriedenheit aus. Das Fußvolk schoß ganz exakt, und die Chocs der einzelnen berittenen Körper wurden mit eleganter Sicherheit ausgeführt.

Noch während des Manövers kam das letzte Glied unserer Postenkette herbeigeritten.

„Was bringst Du?" frug der Scheik, dessen Antlitz vor Zufriedenheit glänzte.

„Herr, gestern haben sich die Dschowari mit den Abu Hammed vereinigt."

„Wann?"

„Gegen Abend."

„Und die Abu Mohammed?"

„Sind bereits hinter ihnen her."

„Haben sie Kundschafter vor sich her gesandt, damit ihr Marsch nicht verrathen wird, wie ich es angerathen habe?"

„Ja."

Der Mann hielt noch bei uns, als ein Anderer angeritten kam. Es war das diesseitige Glied der Kette nach dem Thale von Deradsch hinüber.

„Ich bringe eine wichtige Nachricht, Emir."

„Welche?"

„Die Obeïde haben Leute vom Zab herübergesandt, um die Gegend zu untersuchen."

„Wie viel Männer sind es gewesen?“
„Acht.“
„Wie weit sind sie gekommen?“
„Bis durch El Deradsch hindurch.“
„Haben sie unsere Leute gesehen?“
„Nein, denn diese hielten sich sehr verborgen. Dann haben sie im Thale gelagert und Vieles miteinander gesprochen.“
„Ah! Hier hätte es möglich sein sollen, sie zu belauschen!“
„Es war möglich, und Ibn Nazar hat es gethan.“
Ibn Nazar war einer von den beiden Posten, welche das Thal Deradsch bewachen sollten.
„Was hat er gehört? Wenn es wichtig ist, soll er eine Belohnung erhalten.“
„Sie haben gesagt, daß morgen genau zur Mittagszeit die Obeïde übersetzen wollen, um die Abu Hammed und Dschowari zu treffen, die dann ihrer bereits warten werden. Sie wollen hierauf bis nach El Deradsch vordringen und dort während der Nacht lagern, weil sie glauben, dort nicht gesehen zu werden. Am nächsten Morgen nachher wollen sie über uns herfallen.“
„Sind diese acht Männer wieder fortgeritten?“
„Nur sechs von ihnen. Zwei mußten zurückbleiben, um das Thal zu bewachen.“
„Reite zurück, und sage Ibn Nazar und seinem Gefährten, daß ich heute noch selbst zu ihnen kommen werde. Einer soll zurückbleiben, um die Beiden zu bewachen, und der Andere mag mich beim letzten Posten erwarten, um mir den Weg zu zeigen, wenn ich komme.“
Der Mann ritt ab. Der Vorige wartete noch auf Antwort.
„Du hast gehört, was jener meldete?“ frug ich ihn.
„Ja, Emir.“
„So trage unsere Bitte weiter an den Scheik der Abu Mohammed. Er soll sich hart hinter dem Feinde halten und sich nicht sehen lassen. Ist derselbe in das Thal Deradsch eingedrungen, so soll er ihn sofort im Rücken angreifen und ihn ja nicht wieder herauslassen. Alle Thäler zwischen El Hamrin und El Kanuza sind zu besetzen. Das Übrige wird unsere Sorge sein.“
Er jagte davon. Wir aber brachen unsere Übung ab, um den Leuten Ruhe zu gönnen.
„Du willst nach Deradsch?“ frug der Scheik auf dem Rückwege.
„Ja.“
„Warum?“
„Um die beiden Spione gefangen zu nehmen.“
„Kann dies kein Anderer verrichten?“
„Nein. Die Sache ist so wichtig, daß ich sie selbst übernehme. Wenn diese Zwei nicht ganz ruhig und sicher aufgehoben werden, so ist unser schöner Plan vollständig verdorben.“
„Nimm Dir einige Männer mit.“

„Das ist nicht nöthig. Ich und unsere beiden Posten, das ist genug."
„Sihdi, ich gehe mit!" meinte Halef, welcher nicht von meiner Seite gewichen war.
Ich wußte, daß er auf der Erfüllung dieses Wunsches bestehen werde, und nickte ihm also Gewährung.
„Ich weiß nur nicht, ob Dein Pferd einen so schnellen Ritt aushalten wird. Ich muß während der Nacht hin und zurück."
„Ich werde ihm eines von meinen Pferden geben," meinte der Scheik.
Eine Stunde später waren wir unterwegs: ich auf dem Rappen, und Halef auf einem Goldbraunen, der seinem Herrn alle Ehre machte. Wir legten die Strecke bis zum letzten Posten in sehr kurzer Zeit zurück. Dort erwartete uns Ibn Nazar.
„Du hast die beiden Männer belauscht?" frug ich ihn.
„Ja, Herr."
„Du sollst eine Extragabe von der Beute erhalten. Wo ist Dein Gefährte?"
„Ganz in der Nähe der beiden Kundschafter!"
„Führe uns!"
Der Ritt ging weiter. Die Nacht war halbdunkel, und bald erblickten wir den Höhenzug, hinter welchem El Deradsch lag. Ibn Nazar bog seitwärts ein. Wir mußten ein Felsengewirr erklimmen und gelangten an den Eingang einer dunklen Vertiefung.
„Hier sind unsere Pferde, Herr."
Wir stiegen ab und brachten auch unsere Pferde hinein. Sie standen so sicher, daß wir sie gar nicht zu bewachen brauchten. Dann schritten wir auf dem Kamme des Höhenzugs weiter, bis sich das Thal zu unseren Füßen öffnete.
„Nimm Dich in acht, Herr, daß kein Stein hinabfällt, der uns verrathen könnte!"
Wir stiegen vorsichtig hinab: ich hinter dem Führer und Halef hinter mir, immer Einer in den Fußstapfen des Andern. Endlich langten wir unten an. Eine Gestalt kam uns entgegen.
„Nazar?"
„Ich bin es. Wo sind sie?"
„Noch dort."
Ich trat hinzu.
„Wo?"
„Siehst Du die Ecke des Felsens dort rechts?"
„Ja."
„Sie liegen dahinter."
„Und ihre Pferde?"
„Haben sie etwas weiter vorwärts angebunden."
„Bleibt hier und kommt, wenn ich Euch rufe. Komm, Halef!"
Ich legte mich zur Erde nieder und kroch vorwärts. Er folgte mir. Wir gelangten unbemerkt an die Ecke. Ich spürte Tabaksgeruch und hörte zwei halblaute Stimmen mit

einander reden. Nachdem ich bis hart an die Kante vorgedrungen war, konnte ich die Worte verstehen:
„Zwei gegen sechs!“
„Ja. Der Eine hat schwarz und grau ausgesehen, ist lang und dünn gewesen, wie eine Lanze, und hat ein graues Kanonenrohr auf dem Kopfe gehabt.“
„Der Scheïtan!“
„Nein, sondern nur ein böser Geist, ein Dschin.“
„Der Andere aber ist der Teufel gewesen?“
„Wie ein Mensch, aber fürchterlich! Sein Mund hat geraucht, und seine Augen haben Flammen gesprudelt. Er hat nur die Hand erhoben, und da sind alle sechs Pferde todt zusammengestürzt, mit den andern vier aber sind die zwei Teufel – Allah möge sie verfluchen – durch die Luft davongeritten.“
„Am hellen Tage?“
„Am hellen Tage.“
„Gräßlich! Allah behüte uns vor dem dreimal gesteinigten Teufel! Und dann ist er gar in das Lager der Abu Hammed gekommen?“
„Gekommen nicht, sondern sie haben ihn gebracht.“
„Wie?“
„Sie haben ihn für einen Mann gehalten und sein Pferd für den berühmten Rappen des Scheik Mohammed Emin el Haddedihn. Sie wollten das Pferd haben und nahmen ihn gefangen. Als sie ihn aber in das Lager brachten, erkannte ihn der Sohn des Scheik.“
„Er hätte ihm die Freiheit geben sollen.“
„Er glaubte immer noch, daß er vielleicht doch ein Mensch wäre.“
„Hatten sie ihn gefesselt?“
„Ja. Aber da kam ein Löwe in das Lager, und der Fremde sagte, er wolle ihn ganz allein erlegen, wenn man ihm seine Büchse gebe. Man gab sie ihm, und er ging in die dunkle Nacht hinaus. Nach einiger Zeit fielen Blitze vom Himmel, und es krachten zwei Schüsse. Nach einigen Minuten kam er. Er hatte das Fell des Löwen umgeworfen, stieg auf sein Pferd und ritt durch die Luft davon.“
„Hat ihn Keiner halten wollen?“
„Doch; aber die Männer griffen in die Luft. Und als man ihm nachjagte, fielen drei Kugeln vom Himmel, welche die drei besten Pferde tödteten.“
„Woher weißt Du das?“
„Der Bote erzählte es, welchen Zedar Ben Huli an unseren Scheik sandte. Glaubst Du nun, daß es der Scheïtan war?“
„Er war es.“
„Was würdest Du thun, wenn er Dir erschiene?“
„Ich würde auf ihn schießen und dazu die heilige Fatcha beten.“
Ich trat um die Ecke und stand vor ihnen.
„So bete sie!“ gebot ich ihm.

„Allah kerihm!“
„Allah il Allah, Mohammed rasuhl Allah!“
Diese beiden Ausrufe waren Alles, was sie hervorbrachten.
„Ich bin der, von dem Du erzählt hast. Du nennst mich den Scheïtan; wehe Dir, wenn Du ein Glied regst, um Dich zu vertheidigen! Halef, nimm ihnen die Waffen!“
Sie ließen dies ruhig geschehen; ich meinte, ihre Zähne klappern zu hören.
„Binde ihnen die Hände mit ihren eigenen Gürteln!“
Damit war Halef bald fertig, und ich konnte fest überzeugt sein, daß die Knoten nicht aufgehen würden.
„Jetzt beantwortet mir meine Fragen, wenn Euch Euer Leben lieb ist! Von welchem Stamme seid Ihr?“
„Wir sind Obeïde.“
„Euer Stamm geht morgen über den Tigris?“
„Ja.“
„Wie viele Krieger habt Ihr?“
„Zwölf hundert.“
„Womit sind sie bewaffnet?“
„Mit Pfeilen und Flinten mit der Lunte.“
„Habt Ihr auch andere Flinten und vielleicht Pistolen?“
„Nicht viele.“
„Wie setzt Ihr über – auf Kähnen?“
„Auf Flößen; wir haben keine Kähne.“
„Wie viele Krieger haben die Abu Hammed?“
„So viel wie wir.“
„Wie sind diese bewaffnet?“
„Sie haben mehr Pfeile als Flinten.“
„Und wie viele Männer bringen Euch die Dschowari?“
„Tausend.“
„Haben diese Pfeile oder Flinten?“
„Sie haben Beides.“
„Kommen bloß Eure Krieger herüber, oder werdet Ihr diese Gegend auch mit Euren Heerden überziehen?“
„Nur die Krieger kommen.“
„Warum wollt Ihr die Haddedihn bekriegen?“
„Der Gouverneur hat es uns befohlen.“
„Er hat Euch nichts zu befehlen; Ihr gehört unter den Statthalter von Bagdad. Wo sind Eure Pferde?“
„Dort.“
„Ihr seid meine Gefangenen. Bei jedem Versuche, zu entkommen, werde ich Euch niederschießen. Nazar, kommt!“

Die beiden Anderen kamen herbei.
„Bindet diese beiden Männer hier fest auf ihre Pferde!“
Die Obeïde ergaben sich in ihr Schicksal; sie stiegen ohne Weigerung auf und wurden auf ihren Thieren so befestigt, daß an eine Flucht gar nicht zu denken war.
Hierauf gab ich den Befehl:
„Jetzt holt unsere Pferde drüben herab, und bringt sie an den Eingang zum Thale. Ibn Nazar, Du bleibst hier in El Deradsch zurück; der Andere aber mag Halef die Gefangenen nach dem Lager transportiren helfen.“
Die beiden Haddedihn verschwanden, um unsere Pferde am äußersten Abhange des Thales hinabzuleiten. Dann stiegen wir auf und kehrten zurück, während Ibn Nazar auf seinem Posten verblieb.
„Ich werde Euch voraneilen; kommt so schnell wie möglich nach.“
Mit dieser Weisung gab ich meinem Pferde die Schenkel. Ich that dies aus zwei Gründen: erstens war meine Gegenwart im Lager nöthig, und zweitens hatte ich heute einmal Gelegenheit, das Geheimniß und den höchsten Leistungsgrad meines Hengstes zu probiren. Er flog leicht, wie ein Vogel, über die Ebene dahin; der schnelle Lauf schien ihm sogar Vergnügen zu machen, denn er wieherte einige Male freudig auf. Plötzlich legte ich ihm die Hand zwischen die Ohren – –
„Rih!“ – –
Auf diesen Ruf legte er die Ohren zurück; er schien länger und dünner zu werden, schien zwischen den Lufttheilchen hindurchschießen zu wollen. Dem bisherigen Galopp hätten hundert andere auch gute Pferde nicht zu folgen vermocht, aber gegen das, was nun erfolgte, war er wie die Windstille gegen eine rasende Bö, wie der Gang einer Ente gegen den Flug einer Schwalbe. Die Geschwindigkeit einer Lokomotive oder eines Eilkameeles hätte nicht vermocht, diejenige dieses Pferdes zu erreichen, und dabei war der Lauf desselben überaus glatt und gleichmäßig. Es war wirklich nicht zu viel, was Mohammed Emin zu mir gesagt hatte: „Dieses Pferd wird Dich durch tausend Reiter hindurchtragen, und ich fühle mich unendlich stolz, der Besitzer dieses ausgezeichneten Renners zu sein.“
Doch ich mußte daran denken, diese äußerste Anspannung aller Kräfte zu beenden; ich ließ den Rappen in Gang fallen und legte ihm liebkosend die Hand an den Hals. Das kluge Thier wieherte freudig bei diesem Beweis meiner Anerkennung und trug stolz den Hals.
Als ich das Lager erreichte, hatte ich vom Wadi Deradsch nur den vierten Theil der Zeit gebraucht, welche zu dem Hinwege nothwendig gewesen war. In der Nähe des Zeltes, welches der Scheik bewohnte, hielt auf Kameelen und Pferden eine Menge dunkler Gestalten, die ich wegen der Dunkelheit nicht genau zu erkennen vermochte, und im Zelte selbst wartete meiner eine sehr angenehme Überraschung: – Malek stand vor dem Scheik, welcher soeben im Begriffe war, Worte der freundlichsten Begrüßung auszusprechen.

„Sallam!" begrüßte mich der Ateïbeh, indem er mir beide Hände entgegenstreckte. „Meine Augen freuen sich, Dich zu sehen, und mein Ohr ist entzückt, die Schritte Deines Fußes zu vernehmen!"
„Allah segne Deine Ankunft, Freund meiner Seele! Er hat ein Wunder gethan, um Dich heute schon zu uns zu bringen."
„Welches Wunder meint Deine Zunge?"
„Wir konnten Dich heute unmöglich erwarten. Es sind ja drei Tagreisen von hier bis zum Dschebel Schammar und zurück!"
„Du sagest die Wahrheit. Aber Dein Bote brauchte nicht bis zum Berge der Schammar zu reiten. Nachdem er mit Halef uns verlassen hatte, erfuhr ich von einem verirrten Hirten, daß die Krieger der Haddedihn hier ihre Heerden weiden. Ihr Scheik, der berühmte und tapfere Mohammed Emin, ist mein Freund; Hadschi Halef konnte nur auf ihn und keinen Anderen getroffen sein, und so beriethen wir uns, nicht auf seine Rückkehr zu warten, sondern seiner Botschaft zuvorzukommen."
„Dein Entschluß war gut, denn ohne ihn hätten wir Dich heute nicht begrüßen können."
„Wir trafen den Boten auf der Mitte des Weges, und mein Herz freute sich, als ich erfuhr, daß ich Dich, o Hadschi Kara Ben Nemsi, bei den Kriegern der Haddedihn finden werde. Allah liebt Dich und mich; er leitet unsere Füße auf Pfade, welche sich wieder begegnen. Doch sage, wo ist Hadschi Halef Omar, der Sohn meiner Achtung und meiner Liebe?"
„Er befindet sich unterwegs hieher. Ich ritt voraus und ließ ihn mit zwei Gefangenen zurück; in kurzer Zeit wirst Du ihn sehen."
„Es ist Dir gelungen?" frug mich Mohammed Emin.
„Ja. Die Kundschafter sind in unserer Hand; sie können uns nicht schaden."
„Ich höre," meinte Malek, „daß Feindschaft ausgebrochen ist zwischen den Haddedihn und den Räubern am Tigris?"
„Du hast recht gehört. Morgen, wenn die Sonne am höchsten gestiegen ist, werden unsere Gewehre donnern und unsere Säbel blitzen."
„Ihr werdet sie überfallen?"
„Sie wollen uns überfallen, wir aber werden sie empfangen."
„Dürfen Euch die Männer der Ateïbeh ihre Säbel leihen?"
„Ich weiß, daß Dein Säbel ist wie Dsu al Fekar, dem Niemand widerstehen kann. Du bist uns hoch willkommen mit Allen, welche bei Dir sind. Wie viele Männer sind bei Dir?"
„Einige mehr als fünfzig."
„Sie sind müde?"
„Ist der Araber müde, wenn er den Schall der Waffen hört und das Getöse des Kampfes vernimmt? Gib uns frische Pferde, und wir werden Euch überall folgen, wohin Ihr uns führen mögt!"
„Ich kenne Euch. Eure Kugeln treffen sicher, und die Spitzen Eurer Lanzen verfehlen nie ihr Ziel. Du wirst mit Deinen Männern die Schanze verteidigen, welche den Ausgang des Schlachtfeldes verschließen soll."

Während dieser Unterredung saßen seine Leute draußen ab; ich hörte, daß ihnen ein Mahl aufgetragen wurde, und auch das Zelt des Scheik wurde reichlich mit Speise versehen. Wir hatten das Abendessen noch nicht beendet, als der kleine Halef eintrat und die Ankunft der Gefangenen meldete. Diese wurden dem Scheik vorgeführt. Er sah sie verächtlich an und frug:
„Ihr seid vom Stamme der Obeïde?“
„So ist es, o Scheik.“
„Die Obeïde sind Feiglinge. Sie fürchten sich, die tapferen Krieger der Haddedihn allein zu bekämpfen, und haben sich deßhalb mit den Schakalen der Abu Hammed und der Dschowari verbunden. Ihre Übermacht sollte uns erdrücken; wir aber werden sie auffressen und verzehren. Wißt Ihr, was die Pflicht eines tapferen Kriegers ist, wenn er einen Feind bekämpfen will?“
Sie sahen zu Boden und antworteten nicht.
„Ein tapferer Ben Arab kommt nicht wie ein Meuchelmörder; er sendet einen Boten, um den Kampf zu verkündigen, damit der Streit ein ehrlicher sei. Haben Eure Anführer dies gethan?“
„Wir wissen es nicht, o Scheik!“
„Ihr wißt es nicht? Allah verkürze Eure Zungen! Euer Mund trieft von Lüge und Falschheit! Ihr wißt es nicht und hattet doch den Auftrag, das Thal Deradsch zu bewachen, damit ich keine Kunde von Eurem Einfalle erhalten könne! Ich werde Euch und die Euren so behandeln, wie sie es verdienen. Man rufe Abu Mansur, den Besitzer des Messers!“
Einer der Anwesenden entfernte sich und kehrte bald darauf mit einem Mann zurück, der ein Kästchen bei sich trug.
„Man binde sie, daß sie sich nicht regen können, und nehme ihnen das Marameh ab!“
Dies geschah, und dann wandte sich der Scheik an den neu Angekommenen:
„Was ist die Zierde des Mannes und des Kriegers, o Abu Mansur?“
„Das Haar, welches sein Angesicht verschönt.“
„Was gehört einem Manne, der sich fürchtet, wie ein Weib, und der die Unwahrheit sagt, wie die Tochter eines Weibes?“
„Er soll wie ein Weib und wie die Tochter eines Weibes behandelt werden.“
„Diese beiden Männer tragen Bärte, aber sie sind Weiber. Sorge dafür, Abu Mansur, daß man sie als Weiber erkenne!“
„Soll ich ihnen den Bart nehmen, o Scheik?“
„Ich gebiete es Dir!“
„Allah segne Dich, Du Tapferer und Weiser unter den Kindern der Haddedihn! Du bist freundlich und milde gegen die Deinen und gerecht gegen die Feinde Deines Stammes. Ich werde Deinem Befehle gehorsam sein.“

Er öffnete sein Kästchen, welches verschiedene Instrumente enthielt, und nahm einen Schambijeh hervor, dessen blanke Klinge im Scheine des Zeltfeuers funkelte. Er war der Barbier des Stammes.
„Warum nimmst Du nicht das Bartmesser?“ frug ihn der Scheik.
„Soll ich mit dem Messer den Bart dieser Feiglinge wegnehmen und dann mit ihm den Scheitel und die Schuschah der tapferen Haddedihn berühren, o Scheik?“
„Du hast Recht; thue, wie Du es Dir vorgenommen hast!“
Die gebundenen Obeïde wehrten sich nach Möglichkeit gegen die Manipulation, mit welcher die allergrößte Schande für sie verbunden war; ihr Sträuben aber half ihnen nichts. Sie wurden festgehalten, und der Dolch Abu Mansur's war so scharf, daß die Barthaare vor ihm wie vor der Schneide eines Rasirmessers wichen.
„Nun schafft sie hinaus,“ gebot der Scheik. „Sie sind Weiber und sollen von den Weibern bewacht werden. Man gebe ihnen Brod, Datteln und Wasser; versuchen sie aber, zu entkommen, so gebe man ihnen eine Kugel!“
Das Abscheeren des Bartes war nicht nur eine Strafe, sondern wohl auch ein gutes Mittel, die Gefangenen an einem Fluchtversuche zu hindern. Sie wagten es jedenfalls nicht, sich bei den Ihrigen ohne Bart sehen zu lassen. Jetzt erhob sich der Scheik und zog sein Messer. Ich sah es seiner feierlichen Miene an, daß nun etwas Ungewöhnliches erfolgen und daß er dabei vielleicht eine Rede halten werde.
„Allah il Allah,“ begann er; „es gibt keinen Gott außer Allah. Alles, was da lebt, hat er geschaffen, und wir sind seine Kinder. Warum sollen sich hassen, die sich lieben, und warum sollen sich entzweien, die einander angehören? Es rauschen viele Zweige im Walde, und auf der Ebene stehen viele Halme und viele Blumen. Sie sind einander gleich, darum kennen sie sich und trennen sich nicht. Sind wir einander nicht auch gleich? Scheik Malek, Du bist ein großer Krieger, und ich habe zu Dir gesagt: „Nanu malihin – wir haben Salz mit einander gegessen.“ Hadschi Emir Kara Ben Nemsi, auch Du bist ein großer Krieger, und ich habe zu Dir gesagt: „Nanu malihin.“ Ihr wohnt in meinem Zelte; Ihr seid meine Freunde und meine Gefährten; Ihr sterbet für mich, und ich sterbe für Euch. Habe ich die Wahrheit gesagt? Habe ich recht gesprochen?“
Wir bejahten durch ein ernstes, feierliches Kopfnicken.
„Aber das Salz löst sich auf und vergeht,“ fuhr er fort. „Das Salz ist das Zeichen der Freundschaft; wenn es sich aufgelöst hat und aus dem Körper verschwunden ist, so ist die Freundschaft zu Ende und muß wieder erneuert werden. Ist das gut, ist das genügend? Ich sage nein! Tapfere Männer schließen ihre Freundschaft nicht durch das Salz. Es gibt einen Stoff, der nie im Körper vergeht. Weißt Du, Scheik Malek, was ich meine?“
„Ich weiß es.“
„So sage es.“
„Das Blut.“

„Du hast recht gesagt. Das Blut bleibt bis zum Tode, und die Freundschaft, die durch das Blut geschlossen wird, hört erst auf, wenn man stirbt. Scheik Malek, gib mir Deinen Arm!“
Malek merkte ebenso gut wie ich, um was es sich handelte. Er entblößte seinen Unterarm und hielt ihn Mohammed Emin dar; dieser ritzte ihn leicht mit der Spitze seines Messers und ließ die hervorquellenden Tropfen in einen kleinen, mit Wasser gefüllten, hölzernen Becher fallen, welchen er darunter hielt. Dann winkte er mich herbei.
„Emir Hadschi Kara Ben Nemsi, willst Du mein Freund sein und der Freund dieses Mannes, der sich Scheik Malek el Ateïbeh nennt?“
„Ich will es.“
„Willst Du es sein bis zum Tode?“
„Ich will es.“
„So sind Deine Freunde und Feinde auch unsere Freunde und Feinde, und unsere Freunde und Feinde sind auch Deine Freunde und Feinde?“
„Sie sind es.“
„So gib mir Deinen Arm!“
Ich that es; er schnitt leicht durch die Haut und ließ die wenigen Blutstropfen, welche hervorquollen, in den Becher fallen. Dann that er dasselbe an seinem Arm und schwenkte zuletzt den Becher, um das Blut gut mit dem Wasser zu vermischen.
„Jetzt theilt den Trank der Freundschaft in drei Theile und genießt ihn mit dem Gedanken an den Allwissenden, der unsere geheimsten Gedanken kennt. Wir haben sechs Füße, sechs Arme, sechs Augen, sechs Ohren, sechs Lippen, und dennoch sei es nur ein Fuß, ein Arm, ein Auge, ein Ohr und eine Lippe. Wir haben drei Herzen und drei Köpfe, aber dennoch sei es nur ein Herz und ein Kopf. Wo der Eine ist, da wandeln die Andern, und was der Eine thut, das thue der Andere so, als ob seine Gefährten es thäten. Preis sei Gott, der uns diesen Tag gegeben hat!“
Er reichte mir den Becher dar.
„Hadschi Emir Kara Ben Nemsi, Dein Volk wohnt am weitesten von hier; trink Deinen Theil zuerst und reiche dann den Becher unserem Freunde.“
Ich hielt eine kurze Anrede und that einen Schluck; Malek folgte mir, und Mohammed Emin trank den Rest aus. Dann umarmte und küßte er uns, während er Jedem sagte:
„Jetzt bist Du mein Rafik, und ich bin Dein Rafik; unsere Freundschaft sei ewig, wenn auch Allah unsere Wege scheiden mag!“
Die Kunde von diesem Bunde verbreitete sich schnell durch das ganze Lager, und wer auch nur das kleinste Vorrecht oder die geringste Vergünstigung zu besitzen glaubte, der kam in das Zelt, um uns zu beglückwünschen. Dies nahm eine nicht geringe Zeit in Anspruch, so daß wir erst spät wieder nur zu Dreien bei einander saßen.
Wir mußten Scheik Malek eine Beschreibung des Terrain liefern, auf welchem der Kampf voraussichtlich stattfinden werde, und ihn mit unserem Vertheidigungsplane bekannt machen. Er billigte denselben vollständig und frug zuletzt:

„Können die Feinde nicht nach Norden entweichen?“
„Sie könnten zwischen dem Flusse und dem Dschebel Kanuza, das ist also längs des Wadi Dschehennem, durchbrechen; aber wir werden ihnen auch diesen Weg verlegen. Scheik Mohammed, hast Du angeordnet, daß Werkzeuge vorhanden sind, um eine Brustwehr zu errichten?“
„Es ist geschehen.“
„Sind die Frauen ausgewählt, welche uns begleiten sollen, um die Verwundeten zu verbinden?“
„Sie sind bereit.“
„So laß Pferde aussuchen für unsern Gefährten und seine Männer. Wir müssen aufbrechen, denn der Tag wird bald erscheinen.“

Der Sieg

Vor uns ritten die Krieger, hinter uns auf Kameelen und unter der Anführung einiger noch ziemlich rüstiger Greise die Frauen, welche das Sanitätscorps zu bilden hatten, und zuletzt kamen diejenigen, welche zur Verbindung mit dem Weideplatze und zur Beaufsichtigung der Gefangenen dienen sollten.
Als die Sonnenscheibe sich über dem Horizont zeigte, stiegen alle ab und warfen sich zur Erde, um das Morgengebet zu verrichten. Es war ein erhebender Anblick, diese Hunderte im Staube vor jenem Herrn liegen zu sehen, der heute noch einen Jeden von uns zu sich rufen konnte.
Von den ausgestellten Posten erfuhren wir, daß nichts vorgefallen sei. Wir erreichten also ohne Störung den langgezogenen Dschebel Deradsch, hinter welchem sich das fast eine Stunde lange Thal von West nach Ost erstreckte. Diejenigen, welche als Schützen ausersehen waren, stiegen ab; ihre Pferde wurden in gehöriger Ordnung in der Ebene angepflockt, damit im Falle eines Rückzuges keine Verwirrung entstehen könne. Unweit davon wurden die Kameele entlastet und die Zelte, welche sie getragen hatten, aufgeschlagen; sie waren, wie bereits erwähnt, für die Verwundeten bestimmt. Wasser war in Schläuchen genug, Verbandzeug aber nur sehr wenig vorhanden, ein Übelstand, welcher mich mit Bedauern erfüllte.
Die Postenkette, welche uns mit den Abu-Mohammed-Arabern verband, hatten wir natürlich hinter uns hergezogen, so daß wir mit ihnen immer in Verbindung blieben. Es waren fast stündlich Meldungen von ihnen angekommen, und die letzte derselben belehrte uns, daß die Feinde unseren Anmarsch noch nicht entdeckt hätten.
Sir Lindsay hatte sich am gestrigen Abend und auch heute bis jetzt sehr einsilbig verhalten. Es war mir ja keine Zeit übrig geblieben, die ich ihm hätte widmen können. Jetzt hielt er an meiner Seite.
„Wo schlagen, Sir? Hier?“ frug er.
„Nein, hinter dieser Höhe.“
„Bei Euch bleiben?“

„Wie Ihr wollt."
„Wo seid Ihr? Infanterie, Kavallerie, Genie, Pontons?"
„Kavallerie, aber Dragoner, denn wir werden ebenso schießen wie fechten, wenn es nothwendig ist."
„Bleibe bei Euch."
„So wartet hier. Meine Abtheilung hält hier, bis ich sie abhole."
„Nicht hinein in das Thal?"
„Nein, wir werden uns oberhalb von hier an den Fluß ziehen, um den Feind zu verhindern, nach Norden zu entkommen."
„Wie viel Mann?"
„Hundert."
„Well! Sehr gut, ausgezeichnet!"
Ich hatte diesen Posten mit einer gewissen Absicht übernommen. Zwar war ich Freund und Gefährte der Haddedihn, aber es widerstrebte mir doch, Leute, wenn auch im offenen Kampfe, zu tödten, die mir nichts gethan hatten. Der Zwist, welcher hier zwischen diesen Arabern ausgefochten werden sollte, ging mich persönlich gar nichts an, und da nicht zu erwarten stand, daß die Feinde sich nach Norden wenden würden, so hatte ich gebeten, mich der Abtheilung anschließen zu dürfen, welche den Feinden dort das Vordringen verwehren sollte. Am liebsten wäre ich am Verbandplatze zurückgeblieben; dies war aber eine Unmöglichkeit.
Jetzt führte der Scheik seine Reiterei in das Thal, und ich schloß mich ihr an. Sie wurde in die beiden Seitenthäler rechts und links vertheilt. Dann folgte die Infanterie. Ein Drittel derselben erstieg die Höhe rechts, das andere Drittel die Höhe links, um – hinter den zahlreichen Felsen versteckt – den Feind von oben herab fassen zu können; das letzte Drittel, welches zumeist aus Scheik Malek und seinen Männern bestand, blieb am Eingange zurück, um denselben zu verbarrikadiren und hinter dieser Verschanzung hervor den Feind zu begrüßen. Jetzt kehrte ich zurück und ritt mit meinen hundert Mann davon.
Unser Ritt ging grad nach Norden, bis wir einen Thalpaß fanden, welcher es uns ermöglichte, den Dschebel zu übersteigen. Nach einer Stunde erblickten wir den Fluß vor uns. Weiter rechts, also nach Süden zu, gab es eine Stelle, an welcher das Gebirge zweimal hart an das Wasser trat, und also einen Halbkreis bildete, aus welchem heraus sehr schwer zu entkommen war, wenn man einmal das Unglück gehabt hatte, hinein zu gerathen. Hier postirte ich meine Leute, denn hier konnten wir eine zehnfache Übermacht ohne große Anstrengung aufhalten.
Nachdem ich Vorposten aufgestellt hatte, saßen wir ab und machten es uns bequem. Master Lindsay frug mich:
„Hier bekannt, Sir?"
„Nein," antwortete ich.
„Ob vielleicht Ruinen hier?"

„Weiß nicht."
„Einmal fragen!"
Ich that es und gab ihm dann Bescheid, indem ich die Antwort übersetzte:
„Weiter oben."
„Wie heißt?"
„Muk hol Kal oder Kalah Schergatha."
„Fowling-bulls dort?"
„Hm! Man müßte erst sehen."
„Wie lange noch Zeit bis zum Kampf?"
„Bis Mittag, auch wohl später. Vielleicht gibt es für uns gar keinen Kampf."
„Werde unterdessen einmal ansehen."
„Was?"
„Kalah Schergatha. Fowling-bulls ausgraben; Londoner Museum schicken; berühmt werden; well!"
„Das wird jetzt nicht gut möglich sein."
„Warum?"
„Weil Ihr von hier bis dorthin gegen fünfzehn englische Meilen zu reiten hättet."
„Ah! Hm! Miserabel! Werde dableiben!"
Er legte sich hinter ein Euphorbiengebüsch, ich aber beschloß, zu recognosciren, gab den Leuten die nöthige Weisung und ritt südwärts dem Flusse entlang.
Mein Rappe war, wie alle Schammarpferde, ein ausgezeichneter Kletterer; ich konnte es wagen, mit ihm den Dschebel zu ersteigen, und so ritt ich denn, als sich mir ein günstiges Terrain bot, zur Höhe empor, um eine Übersicht zu gewinnen. Oben musterte ich mit meinem Fernrohr den östlichen Horizont. Da sah ich, daß drüben, jenseits des Flusses, ein sehr reges Leben herrschte. Am südlichen, also am linken Ufer des Zab wimmelte die Ebene von Reitern bis beinahe nach dem Tell Hamlia hinab, und unterhalb des Chelab lagen mehrere große Haufen von Ziegenschläuchen, aus denen man wohl soeben die Flösse machen wollte, welche zum Übersetzen der Obeïde dienen sollten. Das diesseitige Ufer des Tigris konnte ich nicht sehen – wegen der Höhe, hinter welcher das Thal Deradsch lag. Da ich noch Zeit hatte, so nahm ich mir vor, auch jene Höhe zu ersteigen.
Ich hatte auf dem Kamme des Höhenzuges einen sehr angestrengten Ritt, und es dauerte weit mehr als eine Stunde, bis ich den höchsten Punkt erreichte. Mein Pferd war so frisch, als ob es sich eben erst vom Schlafe erhöbe; ich band es an und kletterte über eine Art Felsenmauer hinauf. Da lag es unter mir, das Wadi Deradsch. Ich sah ganz im Hintergrunde die fertige Brustwehr, hinter welcher ihre Verteidiger ruhten, und bemerkte hüben und drüben die hinter den Felsen verborgenen Schützen und auch dort unten, mir gerade gegenüber, den Kavalleriehinterhalt.
Dann richtete ich das Rohr nach Süden.

Dort lag Zelt an Zelt, aber ich sah, daß man bereits im Begriffe stand, sie abzubrechen. Das waren die Abu Hammed und die Dschowari. Dort hatten wohl auch die Scharen von Sardanapal, Kyaxares und Alyattes kampirt. Dort hatten die Krieger des Nabopolassar auf den Knieen gelegen, als am 5. Mai im 5. Jahre jenes Herrschers eine Mondfinsterniß der totalen Sonnenfinsterniß folgte, welche die Schlacht von Halys so schrecklich machte. Dort hatte man wohl die Pferde aus den Fluthen des Tigris getränkt, als Nebukadnezar nach Egypten zog, um König Hophra abzusetzen, und das waren wohl dieselben Wasser, über welche der Todesgesang des Nerikolassar und des Nabonnad herübergeklungen ist bis zu den Bergen von Kara Zschook, Zibar und Sar Hasana.
Ich sah, daß die Ziegenhäute aufgeblasen und verbunden wurden, sah die Reiter, welche, die Pferde an der Hand führend, sich auf die Flösse begaben; ich sah die Flösse abstoßen und am diesseitigen Ufer landen. Es war mir, als müsse ich das Geschrei hören, mit welchem sie von ihren Verbündeten begrüßt wurden, die sich auf ihre Pferde warfen, um eine glänzende Phantasia auszuführen.
Das kam erwünscht, daß sie ihre Pferde jetzt so anstrengten; die Thiere mußten dann, wenn es galt, wohl ermüdet sein.
So saß ich wohl eine Stunde lang. Die Obeïde waren jetzt alle herüber, und ich sah, daß sich der Zug nach Norden zu in Bewegung setzte. Jetzt kletterte ich wieder herab, bestieg mein Pferd und kehrte zurück. Die Stunde der Entscheidung war gekommen.
Ich brauchte wieder fast eine Stunde, um den Punkt zu erreichen, von dem es mir möglich war, von der Höhe hinabzukommen. Schon wollte ich zu Thale lenken, als ich ganz dort oben am nördlichen Horizont etwas blitzen sah. Es war gewesen, als ob der Sonnenstrahl auf ein Glasstückchen fiele. Wir konnten den Feind nur von Süden her erwarten, dennoch aber nahm ich mein Fernrohr zur Hand und suchte die Stelle auf, an welcher ich den blitzartigen Schein bemerkt hatte. Endlich, endlich fand ich sie. Hart am Flusse bemerkte ich eine Anzahl dunkler Punkte, welche sich abwärts bewegten. Es mußten Reiter sein, und einer von ihnen war es, dessen Körper das Licht der Sonne reflektirte.
Waren es Feinde? Sie befanden sich nördlich grad so weit von dem Verstecke meiner Leute, wie ich südlich von demselben entfernt war. Hier galt kein Zögern; ich mußte ihnen zuvorkommen.
Ich trieb meinen Rappen an, der rasch abwärts stieg, dann aber, als er die Thalsohle unter den Hufen hatte, wie ein Vogel dahinflog. Ich war überzeugt, daß ich zur rechten Zeit eintreffen würde.
Als ich bei der Truppe anlangte, rief ich die Leute zusammen und theilte ihnen mit, was ich beobachtet hatte. Wir schafften die Pferde aus dem Halbkessel heraus, den das Terrain bildete. Dann versteckte sich die Hälfte der Haddedihn hinter dem südlichen Vorsprunge desselben, während der andere Theil zurückblieb, um – hinter Euphorbien und Gummipflanzen verborgen, den Ankommenden den Rückzug abzuschneiden.

Wir hatten nicht sehr lange zu warten, bis wir Hufschlag vernahmen. Master Lindsay lag neben mir und lauschte, während er die Büchse im Anschlage hielt.

„Wie Viele?"

„Konnte sie nicht genau zählen."

„Ungefähr?"

„Zwanzig."

„Pah! Warum denn so viele Mühe geben?"

Er erhob sich, schritt vor und setzte sich auf einen Steinblock. Seine beiden Diener folgten ihm augenblicklich.

Da kamen sie um die Ecke herum, voran ein hoher, kräftiger Araber, welcher unter seiner Aba einen Schuppenpanzer trug. Diesen hatte ich vorhin blitzen sehen. Es war eine wirklich königliche Gestalt. Der Mann hatte sich wohl nie in seinem Leben gefürchtet, war noch niemals erschrocken, denn selbst jetzt, als er so plötzlich und unerwartet die hier so ungewöhnliche Gestalt des Englishman erblickte, zuckte keine Wimper seiner Augen, und nur die Hand fuhr leise nach dem krummen Säbel.

Er ritt einige Schritte vor und wartete, bis die Seinigen alle herbeigekommen waren; dann winkte er einem Manne, der sich an seiner Seite befand. Dieser war sehr lang und hager und hing auf seinem Gaule, als ob er noch niemals einen Sattel berührt hätte. Man sah ihm sofort die griechische Abstammung an. Auf den erhaltenen Wink frug er den Engländer in arabischer Sprache:

„Wer bist Du?"

Master Lindsay erhob sich, lüftete den Hut und machte eine halbe Verbeugung, sagte aber kein Wort.

Der Fragende wiederholte seine Worte in türkischer Sprache.

„Im Inglis – ich bin ein Engländer," lautete die Antwort.

„Ah, so begrüße ich Sie, verehrter Herr!" klang es jetzt in englischen Lauten. „Es ist eine außerordentliche Überraschung, hier in dieser Einsamkeit einen Sohn Albion's zu treffen. Darf ich um Ihren Namen bitten?"

„David Lindsay."

„Dies sind Ihre Diener?"

„Yes!"

„Aber was thun Sie hier?"

„Nothing – nichts."

„Sie müssen doch einen Zweck, ein Ziel haben?"

„Yes!"

„Und welches ist der Zweck?"

„To dig – ausgraben."

„Was?"

„Fowling-bulls."

„Ah!“ lächelte der Mann überlegen. „Dazu braucht man Mittel, Zeit, Leute und Erlaubniß. Wie sind Sie hierher gekommen?“
„Mit Dampfer.“
„Wo ist er?“
„Nach Bagdad zurück.“
„So sind Sie mit zwei Dienern ausgestiegen?“
„Yes!“
„Hm, sonderbar! Und wohin wollen Sie zunächst?“
„Wo Fowling-bulls sind. Wer ist Master hier?“
Er deutete dabei auf den Araber im Schuppenpanzer. Der Grieche übersetzte diesem das bisherige Gespräch und antwortete dann:
„Dieser berühmte Mann ist Eslah el Mahem, Scheik der Obeïde-Araber, welche da drüben ihre Weideplätze haben.“
Ich erstaunte über diese Antwort. Also der Scheik war während des Aufbruchs seines Stammes nicht bei den Seinen gewesen.
„Wer Sie?“ frug der Engländer weiter.
„Ich bin einer der Dolmetscher beim englischen Viceconsul zu Mossul.“
„Ah! Wohin?“
„Einer Expedition gegen die Haddedihn-Araber beiwohnen.“
„Expedition? Einfall? Krieg? Kampf? Warum?“
„Diese Haddedihn sind ein störrischer Stamm, dem man einmal Mores lehren muß. Sie haben mehrere Jezidi beschützt, als diese Teufelsanbeter von dem Gouverneur von Mossul angegriffen wurden. Aber wie kommt es, daß – – – –“
Er hielt inne, denn hinter dem Vorsprunge wieherte eines unserer Pferde, und ein anderes folgte diesem Beispiele. Sofort griff der Scheik in die Zügel, um vorwärts zu reiten und nachzusehen. Jetzt erhob ich mich.
„Erlauben Sie, daß auch ich mich Ihnen vorstelle!“
Der Scheik blieb vor Überraschung halten.
„Wer sind Sie?“ frug der Dolmetscher. „Auch ein Engländer? Sie tragen sich aber doch genau wie ein Araber!“
„Ich bin ein Deutscher und gehöre zur Expedition dieses Herrn. Wir wollen hier Fowling-bulls ausgraben und zugleich uns ein wenig um die Sitten dieses Landes bekümmern.“
„Wer ist es?“ frug der Scheik den Griechen.
„Ein Nemsi.“
„Sind die Nemsi Gläubige?“
„Sie sind Christen.“
„Nazarah? Dieser Mann ist doch ein Hadschi. War er in Mekka?“
„Ich war in Mekka,“ antwortete ich ihm.
„Du sprichst unsere Sprache?“
„Ich spreche sie.“

„Du gehörst zu diesem Inglis?"
„Ja."
„Wie lange seid Ihr bereits hier in dieser Gegend?"
„Bereits mehrere Tage."
Seine Brauen zogen sich zusammen.
„Kennst Du die Haddedihn?"
„Ich kenne sie."
„Woher hast Du sie kennen gelernt?"
„Ich bin der Rafik ihres Scheik."
„So bist Du verloren!"
„Warum?"
„Ich nehme Dich gefangen, Dich und diese Drei."
„Wann?"
„Sofort."
„Du bist stark, aber Zedar Ben Huli, der Scheik der Abu Hammed, war auch stark!"
„Was willst Du mit ihm?"
„Er nahm mich gefangen und behielt mich nicht."
„Maschallah! Bist Du der Mann, welcher den Löwen getödtet hat?"
„Ich bin es."
„So bist Du mein. Mir entkommst Du nicht."
„Oder Du bist mein und entkommst mir nicht. Sieh Dich um!"
Er that es, bemerkte aber niemand.
„Auf, Ihr Männer!" rief ich laut.
Sofort erhoben sich sämtliche Haddedihn und legten die Gewehre auf ihn und seine Leute an.
„Ah, Du bist klug wie ein Abul Hosseïn und tödtest die Löwen, mich aber fängst Du nicht!" rief er aus.
Er riß den krummen Säbel vom Gürtel, drängte sein Pferd zu mir heran und holte aus zum tödtlichen Hieb. Es war nicht schwer, mit ihm fertig zu werden. Ich schoß auf sein Pferd – dieses überstürzte sich – er fiel zu Boden – und ich hatte ihn rasch gepackt. Jetzt allerdings begann ein Ringen, welches mir bewies, daß er ein außerordentlich kräftiger Mann sei; ich mußte ihm den Turban abreißen und ihm einen Hieb auf die Schläfe versetzen, ehe ich seiner habhaft ward.
Während dieses kurzen Ringens wogte es rund um mich her; aber was da geschah, das war kein Kampf zu nennen. Ich hatte den Haddedihn befohlen, nur auf die Pferde zu schießen; infolgedessen wurden gleich durch die erste Salve, welche man gab, als der Scheik auf mich eindrang, sämmtliche Pferde der Obeïde entweder getödtet oder schwer verwundet. Die Krieger lagen zu Boden geworfen, und von allen Seiten starrten ihnen die langen, bewimpelten Lanzen der Haddedihn entgegen, welche ihnen fünffach überlegen waren. Selbst der Fluß bot ihnen keine Gelegenheit zum Entkommen, da

unsere Kugeln jeden Schwimmenden erreicht hätten. Als sich der Knäuel löste, welchen sie nach der ersten Salve bildeten, standen sie rathlos bei einander; ihren Scheik hatte ich bereits den beiden Dienern Lindsay's zugeschoben, und nun konnte es nur mein Wunsch sein, den Auftritt ohne Blutvergießen zu endigen.
„Gebt Euch keine Mühe, Ihr Krieger der Obeïde; Ihr seid in unseren Händen. Ihr seid zwanzig Mann, wir aber zählen über hundert Reiter, und Euer Scheik befindet sich in meiner Hand!"
„Schießt ihn nieder!" gebot ihnen der Scheik.
„Wenn Einer von Euch seine Waffe gegen mich erhebt, so werden diese beiden Männer Euren Scheik tödten!" antwortete ich.
„Schießt ihn nieder, den Dib, den Ibn Avah, den Erneb!" rief er trotz meiner Drohung.
„Laßt Euch dies nicht einfallen; denn auch Ihr wäret verloren!"
„Eure Brüder werden Euch und mich rächen!" rief der Scheik.
„Eure Brüder? Die Obeïde? Vielleicht auch die Abu Hammed und die Dschowari!"
Er blickte mich überrascht an.
„Was weißt Du von ihnen?" stieß er hervor.
„Daß sie in diesem Augenblick von den Kriegern der Haddedihn ebenso überrumpelt werden, wie ich Dich und diese Männer gefangen habe."
„Du lügst! Du bist ein Thier, welches Niemand schaden kann. Meine Krieger werden Dich mit allen Söhnen und Töchtern der Haddedihn fangen und fortführen!"
„Allah behüte Deinen Kopf, daß Du die Gedanken nicht verlierst! Würden wir hier auf Dich warten, wenn wir nicht gewußt hätten, was Du gegen Scheik Mohammed unternehmen willst?"
„Woher weißt Du, daß ich am Grabe des Hadschi Ali war?"
Ich beschloß, auf den Busch zu klopfen – und erwiederte also:
„Du warst am Grabe des Hadschi Ali, um Glück für Dein Unternehmen zu erbeten; aber dieses Grab liegt auf dem linken Ufer des Tigris, und Du bist dann an dieses Ufer gegangen, um im Wadi Murr zu erspähen, wo die andern Stämme der Schammar sich befinden."
Ich sah ihm an, daß ich mit meiner Combination das Richtige getroffen hatte. Er stieß trotzdem ein höhnisches Gelächter aus und antwortete:
„Dein Verstand ist faul und träge wie der Schlamm, der im Flusse liegt. Gib uns frei, so soll Dir nichts geschehen!"
Jetzt lachte ich.
„Was wird uns geschehen, wenn ich es nicht thue?"
„Die Meinen werden mich suchen und finden. Dann seid Ihr verloren!"
„Deine Augen sind blind und Deine Ohren taub. Du hast weder gehört noch gesehen, was vorging, ehe die Deinigen über den Fluß herüber kamen."
„Was soll geschehen sein?" frug er in verächtlichem Tone.
„Sie werden erwartet, ganz ebenso, wie ich Dich erwartet habe."

„Wo?"
„Im Wadi Deradsch."
Jetzt erschrak er sichtlich; daher setzte ich hinzu:
„Du siehst, daß Euer Plan verrathen ist. Du weißt, daß ich bei den Abu Hammed war. Ehe ich dorthin kam, war ich bei den Abu Mohammed. Sie und die Alabeïden, die Ihr so oft beraubtet, haben sich mit den Haddedihn verbunden, Euch in dem Wadi Deradsch einzuschließen. Horch!"
Es war eben jetzt ein dumpfes Knattern zu hören.
„Hörst Du diese Schüsse? Sie sind bereits im Thale eingeschlossen und werden alle niedergemacht, wenn sie sich nicht ergeben."
„Allah il Allah!" rief er. „Ist das wahr?"
„Es ist wahr."
„So tödte mich!"
„Du bist ein Feigling!"
„Ist es feig, wenn ich den Tod verlange?"
„Ja. Du bist der Scheik der Obeïde, der Vater Deines Stammes; es ist Deine Pflicht, ihm in der Noth beizustehen; Du aber willst ihn verlassen!"
„Bist Du verrückt? Wie kann ich ihm beistehen, wenn ich gefangen bin!"
„Mit Deinem Rathe. Die Haddedihn sind keine Scheusale, die nach Blut lechzen; sie wollen Euern Überfall zurückweisen und dann Frieden mit Euch schließen. Bei dieser Berathung darf der Scheik der Obeïde nicht fehlen."
„Noch einmal: sagst Du die Wahrheit?"
„Ich sage sie."
„Beschwöre es!"
„Das Wort eines Mannes ist sein Schwur. Halt, Bursche!"
Dieser Ruf galt dem Griechen. Er hatte bisher ruhig dagestanden, jetzt aber sprang er plötzlich auf einen meiner Leute, welche nach und nach näher getreten waren, um unsere Worte zu verstehen, stieß ihn zur Seite und eilte davon. Einige Schüsse krachten hinter ihm, aber in der Eile war nicht genau gezielt worden; es gelang ihm, den Vorsprung zu erreichen und hinter demselben zu verschwinden.
„Schießt jeden nieder, der sich hier rührt!"
Mit diesen Worten eilte ich dem Flüchtling nach. Als ich den Vorsprung erreichte, war er bereits über hundert Schritte von demselben entfernt.
„Bleib stehen!" rief ich ihm nach.
Er sah sich rasch um, sprang aber weiter. Es that mir leid, aber ich war gezwungen, auf ihn zu schießen; doch nahm ich mir vor, ihn nur zu verwunden, wenn es möglich war. Ich zielte scharf und drückte ab. Er lief noch eine kleine Strecke vorwärts und blieb dann stehen. Es war, als ob ihn eine unsichtbare Hand einmal um seine eigene Axe drehte, dann fiel er nieder.
„Holt ihn herbei!" gebot ich.

Auf dieses Gebot liefen einige Haddedihn zu ihm und trugen ihn herbei. Die Kugel saß in seinem Oberschenkel.
„Du siehst, Eslah el Mahem, daß wir Ernst machen. Befiehl Deinen Leuten, sich zu ergeben!“
„Und wenn ich es ihnen nicht befehle?“
„So zwingen wir sie, und dann fließt ihr Blut, was wir gern vermeiden wollen.“
„Willst Du mir später bezeugen, daß ich mich nur ergeben habe, weil Ihr fünfmal mehr seid als wir, und weil Du mir sagst, daß die Meinen in dem Wadi Deradsch eingeschlossen sind?“
„Ich bezeuge es Dir!“
„So gebt Eure Waffen ab!“ knirschte er. „Aber Allah verderbe Dich bis in die tiefste Dschehennah hinunter, wenn Du mich belogen hast!“
Die Obeïde wurden entwaffnet.
„Sir!“ rief Lindsay während dieser Beschäftigung.
„Was?“ frug ich und drehte mich um.
Er hielt den Arm des verwundeten Griechen gefaßt und meldete:
„Frißt Papier, der Kerl!“
Ich trat hinzu. Der Grieche hatte noch einen Papierfetzen in der zusammengeballten Hand.
„Geben Sie her!“ sagte ich.
„Nie!“
„Pah!“
Ein Druck auf seine Hand – er schrie vor Schmerz auf und öffnete die Finger. Das Papier war der Theil eines Briefumschlags und enthielt nur ein einziges Wort: Bagdad. Der Mensch hatte den andern Theil des Couverts und den eigentlichen Brief entweder schon verschlungen oder noch im Munde.
„Geben Sie heraus, was Sie im Munde haben!“
Ein höhnisches Lächeln war seine Antwort, und zugleich sah ich, wie er den Kopf etwas erhob, um leichter schlingen zu können. Sofort faßte ich ihn bei der Kehle. Unter meinem nicht eben sanften Griff that er in der Angst des Erstickens den Mund auf. Es gelang mir nun, ein Papierklümpchen an's Tageslicht zu fördern. Die Papierfetzen enthielten nur wenige Zeilen in Chiffreschrift, und außerdem schien es ganz unmöglich, die einzelnen Fetzen so zusammenzusetzen, wie sie zusammengehörten.
Ich faßte den Griechen scharf ins Auge und frug ihn:
„Von wem war dieses Schreiben verfaßt?“
„Ich weiß es nicht.“
„Von wem hast Du es erhalten?“
„Ich weiß es nicht.“
„Lügner, hast Du Lust, hier elend liegen zu bleiben und zu sterben?“
Er sah mich erschrocken an.

„Wenn Du nicht antwortest, so wirst Du nicht verbunden, und ich lasse Dich hier zurück für die Geier und Schakale!“
„Ich muß schweigen.“
„So schweige auf ewig!“
Ich erhob mich. Das wirkte.
„Frage, Effendi!“
„Von wem hast Du diesen Brief?“
„Vom englischen Viceconsul in Mossul.“
„An wen war er gerichtet?“
„An den Consul zu Bagdad.“
„Kennst Du seinen Inhalt?“
„Nein.“
„Lüge nicht!“
„Ich schwöre, daß ich keinen Buchstaben zu lesen bekam!“
„Aber Du ahntest, was er enthielt?“
„Ja.“
„So rede!“
„Politik!“
„Natürlich!“
„Weiter darf ich nichts sagen.“
„Hast Du einen Schwur abgelegt?“
„Ja.“
„Hm! Du bist ein Grieche?“
„Ja.“
„Woher?“
„Aus Lemnos.“
„Ich dachte es! Der ächte Türke ist ein ehrlicher, biederer Charakter, und wenn er anders wird oder anders geworden ist, so tragt Ihr die Schuld, Ihr, die Ihr Euch Christen nennt und doch schlimmer seid, als die ärgsten Heiden. Wo in der Türkei eine Gaunerei oder ein Halunkenstreich verübt wird, da hat ein Grieche seine schmutzige Hand im Spiele. Du würdest heute Deinen Eid brechen, wenn ich Dich zwänge oder Dir den Eidbruch bezahlte, Spion! Wie hast Du es zum Dragoman in Mossul gebracht? Schweig! Ich ahne es, denn ich weiß, wodurch Ihr Alles werdet, was Ihr seid! Du magst Deinem Eide treu bleiben, denn die Politik, von der Du sprachst, kenne ich! Warum hetzt Ihr diese Stämme gegen einander auf? Warum stachelt Ihr einmal den Türken und das andere Mal den Perser gegen sie auf? Und das thun Christen! Andere, welche die Lehre des Weltheilandes wirklich befolgen, bringen die Worte der Liebe und des Erbarmens in dieses Land, und Ihr säet Unkraut zwischen den Weizen, daß er erstickt, Eure Saat aber tausendfältige Früchte trägt. Fliehe zu Deinem Popen; er mag für Dich um Vergebung bitten! Du hast auch den Russen gedient?“

„Ja, Herr."
„Wo?"
„In Stambul."
„Wohlan! Ich sehe, daß Du wenigstens noch fähig bist, die Wahrheit zu bekennen, und daher will ich Dich nicht der Rache der Haddedihn übergeben."
„Tue es nicht, Effendi! Meine Seele wird Dich dafür segnen!"
„Behalte Deinen Segen! Wie ist Dein Name?"
„Alexander Kolettis."
„Du trägst einen berühmten Namen, aber Du hast mit demjenigen, der ihn früher trug, nichts gemein. Bill!"
„Sir!"
„Kannst Du eine Wunde verbinden?"
„Das nicht, Sir, aber ein Loch verknüpfen, das kann ich wohl."
„Knüpfe es ihm zu!"
Der Grieche wurde von dem Engländer verbunden. Wer weiß, ob ich nicht anders gehandelt hätte, wenn ich damals gewußt hätte, unter welchen Umständen ich diesen Menschen später wiedersehen sollte. Ich wandte mich zu dem gefesselten Scheik:
„Eslah el Mahem, Du bist ein tapferer Mann, und es thut mir leid, einen mutigen Krieger gefesselt zu sehen. Willst Du mir versprechen, stets an meiner Seite zu bleiben und keinen Versuch zu machen, zu entfliehen?"
„Warum?"
„Dann werde ich Dir Deine Fesseln abnehmen lassen."
„Ich verspreche es!"
„Bei dem Barte des Propheten?"
„Bei dem Barte des Propheten und dem meinigen!"
„Nimm Deinen Leuten dasselbe Versprechen ab!"
„Schwört mir, diesem Manne nicht zu entfliehen!" gebot er.
„Wir schwören es!" ertönte die Antwort.
„So sollt Ihr nicht gebunden werden," versprach ich ihnen.
Zugleich löste ich die Bande des Scheik.
„Sihdi, Du bist ein edelmüthiger Krieger," sagte er. „Du hast nur unsere Thiere tödten lassen, uns aber verschont. Allah segne Dich, obgleich mein Pferd mir lieber als ein Bruder war!"
Ich sah es seinen edeln Zügen an, daß diesem Manne jeder Verrath, jede Gemeinheit und Treulosigkeit fremd war.
„Du hast Dich zu diesem Kampfe gegen die Angehörigen Deines Volkes von fremden Zungen verleiten lassen; sei später stärker! Willst Du Dein Schwert, Deinen Dolch und Deine Flinte wieder haben?"
„Das thust Du nicht, Effendi!" erwiderte er erstaunt.

„Ich thue es. Ein Scheik soll der Edelste seines Stammes sein; ich mag Dich nicht wie einen Huteijeh oder wie einen Chelawijeh behandeln. Du sollst vor Mohammed Emin, den Scheik der Haddedihn, treten wie ein freier Mann, mit den Waffen in der Hand."
Ich gab ihm seinen Säbel und auch die anderen Waffen. Er sprang auf und starrte mich an.
„Wie ist Dein Name, Sihdi?"
„Die Haddedihn nennen mich Emir Kara Ben Nemsi."
„Wo weidet Dein Stamm seine Heerden?"
„Im fernen Abendlande. Ich bin ein Franke."
„Ein Franke?"
„Ja, ein Christ."
„Du gehörst zu den Naßarah? Aber Du trägst doch den weißen Turban und auch das Hamaïl am Halse!"
„ich bin ein Christ und doch ein Hadschi, denn ich war in Mekka."
„So bist Du ein Christ, Emir! Heute erfahre ich, daß die Naßarah keine Hunde, sondern daß sie edelmüthiger und weiser sind als die Moslemim. Denn glaube mir: mit den Waffen, die Du mir wiedergibst, hast Du mich leichter überwunden, als es mit den Waffen geschehen könnte, die Du bei Dir trägst und mit denen Du mich tödten könntest. Zeige mir Deinen Dolch!"
Ich that es. Er prüfte die Klinge und meinte dann:
„Dieses Eisen breche ich mit einer Hand aus einander; siehe dagegen meinen Schambijeh!"
Er zog ihn aus der Scheide. Es war ein Kunstwerk, zweischneidig, leicht gekrümmt, wunderbar damascirt, und in arabischer Sprache stand zu beiden Seiten der Wahlspruch: „Nur nach dem Siege in die Scheide." Er war gewiß von einem jener alten, berühmten Waffenschmiede in Damaskus gefertigt worden, welche heut zu Tage ausgestorben sind und mit denen sich jetzt keiner mehr vergleichen kann.
„Gefällt er Dir?" frug der Scheik.
„Er ist wohl fünfzig Schafe werth!"
„Sage hundert oder hundertfünfzig, denn es haben ihn zehn meiner Väter getragen, und er ist niemals zersprungen. Er sei Dein; gib mir den Deinigen dafür!"
Das war ein Tausch, den ich nicht zurückweisen durfte, wenn ich den Scheik nicht unversöhnlich beleidigen wollte. Ich gab also meinen Dolch hin.
„Ich danke Dir, Hadschi Eslah el Mahem; ich werde diese Klinge tragen zum Andenken an Dich und zu Ehren Deiner Väter!"
„Sie läßt Dich nie im Stiche, so lange Deine Hand fest bleibt!"
Da hörten wir den Hufschlag eines Pferdes, und gleich darauf bog ein Reiter um den Felsenvorsprung, welcher unser Versteck nach Süden abschloß. Es war kein anderer als mein kleiner Halef.
„Sihdi, Du sollst kommen!" rief er, als er mich erblickte.

„Wie steht es, Hadschi Halef Omar?“
„Wir haben gesiegt.“
„Ging es schwer?“
„Es ging leicht. Alle sind gefangen!“
„Alle?“
„Mit ihren Scheiks! Hamdullillah! Nur Eslah el Mahem, der Scheik der Obeïde, fehlt.“
Ich wandte mich an diesen:
„Siehst Du, daß ich Dir die Wahrheit sagte?“ Dann frug ich Halef: „Trafen die Abu Mohammed zur rechten Zeit ein?“
„Sie kamen hart hinter den Dschowari und schlossen das Wadi so, daß kein Feind entkommen konnte. Wer sind diese Männer?“
„Es ist Scheik Eslah el Mahem, von dem Du sprachst.“
„Deine Gefangenen?“
„Sie werden mit mir kommen.“
„Wallah, billah, tillah! Erlaube, daß ich gleich zurückkehre, um diese Kunde Mohammed Emin und Scheik Malek zu bringen!“
Er jagte wieder davon.
Scheik Eslah bestieg eines unserer Pferde; auch der Grieche wurde auf eines derselben gesetzt; die Übrigen mußten gehen. So setzte sich der Zug in Bewegung. Wenn es im Wadi Deradsch nicht mehr Blut gekostet hatte, als bei uns, so konnten wir zufrieden sein.
Der bereits erwähnte Thalpaß führte uns auf die andere Seite der Berge; dann ging es auf der Ebene stracks nach Süden. Wir hatten das Wadi noch lange nicht erreicht, als ich vier Reiter bemerkte, welche uns entgegen kamen. Ich eilte auf sie zu. Malek, Mohammed Emin und die Scheiks der Abu Mohammed und der Alabeïde-Araber waren es.
„Du hast ihn gefangen?“ rief mir jetzt Mohammed Emin entgegen.
„Eslah el Mahem? Ja.“
„Allah sei Dank! Nur er fehlte uns noch. Wie viele Männer hat Dich der Kampf gekostet?“
„Keinen.“
„Wer wurde verwundet?“
„Keiner. Nur einer der Feinde erhielt einen Schuß.“
„So ist Allah gnädig gewesen mit uns. Wir haben nur zwei Todte und elf Verwundete.“
„Und der Feind?“
„Dem ist es schlimmer ergangen. Er wurde so fest eingeschlossen, daß er sich nicht zu rühren vermochte. Unsere Schützen trafen gut, und konnten doch nicht selbst getroffen werden, und unsere Reiter hielten fest zusammen, wie Du es ihnen gelehrt hast. Sie ritten Alles nieder, als sie aus den Schluchten hervorbrachen.“
„Wo befindet sich der Feind?“

„Gefangen im Wadi. Sie haben alle ihre Waffen abgeben müssen, und keiner kann entkommen, denn das Thal wird von uns eingeschlossen. Ha, jetzt sehe ich Eslah el Mahem! Aber wie, er trägt die Waffen?“
„Ja. Er hat mir versprachen, nicht zu entfliehen. Weißt Du, daß man den Tapfern ehren soll?“
„Er wollte uns vernichten!“
„Er wird dafür bestraft werden.“
„Du hast ihm die Waffen gelassen, und so mag es gut sein. Komm!“
Wir eilten dem Kampfplatz zu, und die Anderen folgten uns so schnell wie möglich. Auf dem Verbandsplatz herrschte reges Leben, und vor demselben bildet eine Anzahl bewaffneter Haddedihn einen Kreis, in dessen Mitte die besiegten und jetzt gefesselten Scheiks saßen. Ich wartete, bis Eslah herbeikam, und frug ihn schonend:
„Willst Du bei mir bleiben?“
Seine Antwort klang, wie ich es erwartet hatte:
„Sie sind meine Verbündeten; ich gehöre zu ihnen.“
Er trat in den Kreis und setzte sich an ihrer Seite nieder. Es wurde dabei kein Wort gesprochen, aber man sah es, daß die beiden Andern bei seinem Erscheinen erschracken. Vielleicht hatten sie auf ihn noch einige Hoffnung gesetzt.
„Führe Deine Gefangenen in das Wadi!“ sagte Malek.
Ich folgte ihm. Als ich das Thal betrat, bot sich mir ein außerordentlich malerischer Anblick dar. In die Brustwehr war zur Erleichterung des Verkehrs eine Bresche gerissen; zu beiden Seiten der Thalwände hatten sich Wachtposten aufgestellt; die ganze Thalsohle wimmelte von gefangenen Menschen und Pferden, und im Hintergrunde lagerten diejenigen unserer Verbündeten, welche noch im Wadi Platz gefunden hatten. Dazwischen waren verschiedene Haddedihn beschäftigt, die Pferde der Feinde zu sammeln, um sie hinaus auf die Ebene zu bringen, wo auch die Waffen derselben auf einem einzigen großen Haufen lagen.
„Hast Du so etwas bereits gesehen?“ frug mich Malek.
„Noch Größeres.“
„Ich nicht.“
„Sind die feindlichen Verwundeten gut aufgehoben?“
„Man hat sie verbunden, wie Du es gesagt hast.“
„Und was wird nun geschehen?“
„Wir werden heute unsern Sieg feiern und die größte Phantasia veranstalten, die es jemals hier gegeben hat.“
„Nein, das werden wir nicht.“
„Warum?“
„Wollen wir die Feinde durch unser Fest verbittern?“
„Haben sie uns gefragt, ob sie uns mit ihrem Einfalle verbittern werden?“
„Haben wir Zeit zu einem solchen Feste?“

„Was sollte uns abhalten?“
„Die Arbeit. Freund und Feind muß gelabt werden.“
„Wir werden Leute beordern, welche dies zu thun haben.“
„Wie lange wollt Ihr die Gefangenen bewahren?“
„Bis sie zurückkehren dürfen.“
„Und wann soll dies geschehen?“
„So bald wie möglich; wir hätten nichts zu essen für dieses Heer von Freunden und Feinden.“
„Siehst Du, daß ich Recht habe? Ein Freudenfest soll gefeiert werden, aber erst dann, wenn wir Zeit dazu haben. Zunächst ist es nothwendig, daß sich die Scheiks versammeln, um über Alles zu sprechen, was beschlossen werden muß, und dann müssen die Beschlüsse schleunigst ausgeführt werden. Sage den Scheiks, daß sechstausend Menschen nicht viele Tage hier beisammen sein dürfen!“
Er ging. Nun trat Lindsay heran.
„Herrlicher Sieg! Nicht?“
„Sehr!“
„Wie meine Sache gemacht, Sir?“
„Ausgezeichnet!“
„Schön! Hm! Viele Menschen hier.“
„Man sieht es.“
„Ob wohl Einige darunter sind, die wissen, wo Ruinen liegen?“
„Möglich; man müßte sich einmal erkundigen.“
„Fragt einmal, Sir!“
„Sobald es möglich ist, ja.“
„Jetzt gleich, sofort!“
„Verzeiht, Sir, ich habe jetzt keine Zeit. Vielleicht ist meine Anwesenheit bei der Berathung nöthig, welche jetzt beginnen wird.“
„Schön! Hm! Aber nachher fragen! Wie?“
„Sicher!“
Ich ließ ihn stehen und schritt zu den Zelten.
Dort fand ich reichliche Arbeit, da Vieles an den Verbänden zu verbessern war. Als ich dies besorgt hatte, trat ich in jenes Zelt, in welchem die Scheiks ihre Besprechung hielten. Diese ging sehr lebhaft vor sich. Man konnte sich schon im Princip nicht einigen, und ich glaube, daß ich ihnen willkommen kam.
„Du wirst uns Auskunft geben, Hadschi Emir Kara Ben Nemsi,“ sagte Malek. „Du bist in allen Ländern der Erde gewesen und weißt, was recht und vortheilhaft ist.“
„Fragt, ich werde antworten!“
„Wem gehören die Waffen der Besiegten?“
„Dem Sieger.“
„Wem ihre Pferde?“

„Dem Sieger."
„Wem ihre Kleider?"
„Die Räuber nehmen sie ihnen, der wahre Gläubige aber läßt sie ihnen."
„Wem gehört ihr Geld, ihr Schmuck?"
„Der wahre Gläubige nimmt nur ihre Waffen und ihre Pferde."
„Wem gehören ihre Heerden?"
„Wenn sie nichts weiter besitzen als ihre Heerden, so gehören sie ihnen, aber sie haben die Kosten des Krieges und den jährlichen Tribut davon zu bezahlen."
„Du sprichst wie ein Freund unserer Feinde. Wir haben sie besiegt, und nun gehört uns ihr Leben und Alles, was sie besitzen."
„Ich rede als ihr Freund und als der Eurige. Du sagst, daß ihr Leben Euch gehöre?"
„So ist es."
„Wollt Ihr es ihnen nehmen?"
„Nein. Wir sind keine Henker und keine Mörder."
„Und doch nehmt Ihr ihnen ihre Heerden? Können sie leben ohne die Heerden?"
„Nein."
„Wenn Ihr ihnen die Heerden nehmt, so nehmt Ihr Ihnen also das Leben. Ja, Ihr beraubt Euch in diesem Falle selbst!"
„Wie?"
„Sie sollen Euch in Zukunft Tribut bezahlen?"
„Ja."
„Wovon? Kann ein Beni-Arab Tribut bezahlen, wenn er keine Heerden hat?"
„Dein Mund spricht weise und verständig."
„Hört weiter! Wenn Ihr ihnen alles nehmt: ihre Kleider, ihre Kostbarkeiten, ihre Heerden, so zwingt Ihr sie, zu stehlen und zu rauben, damit sie nicht verhungern. Und wo werden sie stehlen? Bei ihrem Nachbar zunächst; das seid Ihr. Wo werden sie rauben? Bei dem zuerst, der sie arm gemacht hat und zum Rauben zwingt, und das seid Ihr. Was ist besser, Freunde zum Nachbar zu haben oder Räuber?"
„Das Erstere."
„So macht sie zu Euren Freunden und nicht zu Räubern! Man nimmt dem Besiegten nur das, womit er schaden kann. Wenn Ihr ihnen die Waffen und die Pferde nehmt, so erhaltet Ihr zehntausend Stück verschiedene Waffen und dreitausend Pferde. Ist dies wenig?"
„Es ist viel, wenn man es sich recht bedenkt."
„Sie haben dann weder Waffen noch genug Pferde mehr, um Krieg zu führen. Ihr werdet sie beherrschen, und sie werden sich unter Euren Schutz begeben müssen, um gegen ihre anderen Feinde gerüstet sein zu können; dann werden sie Euch auch gegen Eure Feinde helfen müssen. Ich habe gesprochen!"
„Du sollst noch mehr sprechen! Wie viel nimmt man ihnen heute von ihren Heerden?"
„So viel wie der Schaden beträgt, den Euch ihr Überfall gemacht hat."

„Und wie viel fordert man Tribut von ihnen?“
„Man macht eine solche Forderung, daß sie immer so viel behalten, um ohne große Noth leben zu können. Ein kluger Scheik hätte dabei darauf zu sehen, daß sie nicht wieder mächtig genug werden, um die Niederlage vergelten zu können.“
„Nun bleibt die Blutrache übrig. Wir haben mehrere der Ihrigen getödtet.“
„Und sie mehrere der Eurigen. Ehe die Gefangenen entlassen werden, mögen die Chamseh und Aaman zusammentreten und den Blutpreis bestimmen. Ihr habt mehr zu bezahlen, als sie, und könnt es gleich bezahlen von der Beute, welche Ihr macht.“
„Wird man uns die Kriegsentschädigung bringen?“
„Nein. Ihr müßt sie holen. Die Gefangenen müssen hier bleiben, bis Ihr sie erhalten habt. Und um des Tributes sicher zu sein, müßt Ihr stets einige vornehme Leute der besiegten Stämme als Geiseln bei Euch haben. Zahlt man den Tribut nicht, so kommen die Geiseln in Gefahr.“
„Wir würden sie tödten. Nun sollst Du uns das Letzte sagen.“
„Was ist es?“
„Wie vertheilen wir die Kriegsentschädigung und den Tribut unter uns? Das ist sehr schwer zu bestimmen.“
„Das ist sogar sehr leicht zu bestimmen, wenn Ihr Freunde seid. Die Entschädigung holt Ihr Euch, während Ihr hier noch beisammen seid, und dann könnt Ihr sie nach den Köpfen vertheilen.“
„So soll es sein!“
„Nun seid Ihr drei Stämme, und sie sind drei Stämme; auch die Zahl der Mitglieder dieser Stämme ist fast gleich. Warum soll nicht je ein Stamm von Euch von einem Stamme von ihnen den jährlichen Tribut erhalten? Ihr seid Freunde und Gefährten. Wollt Ihr Euch um den Schwanz eines Schafes oder um die Hörner eines Stieres zanken und entzweien?“
„Du hast recht. Wer aber soll die Kriegsentschädigung von ihren Weideplätzen holen?“
„So viele Leute, als dazu erforderlich sind, und dabei sollen zwei Drittel der Eurigen und ein Drittel der Ihrigen sein.“
„Das ist gut. Und was wirst Du von dieser Entschädigung erhalten?“
„Nichts. Ich ziehe weiter und brauche keine Heerden. Waffen und ein Pferd habe ich auch.“
„Und die drei Männer, welche bei Dir sind?“
„Die werden auch nichts nehmen; sie haben Alles, was sie brauchen.“
„So wirst Du nehmen müssen, was wir Dir als Dank darbringen werden. Dein Haupt ist nicht so alt wie eines der Unsrigen, aber Du hast dennoch unsern Kriegern gelehrt, wie man über einen großen Feind siegt, ohne viele Todte zu haben.“
„Wenn Ihr mir danken wollt, so thut denen wohl, welche als Eure Feinde verwundet in Euren Zelten liegen, und seht, ob Ihr eine Ruine findet, aus welcher man Figuren und Steine mit fremden Schriften graben kann. Mein Gefährte wünscht solche Dinge zu

sehen. Nun habt Ihr gehört, was ich Euch zu sagen habe. Allah erleuchte Eure Weisheit, damit ich bald erfahre, was Ihr beschlossen habt!“

„Du sollst bleiben und mit uns berathen!“

„Ich kann nichts Anderes sagen, als was ich bereits gesagt habe. Ihr werdet das Richtige treffen.“

Ich ging hinaus und beeilte mich, den gefangenen Scheiks Datteln und Wasser zu besorgen. Dann traf ich auf Halef, der mich nach dem Wadi Deradsch begleitete, welches ich jetzt näher in Augenschein nehmen wollte. Die gefangenen Abu Hammed kannten mich. Einige von ihnen erhoben sich ehrerbietig, als ich vor ihnen vorüberging, und Andere steckten flüsternd die Köpfe zusammen. Im Hintergrunde wurde ich von den dort anwesenden Abu Muhammed mit Freuden begrüßt. Sie waren ganz begeistert, die mächtigen Feinde auf eine so leichte Weise besiegt zu haben. Ich ging von Gruppe zu Gruppe, und so kam es, daß mehrere Stunden vergangen waren, als ich die Zelte wieder erreichte.

Während dieser Zeit hatten die nach dem Weideplatze gesandten Boten dafür gesorgt, daß das Lager abgebrochen und in die unmittelbare Nähe des Wadi Deradsch verlegt wurde. Die ganze Ebene wimmelte bereits von Heerden, und nun gab es Hämmel genug zu den Festmahlzeiten, welche heute Abend in jedem Zelte zu erwarten waren. Mohammed Emin hatte mich bereits gesucht.

„Dein Wort ist so gut wie Deine That,“ meinte er. „Es ist befolgt worden. Die Obeïde werden den Haddedihn, die Abu Hammed den Abu Mohammed und die Dschowari den Alabeïde den Tribut bezahlen.“

„Wie viel Kriegsentschädigung entrichten die einzelnen Stämme?“

Er nannte die Ziffern: sie waren bedeutend, doch nicht grausam; dies freute mich außerordentlich, zumal ich mir sagen konnte, daß mein Wort hier nicht ganz ohne Einfluß gewesen war, gegenüber den grausamen Gewohnheiten, welche in solchen Fällen in Anwendung kamen. Von Sklaverei war keine Rede gewesen.

„Wirst Du mir eine Bitte erfüllen?“ frug der Scheik.

„Gern, wenn ich kann. Sprich sie aus!“

„Wir werden einen Theil der Heerden der Besiegten holen; dazu brauchen die Männer, welche wir senden, weise und tapfere Anführer. Ich und Scheik Malek müssen hier bei den Gefangenen bleiben. Wir brauchen drei Anführer, einen zu den Obeïde, einen zu den Abu Hammed und einen zu den Dschowari. Die Scheiks der Abu Mohammed und der Alabeïde sind bereit; es fehlt uns der dritte. Willst Du es sein?“

„Ich will.“

„Wohin willst Du gehen?“

„Wohin gehen die Andern?“

„Sie wollen Dir die erste Wahl überlassen.“

„So gehe ich zu den Abu Hammed, weil ich bereits einmal bei ihnen gewesen bin. Wann sollen wir aufbrechen?“

„Morgen. Wie viele Männer willst Du mit Dir nehmen?"
„Vierzig Mann von den Abu Hammed und sechzig von Deinen Haddedihn. Auch Halef Omar nehme ich mit."
„So suche sie Dir heraus. Werden die Abu Hammed bewaffnet sein müssen?"
„Nein, denn das wäre ein großer Fehler. Seid Ihr mit den Scheiks der Besiegten bereits einig geworden?"
„Nein. Das wird bis zum letzten Gebete heute geschehen."
„Behalte die angesehenen Krieger hier und schicke nur die gewöhnlichen Männer mit uns fort; diese sind zum Treiben der Heerden gut genug."
Ich ging, um mir meine Leute auszuwählen; dabei traf ich auf Lindsay.
„Gefragt, Sir?" redete er mich an.
„Noch nicht."
„Warum nicht?"
„Ist nicht nöthig, denn ich habe den Scheiks Auftrag gegeben, nachzuforschen."
„Herrlich! Prächtig! Scheiks wissen Alles! Werde Ruinen finden!"
„Ich denke es! Wollt Ihr einen interessanten Ritt mitmachen?"
„Wohin?"
„Bis unterhalb von El Fattha, wo der Tigris durch die Hamrinberge geht."
„Was dort?"
„Die Kriegsentschädigung holen, welche in Heerden besteht."
„Bei wem?"
„Bei dem Stamme Abu Hammed, der uns damals unsere Pferde raubte."
„Köstlich, Sir! Bin dabei! Wie viele Männer mit?"
„Hundert."
„Gut! Prächtig! Imposanter Zug. Ruinen dort?"
„Mehrere Gräberhügel, aber am linken Ufer."
„Kommen nicht hinüber?"
„Nein."
„Schade! Jammerschade! Konnten nachsuchen! Fowling-bulls finden!"
„Wir werden trotzdem etwas Ausgezeichnetes finden."
„Was?"
„Etwas Leckeres, das wir lange entbehrt haben, nämlich Trüffeln."
„Trüffeln? Oh! Ah!"
Er sperrte den Mund so weit auf, als ob er eine ganze Trüffelpastete auf einmal verspeisen wolle.
„Sie wachsen in Haufen in jener Gegend, und ich habe erfahren, daß damit ein nicht unbedeutender Handel nach Bagdad, Baßra, Kerkuk und Sulimaniah getrieben wird. Sogar bis Kirmanschah sollen sie gehen."
„Gehe mit, Sir, gehe mit! Trüffeln! Hm! Prachtvoll!"

Damit verschwand er, um seinen beiden Dienern die große Neuigkeit mitzutheilen; ich aber ging, um meine Leute herauszusuchen.

Bis zum Abend sahen sich die drei besiegten Scheiks wirklich gezwungen, auf alle Forderungen der Sieger einzugehen, und nun begann ein Freudenfest, infolgedessen mancher feiste Hammel sein Leben lassen mußte. Mitten in diesem Jubel lag ich unter duftenden Blüthen, umklungen von tausend Stimmen und doch allein mit meinen Gedanken. Vor vielen Jahrhunderten hatten hier die Doryphoren ihre gefürchteten Speere geschwungen. Hier hatte vielleicht auch das Zelt des Holofernes gestanden, aus Gold und Purpur gefertigt und mit Smaragden und Edelsteinen geschmückt. Und drüben auf den rauschenden Wellen des Flusses hatten die Fahrzeuge geankert, welche Herodot beschreibt:

„Die Boote sind von kreisrunder Form und aus Fellen gemacht. Sie werden in Armenien und in den Gegenden ober Assyrien gebaut. Die Rippen werden aus Weidenruthen und Zweigen gemacht und sind außerhalb mit Fellen umgeben. Sie sind rund, wie ein Schild, und zwischen Vordertheil und Hintertheil ist kein Unterschied. Den Boden ihrer Schiffe kleiden die Schiffer mit Rohr oder Stroh aus, und Kaufmannsgüter, besonders Palmwein einnehmend, schwimmen sie den Fluß hinunter. Die Boote haben zwei Ruder; an jedem ist ein Mann. Der Eine zieht auf sich zu, und der Andere stößt von sich ab. Diese Schiffe haben verschiedene Maßverhältnisse; einige sind so groß, daß sie eine Last bis zum Werthe von fünf tausend Talenten tragen; die kleineren haben einen Esel an Bord; die größeren mehrere. Sobald die Bootsleute nach Babylon kommen, verfügen sie über die Waaren und Güter und bieten dann die Rippen und das Rohr des Floßes zum Verkaufe aus. Mit den Schläuchen beladen sie dann ihre Esel und gehen mit ihnen nach Armenien zurück, wo sie neue Fahrzeuge bauen."

Trotz der Jahrhunderte sind sich diese Fahrzeuge gleich geblieben; aber die Völker, welche hier lebten, sind verschwunden. Wie wird es sein, wenn abermals eine solche Zeit vergangen ist? – –

Am andern Vormittage brachen wir auf: ich mit Halef und einem Abu Hammed als Führer voran, die Andern hinter mir. Den Nachtrab machte Sir David Lindsay.

Wir kamen zwischen den Kanuza- und Hamrinbergen hindurch und erblickten bald am linken Ufer Tell Hamlia, einen kleinen, künstlichen Hügel. Am rechten Ufer lag Kalaat al Dschebber, „die Burg der Tyrannen", eine Ruine, welche aus einigen verfallenen, runden Thürmen besteht, die durch Wälle verbunden sind. Dann erreichten wir Tell Dahab, einen kleinen Hügel, welcher am linken Ufer des Flusses liegt, und bei Brey el Bad, einem ziemlich steilen Felsen, machten wir Halt, um das Mittagsmahl einzunehmen. Gegen Abend gelangten wir nach El Fattha, wo sich der Fluß einen fünfzig Ellen breiten Weg durch die Hamrinberge zwingt, und als wir diese Enge überwunden hatten, schlugen wir das Nachtlager auf. Die Abu Hammed waren unbewaffnet, aber ich theilte die Haddedihn doch in zwei Hälften, welche abwechselnd zu wachen hatten, damit keiner der Gefangenen entfliehen solle. Wäre es nur einem Einzigen gelungen, so

hätte er seinem Stamme unsere Ankunft verrathen, und die besten Thiere wären dann geflüchtet oder versteckt worden.
Mit Tagesgrauen brachen wir wieder auf. Der Fluß war breit und bildete viele Inseln. An dem linken Ufer zogen sich niedrige Hügel hin, am rechten aber lag die Ebene offen vor uns, und hier sollten sich längs des Flusses die Abu Hammed gelagert haben.
„Habt Ihr einen Weideplatz oder mehrere?“ frug ich den Führer.
„Nur einen.“
Ich sah es ihm an, daß er mir die Unwahrheit sagte.
„Du lügst!“
„Ich lüge nicht, Emir!“
„Nun gut. Ich will mir Mühe geben, Dir zu glauben; aber wenn ich bemerke, daß Du mich täuschest, so jage ich Dir eine Kugel durch den Kopf!“
„Das wirst Du nicht thun!“
„Ich thue es!“
„Du thust es nicht, denn ich sage Dir, daß wir vielleicht zwei Plätze haben.“
„Vielleicht?“
„Oder gewiß; also zwei.“
„Oder drei!“
„Nur zwei!“
„Gut. Wenn ich aber drei finde, so bist Du verloren!“
„Verzeihe, Emir! Sie könnten ja unterdessen noch einen gefunden haben. Dann sind es drei.“
„Dann?“
„Ja.“
„Sonst aber nicht?“
„Drei!“
„Ah! Vielleicht sind es vier?“
„Du wirst noch zehn haben wollen!“
„Du bist ein Abu Hammed und willst nicht gern verlieren, was Du zusammengeraubt hast. Ich werde nicht weiter in Dich dringen.“
„Wir haben vier, Emir,“ sagte er ängstlich.
„Gut. Schweige nun, denn ich werde mich selbst überzeugen!“
Ich hatte unterdessen den Horizont mit meinem Rohre abgesucht und in der Ferne einige bewegliche Punkte entdeckt. Ich rief denjenigen Haddedihn herbei, welcher die Leute unter mir befehligte. Er war ein wackerer und entschlossener Krieger, den ich für vollständig zuverlässig hielt.
„Wir haben vierzig Abu Hammed bei uns. Glaubst Du, sie mit dreißig unserer Leute sicher bewachen zu können?“
„Mit zehn, Emir. Sie haben ja keine Waffen!“

„Ich werde jetzt mit Hadschi Halef Omar vorwärts reiten, um Kunde einzuziehen. Wenn die Sonne gerade über jenem Strauche steht und ich bin nicht zurück, so sendest Du mir dreißig Haddedihn nach, welche mich suchen müssen!“
Ich rief den Engländer, und er kam mit seinen beiden Dienern heran. Ich sagte ihm:
„Ich habe Euch einen sehr wichtigen Posten anzuvertrauen.“
„Well!“
„Ich werde jetzt einmal voranreiten, um zu sehen, wie weit sich die Weideplätze der Abu Hammed ausdehnen. Bin ich in zwei Stunden noch nicht zurück, so kommen mir dreißig Mann der Unseren nach.“
„Ich mit?“
„Nein. Ihr bleibt bei den Übrigen zurück, um die Gefangenen zu bewachen. Wenn einer Miene macht, zu entfliehen, so schießt Ihr ihn nieder.“
„Yes! Wenn Einer flieht, schieße Alle nieder.“
„Gut, aber mehr nicht!“
„No. Aber Sir, wenn mit den Abu Hammed reden, dann einmal fragen!“
„Was?“
„Nach Ruinen und Fowling-bulls.“
„Gut. Vorwärts, Halef!“
Wir galoppirten über die Ebene hin und grad auf die Punkte zu, welche ich gesehen hatte. Es war eine weidende Schafherde, bei welcher ein alter Mann stand.
„Sallam aaleïkum!“ grüßte ich ihn.
„Aaleïkum!“ antwortete er, sich tief verneigend.
„Ist Friede auf Deiner Weide?“
„Es ist Friede da, o Herr. Bringst Du auch Frieden?“
„Ich bringe ihn. Du gehörst zum Stamme der Abu Hammed?“
„Du sagst es.“
„Wo ist Euer Lager?“
„Da unten hinter der Krümmung des Flusses.“
„Habt Ihr mehrere Weideplätze?“
„Warum fragst Du, o Herr?“
„Weil ich eine Botschaft an Alle Deines Stammes auszurichten habe.“
„Von wem?“
„Von Zedar Ben Huli, Deinem Scheik.“
„Hamdullillah! Du wirst eine frohe Botschaft bringen.“
„Ich bringe sie. Also sag', wie viele Weideplätze Ihr habt.“
„Sechs. Drei hier am Flusse hinab und drei auf den Inseln im Strome.“
„Sind alle Inseln hier Euer Eigenthum?“
„Alle.“
„Sind sie alle bewohnt?“
„Alle, bis auf eine.“

Es lag etwas in dem Tone dieser Antwort und in dem Gesichte des Alten, was mich aufmerksam machte; ich ließ mir aber nichts merken und frug:
„Wo liegt diese eine?“
„Grad gegenüber von uns liegt die erste, und die ich meine, das ist die vierte, o Herr.“
Ich beschloß im Stillen, auf diese Insel ein scharfes Auge zu haben, laut aber erkundigte ich mich:
„Warum ist sie nicht bewohnt?“
„Weil man sehr schwer zu ihr gelangen kann, da der Strom gefährlich ist.“
Hm! Dann hätte sie ja recht gut die Eigenschaft, als Aufenthaltsort für Gefangene zu dienen! So dachte ich und fuhr zu fragen fort:
„Wie viele Männer sind in Eurem Lager?“
„Bist Du wirklich ein Abgesandter des Scheik, o Herr?“
Dieses Mißtrauen vermehrte natürlich auch das meinige.
„Ich bin es. Ich habe mit ihm und mit den Scheiks der Obeïde und der Dschowari gesprochen.“
„Was bringst Du für eine Botschaft?“
„Die Botschaft des Friedens.“
„Warum hat er keinen Mann seines Stammes gesandt?“
„Die Männer der Abu Hammed kommen gleich hinter mir.“
Ich wollte nicht weiter in ihn dringen und ritt also weiter, aber ganz nahe an das Ufer des Flusses, um die Inseln zu zählen. Als wir die dritte hinter uns hatten, machte der Fluß eine Krümmung, und nun lagen die Zelte des Lagers vor unsern Augen. Die ganze Ebene rings umher war von Kameelen, Rindern, Ziegen und Schafen angefüllt. Pferde sah ich nur wenige. Ebenso erblickte ich nur wenige Männer, die noch dazu alt und kraftlos, also ungefährlich waren.
Wir ritten in die Zeltgasse ein.
Vor einem der Zelte stand ein junges Mädchen, welches ein dort angebundenes Pferd liebkoste. Als es mich erblickte, stieß es einen Schrei aus, sprang zu Pferde und jagte davon. Sollte ich der Flüchtigen nachreiten?
Ich that es nicht; es würde auch nicht viel gefruchtet haben, denn ich wurde jetzt von Allen umringt, welche im Lager anwesend waren: von Greisen, Kranken, Frauen und Mädchen. Ein Greis legte die Hand auf den Hals meines Pferdes und frug:
„Wer bist Du, Herr?“
„Ich bin ein Bote, den Euch Zedar Ben Huli sendet.“
„Der Scheik! Mit welcher Botschaft sendet er Dich?“
„Das werde ich Euch sagen, wenn Alle hier versammelt sind. Wie viele Krieger hat er hier zurückgelassen?“
„Fünfzehn junge Männer. Ajehma wird fortgeritten sein, um sie zu holen.“
„So erlaube, daß ich absteige. Du aber“ – und nun wandte ich mich an Halef – „reite sofort weiter, denn die Dschowari müssen dieselbe Botschaft empfangen.“

Halef wandte sein Pferd und sprengte davon.
„Kann Dein Gefährte nicht hier bleiben, um sich auszuruhen und Speise zu nehmen?" frug der Alte.
„Er ist nicht müde und nicht hungrig, und sein Auftrag leidet kein Zögern. Wo befinden sich die jungen Krieger?"
„Bei der Insel."
Ah, wieder diese Insel!
„Was thun sie dort?"
„Sie" – – er stockte und fuhr dann fort: – „Sie weiden die Heerde."
„Ist diese Insel weit von hier?"
„Nein. Siehe, da kommen sie bereits!"
Wirklich kam ein Trupp Bewaffneter vom Flusse her auf uns zugesprengt. Es waren die Jüngsten des Stammes, fast noch Knaben; sie und die Alten hatte man zurückgelassen. Sie hatten keine Schießgewehre, sondern nur Spieße und Keulen. Der Vorderste und zugleich auch der Ansehnlichste von ihnen erhob die Keule im Reiten und schleuderte sie nach mir, indem er rief:
„Hund, Du wagst es, zu uns zu kommen?"
Ich hatte zum Glück die Büchse vorgenommen und konnte mit ihrem Kolben den Wurf pariren; aber die Lanzen sämmtlicher Knaben waren auf mich gerichtet. Ich machte mir nicht sehr viel daraus, gab vielmehr meinem Rappen die Schenkel und drängte ihn hart an das Roß des Angreifers. Er allein von allen mochte das zwanzigste Jahr erreicht haben.
„Knabe, Du wagst es, einen Gast Deines Stammes anzugreifen?"
Mit diesen Worten riß ich ihn zu mir herüber und setzte ihn vor mir auf den Hengst. Er hing an meiner Hand mit schlaffen Gelenken wie ein Gliedermann; die Angst war ihm in den Leib gefahren.
„Nun stecht, wenn Ihr Jemand tödten wollt!" fügte ich hinzu.
Sie hüteten sich wohl, dies zu thun, denn er bildete einen Schild vor mir; aber die wackern Knaben waren nicht ganz unentschlossen. Einige von ihnen stiegen vom Pferde und versuchten, von der Seite oder von hinten an mich zu kommen, während die Andern mich vorn beschäftigten. Sollte ich sie verwunden? Es wäre Jammerschade gewesen. Ich drängte daher her das Pferd hart an eines der Zelte, daß ich den Rücken freibekam, und frug:
„Was habe ich Euch gethan, daß Ihr mich tödten wollt?"
„Wir kennen Dich," antwortete Einer. „Du sollst uns nicht wieder entkommen, Du Mann mit der Löwenhaut!"
„Du sprichst sehr kühn, Du Knabe mit der Lämmerhaut!"
Da hob eine alte Frau heulend ihre Hände empor.
„Ist es dieser? O, thut ihm nichts, denn er ist fürchterlich!"
„Wir tödten ihn!" antwortete die Bande.
„Er wird Euch zerreißen, und dann durch die Luft davonreiten!"

„Ich werde nicht davonreiten, sondern bleiben," antwortete ich und schleuderte nun meinen Gefangenen mitten unter die Angreifenden hinein. Dann glitt ich vom Pferde und trat in das Zelt. Mit einem Schnitte meines Dolches erweiterte ich den Eingang so, daß ich das Thier, welches ich keiner Gefahr aussetzen wollte, zu mir hereinziehen konnte. Nun war ich vor den Stichen dieser Wespen so ziemlich geborgen.
„Wir haben ihn! Hamdullillah, wir haben ihn!" jubelte es draußen.
„Umgebt das Zelt; laßt ihn nicht heraus!" rief eine andere Stimme.
„Schießt ihn durch die Wände todt!" ertönte ein Ruf.
„Nein, wir fangen ihn lebendig. Er hat den Rappen bei sich; den dürfen wir nicht verletzen; der Scheik will ihn haben!"
Daß sich keiner zu mir hereinwagen würde, konnte ich mir denken; daher setzte ich mich gemüthlich nieder und langte nach dem kalten Fleisch, welches auf einer Platte in meiner Nähe lag. Übrigens dauerte diese unfreiwillige Einquartierung nicht sehr lange; Halef hatte sein Pferd angestrengt, und gar bald erdröhnte der Boden unter dem Galoppe von dreißig Berittenen.
„Allah kerihm – Gott sei uns gnädig!" hörte ich rufen. „Das sind Feinde!"
Ich trat aus dem Zelte. Von der ganzen Bevölkerung des Lagers war nicht eine einzige Person mehr zu sehen. Alle hatten sich in die Zelte verkrochen.
„Sihdi!" rief laut die Stimme Halefs.
„Hier, Hadschi Halef Omar!"
„Hat man Dir etwas gethan?"
„Nein. Besetzt das Lager, daß Niemand entkommt! Wer zu entfliehen sucht, wird niedergestoßen!"
Diese Worte waren laut genug gesprochen, um von Allen gehört zu werden. Ich wollte nur drohen. Dann sandte ich Halef von einem Zelte zum andern, um sämmtliche Greise herbeizuführen; die fünfzehn Knaben brauchte ich nicht. Es dauerte lange, bis die Alten beisammen waren; sie hatten sich versteckt und kamen nur mit Zittern und Zagen herbei. Als sie in ängstlicher Erwartung um mich herum saßen, begann ich die Unterhaltung.
„Habt Ihr die Tätowierung meiner Leute auch gesehen?"
„Ja, Herr."
„So habt Ihr ihren Stamm erkannt?"
„Ja. Es sind Haddedihn, Herr."
„Wo sind Eure Krieger?"
„Du wirst es wissen, Herr."
„Ja, ich weiß es, und ich will es Euch sagen: Alle sind gefangen von den Haddedihn, und nicht ein Einziger ist entkommen."
„Allah kerihm!"
„Ja, Allah möge ihnen und Euch gnädig sein!"
„Er lügt!" flüsterte Einer von ihnen, dem das Alter den Muth noch nicht geknickt hatte.

Ich drehte mich zu ihm:
„Du sagst, daß ich lüge? Dein Haar ist grau, und Dein Rücken beugt sich unter der Last der Jahre; daher will ich Dir die Worte verzeihen. Warum meinst Du, daß ich Dich belüge?"
„Wie können die Haddedihn drei ganze Stämme gefangen nehmen?"
„Du würdest es glauben, wenn Du wüßtest, daß sie nicht allein gewesen sind. Sie waren mit den Abu Mohammed und den Alabeïde verbunden. Sie wußten Alles, und als ich von Euren Kriegern gefangen genommen wurde, kam ich von den Abu Mohammed, wo ich gewesen war, um den Krieg mit ihnen zu besprechen. Im Wadi Deradsch haben wir die Euren empfangen, und es ist kein Einziger entkommen. Hört, welchen Befehl ich gebe!"
Ich trat unter den Eingang des Zeltes, in welchem wir uns befanden, und winkte Halef herbei.
„Reite zurück, und hole die gefangenen Abu Hammed herbei!"
Sie erschraken jetzt wirklich.
„Ist es möglich, Herr?"
„Ich sage die Wahrheit. Die sämmtlichen Krieger Eures Stammes sind in unserer Hand. Entweder werden sie getödtet oder Ihr bezahlt das Lösegeld, welches für sie gefordert wird."
„Auch Scheik Zedar Ben Huli ist gefangen?"
„Auch er."
„So hättest Du wegen des Lösegeldes mit ihm reden sollen!"
„Ich habe es gethan."
„Was sagte er?"
„Er will es zahlen und hat mir vierzig von Euren Leuten mitgegeben, welche jetzt kommen, um es zu holen."
„Allah schütze uns! Wie hoch ist es?"
„Das werdet Ihr hören. Wie viel Stück zählen Eure Heerden?"
„Wir wissen es nicht!"
„Ihr lügt! Ein Jeder kennt die Zahl der Thiere, welche seinem Stamm gehören. Wie viel Pferde habt Ihr?"
„Zwanzig, außer denen, die mit in den Kampf gezogen sind."
„Diese sind für Euch verloren. Wie viele Kameele?"
„Drei hundert."
„Rinder?"
„Zwölf hundert."
„Esel und Maultiere?"
„Vielleicht dreißig."
„Schafe?"
„Neun tausend."

„Euer Stamm ist nicht reich. Das Lösegeld wird betragen: zehn Pferde, hundert Kameele, dreihundert Rinder, zehn Esel und Maultiere und zwei tausend Schafe."
Da erhoben die Alten ein fürchterliches Wehegeheul. Sie thaten mir allerdings sehr leid, aber ich konnte ja nichts ändern, und wenn ich diese Ziffern mit denen verglich, welche unter andern Verhältnissen aufgestellt worden wären, so fühlte ich mich in meinem Gewissen vollständig beruhigt.
Um dem Jammergeschrei ein Ende zu machen, rief ich in etwas barschem Tone:
„Still! Scheik Zedar Ben Huli hat es genehmigt."
„Wir können so viel nicht geben!"
„Ihr könnt es! Was man geraubt hat, das kann man sehr leicht wieder hergeben!"
„Wir haben nichts geraubt. Warum willst Du uns für Haremi halten?"
„Seid still! Wurde ich nicht selbst von Euch angefallen?"
„Es geschah zum Scherze, Herr!"
„Dann treibt Ihr einen gefährlichen Scherz. Wie viele Weideplätze habt Ihr?"
„Sechs."
„Auch auf Inseln?"
„Ja."
„Auch auf der Insel, bei welcher vorhin Eure jungen Männer waren?"
„Nein."
„Man sagte mir doch, daß sie dort die Heerden weideten! Ihr habt den Mund ganz voller Unwahrheit! Wer befindet sich auf dieser Insel?"
Sie sahen sich verlegen an, dann antwortete der Sprecher:
„Es sind Männer da."
„Was für Männer?"
„Fremde."
„Wo sind sie her?"
„Wir wissen es nicht."
„Wer weiß es sonst?"
„Nur der Scheik."
„Wer hat diese Männer zu Euch gebracht?"
„Unsere Krieger."
„Eure Krieger? Und nur der Scheik weiß es, wo sie her sind? Ich sehe, daß ich von Euch drei tausend Schafe verlangen muß – statt zwei tausend! Oder wollt Ihr nicht lieber sprechen?"
„Herr, wir dürfen nicht!"
„Warum nicht?"
„Der Scheik würde uns bestrafen. Sei barmherzig mit uns!"
„Ihr habt Recht; ich will Euch diese Verlegenheit ersparen."

Da kam es zwischen den Zelten herangetrabt: es waren die Gefangenen mit ihrer Bedeckung. Bei diesem Anblick erhob sich, ohne daß sich Jemand sehen ließ, in allen Zelten ein großes Klagegeschrei. Ich stand auf.
„Jetzt könnt Ihr sehen, daß ich die Wahrheit gesprochen habe. Vierzig von Euren Kriegern sind da, um das Lösegeld zu holen. Geht jetzt in die Zelte, und holt alle Bewohner des Lagers hinaus vor dasselbe; es soll ihnen nichts geschehen, aber ich habe mit ihnen zu reden."
Es machte einige Mühe, diese Menge von Greisen, Frauen und Kindern zu versammeln. Als sie beisammen waren, trat ich zu den Gefangenen:
„Seht hier Eure Väter, Eure Mütter, Schwestern und Kinder! Sie sind in meiner Hand, und ich werde sie gefangen fortführen, wenn Ihr den Befehlen ungehorsam seid, die Ihr jetzt erhaltet. Ihr habt sechs Weideplätze, die alle in der Nähe sind. Ich theile Euch in sechs Haufen, von denen sich ein jeder unter der Aufsicht meiner Krieger nach einem der Plätze begibt, um die Thiere hierher zu treiben. In einer Stunde müssen alle Heerden hier beisammen sein!"
Wie ich gesagt hatte, so geschah es. Die Abu Hammed vertheilten sich unter der Aufsicht der Haddedihn, und nur zwölf Männer behielt ich von den Letzteren zurück. Bei ihnen war Halef.
„Ich werde mich jetzt entfernen, Halef."
„Wohin, Sihdi?"
„Nach der Insel. Du wirst hier auf Ordnung sehen und dann später die Auswahl der Thiere leiten. Sorge dafür, daß diesen armen Leuten nicht bloß die besten genommen werden. Die Ausscheidung soll gerecht geschehen."
„Sie haben es nicht verdient, Sihdi!"
„Aber ich will es so. Verstehst Du, Halef?"
Master Lindsay kam heran.
„Habt Ihr gefragt, Sir?"
„Noch nicht."
„Nicht vergessen, Sir!"
„Nein. Ich habe Euch wieder einen Posten anzuvertrauen."
„Well! Welchen?"
„Seht darauf, daß keine dieser Frauen entflieht!"
„Yes!"
„Wenn eine von ihnen Miene macht, davon zu laufen, so – – –"
„Schieße ich sie nieder!"
„O nein, Mylord!"
„Was denn?"
„So laßt Ihr sie laufen!"
„Well, Sir!"

Diese zwei Worte brachte er heraus, aber den Mund brachte er nicht wieder zu. Ich war übrigens fest überzeugt, daß schon der bloße Anblick von Sir David Lindsay den Frauen jede Absicht zur Flucht benähme. In seinem karrirten Anzuge mußte er ihnen als wie ein Ungeheuer vorkommen.
Jetzt nahm ich zwei Männer mit mir und schritt dem Flusse zu. Hier hatte ich die vierte Insel vor mir. Sie war lang und schmal und mit dichtem Rohr bewachsen, welches die Höhe eines Mannes weit überragte. Ich konnte kein lebendes Wesen erblicken, aber sie barg ein Geheimniß, das ich unbedingt ergründen mußte. Daß ich keinen der Abu Hammed mitgenommen hatte, war geschehen, um Niemand für spätere Zeit in Schaden zu bringen.
„Sucht nach einem Floß!" gebot ich den Beiden.
„Wohin willst Du?"
„Nach dieser Insel."
„Emir, das ist nicht möglich!"
„Warum?"
„Siehst Du nicht die reißende Strömung zu ihren beiden Seiten? Es würde jedes Floß an ihr zerschellen."
Der Mann hatte Recht, aber dennoch hegte ich die Überzeugung, daß irgend ein Verkehr zwischen dem Ufer und dieser Insel stattfinden müsse, und als ich schärfer hinblickte, bemerkte ich, daß an ihrer oberen Spitze das Rohr niedergetreten war.
„Blickt dahin! Seht Ihr nicht, daß dort Menschen gewesen sind?"
„Es scheint so, Emir."
„So muß auch ein Fahrzeug vorhanden sein."
„Es würde zerschellen; das ist sicher!"
„Sucht!"
Sie gingen nach rechts und links am Ufer hinab und hinauf, kehrten aber unverrichteter Sache zurück. Jetzt suchte ich selbst mit, lange vergeblich. Endlich aber entdeckte ich – – zwar kein Floß und keinen Kahn, aber eine Vorrichtung, deren Zweck mir sofort einleuchtete. An den Stamm eines Baumes, welcher oberhalb der Insel hart am Wasser stand, war ein langes, starkes Palmfaserseil befestigt. Das eine Ende desselben schlang sich um den Stamm, das Seil selbst aber war unter dem daneben wuchernden dichten Gestrüpp versteckt. Als ich es hervorzog, zeigte sich an dem andern Ende ein jetzt zusammengesunkener Schlauch, aus einer Bockshaut gefertigt, und über demselben war ein Querholz angebracht, welches jedenfalls dazu dienen sollte, sich mit den Händen festzuhalten.
„Seht, hier ist das Floß. Dieses kann allerdings nicht zerschellen. Ich werde hinüberschwimmen, während Ihr hier wacht, daß ich nicht gestört werde."
„Es ist gefährlich, Emir!"
„Andere sind auch hinübergekommen."

Ich warf die Oberkleider ab und blies den Schlauch auf. Die Öffnung wurde mit einer daran befestigten Schnur verschlossen.
„Haltet das Seil und laßt es langsam durch die Hände laufen!“
Ich faßte das Querholz fest und glitt in das Wasser. Sofort ergriff mich die Strömung, welche so stark war, daß ein Mann alle seine Kräfte anstrengen mußte, um das Seil halten zu können. Einen Menschen von drüben herüber holen, dazu gehörten wohl die vereinigten Kräfte von mehreren Männern. Ich mußte nach jenseits der Insel halten; es gelang, und ich landete glücklich, obgleich ich einen tüchtigen Stoß erhielt. Meine erste Sorge war, das Seil so zu befestigen, daß es mir nicht abhanden kommen konnte; dann ergriff ich den Dolch, welchen ich zu mir gesteckt hatte.
Von der Spitze der Insel führte durch das Rohrdickicht ein schmaler, ausgetretener Pfad, auf welchem ich bald vor eine kleine, aus Bambus, Schilf und Binsen gefertigte Hütte kam. Sie war so niedrig, daß kein Mensch in ihr zu stehen vermochte. Ihr Inneres enthielt nichts als einige Kleidungsstücke. Ich betrachtete dieselben genau und bemerkte, daß es die zerfetzten Anzüge von drei Männern waren. Keine Spur zeigte, daß die Besitzer derselben noch vor kurzer Zeit hier anwesend gewesen seien; aber der Pfad führte weiter.
Ich folgte ihm, und bald war es mir, als ob ich ein Stöhnen hörte. Ich hastete vorwärts und gelangte an eine Stelle, wo das Rohr abgehauen war. Auf dieser kleinen Blöße bemerkte ich – – drei Menschenköpfe, welche mit dem Halse auf den Erdboden gestellt waren; so wenigstens schien es mir. Sie waren ganz unförmlich aufgeschwollen, und die Ursache davon ließ sich sehr leicht erkennen; denn bei meiner Ankunft erhob sich eine dichte Wolke von Moskitos und Schnaken in die Luft. Augen und Mund waren geschlossen. Waren das Totenköpfe, welche man aus irgend einem Grunde hierher gestellt hatte?
Ich bückte mich nieder und berührte einen derselben. Da hauchte ein leiser Wehelaut zwischen den Lippen hervor, und die Augen öffneten sich und starrten mich mit einem gläsernen Blick an. Ich war wohl in meinem Leben selten über ein Ding erschrocken, jetzt aber entsetzte ich mich so sehr, daß ich mehrere Schritte zurückwich.
Ich trat wieder näher und untersuchte die Sache. Wahrhaftig, drei Männer waren eingegraben in den feuchten, fauligen Boden bis an die Köpfe.
„Wer seid Ihr?“ frug ich laut.
Da öffneten alle Drei die Augen und stierten mich mit wahnsinnigen Blicken an. Die Lippen des einen thaten sich auf:
„Oh Adi!“ ächzte er langsam.
Adi? Ist dies nicht der Name des großen Heiligen der Dschesidi, der sogenannten Teufelsanbeter?
„Wer hat Euch hierher gebracht?“ frug ich weiter.
Wieder öffnete sich der Mund, aber er war nicht mehr im Stande, einen Laut hören zu lassen. Ich arbeitete mich durch das dichte Röhricht nach dem Ufer der Insel und füllte beide Hände mit Wasser. Rasch kehrte ich zurück und flößte das Naß den Gemarterten

ein. Sie schlürften es mit Gier. Ich konnte nur wenig auf einmal bringen, da es mir unterwegs zwischen den Fingern durchtropfte, und so mußte ich sehr oft hin und her gehen, ehe sie ihren fürchterlichen Durst gestillt hatten.
„Gibt es hier eine Hacke?“ frug ich.
„Mitgenommen,“ flüsterte der eine.
Ich rannte nach der oberen Spitze der Insel. Drüben standen noch meine Begleiter. Ich legte die Hand an den Mund, um das Rauschen des Wassers zu übertönen:
„Holt einen Spaten, eine Hacke und die drei Engländer, aber ganz heimlich!“
Sie verschwanden. Halef durfte ich nicht herbescheiden, weil er drüben nothwendig war. Ich wartete mit Ungeduld – endlich aber erschienen die Haddedihn mit den drei Verlangten und auch mit einem Werkzeuge, welches einer Hacke ähnlich sah.
„Sir David Lindsay!“
„Yes!“ antwortete er.
„Schnell herüber! Bill und der Andere auch! Bringt die Hacke mit!“
„Meine Hacke? Fowling-bulls gefunden?“
„Werden sehen!“
Ich machte den Schlauch los und schob ihn in das Wasser.
„Zieht an!“
Eine Weile danach stand Sir David auf der Insel.
„Wo?“
„Warten! Erst die Anderen auch herüber!“
„Well!“
Er winkte den Leuten drüben, sich zu sputen, und endlich standen die beiden kräftigen Burschen an unserer Seite. Bill hatte die Hacke bei sich. Ich befestigte den Schlauch wieder.
„Kommt, Sir!“
„Ah! Endlich!“
„Sir David Lindsay, wollt Ihr mir verzeihen?“
„Was?“
„Ich habe keine Fowling-bulls gefunden.“
„Keine?“ – Er blieb stehen und riß den Mund weit auf. „Keine? Ah!“
„Aber ich habe etwas ganz Entsetzliches entdeckt! Kommt!“
Ich ergriff die Hacke und schritt voran.
Mit einem Ausrufe des Entsetzens prallte der Engländer zurück, als wir den Platz erreichten. Jetzt war der Anblick allerdings fast noch schrecklicher als vorher, da die drei die Augen offen hatten und die Köpfe bewegten, um den Insektenschwarm von sich abzuhalten.
„Man hat sie eingegraben!“
„Wer?“
„Weiß es nicht, werden es erfahren.“

Ich gebrauchte die Hacke mit solcher Hast und die Andern scharrten und kratzten mit den Händen dazu, daß wir bereits nach einer Viertelstunde die drei Unglücklichen vor uns liegen hatten. Sie waren von allen Kleidern entblößt, und die Hände und Füße hatte man ihnen mit Baststricken zusammengebunden. Ich wußte, daß die Araber ihre Kranken bei gewissen schlimmen Krankheiten bis an den Kopf in die Erde graben und diesem sogenannten „Einpacken“ eine bedeutende Heilkraft zuschreiben; aber diese Männer waren gefesselt, also nicht krank gewesen.

Wir trugen sie an das Wasser und überspritzten sie. Dies erfrischte ihre Lebensgeister.

„Wer seid Ihr?“ frug ich.

„Baadri!“ klang die Antwort.

Baadri? Das war ja der Name eines Dorfes, welches ausschließlich von Teufelsanbetern bewohnt wurde! Ich hatte also doch wohl mit meinen Vermuthungen das Richtige getroffen.

„Hinüber mit ihnen!“

„Wie?“ frug der Engländer.

„Ich schwimme zuerst hinüber, um ziehen zu helfen, und nehme zugleich ihre Kleider mit. Ihr kommt dann nach, ein Jeder mit Einem von ihnen.“

„Well! Wird aber nicht leicht sein.“

„Ihr nehmt ihn quer vor Euch über die Arme.“

Ich rollte die Kleider wie einen Turban zusammen und nahm diesen auf den Kopf. Dann ließ ich mich an das Ufer ziehen. Was nun kam, das war für mich und die beiden Haddedihn eine sehr harte Arbeit, für die Andern aber außerordentlich gefährlich; dennoch gelang es uns, alle Sechs glücklich an das Ufer zu bringen.

„Zieht ihnen die Kleider an! Dann bleiben sie heimlich hier liegen. Ihr, Sir David, werdet ihnen im Stillen Nahrung bringen, während die vier Andern sie bewachen.“

„Well! Fragt, wer sie eingegraben hat.“

„Der Scheik natürlich.“

„Todt schlagen den Kerl!“

Dieses letzte Abenteuer hatte über eine Stunde Zeit in Anspruch genommen. Als wir das Lager erreichten, wimmelte die Ebene von Tausenden von Thieren. Das Geschäft des Auswählens war ein schwieriges, doch der kleine Hadschi Halef Omar war seiner Aufgabe vollständig gewachsen. Er hatte meinen Hengst bestiegen, natürlich mit der Absicht, schneller vorwärts zu kommen und nebenbei ein wenig bewundert zu werden, und war allüberall zu sehen. Die Haddedihn waren ganz begeistert für ihre Arbeit, die gefangenen Abu Hammed aber, welche ihnen helfen mußten, konnten den stillen Grimm in ihren Mienen nicht verbergen. Und nun gar da, wo die Weiber und Greise saßen, da flossen heiße Thränen, und mancher halblaute Fluch stahl sich zwischen den Lippen hervor. Ich trat zu der Weibergruppe. Ich hatte da eine Frau bemerkt, welche mit einer heimlichen Befriedigung dem Treiben meiner Leute zusah. Hatte sie einen Groll gegen den Scheik im Herzen?

„Folge mir!“ gebot ich ihr.
„Herr, sei gnädig! Ich habe nichts gethan!“ flehte sie erschrocken.
„Es soll Dir nichts geschehen!“
Ich führte sie in das leere Zelt, in welchem ich mich bereits vorhin befunden hatte. Dort stellte ich mich vor sie hin und sah ihr scharf in die Augen.
„Du hast einen Feind in Deinem Stamme?“
Sie blickte überrascht empor.
„Herr, woher weißt Du es?“
„Sei offen! Wer ist es?“
„Du wirst es ihm wieder sagen!“
„Nein, denn er ist auch mein Feind.“
„Du bist es, der ihn besiegt hat?“
„Ich bin es. Du hassest den Scheik Zedar Ben Huli?“
Da blitzte ihr dunkles Auge auf.
„Ja, Herr, ich hasse ihn.“
„Warum?“
„Ich hasse ihn, weil er mir den Vater meiner Kinder tödten ließ.“
„Warum?“
„Mein Herr wollte nicht stehlen.“
„Weßhalb nicht?“
„Weil der Scheik den größten Theil des Raubes erhält.“
„Du bist arm?“
„Der Oheim meiner Kinder hat mich zu sich genommen; auch er ist arm.“
„Wie viele Thiere hat er?“
„Ein Rind und zehn Schafe; er wird sie heute hergeben müssen, denn wenn der Scheik zurückkehrt, so werden wir den ganzen Verlust zu tragen haben. Der Scheik wird nicht arm, sondern nur der Stamm.“
„Er soll nicht zurückkehren, wenn Du aufrichtig bist.“
„Herr, sagst Du die Wahrheit?“
„Ich sage sie. Ich werde ihn als Gefangenen zurückbehalten und den Abu Hammed einen Scheik geben, welcher gerecht und ehrlich ist. Der Ohm Deiner Kinder soll heute behalten, was er hat.“
„Herr, Deine Hand ist voll von Barmherzigkeit. Was willst Du von mir wissen?“
„Du kennst die Insel da drüben im Flusse?“
Sie erbleichte.
„Warum fragst Du nach ihr?“
„Weil ich mit Dir von ihr sprechen will.“
„O thue das nicht, Herr, denn wer ihr Geheimniß verräth, den wird der Scheik tödten!“
„Wenn Du mir das Geheimniß sagst, so wird er nicht wiederkommen.“
„Ist dies wirklich wahr?“

„Glaube mir! Also wozu dient die Insel?“
„Sie ist der Aufenthalt der Gefangenen des Scheik.“
„Welcher Gefangenen?“
„Er fängt die Reisenden weg, welche über die Ebene oder auf dem Wasser kommen, und nimmt ihnen Alles ab. Wenn sie nichts besitzen, so tödtet er sie; wenn sie aber reich sind, so behält er sie bei sich, um ein Lösegeld zu erpressen.“
„Dann kommen sie auf die Insel?“
„Ja, in die Schilfhütte. Sie können nicht entfliehen, denn es werden ihnen die Hände und die Füße gebunden.“
„Wenn dann der Scheik das Lösegeld erhalten hat?“
„So tödtet er sie dennoch, um nicht verrathen zu werden.“
„Und wenn sie es nicht zahlen wollen oder nicht zahlen können?“
„So martert er sie.“
„Worin bestehen die Qualen, die er ihnen bereitet?“
„Er hat ihrer viele. Oft aber läßt er sie eingraben.“
„Wer macht den Kerkermeister?“
„Er und seine Söhne.“
Der, welcher mich gefangen genommen hatte, war auch sein Sohn; ich hatte ihn unter den Gefangenen im Wadi Deradsch bemerkt. Darum fragte ich:
„Wie viel Söhne hat der Scheik?“
„Zwei.“
„Ist einer von ihnen hier?“
„Derjenige, welcher Dich tödten wollte, als Du in das Lager kamst.“
„Sind jetzt Gefangene auf der Insel?“
„Zwei oder drei.“
„Wo sind sie?“
„Ich weiß es nicht. Das erfahren nur diejenigen Männer, welche bei dem Fange waren.“
„Wie sind sie in seine Hände gekommen?“
„Sie kamen auf einem Kellek den Fluß herab und legten des Abends nicht weit von hier an das Ufer an. Da hat er sie überfallen.“
„Wie viel Zeit ist seit ihrer Gefangenschaft verflossen?“
Sie sann ein wenig nach und meinte dann:
„Wohl beinahe zwanzig Tage.“
„Wie hat er sie behandelt?“
„Ich weiß es nicht.“
„Habt Ihr hier viele Tachterwahns?“
„Es sind mehrere vorhanden.“
Ich griff in meinen Turban und nahm einige Geldstücke hervor. Sie gehörten zu den Münzen, welche ich in den Satteltaschen des Abu-Seïf gefunden hatte. Sein herrliches Kameel war mir leider in Bagdad verendet; das Geld aber war mir bis heute geblieben.

„Ich danke Dir! Hier hast Du!“
„O Herr, Deine Gnade ist größer als – – –“
„Danke nicht,“ unterbrach ich sie. „Ist der Oheim Deiner Kinder mit gefangen?“
„Ja.“
„Er wird frei werden. Gehe zu dem kleinen Mann, der das schwarze Pferd reitet, und sage ihm von mir, daß er Dir Deine Thiere geben soll. Der Scheik wird nicht zurückkehren.“
„O Herr – –!“
„Es ist gut. Gehe und sage keinem Menschen, was wir gesprochen haben!“
Sie ging, und auch ich begab mich wieder hinaus. Man war mit dem Abzählen der Thiere beinahe fertig geworden. Ich suchte Halef auf. Er kam, als ich ihm winkte, auf mich zugeritten.
„Wer hat Dir meinen Rappen erlaubt, Hadschi Halef Omar?“
„Ich wollte ihn an meine Beine gewöhnen, Sihdi!“
„Er wird sich nicht sehr vor ihnen fürchten. Höre, Halef, es wird ein Weib kommen und ein Rind und zehn Schafe zurückverlangen. Die gibst Du ihr.“
„Ich gehorche, Effendi.“
„Höre weiter! Du nimmst drei Tachterwahns hier aus dem Lager und sattelst drei Kameele mit ihnen.“
„Wer soll hinein kommen, Sihdi?“
„Schau hinüber nach dem Flusse. Siehst Du das Gebüsch und den Baum da rechts?“
„Ich sehe Beides.“
„Dort liegen drei kranke Männer, welche in die Körbe kommen sollen. Geh in das Zelt des Scheik; es ist Dein mit Allem, was sich darin befindet. Nimm Decken davon weg und lege sie in die Körbe, damit die Kranken weich liegen. Aber kein Mensch darf jetzt oder unterwegs erfahren, wen die Kameele tragen!“
„Du weißt, Sihdi, daß ich Alles thue, was Du befiehlst; aber ich kann so viel nicht allein thun.“
„Die drei Engländer sind dort und auch zwei Haddedihn. Sie werden Dir helfen. Gib mir jetzt den Hengst; ich werde die Aufsicht wieder übernehmen.“
Nach einer Stunde waren wir mit Allem fertig. Während alle Anwesenden ihre Aufmerksamkeit auf die Heerden gerichtet hatten, war es Halef gelungen, die Kranken unbemerkt auf die Kameele zu bringen. Die ganze, lange Thierkarawane stand zum Abzuge bereit.
Jetzt suchte ich nach dem jungen Menschen, welcher mich heute mit seiner Lanze bewillkommnet hatte. Ich sah ihn in Mitte seiner Kameraden stehen und ritt zu ihm heran. Lindsay stand mit seinen Dienern ganz in der Nähe.
„Sir David Lindsay, habt Ihr oder Eure Diener nicht so etwas wie eine Schnur bei Euch?“
„Denke, daß hier viele Stricke sind.“

Er trat zu den wenigen Pferden, welche dem Stamme gelassen werden sollten. Sie waren mit Leinen an die Zeltstangen gebunden. Mit einigen Schnitten löste er mehrere dieser Leinen ab. Dann kam er zurück.
„Seht Ihr den braunen Burschen da, Sir David?"
Ich gab ihm mit den Augen einen verstohlenen Wink.
„Sehe ihn, Sir."
„Diesen übergebe ich Euch. Er hatte die drei Unglücklichen zu beaufsichtigen und soll deßhalb mit uns gehen. Bindet ihm die Hände sehr fest auf den Rücken und befestigt dann den Strick an Euren Sattel oder an den Steigbügel; er mag ein wenig laufen lernen."
„Yes, Sir! Sehr schön!"
„Er bekommt weder zu essen noch zu trinken, bis wir das Wadi Deradsch erreichen."
„Hat es verdient!"
„Ihr bewacht ihn. Wenn er Euch entkommt, so sind wir geschiedene Leute, und Ihr mögt sehen, wo Fowling-bulls zu finden sind!"
„Werde ihn festhalten. Beim Nachtlager eingraben!"
„Vorwärts also!"
Der Engländer trat zu dem Jüngling heran und legte ihm die Hand auf die Schulter.
„I have the honour, Mylord! Mitgehen, Galgenstrick!"
Er hielt ihn fest, und die beiden Diener banden ihm kunstgerecht die Hände. Der Jüngling war im ersten Augenblick verblüfft, dann aber drehte er sich zu mir herum.
„Was soll das sein, Emir?"
„Du wirst mit uns gehen."
„Ich bin kein Gefangener, ich bleibe hier!"
Da drängte sich ein altes Weib herbei.
„Allah kerihm, Emir! Was willst Du mit meinem Sohne thun?"
„Er wird uns begleiten."
„Er? Der Stern meines Alters, der Ruhm seiner Gespielen, der Stolz seines Stammes? Was hat er gethan, daß Du ihn bindest wie einen Mörder, den die Blutrache ereilt?"
„Schnell, Sir! Bindet ihn an das Pferd und dann vorwärts!"
Sofort gab ich das Zeichen zum Aufbruch und ritt davon. Ich hatte erst Mitleid mit dem so schwer bestraften Stamme gehabt, jetzt aber widerte mich jedes Gesicht desselben an, und als wir das Lager und das Wehegeheul hinter uns hatten, war es mir, als ob ich aus einer Räuberhöhle entronnen sei.
Halef hatte sich mit seinen drei Kameelen an die Spitze des Zuges gestellt. Ich ritt zu ihm heran.
„Liegen sie bequem?"
„Wie auf dem Divan des Padischah, Sihdi."
„Haben sie gegessen?"
„Nein, Milch getrunken."
„Um so besser. Können sie reden?"

„Sie haben nur einzelne Worte gesprochen, aber in einer Sprache, welche ich nicht verstehe, Effendi."
„Es wird Kurdisch sein."
„Kurdisch?"
„Ja. Ich halte sie für Teufelsanbeter."
„Teufelsanbeter? Allah il Allah! Herr, behüte uns vor dem dreimal gesteinigten Teufel! Wie kann man den Teufel anbeten, Sihdi!"
„Sie beten ihn nicht an, obgleich man sie so nennt. Sie sind sehr brave, sehr fleißige und ehrliche Leute, halb Christen und halb Muselmänner."
„Darum haben sie auch eine Sprache, die kein Moslem verstehen kann. Kannst Du sie sprechen?"
„Nein."
Er fuhr beinahe erschrocken zurück.
„Nicht? Sihdi, das ist nicht wahr, Du kannst Alles!"
„Ich verstehe diese Sprache nicht, sage ich Dir."
„Gar nicht?"
„Hm! Ich kann eine Sprache, welche verwandt mit der ihrigen ist; vielleicht, daß ich da einige Worte finde, mich ihnen verständlich zu machen."
„Siehst Du, daß ich Recht hatte, Sihdi!"
„Nur Gott weiß Alles; das Wissen der Menschen aber ist Stückwerk. Weiß ich doch nicht einmal, wie Hanneh, das Licht Deiner Augen, mit ihrem Halef zufrieden ist!"
„Zufrieden, Sihdi? Bei ihr kommt erst Allah, dann Mohammed, dann der Teufel, den Du ihr an der Kette geschenkt hast, und dann kommt aber gleich Hadschi Halef Omar Ben Hadschi Abul Abbas Ibn Hadschi Dawud al Gossarah."
„Also nach dem Teufel kommst Du!"
„Nicht nach dem Scheïtan, sondern nach Deinem Geschenk, Sihdi!"
„So sei ihr dankbar und gehorche ihr!"
Nach dieser Vermahnung ließ ich den kleinen Mann allein.
Es versteht sich ganz von selbst, daß unsere Rückreise wegen der Thiere viel langsamer von Statten ging, als die Hinreise. Bei Sonnenuntergang erreichten wir eine Stelle, welche noch unterhalb Dschebbar lag und sich, da sie mit Blumen und üppigem Grün überdeckt war, sehr gut zum Nachtlager eignete. Die Hauptaufgabe war jetzt, sowohl die Heerden als auch die Abu Hammed zu überwachen; ich traf also die nöthigen Maßregeln. Ich hatte mich am späten Abend bereits zum Schlafe eingehüllt, als Sir David Lindsay noch einmal herbeikam.
„Entsetzlich! Fürchterlich, Sir!"
„Was?"
„Hm! Unbegreiflich!"
„Was denn? Ist Euer Gefangener verschwunden?"
„Der? No! Liegt fest angebunden!"

„Nun, was ist denn so entsetzlich und unbegreiflich?“
„Hauptsache vergessen!“
„Nun? Redet nur!“
„Trüffeln!“
Jetzt mußte ich hellauf lachen.
„O, das ist allerdings entsetzlich, Sir, zumal ich im Lager der Abu Hammed ganze Säcke voll davon stehen sah.“
„Wo nun Trüffeln her?“
„Wir werden morgen Trüffeln haben, verlaßt Euch darauf!“
„Schön! Gute Nacht, Sir!“
Ich schlief ein, ohne mit den drei Kranken gesprochen zu haben. Am andern Morgen stand ich schon früh bei ihnen. Die Körbe waren so gestellt, daß ihre Insassen einander sehen konnten. Ihr Aussehen war ein wenig besser geworden, und sie hatten sich bereits so erholt, daß ihnen das Sprechen keine Beschwerden mehr machte.
Wie ich bald bemerkte, sprachen alle Drei sehr gut arabisch, obgleich sie gestern in halbbewußtlosem Zustande nur Worte ihrer Muttersprache hervorgebracht hatten. Als ich mich ihnen nahete, erhob sich der Eine und sah mich freudig forschend an.
„Du bist es!“ rief er, ehe ich grüßen konnte. „Du bist es! Ich erkenne Dich wieder!“
„Wer bin ich, mein Freund?“
„Du warst es, welcher mir erschien, als der Tod die Hand nach meinem Herzen ausstreckte. O, Emir Kara Ben Nemsi, wie danke ich Dir!“
„Wie, Du kennst meinen Namen?“
„Wir kennen ihn, denn dieser gute Hadschi Halef Omar hat uns sehr viel von Dir erzählt, seit wir aufgewacht sind.“
Ich wandte mich zu Halef:
„Plaudertasche!“
„Sihdi, darf ich denn nicht von Dir sprechen?“ vertheidigte sich der Kleine.
„Ja; aber ohne Prahlerei. –
Seid Ihr so gekräftigt, daß Ihr reden könnt?“ wandte ich mich nun zu den Kranken.
„Ja, Emir.“
„So erlaubt mir, zu fragen, wer Ihr seid.“
„Ich heiße Pali; dieser heißt Selek, und dieser Melaf.“
„Wo ist Eure Heimat?“
„Unsere Heimat heißt Baadri im Norden von Mossul.“
„Wie kamt Ihr in die Lage, in welcher ich Euch fand?“
„Unser Scheik sandte uns nach Bagdad, um dem Statthalter Geschenke und einen Brief von ihm zu bringen –“
„Nach Bagdad? Gehört Ihr nicht nach Mossul?“
„Emir, der Gouverneur von Mossul ist ein böser Mann, der uns sehr bedrückt; der Statthalter von Bagdad besitzt das Vertrauen des Großherrn; er sollte für uns bitten.“

„Wie seid Ihr da gereist? Nach Mossul und den Strom herab?“
„Nein. Wir gingen nach dem Ghazirfluß, bauten uns ein Floß, fuhren auf demselben aus dem Ghazir in den Zab und aus dem Zab in den Tigris. Dort landeten wir und wurden während des Schlafes von dem Scheik der Abu Hammed überfallen.“
„Er beraubte Euch?“
„Er nahm uns die Geschenke und den Brief ab und Alles, was wir bei uns trugen. Dann wollte er uns zwingen, an die Unsrigen zu schreiben, damit sie ein Lösegeld schicken sollten.“
„Ihr thatet es nicht?“
„Nein, denn wir sind arm und können kein Lösegeld bezahlen.“
„Aber Euer Scheik?“
„Auch an ihn sollten wir schreiben, aber wir weigerten uns ebenso. Er hätte es bezahlt, aber wir wußten, daß es vergebens sei, da man uns dennoch getödtet hätte.“
„Ihr hattet recht. Man hätte Euch das Leben genommen, selbst wenn das Lösegeld bezahlt worden wäre.“
„Nun wurden wir gepeinigt. Wir erhielten Schläge, wurden stundenlang an Händen und Füßen aufgehangen und endlich in die Erde gegraben.“
„Und diese ganze, lange Zeit hindurch waret Ihr gefesselt?“
„Ja.“
„Ihr wißt, daß Euer Henker sich in unseren Händen befindet?“
„Hadschi Halef Omar hat es uns erzählt.“
„Der Scheik soll seine Strafe erhalten!“
„Emir, vergilt es ihm nicht!“
„Wie?“
„Du bist ein Moslem, wir aber haben eine andere Religion. Wir sind dem Leben wiedergegeben worden und wollen ihm verzeihen.“
Das also waren Teufelsanbeter!
„Ihr irrt Euch,“ sagte ich; „ich bin kein Moslem, sondern ein Christ.“
„Ein Christ! Du trägst doch die Kleidung eines Moslem und sogar das Zeichen eines Hadschi!“
„Kann ein Christ nicht auch ein Hadschi sein?“
„Nein, denn kein Christ darf Mekka betreten.“
„Und dennoch war ich dort. Fragt diesen Mann, er war dabei.“
„Ja,“ fiel Halef ein, „Hadschi Emir Kara Ben Nemsi war in Mekka.“
„Was für ein Christ bist Du, Emir? Ein Chaldäer?“
„Nein. Ich bin ein Franke.“
„Kennst Du die Jungfrau, welche Gott geboren hat?“
„Ja.“
„Kennst Du Esau, den Sohn des Vaters?“
„Ja.“

„Kennst Du die heiligen Engel, welche am Throne Gottes stehen?"
„Ja."
„Kennst Du die heilige Taufe?"
„Ja."
„Glaubst Du auch, daß Esau, der Sohn Gottes, wieder kommen wird?"
„Ich glaube es."
„O, Emir, Dein Glaube ist gut; Dein Glaube ist recht; wir freuen uns, daß wir Dich getroffen haben! Erzeige uns also die Liebe und vergib dem Scheik der Abu Hammed, was er uns gethan hat!"
„Wir werden sehen! Wißt Ihr, wohin wir reisen?"
„Wir wissen es. Wir gehen nach dem Wadi Deradsch."
„Ihr werdet dem Scheik der Haddedihn willkommen sein."
Nach dieser kurzen Unterredung ward der Marsch fortgesetzt. Bei Kalaat ul Dschebbar gelang es mir, eine Menge Trüffel zu entdecken, worüber der Engländer in Entzücken gerieth. Er suchte sich einen Vorrath zusammen und versprach mir, mich zu einer Trüffelpastete einzuladen, welche er selbst bereiten werde.
Als der Mittag vorüber war, lenkten wir zwischen die Berge von Kanuza und Hamrin ein und hielten uns grad auf Wadi Deradsch zu. Ich hatte unsere Ankunft mit Vorbedacht nicht melden lassen, um den guten Scheik Mohammed Emin zu überraschen; aber die Wachen der Abu Mohammed bemerkten uns und gaben das Zeichen zu einem Jubel, der das ganze Thal erfüllte. Mohammed Emin und Malek kamen uns sofort entgegen geritten und bewillkommneten uns. Meine Heerde war die erste, welche anlangte.
Es gab hinüber auf die Weideplätze der Haddedihn keinen andern Weg als durch das Wadi hindurch. Hier befanden sich noch sämmtliche Kriegsgefangene, und man kann die Blicke der Abu Hammed sich vorstellen, welche sie auf uns warfen, als sie ein ihnen bekanntes Thier nach dem andern an sich vorbeigehen lassen mußten. Endlich waren wir wieder auf der Ebene, und nun stieg ich vom Pferde.
„Wer ist in den Tachterwahns?" frug Mohammed Emin.
„Drei Männer, welche Scheik Zedar zu Tode martern wollte. Ich werde Dir noch von ihnen erzählen. Wo sind die gefangenen Scheiks?"
„Hier im Zelte. Da kommen sie."
Sie traten soeben heraus. Die Augen des Scheik der Abu Hammed blitzten tückisch, als er seine Heerde erkannte, und er trat auf mich zu.
„Hast Du mehr gebracht, als Du sollst?"
„Du meinst Thiere?"
„Ja."
„Ich habe die Zahl gebracht, welche mir befohlen war."
„Ich werde zählen!"
„Thue es," antwortete ich kalt. „Aber dennoch habe ich mehr gebracht, als ich sollte."
„Was?"

„Willst Du es sehen?“
„Ich muß es sehen!“
„So rufe Jenen dort herbei.“
Ich zeigte dabei auf seinen älteren Sohn, der soeben am Eingange des Zeltes erschien. Er rief ihn herbei.
„Kommt Alle mit!“ sagte ich.
Mohammed Emin, Malek und die drei Scheiks folgten mir nach dem Orte, wo sich die drei Kameele mit den Tachterwahns niedergelassen hatten. Halef ließ gerade die Dschesidi aussteigen.
„Kennst Du diese Männer?“ frug ich Zedar Ben Huli.
Er fuhr erschrocken zurück; sein Sohn ebenfalls.
„Die Dschesidi!“ rief er.
„Ja, die Dschesidi, welche Du langsam morden wolltest, wie Du schon so Viele gemordet hast, Ungeheuer!“
Da funkelte er mich mit wahren Pantheraugen an.
„Was hat er gethan?“ frug Eslah el Mahem, der Obeïde.
„Laß es Dir erzählen! Du wirst erstaunen, was für ein Mensch Dein Kampfgefährte gewesen ist.“
Ich schilderte, auf welche Weise und in welchem Zustande ich die drei Männer getroffen hatte. Als ich schwieg, traten Alle von ihm zurück. Dadurch wurde der Blick auf den Eingang des Thales frei, wo sich in diesem Augenblick drei Reiter zeigten: Lindsay mit seinen beiden Dienern. Er hatte sich verspätet. Neben seinem Pferde schleppte sich der jüngere Sohn des Scheik einher.
Dieser sah den jungen Menschen und wandte sich augenblicklich wieder zu mir:
„Allah akbar! Was ist das! Mein zweiter Sohn gefangen?“
„Wie Du siehst!“
„Was hat er gethan?“
„Er war der Gehilfe Deiner Schandthaten. Deine beiden Söhne sollen den Kopf ihres in die Erde gegrabenen Vaters zwei Tage lang bewachen; dann bist Du wieder frei – eine Strafe, die viel zu gering für Dich und für Deine Söhne ist. Gehe hin und binde Deinen Jüngsten los!“
Da sprang der Verbrecher zu dem Pferde des Engländers und griff nach dem Strick. Sir David war soeben abgestiegen und wehrte die Hand des Scheik ab und rief: „Packt Euch! Dieser Bursche ist mein!“
Da riß der Scheik dem Englishman eine seiner Riesenpistolen aus dem Gürtel, schlug an und feuerte. Sir David hatte sich blitzschnell umgedreht, dennoch traf ihn die Kugel in den Arm; im nächsten Augenblick aber krachte ein zweiter Schuß. Bill, der Irländer, hatte seine Büchse erhoben, um seinen Herrn zu vertheidigen, und seine Kugel fuhr dem Scheik durch den Kopf. Dessen beide Söhne warfen sich auf den Schützen, wurden aber handfest empfangen und überwältigt.

Ich wandte mich schaudernd ab. Das war Gottes Gericht! Die Züchtigung, die ich dem Missethäter zugedacht hatte, wäre zu unbedeutend gewesen. Und nun war auch mein Wort erfüllt, das ich jener Frau gegeben hatte: der Scheik kehrte nicht in sein Lager zurück.

Es verging eine Weile, bis wir Alle unsere Ruhe wieder hatten. Da erscholl zunächst die Frage Halef's:

„Sihdi, wohin soll ich diese drei Männer bringen?"

„Das mag der Scheik bestimmen," lautete meine Antwort.

Dieser trat zu den Dreien heran.

„Marhaba – Ihr sollt mir willkommen sein! Bleibt bei Mohammed Emin, bis Ihr Euch von Euren Leiden erholt habt!"

Da blickte Selek schnell empor.

„Mohammed Emin?" frug er.

„So heiße ich."

„Du bist kein Schammar, sondern ein Haddedihn?"

„Die Haddedihn gehören zu den Schammar."

„O, Herr, so habe ich eine Botschaft an Dich!"

„Sage sie!"

„Es war in Baadri, und ehe wir unsere Reise antraten, da ging ich zum Bache, um zu schöpfen. An demselben lag eine Truppe Arnauten, welche einen jungen Mann bewachten. Er bat mich, ihm zu trinken zu geben, und indem er that, als trinke er, flüsterte er mir zu: „Gehe zu den Schammar, zu Mohammed Emin und sage ihm, daß ich nach Amadijah geschafft werde. Die Andern sind hingerichtet worden." Dies ist es, was ich Dir zu sagen habe."

Der Scheik taumelte zurück.

„Amad el Ghandur, mein Sohn!" rief er. „Er war es, er war es! Wie war er gestaltet?"

„So lang und noch breiter als Du, und sein schwarzer Bart hing ihm bis zur Brust herab."

„Er ist es! Hamdullillah! Endlich, endlich habe ich eine Spur von ihm! Freuet Euch, Ihr Männer, freuet Euch mit mir, denn heute soll ein Festtag sein für Alle, mögen sie nun Freunde oder Feinde heißen! Wann war es, als Du mit ihm geredet hast?"

„Sechs Wochen sind seitdem vergangen, Herr!"

„Ich danke Dir! Sechs Wochen, eine lange Zeit! Aber er soll nicht länger schmachten; ich hole ihn, und wenn ich ganz Amadijah erobern und zerstören müßte! Hadschi Emir Kara Ben Nemsi, reitest Du mit, oder willst Du mich bei dieser Fahrt verlassen?"

„Ich reite mit!"

„Allah segne Dich! – Kommt, laßt uns diese Botschaft allen Männern der Haddedihn verkündigen!"

Er eilte dem Wadi zu, und Halef trat zu mir heran mit der Frage:

„Sihdi, ist es wahr, daß Du mitgehst?"

„Ich gehe mit."

„Sihdi, darf ich Dir folgen?“
„Halef, denke an Dein Weib!“
„Hanneh ist in guter Hut, aber Du, Herr, brauchst einen treuen Diener! Darf ich Dich begleiten?“
„Gut, so nehme ich Dich mit; doch frage vorher Scheik Mohammed Emin und Scheik Malek, ob sie es erlauben.“ – –

Bei den Teufelsanbetern

Ich sollte mit Mohammed Emin hinauf in die kurdischen Gebirge reisen, um seinen Sohn Amad el Ghandur durch List oder Gewalt aus der Festung Amadijah heraus zu holen; eine Aufgabe, welche nicht so ohne Weiteres zu lösen war. Der tapfere Scheik der Haddedihn wäre am liebsten mit den Kriegern seines ganzen Stammes aufgebrochen, um sich durch das türkische Gebiet zu schlagen und Amadijah frei und offen zu überfallen; doch gab es hundert dringende Gründe, welche die Ausführung eines so phantastischen Planes zur Unmöglichkeit machten. Ein einzelner Mann hatte hier mehr Hoffnung auf Erfolg, als eine ganze Horde von Beduinen, und so war Mohammed Emin endlich auf meinen Vorschlag eingegangen, das Unternehmen nur zu Dreien auszuführen. Diese Drei waren: er, Halef und ich.
Freilich hatte es einen großen Aufwand an Überredung gekostet, um Sir David Lindsay, welcher sich gar zu gern angeschlossen hätte, klar zu machen, daß er mit seinem vollständigen Mangel an Sprachkenntniß und Anbequemungsfähigkeit uns mehr Schaden als Nutzen bringen würde; aber er hatte sich schließlich doch entschlossen, bei den Haddedihn zu bleiben und dort unsere Rückkehr zu erwarten. Dort konnte er sich des verwundeten Griechen Alexander Kolettis als Dolmetschers bedienen und nach Fowling-bulls graben. Die Haddedihn hatten versprochen, ihm so viel Ruinen zu zeigen, als er wolle. Nach Mossul hatte er mich nicht begleitet, weil ich es ihm abrieth. Er konnte mir in Mossul nichts nützen, und der Zweck, welcher ihn dorthin führen mochte, nämlich die Absicht, um den Schutz des dortigen englischen Consuls nachzusuchen, brauchte nicht verfolgt zu werden, da bis jetzt der Schutz der Haddedihn für ihn vollständig genügte.
Die Streitigkeit derselben mit ihren Feinden war völlig geschlichtet worden. Die drei Stämme hatten sich unterworfen und Geiseln bei den Siegern zurücklassen müssen. So kam es, daß Mohammed Emin bei den Seinen entbehrt werden konnte. Er war natürlich nicht mit nach Mossul geritten, da er dort ganz außerordentlich gefährdet gewesen wäre; wir hatten uns vielmehr verabredet, in den Ruinen von Khorsabad, dem alten assyrischen Saraghum, zusammen zu treffen. Wir waren also zusammen nach Wadi Murr, Aïn el Khalkhan und El Kasr geritten. Dort aber hatten wir uns getrennt; ich war mit Halef nach Mossul gereist, und der Scheik hatte mit Hilfe eines Floßes seine Überfahrt über den Tigris bewerkstelligt, um auf der andern Seite des Flusses längs des Dschebel Maklub unser Stelldichein zu erreichen.

Was aber wollte ich in Mossul? Etwa auch den Vertreter England's aufsuchen, um mir seinen Schutz zu erbitten? Das fiel mir gar nicht ein, denn ich war ohne denselben wenigstens ebenso sicher wie mit demselben. Den Pascha aber mußte ich aufsuchen, das war unumgänglich nothwendig; denn ich wollte mich mit Allem ausrüsten, was unser Vorhaben zu fördern vermochte.
Es war eine fürchterliche Hitze in Mossul. Ein Blick auf das Thermometer zeigte mir 116 Grad Fahrenheit im Schatten, wenn ich mich zu ebener Erde befand. Ich hatte mich aber in einem jener Sardaubs einlogirt, in denen die Bewohner dieser Stadt während der heißen Jahreszeit ihren Aufenthalt zu nehmen pflegen.
Halef saß bei mir und putzte seine Pistolen. Es hatte längeres Stillschweigen zwischen uns geherrscht, doch sah ich es dem Kleinen an, daß er irgend etwas auf dem Herzen hatte. Endlich aber drehte er sich mit einem raschen Ruck zu mir herum und sagte:
„Daran hatte ich nicht gedacht, Sihdi!"
„Woran?"
„Daß wir die Haddedihn niemals wiedersehen werden."
„Ah! Warum?"
„Du willst nach Amadijah, Sihdi?"
„Ja. Du weißt dies ja längst."
„Ich habe es gewußt, aber den Weg, welcher dorthin führt, den habe ich nicht gekannt. Allah il Allah! Es ist der Weg zum Tode und in die Dschehennah!"
Er schnitt dabei das bedenklichste Gesicht, welches ich jemals bei ihm gesehen hatte.
„So gefährlich, Hadschi Halef Omar?"
„Du glaubst es nicht, Sihdi? Habe ich nicht gehört, daß Du auf diesem Wege die drei Männer besuchen willst, welche sich Pali, Selek und Melaf nennen, die drei Männer, welche Du auf der Insel der Abu Hammed gerettet hast und die, nachdem sie bei den Haddedihn sich erholt hatten, nach ihrer Heimat zogen?"
„Ich werde sie besuchen."
„Dann sind wir verloren. Du und ich, wir Beide sind wahre Gläubige; aber ein jeder Gläubige, der zu ihnen kommt, der hat das Leben und den Himmel verloren."
„Das ist mir neu, Hadschi Halef! Wer hat es Dir gesagt?"
„Das weiß jeder Moslem. Hast Du noch nicht erfahren, daß das Land, in welchem sie wohnen, Scheïtanistan genannt wird?"
Ah, jetzt wußte ich, was er meinte. Er fürchtete sich vor den Dschesidi, den Teufelsanbetern. Dennoch aber stellte ich mich, als ob ich nichts wisse, und frug:
„Scheïtanistan, das Land des Teufels? Warum?"
„Es wohnen die Radjahl el Scheïtan dort, die Männer des Teufels, welche den Scheïtan anbeten."
„Hadschi Halef Omar, wo gibt es hier Leute, welche den Teufel anbeten!"
„Du glaubst es nicht? Hast Du noch nie von solchen Leuten gehört?"
„O ja; ich habe sogar solche Leute gesehen."

„Und dennoch thust Du, als ob Du mir nicht glaubtest?“
„Ich glaube Dir wirklich nicht.“
„Und hast sie selbst gesehen?“
„Aber nicht hier. Ich war in einem Lande, weit jenseits des großen Meeres; die Franken nennen es Australien. Dort fand ich wilde Männer, welche einen Scheïtan haben, dem sie den Namen Yahu geben. Den beten sie an. Hier aber gibt es keine Leute, welche den Teufel anbeten.“
„Sihdi, Du bist klüger als ich und klüger als viele Leute; zuweilen aber ist Deine Klugheit und Deine Weisheit ganz verflogen. Frage einen jeden Mann, der Dir begegnet, und er wird Dir sagen, daß man in Scheïtanistan den Teufel anbetet.“
„Warst Du dabei, als sie ihn anbeteten?“
„Nein. Ich habe es aber gehört.“
„Waren denn jene Leute dabei, von denen Du es gehört hast?“
„Sie hatten es auch von Anderen gehört.“
„So will ich Dir sagen, daß es noch kein Mensch gesehen hat; denn die Dschesidi lassen keinen Menschen bei ihren Gottesdiensten gegenwärtig sein, wenn er einen andern Glauben hat, als sie.“
„Ist das wahr?“
„Ja. Wenigstens wäre es eine sehr große und eine sehr seltene Ausnahme, wenn sie einmal einem Fremden erlaubten, beizuwohnen.“
„Aber dennoch weiß man Alles, was sie thun.“
„Nun?“
„Hast Du noch nicht gehört, daß man sie Dscheragh Sonderan nennt?“
„Ja.“
„Das muß ein böser Name sein; ich weiß nicht, was er bedeutet.“
„Er bedeutet so viel wie Verlöscher des Lichtes.“
„Siehst Du, Sihdi! Bei ihren Gottesdiensten, bei denen auch die Frauen und Mädchen gegenwärtig sind, wird das Licht verlöscht.“
„Da hat man Dir eine große Lüge gesagt. Man hat die Dschesidi mit einer anderen Sekte verwechselt, bei welcher dies vorkommen soll. Was weißt Du noch von ihnen?“
„In ihren Gotteshäusern steht ein Hahn oder ein Pfauhahn, den sie anbeten, und das ist der Teufel.“
„Ist er es wirklich?“
„Ja.“
„O Du armer Hadschi Halef Omar! Haben sie viele Gotteshäuser?“
„Ja.“
„Und in jedem steht ein Hahn?“
„Ja.“
„Wie viele Teufel müßte es dann geben! Ich denke, es gibt nur einen?“

„O Sihdi, es gibt nur einen einzigen, aber der ist überall. Doch sie haben auch falsche Engel."
„In wiefern?"
„Du weißt, der Kuran lehrt, daß es nur vier Erzengel gibt, nämlich Dschebraïl, welcher der Ruh el Kuds ist und mit Allah und Mohammed dreieinig ist, grad wie bei den Christen der Vater, der Sohn und der Geist; sodann Azraïl, der Todesengel, den man auch Abu Jahah nennt; nachher Mikaïl und endlich Israfil. Die Teufelsanbeter haben aber sieben Erzengel, und diese heißen Gabraïl, Michaïl, Rafaïl, Azraïl, Dedraïl, Azrafil und Schemkil. Ist dies nicht falsch?"
„Es ist nicht falsch, denn auch ich glaube, daß es sieben Erzengel gibt."
„Du? Warum?" frug er erstaunt.
„Das heilige Buch der Christen sagt es, und dem glaube ich mehr als dem Kuran."
„O Sihdi, was muß ich hören! Du warst in Mekka, bist ein Hadschi und glaubst mehr an das Kitab der Ungläubigen als an die Worte des Propheten! Nun wundere ich mich nicht, daß Du zu den Dschesidi willst!"
„Du kannst wieder umkehren. Ich gehe allein!"
„Umkehren? Nein! Es ist vielleicht doch möglich, daß Mohammed nur von vier Engeln redet, weil die andern drei grad nicht im Himmel waren, als er oben war. Sie hatten auf der Erde zu thun, und er lernte sie also nicht kennen."
„Ich sage Dir, Hadschi Halef Omar, daß Du Dich vor den Teufelsanbetern nicht zu fürchten brauchst. Sie beten den Scheïtan nicht an, sie nennen ihn nicht einmal bei'm Namen. Sie sind reinlich, treu, dankbar, tapfer und aufrichtig, und das findest Du bei den Gläubigen wohl selten. Übrigens kommst Du bei ihnen nicht um die Seligkeit, denn sie werden Dir Deinen Glauben nicht nehmen."
„Sie werden mich nicht zwingen, den Teufel anzubeten?"
„Nein. Ich versichere es Dir!"
„Aber sie werden uns tödten!"
„Weder mich noch Dich."
„Sie haben aber so viele Andere getödtet; sie tödten die Christen nicht, sondern nur die Muselmänner."
„Sie haben sich nur gewehrt, als sie ausgerottet werden sollten. Und sie tödteten deßhalb nur die Moslemim, weil sie nur von diesen und nicht von den Christen angegriffen wurden."
„Aber ich bin ein Moslem!"
„Sie sind Deine Freunde, weil sie die meinigen sind. Hast Du nicht drei ihrer Männer gepflegt, bis sie wieder gesund waren?"
„Es ist wahr, Sihdi. Ich werde Dich nicht verlassen, sondern mit Dir gehen!"
Da hörte ich Schritte die Treppe herabkommen. Zwei Männer traten ein. Es waren zwei albanesische Aghas von den irregulären Truppen des Pascha. Sie blieben am Eingange stehen, und Einer von ihnen frug:

„Bist Du der Ungläubige, den wir führen sollen?“
Seit dem Augenblick, in welchem ich mich bei dem Pascha anmelden ließ, hatte ich wohlweislich den um meinen Hals hangenden Kuran abgelegt. Dieses Zeichen der Pilgerschaft durfte ich hier nicht sehen lassen.
Der Fragende erwartete natürlich eine Antwort, ich aber gab ihm keine; ja, ich that sogar, als ob ich ihn weder gesehen noch gehört hätte.
„Bist Du taub und blind, daß Du nicht antwortest?“ frug er barsch.
Diese Arnauten sind rohe und zügellose, gefährliche Leute, welche bei der geringsten Veranlassung nicht nur nach den Waffen greifen, sondern sie auch gebrauchen; ich beabsichtigte aber nicht, mir ihre Art und Weise so ohne Weiteres gefallen zu lassen. Daher zog ich, wie unwillkürlich, den Revolver aus dem Hawk und wandte mich an meinen Diener:
„Hadschi Halef Omar Agha, sage mir, ob Jemand hier ist!“
„Ja.“
„Wer ist es?“
„Es sind zwei Sabits, welche mit Dir sprechen wollen.“
„Wer sendet sie?“
„Der Pascha, dem Allah ein langes Leben verleihen möge!“
„Das ist nicht wahr! Ich bin Emir Kara Ben Nemsi; der Pascha – Allah schütze ihn! – würde mir höfliche Leute senden. Sage diesen Männern, welche ein Schimpfwort statt des Grußes auf den Lippen tragen, daß sie gehen sollen. Sie mögen demjenigen, der sie sandte, die Worte wiederholen, welche ich mit Dir gesprochen habe!“
Sie fuhren mit den Händen nach den Kolben ihrer Pistolen und sahen einander fragend an. Ich richtete, wie zufällig, den Lauf meiner Waffe auf sie und runzelte so finster als möglich die Stirn.
„Nun, Hadschi Halef Omar Agha, was habe ich Dir befohlen?“
Ich sah es dem kleinen Manne an, daß mein Verhalten ganz nach seinem eigenen Geschmacke sei. Auch er hatte bereits eine seiner Pistolen in der Hand, und nun wandte er sich mit seiner stolzesten Miene dem Eingange zu:
„Hört, was ich Euch zu sagen habe! Dieser tapfere und berühmte Effendi ist der Emir Hadschi Kara Ben Nemsi, und ich bin Hadschi Halef Omar Agha Ben Hadschi Abul Abbas Ibn Hadschi Dawud al Gossarah. Ihr habt gehört, was mein Effendi sagte. Geht und thut, wie er Euch befohlen hat!“
„Wir gehen nicht! Der Pascha hat uns gesandt!“
„So geht wieder zum Pascha und sagt ihm, daß er uns höfliche Männer senden solle! Wer zu meinem Effendi kommt, hat die Schuhe auszuziehen und den Gruß zu sagen.“
„Bei einem Ungläubigen – – –“
Im Nu war ich auf und stand vor ihnen.
„Hinaus!“
„Wir haben – – –“

„Hinaus!"
Im nächsten Augenblick war ich mit Halef wieder allein. Sie mochten mir doch angesehen haben, daß ich keine Lust hatte, mir von ihnen Vorschriften geben zu lassen. – Man muß den Orientalen zu behandeln verstehen. Derjenige Abendländische, welcher sich mißachtet sieht, trägt selbst die Schuld. Ein klein wenig persönlicher Muth und eine möglichst große Dosis Unbescheidenheit, unterstützt von derjenigen lieben Tugend, welche man bei uns Grobheit nennen würde, sind unter gewissen Voraussetzungen von dem allerbesten Erfolge. Allerdings gibt es andererseits auch Verhältnisse, in denen man gezwungen ist, sich Einiges oder sogar auch Vieles gefallen zu lassen. Dann ist es aber sehr gerathen, zu thun, als ob man gar nichts bemerkt habe. Freilich gehört nicht nur Kenntniß der Verhältnisse und Berücksichtigung des einzelnen Falles, sondern auch eine gute Übung dazu, um zu entscheiden, was dann besser und klüger sei: Grobheit oder Geduld und Selbstüberwindung, die Hand an der Waffe oder – – die Hand im Beutel.
„Sihdi, was hast Du gethan!" rief Halef.
Er fürchtete trotz seiner Unerschrockenheit doch die Folgen meines Verhaltens.
„Was ich gethan habe? Nun, die beiden Lümmel hinausgewiesen!"
„Kennst Du diese Arnauten?"
„Sie sind blutgierig und rachsüchtig."
„Das sind sie. Hast Du in Kahira nicht gesehen, daß einer von ihnen eine alte Frau bloß deßhalb niederschoß, weil sie ihm nicht auswich? Sie war blind."
„Ich habe es gesehen. Diese hier aber werden uns nicht niederschießen."
„Und kennst Du den Pascha?"
„Er ist ein sehr guter Mann!"
„O, sehr gut, Sihdi! Halb Mossul ist leer, weil sich Alle vor ihm fürchten. Kein Tag vergeht, ohne daß Zehn oder Zwanzig die Bastonnade erhalten. Wer reich ist, lebt morgen nicht mehr, und sein Vermögen gehört dem Pascha. Er hetzt die Stämme der Araber auf einander und bekriegt dann den Sieger, um ihm die Beute abzunehmen. Er spricht zu seinen Arnauten: „Gehet, zerstört, mordet, aber bringt mir Geld!" Sie thun es, und er wird reicher als der Padischah. Wer heute noch sein Vertrauter ist, den läßt er morgen einstecken und übermorgen köpfen. Sihdi, was wird er mit uns thun?"
„Das müssen wir abwarten."
„Ich will Dir etwas sagen, Sihdi. Sobald ich sehe, daß er uns etwas Böses zufügen will, werde ich ihn niederschießen. Ich sterbe nicht, ohne ihn mitzunehmen."
„Du wirst gar nicht in die Lage kommen, denn ich gehe allein zu ihm."
„Allein? Das gebe ich nicht zu. Ich gehe mit!"
„Darf ich Dich mitnehmen, wenn er nur mich bei sich sehen will?"
„Allah il Allah! So werde ich hier warten. Aber ich schwöre es Dir bei dem Propheten und allen Khalifen: wenn Du am Abend noch nicht zurück bist, so lasse ich ihm sagen, daß ich ihm etwas Wichtiges mitzutheilen hätte: er wird mich annehmen, und dann schieße ich ihm alle beiden Kugeln vor den Kopf!"

Es war sein Ernst, und ich bin überzeugt, er hätte es gethan, der wackere Kleine. Einen solchen Schwur hätte er nicht gebrochen.
„Aber Hanneh?“ frug ich.
„Sie soll weinen, aber stolz auf mich sein. Sie soll nicht einen Mann lieb haben, der seinen Effendi tödten läßt!“
„Ich danke Dir, mein guter Halef! Aber ich bin überzeugt, daß es nicht so weit kommen wird.“
Nach einer Weile vernahmen wir wieder Schritte. Ein gewöhnlicher Soldat trat ein. Er hatte die Schuhe draußen ausgezogen.
„Salama!“ grüßte er.
„Sallam! Was willst Du?“
„Bist Du der Effendi, welcher mit dem Pascha reden will?“
„Ja.“
„Der Pascha – Allah schenke ihm tausend Jahre! – hat Dir eine Sänfte gesandt. Du sollst zu ihm kommen!“
„Gehe hinauf. Ich komme gleich!“
Als er hinaus war, sagte Halef:
„Sihdi, siehst Du, daß es gefährlich wird?“
„Warum?“
„Er sendet keinen Agha, sondern einen gewöhnlichen Soldaten.“
„Es mag sein; aber mache Dir keine Sorge!“
Ich stieg die wenigen Stufen hinauf. Ah! Vor dem Hause hielt ein Trupp von etwa zwanzig Arnauten. Sie waren bis an die Zähne bewaffnet, und einer der beiden Aghas, welche vorher bei mir gewesen waren, befehligte sie. Zwei Hammals hielten einen Tragsessel bereit.
„Steig ein!“ gebot mir der Agha mit finsterer Miene.
Ich that es möglichst unbefangen. Diese Eskorte ließ mich vermuthen, daß ich so halb und halb ein Gefangener sei. Ich wurde im Trabe fortgetragen, bis man vor einem Thore still hielt.
„Steige aus und folge mir!“ befahl der Agha in dem vorigen Tone.
Er führte mich eine Treppe empor nach einem Zimmer, in welchem verschiedene Offiziere standen, die mich mit finsteren Blicken musterten. Am Eingange saßen einige Civilisten, Einwohner der Stadt, denen man es ansah, daß sie hier in der Höhle des Löwen sich nicht sehr wohl fühlten. Ich wurde sofort angemeldet, zog meine Sandalen aus, welche ich zu diesem Zweck angelegt hatte, und trat ein:
„Sallam aaleïkum!“ grüßte ich, indem ich die Arme über der Brust verschränkte und mich verbeugte.
„Sal – –“
Der Pascha unterbrach sich aber sofort und frug dann:
„Dein Bote hat gesagt, daß ein Nemtsche mit mir reden wolle?“

„So ist es."
„Sind die Nemsi Moslemim?"
„Nein. Sie sind Christen."
„Und dennoch wagst Du den Gruß der Moslemim!"
„Du bist ein Moslem, ein Liebling Allah's und ein Liebling des Padischah – Gott beschirme ihn! – Soll ich Dich mit dem Gruß der Heiden begrüßen, die keinen Gott und kein heiliges Buch haben?"
„Du bist kühn, Fremdling!"
Es war ein eigenthümlicher, lauernder Blick, den er mir zuwarf. Der Pascha war nicht groß und von sehr hagerer Gestalt, und sein Gesicht wäre ein sehr gewöhnliches gewesen, wenn der Zug von Schlauheit und Grausamkeit gefehlt hätte, der sofort auffallen mußte. Dabei war ihm die rechte Wange stark geschwollen, und neben ihm stand ein silbernes, mit Wasser gefülltes Becken, das ihm als Spucknapf diente. Seine Kleidung bestand ganz aus Seide. Der Griff seines Dolches und die Agraffe an seinem Turbane funkelten von Diamanten; seine Finger glänzten von Ringen, und die Wasserpfeife, aus welcher er rauchte, war eine der kostbarsten, die ich je gesehen hatte. Nachdem er mich eine Weile vom Kopfe bis zum Fuße gemustert hatte, frug er weiter:
„Warum hast Du Dich nicht durch einen Consul vorstellen lassen?"
„Die Nemsi haben keinen Consul in Mossul, und die anderen Consuln sind mir ebenso fremd, wie Du selbst. Ein Consul kann mich nicht besser und schlechter machen, als ich bin, und Du hast ein scharfes Auge; Du brauchst mich nicht durch das Auge eines Consuls kennen zu lernen."
„Maschallah! Du sprichst wirklich sehr kühn! Du sprichst, als ob Du ein sehr großer Mann seist!"
„Würde ein anderer Mann es wagen, Dich zu besuchen?"
Dies war nun allerdings sehr unverfroren gesprochen, aber ich sah auch gleich, daß es den erwarteten Eindruck machte.
„Wie heißest Du?"
„Hasredin, ich habe verschiedene Namen."
„Verschiedene? Ich denke, daß der Mensch nur einen Namen hat!"
„Gewöhnlich. Bei mir aber ist es anders, denn in jedem Lande und bei jedem Volke, welches ich besuchte, hat man mich anders genannt."
„So hast Du viele Länder und viele Völker gesehen?"
„Ja."
„Nenne die Völker!"
„Die Osmanly, Fransesler, Engleterrler, Espanjoler –"
Ich konnte ihm eine hübsche Reihe von Namen nennen und setzte natürlich aus Höflichkeit die Osmanly voran. Seine Augen wurden bei jedem Worte größer. Endlich aber platzte er heraus:
„Hei-hei! Gibt es so viele Völker auf der Erde?"

„Noch viel, viel mehr!“
„Allah akbar, Gott ist groß! Er hat so viele Nationen geschaffen, wie Ameisen in einem Haufen sind. Du bist noch jung. Wie kannst Du so viele Länder besucht haben? Wie alt warst Du, als Du aus dem Lande der Nemsi gingst?“
„Ich zählte achtzehn Jahre, als ich über die See nach Jeni-dünja kam.“
„Und was bist Du?“
„Ich schreibe Zeitungen und Bücher, welche dann gedruckt werden.“
„Was schreibst Du da?“
„Ich schreibe meist das, was ich sehe und höre, was ich erlebe.“
„Kommen in diesen Chaberler auch die Männer vor, mit denen Du zusammentriffst?“
„Nur die Vorzüglichsten.“
„Auch ich?“
„Auch Du.“
„Was würdest Du über mich schreiben?“
„Wie soll ich das jetzt schon wissen, o Pascha? Ich kann die Leute doch nur so beschreiben, wie sie sich gegen mich verhalten haben.“
„Und wer liest das?“
„Viele Tausende von hohen und niederen Männern.“
„Auch Paschas und Fürsten?“
„Auch sie.“
In diesem Augenblick ertönte von dem Hofe herauf der Schall von Schlägen, begleitet vom Wimmern eines Gezüchtigten. Ich horchte ganz unwillkürlich auf.
„Höre nicht darauf,“ mahnte der Pascha. „Es ist mein Hekim.“
„Dein Arzt?“ frug ich verwundert.
„Ja. Hast Du einmal Disch aghrisi gehabt?“
„Als Kind.“
„So weißt Du, wie es thut. Ich habe einen kranken Zahn. Dieser Hund sollte ihn mir herausnehmen; aber er machte es so ungeschickt, daß es mir zu wehe that. Nun wird er dafür ausgepeitscht. Jetzt kann ich den Mund nicht zubringen.“
Den Mund nicht zubringen? Sollte der Zahn bereits gehoben sein? Ich beschloß, dies zu benutzen.
„Darf ich den kranken Zahn einmal sehen, o Pascha?“
„Bist Du ein Hekim?“
„Bei Gelegenheit.“
„So komm her! Unten rechts!“
Er öffnete den Mund, und ich guckte hinein.
„Erlaubst Du mir, den Zahn zu befühlen?“
„Wenn es nicht wehe thut!“

Ich hätte dem gestrengen Pascha beinahe in das Gesicht gelacht. Es war der Eckzahn, und er hing so lose zwischen dem angeschwollenen Zahnfleische, daß ich nur der Finger bedurfte, um die unterbrochene Operation zu vollenden.
„Wie viele Streiche soll der Hekim erhalten?"
„Sechzig."
„Willst Du ihm die noch fehlenden erlassen, wenn ich Dir den Zahn herausnehme, ohne daß es Dich schmerzt?"
„Du kannst es nicht!"
„Ich kann es!"
„Gut! Aber wenn es mich schmerzt, so bekommst Du die Hiebe, die ihm erlassen werden."
Er klatschte in die Hände, und ein Offizier trat herein.
„Laßt den Hekim los! Dieser Fremdling hat für ihn gebeten."
Der Mann trat mit einem sehr erstaunten Gesichte zurück.
Nun streckte ich dem Pascha zwei Finger in den Mund, drückte erst – des Hokuspokus wegen – ein wenig an dem Nachbarzahne herum, faßte dann den kranken Eckzahn und nahm ihn weg. Der Patient zuckte mit den Wimpern, schien aber gar nicht zu ahnen, daß ich den Zahn bereits hatte. Er faßte meine Hand schnell und schob sie von sich weg.
„Wenn Du ein Hekim bist, so probiere nicht erst lange! Hier liegt das Ding!"
Er deutete auf den Fußboden. Ich hielt den Zahn unbemerkt zwischen den Fingern und bückte mich. Der Gegenstand, den ich da liegen sah, war ein alter, ganz unmöglich gewordener Geisfuß, und daneben lag eine Zahnzange – aber was für eine! Man hätte mit derselben jede Sorte von Plättstählen aus dem Feuer nehmen können. Ein klein wenig Spiegelfechterei konnte nichts schaden. Ich fuhr dem Pascha mit dem Geisfuße in den nicht allzu kleinen Mund.
„Paß auf, ob es wehe thut! Bir – iki – itsch – eins, zwei, drei! Hier ist der Ungehorsame, welcher Dir solche Schmerzen bereitet hat!"
Er sah mich ganz erstaunt an.
„Maschallah! Ich habe gar nichts gefühlt!"
„So können es die Ärzte der Nemsi, o Pascha!"
Er fühlte sich in den Mund; er besah den Zahn, und nun erst war er überzeugt, daß er von demselben befreit worden sei.
„Du bist ein großer Hekim! Wie soll ich Dich nennen?"
„Die Beni Arab nennen mich Kara Ben Nemsi."
„Nimmst Du jeden Zahn so gut heraus?"
„Hm! Unter Umständen!"
Er klatschte abermals in die Hände, und der vorige Offizier erschien.
„Frage überall im Hause nach, ob Jemand Zahnschmerzen hat!"
Der Adjutant verschwand, und mir war es ganz so, als ob ich jetzt Zahnschmerzen bekommen hätte, trotzdem die Miene des Pascha sehr gnädig geworden war.

„Warum folgtest Du meinen Boten nicht sofort?“ frug er.
„Weil sie mich beschimpften.“
„Erzähle!“
Ich berichtete ihm das Vorkommniß. Er hörte aufmerksam zu und erhob dann drohend seine Hand.
„Du thatest Unrecht. Ich hatte es befohlen, und Du mußtest sofort kommen. Danke Allah, daß er Dir offenbarte, die Zähne ohne Schmerzen herauszunehmen!“
„Was hättest Du mir gethan?“
„Du wärst bestraft worden. Wie, das weiß ich jetzt nicht.“
„Bestraft? Das hättest Du nicht gethan!“
„Maschallah! Warum nicht? Wer sollte mich hindern?“
„Der Großherr selbst.“
„Der Großherr?“ frug er verblüfft.
„Kein Anderer. Ich habe nichts verbrochen und darf wohl verlangen, daß Deine Aghas höflich gegen mich sind. Oder meinst Du, daß es nicht nothwendig sei, dieses Tirscheh zu berücksichtigen? Hier nimm und lies!“
Er öffnete das Pergament und legte, als er einen Blick darauf geworfen hatte, es sich ehrfurchtsvoll an Stirne, Mund und Herz.
„Ein Bu-djeruldi des Großherrn – Allah segne ihn!“
Er las es, legte es zusammen und gab es mir dann zurück.
„Du stehst im Giölgeda padischahnün! Wie kommst Du dazu?“
„Du bist Gouverneur von Mossul! Wie kommst Du dazu, o Pascha?“
„Wirklich, Du bist sehr kühn! Ich bin Gouverneur des hiesigen Bezirkes, weil die Sonne des Padischah mich erleuchtete.“
„Und ich stehe im Giölgeda padischahnün, weil die Gnade des Großherrn über mich erglänzte. Der Padischah hat mir die Erlaubniß gegeben, alle seine Länder zu besuchen, und dann werde ich große Bücher und Zeitungen darüber schreiben, wie ich von den Seinigen aufgenommen wurde.“
Das wirkte. Er zeigte neben sich auf den kostbaren Smyrnateppich. „Setze Dich!“
Dann befahl er dem Negerknaben, welcher vor ihm kauerte, um seine Pfeife zu bedienen, Kaffee und mir eine Pfeife zu bringen.
Auch meine Sandalen wurden geholt, die ich sofort wieder anlegen mußte. Dann saßen wir rauchend und trinkend bei einander, als ob wir ein paar alte Bekannte seien. Er schien immer mehr Freude an mir zu finden, und um mir dies durch die That zu beweisen, ließ er meine beiden arnautischen Aghas eintreten. Er machte ihnen ein Gesicht, welches ihnen nichts weniger als ein großes Glück verkündete, und frug:
„Ihr solltet diesen Bey zu mir holen?“
„Du befahlst es, o Herr!“ antwortete der Eine.
„Ihr habt nicht gegrüßt! Ihr habt Eure Schuhe anbehalten! Ihr habt ihn sogar einen Ungläubigen genannt!“

„Wir thaten es, weil Du ihn selbst so nanntest."
„Schweig, Du Hund, und sage, ob ich ihn wirklich so genannt habe!"
„Herr, Du hast – – –"
„Schweig! Habe ich ihn einen Ungläubigen genannt?"
„Nein, o Pascha."
„Und doch hast Du es behauptet! Geht hinunter in den Hof! Es soll ein Jeder von Euch fünfzig Streiche auf die Fußsohlen erhalten. Meldet es draußen!"
Das war wirklich ein allerliebster Freundschaftsbeweis gegen mich. Fünfzig Hiebe? Es war doch zu viel. Zehn oder fünfzehn hätte ich ihnen gegönnt. So aber mußte ich mich ihrer annehmen.
„Du richtest gerecht, o Pascha," meinte ich daher. „Deine Weisheit ist erhaben, aber Deine Güte ist noch größer. Die Gnade ist das Recht aller Kaiser, aller Könige und Herrscher. Du bist der Fürst von Mossul, und Du wirst Deine Gnade leuchten lassen über diese beiden Männer!"
„Über diese Halunken, die Dich beleidigt haben? Ist dies nicht ebenso, als ob sie mich beleidigt hätten?"
„Herr, Du stehst so erhaben über ihnen wie der Stern über der Erde. Der Schakal heult die Sterne an, diese aber hören es nicht und leuchten fort. Man wird im Abendlande Deine Güte rühmen, wenn ich erzähle, daß Du meine Bitte erfüllt hast."
„Diese Hunde sind es nicht werth, daß wir ihnen vergeben; aber damit Du siehst, daß ich Dich lieb habe, so mag ihnen die Strafe erlassen sein. Packt Euch fort, und laßt Euch heute nicht mehr vor unserm Angesicht sehen!"
Als sie das Zimmer verlassen hatten, erkundigte er sich:
„In welchem Lande bist Du bisher zuletzt gewesen?"
„In Gipt. Und dann kam ich durch die Wüste herüber zu Dir."
Ich sagte so, weil ich keine Lüge machen wollte und ihm doch auch nicht sagen konnte, daß ich bei den Haddedihn gewesen sei.
„Durch die Wüste? Durch welche? Doch durch die Wüste des Sinai und von Syrien! Das ist ein böser Weg; aber danke Gott, daß Du ihn eingeschlagen hast!"
„Warum?"
„Weil Du sonst unter die Schammar-Araber gerathen und von ihnen ermordet worden wärest."
Wenn er das gewußt hätte, was ich ihm verschwieg!
„Sind diese Schammar so schlimm, Hoheit?"
„Es ist ein freches, räuberisches Gesindel, welches ich zu Paaren treiben werde. Sie zahlen weder Steuer noch Tribut, und daher habe ich bereits begonnen, sie zu vernichten."
„Du hast Deine Truppen gegen sie gesandt?"
„Nein. Die Arnauten sind zu besseren Dingen zu gebrauchen."

Diese „besseren Dinge“ waren leicht zu errathen: Ausrauben der Unterthanen, um den Pascha zu bereichern.
„Ah, ich errathe!“
„Was eräthst Du?“
„Ein kluger Herrscher schont die Seinen und schlägt die Feinde, indem er sie unter einander entzweit!“
„Allah il Allah! Die Nemsi sind keine dummen Menschen. Ich habe es wirklich so gemacht.“
„Ist es gelungen?“
„Schlecht! Und weißt Du, wer die Schuld daran trägt?“
„Wer?“
„Die Engländer und ein fremder Emir. Die Haddedihn sind die Tapfersten unter den Schammar. Sie sollten aber vernichtet werden, ohne daß das Blut eines der Meinen floß, und so sandten wir drei andere Stämme gegen sie. Da kam dieser Engländer mit dem Emir und warb andere Stämme, welche den Haddedihn halfen. Meine Verbündeten wurden alle getödtet oder gefangen genommen. Sie haben den größten Theil ihrer Heerden verloren und müssen Tribut zahlen.“
„Zu welchem Stamme gehörte dieser Emir?“
„Niemand weiß es; aber man sagt, daß er kein Mensch sei. Er tödtet des Nachts den Löwen allein; seine Kugel trifft viele Meilen weit, und seine Augen funkeln im Dunkeln wie das Feuer in der Hölle.“
„Kannst Du seiner nicht habhaft werden?“
„Ich werde es versuchen, aber es ist sehr wenig Hoffnung dazu vorhanden. Die Abu Mohammed haben ihn bereits einmal gefangen genommen; er ist ihnen jedoch durch die Luft wieder davongeritten.“
Der gute Pascha schien ein wenig abergläubisch zu sein. Er hatte keine Ahnung davon, daß dieser Teufelskerl soeben mit ihm Kaffee trank.
„Von wem hast Du dieses erfahren, Hoheit?“
„Von einem Obeïde, welcher mir als Bote gesandt wurde, als es bereits zu spät war. Die Haddedihn hatten die Heerden schon weggenommen.“
„Du wirst sie bestrafen?“
„Ja.“
„Sogleich?“
„Ich wollte, aber ich muß ihnen leider noch eine Frist gewähren, obgleich ich meine Truppen bereits vollständig zusammengezogen habe. Warst Du schon in den Ruinen von Kufjundschik?“
„Nein.“
„Dort ist alles Militär versammelt, welches gegen die Schammar ziehen sollte; jetzt aber werde ich die Leute nach einem andern Orte schicken.“
„Darf ich fragen, wohin?“

„Das ist mein Geheimniß, und Niemand darf es erfahren. Du weißt wohl auch, daß diplomatische Heimlichkeiten sehr streng bewahrt werden müssen."
Jetzt trat der Mann ein, den er vorhin mit dem Auftrage fortgeschickt hatte, einen mit Zahnschmerzen Behafteten ausfindig zu machen. Ich suchte ihm das Ergebniß seiner Forschung am Gesichte abzulesen, denn es war mir keineswegs genehm, mit dem alten Geisfuße oder mit dem Zangenungethüm in die Zahnpalisaden eines Arnauten Bresche reißen zu müssen – und zwar schmerzlos, wie es jedenfalls verlangt wurde.
„Nun?" frug der Gouverneur.
„Verzeihe, o Pascha; ich habe keinen Menschen gefunden, welcher an Disch aghrisi leidet!"
„Auch Du selbst leidest nicht daran?"
„Nein."
Mir wurde das Herz leicht. Der liebenswürdige Pascha wandte sich bedauernd zu mir:
„Es ist Schade! Ich wollte Dir Gelegenheit geben, Deine Kunst bewundern zu lassen. Aber vielleicht findet sich morgen oder übermorgen Einer."
„Morgen und übermorgen werde ich nicht mehr hier sein."
„Nicht? Du mußt bleiben. Du sollst in meinem Palaste wohnen und so bedient werden wie ich. – Gehe!"
Dieses Wort galt dem Offizier, welcher sich wieder entfernte. Ich antwortete:
„Und doch muß ich für jetzt fort, werde aber wiederkommen."
„Wohin willst Du gehen?"
„Ich will hinauf in die kurdischen Gebirge."
„Wie weit?"
„Das ist noch unbestimmt; vielleicht bis zum Tura Schina oder gar bis nach Dschulamerik."
„Was willst Du dort?"
„Ich will sehen, was es dort für Menschen gibt und welche Pflanzen und Kräuter in jenen Gegenden wachsen."
„Und warum soll dies so bald geschehen, daß Du nicht einige Tage bei mir bleiben kannst?"
„Weil die Pflanzen, welche ich suche, sonst verwelken."
„Die Menschen dort oben brauchst Du nicht kennen zu lernen. Es sind kurdische Räuber und einige Dschesidi, welche Allah verdammen wolle! Aber die Kräuter? Wozu? Ah Du bist ein Hekim und brauchst Kräuter! Aber hast Du nicht daran gedacht, daß die Kurden Dich vielleicht tödten werden?"
„Ich bin bei schlimmeren Menschen gewesen, als bei ihnen."
„Ohne Begleitung? Ohne Arnauten oder Baschi-Bozuks?"
„Ja. Ich habe einen scharfen Dolch und eine gute Büchse und – – ich habe ja auch Dich, o Pascha!"
„Mich?"

„Ja. Deine Macht reicht bis hinauf nach Amadijah?“
„Grad so weit. Amadijah ist die Grenzfestung meines Bezirkes. Ich habe dort Kanonen und eine Besatzung von dreihundert Albanesen.“
„Amadijah muß eine sehr starke Festung sein!“
„Nicht nur stark, sondern völlig uneinnehmbar. Sie ist der Schlüssel gegen das Land der freien Kurden. Aber auch die unterworfenen Stämme sind widerspenstig und schlimm.“
„Du hast mein Bu-djeruldi gesehen und wirst mir Deinen Schutz gewähren. Das ist die Bitte, deretwegen ich zu Dir kam.“
„Sie soll Dir gewährt sein, doch unter einer Bedingung.“
„Welche?“
„Du kommst wieder zurück und wirst mein Gast.“
„Ich nehme diese Bedingung an.“
„Ich werde Dir zwei Khawassen mitgeben, welche Dich bedienen und beschützen sollen. Weißt Du auch, daß Du durch das Land der Dschesidi kommst?“
„Ich weiß es.“
„Das ist ein böses, ungehorsames Volk, dem man die Zähne zeigen soll. Sie beten den Teufel an, löschen die Lichter aus und trinken Wein.“
„Ist Letzteres gar so schlimm?“
Er sah mich von der Seite forschend an.
„Trinkst Du Wein?“
„Sehr gern.“
„Hast Du Wein bei Dir?“
„Nein.“
„Ich dachte, Du hättest solchen – – dann – – – hätte ich Dich vor Deiner Abreise einmal besucht.“
Um dies hören zu dürfen, mußte ich bereits sein Vertrauen einigermaßen gewonnen haben. Ich konnte mir dies zu Nutze machen und sagte also:
„Besuche mich! Ich kann mir wohl Wein verschaffen.“
„Auch solchen, welcher spritzt?“
Er meinte jedenfalls Champagner.
„Hast Du bereits einmal solchen getrunken, o Pascha?“
„O nein! Weißt Du nicht, daß der Prophet verboten hat, Wein zu trinken? Ich bin ein treuer Anhänger des Kuran!“
„Ich weiß es. Aber man kann solchen Spritz-Wein künstlich machen, und dann ist es kein eigentlicher Wein!“
„Du kannst spritzenden Wein machen?“
„Ja.“
„Aber dies dauert lange Zeit – vielleicht einige Wochen oder gar einige Monate?“
„Es dauert nur einige Stunden.“
„Willst Du mir einen solchen Trank machen?“

„Ich wollte gern, aber ich habe nicht die Dinge, welche dazu nöthig sind."
„Was brauchst Du?"
„Flaschen."
„Die habe ich."
„Zucker und Rosinen."
„Bekommst Du von mir."
„Essig und Wasser."
„Hat mein Mudbachdschi."
„Und dann Einiges, was man nur in der Apotheke bekommt."
„Gehört es zu den Ilatschlar?"
„Ja."
„Mein Hekim hat eine Apotheke. Brauchst Du noch etwas?"
„Nein. Aber Du müßtest mir erlauben, den Wein in Deiner Küche zu bereiten."
„Darf ich zusehen, damit ich es lerne?"
„Das ist fast unmöglich, o Pascha. Wein zu bereiten, den ein Moslem trinken darf, Wein, welcher spritzt und die Seele erheitert, das ist ein sehr großes Geheimniß!"
„Ich gebe Dir, was Du verlangst!"
„Ein so wichtiges Geheimniß verkauft man nicht. Nur ein Freund darf es erfahren."
„Bin ich nicht Dein Freund, Kara Ben Nemsi? Ich liebe Dich und werde gern Alles gewähren, um was Du mich bittest."
„Ich weiß es, o Pascha, und darum sollst Du mein Geheimniß erfahren. Wie viele Flaschen soll ich Dir füllen?"
„Zwanzig. Oder ist es zu viel?"
„Nein. Laß uns in die Küche gehen!"
Der Pascha von Mossul war ganz sicher ein heimlicher Unterthan des Königs Bacchus. Es wurden andere Pfeifen angezündet, und dann begaben wir uns in die Küche.
Die Herren des Vorzimmers machten sehr große Augen, als sie mich mit der „Friedenspfeife" so kameradschaftlich an seiner Seite erblickten; er aber beachtete sie nicht. Die Küche lag zu ebener Erde und war ein hoher, dunkler Raum mit einem ungeheuren Heerde, auf welchem über dem Feuer ein großer Kessel voll siedenden Wassers hing, das zur Bereitung des Kaffees bestimmt war. Unser Eintritt erregte weniger Überraschung als vielmehr Entsetzen. Es saßen fünf oder sechs Kerle rauchend am Boden und hatten den dampfenden Mokka vor sich stehen. Der Pascha war wohl niemals in seiner Küche gewesen, und bei seinem Erscheinen wurden die Leute völlig starr vor Schreck. Sie blieben sitzen und stierten ihn mit weit geöffneten Augen an.
Er trat mitten in den Kreis hinein, sprengte denselben mit Fußtritten und rief:
„Auf, Ihr Tschürücktschi, Ihr Sklaven! Kennt Ihr mich nicht, daß Ihr sitzen bleibt, als ob ich einer Euresgleichen sei?"
Sie sprangen auf und warfen sich dann wieder nieder, ihm zu Füßen.
„Habt Ihr heißes Wasser?"

„Dort kocht es, Herr,“ antwortete Einer, welcher der Koch zu sein schien; denn er war der Dickste und Schmutzigste von allen.
„Hole Rosinen, Du Lümmel!“
„Wie viele?“
„Wie viel brauchst Du?“ frug er mich.
Ich prüfte die Menge des Wassers und wies dann auf ein leeres Gefäß.
„Diesen Bardak dreimal voll.“
„Und Zucker?“
„Noch einmal so viel.“
„Und Essig?“
„Vielleicht den zehnten Theil.“
„Habt Ihr's gehört, Ihr Kerkmaklar? Packt Euch!“
Sie eilten hinaus und brachten bald die Ingredienzien. Ich ließ die Rosinen waschen und that dann Alles in das kochende Wasser. Ein abendländischer Champagnerfabrikant hätte meine Brauerei belacht, ich aber hatte keine Zeit und mußte die Sache so kurz wie möglich machen, um das chemische Gedächtniß des edlen Pascha nicht mit allzu vielen Prozeduren zu beschweren.
„Nun in die Apotheke!“ bat ich ihn.
„Komm!“
Er schritt voran und führte mich in ein Gemach, welches auch zu ebener Erde war. In demselben lag der arme Hekim mit verbundenen Füßen am Boden. Auch ihm gab der Pascha einen Fußtritt.
„Steh auf, Zeddikler, und erzeige mir und diesem großen Effendi die Ehre, die uns gebührt. Danke ihm, denn er hat für Dich gebeten, daß ich Dir Deine Portion Hiebe erließ. Wisse, Du Kabadschi, daß er mir den Zahn herausgenommen hat, ohne daß ich es fühlte. Ich gebiete Dir, ihm zu danken!“
O, welches Vergnügen, der Leibarzt eines Pascha zu sein! Dieser arme Schlucker warf sich vor mir nieder und küßte mir den Saum meines alten Haïk. Dann frug der Pascha:
„Wo ist die Apotheke?“
Der Arzt deutete auf einen großen, wurmstichigen Kasten.
„Hier, o Pascha!“
„Öffne!“
Ich bekam ein wirres Durcheinander von allerhand Düten, Blättern, Büchsen, Amuletten, Pflasterstangen und sonstigem Zeug zu sehen, dessen Charakter und Bestimmung mir vollständig unbekannt war. Ich frug nach kohlensaurem Natron und Weinsteinsäure. Von dem Ersteren war genug, von Letzterer aber ganz wenig vorhanden; doch genügte es.
„Hast Du alles?“ frug mich der Pascha.
„Ja.“
Er gab dem Arzte einen Abschiedstritt und gebot ihm:

„Besorge von diesen beiden Sachen eine größere Menge und merke Dir ihre Namen. Ich brauche sie sehr nothwendig, falls ein Pferd krank wird. Wenn Du die Namen vergissest, erhältst Du fünfzig wohlgezählte Hiebe!“
Wir kehrten in die Küche zurück. Es wurden Flaschen, Lack, Draht und kaltes Wasser beigeschafft, und dann jagte der Gouverneur alle Anwesenden hinaus. Kein Mensch außer ihm sollte, wenn auch nur theilweise, Mitwisser des großen Geheimnisses werden, einen Wein zu bereiten, der kein Wein sei und also von jedem guten Moslem ohne Gewissensbisse getrunken werden könne.
Dann kochten, brauten, kühlten, füllten, pfropften und siegelten wir, daß ihm der Schweiß vom Angesichte troff, und als wir endlich fertig waren, durften die Diener wieder eintreten, um die Flaschen an den kühlsten Ort des Kellers zu bringen. Eine aber nahm der Pascha zur Prüfung mit und trug sie mit höchsteigener Hand durch das Vorzimmer in sein Gemach, wo wir uns wieder niederließen.
„Wollen wir trinken?“ frug er.
„Er ist noch nicht abgekühlt genug.“
„Wir trinken ihn warm.“
„So schmeckt er nicht.“
„Er muß!“
Natürlich mußte er, denn der Pascha gebot es ja! Dieser ließ zwei Kadehs bringen, verbot Jedermann, selbst dem Meldenden, den Eintritt und löste den Draht.
Puff! – Der Stöpsel flog an die Decke.
„Allah il Allah!“ rief er erschrocken.
Gischtend schoß der Kunstwein aus der Flasche. Ich wollte mein Glas schnell unterhalten.
„Maschallah! Er spritzt wirklich!“
Der Pascha that den Mund auf und schob den Hals der Flasche zwischen die Lippen. Sie war fast leer, als er wieder absetzte und den Finger in die Öffnung steckte, um sie zu verschließen.
„Saltanatly – prächtig! Höre, mein Freund, ich liebe Dich! Dieser Wein ist sogar besser, als das Wasser vom Brunnen Zem-Zem!“
„Findest Du dies?“
„Ja. Er ist sogar noch besser als das Wasser Hawus Kewser, welches man im Paradiese trinken wird. Ich werde Dir nicht zwei, sondern vier Khawassen mitgeben.“
„Ich danke Dir! Hast Du Dir genau gemerkt, wie man diesen Wein bereitet?“
„Sehr genau. Ich werde es nicht vergessen!“
Ohne an mich oder daran zu denken, daß zwei Gläser vorhanden seien, setzte er die Flasche wieder an den Mund und nahm sie erst dann hinweg, als sie leer war.
„Bom bosch! Sie ist versiegt. Warum ist sie nicht größer gewesen!“
„Merkst Du nun, wie kostbar mein Geheimniß war?“

„Beim Propheten, ich merke es! O, Ihr Nemsi seid sehr kluge Leute! Aber erlaube mir, Dich einmal zu verlassen!“
Er erhob sich und verließ das Zimmer. Als er nach einer Weile zurückkehrte, trug er etwas unter seinem Kaftan verborgen. Als er sich gesetzt hatte, zog er es hervor. Es waren – zwei Flaschen. Ich lachte.
„Du hast sie selbst geholt?“ frug ich.
„Kendi – selbst! Diesen Wein, der kein Wein ist, darf Niemand anrühren, außer mir. Ich habe es unten befohlen, und wer von jetzt an die Flasche nur betastet, den lasse ich zu Tode peitschen!“
„Du willst noch trinken?“
„Sollte ich nicht? Ist dieses Getränk nicht köstlich?“
„Aber ich sage Dir, daß dieser Wein erst dann den rechten Geschmack haben wird, wenn er kalt geworden ist.“
„Wie muß er dann schmecken, wenn er jetzt schon so köstlich ist! Preis sei Allah, der Wasser, Rosinen, Zucker und Arzneien wachsen läßt, um das Herz seiner Gläubigen zu erquicken!“
Und er trank, ohne an mich zu denken. Seine Miene drückte die höchste Wonne aus, und als die zweite Flasche leer war, meinte er:
„Freund, Dir kommt Keiner gleich, weder ein Gläubiger noch ein Ungläubiger. Vier Khawassen sind für Dich zu wenig; Du sollst sechs haben!“
„Deine Güte ist groß, o Pascha; ich werde sie zu rühmen wissen!“
„Wirst Du auch erzählen von dem, was ich jetzt getrunken habe?“
„Nein, darüber werde ich schweigen; denn ich werde auch das nicht sagen, was ich getrunken habe.“
„Maschallah, Du hast Recht! Ich trinke, ohne an Dich zu denken. Reiche mir Dein Glas, ich werde diese Flasche noch öffnen.“
Jetzt bekam ich mein Kunstprodukt zu kosten. Es schmeckte genau so, wie ungekühltes Sodawasser mit Rosinenbrühe und Zucker schmecken muß; für den anspruchslosen Gaumen des Pascha mußte es ein Genuß sein.
„Weißt Du,“ sagte er und that wieder einen langen Zug, „daß sechs Khawassen für Dich noch immer zu wenig sind? Du sollst zehn bekommen!“
„Ich danke Dir, o Pascha!“
Wenn das Trinken so fortging, so war ich gezwungen, meine Reise mit einem ganzen Heere von Khawassen anzutreten, und das konnte mir unter Umständen außerordentlich hinderlich werden.
„Also Du gehst durch das Land der Teufelsanbeter,“ berührte er das alte Thema. „Kennst Du ihre Sprache?“
„Es ist die kurdische?“
„Ein kurdischer Dialekt. Es sprechen nur Wenige von ihnen arabisch.“
„Ich kenne ihn nicht.“

„So werde ich Dir einen Dolmetscher mitgeben."
„Vielleicht ist dies unnöthig. Das Kurdische ist dem Persischen verwandt, und dieses verstehe ich."
„Ich verstehe Beides nicht, und Du mußt am besten wissen, ob Du einen Dragoman brauchst. Aber halte Dich in ihrem Lande ja nicht lange auf. Ruhe Dich bei ihnen nicht aus, sondern reite durch ihr Gebiet schnell hindurch."
„Warum?"
„Es könnte Dir sonst etwas Schlimmes passiren."
„Was?"
„Das ist mein Geheimniß. Ich sage Dir nur, daß Dir grad die Schutzwache, welche ich Dir mitgebe, gefährlich werden könnte. Trink!"
Dies war bereits das zweite Geheimniß, welches er berührte.
„Deine Leute können mich nur bis Amadijah begleiten?" frug ich ihn.
„Ja, denn meine Macht reicht nicht weiter."
„Welches Gebiet kommt dann?"
„Das Gebiet der Kurden von Berwari."
„Wie heißt die Hauptstadt derselben?"
„Die Residenz ist das feste Schloß Gumri, auf dem ihr Bey wohnt. Ich werde Dir einen Brief an ihn mitgeben; aber ob das Schreiben eine gute Wirkung hat, das kann ich Dir nicht versprechen. Wie viele Begleiter hast Du?"
„Einen Diener."
„Nur einen? Hast Du gute Pferde?"
„Ja."
„Das ist gut für Dich, denn vom Pferde hängt sehr oft die Freiheit und das Leben des Reiters ab. Und es wäre sehr Schade, wenn Dir ein Unglück geschähe; denn Du warst der Besitzer eines sehr schönen Geheimnisses und hast es mir offenbart. Aber ich will Dir auch dankbar sein. Weißt Du, was ich für Dich thun werde?"
„Was?"
Er trank die Flasche aus und antwortete mit seiner wohlwollendsten Miene:
„Weißt Du, was der Disch-parassi ist?"
„Ich weiß es."
„Nun?"
„Es ist eine Steuer, welche nur Du allein zu fordern hast."
Ich drückte mich hierbei sehr gelinde aus, denn der Disch-parassi, die „Zahnvergütung", ist eine Abgabe an Geld, welche überall erhoben wird, wo der Pascha auf seinen Reisen anhält, und zwar dafür, daß er sich seine Zähne beim Kauen derjenigen Lebensmittel abnutzt, die ihm die betreffenden Einwohner unentgeltlich liefern müssen.
„Du hast es errathen," meinte er. „Ich werde Dir eine Schrift mitgeben, in welcher ich befehle, Dir überall, wohin Du kommst, den Disch-parassi auszuzahlen, grad als ob ich es sei. Wann willst Du abreisen?"

„Morgen früh."
„Warte, ich werde mein Siegel holen, um das Schreiben sogleich ausfertigen zu lassen!"
Er stand auf und verließ das Zimmer. Da der Schwarze ihm die Pfeife nachtragen mußte, so blieb ich allein zurück. Neben dem Pascha hatten einige Papiere gelegen, mit denen er sich vor meinem Erscheinen beschäftigt haben mochte. Schnell griff ich zu und öffnete eines. Es war ein Plan des Tales von Scheikh Adi. Ah! Sollte dieser Plan vielleicht mit seinen Geheimnissen in Verbindung stehen? Ich konnte diesen Gedanken nicht weiter verfolgen, denn der Gouverneur trat wieder ein. Auf seinen Befehl erschien sein Geheimschreiber, welchem er drei Schreiben dictirte: eines an den kurdischen Bey, eines an den Kommandanten der Festung Amadijah und das dritte an alle Ortsoberhäupter und sonstigen Behörden, und darin hieß es, daß ich das Recht habe, den Disch-parassi zu erheben, und die Bewohner meinen Anforderungen grad so entsprechen sollten, als ob der Pascha sie selbst stelle.
Konnte ich mehr verlangen? Der Zweck meiner Anwesenheit in Mossul war über Erwartung vollständig erreicht, und dieses Wunder hatte außer meinem furchtlosen Auftreten nur das kohlensaure Natron erreicht.
„Bist Du mit mir zufrieden?" frug er.
„Unendlich, o Pascha. Deine Güte will mich mit Wohlthaten erdrücken!"
„Danke mir nicht jetzt, sondern später."
„Ich wünsche, daß ich es einst vermag!"
„Du vermagst es!"
„Wodurch?"
„Das kann ich Dir bereits jetzt sagen. Du bist nicht nur ein Hekim, sondern auch ein Offizier."
„Weßhalb vermuthest Du dies?"
„Ein Hekim oder ein Mann, der Bücher schreibt, würde es nicht wagen, mich ohne die Begleitung eines Consuls zu besuchen. Du hast ein Bu-djeruldi des Großherrn, und ich weiß, daß der Padischah zuweilen fremde Offiziere kommen läßt, die seine Länder bereisen müssen, um ihm dann militärischen Bericht zu erstatten. Gestehe es, Du bist ein solcher!"
Diese irrige Ansicht konnte mir nur von Vortheil sein, und es wäre sehr unklug von mir gewesen, sie zu widerlegen. Ich wollte aber auch nicht lügen und darum drechselte ich folgende diplomatische Phrasen:
„Ich kann es nicht gestehen, o Pascha. Wenn Du weißt, daß der Padischah solche fremde Offiziere sendet, so hast Du wohl auch gehört, daß dies meist im Geheimen geschieht. Dürfen sie dieses Geheimniß verrathen?"
„Nein. Ich will Dich gar nicht dazu bereden, aber Du wirst mir dafür dankbar sein. Das ist es, was ich vorhin meinte."
„Womit kann ich Dir meine Dankbarkeit beweisen?"

„Wenn Du aus den Bergen von Kurdistan zurückkehrst, werde ich Dich zu den Arabern von Schammar senden, besonders zu den Haddedihn. Du sollst ihre Gebiete bereisen und mir dann melden, wie ich sie besiegen kann."
„Ah!"
„Ja. Dir wird dies leichter werden, als einem meiner Leute. Ich weiß, daß die Offiziere der Franken klüger sind, als die unsrigen, obgleich ich selbst ein Oberst gewesen bin und dem Padischah große Dienste geleistet habe. Ich würde Dich ersuchen, Dir die Gegenden der Dschesidi anzusehen; aber dazu ist es schon zu spät. Ich habe von ihnen bereits das, was ich brauche."
Diese Worte gaben mir die Überzeugung, daß ich vorhin ganz richtig vermuthet hatte. Die in Kufjundschik versammelten Truppen standen bereit, über die Teufelsanbeter herzufallen. Er fuhr fort:
„Du wirst ihr Gebiet sehr schnell durchreisen und nicht etwa warten bis zu dem Tage, an welchem sie ihr großes Fest feiern."
„Welches Fest?"
„Das Fest ihres Heiligen; es wird am Grabe ihres Scheik Adi gefeiert. Hier hast Du Deine Schreiben. Allah sei bei Dir! Zu welcher Zeit wirst Du morgen früh die Stadt verlassen?"
„Zur Zeit des ersten Gebetes."
„Die zehn Khawassen sollen dann in Deiner Wohnung sein."
„Herr, ich habe an Zweien genug."
„Das verstehst Du nicht. Zehn sind besser als Zwei; das merke Dir. Du sollst fünf Arnauten und fünf Baschi erhalten. Kehre bald zurück und vergiß nicht, daß ich Dir meine Liebe geschenkt habe!"
Er gab mir das Zeichen der Entlassung, und ich ging erhobenen Hauptes aus dem Hause, welches ich vor einigen Stunden als halber Gefangener betreten hatte. Als ich meine Wohnung erreichte, fand ich Halef in Waffen.
„Preis sei Allah, daß Du kommst, Sihdi!" begrüßte er mich. „Wärst Du beim Untergang der Sonne noch nicht hier gewesen, so hätte ich mein Wort gehalten und den Pascha erschossen!"
„Das muß ich mir verbitten; der Pascha ist mein Freund!"
„Dein Freund? Wie kann der Tiger der Freund des Menschen sein!"
„Ich habe ihn gezähmt."
„Maschallah! Dann hast Du ein Wunder gethan. Wie ist dies gekommen?"
„Es ging leichter, als ich ahnen konnte. Wir stehen unter seinem Schutze und werden zehn Khawassen erhalten, die uns begleiten."
„Das ist gut!"
„Vielleicht auch nicht! Außerdem hat er mir Empfehlungsbriefe gegeben und das Recht, den Disch-parassi zu erheben."
„Allah akbar, so bist Du ja auch Pascha geworden! Aber sage, Sihdi, wer hat zu gehorchen: ich den Khawassen oder sie mir?"

„Sie Dir, denn Du bist nicht ein Diener, sondern Hadschi Halef Omar Agha, mein Begleiter und Beschützer."

„Das ist gut, und ich sage Dir, daß sie mich kennen lernen sollen, wenn es ihnen einfällt, mir die Achtung zu verweigern!"

Der Gouverneur hielt Wort. Als Halef am nächsten Morgen mit dem Grauen des Tages sich erhob und den Kopf zur Thüre hinaussteckte, wurde er von zehn Männern begrüßt, welche zu Pferde vor derselben hielten. Er weckte mich sofort, und ich beeilte mich natürlich, meine Herren Beschützer in Augenschein zu nehmen.

Es waren, wie der Pascha versprochen hatte, fünf Arnauten und fünf Baschi-Bozuks. Letztere trugen die gewöhnliche Kleidung des türkischen Militärs. Die Arnauten hatten purpurne Sammetoberwesten, grüne, mit Sammet besetzte Unterwesten, breite Schärpen, rothe Beinkleider mit metallenen Schienen, rothe Turbans und trugen so viele Waffen an sich, daß man mit ihren Messern und Pistolen eine dreimal zahlreichere Schaar hätte bewaffnen können. Die Baschi-Bozuks wurden von einem alten Buluk Emini und die Arnauten von einem wild blickenden Onbaschi kommandiert.

Der Buluk Emini schien ein Original zu sein. Er ritt kein Pferd, sondern einen Esel, und trug das Zeichen seiner Würde – ein ungeheures Tintenfaß – an einem Riemen um den Hals. In seinem Turban staken einige Dutzend Schreibfedern. Er war ein kleines, dickes Männchen, dem die Nase fehlte; desto größer aber war der Schnurrbart, der ihm an der Oberlippe herabhing. Seine Wangen sahen fast blau aus und waren so fleischig, daß die Haut kaum zu langen schien, und für die Augen blieb nur so viel Raum zum Öffnen übrig, als nothwendig war, einen kleinen Lichtstrahl in das Gehirn des Mannes gelangen zu lassen.

Ich gab Halef eine Flasche voll Raki und befahl ihm, diese tapferen Helden damit zu begrüßen. Er trat hinaus zu ihnen, und ich stellte mich so, daß ich den Vorgang beobachten konnte.

„Sabahiniz chajir – guten Morgen, ihr wackeren Streiter! Seid uns willkommen!"

„Sabahiniz chajir – guten Morgen!" erwiederten Alle zugleich.

„Ihr seid gekommen, den berühmten Kara Ben Nemsi auf seiner Reise zu begleiten?"

„Der Pascha sendet uns zu diesem Zweck."

„So will ich Euch sagen, daß mein Name Hadschi Agha Halef Omar Ben Hadschi Abul Abbas Ibn Hadschi Dawud al Gossarah ist; ich bin der Reisemarschall und Agha dessen, den Ihr begleiten sollt, und Ihr habt also meinen Weisungen Gehorsam zu leisten. Wie lautet der Befehl, den Euch der Pascha gegeben hat?"

Der Buluk Emini antwortete, und zwar mit einer solchen Fistelstimme, daß es klang, als höre man eine alte, eingerostete F-Trompete blasen:

„Ich bin Buluk Emini des Padischah, den Allah segnen möge, und heiße Ifra. Merke Dir diesen Namen! Der Pascha, dessen treuester Diener ich bin, hat mir dieses Tintenfaß und diese Federn nebst vielem Papier gegeben, um Alles aufzuschreiben, was Euch und uns begegnet. Ich bin der tapfere Führer dieser Leute und werde Euch beweisen, daß – – –"

„Schweig, Eschekun-atli!“ unterbrach ihn der Onbaschi, indem er sich den gewaltigen Bart strich. „Was bist Du? Unser Anführer? Du Zwerg! Du Herr des Tintenfasses und der Gänse, von denen Deine Federn sind! Das bist Du, aber weiter nichts!“
„Was? Ich bin Buluk Emini und heiße Ifra. Meine Tapferkeit – – –“
„Schweig, sage ich Dir! Deine Tapferkeit wächst in den Füßen Deines Esels, den Allah verbrennen möge; denn diese Creatur hat die armselige Angewohnheit, des Tages durchzugehen und des Nachts den Himmel anzubrüllen. Wir kennen Dich und Deinen Esel, aber dennoch ist es sehr ungewiß, wer von Euch der Buluk Emini und wer der Esel ist!“
„Wahre Deine Zunge, Onbaschi! Weißt Du nicht, daß ich so tapfer bin, daß ich mich im Kampfe sogar dahin gewagt habe, wo man die Nasen abhaut? Blicke meine Nase an, die leider nicht mehr vorhanden ist, und Du wirst staunen über die Verwegenheit, mit welcher ich gefochten habe! Oder weißt Du etwa die Geschichte nicht, die Geschichte von dem Verluste meiner Nase? So höre! Es war damals, als wir vor Sebastopol gegen die Moskows kämpften; da stand ich im dichtesten Schlachtgewühle und erhob soeben meinen Arm, um – – –“
„Schweig! Deine Geschichte hat man bereits tausendmal gehört!“ – Und sich zu Halef wendend, fuhr er fort: „Ich bin der Onbaschi Ular Ali. Wir haben gehört, daß der Emir Kara Ben Nemsi ein tapferer Mann ist, und das gefällt uns; wir haben ferner gehört, daß er sich unserer Aghas angenommen hat, und das gefällt uns noch mehr. Wir werden ihn beschützen und ihm dienen, und er soll mit uns zufrieden sein!“
„So frage ich noch einmal, welche Befehle Euch der Pascha gegeben hat.“
„Er hat uns befohlen, dafür zu sorgen, daß der Emir wie der beste Freund, wie der Bruder des Pascha aufgenommen werde.“
„So werden wir überall unentgeltlich Obdach und Nahrung erhalten?“
„Alles, was Ihr braucht, und auch wir.“
„Hat er Euch auch gesagt von dem Disch-parassi?“
„Ja.“
„Der wird in barem Gelde einkassirt?“
„Ja.“
„Wie hoch beläuft er sich?“
„So hoch, wie der Emir es will.“
„Allah segne den Pascha! Sein Verstand ist hell wie die Sonne, und seine Weisheit erleuchtet die Welt. Ihr sollt es gut haben bei uns. Seid Ihr ganz bereit, die Reise anzutreten?“
„Ja.“
„Habt Ihr zu essen?“
„Für einen Tag.“
„Aber keine Zelte!“

„Wir brauchen keine, denn wir werden an jedem Abend eine gute Wohnung bekommen."
„Wißt Ihr, daß wir durch das Land der Dschesidi gehen werden?"
„Wir wissen es."
„Fürchtet Ihr Euch vor den Teufelsanbetern?"
„Fürchten? Agha Halef Omar, hast Du vielleicht einmal gehört, daß ein Arnaute sich gefürchtet hat? Oder ist vielleicht ein Merd-es-Scheïtan, ein Mann des Teufels, der Scheïtan selbst? Sage dem Emir, daß wir bereit sind, ihn zu empfangen!"
Nach einer Weile ließ ich mein Pferd vorführen und trat hinaus. Die zehn Mann standen in Achtung vor mir, ein Jeder bei dem Kopfe seines Pferdes. Ich nickte nur, stieg auf und winkte, mir zu folgen. Der kleine Trupp setzte sich in Bewegung.
Wir ritten über die Schiffbrücke hinüber und befanden uns dann am linken Ufer des Tigris außerhalb der Stadt Mossul. Dort erst rief ich den Onbaschi an meine Seite und frug ihn:
„Wem dienst Du jetzt, mir oder dem Pascha?"
„Dir, o Emir."
„Ich bin mit Dir zufrieden. Schicke mir den Buluk Emini her."
Er ritt zurück, und dann kam der kleine Dicke.
„Dein Name ist Ifra? Ich habe gehört, daß Du ein tapferer Krieger bist."
„Sehr tapfer!" versicherte er mit seiner Trompetenstimme.
„Du kannst schreiben?"
„Sehr gut, sehr schön, o Emir!"
„Wo hast Du gedient und gekämpft?"
„In allen Ländern der Erde."
„Ah! Nenne mir diese Länder."
„Wozu, Emir? Es würden mehr als tausend Namen sein!"
„So mußt Du ein sehr berühmter Buluk Emini sein."
„Sehr berühmt! Hast Du noch nichts von mir gehört?"
„Nein."
„So bist Du sicher in Deinem Leben noch nicht aus dem Lande fortgekommen, sonst hättest Du von meinem Ruhme gehört. Ich muß Dir zum Beispiel einmal erzählen, wie ich um meine Nase gekommen bin. Das war nämlich damals, als wir vor Sebastopol gegen die Moskows kämpften; da stand ich im dichtesten Kampfgewühle und erhob grad meinen Arm – – –"
Er wurde unterbrochen. Mein Rappe konnte jedenfalls den Geruch des Esels nicht ertragen; er schnaubte zornig, sträubte die Mähne und biß nach dem Grauen des Buluk Emini. Der Esel erhob sich vorn, um dem Bisse auszuweichen, drehte sich dann zur Seite und riß aus – ja, es war keine Flucht, sondern ein wirkliches Ausreißen. Es ging über Stock und Stein, uns voran; der kleine Buluk Emini konnte sich kaum auf dem Rücken des Esels erhalten, und bald waren Beide aus unsern Augen verschwunden.

„So geht es ihm stets!“ hörte ich den Onbaschi zu Halef sagen.
„Wir müssen ihm nach,“ antwortete dieser; „sonst verlieren wir ihn.“
„Den?“ lachte der Arnaut. „Es wäre nicht Schade um ihn. Aber sorge Dich nicht! Es ist ihm schon tausendmal passirt, und niemals ging er verloren.“
„Aber warum reitet er diese Bestie?“
„Er muß.“
„Muß? Warum?“
„Der Jüsbaschi will es. Er macht sich einen Spaß mit Ifra und dem Esel.“
Als wir zwischen Kufjundschik und dem Kloster des heiligen Georg hindurch waren, sahen wir den Buluk Emini vor uns halten. Er ließ mich herankommen und rief bereits von Weitem:
„Herr, hast Du vielleicht geglaubt, daß der Esel mit mir durchgegangen ist?“
„Ich bin überzeugt davon.“
„Du irrst, Emir! Ich bin nur vorausgeritten, um den Weg zu untersuchen, den wir reiten werden. Gehen wir den Khausser entlang, oder reiten wir den gewöhnlichen Weg?“
„Wir bleiben auf dem Pfade.“
„So erlaube mir, daß ich Dir meine Geschichte später erzähle. Ich werde Euch jetzt als Wegweiser dienen.“
Er ritt voran. Der Khausser ist ein Bach oder Flüßchen, welches an den nördlichen Ausläufern des Dschebel Maklub entspringt und auf seinem Laufe nach Mossul die Ländereien zahlreicher Dörfer bewässert. Wir ritten auf einer kleinen Brücke über ihn hinweg und hatten ihn dann stets zu unserer linken Seite. Die Ruinen und das Dorf von Khorsabad liegen ungefähr sieben Wegstunden nördlich von Mossul. Die Gegend besteht aus Marschboden, aus welchem giftige Fieberdünste emporsteigen. Wir eilten, unser Ziel zu erreichen, hatten aber wohl noch eine gute Wegstunde vor uns, als uns ein Trupp von vielleicht fünfzig Arnauten entgegen kam. An der Spitze ritten einige Offiziere, und in der Mitte sah ich die weiße Kleidung eines Arabers. Näher gekommen, erkannte ich – – den Scheik Mohammed Emin.
O wehe! Er war in die Hände dieser Leute gefallen, er, der Feind des Pascha, der bereits dessen Sohn gefangen genommen und nach Amadija geschickt hatte. Jetzt fragte es sich vor allen Dingen, ob er sich gewehrt hatte; doch konnte ich keinen einzigen Verwundeten entdecken. Hatten sie ihn vielleicht im Schlafe überrumpelt? Ich mußte Alles aufbieten, ihn aus dieser gefährlichen Gesellschaft zu bringen. Daher blieb ich mitten im Wege halten und ließ den Trupp herankommen.
Meine Begleitung stieg vom Pferde, um sich zur Seite des Weges auf den Boden zu werfen. Halef und ich blieben zu Pferde. Der Anführer trennte sich von den Andern und kam uns in scharfem Trabe entgegen geritten. Hart vor mir parirte er sein Pferd und frug, ohne die am Boden Liegenden zu beachten:
„Sallam! Wer bist Du?“
„Aaleïkum! Ich bin ein Emir aus dem Westen.“

„Von welchem Stamme?"
„Vom Volke der Nemsi."
„Wohin willst Du?"
„Nach dem Osten."
„Zu wem?"
„Überall hin!"
„Mann, Du antwortest sehr kurz! Weißt Du, was ich bin?"
„Ich sehe es."
„So antworte besser! Mit welchem Rechte reisest Du hier?"
„Mit demselben Rechte, mit welchem Du hier reitest!"
„Tallahi, bei Gott, Du bist sehr kühn! Ich reite hier auf Befehl des Mutessarif von Mossul; das kannst Du Dir denken!"
„Und ich reise hier auf Befehl des Mutessarif von Mossul und des Padischah von Konstantinopel; das kannst Du Dir denken!"
Er öffnete die Augen ein wenig mehr und befahl mir dann:
„Beweise es!"
„Hier!"
Ich gab ihm meine Legitimationen. Er öffnete sie unter den vorgeschriebenen Formalitäten und las sie dann. Darauf faltete er sie sorgfältig wieder zusammen, gab sie mir zurück und meinte dann in sehr höflichem Tone:
„Du trägst selbst die Schuld, daß ich streng zu Dir sprach. Du sahst, wer ich bin, und hättest mir höflicher antworten sollen!"
„Du trägst selbst die Schuld, daß dies nicht geschehen ist," antwortete ich ihm. „Du sahst meine Begleitung, die mich als einen Mann legitimirt, welcher sich der Freundschaft des Mutessarif erfreut, und hättest höflicher fragen sollen! Aghaja benden tschok selam ejle; sabahnitz chajir ola – grüße Deinen Herrn sehr viele Male von mir; guten Morgen!"
„Basch üstüne sultanum – zu Befehl, mein Herr!" antwortete er.
Ich wandte mich weiter. Es war meine Absicht gewesen, etwas zur Befreiung von Mohammed Emin zu thun, hatte aber gleich beim Anfange des Gespräches mit dem Offizier bemerkt, daß dies unnöthig sei. Die Begleitung desselben war etwas rückwärts hinter ihm halten geblieben und hielt ihre Augen mehr auf mich als auf ihren Gefangenen gerichtet. Dieser machte sich diesen Umstand sofort zu Nutzen. Er war nur leicht gefesselt und saß auf einem schlechten türkischen Pferde. Im letzten Gliede des Trupps aber führte man sein vortreffliches Thier, an dessen Sattel alle seine Waffen hingen. Ich bemerkte seine glücklichen Bemühungen, sich die Hände frei zu machen, und grad in dem Augenblicke, an welchem ich das Gespräch abbrach, warf er sich mit den Füßen auf den Rücken seines Thieres.
„Halef, aufgepaßt!" raunte ich dem Diener zu, welcher ebenso aufmerksam beobachtet hatte, wie ich selbst.
„Zwischen sie und ihn hinein, Sihdi!" antwortete er mir.

Er hatte mich also sofort verstanden. Jetzt wagte der Haddedihn einige kühne Sprünge von Croupe zu Croupe der hinter ihm haltenden Pferde, deren Reiter sich einer solchen Verwegenheit gar nicht versehen hatten, und ehe sie ihn noch zu fassen vermochten, hatte er seinen eigenen Renner erreicht, saß im Sattel, riß den Zügel aus der Hand dessen, der denselben hielt, und jagte seitwärts von dannen, nicht den Weg hinauf oder hinab, sondern stracks auf das Flüßchen zu.
Ein vielstimmiger Schrei der Überraschung und des Grimmes erscholl hinter ihm.
„Dein Gefangener flieht," rief ich dem Anführer zu; „laß uns ihm nachjagen!"
Zu gleicher Zeit zog ich mein Pferd herum und sprengte dem Flüchtigen nach. Halef hielt sich an meiner Seite.
„Nicht so nahe bei mir, Halef! Weiter ab! Reite so, daß sie nicht schießen können, ohne uns zu treffen!"
Es war eine scharfe, wilde Jagd, welche jetzt begann. Zum Glück dachten die Verfolger zunächst nur daran, Mohammed Emin einzuholen, und als sie sahen, daß sein Pferd den ihrigen überlegen sei, und zu den Waffen griffen, war der Vorsprung, welchen er gewonnen hatte, bereits zu groß geworden. Auch waren ihre Schießgewehre nicht gut zu gebrauchen, da ich mit Halef nicht in gerader Linie vor ihnen her, sondern in einem kurzen Zickzack ritt und dabei mir alle mögliche Mühe gab, mein Pferd als störrisch zu zeigen. Bald blieb es stehen und bockte, dann schnellte es davon, warf sich mitten im Laufe zur Seite, drehte sich auf den Hinterfüßen um seine eigene Achse, schoß eine Strecke weit nach rechts oder links und schwenkte dann in haarscharfer Drehung in die rechte Richtung ein. Halef that ganz dasselbe, und so kam es, daß die Türken nicht schießen konnten, aus Furcht, uns zu treffen.
Der Haddedihn hatte sein Pferd furchtlos in die Fluthen des Khausser getrieben. Er kam glücklich hinüber, und ich mit Halef auch; aber ehe es den Anderen gelang, uns dies nachzuthun, hatten sie uns einen bedeutenden Vorsprung gelassen. So flogen wir auf unsern guten Thieren vorwärts, immer nach Nordwesten zu, bis wir ungefähr zwei Wegstunden zurückgelegt hatten und auf die Straße trafen, welche von Mossul über Telkeïf direkt nach Raban Hormuzd führt und ganz parallel derjenigen zieht, auf welcher wir vorhin Khorsabad, Dscheraijah und Baadri erreichen wollten. Erst hier hielt der Haddedihn sein Pferd an. Er sah nur uns Beide, denn die Andern waren längst hinter dem Horizonte verschwunden.
„Preis sei Gott!" rief er. „Effendi, ich danke Dir, daß Du ihnen die Hände von den Flinten genommen hast! Was thun wir nun, damit sie uns verlieren?"
„Wie bist Du in ihre Hände gekommen, Scheik?" frug der kleine Halef.
„Das wird er uns später sagen; jetzt ist keine Zeit dazu," antwortete ich. „Mohammed Emin, kennst Du das sumpfige Land, welches zwischen dem Tigris und dem Dschebel Maklub liegt?"
„Ich bin einmal durch dasselbe geritten."
„In welcher Richtung?"

„Von Baascheika und Baazani über Ras al Aïn nach Dohuk hinüber."
„Ist der Sumpf gefährlich?"
„Nein."
„Seht Ihr dort im Nordost jene Höhe, welche man vielleicht in drei Stunden erreichen kann?"
„Wir sehen sie."
„Dort werden wir wieder zusammentreffen, denn hier müssen wir uns trennen. Die Straße dürfen wir nicht verfolgen, denn sonst würde man uns sehen und unsere Richtung errathen. Wir müssen in den Sumpf, und zwar einzeln, damit die Verfolger, wenn sie doch hierher kommen sollten, nicht wissen, welcher Spur sie zu folgen haben."
„Aber unsere Arnauten und Baschi-Bozuks, Sihdi?" frug Halef.
„Die gehen uns jetzt nichts an. Sie sind uns überhaupt mehr hinderlich als förderlich; sie bringen mir keinen größern Schutz als den, welchen mir meine Pässe und Briefe gewähren. Halef, Du gehst hier ab und behältst die südlichste Linie; ich werde in der Mitte reiten, und der Scheik bleibt im Norden: – Jeder wenigstens eine halbe Wegstunde von dem Andern."
Beide trennten sich von mir, und auch ich bog von dem gebahnten Wege ab und in den Sumpf hinein, der allerdings nicht die Eigenschaften eines wirklichen Morastes hatte. Die Gefährten entschwanden meinem Auge, und ich strebte einsam dem Ziele zu, welches wir uns gesteckt hatten.
Bereits seit Tagen befand ich mich in einem Zustande der Spannung, wie ich ihn seit langer Zeit nicht an mir bemerkt hatte. Es gibt kein Land der Erde, welches so zahlreiche und hohe Räthsel birgt, wie der Boden, welchen die Hufe meines Pferdes berührten. Auch ganz abgesehen von den Ruinen des assyrischen und babylonischen Reiches, welche hier bei jedem Schritte zu sehen sind, tauchten jetzt vor mir die Berge auf, deren Abhänge und Thäler von Menschen bewohnt werden, deren Nationalität und Religion nur mit der größten Schwierigkeit zu entwirren sind. Lichtverlöscher, Feueranbeter, Teufelsanbeter, Nestorianer, Chaldäer, Nahumiten, Sunniten, Schiiten, Nadschijeten, Ghollaten, Rewafidhiten, Muatazileten, Wachabiten, Araber, Juden, Türken, Armenier, Syrer, Drusen, Maroniten, Kurden, Perser, Turkmenen: – ein Angehöriger dieser Nationen, Stämme und Sekten kann Einem bei jedem Schritte begegnen, und wer kennt die Fehler und Verstöße, welche ein Fremder bei einer solchen Gelegenheit begehen kann! Diese Berge rauchen noch heute von dem Blute derjenigen, welche dem Völkerhasse, dem wildesten Fanatismus, der Eroberungssucht, der politischen Treulosigkeit, der Raublust oder der Blutrache zum Opfer fielen. Hier hangen die menschlichen Wohnungen an den Felsenhöhen und Steinklüften, wie die Horste des Geiers, der stets bereit ist, sich auf die ahnungslose Beute niederzustürzen. Hier hat das System der Unterdrückung, der rücksichtslosen Aussaugung jene ingrimmige Verbitterung erzeugt, welche kaum noch zwischen Freund und Feind unterscheiden mag, und das Wort der versöhnenden Liebe, welches von den christlichen Sendboten

gepredigt wurde, es ist in alle Winde verschollen. Mögen amerikanische Missionäre von Erfolgen reden: – der Acker ist nicht zubereitet, das Senfkorn aufzunehmen. Mögen andere Gottesmänner Alles thun und wagen: – in den kurdischen Bergen fließen die feindseligsten Strömungen zu einem wilden Strudel zusammen, der erst dann zur Ruhe kommen kann, wenn es einer gewaltigen Faust gelingt, die Klippen zu zermalmen, den Haß zu bezwingen und dem häßlichen, leise schleichenden Blutschacher den Kopf zu zertreten. Dann werden die Wege frei sein für die Füße derjenigen, welche „den Frieden predigen und das Heil verkündigen". Dann wird kein Bewohner jener Berge mehr sagen können: „Ich bin ein Christ geworden, weil ich sonst von dem Agha die Bastonnade erhalten hätte." Und dieser Agha war – ein strenger Muhammedaner.

Der Berg rückte mir näher und näher, oder vielmehr ich ihm. Der Boden war zwar leicht und feucht, aber es gab nur wenige Stellen, an denen die Hufe meines Pferdes beträchtlich eingesunken wären, und endlich kam trockenes Land. Die Fiebergegend des Tigris lag hinter mir. Jetzt sah ich rechts von mir einen Reiter und erkannte sehr bald Halef, mit dem ich mich in kurzer Zeit vereinigte.

„Ist Dir Jemand begegnet?" frug ich ihn.

„Nein, Sihdi."

„Es hat Dich Niemand gesehen?"

„Kein Mensch. Nur weit im Süden sah ich auf dem Wege, den wir verlassen haben, einen kleinen Menschen laufen, der ein Thier hinter sich herzog. Ich konnte ihn aber nicht genau erkennen."

„Kannst Du den dort erkennen?"

„O Sihdi, das ist kein Anderer als der Scheik!"

„Ja, es ist Mohammed Emin. In zehn Minuten wird er bei uns sein."

So war es auch. Er erkannte uns und ritt in Eile herbei.

„Was nun, Effendi?" frug er mich.

„Das wird sich ganz nach dem richten, was Du erfahren hast. Bist Du vielleicht bemerkt worden?"

„Nein. Nur ein Schäfer trieb in weiter Entfernung seine Heerde an mir vorüber."

„Wie wurdest Du gefangen?"

„Du hattest mich nach den Ruinen von Khorsabad bestellt. Bis heute morgen verbarg ich mich in dem südlichen Theile derselben, dann aber postirte ich mich dem Wege näher, um Dich kommen zu sehen. Hier wurde ich von den Soldaten gesehen und umzingelt. Ich konnte mich nicht wehren, weil es ihrer zu Viele waren, und weßhalb sie mich gefangen nahmen, das weiß ich nicht."

„Fragten sie Dich nach Deinem Stamm und Deinem Namen?"

„Ja; aber ich habe sie falsch berichtet."

„Diese Leute sind unerfahren. Ein Araber hätte Dich an Deiner Tättowirung erkannt. Sie nahmen Dich gefangen, weil in den Ruinen von Kufjundschik die Truppen des Pascha liegen, welche bestimmt sind, gegen die Schammar zu ziehen."

Er erschrak und hielt sein Pferd an.
„Gegen die Schammar? Allah helfe uns; da muß ich sofort umkehren!“
„Das ist nicht nöthig. Ich kenne den Plan des Gouverneurs.“
„Welches ist dieser Plan?“
„Der Zug gegen die Schammar ist für jetzt nur eine Maske. Der Mutessarif will zunächst die Dschesidi überfallen. Diese sollen das nicht ahnen, und daher gibt er vor, gegen die Schammar ziehen zu wollen.“
„Weißt Du dies genau?“
„Ganz genau, denn ich habe mit ihm selbst gesprochen. Ich soll zurückkommen und ihm die Weideplätze der Schammar auskundschaften.“
„Aber wenn er mit den Dschesidi schnell fertig wird, so benutzt er sicher die Gelegenheit, sein Heer sofort auch gegen die Schammar zu schicken.“
„Er wird mit den Dschesidi nicht so schnell fertig werden; darauf kannst Du Dich verlassen. Und dann ist die kurze Frühlingszeit vorüber.“
„Maschallah, was hat der Frühling mit diesem Kriege zu thun, Effendi?“
„Sehr viel. Sobald die heißen Tage kommen, verdorren die Pflanzen, und die Ebene trocknet aus. Die Bedawi ziehen sich mit ihren Heerden nach den Bergen des Schammar oder des Sindschar zurück, und das Heer des Gouverneurs müßte elend verschmachten.“
„Du hast Recht, Effendi. So wollen wir unsern Weg getrost fortsetzen; aber ich kenne ihn nicht.“
„Wir haben rechts die Straße nach Ain Sifni, links den Weg nach Dscherraijah und Baadri. Bis Baadri aber darf man uns nicht sehen, und so wird es zweckmäßig sein, uns immer am Ufer des Khausser zu halten. Haben wir Dscherraijah hinter uns, so brauchen wir uns nicht mehr zu verbergen.“
„Wie weit haben wir bis Baadri?“
„Drei Stunden.“
„Herr, Du bist ein großer Emir. Du bist aus einem weit entfernten Lande und kennst diese Gegend besser als ich!“
„Wir wollen nach Amadijah, und ich habe mich genau nach der Gegend erkundigt, durch welche wir reisen müssen. Das ist alles! Jetzt aber vorwärts!“
Obgleich die beiden Wege, welche wir vermeiden wollten, kaum eine halbe Stunde von einander entfernt lagen, glückte es uns doch, unbemerkt zu bleiben. Sahen wir rechts Leute kommen, so ritten wir nach links hinüber, und erblickten wir links Menschen, so hielten wir uns nach rechts. Natürlich leistete mir mein Fernrohr dabei die wichtigsten Dienste, und nur ihm allein hatten wir es zu verdanken, daß wir uns endlich beim Anblick von Baadri sicher fühlen konnten.
Wir waren nun beinahe zehn Stunden lang im Sattel gewesen und also ziemlich müde, als wir die Hügelreihe erreichten, an deren Fuß das Dorf lag, welches der Wohnplatz des geistlichen Oberhauptes der Teufelsanbeter, sowie des weltlichen Oberhauptes des Stammes war. Ich frug den ersten Mann, welcher mir begegnete, nach dem Namen des

Bey. Er sah mich verlegen an. Ich hatte ganz außer Acht gelassen, daß die Dschesidi meist nicht arabisch reden.
„Bey nidsche demar – wie heißt der Bey?“ frug ich türkisch.
„Ali Bey,“ antwortete er mir.
„Ol nerde oturar – wo wohnt er?“
„Gel, seni götirim – komm, ich werde Dich führen!“
Er führte uns bis an ein großes, aus Steinen aufgeführtes Gebäude.
„Itscherde otur – da drinnen wohnt er,“ sagte der Mann; dann entfernte er sich wieder.
Das Dorf war außerordentlich belebt. Ich bemerkte außer den Häusern und Hütten auch eine Menge Zelte, vor denen Pferde oder Esel angebunden waren, und zwischen ihnen bewegte sich eine zahlreiche Menschenmenge hin und her. Diese war so bedeutend, daß unser Kommen gar nicht aufzufallen schien.
„Sihdi, schau hierher!“ sagte Halef. „Kennst Du den?“
Er zeigte auf einen Esel, welcher am Eingange des Hauses angebunden war. Wahrhaftig, es war der Esel unsers dicken Buluk Emini! Ich stieg ab und trat ein. Da scholl mir die dünne Fistelstimme des tapfern Ifra entgegen:
„Und Du willst mir wirklich keine andere Wohnung geben?“
„Ich habe keine andere,“ antwortete eine andere Stimme in sehr trockenem Tone.
„Du bist der Kiajah; Du mußt eine andere schaffen!“
„Ich habe Dir bereits gesagt, daß ich keine andere habe. Das Dorf ist voll von Pilgern; es ist kein Platz mehr leer. Warum führt Dein Effendi nicht ein Zelt bei sich?“
„Mein Effendi? Ein Emir ist er, ein großer Bey, der berühmter ist, als alle Dschesidenfürsten im Gebirge!“
„Wo ist er?“
„Er wird nachkommen. Er will erst einen Gefangenen fangen.“
„Einen Gefangenen fangen? Bist Du toll?“
„Einen entflohenen Gefangenen.“
„Ach so!“
„Er hat einen Firman des Großherrn, einen Firman el Onsul, einen Firman und viele Briefe des Mutessarif, und hier ist auch meine Bescheinigung.“
„Er mag selbst kommen!“
„Was? Er hat den Disch-parassi, und Du sagst, er möge selbst kommen! Ich werde mit dem Scheik sprechen!“
„Der ist nicht hier.“
„So rede ich mit dem Bey!“
„Gehe hinein zu ihm!“
„Ja, ich werde gehen. Ich bin ein Buluk Emini des Großherrn, habe fünfunddreißig Piaster Monatssold und brauche mich vor keinem Kiajah zu fürchten. Hörst Du es?“
„Ja. Fünfunddreißig Piaster für den Monat!“ klang es beinahe lustig. „Was bekommst Du noch?“

„Was noch? Höre es! Zwei Pfund Brot, siebzehn Loth Fleisch, drei Loth Butter, fünf Loth Reis, ein Loth Salz und anderthalb Loth Zuthaten täglich, außerdem auch noch Seife, Öl und Stiefelschmiere. Verstehst Du mich? Und wenn Du über meine Nase lachst, die ich nicht mehr habe, so werde ich Dir erzählen, wie sie mir abhanden gekommen ist! Das war damals, als wir vor Sebastopol standen; ich befand mich im dicksten Kugelregen, und – – –“

„Ich habe keine Zeit, Dich anzuhören. Soll ich es dem Bey sagen, daß Du mit ihm reden willst?“

„Sage es ihm. Doch vergiß nicht, zu erwähnen, daß ich mich nicht abweisen lasse!“

Meine Person war also der Gegenstand dieser lauten Unterhaltung. Ich trat ein, Mohammed Emin und Halef hinter mir. Der Kiajah stand eben im Begriff, eine Thüre zu öffnen, drehte sich aber bei unserem Erscheinen um.

„Da kommt der Emir selbst,“ meinte Ifra. „Er wird Dir zeigen, wem Du zu gehorchen hast!“

Ich wandte mich zunächst zu dem Buluk Emini:

„Du hier! Wie kommst Du so ganz allein nach Baadri?“

Sein Gesicht zeigte eine kleine Verlegenheit, doch blieb er mir die Antwort nicht schuldig:

„Habe ich Dir nicht gesagt, daß ich voranreiten würde, Excellenz?“

„Wo sind die andern?“

„Iflemisch – verschwunden, verduftet, weggeblasen!“

„Wohin?“

„Ich weiß es nicht, Hoheit.“

„Du mußt es doch gesehen haben!“

„Nur ein wenig. Als der Gefangene entfloh, jagten Alle hinter ihm her, auch meine Leute und die Arnauten.“

„Warum Du nicht?“

„Benim eschek – mein Esel wollte nicht, Herr. Und außerdem mußte ich doch nach Baadri, um Dir Quartier zu machen.“

„Hast Du den entflohenen Gefangenen genau angesehen?“

„Wie konnte ich? Ich lag ja mit dem Angesicht zur Erde, und als ich mich erhob, um der Jagd zu folgen, war er bereits weit fort.“

Dies war mir sehr lieb, der Sicherheit Mohammed Emin's wegen.

„Werden die Andern bald nachkommen?“

„Wer weiß es! Allah ist unerforschlich; er führt den Gläubigen dahin und dorthin, nach rechts und nach links, wie es ihm gefällt, denn die Wege des Menschen sind im Kitab takdirün, in dem Buche der Vorsehung, verzeichnet.“

„Ist Ali Bey hier?“ frug ich jetzt den Dorfältesten.

„Ja.“

„Wo?“

„Bu kapu escheri – hinter dieser Thüre."
„Ist er allein?"
„Ja."
„Sage ihm, daß wir ihn sprechen wollen!"
Während er in das andere Gemach ging, stieß Ifra den kleinen Halef in die Seite und sagte leise, nach Mohammed Emin blinzelnd:
„Wer ist dieser Araber?"
„Ein Scheik."
„Wo kommt er her?"
„Wir haben ihn gefunden. Er ist ein Freund meines Sihdi und wird jetzt bei uns bleiben."
„Wer tschok Bakschischler – gibt er viele Trinkgelder?"
„Bu kadar- so viel!" meinte Halef, indem er alle zehn Finger emporstreckte.
Das war dem guten Buluk Emini genug, wie ich seiner vor Zufriedenheit strahlenden Miene anmerkte. Jetzt öffnete sich die Thüre, und der Dorfälteste kehrte zurück. Hinter ihm erschien ein junger Mann von sehr schöner Gestalt. Er war hoch und schlank gewachsen, hatte regelmäßige Gesichtszüge und ein Paar Augen, deren Feuer überraschend war. Er trug eine fein gestickte Hose, ein reiches Jäckchen und einen Turban, unter welchem eine Fülle der prächtigsten Locken hervorquoll. In seinem Gürtel befand sich nur ein Messer, dessen Griff von sehr kunstvoller Arbeit war.
„Chosch geldin demek – seid willkommen!" sagte er, indem er zunächst mir, dann dem Scheik und endlich auch Halef die Hand reichte. Den Baschi-Bozuk aber schien er gar nicht zu bemerken.
„Mazal bujurum sultanum – vergib mir, Herr, daß ich Dein Haus betrete," antwortete ich. „Der Abend ist nahe, und ich wollte Dich fragen, ob es in Deinem Gebiete eine Stelle gibt, an welcher wir unser Haupt zur Ruhe legen können."
Er betrachtete mich sehr aufmerksam von dem Kopfe bis herab zu den Füßen und erwiderte dann:
„Man soll den Wanderer nicht fragen, woher und wohin. Aber mein Kiajah sagte mir, daß Du ein Emir seist."
„Ich bin kein Araber und kein Türke, sondern ein Nemtsche, weit vom Abendlande her."
„Ein Nemtsche? Ich kenne dieses Volk nicht und habe auch noch Keinen von ihnen gesehen. Aber ich habe von einem Nemtsche gehört, den ich sehr gern kennen lernen möchte."
„Darf ich Dich fragen, warum?"
„Weil drei von meinen Männern ihm das Leben zu verdanken haben.
„Inwiefern?"
„Er hat sie aus der Gefangenschaft befreit und zu den Haddedihn gebracht."
„Sind sie hier in Baadri?"
„Ja."
„Und heißen Pali, Selek und Melaf?"

Er trat überrascht einen Schritt zurück.
„Du kennst sie?“
„Wie hieß der Nemtsche, den Du meinest?“
„Kara Ben Nemsi wurde er genannt.“
„So ist mein Name. Dieser Mann hier ist Mohammed Emin, der Scheik der Haddedihn, und der Andere ist Halef, mein Begleiter.“
„Ist es möglich? Welch' eine Überraschung! Seni gerek olarim – ich muß Dich umarmen!“
Er zog mich an sich und küßte mich auf beide Wangen; dasselbe that er auch mit Mohammed und Halef, nur daß er bei Letzterem den Kuß unterließ. Dann faßte er mich bei der Hand und sagte:
„Tschelebim mahalinde geldin – Herr, Du kommst zur rechten Zeit. Wir haben ein großes Fest, bei welchem man nicht Fremde zuzulassen pflegt; Du aber sollst Dich mit uns freuen. Bleibe hier, so lange die fröhlichen Tage dauern, und auch später noch recht lange!“
„Ich bleibe, so lange es dem Scheik gefällt.“
„Es wird ihm gefallen.“
„Du mußt wissen, daß sein Herz ihn vorwärts treibt, wie wir Dir noch erzählen werden.“
„Ich weiß es. Aber tretet herein. Mein Haus ist Euer Haus, und mein Brod ist Euer Brod. Ihr sollt unsere Brüder sein, so lange wir leben!“
Während wir durch die Thür schritten, hörte ich Ifra zu dem Gemeindeältesten sagen:
„Hast Du es gehört, Alter, was mein Effendi für ein berühmter Emir ist? Lerne, auch mich darnach zu schätzen. Merke Dir das!“
Das Gemach, welches wir betraten, war sehr einfach ausgestattet. Ich und der Scheik mußten zur Seite Ali Bey's Platz nehmen. Dieser hatte meine Hand noch immer nicht losgelassen und betrachtete mich abermals sehr aufmerksam.
„Also Du bist der Mann, welcher die Feinde der Haddedihn geschlagen hat!“
„Willst Du meine Wangen schamroth machen?“
„Und der des Nachts ohne alle Hilfe einen Löwen tödtete! Ich möchte sein, wie Du! Du bist ein Christ?“
„Ja.“
„Die Christen sind alle mächtiger als andere Leute; aber ich bin auch ein Christ.“
„Sind die Dschesidi Christen?“
„Sie sind Alles. Die Dschesidi haben von allen Religionen nur das Gute für sich genommen – – –“
„Weißt Du das gewiß?“
Er zog die Brauen zusammen.
„Ich sage Dir, Emir, daß in diesen Bergen keine Religion allein zu herrschen vermag; denn unser Volk ist zertheilt, unsere Stämme sind gespalten, und unsere Herzen sind zerrissen. Eine gute Religion muß Liebe predigen; aber eine freiwillige, aus dem Innern hervorwachsende Liebe kann bei uns nicht Wurzel schlagen, weil der Acker aus dem

Boden des Hasses, der Rachsucht, des Verrathes und der Grausamkeit zusammengesetzt ist. Hätte ich die Macht, so würde ich die Liebe predigen, aber nicht mit den Lippen, sondern mit dem Schwerte in der Faust; denn wo eine edle Blume gedeihen soll, da muß zuvor das Unkraut ausgerottet werden. Oder meinest Du, daß eine Predigt imstande sei, aus einem Zehr-lahana eine Karanfil zu machen? Der Gärtner kann die Blüthe der Giftpflanze füllen und verschönern, das Gift aber wird im Innern heimtückisch verborgen bleiben. Und ich sage Dir, die Predigt meines Schwertes sollte Lämmer aus Wölfen machen. Wer diese Predigt hörte, würde glücklich sein; wer ihr aber widerstrebte, den würde ich zermalmen. Dann erst könnte ich das Schwert in die Scheide stecken und zu meinem Zelte heimkehren, um mich meines Werkes zu freuen. Denn wenn sie einmal eingezogen ist, so ist es wahr, was das heilige Buch der Christen sagt: Muhabbet bitmez – die Liebe hört nie auf!"

Sein Auge leuchtete, seine Wange hatte sich geröthet, und der Ton seiner Stimme kam aus der Tiefe eines vollen Herzens heraus. Er war nicht nur ein schöner, sondern auch ein edler Mann; er kannte die traurigen Verhältnisse seines Landes und hatte vielleicht das Zeug zu einem Helden.

„Du glaubst also, daß die christlichen Prediger, welche aus der Ferne kommen, hier nichts zu wirken vermögen?" frug ich nun.

„Wir Dschesidi kennen Euer heiliges Buch. Dieses sagt: „Chüdanün söz tschekidsch dir, bi tschatlar taschlar – das Wort Gottes ist ein Hammer, welcher Felsen zertrümmert." Aber kannst Du mit einem Hammer das Wasser zermalmen? Kannst Du mit ihm die Dünste zerschmettern, welche dem Sumpfe entsteigen und das Leben tödten? Frage die Männer, welche aus Jeni dünja herüber gekommen sind! Sie haben viel gelehrt und gesprochen; sie haben schöne Sachen geschenkt und verkauft; sie haben sogar als Basmadschi gearbeitet. Und die Leute haben sie angehört, haben ihre Geschenke genommen, haben sich taufen lassen, und dann sind sie hingegangen, um zu rauben, zu stehlen und zu tödten wie vorher. Das heilige Buch wurde in unserer Sprache gedruckt, aber kein Mensch verstand den Dialekt und kein Mensch hier kann schreiben oder lesen. Glaubst Du, daß diese frommen Männer uns das Schreiben und das Lesen lehren werden? Unsere Feder darf jetzt nur von scharfem Stahle sein. Oder gehe nach dem berühmten Kloster Rabban Hormuzd, welches einst den Nestorianern gehörte. Jetzt gehört es den Katuliklar, welche Alkosch und Telkef bekehrten. Einige arme Abdelar verhungern auf der dürren Höhe, auf welcher zwei nackte Ölbäume das Dasein des Verschmachtens leben. Warum ist es so und nicht anders? Es fehlt der Jeboschu, welcher da gebietet: „Günesch ile kamer, sus hem Gibbea jakinda hem dere Adschala – Sonne, stehe stille bei Gibeon und, Mond, im Tale von Ajalon!" Es fehlt der Held Schimsa, welcher die Bösen mit dem Schwerte zwingt, Gutes zu thun. Es fehlt Tschoban Dawud, der mit seiner Schleuder den Mörder Dscholiah erschlägt. Es fehlt die Fluth, welche die Gottlosen ertränkt, damit Nauah mit den Seinen niederknien könne vor Allah unter dem Bogen der sieben Farben. Steht in Eurem Buche nicht:

„Insanlar dscheza estemez-ler dan ruhuma – die Menschen wollen sich von meinem Geiste nicht strafen lassen“? Wäre ich ein Musa, so würde ich meinen Jeboschu und meinen Kaleb durch alle Thäler Kurdistan's senden und dann mit meinem Schwerte Jenen die Wege ebnen, von denen Euer Kitab sagt: „Wazar-lar sallami, der-ler ughurü – sie predigen den Frieden, und sie verkündigen das Heil!“ – Du blickst mich an mit großen Augen; Du meinst, der Friede sei besser als der Krieg und die Schaufel besser als die Keule? Ich meine es auch. Aber kannst Du Dir den Frieden denken, ohne daß er mit dem Säbel errungen ist? Müssen wir hier nicht die Keule tragen, um mit der Schaufel arbeiten zu können? Siehe Dich an, nur Dich allein! Du trägst sehr viele Waffen an Dir, und sie sind besser als diejenigen, welche wir besitzen. Warum trägst Du sie? Trägst Du sie im Lande der Nemtsche auch, wenn Du eine Reise unternimmst?“

„Nein,“ mußte ich allerdings antworten.

„Da siehst Du! Ihr könnt zur Kilise (Kirche) gehen und zu Allah beten ohne Sorge; Ihr könnt Euch zum Lehrer setzen und auf seine Stimme hören ohne Angst; Ihr könnt Eure Eltern ehren und Eure Kinder unterweisen ohne Furcht; Ihr lebt im Garten Eden unverzagt, denn Eurer Schlange ist der Kopf zertreten. Wir aber warten noch des Helden, welcher stillen und beruhigen soll das „Schamata arasynda daghlere – das Geschrei in den Bergen“, von denen Euer Buch erzählt. Und ich sage Dir, daß er noch kommen wird. Nicht der Russe wird es sein und auch nicht der Engländer, nicht der Türke, der uns aussaugt, und auch nicht der Perser, der uns so höflich belügt und betrügt. Wir glaubten einst, Bonapertah werde es sein, der große Schah der Franzosen; jetzt aber wissen wir, daß der Löwe nicht vom Adler Hilfe erwarten soll, denn das Reich Beider ist verschieden. Hast Du einmal gehört, was die Dschesidi gelitten haben?“

„Ja.“

„Wir wohnten im Frieden und in Eintracht im Lande Sindschar; aber wir wurden unterdrückt und vertrieben. Es war im Frühjahre; der Fluß war ausgetreten und die Brücke weggerissen. Da lagen unsere Greise, unsere Weiber und Kinder unten bei Mossul am Wasser. Sie wurden in die brausenden Fluthen getrieben oder hingeschlachtet wie die wilden Thiere, und auf den Terrassen der Stadt stand das Volk von Mossul und jubelte über die Würgerei. Die Übriggebliebenen wußten nicht, wohin sie ihr Haupt legen sollten. Sie gingen in die Berge des Maklub, nach Bohtan, Scheikhan, Missuri, nach Syrien und sogar über die russische Grenze. Dort haben sie eine Heimat errungen, dort arbeiten sie, und wenn Du ihre Wohnungen, ihre Kleider, ihre Gärten und Felder siehst, so freust Du Dich; denn da herrscht Fleiß, Ordnung und Sauberkeit, während Du rundum nur Schmutz und Faulheit findest. Das aber lockt die Andern, und wenn sie Geld und Leute brauchen, so fallen sie über uns her und morden uns und unser Glück. Wir feiern in drei Tagen das Fest unseres großen Heiligen. Wir haben es seit vielen Jahren nicht feiern können, weil die Pilger auf der Reise nach Scheik Adi das Leben gewagt hätten. In diesem Jahre aber scheint es, als ob sich unsere Feinde ruhig verhalten wollten, und so werden wir nach langer Zeit wieder einmal unsern Heiligen verehren. Tschelebim

mahalinde geldin – Du kommst zur rechten Zeit. Zwar mögen wir Fremde nicht bei unsern Festen haben; Du aber bist der Wohltäter der Meinigen und wirst uns willkommen sein."
Nichts war mir angenehmer, als diese Einladung, denn sie gab mir Gelegenheit, die Sitten und Gebräuche der rätselhaften Teufelsanbeter kennen zu lernen. Die Radjahl el Scheïtan oder Chalk-scheïtanün waren mir so schlimm geschildert worden und erschienen mir doch in einem viel bessern Lichte, so daß ich begierig war, mir Aufklärung über sie zu verschaffen.
„Habe Dank für Dein freundliches Anerbieten," antwortete ich. „Ich würde sehr gerne bei Dir verweilen, aber wir haben eine Aufgabe zu lösen, welche erfordert, daß wir bald wieder Baadri verlassen."
„Ich kenne diese Aufgabe," antwortete er. „Du kannst trotz derselben unser Fest mitfeiern."
„Du kennst sie?"
„Ja. Ihr wollt zu Amad al Ghandur, dem Sohn des Scheik Mohammed Emin. Er befindet sich in Amadijah."
„Woher weißt Du dies?"
„Von den drei Männern, welche Du gerettet hast. Ihr werdet ihn aber jetzt nicht befreien können."
„Warum?"
„Der Mutessarif von Mossul scheint einen Einfall der östlichen Kurden zu befürchten und hat viele Truppen nach Amadijah bestimmt, von denen bereits eine Anzahl in Amadijah eingetroffen ist."
„Wie viel?"
„Zwei Jüsbaschi mit zweihundert Mann vom sechsten Infanterieregiment Anatoli Ordüssi in Diarbekir und drei Jüsbaschi mit dreihundert Mann vom dritten Infanterieregiment Irak Ordüssi in Kerkjuk, zusammen also fünfhundert Mann, welche unter einem Bimbaschi stehen."
„Und Amadijah liegt zwölf Stunden von hier?"
„Ja; doch die Wege sind so mühsam, daß Du innerhalb eines Tages nicht hinzukommen vermagst. Man übernachtet gewöhnlich in Cheloki oder Spandareh und reitet erst am nächsten Morgen über die steilen und beschwerlichen Gharahberge, hinter denen die Ebene und der Felsenkegel von Amadijah liegt."
„Welche Truppen stehen in Mossul?"
„Theile vom zweiten Dragoner- und vom vierten Infanterieregimente der Division Irak Ordüssi. Auch sie sind in Bewegung. Eine Abtheilung soll gegen die Beduinen ziehen, und eine andere wird über unsere Berge kommen, um nach Amadijah zu marschieren."
„Wie hoch zählen diese Letzteren?"

„Tausend Mann unter einem Miralai, bei dem sich auch ein Alai Emini befindet. Diesen Miralai kenne ich; er hat das Weib und die beiden Söhne von Pir Kamek getödtet und heißt Omar Amed."

„Weißt Du, wo sie sich versammeln?"

„Die, welche gegen die Beduinen bestimmt sind, halten sich in den Ruinen von Kufjundschik verborgen; ich habe durch meine Kundschafter erfahren, daß sie bereits übermorgen aufbrechen werden. Die Anderen aber werden erst später marschfertig."

„Ich glaube, daß Du von Deinen Kundschaftern falsch berichtet worden bist."

„Wie so?"

„Glaubst Du wirklich, daß der Mutessarif von Mossul Truppen so weit her aus Diarbekir kommen läßt, um sie gegen die östlichen Kurden zu verwenden? Hätte er das zweite Infanterieregiment Irak Ordüssi, welches in Suleimania liegt, nicht viel näher? Und besteht das dritte Regiment in Kerkjuk nicht meistentheils aus Kurden? Glaubst Du, daß er den Fehler begeht, dreihundert Mann von ihnen gegen die eigenen Stammesgenossen zu verwenden?"

Er machte eine sehr nachdenkliche Miene und meinte dann:

„Deine Rede ist klug, aber ich begreife sie nicht."

„Haben die Truppen, welche in Kufjundschik halten, Kanonen bei sich?"

„Nein."

„Wenn man einen Zug in die Ebene beabsichtigt, wird man gewißlich Topdschi mitnehmen. Eine Truppe, bei welcher sich keine Artillerie befindet, wird ganz sicher in die Berge bestimmt sein."

„So hat mein Kundschafter eine Verwechslung begangen. Die Leute, welche in den Ruinen halten, sind nicht gegen die Beduinen, sondern nach Amadijah bestimmt."

„Sie sollen bereits übermorgen aufbrechen? Dann kommen sie just am Tage Eures großen Festes hier an!"

„Emir!"

Er sprach nur dies eine Wort, aber im Tone des höchsten Schreckens. Ich fuhr fort:

„Bemerke, daß weder die Süd- noch die Nordseite von Scheik Adi, sondern nur die West- und die Ostseite für Truppen zugänglich sind. Zehn Stunden von hier versammeln sich im Westen tausend Mann bei Mossul, und zwölf Stunden von hier im Osten vereinigen sich fünfhundert Mann in Amadijah. Scheik Adi wird eingeschlossen, und es ist kein Entrinnen möglich."

„Herr, wäre dies so gemeint?"

„Glaubst Du wirklich, daß fünfhundert Mann hinreichend wären, in das Gebiet der Kurden von Berwari, von Bohtan, Tijari, Chal, Hakkiari, Karitha, Tura-Ghara, Baz und Schirwan einzufallen? Diese Kurden würden ihnen schon am dritten Tage sechstausend Streiter entgegen stellen können."

„Du hast recht, Emir; es ist auf uns gezielt!"

„Jetzt, wo Du Dich von den Gründen der Wahrscheinlichkeit überzeugen ließest, vernimm denn: Ich weiß es aus dem eigenen Munde des Mutessarif, daß er Euch in Scheik Adi überfallen will.“

„Wirklich?“

„Höre!“

Ich erzählte ihm von meiner Unterredung mit dem Gouverneur das, was mich zu meiner Schlußfolgerung berechtigte. Als ich geendet hatte, erhob er sich und schritt einige Male auf und ab. Dann bot er mir die Hand.

„Ich danke Dir, o Herr; Du hast uns Alle gerettet! Hätten uns fünfzehnhundert Dschenkdschi unerwartet überfallen, so wären wir verloren gewesen; nun aber wird es mir lieb sein, wenn sie wirklich kommen. Der Mutessarif hat uns mit Vorbedacht in Schlaf gelullt, um uns zur Wallfahrt nach Scheik Adi zu verlocken; er hat sich Alles sehr schlau ausgesonnen; Eines aber hat er außer Acht gelassen: – die Mäuse, welche er fangen will, werden so zahlreich werden, daß sie die Katzen zerreißen können. Erzeige mir die Gnade, keinem Menschen etwas von dem zu sagen, was wir gesprochen haben, und erlaube, daß ich mich für einige Augenblicke entferne.“

Er ging hinaus.

„Wie gefällt er Dir, Emir?“ frug Mohammed Emin.

„Ebenso wie Dir!“

„Und dies soll ein Merd-es-Scheïtan, ein Teufelsanbeter sein?“ frug Halef. „Einen Dschesiden habe ich mir vorgestellt mit dem Rachen eines Kurdsch, mit den Augen eines Kaplan und mit den Krallen eines Vampyr!“

„Glaubst Du nun immer noch, daß Dich die Dschesidi um den Himmel bringen werden?“ frug ich ihn lächelnd.

„Warte es noch ab, Sihdi! Ich habe gehört, daß der Teufel oft eine sehr schöne Gestalt annehme, um den Gläubigen desto sicherer zu betrügen.“

Da öffnete sich die Thüre, und ein Mann trat ein, dessen Anblick ein ganz ungewöhnlicher war. Seine Kleidung zeigte das reinste Weiß, und schneeweiß war auch das Haar, welches ihm in langen, lockigen Strähnen über den Rücken herabwallte. Er mochte wohl an die achtzig Jahre zählen; seine Wangen waren eingefallen, und seine Augen lagen tief in ihren Höhlen, aber ihr Blick war kühn und scharf, und die Bewegung, mit welcher er eingetreten war und die Thüre geschlossen hatte, zeigte eine ganz elastische Gewandtheit. Der volle Bart, welcher ihm rabenschwarz und schwer bis über den Gürtel herniederhing, bildete einen merkwürdigen Contrast zu dem glänzenden Schnee des Haupthaares. Er verbeugte sich vor uns und grüßte mit volltönender Stimme: „Günesch-iniz söjündürme-sun – Eure Sonne verlösche nie!“ Und dann fügte er hinzu: „Hun be kurmangdschi zanin – versteht Ihr, kurdisch zu sprechen?“

Diese letztere Frage war im kurdischen Dialekte des Kurmangdschi ausgesprochen, und als ich unwillkürlich mit der Antwort zögerte, meinte er:

„Schima zazadscha zani?“

Dies war ganz dieselbe Frage im Zazadialekt. Diese beiden Dialekte sind die bedeutendsten der kurdischen Sprache, die ich damals noch nicht kannte. Ich verstand daher die Worte nicht, errieth aber ihren Sinn und antwortete auf türkisch:

„Seni an-lamez-iz – wir verstehen Dich nicht. Jalwar-iz söjlem türkdsche – bitte rede türkisch!"

Dabei erhob ich mich, um ihm meinen Platz anzubieten, wie es seinem Alter gegenüber der Anstand erforderte. Er ergriff meine Hand und frug:

„Nemtsche sen – bist Du der Deutsche?"

„Ja."

„Izim seni kutschaklam-am – erlaube, daß ich Dich umarme!"

Er drückte mich in der herzlichsten Weise an sich, nahm aber den angebotenen Platz nicht an, sondern setzte sich an die Stelle, wo der Bey gesessen hatte.

„Mein Name ist Kamek," begann er. „Ali Bey sendet mich zu Euch."

„Kamek? Der Bey hat bereits von Dir gesprochen."

„Wobei hat er mich erwähnt?"

„Es würde Dir Schmerz machen, es zu hören."

„Schmerz? Kamek hat niemals Schmerz. Alle Schmerzen, deren das Herz des Menschen fähig ist, habe ich in einer einzigen Stunde durchkostet. Wie kann es da noch ein Leid für mich geben?"

„Ali Bey sagte, daß Du den Miralai Omar Amed kennst."

Es zuckte keine Falte seines Gesichtes, und seine Stimme klang ganz ruhig, als er antwortete:

„Ich kenne ihn, aber er kennt mich noch nicht. Er hat mir mein Weib und meine Söhne getödtet. Was ist's mit ihm?"

„Verzeihe; Ali Bey wird es Dir selbst sagen!"

„Ich weiß, daß Ihr nicht sprechen sollt; aber Ali Bey hat kein Geheimniß vor mir. Er hat mir mitgetheilt, was Du ihm von der Absicht der Türken gesagt hast. Glaubst Du wirklich, daß sie kommen werden, um unser Fest zu stören?"

„Ich glaube es."

„Sie sollen uns besser gerüstet finden, als damals, wo meine Seele verloren ging. Hast Du ein Weib und hast Du Kinder?"

„Nein."

„So kannst Du auch nicht ermessen, daß ich lebe und doch längst gestorben bin. Aber Du sollst es erfahren. Kennst Du Tel Afer?"

„Ja."

„Du warst dort?"

„Nein, aber ich habe von ihm gelesen."

„Wo?"

„In den Beschreibungen dieses Landes und auch in – – Du bist ein Pir, ein berühmter Heiliger der Dschesidi, Du kennst also auch das heilige Buch der Christen?"

„Ich besitze den Theil, welcher Eski-Saryk genannt wird, in türkischer Sprache."
„Nun, so hast Du auch gelesen das Buch des Propheten Jesaias?"
„Ich kenne es. Dschesaja ist biringdschi pejghamber on altinün – der erste der sechzehn Propheten."
„So schlage nach in diesem Buche das siebenunddreißigste Kapitel. Dort lautet der zwölfte Vers: „Haben auch die Götter der Heiden alle die gerettet, so von meinen Vätern vernichtet wurden, Gozam und Haram, und Reseph, und die Söhne Edens zu Thalassar?" Dieses Thalassar ist Tel Afer."
Er blickte mich erstaunt an.
„So kennt Ihr aus Eurem heiligen Buche die Städte unseres Landes, welche bereits vor Jahrtausenden bestanden?"
„So ist es."
„Euer Kitab ist größer als der Kuran. Aber höre! Ich wohnte in Mirkan, am Fuße des Dschebel Sindschar, als die Türken über uns hereinbrachen. Ich flüchtete mit meinem Weibe und zwei Söhnen nach Tel Afer, denn es ist eine feste Stadt, und ich hatte dort einen Freund, welcher mich bei sich aufnahm und verbarg. Aber auch hier drangen die Wüthenden ein, um alle Dschesidi, welche hier Schutz gesucht hatten, zu tödten. Mein Versteck wurde entdeckt und mein Freund für seine Barmherzigkeit erschossen. Ich ward gebunden und mit Weib und Kindern vor die Stadt gebracht. Dort loderten die Feuer, in denen wir den Tod finden sollten, und dort floß das Blut der Gemarterten. Ein Mülasim stach mir, um mir Schmerz zu bereiten, sein Messer durch die Wangen. Hier siehst Du die Narben noch. Meine Söhne waren muthige Jünglinge; sie sahen meine Qual und vergriffen sich an ihm. Dafür wurden auch sie gefesselt, und ebenso geschah es ihrer Mutter. Man schlug beiden die rechte Hand ab und schleppte sie dann zum Feuer. Auch mein Weib wurde verbrannt, und ich mußte es sehen. Dann zog der Mülasim das Messer aus meinem Antlitz und stach es mir langsam, sehr langsam in die Brust. Als ich erwachte, war es Nacht, und ich lag unter Leichen. Die Klinge hatte das Herz nicht getroffen, aber ich lag in meinem Blute. Ein Chaldäer fand mich am Morgen und verbarg mich in den Ruinen von Kara-tapeh. Es vergingen viele Wochen, ehe ich mich erheben konnte, und mein Haar war in der Todesstunde der Meinen weiß geworden. Mein Leib lebte wieder, aber meine Seele war todt. Mein Herz ist verschwunden; an seiner Stelle klopft und schlägt ein Name, der Name Omar Amed, denn so hieß jener Mülasim. Er ist jetzt Miralai."
Er erzählte das in einem einförmigen, gleichgiltigen Tone, der mich mehr ergriff, als der glühendste Ausdruck eines unversöhnlichen Rachegefühles. Die Erzählung klang so monoton, so automatisch, als würde sie von einem Narkotisirten oder von einem Nachtwandler vorgetragen. Es war schrecklich anzuhören.
Nach einer Pause frug ich:
„Du willst Dich rächen?"

„Rächen? Was ist Rache?“ antwortete er in demselben Tone. „Sie ist eine böse, heimtückische That. Ich werde ihn bestrafen, und dann wird mein Leib dorthin gehen, wohin meine Seele vorangegangen ist. – Ihr werdet während unseres Festes bei uns verweilen?“

„Wir wissen es noch nicht.“

„Bleibt hier! Wenn Ihr geht, wird Euch Euer Vorhaben nicht glücken; bleibt Ihr aber, so dürft Ihr alle Hoffnung haben, daß es gelingen werde; denn es wird Euch kein Türke mehr im Wege sein, und die Dschesidi können Euch leicht unterstützen.“

Er sprach jetzt wieder in einem ganz andern Tone, und sein Auge hatte das frühere Leben wieder bekommen.

„Unsere Anwesenheit würde Euer Fest vielleicht nur stören,“ sagte ich in der Absicht, vielleicht Einiges über seine Sekte zu erfahren.

Er schüttelte langsam den Kopf.

„Glaubst Du auch das Märchen oder vielmehr die Lügen, welche man von uns erzählt? Vergleiche uns mit Andern, so wirst Du Reinlichkeit und Reinheit finden. Die Reinheit ist es, nach der wir streben; die Reinheit des Leibes und die Reinheit des Geistes, die Reinheit der Rede und die Reinheit der Lehre. Rein ist das Wasser, und rein ist die Flamme. Darum lieben wir das Wasser und taufen mit demselben. Darum verehren wir das Licht als das Symbol des reinen Gottes, von dem auch Euer Kitab sagt, daß er in einem Atesch, in einem Lichte wohnt, zu welchem Niemand kommen kann. Ihr heiliget Euch mit Su ikbalün, dem geweihten Wasser, und wir heiligen uns mit Atesch ikbalün, dem geweihten Feuer. Wir tauchen die Hand in die Flamme und segnen mit derselben unsere Stirn, wie Ihr es mit dem Wasser thut. Ihr sagt, Azerat Esau sei auf der Erde gewesen und werde einst wiederkommen; wir wissen ebenso, daß er einst unter den Menschen wandelte, und glauben, daß er zurückkehren werde, um uns die Thore des Himmels zu öffnen. Ihr verehrt den Heiland, welcher auf der Erde lebte; wir verehren den Heiland, welcher einst wiederkommen wird. Wir wissen, wann er ein Mensch gewesen ist, aber wir wissen nicht, wann er wiederkommen wird, und daher thun wir das, was er den Seinen befahl, als er sie in dem Baghtsche Gethseman schlafend gefunden: „Gözetyn namaz kalyn ansizdan üzerine warilmemisch olursaniz – wachet und betet, auf daß Ihr nicht überfallen werdet!“ Darum bedienen wir uns des Choros, der ein Symbol der Wachsamkeit ist. Tut Ihr dies nicht auch? Ich habe mir erzählen lassen, daß die Christen auf den Dächern ihrer Häuser und ihrer Tempel sehr oft einen Hahn anbringen, welcher aus Teneke gemacht und mit Altun überzogen ist. Ihr nehmt einen blechernen Hahn und wir einen lebendigen. Sind wir deßhalb Götzendiener oder böse Menschen? Eure Priester sind weiser, und Eure Lehren sind besser; wir würden bessere Lehren haben, wenn wir weisere Priester hätten. Ich bin unter allen Dschesidi der Einzige, welcher Euer Kitab lesen und schreiben kann, und darum rede ich zu Dir, wie kein Anderer zu Dir reden wird.“

„Warum bittet Ihr nicht um Priester, welche die Eurigen unterweisen könnten?“

„Weil wir nicht Theil nehmen wollen an Eurer Uneinigkeit. Die Lehre der Christen ist gespalten. Wenn Ihr uns einmal sagen könnt, daß Ihr einig seid, so werdet Ihr uns willkommen sein. Wenn die Christen des Abendlandes uns Lehrer senden, von denen jeder anders lehrt, so thun sie sich selbst den größten Schaden. Azerat Esau sagt in Eurem Kitab: „Im jol de gertscheklik de ömir de – ich bin der Weg und die Wahrheit und das Leben.“ Warum haben die Abendländischen so viele Wege, so viele Wahrheiten, da es doch nur den Einen gibt, der das Leben ist? Darum streiten wir uns nicht über den Heiland, der bereits hier gewesen ist, sondern wir halten uns rein und harren des Erlösers, welcher kommen wird.“

Da trat Ali Bey wieder ein, und das war mir – offen gestanden – sehr lieb. Meine Wißbegierde in Beziehung auf die Teufelsanbeter hätte mich beinahe diesem einfachen Kurden gegenüber in Verlegenheit gebracht. Ich bin kein Theologe, sondern ein Laie, und mußte bei dem Vorwurfe der Glaubensspaltung in meiner eigenen Heimat schweigen – leider, leider!

Der Pir erhob sich und reichte mir die Hand.

„Allah sei bei Dir und auch bei mir! Ich gehe den Weg, den ich gehen muß, aber wir werden uns wiedersehen.“

Er reichte auch den Andern die Hand und ging. Ali Bey winkte ihm nach und sagte:

„Das ist der Weiseste unter den Dschesidi; ihm kommt keiner gleich. Er war in Persistan und Indien; er war in Jerusalem und Stambul; er hat überall gesehen und gelernt und sogar ein Buch geschrieben.“

„Ein Buch?“ frug ich erstaunt.

„Er ist der Einzige, der richtig schreiben kann. Er wünscht, daß unser Volk einst so klug und gesittet werde, wie die Männer des Abendlandes, und dies können wir nur aus den Büchern der Franken lernen. Damit nun einmal diese Bücher in unserer Sprache niedergeschrieben werden können, hat er viele hundert Wörter unserer Mundarten verzeichnet. Das ist sein Buch.“

„Das wäre ja köstlich! Wo befindet sich dieses Buch?“

„In seiner Wohnung.“

„Und wo ist diese?“

„In meinem Hause. Pir Kamek ist ein Heiliger. Er wandert im Lande umher und ist überall hochwillkommen. Ganz Kurdistan ist seine Wohnung, aber seine Heimat hat er bei mir aufgeschlagen.“

„Denkst Du, daß er dieses Buch mir einmal zeigen werde?“

„Er wird es sehr gerne thun.“

„Ich werde ihn sofort darum bitten! Wohin ist er gegangen?“

„Bleibe! Du wirst ihn nicht finden, denn er ist gegangen, um über die Seinigen zu wachen. Dennoch aber sollst Du das Buch erhalten; ich werde es Dir holen. Vorher aber versprecht mir, daß Ihr bleiben wollt!“

„Du meinst, wir sollen den Ritt nach Amadijah aufschieben?“

„Ja. Es waren drei Männer aus Kaloni da. Sie gehören zu dem Zweige Badinan des Stammes Missuri und sind gewandt, tapfer, klug und mir treu ergeben. Ich habe sie ausgesandt nach Amadijah, um die Türken auszukundschaften. Sie werden zugleich versuchen, Amad el Ghandur zu finden; das habe ich ihnen ganz besonders empfohlen, und bis sie Nachricht bringen, mögt Ihr es Euch bei mir gefallen lassen!"
Damit waren wir herzlich gern einverstanden, und Ali Bey umarmte uns vor Freuden nochmals, als wir ihm dies mittheilten.
„Kommt jetzt mit mir, damit auch mein Weib Euch sehe!"
Ich war erstaunt über diese Einladung, machte aber später die Erfahrung, daß die Dschesidi ihre Frauen bei Weitem nicht so abschließen, wie es die Mohammedaner thun. Sie führen ein patriarchalisches Leben, und nie bin ich im Oriente so an das heimatliche, deutsche Familienleben erinnert worden, als bei ihnen. Natürlich besaßen die gewöhnlichen Leute nicht die Klarheit der religiösen Ansicht wie Pir Kamek, aber dem falschen Griechen, dem schachernden, sittenlosen Armenier, dem rachsüchtigen Araber, dem trägen Türken, dem heuchlerischen Perser und dem raubsüchtigen Kurden gegenüber mußte ich den fälschlicherweise so übel beleumundeten „Teufelsanbeter" achten lernen. Sein Cultus schwankt zwischen Chaldäismus, Islam und Christentum, aber nirgend dürfte das Letztere einen so fruchtbaren Boden finden, wie bei den Dschesidi, falls die frommen Sendboten es verstehen wollten, den Sitten und Gebräuchen derselben ein klein wenig Rechnung zu tragen.
Draußen vor dem Hause saß der Buluk Emini neben seinem Esel. Beide speisten; der Esel Gerste und der Baschi-Bozuk getrocknete Feigen vom Sindschar, von denen er mehrere Schnüre vor sich liegen hatte. Und dabei erzählte er kauend den zahlreich um ihn Stehenden von seinen Heldenthaten. Halef gesellte sich zu ihm, wir drei Andern aber gingen nach der Abtheilung des Hauses, welche der Gebieterin zur Wohnung diente.
Sie war sehr jugendlich und trug einen kleinen Knaben auf dem Arme. Ihr schönes schwarzes Haar war in viele, lang herabhängende Zöpfe geflochten, und eine Anzahl funkelnder Goldstücke bedeckte ihre Stirn.
„Seid willkommen, Ihr Herren!" sagte sie in schmuckloser, ungekünstelter Einfachheit und reichte uns die Rechte.
Ali Bey nannte uns ihren Namen und ihr dann auch die unsrigen. Ihr Name ist mir leider wieder entfallen. Ich nahm ihr den Knaben vom Arme und küßte ihn. Sie schien mir dies hoch anzurechnen und darauf recht stolz zu sein. Der kleine Bey war allerdings auch ein nettes Kerlchen, höchst sauber gehalten und ganz unähnlich jenen dickleibigen und frühalten orientalischen Kindern, welche man besonders häufig bei den Türken findet. Ali Bey frug mich, wo wir essen wollten: ob in unserm Gemache oder hier in der Frauenwohnung, und ich entschloß mich sofort für das Letztere. Dem kleinen Teufelsanbeter schien es bei mir recht gut zu gefallen; er blitzte mich mit seinen dunklen Äuglein neckisch an, zauste mir im Barte herum, strampelte vor Vergnügen mit Armen und Beinen und stammelte zuweilen ein Wort, welches weder er noch ich verstand. Wir

standen in Beziehung auf das Kurdische auf ganz gleicher Rangstufe, und darum gab ich ihn auch während des Mahles nicht her, was mir die Mutter dadurch vergalt, daß sie mir den besten Theil der Speisen vorlegte und mir nach Tisch ihren Garten zeigte.
Am besten schmeckte mir der Kursch, ein Gericht aus Sahne, welche im Ofen gebacken und dann mit Zucker und Honig übergossen wird, und am besten gefiel mir im Garten jene wundervolle feuerfarbene Baumblüthe, bei welcher sich immer Blume neben Blume erzeugt und die von den Arabern Bint el Onsul, Tochter des Consuls, genannt wird.
Dann holte mich Ali Bey ab, um mir mein Gemach zu zeigen. Es befand sich auf der Plattform des Daches, so daß ich mich der herrlichsten Aussicht erfreute. Als ich eintrat, bemerkte ich auf dem niedrigen Tische ein starkes Heft.
„Das Buch des Pir," erklärte Ali auf meinen fragenden Blick.
Im Nu hatte ich es ergriffen und mich auf den Divan niedergelassen. Der Bey aber ging lächelnd hinaus, um mich beim Studium des kostbaren Fundes nicht zu stören. Das Heft war in arabisch-persischer Schrift geschrieben und enthielt eine ansehnliche Sammlung von Wörtern und Redensarten in mehreren kurdischen Dialekten. Ich bemerkte bald, daß es mir nicht sehr schwer fallen werde, mich im Kurdischen verständlich zu machen, sobald es mir nur erst gelungen sei, mir über die phonetische Bedeutung der Buchstaben klar zu werden. Hier war die Praxis von Bedeutung, und ich beschloß, den hiesigen Aufenthalt in dieser Beziehung soviel wie möglich auszunutzen.
Mittlerweile brach die Dämmerung herein, und unten am Bache, wo die Mädchen Wasser schöpften, während einige Bursche ihnen dabei halfen, erklang folgender Gesang:

„Ghawra min ave the
Bina michak, dartschin ber pischte
Dave min chala surat ta kate
Natschalnik ak bjerdza ma, bischanda ma Rusete."

„Ein christliches Mädchen kommt, Wasser zu holen,
Ich steh' ihr im Rücken und athme verstohlen.
Das Mal ihrer Wange, mein Mund wird es küssen,
Und sollt' ich in Fesseln nach Rußland dann müssen."

Das war ein rhythmisch und melodisch hübscher Gesang, wie man ihn sonst im Oriente nicht gleich zu hören bekommt. Ich lauschte, aber leider blieb es bei dieser einen Strophe, und ich erhob mich, um hinauszugehen, wo ein reges Leben herrschte, denn es kamen immerfort Fremde, und es wurde Zelt neben Zelt errichtet. Man merkte, daß ein bedeutendes Fest nahe bevorstand. Als ich vor die Thür trat, sah ich eine ansehnliche Versammlung um den kleinen Buluk Emini stehen, welcher laut erzählte.
„Schon bei Sayda habe ich gekämpft," rühmte er sich, „und dann auf der Insel Candia, wo wir die Empörer besiegten. Nachher focht ich in Beirut unter dem berühmten Mustapha Nuri Pascha, dessen tapfere Seele jetzt im Paradiese lebt. Damals hatte ich

auch meine Nase noch, und diese verlor ich in Serbien, wohin ich mit Schekib Effendi gehen mußte, als Kiamil Pascha den Michael Obrenowitsch fortjagte.“

Der gute Baschi-Bozuk schien gar nicht mehr genau zu wissen, bei welcher Gelegenheit er um seine Nase gekommen war. Er fuhr fort:

„Ich wurde nämlich hinter Bukarest überfallen. Zwar wehrte ich mich tapfer; schon lagen über zwanzig Feinde todt am Boden; da holte Einer mit dem Säbel aus; der Hieb sollte mir eigentlich den Kopf spalten, da ich aber denselben zurückzog, so traf er meine Na – – –“

In diesem Augenblick erscholl in unmittelbarer Nähe ein Schrei, wie ich ihn in meinem Leben noch gar nicht gehört hatte. Es klang, als ob auf den hohen, schrillen Pfiff einer Dampfpfeife das Kollern eines Truthahnes folge, und daran schloß sich jenes vielstimmige, ächzende Wimmern, welches man zu hören bekommt, wenn einer Orgel mitten im Spiele der Wind ausgeht. Die Anwesenden starrten erschrocken das Wesen an, welches diese räthselhaften, antediluvianischen Töne ausgestoßen hatte. Ifra aber meinte ruhig:

„Was staunt Ihr denn? Mein Esel war's! Er kann die Dunkelheit nicht leiden; darum schreit er die ganze Nacht hindurch, bis es wieder licht geworden ist.“

Hm! Wenn es so stand, so war dieser Esel doch eine ganz liebenswürdige Creatur! Diese Stimme mußte ja Todte lebendig machen! Wer sollte während der Nacht an Schlaf und Ruhe denken, wenn man die musikalischen Impromptüs dieser vierbeinigen Jenny Lind anhören mußte, welche in der Lunge eine Discantposaune, in der Gurgel einen Dudelsack und im Kehlkopfe die Schnäbel und Klappen von hundert Clarinetten zu haben schien.

Übrigens war es jetzt bereits zum drittenmal, daß ich die Erzählung von der Nase des Buluk Emini zu hören bekam. Es schien „im Buche verzeichnet“ zu sein, daß er diese Erzählung niemals zu Ende bringen dürfe.

„So schreit das Thier also die ganze Nacht?“ frug Einer.

„Die ganze Nacht,“ bestätigte er mit der Ergebenheit eines Märtyrers. „Alle zwei Minuten einmal.“

„Gewöhne es ihm ab!“

„Womit?“

„Ich weiß es nicht!“

„So behalte auch Deinen Rath für Dich! Ich habe alles vergebens versucht: – Schläge, Hunger und Durst.“

„Stelle es ihm einmal in ernsten Worten vor, damit er sein Unrecht erkennt!“

„Ich habe ihm ernste und auch liebevolle Reden gehalten. Er sieht mich an, hört mir ruhig zu, schüttelt den Kopf und – schreit weiter.“

„Das ist doch sonderbar. Er versteht Dich; er versteht Dich ganz gewiß, aber er hat keine Lust, Dir den Gefallen zu thun.“

„Ja, ich habe auch sehr oft gehört, daß die Thiere den Menschen verstehen, denn zuweilen soll in ihnen die Seele eines Verstorbenen stecken, die dazu verdammt ist, auf diese Weise ihre Sünden abzubüßen. Der Kerl, welcher in diesem Esel steckt, muß früher taub gewesen sein, stumm aber gewißlich nicht."
„Du mußt einmal zu erforschen versuchen, zu welchem Stamme er gehört hat. In welcher Sprache redest Du zu dem Esel?"
„In der türkischen."
„Wenn nun die Seele ein Perser, ein Araber oder gar ein Giaur gewesen ist, der das Türkische gar nicht versteht?"
„Allah akbar, das ist wahr! Daran habe ich gar nicht gedacht!"
„Warum schüttelt der Esel stets den Kopf, wenn Du zu ihm redest? Sein Geist versteht das Türkische nicht. Sprich in einer anderen Sprache zu ihm!"
„Aber ob ich die richtige finde? Ich werde meinen Emir bitten. Hadschi Halef Omar hat mir gesagt, daß dieser die Sprachen aller Völker reden kann. Vielleicht entdeckt er, wo der Geist meines Esels früher gelebt hat. Auch Soliman konnte alle Thiere verstehen."
„Es hat auch Andere gegeben, die dies verstanden. Kennst Du die Erzählung von dem reichen Manne, dessen Söhne sogar mit dem Steine gesprochen haben?"
„Nein."
„So werde ich sie Euch erzählen! De vachtha beni Israil meru ki dauletlü, mir; du lau wi man, male wi pür, haneki wi ma. Va her du lavi wi va hania khoe parve dikerin, pew tschun, jek debee – – –"
„Halt!" unterbrach ihn Ifra. „In welcher Sprache redest Du?"
„In unserer. Es ist Kurmangdschi."
„Das verstehe ich nicht. Erzähle doch türkisch!"
„So geht es Dir grad wie dem Geiste Deines Esels, der auch nur seine Sprache versteht. Aber wie kann ich eine kurdische Geschichte türkisch erzählen? Sie wird ganz anders klingen!"
„Versuche es nur!"
„Ich will sehen! Also zur Zeit der Kinder Israel gab es einen reichen Mann, welcher starb. Er hinterließ zwei Söhne, viel Reichthum und ein Haus. Als die beiden Söhne ihr Haus theilen wollten, geriethen sie an einander. Der Eine sagte: „Es ist mein Haus!" Der Andere sagte: „Es ist mein Haus!" Da erhob sich durch den Willen Gottes in der Wand ein Backstein und sagte: „Was, schämt Ihr Euch nicht? Dieses Haus ist weder Dein noch sein. Ich, ein Mann, der ein großer König war, war dreihundert Jahre in der Welt groß; darauf starb ich. Dreihundert Jahre lag ich im Grabe, verweste und wurde zu Staub. Darauf kam ein Mann und machte mich zum Backstein. Vierzig Jahre war ich ein Haus; darauf zerfiel ich. Dreiundsiebenzig Jahre lag ich auf dem Felde; da kam wieder ein Mann: ich wurde wieder zum Backstein und in dieses Haus gethan. In diesem Hause befinde ich mich dreihundertunddreißig Jahre und weiß nicht, was ich von heute an sein werde. Einstweilen schmerzt mich meine Seele nicht – – –"

Er wurde unterbrochen. Den Esel schien die Erzählung, da er anerkanntermaßen die türkische Sprache nicht verstand, zu langweilen; er that das Maul auf und ließ einen Doppeltriller erschallen, der nur mit der vereinigten Leistung einer Hornpipe und einer zerbrochenen Tuba verglichen werden konnte. Da drängte sich ein Mann durch die Versammlung und trat in den Flur. Hier bemerkte er mich.

„Emir, ist es wahr, daß Du angekommen bist? Ich hörte es erst jetzt, da ich in den Bergen war. Wie freue ich mich! Erlaube, daß ich Dich begrüße."

Es war Selek. Er nahm meine Hand und küßte sie. Diese Art, seinen Respekt zu beweisen, ist bei den Dschesidi überhaupt sehr gebräuchlich.

„Wo sind Pali und Melaf?" frug ich ihn.

„Sie haben Pir Kamek getroffen und sind mit ihm hinab nach Mossul zu. Ich habe Ali Bey eine Botschaft zu bringen. Sehe ich Dich nachher wieder?"

„Ich stand soeben im Begriff, zu ihm zu gehen. Ist diese Botschaft vielleicht ein Geheimniß?"

„Möglich; aber Du darfst sie hören. Komm, Emir!"

Wir gingen in die Frauenwohnung, wo der Bey sich befand. Es schien, daß der Zutritt dort Jedermann erlaubt sei. Auch Halef befand sich dort. Der gute Hadschi war schon wieder beim Essen.

„Herr," meinte Selek, „ich war in den Bergen über Bozan hinauf und habe Dir etwas mitzutheilen."

„Sprich!"

„Dürfen es Alle hören?"

„Alle."

„Wir glaubten, daß der Mutessarif von Mossul fünfhundert Türken nach Amadijah legen wolle, zum Schutz gegen die Kurden. Dieses aber ist nicht wahr. Die zweihundert Mann, welche von Diarbekir kommen, sind über Urmeli marschiert und halten sich in den Wäldern des Tura Gharah versteckt."

„Wer sagte das?"

„Ein Odundschi aus Mungeyschi, den ich traf. Er wollte hinab nach Kana Kujjunli, wo eines seiner Flöße liegt. Und die dreihundert Mann aus Kerkjuk befinden sich auch nicht auf dem Wege nach Amadijah. Sie sind über Altun Kiupri nach Arbil und Girdaschir gegangen und stehen jetzt oberhalb Mar Mattei am Ghazirflusse."

„Wer sagte Dir dieses?"

„Ein Zibarkurde, der am Kanal gereist ist, um über Bozan nach Dohuk zu gehen."

„Die Zibar sind zuverlässige Leute: sie lügen nie und hassen die Türken. Ich glaube, was die beiden Männer gesagt haben. Kennst Du das Thal Idiz am Ghomel, seitwärts oberhalb Kaloni?"

„Nur wenige kennen es, ich aber bin sehr oft dort gewesen."

„Kann man von hier aus Pferde und Rinder hinbringen, um sie dort zu verbergen?"

„Wer den Wald genau kennt, dem wird es gelingen."

„Wie lange Zeit würde man brauchen, um unsere Weiber und Kinder und auch unsere Thiere dort unterzubringen?“
„Einen halben Tag. Geht man über Scheik Adi, so steigt man hinter dem Grabe des Heiligen die enge Schlucht empor, und kein Türke wird bemerken, was wir thun.“
„Du bist der beste Kenner dieser Gegend. Ich werde weiter mit Dir sprechen, bis dahin aber schweigst Du gegen Jedermann. Ich wollte Dich bitten, hier den Emir zu bedienen, aber Du wirst wohl anderweit gebraucht.“
„Darf ich ihm meinen Sohn senden?“
„Thue es!“
„Spricht er ein gutes Kurdisch?“ frug ich.
„Er versteht Kurmangdschi und auch Zaza.“
„So sende mir ihn; er wird mir sehr willkommen sein!“
Selek ging, und es wurde die Vorbereitung zu dem Mahle getroffen. Da die Gastfreundschaft der Dschesidi eine unbeschränkte ist, so waren bei demselben wohl gegen zwanzig Personen betheiligt, und Mohammed Emin und mir zur Ehre wurde eine Tafelmusik veranstaltet. Die Kapelle bestand aus drei Männern, welche die Thembure, Kamantsche und die Bülure spielten, drei Instrumente, welche man mit unserer Flöte, Guitarre und Violine vergleichen könnte. Die Musik war sanft und melodiös; überhaupt bemerkte ich noch später, daß die Dschesidi einen bessern musikalischen Geschmack besitzen, als die Anhänger des Islam.
Während des Essens traf der Sohn Selek's ein, mit dem ich mich in mein Gemach zurückzog, um mit seiner Hilfe das Manuscript Pir Kamek's zu studiren. Der geistige Horizont des jungen Mannes war ein sehr enger, doch fand ich bei ihm hinreichend Aufschluß über Alles, was ich von ihm zu wissen begehrte. Pir Kamek war der unterrichtetste unter den Teufelsanbetern, und nur bei ihm konnte ich die Erfahrung und die Anschauungsweise finden, mit welcher er mich überrascht hatte. Die andern waren alle befangener, und ich durfte mich nicht wundern, daß sie das Symbol für die Sache selbst nahmen und an ihren Gebräuchen mehr aus Gewohnheit und blindem Glauben als aus innerer Überzeugung hingen. Das Mysteriöse ihrer Anbetungsform war es, von dem sie festgehalten wurden, wie ja der Orient sich mehr dem Dunkeln, dem Geheimnisvollen zuneigt, als dem klar und offen zu Tage Liegenden.
Unsere Unterhaltung verlief keineswegs ungestört, denn in fast regelmäßigen Zwischenräumen von einigen Minuten ertönte das widerliche, markdurchdringende Geschrei des Esels, welches auf die Dauer gar nicht auszuhalten war. Es wurde ertragen und sogar belacht, so lange noch reges Leben im Dorfe herrschte, wo immer noch neue Pilger ankamen; als aber das Geräusch doch endlich mehr und mehr verstummte und man sich zur Ruhe begab, wurden die überlauten Interjectionen des Graurockes geradezu unerträglich, und es erhoben sich verschiedene Stimmen, welche zunächst nur verdrossen murrten, jedoch bald in lautes Zanken übergingen.

Statt den Esel abzuschrecken, schienen diese ärgerlichen Zurufe ihn zu immer angestrengteren Leistungen zu begeistern; er wurde auf seine Triller ganz versessen; die Pausen zwischen ihnen wurden immer kürzer, und endlich vereinigten sich die Schreie zu einer Symphonie, welche geradezu infernalisch genannt werden mußte.
Eben erhob ich mich, um zur Abhilfe zu schreiten, als unten ein verworrener Lärm erscholl. Man rückte in Haufen auf den kleinen Buluk Emini ein. Was man mit ihm verhandelte, das konnte ich nicht verstehen; jedenfalls aber sah er sich so sehr in die Enge getrieben, daß er sich nicht zu helfen wußte, denn ich hörte nach kurzer Zeit seine Schritte vor meiner Thür. Er trat ein.
„Schläfst Du schon, Emir?"
Diese Frage war eigentlich überflüssig, da er sah, daß wir beide noch in voller Bekleidung bei dem Buche saßen; aber er hatte in seiner Angst keine bessere Einleitung finden können.
„Du fragest noch? Wie kann man schlafen bei dem entsetzlichen Gesange, welchen Dein Esel vollführt!"
„O Herr, das ist es ja eben! Ich kann ja auch nicht schlafen. Jetzt kommen sie Alle zu mir und verlangen, daß ich das Thier hinaus in den Wald schaffen und dort anbinden soll, sonst wollen sie es erschießen. So weit darf ich es nicht kommen lassen; denn ich muß den Esel doch wieder nach Mossul bringen, sonst erhalte ich die Bastonnade und verliere meinen Grad."
„So schaffe ihn in den Wald."
„O Emir, das geht nicht!"
„Warum nicht?"
„Soll ich ihn von einem Wolfe fressen lassen? Es gibt Wölfe im Walde."
„So bleibe mit draußen und bewache ihn!"
„Effendi, es könnten doch wohl auch zwei Wölfe kommen!"
„Nun?"
„Dann frißt einer den Esel und der Andere mich!"
„Das ist sehr gut, denn da bekommst Du ja die Bastonnade nicht."
„Du scherzest! Einige sagen, daß ich zu Dir gehen solle."
„Zu mir? Warum?"
„Herr, glaubst Du, daß dieser Esel eine Seele hat?"
„Natürlich hat er eine."
„Vielleicht hat er eine andere als die seinige!"
„Wo sollte da die seinige sein? Vielleicht habt Ihr getauscht: seine Seele ist in Dich, und Deine Seele ist in ihn gefahren. Nun bist Du der Esel und fürchtest Dich wie ein Tawschun, und er ist der Buluk Emini und brüllt wie ein Arslan. Was könnte ich dagegen thun?"
„Emir, es ist ganz sicher, daß er eine andere Seele hat; aber eine türkische ist es nicht, denn sie versteht die Sprache der Osmanly nicht. Du aber redest alle Sprachen der Erde,

und darum bitte ich Dich, herabzukommen. Wenn Du mit dem Esel redest, so wirst Du bald bemerken, wer in ihm steckt, ob ein Perser oder ein Turkmene oder ein Armenier. Vielleicht ist auch ein Russe in ihn gefahren, weil er uns gar so wenig Ruhe läßt."
„Glaubst Du denn wirklich, daß – – –"
In diesem Augenblicke erhob das Thier seine Stimme abermals, und zwar mit solcher Stärke, daß die ganze meuterische Versammlung im Chore mit einfiel.
„Allah kerihm, sie werden den Esel morden. Herr, komme schnell herab, sonst ist er verloren und seine Seele auch!"
Er rannte fort, und ich folgte ihm.
Sollte ich mir einen Spaß machen? Vielleicht war es unrecht, aber seine Ansicht über die Seele des Grauthiers hatte mich in eine Stimmung gebracht, der ich nicht gut widerstehen konnte. Als ich unten ankam, harrte die Menge meiner.
„Wer weiß ein Mittel, dieses Thier zum Schweigen zu bringen?" frug ich.
Niemand antwortete. Nur Halef meinte endlich:
„Herr, nur Du allein kannst dies zu Stande bringen!"
Mein Hadschi gehörte also zu den wahren „Gläubigen". Ich trat an den Esel heran und faßte ihn beim Zügel. Nachdem ich ihm laut einige fremdländische Fragen vorgelegt hatte, hielt ich das Ohr an seine Nase und horchte. Dann machte ich eine Bewegung der Überraschung und wandte mich an Ifra.
„Buluk Emini, wie hieß Dein Vater?"
„Nachir Mirja."
„Der ist es nicht. Wie hieß der Vater Deines Vaters?"
„Muthallam Sobuf."
„Der ist es! Wo wohnte er?"
„In Hirmenlü bei Adrianopel."
„Das stimmt. Er ist einmal von Hirmenlü nach Thaßköi geritten, und hat, um seinen Esel zu ärgern, ihm einen schweren Stein an den Schwanz gebunden. Der Prophet aber hat gesagt: „Escheklerin sew – liebe Deine Esel!" Darum muß der Geist Deines Großvaters diese That sühnen. Er hat an der Brücke Ssirath, welche zum Paradiese und zur Hölle führt, umkehren müssen und ist in diesen Esel gefahren. Er hat seinem Thiere einen Stein an den Schwanz gebunden, und nun kann er nur dadurch erlöst werden, daß ihm auch ein Stein an den Schwanz gebunden wird. Willst Du ihn erlösen, Ifra?"
„O, Emir, ich will es!" rief dieser. Das Weinen war ihm näher als das Lachen, denn die Vorstellung, daß sein Großvater in diesem Esel schmachte, mußte für ihn, der ein echter Moslem war, geradezu schrecklich sein. „Sage mir auch Alles, was ich sonst noch zu thun habe, um den Vater meines Vaters zu erretten."
„Hole einen Stein und eine Schnur!"
Der Esel merkte, daß wir uns mit ihm beschäftigten; er öffnete das Maul und schrie.
„Schnell, Ifra! Dies wird das letzte Mal sein, daß er gejammert hat."

Ich hielt den Schwanz des Thieres, und der kleine Baschi-Bozuk band den Stein an die Spitze desselben. Als diese Operation beendet war, drehte der Esel den Kopf nach hinten, um den Stein mit dem Maule zu entfernen; dies ging natürlich nicht. Jetzt versuchte er, den Stein mit dem Schwanze fortzuschleudern; er war aber zu schwer, und der Schwanz brachte es bloß bis zu einer kleinen Pendelbewegung, welche aber sofort eingestellt wurde, weil der Stein dabei an die Beine schlug. Der Esel befand sich ganz augenscheinlich in einer Art von Verblüffung; er schielte mit den Augen nach hinten; er wedelte höchst nachdenklich mit den langen Ohren; er schnaubte und öffnete endlich das Maul, um zu schreien – aber die Stimme versagte ihm; das Bewußtsein, daß seine größte Zierde hinten fest und niedergehalten werde, raubte ihm vollständig das Vermögen, seine Gefühle in edlen Tönen auszudrücken.

„Allah hu; er schreit wahrhaftig nicht!“ rief der Baschi-Bozuk. „Emir, Du bist der weiseste Mann, den ich gesehen habe!“

Ich ging fort und legte mich zur Ruhe. Unten aber standen die Pilger noch lange, um abzuwarten, ob das Wunder wirklich gelungen sei.

Ich wurde bereits am frühen Morgen durch das rege Leben geweckt, welches im Dorfe hin und her fluthete. Es kamen bereits wieder Pilger, welche theils in Baadri blieben, theils aber auch nach einer kurzen Rast nach Scheik Adi weiter zogen. Der erste, welcher bei mir eintrat, war Scheik Mohammed Emin.

„Hast Du hinunter vor das Haus gesehen?“ frug er mich.

„Nein.“

„Blicke hinab!“

Ich trat hinaus auf das Dach und sah hinunter. Da standen Hunderte von Menschen bei dem Esel und staunten ihn mit großen Augen an. Einer hatte dem Andern erzählt, was geschehen war, und als sie mich hier oben erblickten, traten sie ehrfurchtsvoll vom Hause zurück. Das hatte ich nicht beabsichtigt! Ich war einem lustigen Einfalle gefolgt, keineswegs aber wollte ich diese Leute in ihrem thörichten Aberglauben bestärken.

Auch Scheik Ali kam. Er lächelte, als er mich grüßte.

„Emir, wir haben Dir eine ruhige Nacht zu verdanken. Du bist ein großer Zauberer. Wird der Esel wieder schreien, wenn der Stein entfernt ist?“

„Ja. Das Thier fürchtet sich bei Nacht und will sich durch den Klang seiner eigenen Stimme ermuthigen.“

„Wollt Ihr mir zum Frühmahle folgen?“

Wir gingen hinab in die Frauenwohnung. Dort befand sich bereits Halef nebst dem Sohn Selek's, den ich meinen Dolmetscher im Kurdischen nennen mußte, und auch Ifra, der eine auffallend betrübte Miene machte. Die Frau des Bey kam mir mit einem freundlichen Gesicht entgegen und bot mir die Hand.

„Sabah'l kher – guten Morgen!“ grüßte ich sie.

„Sabah'l kher!“ antwortete sie. „Keifata ciava – wie ist Dein Befinden?“

„Kangia! Tu ciava – gut; wie befindest Du Dich?“

„Skuker quode kangia – Gott sei Dank, gut!“
„Du redest ja Kurmangdschi!“ rief Ali Bey erstaunt.
„Nur das, was ich gestern Abend aus dem Buche des Pir gelernt habe,“ antwortete ich. „Und das ist wenig genug.“
„Kommt herbei, und setzt Euch!“
Es gab zunächst Kaffee mit Valquapamasi und dann Quapameh, den man in dünnen, breiten Stücken wie Brod aß.
Dazu trank man Arpa, eine Art Dünnbier, welches der Türke Arpasu, Gerstenwasser zu nennen pflegt. Alle nahmen an dieser Mahlzeit Theil; nur der Buluk Emini kauerte trübsinnig seitwärts.
„Ifra, warum kommst Du nicht zu uns?“ frug ich ihn.
„Ich kann nicht essen, Emir,“ antwortete er.
„Was fehlt Dir?“
„Trost, Herr. Ich habe bisher meinen Esel geritten, geschlagen und geschimpft, habe ihn so wenig gebürstet und gewaschen, habe ihn wohl auch oft hungern lassen, und nun höre ich, daß es der Vater meines Vaters ist. Draußen steht er, und noch immer hängt ihm der Stein am Schwanz!“
Der Buluk Emini war zu bedauern, und mein Gewissen regte sich; aber die Situation war doch in Wahrheit so toll, daß ich mich nicht enthalten konnte, laut aufzulachen.
„Du lachest!“ erwiederte er vorwurfsvoll. „Hättest Du einen Esel, welcher der Vater Deines Vaters ist, so würdest Du weinen. Ich soll Dich nach Amadijah bringen, aber ich kann nicht; denn ich setze mich nie wieder auf den Geist meines Großvaters!“
„Das sollst Du auch nicht; das wäre ja auch gar nicht möglich, denn auf einen Geist kann sich Niemand setzen.“
„Auf wem soll ich denn reiten?“
„Auf Deinem Esel.“
Er sah mich mit einem ganz verwirrten Blick an.
„Aber mein Esel ist doch ein Geist; Du hast es ja gesagt!“
„Das war nur Scherz.“
„O, Du sagst dies nur, um mich zu beruhigen!“
„Nein, sondern ich sage es, weil es mir leid thut, daß Du Dir meinen Scherz so zu Herzen nimmst.“
„Effendi, Du willst mich wirklich nur trösten! Warum ist der Esel so oft mit mir durchgegangen? Warum hat er mich so vielmal heruntergeworfen? Weil er gewußt hat, daß er kein Esel ist und daß ich der Sohn seines Sohnes bin. Und warum hat der Stein sofort geholfen, als ich that, was Dir die Seele des Esels anbefohlen hat?“
„Sie hat mir nichts anbefohlen, und warum mein Mittel geholfen hat, das will ich Dir sagen. Hast Du niemals bemerkt, daß der Hahn die Augen schließt, wenn er kräht?“
„Ich habe es gesehen.“

„Halte ihm durch irgend eine Vorrichtung mit Gewalt die Augen offen, so wird er niemals krähen. Hast Du beobachtet, daß Dein Esel stets den Schwanz erhebt, wenn er schreien will?“
„Ja wirklich, das thut er, Effendi!“
„So sorge dafür, daß er den Schwanz nicht in die Höhe bringen kann; dann wird er das Schreien lassen.“
„Ist dies wirklich so?“
„Wirklich! Versuche es heute abend, wenn er wieder schreit!“
„So ist der Vater meines Vaters wirklich nicht verzaubert?“
„Nein, ich sage es Dir ja!“
„Hamdullillah!“
Er sprang hinaus und riß dem Thiere den Stein vom Schwanze herunter; dann kehrte er eilig zurück, um sich noch nachträglich an dem Mahle zu betheiligen. Daß er, der Untergebene, mit dem Bey zu Tische sitzen durfte, zeigte mir von Neuem, wie patriarchalisch die Dschesidi untereinander leben.

Das große Fest

„Kennst Du das Thal Idiz?“ frug ich den Begleiter.
„Ja.“
„Warum trägt es diesen Namen?“
„Weil früher räuberische Kurden ihren Versteck dort hatten.“
„Wie lange reitet man von hier aus, um hinzukommen?“
„Zwei Stunden.“
„Ich möchte es sehen. Willst Du mich hinführen?“
„Wie Du befiehlst, Herr. Wollen wir direkt oder über Scheik Adi?“
„Welcher Weg ist der kürzere?“
„Der direkte; aber er ist auch der beschwerlichere.“
„Wir wählen ihn dennoch.“
„Wird Dein Pferd ihn aushalten? Es ist ein kostbares Thier, wie ich kaum jemals so eines gesehen habe; aber es wird wohl nur die Ebene gewohnt sein.“
„Gerade heute will ich es prüfen.“
Wir hatten Baadri hinter uns. Der Weg, unter dem man sich ja nicht einen gebahnten Steig zu denken hat, ging steil bergan und wieder steil bergab, aber mein Rappe hielt wacker aus. Die Höhen, welche erst mit Gebüsch bestanden waren, zeigten sich jetzt von dichtem, dunklem Wald besetzt, unter dessen Laub- und Nadelkronen wir dahinritten. Endlich wurde der Pfad so gefährlich, daß wir absteigen und die Pferde führen mußten. Es war erforderlich, jede Stelle genau zu untersuchen, ehe wir den Fuß auf dieselbe setzten. Das Pferd des Dolmetschers war diese Art Terrain gewohnt: es trat mit mehr Sicherheit auf und wußte die gefährlichen Stellen aus Erfahrung besser von den ungefährlichen zu unterscheiden; aber mein Rappe besaß einen glücklichen Instinkt und

eine außerordentliche Vorsichtigkeit, und ich bekam die Überzeugung, daß er bereits nach kurzer Übung ein sehr guter Berggänger sein werde; wenigstens zeigte er bereits heute, daß er nicht ermüdete, während das andere Thier schwitzte und endlich auch mit dem Athem zu kämpfen begann.

Die zwei Stunden waren beinahe abgelaufen, als wir an ein Dickicht gelangten, hinter welchem die Felsen fast senkrecht hinabfielen.

„Das ist das Thal," meinte der Führer.

„Wie kommen wir hinab?"

„Es gibt nur einen Weg, hinunterzukommen, und dieser führt von Scheik Adi hierher."

„Ist er betreten?"

„Nein; er ist von dem übrigen Boden gar nicht zu unterscheiden. Komm!"

Ich folgte ihm längs der dichten Büsche hin, welche den Rand des Thales ringsum so vollständig bedeckten, daß ein führerloser Fremder von dem Dasein des Letzteren sicher nicht das Mindeste geahnt hätte. Nach einiger Zeit gelangten wir an eine Stelle, an welcher der Führer wieder abstieg. Er deutete nach rechts.

„Hier kommt man durch den Wald nach Scheik Adi, aber nur ein Dschesidi weiß den Weg zu finden. Und hier links geht es in das Thal hinab."

Er schob die Büsche auseinander, und nun sah ich vor mir einen weiten Thalkessel, dessen Wände steil emporstiegen und zum Auf- und Niedersteigen nur die eine Stelle boten, an welcher wir uns befanden. Wir kletterten, die Pferde am Zügel führend, hinab. Unten angelangt, konnte ich das Thal in seiner ganzen Breite überschauen. Es war groß genug, um mehreren tausend Menschen eine Zuflucht zu bieten, und verschiedene Höhlenöffnungen nebst anderen Anzeichen ließen vermuten, daß es vor noch nicht sehr langer Zeit bereits Bewohner gehabt habe. Die Sohle des Kessels war mit einem kräftigen Graswuchse überzogen, welcher selbst das Verbergen von Heerden hier erleichterte, und einige künstlich in den Boden gegrabene Löcher hatten Trinkwasser genug für viele durstige Kehlen.

Wir ließen die Pferde weiden und legten uns in das Gras.

Alsbald begann ich das Gespräch mit der Bemerkung:

„Das ist ein Versteck, wie die Natur es nicht praktischer anlegen konnte."

„Es hat diesem Zwecke auch bereits gedient, Effendi. Bei der letzten Verfolgung der Dschesidi haben über tausend Menschen hier ihre Sicherheit gefunden. Darum wird kein Angehöriger unsers Glaubens diesen Ort verrathen. Man weiß ja nicht, ob man ihn wieder brauchen wird."

„Das scheint nun jetzt der Fall zu werden."

„Ich weiß es. Aber es handelt sich jetzt nicht um eine allgemeine Verfolgung angeblich um des Glaubens willen, sondern nur um eine Maßregel, welche den Zweck hat, uns auszuplündern. Der Mutessarif sendet fünfzehnhundert Mann gegen uns, die uns unerwartet überfallen sollen; aber er wird sich täuschen. Wir haben seit sehr langen

Jahren das Fest nicht gefeiert; darum wird kommen, wer nur kommen kann, so daß wir den Türken einige tausend kampfbereite Männer entgegenstellen können."
„Sind sie alle bewaffnet?"
„Alle. Du selbst wirst sehen, wie viel bei unserem Feste geschossen wird. Der Mutessarif braucht für seine Soldaten während eines ganzen Jahres nicht so viel Pulver, wie wir in diesen drei Tagen für unsere Freudensalven."
„Warum verfolgt man Euch? Des Glaubens wegen?"
„Denke dies nicht, Emir! Dem Mutessarif ist der Glaube sehr gleichgiltig. Er hat nur das eine Ziel, reich zu werden, und dazu müssen ihm bald die Araber und die Chaldäer, bald die Kurden oder die Dschesidi verhelfen. Oder meinst Du, daß unser Glaube so schlimm sei, daß er verdiene, ausgerottet zu werden?"
Auf diesem Punkte wollte ich den jungen Mann haben. Von ihm konnte ich erfahren, was der Pir mir noch nicht gesagt hatte.
„Ich kenne ihn nicht," antwortete ich.
„Und hast auch noch nichts über ihn gehört?"
„Sehr wenig, und dieses glaube ich nicht."
„Ja, Effendi, man redet sehr viel Unwahres über uns. Hast Du auch von meinem Vater nichts erfahren oder von Pali und Melaf?"
„Nein; wenigstens nichts Hauptsächliches; aber ich denke, daß Du mir Einiges sagen wirst."
„O Emir, wir sprechen nie zu Fremden über unsern Glauben!"
„Bin ich Dir fremd?"
„Nein. Du hast dem Vater und den beiden Andern das Leben gerettet und auch jetzt uns vor den Türken gewarnt, wie ich vom Bey erfahren habe. Du bist der Einzige, dem ich Auskunft ertheilen werde. Aber ich muß Dir sagen, daß ich selbst nicht Alles weiß."
„Gibt es bei Euch Dinge, die nicht Jeder wissen darf?"
„Nein. Aber gibt es nicht in jedem Hause Dinge, welche die Eltern ganz allein zu wissen brauchen? Unsere Priester sind unsere Väter."
„Darf ich Dich fragen?"
„Frage; aber ich bitte Dich, einen Namen nicht zu nennen!"
„Ich weiß es; aber ich möchte grad über diesen Gegenstand Einiges wissen. Wirst Du mir Auskunft geben, wenn ich das Wort vermeide?"
„Soviel ich's vermag, ja."
Dieses Wort war der Name des Teufels, den die Dschesidi niemals aussprechen. Das Wort Scheïtan ist bei ihnen so verpönt, daß sie selbst ähnliche Worte sorgfältig vermeiden. Wenn sie zum Beispiel von einem Flusse sprechen, so sagen sie „Nahr", aber niemals „Schat", weil dieses letztere Wort mit der ersten Silbe von Scheïtan in naher Beziehung steht. Das Wort „Keïtan" (Franse oder Faden) wird vermieden und auch die Wörter „Naal" (Hufeisen) und „Naal-band" (Hufschmied), weil sie mit den Worten „Laan" (Fluch) und „mahlun" (verflucht) in einer gewissen Nähe stehen. Sie sprechen

vom Teufel nur in Umschreibung, und zwar mit Ehrfurcht. Sie nennen ihn Melek el Kuht oder Melek Ta-us.

„Ihr habt neben dem guten Gott auch noch ein anderes Wesen?“

„Neben? Nein. Das Wesen, welches Du meinst, steht unter Gott. Dieser Kyral meleklerün war das oberste der himmlischen Wesen; aber Gott war sein Schöpfer und Herr.“

„Wo ist er jetzt?“

„Er empörte sich gegen Gott, und Gott verbannte ihn.“

„Wohin?“

„Auf die Erde und auf alle Sterne.“

„Nun ist er der Herr Derjenigen, die in der Dschehennah wohnen?“

„Nein. Ihr glaubt wohl, daß er ewig unglücklich ist?“

„Ja.“

„Glaubt Ihr auch, daß Gott allgütig, gnädig und barmherzig ist?“

„Ja.“

„Dann wird er auch verzeihen – den Menschen und den Engeln, welche gegen ihn sündigen. Das glauben wir, und darum bedauern wir Jenen, welchen Du meinst. Jetzt kann er uns schaden, und darum nennen wir seinen Namen nicht. Später, wenn er seine Macht zurückerhält, kann er die Menschen belohnen, und darum reden wir nichts Böses von ihm.“

„Ihr verehrt ihn? Ihr betet ihn an?“

„Nein, denn er ist Gottes Geschöpf wie wir; aber wir hüten uns, ihn zu beleidigen.“

„Was bedeutet der Hahn, welcher bei Euren Gottesdiensten zugegen ist?“

„Der bedeutet Jenen nicht, welchen Du meinst. Er ist ein Bild der Wachsamkeit. Hat Euch Azerat Esau, der Sohn Gottes, nicht erzählt von den Jungfrauen, welche den Bräutigam erwarteten?“

„Ja.“

„Fünf von ihnen schliefen ein und dürfen nun nicht in den Himmel. Kennst Du die Erzählung von dem Jünger, welcher seinen Meister verleugnete?“

„Ja.“

„Auch da krähte der Hahn. Darum ist er bei uns das Zeichen, daß wir wachen, daß wir den großen Bräutigam erwarten.“

„Glaubt Ihr das, was die Bibel erzählt?“

„Wir glauben es, obgleich ich nicht Alles weiß, was sie erzählt.“

„Habt Ihr nicht auch ein heiliges Buch, in welchem Eure Lehren verzeichnet sind?“

„Wir hatten ein solches. Es wurde in Baascheikha aufbewahrt, aber ich habe gehört, daß es verloren gegangen ist.“

„Welches sind Eure heiligen Handlungen?“

„Du wirst sie alle in Scheik Adi kennen lernen.“

„Kannst Du mir sagen, wer Scheik Adi war?“

„Das weiß ich nicht genau."
„Betet Ihr zu ihm?"
„Nein. Wir verehren ihn nur dadurch, daß wir an seinem Grabe zu Gott beten. Er war ein Heiliger und wohnt bei Gott."
„Welche Arten von Priestern gibt es bei Euch?"
„Zunächst kommen die Pirs. Dieses Wort heißt eigentlich ein alter oder ein weiser Mann; hier aber bedeutet es ein heiliger Mann."
„Wie kleiden sie sich?"
„Sie können sich kleiden, wie es ihnen gefällt; aber sie führen ein sehr frommes Leben, und Gott gibt ihnen die Macht, durch ihre Fürbitte alle Krankheiten des Leibes und der Seele zu heilen."
„Gibt es viele Pirs?"
„Ich kenne jetzt nur drei. Pir Kamek ist der größte von ihnen."
„Weiter!"
„Nach ihnen kommen die Scheiks. Sie müssen so viel Arabisch lernen, um unsere heiligen Lieder zu verstehen."
„Werden diese in arabischer Sprache gesungen?"
„Ja."
„Warum nicht in kurdischer?"
„Ich weiß es nicht. Aus den Scheiks werden die Wächter des heiligen Grabes gewählt, wo sie das Feuer unterhalten und die Pilger bewirthen müssen."
„Haben sie eine besondere Kleidung?"
„Sie gehen ganz weiß gekleidet und tragen als Zeichen ihres Amtes einen Gürtel, welcher roth und gelb ist. Nach diesen Scheiks kommen die Prediger, welche wir Kawals nennen. Sie können die heiligen Instrumente spielen und gehen von Ort zu Ort, um die Gläubigen zu belehren."
„Welches sind die heiligen Instrumente?"
„Das Tamburin und die Flöte. Auch verstehen die Kawals, bei den hohen Festen zu singen."
„Wie kleiden sie sich?"
„Sie können alle Farben tragen, doch kleiden sie sich gewöhnlich weiß. Dann aber muß ihr Turban schwarz sein, zur Unterscheidung von den Scheiks. Nach ihnen kommen die Fakirs, welche die niederen Dienste am Grabe und auch anderswo verrichten. Sie haben meist dunkle Gewänder und tragen ein rothes Tuch quer über dem Turban."
„Wer ernennt Eure Priester?"
„Sie werden nicht ernannt, denn diese Würde ist erblich. Wenn ein Priester stirbt und keinen Sohn hinterläßt, so geht sein Amt auf seine älteste Tochter über."
Das war allerdings höchst merkwürdig, besonders im Orient!
„Und wer ist der Oberste aller Priester?"

„Der Scheik von Baadri. Du hast ihn noch nicht gesehen, denn er befindet sich bereits in Scheik Adi, um das Fest vorzubereiten. Hast Du noch etwas zu fragen?“
„Noch Vieles! Werden Eure Kinder getauft?“
„Getauft und beschnitten.“
„Gibt es unreine Speisen, welche Ihr nicht essen dürft?“
„Wir essen kein Schweinefleisch und haben keine blaue Farbe, denn der Himmel ist so erhaben, daß wir seine Farbe nicht unsern irdischen Dingen geben mögen.“
„Habt Ihr eine Kiblah?“
„Ja. Wenn wir beten, so wenden wir das Angesicht dem Orte zu, an welchem an diesem Tage die Sonne aufgegangen ist. Auch die Todten werden bei ihrem Begräbnisse so gelegt, daß ihr Angesicht nach dieser Gegend gerichtet ist.“
„Weißt Du, woher Eure Religion gekommen ist?“
„Scheik Adi, der Heilige, hat sie uns gelehrt. Wir selbst aber sind aus den Ländern des untern Euphrat gekommen. Dann zogen unsere Väter nach Syrien, nach dem Sindschar und endlich hierher.“
Ich hätte sehr gern noch weiter gefragt, aber es erschallte von oben her ein Schrei, und als wir emporblickten, erkannten wir Selek, welcher im Begriffe war, zu uns herabzusteigen. Bald stand er neben uns und reichte uns die Hand.
„Beinahe hätte ich Euch erschossen,“ lautete sein Gruß.
„Uns? Warum?“ frug ich.
„Von oben herab hielt ich Euch für Fremde, und solche dürfen in dieses Thal nicht eindringen. Dann aber erkannte ich Euch. Ich komme, um nachzusehen, ob das Thal der Vorbereitung bedarf.“
„Zur Aufnahme der Flüchtigen?“
„Der Flüchtigen? Wir werden nicht fliehen; aber ich habe dem Bey erzählt, wie listig Du die Feinde der Schammar nach jenem Thale locktest, in welchem Ihr sie gefangen nahmt, und wir werden ganz dasselbe thun.“
„Ihr wollt die Türken hierher locken?“
„Nein, sondern nach Scheik Adi; die Pilger aber sollen während des Kampfes hier untergebracht werden. Der Bey hat es so befohlen, und der Scheik ist damit einverstanden.“
Er untersuchte das Wasser und die Höhlen und frug uns dann, ob wir ihn zurückbegleiten wollten. Dies verstand sich ganz von selbst. Wir führten unsere Pferde empor, saßen dann auf und hielten stracks auf Baadri zu. Als wir dort ankamen, fand ich den Bey einigermaßen in Aufregung.
„Ich habe Kunde erhalten, seitdem Du fortgeritten bist,“ sagte er. „Die Türken aus Diarbekir stehen bereits am Ghomelflusse, und die aus Kerkjuk haben unterhalb der Berge auch schon denselben Fluß erreicht.“
„So sind Deine Kundschafter von Amadijah bereits zurück?“

„Sie sind gar nicht bis Amadijah gekommen, denn sie mußten sich theilen, um diese Truppen zu beobachten. Es ist nun erwiesen, daß der geplante Überfall nur uns gilt."
„Ist es bereits bekannt?"
„Nein, denn dadurch könnte der Feind erfahren, daß er uns gerüstet finden wird. Ich sage Dir, Emir, ich werde entweder sterben oder diesem Mutessarif eine Lehre geben, die er nie vergessen soll!"
„Ich werde bis nach dem Kampfe bei Dir bleiben."
„Ich danke Dir, Emir; aber kämpfen sollst Du nicht!"
„Warum nicht?"
„Du bist mein Gast; Gott hat mir Dein Leben anvertraut."
„Gott kann es am besten schützen. Soll ich Dein Gast sein und Dich allein in den Kampf gehen lassen? Sollen die Deinen von mir erzählen, daß ich ein Feigling bin?"
„Das werden sie niemals sagen. Bist Du nicht auch der Gast des Mutessarif gewesen? Hast Du nicht seinen Paß und seine Briefe in der Tasche? Und jetzt willst Du gegen ihn kämpfen? Mußt Du nicht Deinen Arm aufheben für den Sohn Deines Freundes, den Ihr befreien wollt? Und kannst Du mir nicht dienen, auch ohne daß Du meine Feinde tödtest?"
„Du hast recht in allem, was Du sagest. Ich wollte aber auch nicht tödten, sondern vielleicht dahin wirken, daß kein Blut vergossen wird."
„Laß diese Sorge mir, Effendi! Ich trachte nicht nach Blut; ich will nur den Tyrannen von mir weisen."
„Wie willst Du dies durchführen?"
„Weißt Du, daß in Scheik Adi bereits dreitausend Pilger eingetroffen sind? Bis zum Beginne des Festes werden es sechstausend und noch mehr sein."
„Männer, Frauen und Kinder?"
„Ja. Die Frauen und Kinder sende ich in das Thal Idiz, und nur die Männer bleiben zurück. Die Truppen aus Diarbekir und Kerkjuk werden sich auf dem Wege von Kaloni her vereinigen, und die aus Mossul kommen über Dscherraijah oder Aïn Sifni herauf. Sie wollen uns in dem Thale des Heiligen einschließen; wir aber steigen hinter dem Grabe empor und stehen rund um das Thal, wenn sie eingerückt sind. Dann können wir sie niederstrecken bis auf den letzten Mann, wenn sie sich nicht ergeben. Andernfalls aber sende ich einen Boten an den Mutessarif und stelle meine Bedingungen, unter denen ich sie freigebe. Er wird sich dann vor dem Großherrn in Stambul zu verantworten haben."
„Er wird diesem die Angelegenheit in einem falschen Lichte schildern."
„Aber es wird ihm nicht gelingen, den Padischah zu täuschen; denn ich habe vorhin eine heimliche Gesandtschaft nach Stambul gesandt, welche ihm zuvorkommen wird."
Ich mußte mir im Innern eingestehen, daß Ali Bey nicht nur ein muthiger, sondern auch ein kluger und darum vorsichtiger Mann sei.
„Und wie willst Du mich verwenden?" frug ich ihn.

„Du sollst mit Jenen ziehen, welche unsere Frauen und Kinder und unsere Habe beschützen werden.“
„Euere Habe nehmt Ihr mit?“
„So viel wir fortbringen. Ich werde noch heute allen Bewohnern von Baadri sagen lassen, daß sie Alles nach dem Thale Idiz schaffen mögen, aber heimlich, damit mein Plan nicht verrathen werde.“
„Und Scheik Mohammed Emin?“
„Er geht mit Dir. Ihr könntet jetzt nicht nach Amadijah kommen, da der Weg dorthin bereits nicht mehr frei ist.“
„Die Türken würden das Bu-djeruldi des Großherrn und den Ferman des Mutessarif achten müssen.“
„Aber es sind Leute aus Kerkjuk dabei, und wie leicht ist es möglich, daß einer von ihnen Mohammed Emin kennt!“
Noch während wir sprachen, kamen zwei Männer in das Haus. Es waren meine beiden alten Bekannten Pali und Melaf, welche ganz außer sich waren, als sie mich erblickten, und mir vor Freude wohl zehnmal die Hände küßten.
„Wo ist der Pir?“ frug Ali Bey.
„Im Grabe des Jonas bei Kufjundschik. Er sendet uns, um Dir zu sagen, daß wir am zweiten Tage des Festes früh am Morgen überfallen werden sollen.“
„Kennt er den Vorwand, welchen der Mutessarif angeben wird?“
„Es sind in Malthaijah von einem Dschesidi zwei Türken erschlagen worden. Er will die Täter in Scheik Adi holen.“
„Es sind in Malthaijah von zwei Türken zwei Dschesidi erschlagen worden, so lautet die Wahrheit. Siehst Du, Emir, wie diese Türken sind? Sie erschlagen meine Leute, um Ursache zum Einfall in unser Gebiet zu haben. Mögen sie finden, was sie suchen!“
Ich begab mich mit meinem Dolmetscher nach meinem Zimmer, wo ich meine Übungen begann. Mohammed Emin saß wortlos dabei, rauchte seine Pfeife und wunderte sich baß darüber, daß ich mir so viele Mühe gab, ein Buch zu lesen und die Worte einer fremden Sprache zu verstehen. Dies that ich während des ganzen Tages und am Abend. Auch der nächste Tag verging unter dieser angenehmen Beschäftigung.
Unterdessen hatte ich bemerkt, daß die Bewohner von Baadri ihre Habe ohne Aufsehen fortschafften; auch wurde in einer Stube unseres Hauses eine große Menge Kugeln gegossen. Beifügen muß ich noch, daß der Esel des Buluk Emini während dieser Zeit nicht wieder laut geworden war, da ihm sein Herr und Meister sofort bei Einbruch der Dunkelheit den Stein an den Schwanz befestigt hatte.
Pilger kamen fortwährend, bald einzeln, bald in Familien und bald in größeren Trupps. Viele waren arm und auf die Mildthätigkeit anderer angewiesen. Dann trieb Einer eine Ziege oder einen fetten Hammel herbei; reichere Leute hatten einen Ochsen oder zwei, ja einige Male sah ich sogar ganze Heerden vorüberziehen. Das waren die Liebes- und Opfergaben, welche die Wohlhabenden zum heiligen Grabe brachten, damit ihre armen

Brüder nicht Mangel leiden sollten. So Viele auch kamen und gingen: – meine Baschi-Bozuks und Arnauten blieben verschollen, und ich habe bis zum heutigen Tage nicht erfahren, wo sie geblieben sind.

Am dritten Tage, dem ersten Tage des Festes, saß ich mit meinem Dolmetscher wieder beim Buche. Es war noch vor Sonnenaufgang. Er dictirte:

„Schi bu dunya geranra di dunya 'i aschutin, chosch the, seferi ti nav seferi kirin, di her baschereki ditin zinet u chamil, di her konajaki hisa 'i kirin, schi tischti dizi chaber hilanin, schi ne ditiyan pai hilanin, lakin bebini paschija schuchuli, di bascheri chodaya meriv chondekjar. Cheiri ma' in di bascheri choda digel munan, tschirite schi chandkjarija bascheri merivan. Di bascheri merivan egertschi dibe quendschi, dil nabe schi evina mali vala."

Ich übersetzte:

„Angenehm ist es, um die Welt zu durchwandern, sich in die Welt hinein zu begeben, Reise auf Reise zu vollenden, in jeder Stadt alle Schönheiten zu schauen, in jeder Herberge Ruhe zu genießen, von allem Verborgenen Kenntniß zu nehmen und sich nach allem Ungesehenen zu erkundigen; doch nach aller Mühe wirst Du einsehen, daß nur in seiner eigenen Stadt der Mensch Herr ist. In seiner eigenen Stadt unter der Menge bleiben, ist besser, als über eine fremde Stadt herrschen. Wenn es auch in einer fremden Stadt gut ist, so trennt sich das Herz dennoch nie von seinem heimatlichen Herde."

Dieser Text war der bekannten Erzählung von Iskender entnommen, und ich war in die Arbeit so vertieft, daß ich gar nicht bemerkte, daß der Buluk Emini eingetreten war.

„Emir!" rief er, nachdem er sich bereits einige Male geräuspert hatte, ohne daß es von mir bemerkt worden war.

„Was gibt es?"

„Fort!"

Jetzt erst bemerkte ich, daß er bereits gespornt und gestiefelt sei, übergab dem Sohne Selek's das Buch und sprang auf. Ich hatte ganz vergessen, daß ich mich baden und frische Wäsche anlegen müsse, wenn ich überhaupt am Grabe des Heiligen würdig erscheinen wollte. Ich nahm die Wäsche zu mir, ging hinab und eilte hinaus vor das Dorf. Der Bach wimmelte von Badenden und ich mußte ziemlich weit gehen, um eine Stelle zu finden, an welcher ich mich unbeobachtet glaubte.

Hier badete ich und wechselte die Wäsche, eine Prozedur, welche man auf Reisen im Oriente nicht gar zu häufig vornehmen kann. Daher fühlte ich mich wie neugeboren und wollte bereits den Ort verlassen, als ich eine leise Bewegung des Gebüsches bemerkte, welches sich an den Ufern des Baches hinzog. War es ein Thier oder ein Mensch? Wir standen auf dem Kriegsfuße, und so konnte es nichts schaden, wenn ich die Sache einmal näher untersuchte. Ich that daher vollständig unbefangen, pflückte einige Blumen und näherte mich dabei scheinbar absichtslos dem Orte, an dem ich die erwähnte Bewegung bemerkt hatte. Dabei kehrte ich dem Busche den Rücken zu; plötzlich aber drehte ich mich um und stand mit einem schnellen Sprunge mitten im dichten Zweigwerk. Vor mir kauerte ein Mann. Er sah noch jung aus, hatte aber beinahe einen militärischen Anstrich, obgleich ich nur ein Messer als einzige Waffe bei ihm bemerkte. Eine breite Narbe zog sich über seine rechte Wange. Er erhob sich und wollte sich rasch zurückziehen, ich aber faßte seine Hand und hielt ihn fest.

„Was thust Du hier?“ frug ich.

„Nichts.“

„Wer bist Du?“

„Ein – ein Dschesidi,“ klang es zaghaft.

„Woher?“

„Ich heiße Lassa und bin ein Dassini.“

Ich hatte gehört, daß die Dassini eine der vornehmsten Familien der Dschesidi seien; er sah mir aber gar nicht aus wie ein Teufelsanbeter.

„Ich habe Dich gefragt, was Du hier thust?“

„Ich versteckte mich, weil ich Dich nicht stören wollte.“

„Und was thatest Du vorher hier?“

„Ich wollte baden.“

„Wo hast Du die Wäsche?“

„Ich habe keine.“

„Du warst vor mir hier und hattest also das Recht, hier zu bleiben, statt Dich zu verstecken. Wo hast Du diese Nacht geschlafen?“

„Im Dorfe.“

„Bei wem?“

„Bei – bei – bei – – ich kenne seinen Namen nicht.“

„Ein Dassini kehrt bei keinem Manne ein, dessen Namen er nicht kennt. Komm mit mir und zeige mir Deinen Wirth!“

„Ich muß vorher baden!“

„Das wirst Du nachher thun. Vorwärts!“

Er versuchte, sich von meinem Griffe zu befreien.

„Mit welchem Rechte sprichst Du in dieser Weise zu mir?“

„Mit dem Rechte des Mißtrauens.“

„Ebenso könnte ich Dir mißtrauen!“

„Natürlich! Ich bitte Dich, es zu thun. Dann führst Du mich in das Dorf, und es wird sich zeigen, wer ich bin.“

„Gehe, wohin es Dir beliebt!“

„Das tue ich auch; aber Du wirst mich begleiten.“

Sein Blick hing an meinem Gürtel; er bemerkte, daß ich keine Waffe bei mir trug, und ich sah es ihm an, daß er im Begriffe stehe, nach seinem Messer zu greifen. Dies konnte mich aber nicht irre machen; darum hielt ich sein Handgelenk nur fester und gab ihm einen scharfen Ruck, der ihn zwang, aus dem Busch heraus in das Freie zu treten.

„Was wagest Du?“ blitzte er mich an.

„Gar nichts. Du gehst mit mir; tschapuk – sofort!“
„Laß meine Hand los, sonst – – –!“
„Was sonst?“
„Brauche ich Gewalt!“
„Brauche sie!“
„Da – – –!“
Er zog das Messer und stieß nach mir; ich aber griff von unten herauf und faßte nun auch seine zweite Hand.
„Schade um Dich; denn Du scheinst kein Feigling zu sein!“
Ich drückte ihm die Hand, daß er das Messer fallen ließ, hob dasselbe schnell auf und faßte ihn bei der Jacke.
„Nun vorwärts, sonst – –! Hier nimm meine Wäsche auf, und trage sie!“
„Herr, thue es nicht!“
„Warum nicht?“
„Bist Du ein Dschesidi?“
„Nein.“
„Warum willst Du mich dann nach dem Dorfe schaffen?“
„Das will ich Dir sagen: Du bist ein türkischer Soldat, ein Spion.“
Er erbleichte.
„Du irrst, Herr! Wenn Du kein Dschesidi bist, so laß mich frei!“
„Dschesidi oder nicht; vorwärts!“
Er krümmte sich unter meinem Griffe, aber er mußte mit. Ich zwang ihn sogar, meine Wäsche zu tragen. Wir erregten kein geringes Aufsehen, als wir das Dorf erreichten, und eine ziemliche Menschenmenge folgte uns nach der Wohnung des Bey's. Er befand sich im Selamlik, wohin ich auch den Fremden schaffte. Unweit der Thüre stand, ohne daß der Gefangene ihn bemerkte, mein Baschi-Bozuk, der eine sehr überraschte Miene machte, als wir an ihm vorübergingen. Er mußte ihn kennen.
„Wen bringst Du mir da?“ frug Ali Bey.
„Einen Fremden, den ich draußen am Bache fand. Er hatte sich versteckt, und zwar an einem Orte, von welchem aus er das ganze Dorf und auch den Weg nach Scheik Adi überblicken konnte.“
„Wer ist er?“
„Er behauptet, Lassa zu heißen und ein Dassini zu sein.“
„Dann müßte ich ihn kennen; auch gibt es keinen Dassini dieses Namens.“
„Er stach nach mir, als ich ihn zwang, mit mir zu gehen. Hier ist er. Thue mit ihm, was Du willst!“
Ich verließ den Raum. Draußen stand der Buluk Emini noch.
„Kennst Du den Mann, den ich jetzt brachte?“
„Ja. Was hat er gethan, Emir? Gewiß hast Du ihn verkannt! Er ist kein Dieb und kein Räuber.“

„Was sonst?"
„Er ist Kol Agassi bei meinem Regiment."
„Ah! Wie heißt er?"
„Nasir. Wir nannten ihn Nasir Agassi. Er ist der Freund des Miralai Omar Amed."
„Gut; sage Halef, daß er satteln möge!"
Ich kehrte in das Selamlik zurück, wo vor Mohammed Emin und einigen der zufällig anwesenden bedeutenderen Dorfbewohner das Verhör bereits begonnen hatte.
„Seit wann lagst Du im Busche?" frug der Bey.
„Seit dieser Mann hier badete."
„Dieser Mann ist ein Emir; merke Dir das! Du bist kein Dassini und auch kein Dschesidi. Wie heißt Du?"
„Das sage ich nicht!"
„Warum nicht?"
„Ich habe eine Blutrache da droben in den kurdischen Bergen; ich muß verschweigen, wer ich bin und wie ich heiße."
„Seit wann hat ein Kol Agassi mit der Blutrache des freien Kurden zu thun?" frug ich ihn.
Er wurde noch bleicher als vorhin am Bache.
„Kol Agassi? Was meinest Du?" frug er dennoch beherzt.
„Ich meine, daß ich Nasir Agassi, den Vertrauten vom Miralai Omar Amed, so genau kenne, daß ich mich nicht täuschen lasse."
„Du – Du – – Du kennst mich? Wallahi, so bin ich verloren; das ist mein Verhängnis!"
„Nein; es ist Dein Kismet nicht. Gestehe aufrichtig, was Du hier thatest, so wird Dir vielleicht nichts geschehen!"
„Ich habe nichts zu sagen."
„Dann bist Du verl – – –"
Ich unterbrach den zornigen Bey mit einer schnellen Handbewegung und wandte mich wieder zu dem Gefangenen.
„Ist das von der Blutrache die Wahrheit?"
„Ja, Emir!"
„So sei ein anderes Mal vorsichtiger. Wenn Du mir versprichst, unverweilt nach Mossul zurückzukehren und die Rache für jetzt aufzuschieben, so bist Du frei."
„Effendi!" rief da der Bey erschrocken. „Bedenke doch, daß wir ja – –"
„Ich weiß, was Du sagen willst," unterbrach ich ihn abermals. „Dieser Mann ist ein Stabsoffizier des Mutessarif, ein Kol Agassi, aus dem einst vielleicht ein General werden kann, und Du lebst mit dem Mutessarif in Freundschaft und in tiefstem Frieden. Es thut mir jetzt leid, diesen Offizier belästigt zu haben, was gar nicht geschehen wäre, wenn ich ihn sofort gekannt hätte. – Du versprichst mir also, unverweilt nach Mossul zurückzukehren?"
„Ich verspreche es."
„Betrifft diese Rache einen Dschesidi?"

„Nein."
„So gehe, und Allah behüte Dich, daß die Rache nicht gefährlich für Dich selbst wird!"
Er stand ganz erstaunt. Noch vor einem Augenblick hatte er den gewissen Tod vor sich gesehen, und jetzt sah er sich frei. Er faßte meine Hand und rief:
„Emir, ich danke Dir! Allah segne Dich und alle die Deinen!"
Dann war er in größter Eile zur Thür hinaus. Er mochte befürchten, daß wir unsere Großmuth noch bereuen könnten.
„Was hast Du gethan!" sagte Ali Bey mehr erzürnt als erstaunt.
„Das Beste, was ich thun konnte," antwortete ich.
„Das Beste? Dieser Mensch ist ein Spion!"
„Das ist richtig."
„Und hatte den Tod verdient!"
„Das ist richtig."
„Und Du schenktest ihm die Freiheit! Zwangst ihn nicht zum Geständniß!"
Auch die andern Dschesidi schauten finster drein. Ich ließ mich dies nicht anfechten und antwortete:
„Was hättest Du durch sein Geständniß erfahren?"
„Vielleicht viel!"
„Nicht mehr, als wir bereits wissen. Und übrigens schien er der Mann zu sein, der lieber stirbt als gesteht."
„So hätten wir ihn getödtet!"
„Und was wäre die Folge davon gewesen?"
„Daß es einen Spion weniger gegeben hätte!"
„O, die Folgen wären noch ganz andere gewesen. Der Kol Agassi war jedenfalls abgeschickt, sich zu überzeugen, ob wir eine Ahnung von dem beabsichtigten Überfalle haben. Tödteten wir ihn, oder hielten wir ihn gefangen, so kehrte er nicht zurück, und man hätte gewußt, daß wir bereits gewarnt sind. Nun aber hat er seine Freiheit wieder erhalten, und der Miralai Omar Amed wird als ganz sicher annehmen, daß wir nicht das Geringste von dem Anschlage des Mutessarif ahnen. Es würde doch die allergrößte Dummheit sein, einen Spion zu entlassen, wenn man überzeugt ist, daß man überfallen werden soll – so werden sie sich sagen. Habe ich recht?"
Der Bey umarmte mich.
„Verzeih, Emir! Meine Gedanken reichten nicht so weit wie die Deinigen. Aber ich werde ihm einen Späher nachsenden, um mich zu überzeugen, daß er auch wirklich fortgeht."
„Auch dies wirst Du nicht thun."
„Warum nicht?"
„Er könnte grad dadurch auf das aufmerksam werden, was wir ihm durch seine Freilassung verborgen haben. Er wird sich hüten, hier zu bleiben, und übrigens kommen jetzt genug Leute an, bei denen Du Dich erkundigen kannst, ob sie ihm begegnet sind."

Auch hier drang ich durch. Es war mir eine angenehme Genugthuung, zwei Vortheile verbunden zu haben: ich hatte einem Menschen, der doch nur auf Befehl gehandelt hatte, das Leben erhalten und zu gleicher Zeit den Plan des Mutessarif vereitelt. Mit diesem Gefühle ging ich in das Frauengemach, welches hier eigentlich Küche genannt werden mußte, um das Frühstück einzunehmen. Vorher aber holte ich aus meiner kleinen Raritätensammlung, die ich von Isla Ben Maflei erhalten hatte, ein Armband, an welchem ein Medaillon angebracht war.

Der kleine Bey war auch bereits munter. Während ihn seine Mutter hielt, versuchte ich seine niedliche Physiognomie zu Papiere zu bringen. Es gelang ganz leidlich, denn Kinder sind einander ähnlich. Dann legte ich das Papier in das Medaillon und gab der Mutter das Armband.

„Trage dies als Andenken an den Emir der Nemtsche," bat ich sie; „das Gesicht Deines Sohnes befindet sich darin; es wird ewig jung bleiben, auch wenn er alt geworden ist."

Sie sah das Bild an und war ganz entzückt. In fünf Minuten hatte sie es sämtlichen Bewohnern des Hauses und allen Anwesenden gezeigt, und ich konnte mich vor Dankbarkeitsbezeigungen kaum retten. Dann aber brachen wir auf, allerdings nicht mit dem Gefühle, daß es zu einer Lustbarkeit gehe, sondern in sehr ernster Stimmung.

Ali Bey hatte seine kostbarste Kleidung angelegt. Er ritt mit mir voraus, und dann folgten die angesehensten Leute des Dorfes. Mohammed Emin befand sich natürlich an unserer Seite. Er war mißmuthig, da unser Ritt nach Amadijah eine solche Unterbrechung erlitten hatte. Vor uns her zog eine Schar von Musikanten mit Flöten und Tamburins. Hinterher kamen die Frauen, meist mit Eseln, die mit Teppichen, Kissen und allerlei Geräthschaften beladen waren.

„Hast Du Deine Vorbereitungen für Baadri getroffen?" frug ich den Bey.

„Ja. Bis Dscherajah stehen Posten, welche mir das Nahen des Feindes sofort melden."

„Baadri wirst Du den Türken ohne Vertheidigung lassen?"

„Natürlich. Sie werden still hindurchziehen, um uns nicht vor der Zeit aufmerksam zu machen."

Von jetzt an ging es sehr laut um uns zu. Wir wurden von Reitern umschwärmt, welche Scheingefechte aufführten, und von allen Seiten knallten unaufhörlich Salven. Jetzt wurde der Weg sehr schmal und wand sich stellenweise so steil an den Bergen empor, daß wir absteigen und, Einer hinter dem Andern, unsere Pferde über die Felsen führen mußten. Erst nach einer starken Stunde erreichten wir den Gipfel des Passes und konnten nun in das grüne bewaldete Thal von Scheik Adi hinabblicken.

Ein Jeder schoß, sobald er die weiße Thurmspitze des Grabmales erblickte, sein Gewehr ab, und von unten herauf antworteten ununterbrochen Schüsse, so daß ein großes Infanteriegefecht Statt zu finden schien, dessen Echo in den Bergen widerhallte. Hinter uns kamen immer neue Züge, und als wir den Abhang hinabritten, sahen wir rechts und links zur Seite zahlreiche Pilger unter den Bäumen liegen. Sie ruhten sich hier von den Strapazen des Steigens aus und genossen dabei den Anblick des Heiligthumes und der

herrlichen Gebirgsnatur, der für die Bewohner der Ebene eine wahre Erquickung sein mußte.
Wir hatten das Grabmal noch nicht erreicht, so kam uns Mir Scheik Khan, das geistliche Oberhaupt der Dschesidi, an der Spitze mehrerer Scheiks entgegen. Er wird Emir Hadschi genannt und stammt von der Familie der Ommijaden ab. Seine Familie wird als die Hauptfamilie der Dschesidi betrachtet und Posmir oder Begzadehs genannt. Er selbst war ein kräftiger Greis von mildem, ehrwürdigem Aussehen und schien nicht den mindesten hierarchischen Stolz zu besitzen; denn er verbeugte sich vor mir und umarmte mich dann so innig, wie man es bei einem Sohne thun würde.
„Aaleïk salam u rahhmet Allah. Ser sere men at – der Friede und die Barmherzigkeit Gottes sei mit Dir! Ihr seid mir willkommen!" grüßte er.
„Chode scogholeta rast init – Gott stehe Dir bei in Deinem Amte!" antwortete ich. „Aber willst Du nicht türkisch mit mir sprechen? Ich verstehe die Sprache Eures Landes noch nicht!"
„Befiehl über mich nach Deinem Gefallen, und sei mein Gast in dem Hause dessen, an dessen Grabe wir die Allmacht und die Gnade verehren."
Wir waren natürlich bei seinem Nahen abgestiegen. Auf einen Wink von ihm wurden unsere Pferde in Empfang genommen, und wir, nämlich Ali Bey, Mohammed Emin und ich, schritten an seiner Seite dem Grabmale zu. Wir gelangten zunächst in einen von einer Mauer umgebenen Hof, welcher bereits ganz von Menschen erfüllt war; dann gelangten wir an den Eingang des innern Hofes, welcher von den Dschesidi nie anders als barfuß betreten wird. Ich folgte diesem Beispiele, zog meine Schuhe aus und ließ sie am Eingange zurück.
In dem innern Hofe standen viele Bäume, deren Schatten den Pilgern Kühlung bringt; dichter Oleander trieb Blüthe an Blüthe, und ein ungeheurer Weinstock bildete eine Laube, nach welcher uns der Mir Scheik Khan führte und in der wir Platz nahmen. Einige Scheiks und Kawals ruhten unter den Bäumen, sonst waren wir allein.
In diesem Hofe erhebt sich das eigentliche Gebäude des Grabmales, welches von zwei weißen Thürmen überragt wird, die mit dem tiefen Grün des Thales lebhaft und wohltuend contrastiren. Ihre Spitzen sind vergoldet und ihre Seiten in viele Winkel gebrochen, zwischen denen sich Licht und Schatten jagen. Über dem Thorwege waren einige Figuren ausgehauen, in denen ich einen Löwen, eine Schlange, ein Beil, einen Mann und einen Kamm erkannte. Das Innere des Gebäudes ist, wie ich nachher sah, in drei Hauptabtheilungen geschieden, von denen die eine größer ist, als die beiden andern. Diese Halle wird von Säulen und Bogen getragen und hat einen Brunnen, dessen Wasser für sehr heilig gehalten wird. Mit demselben werden die Kinder getauft. In der einen der zwei kleineren Abtheilungen befindet sich das eigentliche Grab des Heiligen. Über der Gruft erhebt sich ein großes kubisches Gehäuse, welches aus Thon gebildet und mit Gips überzogen ist. Als einziger Schmuck ist ein grünes, gesticktes Tuch darüber gebreitet, und eine ewige Lampe brennt in dem Gemache.

Der Thon des Grabmales bedarf von Zeit zu Zeit einer Ergänzung, da die Hüter des Heiligthums kleine Kugeln daraus bereiten, welche von den Pilgern gern gekauft und als Andenken mitgenommen, vielleicht auch als Amulette getragen werden. Diese Kugeln befinden sich in einem Gefäße, welches an dem erwähnten Weinstocke angebracht ist, und haben verschiedene Größen: von der Größe einer Erbse bis zu der jener kleinen Marmor- oder Glaskugeln, mit denen bei uns die Kinder zu spielen pflegen.
In dem zweiten kleinen Gemache befindet sich auch ein Grab, über dessen Inhalt die Dschesidi aber selbst nicht klar zu sein scheinen.
In der Umfassungsmauer, welche das Heiligthum umgibt, sind zahlreiche Nischen angebracht, welche die Lichter aufzunehmen haben, mit denen bei größeren Festen illuminirt wird. Das Grabmal wird von Gebäuden umgeben, welche den Priestern und Dienern des Grabes zur Wohnung dienen. Der ganze Ort aber liegt in einer engen Thalschlucht, deren Felsen von allen Seiten sehr steil in die Höhe steigen. Er besteht nur aus wenigen profanen Wohnungen und enthält außer dem Heiligthume vorzugsweise solche Gebäude, welche die Pilger aufzunehmen haben. Jeder Stamm oder auch jede größere Abtheilung desselben hat dann ein solches Haus ausschließlich für sich in Besitz.
Draußen vor den Mauern hatte sich ein förmlicher Jahrmarkt entfaltet. Alle möglichen Arten von Geweben und Zeugen hingen zum Verkaufe von den Ästen der Bäume nieder; alle möglichen Früchte und Eßwaaren wurden feilgeboten; Waffen, Schmuckgegenstände und allerlei orientalisches Allerhand war zu bekommen. Wäre die Tracht nicht gewesen, so hätte ich mich in die Heimat versetzt dünken können, so heiter und unbefangen, so harmlos und gemüthlich war das bunte Treiben in dem Dorfe des Heiligen. Wahrhaftig, diese Teufelsanbeter erwarben sich immer mehr meine Sympathie, und ich stimme dem vollständig bei, was ein sehr verständiger Engländer, welcher einige Wochen in Kofau gewesen war, mir später in Constantinopel von ihnen sagte:
„Die Teufelsanbeter werden verleumdet, weil sie besser sind, als ihre Verleumder. Wären sie zahlreicher und nicht so zerstreut, so könnten sie die Deutschen Asien's werden, und nirgends hat das Christenthum so große Hoffnung auf Erfolg als bei diesen Leuten. Ich glaube, gewisse überseeische (protestantische) Sendboten der Mission schildern die Dschesidi nur deßhalb so ganz und gar unwahr, um einem etwaigen kleinen Erfolge eine sehr große Bedeutung verleihen zu können.“
Natürlich ließ ich meiner Wißbegierde nicht die Zügel schießen, so daß sie zur lästigen Neugierde werden konnte, und vielleicht grad darum wurde unsere Unterhaltung eine so animirt herzliche, als ob wir Glieder einer Familie seien und uns von Jugend auf geliebt und geachtet hätten. Natürlich kam die Rede zunächst auf den bevorstehenden Angriff, doch wurde dieser Gegenstand bald bei Seite gelegt, da es sich herausstellte, daß Ali Bey alle erforderlichen Maßregeln mit der größten Sorgfalt getroffen hatte. Dann kam das Gespräch auf Mohammed Emin's und meine Person, auf unsere Erlebnisse und gegenwärtigen Absichten.

„Vielleicht kommt Ihr dabei in Gefahr und bedürft der Hilfe," meinte der Mir Scheik Khan. „Ich werde Euch ein Zeichen mitgeben, welches Euch den Beistand aller Dschesidi sichert, denen Ihr es zeigt."
„Ich danke Dir! Es wird ein Brief sein?" frug ich.
„Nein, ein Melek Ta-us."
Fast wäre ich wie elektrisirt emporgesprungen. Das war ja die Benennung des Teufels! Das war ja der Name desjenigen Thieres, welches nach den über sie verbreiteten Verleumdungen bei ihren Gottesdiensten auf dem Altare stand und die Lichter verlöschen mußte, wenn die Orgien beginnen sollten! Das war endlich auch der Name derjenigen Legitimation, welche der Mir Scheik Khan jedem Priester anvertraut, den er mit einer besonderen Mission beehrt! Und dieses große, dieses geheimnißvolle Wort, über welches so viel gestritten worden ist, sprach er hier so gelassen aus? Ich nahm eine sehr unbefangene Miene an und frug:
„Einen Melek Ta-us? Darf ich fragen, was das ist?"
Mit der freundlichen Miene eines Vaters, der seinem unwissenden Sohne eine nothwendige Erklärung gibt, antwortete er:
„Melek Ta-us nennen wir Jenen, dessen eigentlicher Name bei uns nicht ausgesprochen wird. Melek Ta-us heißt auch das Thier, welches bei uns ein Symbol des Muthes und der Wachsamkeit ist, und Melek Ta-us nennen wir auch die Abbildung dieses Thieres, welche ich Jenen verleihe, zu denen ich Vertrauen habe. Ich weiß Alles, was man über uns fabelt; aber Deine Weisheit wird Dir sagen, daß ich uns vor Dir nicht zu vertheidigen brauche. Ich habe mit einem Manne gesprochen, der in vielen christlichen Kirchen gewesen ist. Er sagte mir, daß dort die Bilder der Gottesmutter, des Gottessohnes und vieler Heiligen seien. Auch ein Auge sollt Ihr haben, welches das Symbol des Gottvaters, und eine Taube, welche das Zeichen des Geistes ist. Ihr kniet und betet an den Orten, wo diese Bilder sind, aber ich werde niemals glauben, daß Ihr diese Bilder anbetet. Wir glauben von Euch das Richtige, und Ihr glaubet von uns das Falsche. Wer ist verständiger und gütiger, Ihr oder wir? Blicke hin an das Thor! Meinst Du, daß wir diese Bilder anbeten?"
„Nein."
„Du siehst einen Löwen, eine Schlange, ein Beil, einen Mann und einen Kamm. Die Dschesidi können nicht lesen; daher ist es besser, man sagt ihnen durch diese Bilder, was man ihnen sagen möchte. Eine Schrift würden sie nicht verstehen; diese Bilder aber werden sie nie vergessen, weil dieselben am Grabe ihres Heiligen zu sehen sind. Dieser Heilige war ein Mann; darum beten wir ihn nicht an; aber wir versammeln uns an seinem Grabe, wie sich die Kinder am Grabe ihres Vaters versammeln."
„Er hat Euren Glauben gestiftet?"
„Er hat uns unsern Glauben, nicht aber unsere Gebräuche gegeben. Der Glaube wohnt im Herzen, die Sitten aber wachsen aus dem Boden, auf welchem wir leben, und aus dem Lande, welches diesen Boden rings umgrenzt. Scheik Adi hat vor Mohammed gelebt. Zu

seiner Lehre sind auch diejenigen Satzungen des Kurans gekommen, welche wir für gut und heilsam erkannt haben."

„Man erzählte mir, daß er Wunder gethan habe."

„Wunder kann nur Gott thun; aber wenn er sie thut, so thut er sie durch die Hand der Menschen. Blicke hinein dort in die Halle! Dort ist ein Brunnen, den Scheik Adi hervorgebracht hat. Dieser ist noch vor Mohammed in Mekka gewesen. Schon damals war Zem-Zem eine heilige Quelle. Er nahm von dem Wasser des Zem-Zem und tropfte es hier auf den Felsen. Sofort öffnete sich derselbe, und das heilige Wasser sprang hervor. So wird uns erzählt. Wir gebieten nicht, dies zu glauben, denn das Wunder ist auch ohne dies da. Oder ist es kein Wunder, wenn aus dem harten, todten Stein das lebendige Wasser fließt? Dieses ist bei uns ein Symbol der Reinheit unserer Seele, und darum halten wir es für heilig, nicht aber, weil es von der Quelle Zem-Zem stammen soll."

Mir Scheik Khan brach seine Rede ab, denn jetzt öffnete sich das äußere Thor, um einen langen Zug von Pilgrimen einzulassen, von denen ein Jeder eine Lampe trug. Diese Lampen waren die Dank- und Weihgeschenke für die Heilung einer Krankheit oder die Rettung aus irgend einer Gefahr. Sie waren für Scheik Schems bestimmt, das leuchtende Symbol der göttlichen Klarheit.

Alle diese Pilger waren gut bewaffnet. Ich sah dabei recht eigenthümliche kurdische Tüfenks. Bei einer derselben wurden Lauf und Schaft durch zwanzig starke, breite eiserne Ringe verbunden, welche ein sicheres Zielen ganz unmöglich machten. Eine zweite zeigte eine Art Bajonnet, welches eine Gabel bildete, deren zwei Zinken zu beiden Seiten des Laufes befestigt waren. Die Männer überreichten ihre Krüge den Priestern und traten der Reihe nach zu Mir Scheik Khan, um ihm die Hand zu küssen, wobei sie ihre Waffen neigten oder ganz ablegten.

Die Lampen werden gebraucht, um am Abend des Festes den heiligen Ort mit seiner ganzen Umgebung zu illuminiren. Es darf dabei kein gewöhnliches Öl oder gar Bitumen und Naphtha gebrannt werden, da dies für unrein gilt. Nur das Öl vom Sesam ist gestattet.

Als die Prozession sich entfernt hatte, wurden wohl gegen zwanzig Kinder getauft und beschnitten, welche zum Theil von sehr weit hergebracht worden waren. Ich wohnte diesen religiösen Handlungen bei.

Später entfernte ich mich mit Mohammed Emin, um einen Gang durch das Thal zu machen. Am auffälligsten war mir die ungeheure Zahl von Fackeln, welche zum Verkaufe auslagen. Nach einer ungefähren Schätzung konnten es zehntausend sein. Die Händler machten glänzende Geschäfte, denn ihre Waare wurde ihnen förmlich aus der Hand gerissen.

Eben standen wir vor einem Verkäufer von Glas- und unechten Korallenwaaren, als ich die weiße Gestalt des Pir Kamek den Bergpfad herabkommen sah. Er mußte, wenn er zum Heiligthume wollte, an uns vorüber, und als er uns erreichte, blieb er bei uns stehen.

„Willkommen hier, Ihr Gäste vom Scheik Schems! Ihr werdet den Heiligen der Dschesidi kennen lernen."
Er reichte uns die Hände. Sobald er bemerkt worden war, wurde er vom Volke umringt, und ein Jeder bemühte sich, seine Hand oder den Saum seines Gewandes zu berühren und zu küssen. Er hielt eine Ansprache an die Versammelten; sein langes weißes Haar flatterte im Morgenwinde; seine Augen leuchteten, und seine Geberden zeigten die Lebhaftigkeit der Begeisterung. Dazu krachten die Schüsse der Ankommenden von oben herab, und ganze Salven antworteten aus dem Thale hinauf. Leider konnte ich seine Rede nicht verstehen, da er sie in kurdischer Sprache hielt. Am Schlusse derselben aber intonirte er einen Gesang, in welchen Alle einfielen und dessen Anfang mir der Sohn Seleks, welcher dazu kam, übersetzte:
„O gnädiger und großmüthiger Gott, welcher nährt die Ameise und die kriechende Schlange, Nacht und Tag Lenkender, Lebendiger, Höchster, Ursachloser, welcher der Nacht die Finsterniß und dem Tage das Licht zuweist! Weiser, herrsche über Weisheit; Starker, herrsche über die Stärke; Lebendiger, herrsche über den Tod!"
Nach dem Gesange zertheilte sich die Menge, und der Pir trat zu mir.
„Hast Du verstanden, was ich den Pilgern sagte?"
„Nein. Du weißt, daß ich Deine Sprache nicht rede."
„Ich sagte ihnen, daß ich Scheik Schems ein Opfer bringen werde, und nun sind sie in den Wald gegangen, um das nöthige Holz zu holen. Willst Du dem Opfer beiwohnen, so bist Du willkommen. Jetzt aber verzeihe, Emir; dort kommen bereits die Opferstiere."
Er ging dem Grabmale zu, vor dessen Mauern soeben eine lange Reihe von Ochsen aufgeführt wurde. Wir folgten ihm langsam nach.
„Was geschieht mit den Thieren?" frug ich meinen Dolmetscher.
„Sie werden geschlachtet."
„Für wen?"
„Für Scheik Schems."
„Kann die Sonne Stiere essen?"
„Nein, sondern sie verschenkt dieselben an die Armen."
„Nur das Fleisch?"
„Alles: das Fleisch, die Eingeweide und die Haut. Mir Scheik Khan übernimmt die Vertheilung."
„Und das Blut?"
„Das wird nicht gegessen, sondern in die Erde gegraben, denn die Seele ist im Blute."
Das war also genau die alttestamentliche Anschauung, daß das Leben des Leibes, daß die Seele im Blute liege. Ich sah, daß es sich hier nicht um eine heidnische Opferung, sondern um eine Liebesgabe handle, welche es den Armen ermöglichen sollte, die Festtage ohne Nahrungssorgen feiern zu können.
Als wir den Platz erreichten, trat eben Mir Scheik Khan aus dem Thore, gefolgt von Pir Kamek, von einigen Scheiks und Kawals und einer größeren Anzahl von Fakirs. Alle

hatten Messer in der Rechten. Der Platz wurde von einer großen Menge Krieger umgeben, welche ihre Gewehre schußbereit hielten. Da warf Mir Scheik Khan das Obergewand ab, sprang auf den ersten Stier und stieß ihm das Messer mit solcher Sicherheit in den Nackenwirbel, daß das Thier sofort todt niederstürzte. In demselben Augenblick erhob sich ein hundertstimmiger Jubel, und ebenso viele Schüsse krachten. Mir Scheik Khan trat zurück, und Pir Kamek setzte das Werk fort. Es gewährte einen eigenthümlichen Anblick, diesen Mann mit weißem Haar und schwarzem Barte von einem Stiere auf den nächsten springen und sie alle der Reihe nach mit dem sicheren Messerstich fällen zu sehen. Dabei floß kein Tropfen Blut. Nun aber traten die Scheiks herbei, um die Halsader zu öffnen, und die Fakirs naheten sich mit großen Gefäßen, um das Blut aufzufangen. Als dies beendet war, wurde eine ganz bedeutende Anzahl von Schafen herbeigetrieben, deren erstes wieder Mir Scheik Khan tödtete, die andern aber wurden von den Fakirs geschlachtet, welche eine außerordentliche Geschicklichkeit in diesem Geschäft bewiesen.

Da trat Ali Bey zu mir.

„Willst Du mich begleiten nach Kaloni?“ frug er. „Ich muß mich der Freundschaft der Badinan versichern.“

„Ihr lebt mit ihnen in Unfrieden?“

„Hätte ich dann meine Kundschafter aus ihnen wählen können? Ihr Häuptling ist mein Freund; doch gibt es Fälle, in denen man so sicher wie möglich gehen muß. Komm!“

Wir hatten nicht weit zu gehen, um das sehr große, aus rohen Steinen aufgeführte Haus zu erreichen, welches Ali Bey zur Zeit des Festes bewohnte. Sein Weib hatte bereits auf uns gewartet. Wir fanden auf der Plattform des Gebäudes mehrere Teppiche ausgebreitet, auf denen wir Platz nahmen, um das Frühstück zu genießen. Von diesem Punkte aus konnten wir beinahe das ganze Thal überblicken. Überall lagerten Menschen. Jeder Baum war zum Zelte geworden.

Drüben, rechts von uns, stand ein Tempel, der Sonne (Scheik Schems) gewidmet. Er stand so, daß ihn die ersten Strahlen des Morgenlichtes treffen mußten. Als ich ihn später betrat, fand ich nur vier nackte Wände und keinerlei Vorrichtung, welche auf eine götzendienerische Handlung schließen ließ; aber ein heller Wasserstrahl floß in einer Rinne des Fußbodens, und an der reinlichen weißen Kalkmauer sah ich in arabischer Sprache die Worte geschrieben: „O Sonne, o Licht, o Leben von Gott!“

Jetzt saßen an seiner Außenseite mehrere Familien der reichen Kotschers. Die Männer lehnten an der Wand, in hellfarbige Jacken und Turbane gekleidet und mit phantastischen Waffen geschmückt. Die Frauen hatten seidene Gewänder, und trugen das Haar in viele über den Rücken fallende Flechten geflochten, in welche bunte Blumen gewoben waren. Ihre Stirnen waren mit goldenen und silbernen Münzen fast ganz verdeckt, und lange Schnüre von Münzen, Glasperlen und geschnittenen Steinen hingen ihnen um den Nacken.

Vor mir stand ein Mann aus dem Sindschar am Stamme eines Baumes. Seine Haut war dunkelbraun, sein Gewand aber weiß und rein. Er musterte mit durchdringenden Blicken die Umgebung und schüttelte sich zuweilen das lange Haar aus dem Gesicht. Seine Flinte hatte ein plumpes, altes Luntenschloß, und sein Messer war an einem rohgeschnitzten Griff befestigt; aber man sah es ihm an, daß er der Mann war, diese einfachen Waffen mit Erfolg zu gebrauchen. Neben ihm saß sein Weib bei einem kleinen Feuer, an welchem sie Gerstenkuchen buk, und über ihm kletterten in den Zweigen zwei halbnackte, braune Buben herum, die auch schon ihre Messer in einem dünnen Stricke trugen, den sie um den Leib geschlungen hatten.

Nicht weit von ihm lagerten zahlreiche Städtebewohner, vielleicht aus Mossul; die Männer besorgten ihre mageren Esel, die Frauen sahen blaß und ausgemergelt aus, ein sprechendes Bild der Noth und Sorge und Unterdrückung, welcher diese Leute ausgesetzt sind.

Dann sah ich Männer, Frauen und Kinder aus dem Scheïkhan, aus Syrien, aus Hadschilo und Midiad, aus Heïschteran und Semsat, aus Mardin und Nisibin, aus dem Gebiete der Kendali und der Delmamikan, von Kokan und Kotschalian, ja sogar aus dem Bereiche der Tuzik und der Delmagumgumuku. Alt und Jung, Arm und Reich, Alle waren reinlich. Die Einen hatten ihre Turbans mit Straußenfedern geschmückt, und die Andern konnten kaum ihre Blöße bedecken; aber Alle trugen Waffen. Sie verkehrten untereinander wie Brüder und Schwestern; man gab sich die Hände, man umarmte und küßte sich; keine Frau und kein Mädchen verbarg ihr Angesicht vor einem Fremden – es waren die Angehörigen einer großen Familie, welche hier zusammentrafen.

Jetzt krachte eine Salve, und ich sah, wie sich die Männer in einzelnen größeren oder kleineren Gruppen nach dem Grabmale begaben.

„Was thun sie dort?“ frug ich Ali Bey.

„Sie holen sich ihr Fleisch von den Opferstieren.“

„Gibt es eine gewisse Aufsicht dabei?“

„Ja. Nur die Armen kommen. Sie treten nach ihren Stämmen und Wohnsitzen zusammen, deren Anführer sie begleitet oder von dem sie eine Bescheinigung vorzeigen.“

„Eure Priester erhalten keinen Theil des Fleisches?“

„Von diesen Stieren nicht; am letzten Tage des Festes aber werden einige Thiere geschlachtet, welche weiß, ganz weiß sein müssen, und deren Fleisch gehört den Priestern.“

„Können Eure Priester Sünde thun?“

„Warum nicht? Sie sind doch Menschen!“

„Auch die Pirs, die Heiligen?“

„Auch sie.“

„Auch Mir Scheik Khan?“

„Ja.“

„Glaubst Du, daß auch der große Heilige Scheik Adi Sünde gethan hat?"
„Auch er war ein Sünder, denn er war nicht Gott."
„Laßt Ihr Eure Sünden auf Eurer Seele liegen?"
„Nein, wir entfernen sie."
„Wie?"
„Durch die Symbole der Reinheit, durch das Feuer und das Wasser. Du weißt, daß wir uns bereits gestern oder heute gewaschen haben. Dabei bekennen wir unsere Sünden und geloben, sie von uns zu thun; dann werden sie vom Wasser fortgenommen. Und heute Abend wirst Du sehen, daß wir unsere Seelen auch durch die Flamme reinigen."
„Du glaubst also, daß die Seele nicht mit dem Leibe stirbt?"
„Wie könnte sie sterben, da sie von Gott ist!"
„Wie kannst Du mir dies beweisen, wenn ich es nicht glaube?"
„Du scherzest! Steht nicht in Eurem Kitab: „Japar-di bir sagh solukü burunuje – er blies ihm einen lebendigen Odem in seine Nase"?"
„Nun gut, wenn die Seele also nicht stirbt, wo bleibt sie nach dem Tode des Leibes?"
„Du athmest die Luft wieder ein, nachdem Du sie ausgeathmet hast. Auch Gottes Odem geht wieder zu ihm zurück, nachdem er von Sünden rein geworden ist. – Laß uns nun aufbrechen!"
„Wie weit ist es bis Kaloni?"
„Man reitet vier Stunden lang."
Unten standen unsere Pferde. Wir stiegen auf und verließen ohne alle Begleitung das Thal. Der Weg führte an der steilen Bergwand empor, und als wir die Höhe derselben erreicht hatten, sah ich ein dicht bewaldetes, von zahlreichen Thälern durchzogenes Gebirgsland vor mir. Dieses Land wird von den großen Stämmen der Missuri-Kurden bewohnt, zu denen auch die Badinan gehören. Unser Weg führte bald bergab, bald wieder bergauf, bald zwischen nackten Felsen und bald durch dichten Wald dahin. An den Abhängen sahen wir einige kleine Dörfer liegen, aber die Häuser derselben waren verlassen. Hier und da hatten wir die kalten Fluthen eines wilden Bergbaches zu durchreiten, der sein Wasser dem Ghomel entgegenschickte, um mit diesem dem Ghazir oder Bumadus zuzufließen, der in den großen Zab geht und sich mit diesem bei Keschaf in den Tigris ergießt. Diese Häuser waren von Weingärten umgeben, neben denen Sesam, Korn und Baumwolle gedieh, und erhielten ein besonders schmuckes Aussehen durch die Blüthen und Früchte der sorgsam gepflegten Feigen-, Walnuß-, Granatapfel-, Pfirsich-, Kirschen-, Maulbeer- und Olivenbäume.
Kein Mensch begegnete uns, denn die Dschesidi, welche die Gegend bis Dschulamerik bewohnten, waren schon alle in Scheik Adi eingetroffen, und wir waren bereits zwei Stunden weit geritten, als wir eine Stimme hörten, welche uns anrief.
Ein Mann trat aus dem Walde. Es war ein Kurde. Er hatte sehr weite, unten offene Hosen an, und die nackten Füße steckten in niedrigen Lederschuhen. Der Körper war nur mit einem am Halse viereckig ausgeschnittenen Hemde bekleidet, welches bis zur Wade

niederging. Sein dichtes Haar hing in lockigen Strähnen über die Schultern herab, und auf dem Kopfe trug er eine jener merkwürdigen, häßlichen Filzmützen, welche das Aussehen einer riesigen Spinne haben, deren runder Körper den Scheitel bedeckt und deren lange Beine hinten und zur Seite bis auf die Achseln niederhängen. Im Gürtel trug er ein Messer, eine Pulverflasche und den Kugelbeutel, eine Flinte aber war nicht zu sehen.

„Ni, vro'l kjer – guten Tag!“ grüßte er uns. „Wohin will Ali Bey, der Tapfere, reiten?“

„Chode t'aveschket – Gott behüte Dich!“ antwortete der Bey. „Du kennst mich? Von welchem Stamme bist Du?“

„Ich bin ein Badinan, Herr.“

„Aus Kaloni?“

„Ja, aus Kalahoni, wie wir es nennen.“

„Wohnt Ihr noch in Euren Häusern?“

„Nein. Wir haben unsere Hütten bereits bezogen.“

„Sie liegen hier in der Nähe?“

„Woher vermuthest Du das?“

„Wenn ein Krieger sich weit von seiner Wohnung entfernt, so nimmt er sein Gewehr mit. Du aber hast das Deinige nicht bei Dir.“

„Du hast es errathen. Mit wem willst Du reden?“

„Mit Deinem Häuptling.“

„Steige ab, und folge mir!“

Wir stiegen von den Pferden und nahmen sie beim Zügel. Der Kurde führte uns in den Wald hinein, in dessen Tiefe wir einen starken, aus gefällten Bäumen errichteten Verhau erreichten, hinter welchem wir zahlreiche Hütten liegen sahen, die nur aus Stangen, Ästen und Laubwerk hergestellt waren. In dieser Barrikade war eine schmale Öffnung gelassen worden, die uns den Eingang gestattete. Nun sahen wir mehrere Hunderte von Kindern sich zwischen den Hütten und Bäumen umhertummeln, während die Erwachsenen, sowohl Männer als Frauen, damit beschäftigt waren, den Verhau zu vergrößern und zu befestigen. Auf einer der größten Hütten saß ein Mann. Es war der Häuptling, der diesen höheren Platz eingenommen hatte, um einen freieren Überblick zu haben und die Arbeit besser dirigiren zu können. Als er meinen Begleiter erblickte, sprang er herab und kam uns entgegen.

„Kjeïr ati; Chode dauleta ta mazen b'ket- sei willkommen; Gott vermehre Deinen Reichthum!“

Bei diesen Worten gab er ihm die Hand und winkte einem Weibe, welches eine Decke ausbreitete, auf welche wir uns niedersetzten. Mich schien er gar nicht zu beachten. Ein Dschesidi wäre auch gegen mich höflich gewesen. Dasselbe Weib, welches jedenfalls seine Frau war, brachte jetzt drei Pfeifen, welche ziemlich roh aus dem Holze eines Indschaz geschnitten waren, und ein junges Mädchen trug eine Schüssel auf, in welcher Habi tri und Hingiv lagen. Der Häuptling nahm seinen Tabaksbeutel, welcher

aus dem Felle einer Katze gearbeitet war, vom Gürtel, öffnete ihn und legte ihn vor Ali Bey.
„Taklif b' ela k' narek, au, beïn ma batal – mache keine Umstände, die unter uns überflüssig sind!“ sagte er.
Dabei griff er mit seinen schmutzigen Händen in den Honig, zog sich mit den Fingern ein Stück heraus und schob es in den Mund.
Der Bey stopfte sich die Pfeife und steckte sie in Brand.
„Sage mir, ob Freundschaft ist zwischen mir und Dir!“ begann er die Unterhaltung.
„Es ist Freundschaft zwischen mir und Dir,“ lautete die einfache Antwort.
„Auch zwischen Deinen Leuten und meinen Leuten?“
„Auch zwischen ihnen.“
„Wirst Du mich um Hilfe bitten, wenn ein Feind kommt, um Dich anzugreifen und zu überfallen?“
„Wenn ich zu schwach bin, ihn zu besiegen, werde ich Dich um Hilfe bitten.“
„Und Du würdest auch mir helfen, wenn ich Dich darum ersuche?“
„Wenn Dein Feind nicht mein Freund ist, werde ich es thun.“
„Ist der Gouverneur von Mossul Dein Freund?“
„Er ist mein Feind; er ist der Feind aller freien Kurden. Er ist ein Kelehsch, ein Iz, der unsere Heerden lichtet und unsere Töchter verkauft.“
„Hast Du gehört, daß er uns in Scheik Adi überfallen will?“
„Ich hörte es von meinen Leuten, welche Dir als Kundschafter dienten.“
„Sie kommen durch Dein Land. Was wirst Du thun?“
„Du siehst es!“ Er deutete dabei mit einer Armbewegung auf die Hütten ringsumher. „Wir haben Kalahoni verlassen und uns im Walde Hütten gebaut. Nun machen wir uns eine Mauer, hinter der wir uns vertheidigen können, wenn die Türken uns angreifen werden.“
„Sie werden Euch nicht angreifen.“
„Woher weißt Du dies?“
„Ich vermuthe es. Wenn es ihnen gelingen soll, uns zu überraschen, so müssen sie vorher allen Kampf und Lärm vermeiden. Sie werden also Dein Gebiet sehr ruhig durchziehen. Sie werden vielleicht gar den offenen Weg vermeiden und durch die Wälder gehen, um die Höhe von Scheik Adi unbemerkt zu erreichen.“
„Deine Gedanken haben das Richtige getroffen.“
„Aber wenn sie uns besiegt haben, dann werden sie auch über Euch herfallen.“
„Du wirst Dich nicht besiegen lassen.“
„Willst Du mir dazu verhelfen?“
„Ich will es. Was soll ich thun? Soll ich Dir meine Krieger nach Scheik Adi senden?“
„Nein, denn ich habe genug Krieger bei mir, um ohne Hilfe mit den Türken fertig zu werden. Du sollst nur Deine Krieger verbergen und die Türken ruhig ziehen lassen, damit sie sich für sicher halten.“

„Ihnen folgen soll ich nicht?“
„Nein. Aber Du magst hinter ihnen den Weg verschließen, daß sie nicht wieder zurück können. Auf der zweiten Höhe zwischen hier und Scheik Adi ist der Paß so schmal, daß nur zwei Männer neben einander gehen können. Wenn Du dort eine Schanze machst, so kannst Du mit zwanzig Kriegern tausend Türken tödten.“
„Ich werde es thun. Aber was gibst Du mir dafür?“
„Wenn Du nicht zum Kampfe kommst, so daß ich sie allein besiege, sollst Du fünfzig Gewehre erhalten; hast Du aber mit ihnen zu kämpfen, so gebe ich Dir hundert Türkenflinten, wenn Du Dich tapfer hältst.“
„Hundert Türkenflinten!“ rief der Häuptling begeistert. Er fuhr mit größter Eile in den Honig und steckte sich ein solches Stück davon in den Mund, daß ich glaubte, es müsse ihn erwürgen. „Hundert Türkenflinten!“ wiederholte er kauend. „Wirst Du Wort halten?“
„Habe ich Dich bereits einmal belogen?“
„Nein. Du bist mein Bruder, mein Gefährte, mein Freund, mein Kampfgenosse, und ich glaube Dir. Ich werde mir die Gewehre verdienen!“
„Du kannst sie Dir aber nur dann verdienen, wenn Du die Türken bei ihrem Kommen ungestört ziehen lässest.“
„Sie sollen keinen von meinen Männern sehen!“
„Und sie dann hinderst, zurückzukehren, wenn es mir nicht gelingen sollte, sie zu umzingeln und festzuhalten.“
„Ich werde nicht nur den Paß, sondern auch die Seitenthäler besetzen, damit sie weder rechts noch links, weder vor- noch rückwärts können!“
„Daran thust Du wohl. Doch will ich nicht haben, daß viel Blut vergossen werde. Die Soldaten können nichts dafür, sie müssen dem Gouverneur gehorchen; und wenn wir grausam sind, so ist der Padischah zu Stambul mächtig genug, ein großes Heer zu senden, welches uns vernichten kann.“
„Ich verstehe Dich. Ein guter Feldherr muß Gewalt und auch List anzuwenden verstehen. Dann kann er mit einem kleinen Emdscherg ein großes Heer besiegen. Wann werden die Türken kommen?“
„Sie werden es so einrichten, daß sie beim Anbruche des morgenden Tages Scheik Adi überfallen können.“
„Den Aschutin sollen sie selbst haben. Ich weiß, daß Du ein tapferer Krieger bist. Du wirst es den Türken ganz ebenso machen, wie es da unten in der Ebene die Haddedihn-Schammar ihren Feinden gemacht haben.“
„Du hast davon gehört?“
„Wer sollte dies nicht wissen? Die Kunde von solchen Heldenthaten verbreitet sich schnell über Berg und Thal. Mohammed Emin hat seinen Tribus zum reichsten Aschiret gemacht.“
Ali Bey lächelte mir heimlich zu und meinte dann:

„Es ist eine schöne That, Tausende gefangen zu nehmen, ohne daß ein Kampf Statt findet."
„Diese That wäre Mohammed Emin nicht gelungen. Er ist stark und tapfer; aber er hat einen fremden Feldherrn bei sich gehabt."
„Einen fremden?" frug der schlaue Bey.
Ihn ärgerte jedenfalls die Nichtbeachtung, die mir von Seiten des Häuptlings widerfahren war, und er ergriff nun die Gelegenheit, ihn zu beschämen. Dabei konnte es natürlich auf ein Übermaß von Lob gar nicht ankommen.
„Ja, einen fremden," antwortete der Häuptling. „Weißt Du das noch nicht?"
„Erzähle es!"
Und der Kurde that es in folgender Weise:
„Mohammed Emin, der Scheik der Haddedihn, saß vor seinem Zelt, um Rath zu halten mit den Ältesten seines Stammes. Da that sich eine Wolke auf, und ein Reiter kam herab, dessen Pferd grad mitten im Kreise der Alten die Erde berührte.
„Sallam aaleïkum!" grüßte er.
„Aaleïkum sallah!" antwortete Mohammed Emin. „Fremdling, wer bist Du, und woher kommst Du?"
Das Pferd des Reiters war schwarz wie die Nacht; er selber aber trug ein Panzerhemd, Arm- und Beinschienen und einen Helm aus gediegenem Golde. Um seinen Helm war ein Shawl gewunden, den die Houri des Paradieses gewebt hatten; denn tausend lebendige Sterne kreiseten in seinen Maschen. Der Schaft seiner Lanze war von reinem Silber; ihre Spitze leuchtete wie der Strahl des Blitzes, und unter derselben waren die Bärte von hundert erlegten Feinden befestigt. Sein Dolch funkelte wie Diamant, und sein Schwert konnte Stahl und Eisen zermalmen.
„Ich bin der Seraskier eines fernen Landes," antwortete der Glänzende. „Ich liebe Dich und hörte vor einer Stunde, daß Dein Stamm ausgerottet werden soll. Darum setzte ich mich auf mein Roß, welches zu fliegen vermag, wie der Gedanke des Menschen, und eilte herbei, Dich zu warnen."
„Wer ist es, der meinen Stamm ausrotten will?" frug Mohammed.
Der Himmlische nannte die Namen der Feinde.
„Weißt Du dies gewiß?"
„Mein Schild sagt mir Alles, was auf Erden geschieht. Blicke her!"
Mohammed sah auf den goldenen Schild. In der Mitte desselben war ein Karfunkel, fünfmal größer als die Hand eines Mannes, und in diesem sah er alle seine Feinde, wie sie sich versammelten, um gegen ihn zu ziehen.
„Welch ein Heer!" rief er. „Wir sind verloren!"
„Nein, denn ich werde Dir helfen," antwortete der Fremde. „Versammle alle Deine Krieger um das Thal der Stufen und warte, bis ich Dir die Feinde bringe!"
Er gab hierauf seinem Pferde ein Zeichen, worauf es wieder emporstieg und hinter der Wolke verschwand. Mohammed Emin aber wappnete sich und die Seinen und zog nach

dem Thale der Stufen, welches er rundum besetzte, so daß die Feinde wohl hinein, aber nicht wieder heraus konnten. Am andern Morgen kam der fremde Jenmeki geritten. Er leuchtete wie hundert Sonnen, und dieses Licht blendete die Feinde, so daß sie die Augen schlossen und ihm folgten mitten in das Thal der Stufen hinein. Dort aber kehrte er seinen Schild um; der Glanz wich von ihm, und sie öffneten die Augen. Da sahen sie sich in einem Thale, aus dem es keinen Ausweg gab, und mußten sich ergeben. Mohammed Emin tödtete sie nicht; aber er nahm ihnen einen Theil ihrer Heerden und forderte einen Tribut von ihnen, den sie jährlich geben müssen, so lange die Erde steht."

So erzählte der Kurde und schwieg nun.

„Und was geschah mit dem fremden Seraskier?" fragte der Bey.

„Sallam aaleïkum! sprach er; dann erhob sich sein schwarzes Roß in die Wolken, und er verschwand," lautete die Antwort.

„Diese Geschichte ist sehr schön zu hören; aber weißt Du auch, ob sie wirklich geschehen ist?"

„Sie ist geschehen. Fünf Männer vom Dschelu waren zu derselben Zeit in Salamijah gewesen, wo es von den Haddedihn erzählt wurde. Sie kamen hier vorüber und berichteten es mir und meinen Leuten."

„Du hast recht; diese Geschichte ist geschehen, aber anders als Du sie vernommen hast. Willst Du das schwarze Roß des Seraskiers sehen?"

„Herr, das ist nicht möglich!"

„Es ist möglich, denn es steht in der Nähe."

„Wo?"

„Dort der Rapphengst ist es."

„Du scherzest, Bey!"

„Ich scherze nicht, sondern ich sage Dir nichts als die Wahrheit."

„Das Pferd ist herrlich, wie ich noch keines gesehen habe, aber es ist ja das Roß dieses Mannes!"

„Und dieser Mann ist der fremde Seraskier, von dem Du erzählt hast."

„Unmöglich!"

Er machte vor Erstaunen den Mund so weit auf, daß man die ausgiebigsten zahnärztlichen Beobachtungen und Operationen hätte vornehmen können.

„Unmöglich, sagst Du? Habe ich Dich einmal belogen? Ich sage Dir noch einmal, daß er es wirklich ist!"

Die Augen und Lippen des Häuptlings öffneten sich immer weiter; er starrte mich wie sinnlos an und streckte ganz unwillkürlich seine Hand nach dem Honig aus, kam aber daneben und griff in den Tabaksbeutel. Ohne dies zu bemerken, langte er zu und schob eine ziemliche Portion des narkotischen Krautes zwischen seine weißglänzenden Zähne hinein. Ich hatte diesen Tabak sehr in Verdacht, alles Andere, aber nur kein Tabak zu sein, und jedenfalls hatte ich da ganz richtig vermuthet; denn er brachte im Momente eine so schnelle krampfhebende Wirkung hervor, daß der Häuptling augenblicklich die

Kinnladen zuklappte und meinem guten Ali Bey den Inhalt seines Mundes in das Gesicht sprudelte.
„Katera peghamber – um des Propheten willen! Ist er es wirklich?“ frug er noch einmal, und zwar in der äußersten Bestürzung.
„Ich habe es Dir bereits versichert!“ antwortete der Angenetzte, indem er sich mit dem Zipfel seines Kleides das Angesicht reinigte.
„O Seraskier,“ wandte sich jetzt der Mann zu mir; „atina ta, inschiallah, keïrah – gebe Gott, daß uns Dein Besuch Glück bringe!“
„Er bringt Dir Glück, das verspreche ich Dir!“ antwortete ich.
„Dein Roß ist hier, das schwarze,“ fuhr er fort, „aber wo ist Dein Schild mit dem Karfunkel, Dein Panzer, Dein Helm, Deine Lanze, Dein Säbel?“
„Höre, was ich Dir sage! Ich bin der fremde Krieger, welcher bei Mohammed Emin gewesen ist, aber ich stieg nicht vom Himmel herab. Ich komme aus einem fernen Lande, aber ich bin nicht der Seraskier desselben. Ich habe nicht goldene und silberne Waffen gehabt, aber hier siehst Du Waffen, wie Ihr sie nicht habt, und mit denen ich mich vor vielen Feinden nicht zu fürchten brauche. Soll ich Dir zeigen, wie sie schießen?“
„Sere ta, Ser babe ta, Ser hemscher ta Ali Bey – bei Deinem Haupte, beim Haupte Deines Vaters und beim Haupte Deines Freundes Ali Bey, thue es nicht!“ bat er erschrocken.
„Du hast die Rüstung, die Lanze, den Schild und das Schwert von Dir gelegt, um diese Waffen zu gebrauchen, die vielleicht noch viel gefährlicher sind. Nezanum zïeh le dehm – ich weiß nicht, was ich Dir geben soll; aber versprich mir, daß Du mein Freund sein willst!“
„Was kann es nützen, wenn Du mein Freund wirst? In Deinem Lande gibt es ein Sprichwort, welches lautet: „Dischmini be aquil schi yari be aquil tschitire – ein Feind mit Verstand ist besser als ein Freund ohne Verstand.““
„Bin ich unverständig gewesen, Herr?“
„Weißt Du nicht, daß man einen Gast begrüßen muß, zumal wenn er mit einem Freunde kommt?“
„Du hast recht, Herr! Du strafst mich mit einem Sprichworte; erlaube, daß ich Dir mit einem andern antworte: „Betschuk lasime thabe 'i mesinan bebe – der Kleine muß dem Großen gehorsam sein.“ Sei Du der Große; ich werde Dir gehorchen!“
„Gehorche zunächst meinem Freunde Ali Bey! Er wird siegen, und Deine Türkenflinten sind Dir dann gewiß.“
„Du zürnst? Verzeihe mir! Ser sere men; bu kalmeta ta siuh taksir nakem – bei meinem Haupte; um Dir zu dienen, werde ich nichts sparen. Nimm diese Trauben und iß; nimm diesen Tabak und rauche!“
„Wir danken Dir,“ antwortete Ali Bey, der jedenfalls auch an sauberere Genüsse gewöhnt war. „Wir haben vor unserem Aufbruche gegessen und dürfen keine Zeit verlieren, nach Scheik Adi zurückzukehren.“

Er erhob sich, und ich that dasselbe. Der Häuptling begleitete uns bis an den Pfad und versprach noch einmal, seine Pflicht so vollständig wie möglich zu erfüllen. Dann ritten wir denselben Weg zurück, den wir gekommen waren.